RUJIANG FENGLIU

儒将风流

RUJIANG FENGLIU

孙学孟◎著

中国文史出版社

序 一

梁晓声

关于作者

学孟是我的知青战友。"战友"二字,如今连自己说起来都不免有点儿怪怪的感觉。其实,当年我们都是知青,只不过都隶属于叫"兵团"的农场,只不过共同生活了多年的那一处具体的地方叫"连"而不叫"村"罢了。那是大山腹地的一个"连",和"村"没有任何明显的区别。至于我们自己,则是一天真正的军装也没穿过的,当然便一天真正的兵也不曾是过。都一天真正的兵也不曾是过,偏称"战友"关系,姑妄言之而已。若非要把这种早已习惯了又有点儿怪怪的说法纠正过来,那么当年我们的关系也无非就是下乡在同一个农村的一名知青和另一名知青的关系。

学孟和我都是哈尔滨知青。下乡前我是二十九中的学生,他是五中的学生。我们的母校离得很近,两校学生一向在心理上很亲。我们连队的哈尔滨知青主要是那两所中学的,所以相互更亲,像同校的知青一般。五中有不少知青是高中生,而二十九中的知青和我一样,全都是"老初三",故五中的他们对二十九中的我们,常表现出兄长似的关怀。倘我没记错的话,学孟便是一名高三知青。

我从下乡那一天起就是知青班长,还当过排长,后来又当小学教师,在知青眼中,仿佛是一个"为人师表"的了。而学孟,在我印象中,一直是一名普普通通的知青。

但学孟又是与众不同的。当年他是极少数烟酒不沾的男知青之一,即使年节会餐时,也未见他破例过。他永远是那么沉默寡言,不苟言笑,但又绝不是一个整日板着张严肃脸的人——我们叫那种模样的人为"阶级斗争脸"。是的,学孟他绝非那种人。当年的他,具有一种庄重矜持的气质,或曰天性。他不曾与

1

谁特别亲密,但也从未与任何人发生过哪怕小小的矛盾。别人谈论什么有趣的话题,他永远静静地从旁听着。知青们相互嬉闹,他永远微笑地从旁看着。倘他无意中给谁添麻烦了,会挺郑重地道歉。他厚道,有正义感,不表违心的态度。当年知青中选"五好",他同意谁,就会很郑重地举手,像很郑重地道歉那样。倘不同意谁,往往也会当着对方面坦陈自己不同意的理由。他从不说脏话。但凡是一名男知青,下乡几年后,谁还没说过几次"他妈的"呢? 他没有。他是那种坐有坐相、站有站相的人,仿佛和我们不同,是真正当过多年兵的人。他又是极爱整洁的人,他那三尺宽的铺位,永远像军营里一名士兵的铺位。劳动归来,洗罢尘土,他往往换上一身干净的衣服,于是立刻又似一名城里的学生了。不像我们,以破衣烂衫为"良好"习惯。他也从不积下一堆脏衣服很久不洗。不管劳动多么累,他的脏衣服都不会超过三天还不洗。他是一名肩宽背厚,看上去体格特别强壮的知青。别的知青曾告诉我他会武功,我也曾当面问过他,他微笑着点头回答:"会。参加过比赛,我的徒弟获得过奖。是我祖父在我小时候教我的,后来又受过名师指点。"当年的哈尔滨市,民间很是隐居着几位武功高强的人。他这个人,既不会虚夸,也不善隐瞒,我自是半信半疑的。直至有一天晚上,见他独自一人在操场上练武,才信了。有时男知青们相互摔跤,他却从不跃跃欲试,静静地观看而已。事后,偶尔会指点摔败了的人几招。了解他的知青曾告诉我,他不参与,是怕一失手伤了对方。以他的功夫,我们一般知青三五人近不了他的身。

然我和学孟之间毕竟没有什么深交。当年我能感觉到他对我挺尊敬的,或者因为我每每"之乎者也",显得怪有思想似的;或者因为我曾是不怎么令人讨厌的知青排长;或者因为我已"为人师表"。而我,觉得他身上有种吸引我不由得不多加观察的神秘感。当年我常暗自思忖:这个孙学孟,他既非干部子弟,也并非出身于什么高级知识分子家庭,更不是什么文艺界名流的后代,他身上那一种就是与众不同的气质,或曰性格,究竟是来自于什么样的一种影响呢?

关于孙广庭

孙广庭是孙学孟的祖父。

看了学孟一千四百余页的书稿之后,尤信"遗传基因"之说是确乎有道理有根据的。都认为性格和气质往往在隔代人身上遗传得更加明显,那么我想,作为孙广庭之孙,孙学孟的身上,定会有祖父之性格和气质的某些痕迹吧。

我信笔写来,似乎对孙广庭这一历史人物了解颇多。而事实是,如果不是通过学孟的口和笔，我根本就不知道黑龙江省还有一位值得为之立传的历史人物孙广庭。

中国省份也多，哪一个省没有几位值得立传的历史人物呢？

就单说黑龙江省吧，正面的和反面的重要历史人物加在一起，十个指头也数不完啊。作为一部传记之书的传主，孙广庭的知名度恐怕不能与那些在正反两方面对一个省份产生重要历史影响的人物相比。但孙广庭这一历史人物，又确能钩沉出一些鲜为人知的近代的历史细节，而且身上颇具有可敬可爱的气节和人格魅力，所以由他的长孙学孟在他逝世几十年后的今天孜孜以求地为他立传，是我个人完全可以理解的。

那么孙广庭究竟是一位什么样的地方历史人物呢？

他清末科甲出身，自幼勤奋好学；少年时参加院试，三场皆为榜首，时人称其"小三元"。"元"也就是状元的意思了。他青年时期在日本陆军士官学校留学时，曾因才之广和品质之清，令同校学子蒋介石刮目相看，竟至于央人引荐结交，并多次与之促膝相谈。归国后不久，即任东北陆军测绘学校校长，而那时蒋介石还没当上黄埔军校的校长呢，便致函广庭，一以恭贺，一以初露政治野心。孙广庭是东北镇边大帅赵尔巽的得意门生，而那时张作霖也不过是才上任不久的巡防统领，广庭虽特立独行，似革命党人，张亦奈何不得。他与后来成为张作霖参谋长的杨宇霆过从甚密。他曾在直奉大战中临危受命，使张作霖减少了兵员损失。他曾在手下不足千余兵力的情况之下，一身虎胆与率领一万五千余人犯境的俄国白军将领季捷里赫斯进行义正词严的谈判，并活用空城计，拍案生威，奇迹般地缴了对方一万五千余人马的械。他曾率部下枪炮相向，严阵以待，使企图趁机蠢蠢欲动的日本驻朝鲜军知难而退。他也曾脱下戎装，当过地方财政局长，被民众誉为两袖清风的"铁面公"。"伪满"时期，他多次面对日本人的威胁利诱，不为所动，不予合作。光复后，他曾被选为松哈和平民主促进会会长。新中国成立后，他曾作为地方政协委员赴京参议国是，并受到毛泽东主席的宴请。而且，他还是黑龙江省最大的藏书家。将一楼宝贵藏书、字画捐赠东北图书馆后，曾一度因生活拮据，率其长孙学孟摆地摊，并被经过的一位副省长认出。

总而言之，孙广庭这一人物，能牵动不少的正史的细节。而一旦有了那些细节，历史不但更加令人信服，而且对一般人也具有了较强的可读性。

关于此书

屈指算来，学孟对我言及他要写此书的打算，已是十余年前的事了。

十余年中,学孟为此书的写作,曾数次专程从哈市赴京。身为哈尔滨师范大学数学系副教授的他,教学任务是很重的。每次都是来也匆匆,去也匆匆。每次进了我家一落座便开门见山,"请教"罢种种写作问题之后,片刻也不多留,立即起身告辞。

我对他写此书的态度,十余年中,也一向是极其矛盾的。

看了他最初的手稿,我大为惊诧,怎么也想不到,他的文笔竟自有风格。虽在用词用字上也挑剔出过几处小疵,但总体读来,甚为通畅。也许由于他是教数学的副教授吧,此书谋篇布局的周密性,实在也算是一大特点。每一事件的发生,每一人物的出场,每一情节的展现,竟都将起因、背景连带人物关系交代得一清二楚,丝丝入扣。所以我替他高兴之余,曾说鼓励的话。

然见他以后又来我家时,书稿明显厚重了,也不禁心中暗自替他生忧——哪家出版社会出他的书呢? 故曾当面泼过冷水。

我鼓励他时,他丝毫也不自负;我当面泼冷水时,他丝毫也不动摇。

他说:"别只鼓励我,要给我指出存在的问题。"或者说:"我明白你泼冷水也是为我好,但我现在不能想太多,还是要认真将书写完。"

他最后一次来我家,就留下了这一部一千四百余页的打印书稿——《儒将风流》。

十年心血为一书——此话用以形容学孟,确确实实。实际上,此书耗了他整整十八年心血。

而我,除了一有空就认真地读他的书稿,除了虔诚地为他的《儒将风流》写此序,还能怎样呢?

至于此书的具体的文学和史料的价值,我不复多言了。我觉得,哈尔滨师范大学的富金壁先生已评得特别中肯而又恰如其分。我再啰唆,纯粹多此一举了。

序　二

富金壁

我是大约两年前，在中国国民党革命委员会哈尔滨师范大学支部会上认识孙学孟老师的，他是支部负责人，极想也让我加入，于是动员我列席了一次会。但我因散漫成性，不愿再受额外的束缚，谢绝了他的好意，老孙觉得很遗憾。但从那时起，我们的交往就开始了。他先是拿些古籍中的词句、古诗、对联或旧书画的题跋之类找我辨别字迹、商兑疑义，于是，我得知他虽是教数学的，却又爱好文学，懂美学，擅长武术。我想，以一人之身而具多种才能，可能有其家学渊源。果然，后来得知，他的爷爷孙广庭是一位旧中国的高级军官、学者与收藏家。他正为其写一部大部头传记。此前，他已写了二十万字的传记《爱国儒将孙广庭》，在《黑龙江日报》上连载。这次，很希望我帮他审阅稿件，解决疑难云云。我不好推辞，于是他每隔一周或十天半月，便拿来几万字的打字稿，让我审读，提出意见。每次晚饭后来，常弄到后半夜，无间寒暑。直至 2003 年 8 月，其大作告成，打字稿积一千四百余页，我又帮他复校一过，目力为之衰。其间我的两本小书《训诂学说略》《王力〈古代汉语〉注释汇考》也忙于出版或正在撰写，又要上课，兼诸多杂事；且年届九十之老母，癌症晚期，住于我家，靠注射杜冷丁度日。真是焦头烂额，狼狈万状。然而，我还是坚持帮他审完了这部巨著，无怨无悔。总结起来，其原因盖有二焉：

首先，我在事情开始时，见他恳切执着，又觉兹事体大，即答应帮他做完此事。古语曰："一诺千金""为人谋而不忠乎？与朋友交而不信乎？"我不能食言。

其次，在其事进行过程中，我越来越觉得这部传记极有价值，能帮助他完成这一巨著，于国于民，都是一件极有意义的事。

这是一部大部头的平民传记。但因传主孙广庭为 20 世纪初一位叱咤风云的传奇式的人物，故其传记亦充满传奇色彩。因全写真人真事，故其艺术震撼力远胜小说。诸多情节，如智伏白俄、力挫日寇、深山剿匪……皆足以惊心动魄。孙广庭曾活跃于旧中国军界、政界,而20世纪初叶、中叶,中国又正值列强瓜分,民国初肇,军阀混战,国共相争,日人入寇……而孙广庭所生长、生活之东北,遭日俄争侵之祸尤烈,满洲沦陷之害綦深,军阀、土匪横行之灾最甚。诸多重大历史事件、重要历史人物,纷纷跃然纸上,呈现于读者面前:俄白匪头目,日侵略军要人,张作霖父子及其战将、谋士,蒋介石等国民党军政头目,中华民国的几位总统,山头林立的吴佩孚、段祺瑞等诸军阀,日本天皇……大至大国领袖、帝国将相、豪杰俊士,小到农民、商贩、绿林好汉、土匪流氓……有名者将近三千,有血有肉、性格各异的真实人物超过九百。可以推测,起码今之中日两国,不下万人,都可以在这本巨著上寻觅到他们父祖辈的形迹。其传记时间跨度近百年,空间以中国东北为中心,延及全国、世界,记其重大事件,形形色色、各行各业人物之活动,叙写生动,不啻一部关于旧中国的小百科全书。研究"二战"史,旧中国外交史、文化史,中俄、中日近代关系史,东北近代史,伪满洲国史,哈尔滨人文史的人都可以从此书中获益。而且,因孙广庭是位旧学修养极深的知识分子,赋诗撰联、版本目录、文字训诂、文物鉴赏,无所不能。曾自作小传,叙写详赡,而其嫡孙学孟克绍箕裘,多方钻研,广搜资料,故书中凡涉及以上诸事,皆刻画入微,极尽委曲深邃之能事,虽专业人士,亦不能不服其高妙,此为该书之又一特色。我阅读至再,深有感喟:孙广庭之逝世,标志着旧学渊深的一代知识分子之凋零,想再寻找像他那样渊博淹通的学者,恐怕很困难了。

然而,最使我感动不已的,还是主人公孙广庭那爱国爱民、坚忍不拔、克己为公的优秀品格和高尚精神。我认为孙广庭这一类人的造成,是中国传统的旧学与20世纪之新学联手培养人才的最成功的杰作。鲁迅先生《且介亭杂文·中国人失掉自信力了吗》有云:"我们从古以来,就有埋头苦干的人,有拼命硬干的人,有为民请命的人,有舍身求法的人。"孙广庭可谓兼此数种人之特点而有之。而现在,恕我直言,像孙广庭这样的人,已经真如凤毛麟角,难以寻觅了。这也是我认为这部书可贵的原因。

说到这里,我倒觉得,不是作者孙学孟要谢我,而是我要感谢孙学孟先生,以二十年之心血、极大的气魄与毅力,为读者献出了这样一部高品位、高质量、高价值的皇皇巨著;感谢他为中国,也可以说是世界文化事业做出的巨大贡献。我斗胆断言,此书必将在各界读者中引起巨大反响,可传世而不朽。不同的人,包括我们的日本友人,都可从中取得极其宝贵的精神财富及重要借鉴。

是为序。

序成,意犹未尽,吟成数句:

塞北山河秀,黑土毓俊奇。髭龀渐浓郁,壮岁挺英姿。龙蛇争大地,户牖窥豹螭。金瓯缺残日,志士扼腕时。偷生非雄杰,赴难是男儿。匹马伏俄匪,偏师慑倭夷。丰功昭青史,豪气贯虹霓。裂眦叱狂虏①,白眼视鲸鲵。祁寒知松柏,霜节讵能移。国破频泣血,家贫宁摧眉。妻女困病死,阖门食粥糜。倾囊贮珍籍,祸灾亦不辞。举世惊宝藏,宿学为留迟②。一朝阴霾扫,赤县绽芳芝。古书献民众,片纸未曾遗。卌载积蓄尽,此事实难为!一身何长物?皓首向东篱。暮年穷研《易》,彬彬足可垂。文相《正气》颂,于公《石灰》诗。我读《玉石录》③,清夜为敛思。伟哉不见子,痴风诚宜追④。侠骨熏华夏,鬼神长戚悲。

---

① 狂虏,指土肥原贤二,至其家劝降,为其叱去。
② 宿学,指著名学者罗振玉,曾过孙广庭宅,惊其藏书之富,慨叹不已。
③ 本书原名《玉石录》。
④ 孙广庭号痴侠,晚号不见子。

目　　录

1

楔　　子

1957 年 9 月 18 日,哈尔滨,天空蔚蓝,阳光明媚。圣·索菲亚教堂的大钟在不停摆动,"当——"发出洪亮的声响。

东北烈士纪念馆门前,年逾八旬的老者孙广庭,戴一顶旧的有檐黑夹帽,穿一套略显肥大的黑干部服,脚踏一双自制的黑毛边厚底便鞋,站在古希腊科林斯式高高的柱廊顶托着的巨大的山花下。他天庭饱满,地阁方圆,鼻直口阔,硕耳后抿。长长的寿眉下明目炯炯,飘在胸前的银须随风拂动。老人家上身稍长,下肢略短,用文明棍拄地,却未握手柄,而是握着离顶端七寸之颈部,如法老执权杖那般,昂首平视。

一辆老式电车沿着石头道上的铁轨,咣当咣当,摇摇晃晃地在他面前驶过,行进中不时擦出蓝色的电火花。远处传来圣·索菲亚教堂悠扬浑厚的钟声,引起他关于尘封如烟往事的共鸣。

西边,一座大桥状似弯弓,气如长虹,两侧铁护栏镶嵌扬展翅膀的飞轮。桥头灯塔装饰着二十四个花环浮雕,清秀遒劲的行书题名"霁虹桥"颇为醒目。一位花甲开外的老人,中等身材,穿着合体的中山装从桥上走下,奔东而来。他就是昔日东北少帅张学良的同窗好友——关玉衡。

孙广庭走到一曼街道旁,身后不远处,关玉衡高声喊道:"孙馆长,孙馆长!"

孙馆长手持文明棍,刚要过马路,回头一看,道:"玉衡,你也来此凭吊?"

"忘记过去就意味着背叛嘛!丹阶先生可是年年来看您的老部下王德林,都十年啦!"

"玉衡啊,咱们是名副其实的同志,往后你最好直呼我的名字'广庭',好吗?"

"为什么?"

"会觉得亲近些。走,去我那儿坐会儿。"

"好。"

两人穿过人行道,径直向文史馆走去。

1

烈士纪念馆对面吉林街 130 号，是一座欧洲古典复兴巴洛克式建筑风格的黄色小二楼。楼前挂着两个白底黑字条形牌匾，左侧是"黑龙江省文史研究馆"，右边为"黑龙江省政府参事室"；中间乃带扶手的十二级石阶，被缓台分成上下两层。

关玉衡随孙广庭拾级而上，行至缓台向北眺望道："丹阶，从你们文史馆能看到松花江。"

"松花江是东北的古川大河，目睹过许多历史的沧桑巨变。"

馆长室里，临街的一面由半圆形的落地窗围成，阳光铺洒满屋。门旁陈列两个一米二高的古瓶，墙上挂着六幅古画，案几上摆放着砚台、香炉等古玩和一部高几盈尺的《易巽》手稿。

关玉衡坐在办公桌旁的椅子上，指着其中的五彩双耳龙凤瓶问道："这对瓶古香古色，颇为精致，不知是哪个朝代的？"

孙广庭拿着竹壳暖瓶往茶杯倒水，回答道："明万历年间的。"

"丹阶，您怎么将家中的珍藏都搬到单位了？这里快变成文物馆啦！"

"烈士们把生命献给了人民的解放事业，我只不过捐些身外之物而已。"

关玉衡拾起茶杯喝了口水，叹道："今天是'九一八'国耻日！"

孙广庭道："玉衡，'九一八'事变和你关系最大。"

关玉衡插话："和您关系更大。"

"这话从何说起？"

"日本史学界权威人士信夫清三郎曾云，'九一八'事变有三个导火线：间岛事件、万宝山事件、中村大尉事件。"

"不错，日本意图使东北为其殖民地，是以朝鲜人作为尖兵移居东北，从事垦殖。无中生有的间岛，早在伊藤博文任朝鲜统监府'统监'时，就被日本选为征服满蒙的'桥头堡'，他们经常在那里惹是生非，时时引起纷争，成为中日之间纠纷的根源之一。"

"您 1922 年在'间岛'粉碎了日军占领东北的三次重大图谋，才迫使日本于九年之后，即 1931 年 9 月 18 日方找到入寇东三省的可乘之机。"

"守土卫民是军人职责，我可不敢贪天之功为己有。"

关玉衡道："日人宣称间岛事件是由于延吉韩侨与中国人对立，日本警察同中国军队发生冲突的事件。"

孙广庭摇摇头道："事件的真相是日本巡察龙井炫示淫威，先向我巡逻小组开枪挑衅，并无对立前因。"

关玉衡又道："万宝山事件，日本警察武装支持建坝的韩侨都是自间岛逃至长春西北万宝山的,所以和您也有关。"

孙广庭大惑不解:"那些韩侨受日本驻长春领事田代重德唆使、流亡东北的韩侨李升薰诱惑,才去万宝山的,与我有何相干?"

关玉衡笑道:"日本人在间岛没兴起大浪,才鼓动间岛韩侨到万宝山闹事。既然这事件与间岛有关,就与您有关。"

孙广庭指着关玉衡,学着他的声音:"信夫清三郎说,中村大尉事件是中村震太郎大尉与预备役骑兵军曹井杉延太郎被屯垦军第三团团长关玉衡秘密处死的事件。恐怕这事件应该与我无关了吧?"

关玉衡想了想,问道:"丹阶,为什么我处决两个日本间谍,就成了关东军进攻北大营的借口,而您的旧部在间岛击毙两名日本警察,结果吉林省政府拨款两万日元,抚恤两个死者就了事了?"

孙广庭道:"这你得问日本战犯,他们心里最清楚。"

关玉衡表情严肃地道:"那是因为您敢于针锋相对,蒋介石却主张不抵抗。"

"蒋介石念书时叫蒋志清,那时还是个有骨气的青年。"

关玉衡惊诧地问:"您认识蒋介石?"

孙广庭平静地回答:"是的。"

"什么时候认识的?"

"大约半个世纪前,在日本东京,我俩是振武学校同学。"

关玉衡恍然大悟:"当时在那所学校里,可是聚集起一大批对后来的中国产生重大影响的风云人物,民国年间中国军界重要人物的姓名大半都可以从学校的学生名册中查出,其影响于中国军政界可谓大矣。"

"你这番话确是所言不虚。与我同编一班的,就有杨宇霆、丁超、熙洽、张焕相。比我高一期的四班,则有日后段祺瑞帐中的'小扇子军师'徐树铮以及韩麟春、崇恭、陈兴亚、陈嘉乐等。"

"蒋介石呢?他是你高年级的同学?"

"不,他比我晚几期。"

"当时您没有想到这个小学友就是后来的国民革命军总司令吧?"

"万万没有想到。"

"丹阶,弃笔从戎,浮海东渡,堪称您人生旅途中的重要抉择。"

"是吗?"

关玉衡语气坚定地道:"当然,那是您活用真假'空城计',力挽狂澜,一夜成名的基石。"

"人们都说'好汉不提当年勇',那些陈旧往事不足挂齿。虽然我们已至垂垂老矣,但切不可靠回忆虚度光阴,依旧要向前看。"

"中国的希望寄托在年轻一代身上,我们未完成的事业也要靠子孙来继承。"关玉衡慨叹道,"可怜天下父母心,自古以来,人们皆望子成龙,可真正成大业者又能有几人?"

"做任何事情都得靠打好根基,所以孩子成才的关键往往在于母亲教导有方。"

"孙委员,当年伯母就是因为培养出您这位英才,才获得民国大总统徐世昌赏赐的亲题褒扬匾额,吉林省长王永江亲自主持省政府褒扬典礼,关东才子王尔列亲笔撰写六帧中堂《孙母李太夫人褒扬颂并序》,可是扬盛名于天下。对了,玉衡斗胆有一非分之求,不知当讲与否?"

"你我可谓莫逆之交,有什么尽管直说好了。"

"能否将伯母教子成龙的秘诀奉献出来,哪怕透露一二,也能泽被后世。"关玉衡笑道,"从而让众多学子少走弯路,捷足飞跃龙门,以慰天下慈母之心。"

孙广庭捋了下飘在胸前的长须,朗声应答道:"好,如果你喜欢听,我会将我求学的历程甚至包括隐私全都告诉你。"

"哈哈,真是江山易改,本性难移,你还是当年的孙大爷,爽快!"

第一章　教子成龙

一　喜生贵子

奉天,今称辽宁,据史料记载,古为幽州,乃舜帝所封。夏商并入冀、青两州,战国属于燕地。汉代分辽东、辽西、玄菟三郡。隋唐于此地设安东都护府,辖九府四十一州一百县。此地土沃泉甘、物产殷阜,久享"龙兴之地"美誉。为祈"承运",清顺治六年,尊为"奉天",设昂邦章京拱卫。

清移都北京后,奉天一直被视作特别区,光绪年间方改为行省,始出现"奉天省"称谓。沈阳市时称留都盛京,其南临东京辽阳,北通名邑铁岭。辽阳乃辽、金历代京都,不乏文人墨客;古城银州,则有扬声华夏之龙首山。

龙首山可谓美丽、神奇、壮观,久负盛名的银州八景之首——"龙首寻秋"即指此。山中冈峦起伏,树木繁茂,野鸟呼人,山花媚客,自古即多野蔷薇。年年五月,山谷烂漫如红锦一般,香气扑人。采花倩女三五结伴,往来红绿丛中,宛如画卷。每逢秋高气爽,红叶满山,霜林呈紫,入山寻秋者不绝于道。明永乐头名进士、华盖殿大学士、首辅大臣陈循有《龙首寻秋》诗赞云:

> 霜林变丹红,秋高天气迥。
> 幽人植杖来,踏遍碧峰顶。

大清康熙皇帝登临龙首山,赋诗《铁岭》云:

> 雨余塞草自绿,日出山花更红。
> 辙迹神州近远,骥鸣广陌西东。

龙首山位于铁岭东部,左窥城区,右枕柴河。山从东南蜿蜒而来,绵延十余里,势如长龙,至柴河曲折处,嶙峋突起,如龙昂首。

光绪二年丙子正月二十四日,即公元1876年2月18日,孙广庭出生于龙首山下卧龙沟畔熊官人屯中街三间低矮土坯茅草屋内。他来到人间第一声啼哭,声音分外洪亮,传播广远,给满屋之人皆带来惊喜。

耀先公,名永德,年过不惑,可谓得子甚晚。他欣喜之余,忽有所感,忙与妻李氏相商:"茅屋狭窄,难容其声,何不顺势利导,为之取名'广庭'!"

李氏凝视爱子,面颊残挂泪珠,含笑应允:"耀先,闻听清贫人家孩子可官费出国读书,小广庭生而逢时,啼声又是这般响亮,也许将来有这个福分。真盼着这孩子长大能光宗耀祖,为咱孙家门楣添些光彩!"

"幼童出洋留学,尚需签名画押,写上'十五年不能回国,遇疾病死亡,各安天命,政府概不负责'。好孩子岂能往庙上舍!何人乐意做这等蠢事,将儿子送向大海深处?"耀先公持有异议。

"可也是,西洋人只会贩鸦片、烧圆明园,至多建几所尖顶教堂,其实也没什么好学的!"美好憧憬破灭,李氏灼灼的目光中闪现迷茫。

"看来,只有幸博一衿,方能跻身显贵。"耀先公长叹口气,"唉,难哪!"

"难?难啥难,我就不信能比登天还难?"李氏反问蕴含锲而不舍之刚毅。

"这世道黑暗。即使天上掉馅饼,也不会落到穷人家屋顶。"耀先公满脸沮丧,追思耳闻目睹心酸往事:

孙氏家族世居直隶省(今改河北)永平府卢龙县,乃商朝孤竹国京都,伯夷、叔齐逊让君位故里,唐王昌龄《出塞》"秦时明月汉时关,万里长征人未还。但使龙城飞将在,不教胡马度阴山"中所云龙城。此地山清水秀,绕村而过之青龙河清碧透明,永不封冻,蜿蜒蛇行,南汇滦河,却清浊分明而不混。

耀先公曾祖父文起公膝下有四子,依次名为仁、义、礼、信,皆勤勉忠厚,享誉乡邻,可谓家道殷实,人丁兴旺。乾隆中叶,因青龙河水泛滥成灾,顷刻之间村庄房倒屋塌。全家老小无处栖身,只好噙含热泪,沿泥泞山路艰难北行,背井离乡,来闯关东。

那时,关东实施封禁政策,辽河流域乃掘土为壕,垒土为墙,插柳结绳,修筑柳条边墙,以定方圆八百里禁地界限。其状诚如康熙年间杨宾所述"高者三四尺,低者一二尺,若中土之竹篱"。拓荒者倘若敢越雷池一步,皆以破坏皇家风水论罪,轻者开刀问斩,重者诛灭九族。

文起公一家经过长途跋涉,至盛京北邻铁岭县城东南何家氏屯村西之卧龙沟。目睹沟内景色灵秀幽奇,寻常林岚时隐时现,飘浮不定;间或薄雾弥漫,轻柔如纱;偶尔氤氲之气充盈,经日光照射,也会变幻成异彩纷呈的紫烟。遂决定在这里开荒耕种,繁衍生息。历经四世辛勤拼搏,家境仍无多少改观。长明公(孙礼长子)见次子聪颖,决计供他读书,并语重心长叮嘱:"永德呀,送你去念私塾,我还为你起个表字'耀先',就是盼你能替咱祖上争光啊!"

耀先公略知文墨,酷爱花木,平素别无嗜好,享有孝名。从先人手里,他除承袭了一身"驴打滚"高利债务,再则即是发愤图强,兴家立业之强烈愿望。耀先公志趣不低,又吃苦耐劳,年三十余,方经同学侯七敬介绍,至熊官人屯村首四合长染坊做工,虽备受东家张掌柜青睐,但身为伙计,寄人篱下,终难成大事。倏忽之间,已近不惑之年,父债尚且没有还清,莫说"兴家立业",连家之影子亦渺无踪迹。

村西李富,隶前清旗籍,世居熊官人屯,娶妻为铁岭城北段木岭村魏氏。李富性情豪爽,为人仗义。他见孙永德忠厚孝悌,又身怀薄技,主动将女儿下嫁,才免除其"不孝有三,无后为大"的罪过。虽有泰山大人帮衬和妻室贤惠勤俭,孙家生活依然捉襟见肘,不见起色。两个活泼可爱的女儿皆因营养匮乏,弱不禁风而先后夭亡。

李富此番闻外孙出生,忙偕夫人魏氏,携红糖、猪蹄、老母鸡来到孙家。启开堂屋两扇房门,左右皆为灶台。右上方安放水缸,木制缸盖平面兼做切菜板,其背为十字形固架。水缸附近墙壁上砌有小洞,内设自制神龛,供有灶王神位,上书"人间监察神",两侧配有对联"红火通三界,青烟透九霄",那骨力遒劲之颜体,一眼望去便知是女婿永德所书。

魏氏见亲家母周太夫人喜挂眉梢,双手合十,面对神龛,喃喃祈请灶王爷默佑孙儿平安,忙上前道贺,却隐约听到有啜泣之声,立刻面现狐疑。

"昨夜,你闺女听到小广庭啼声,竟号啕大哭。"周太夫人语无伦次,"或因得子太晚,才又喜又悲。"

魏氏跨入西间里屋,与灶台相连之火炕上,小广庭尚在襁褓中,仰面朝天。女婿永德立于其侧,垂张两只大手,引颈呆视,不知所措。女儿从起伏之薄被里伸出头,眼睛红肿,发髻蓬松,手捂前胸,倾情哭诉道:"妈,怎么按也挤不出儿滴奶,我深惧广庭也似他两个姐姐,在人世间匆匆一过。"

原来女儿泪流满面,是担心没有充足母乳,外孙难以生存。李富细看广庭小脸儿涨得通红,忙将女婿唤到跟前:"永德呀,壮年得子,固然为梦寐以求之大喜,可亦势必增重负担。自古好事多磨难,贵在经得起磨砺。当务之急,是想方设法,竭尽所能,无论如何也要将小广庭抚养成人!"

"永德,孩子都哭得背过气啦,你还愣在那做什么?"李氏听见广庭嗷嗷待哺,忙催促丈夫道,"快去煮一碗高粱米饭,要八成熟的!"

耀先公应声跑至外屋地。一袋烟工夫，他额头沁出几滴汗珠，捧着冒热气的饭碗，走到妻子跟前。李氏不顾产褥中的羸弱，强挺坐起，用颤抖的双手接过饭碗。将高粱米饭放进口中细细嚼烂，然后置于白布内，用力拧绞出汁，再一口一口喂到广庭嘴里。

天色渐渐变暗，已近黄昏。茅屋里仿佛布满阴云，压得人们几乎透不过气。这时，门外响起有节奏的敲击声。耀先公忙出来迎接客人，抬头一看，却是位云游道长，鹤发童颜，又瘦又高，背负倚天长剑，他心想："这位素昧平生者若要借宿，可来得不是时机。"

"施主，贫道这厢有礼了。"道长见耀先公有些尴尬，先举起一手行个稽首礼，然后顺势指指门楣上的红布条儿，"贫道游龙首山，访三清观，偶过此地。昨夜夜观天象，隐约听得远处有婴儿啼咷声，今见府上果有大喜，敢问贵子何时所生？"

"我家小儿半夜子时出生……"耀先公边答礼，边躬身向屋里相让。

"不错，不错！生辰八字很好！"

道长却是固执如钉，站在雪地上纹丝不动，口中自言自语。

耀先公见状，以为道长是求布施，正因囊中羞涩愧疚，不料道长却丢下一句话："久闻高僧函可曾言'丙子黄道吉祥日，龙首月夜俊彦生'，贵公子过百晬时，请允许贫道再看看面相吧。"

道长说罢即施礼告辞，竟转身扬长而去。雪地上留下一串长长的脚印，脚印甚浅，迅疾为雪花所掩。

耀先公大异："东北老剑客踏雪无痕侯华泰，在江湖上久享侠义盛誉，莫非这道长即是侯老剑客？"

不觉又过八日，小广庭洪亮啼声依然如旧，耀先公始放下久悬之心。

黄昏时分，望见村塾齐国城先生正与村民于四合长染坊门前闲聊，耀先公走近恰好听到"唇亡齿寒，大清属国沦为日人扩张的跳板，恐我关东大地始无宁日矣"，方知是为东邻朝鲜与日本缔结《江华条约》之举。对此途中所闻只言片语，耀先公顿生无限惆怅，只恐小广庭时运不济，长大遇上更为动荡的战乱年代。

小广庭过百岁那天，风光无限，全身华贵服饰，与简陋寒舍形成鲜明对比。

"哥，这些百岁礼品将小广庭打扮得焕然一新，你评价评价其中哪件最珍贵？"小姑调皮地问。

"银制的百岁儿锁，小巧玲珑，镌刻'长命百岁'，五彩线带系挂胸前，熠熠闪光，外祖母的礼物令人目眩。"耀先公窥视妻子一眼，脱口赞道。

"那,咱妈的呢?"

"大红兜肚遮住脐腹,寄托着祈盼孙儿兜住天赐洪福的深情,祖母的杰作亦不逊色。"耀先公左右逢源。

"最使我们感到欣慰的,当然是妹妹亲手缝制的蓝紫开裆裤。"李氏笑道,"那一色蓝、一色紫的裤腿,正是阻止孩子夭折的隐语,俚歌所云'姑蓝紫,永不死',可谓祝福广庭一生平安的吉庆之兆。"

"还是嫂子嘴甜会说话。"小姑兴奋不已,面泛绯红。

作为众星所捧之月,小广庭显得异常活跃,间或引发欢声笑语,阵阵飞扬。

辰时一刻,云游道长飘然而至。耀先公忙抱起儿子相迎。道长伸手接过孩子,婴儿粲然一笑,道长也开怀笑道:"此子天庭饱满,地阁方圆,五官端正,双目炯炯有神,可谓福相,将来定有不菲作为!"

耀先公痛感斯时外患迭起,险象环生,国内正途反被捷径所压,贤者辄为巧人所欺,受任者即鲜知洁己,专以取利为心。自己两手空空、一贫如洗,本无望子成龙妄想,可听道长如是说,不禁从心头又燃起希望的火焰。

"谢谢道长过奖,但愿应验吉言,小儿能有腾达之日。都说名字与前程命运相关,再劳大驾,给孩子赏个名吧。"

"难道小公子还没有起名?"

"不,有个乳名叫'广庭'。"

"广庭……"道长沉吟片刻,"甚佳,不妨改作大号。"

"那,究竟好在哪呢?"李氏想弄个清楚明白,情急之下,手指广庭,插话询问,"是不是说这个小屋子装不下他?"

"这是自然。"耀先公嫌妻唐突,忙打起圆场,"此系拙见。'广'为殿堂大屋,堂无四壁,盖所通甚远,惠及万民。'庭'乃指朝廷堂阶前门屏内之地,直达天子脚下,其宏伟气势远非小茅屋可比拟。况且'广'包罗大、远、博、多、宽数解,'庭'含寓直、中两意,可谓褒扬备至。"

"仅从字面观之,诚如施主所言。有部古书名曰《孔丛子》,是专门记载儒教宗师孔了弟子的,内中《公孙龙传》有'广庭大众'之说,可做佐证。"道长没有介意李氏的冒昧,侃侃而言,"固守牖下,难以修成大业,好男儿理应有鹏程万里的远大志向。依贫道之见,还是这小茅屋装不下为好。"

听道长一番宏论,耀先公大为折服,品味开头的"仅"字,又觉得内藏玄奥,顿生好奇之心:"'广庭'这个名字,莫非还有更深层次的解析,敬祈仙长不吝赐教。"

"'廣'字一十四画,一加四合则为五,庭字九画,反吟'九五'。依据《易经》数理,五占阳数最中位,九居阳数最上位,内蕴含'至尊中正'之意。此诚做人之本,故为名甚佳。余者天机不可泄露,恕贫道不便多言。"随即面对广庭,口占一绝:

> 子时祥降理占先,五行变幻始料难。
>
> 修身养性积德善,汝命在汝不在天!

道长不容耀先公再问,将孩子递还给他,口中说道:"倘若贫道与广庭缘分未尽,迟早定会重逢。"言罢揖礼告退。

从此,孙广庭的名字是老道起的,被熊官人屯村传为佳话,且愈传愈广。

二　久梦成真

广庭百岁子夜,耀先公南柯一梦惊醒,依稀记得荒诞古怪之梦境,遂于枕席之上絮说无忌:"云游道长推测,可谓立竿见影,果然有所灵验。适才梦中广庭居然长大成人,身穿六品文官朝服,却骑着匹赤红战马……"

李氏看看身侧,儿子正在酣睡,认定丈夫所言尽是呓语,一笑而已。

"……广庭近前禀告:'阿爹,左宗棠大人新疆平叛首场硬战,攻占迪化告捷。'闻听声音,却是陌生得很,好似京戏道白;端详长相,也不甚像广庭。刚想询问清楚,那人早扬鞭策马而去……"耀先公叙述入微,活灵活现。

"梦由心生,或为朝思暮盼之故。"李氏不善圆梦,姑且信口应对。

五十日后,梦中言及新疆之战事,居然变成现实。且以此为契机,西部边陲振奋人心的喜讯接连飞越广运千里的大漠,传至塞北关东。如此天作巧合,夫妻相视称奇。

中亚浩罕汗国总司令阿古柏率兵入侵,掠夺喀什噶尔、和阗、阿克苏、库车、莎车、叶尔羌、乌什七城,成立哲德沙尔汗国,即七城汗国,自封巴达吾来特阿孜,意为"洪福之王"。又仰仗英国撑腰,越过天山,占领吐鲁番、迪化。

光绪三年,清廷左宗棠西征大军以破竹之势赢得达坂、托克逊、吐鲁番三大战役,正拟乘胜追击,犁庭扫穴,却节外生枝,出现一波三折。

大英帝国悍然蹿至前台,外相德尔比威逼中国准许阿古柏称喀什噶尔王,英国政府宣布派遣罗伯特·肖充当驻喀什噶尔公使,明目张胆助纣为虐。沙皇俄国玩弄权术，欲趁火打劫，派总参谋部军官普尔热瓦尔斯基，率"探险队"至南疆为阿古柏出谋划策，同时令库罗巴特金率官方代表团，赴喀什噶尔签立边界条约，妄图将疆界由伊犁再向东南延伸，从纳喇特岭移至达兰达坡。

朝廷惶惑，群臣纷纷奏请"缓进徐图"，以防"衅端别启"。独有左宗棠力排众议："英人要为浩罕人立国，则割英地与之，或即割印度与之可也，何乃索我腴地以示恩？且喀什噶尔即古之疏勒国，自汉代已隶中华，固我旧土也……尺寸不可让人。"执意挥戈南下。

伴随频传的捷报，仰仗父母的关爱，小广庭终于逃脱步姐姐后尘的厄运，靠大红高粱米汁奇迹般生存下来，并渐渐长大。

可是孙家窘迫依旧，生活日趋艰难，耀先公额上的皱纹变得既深且长。李氏许久未闻丈夫爽朗的笑声，几乎忘记其开心的模样。

随时代演变，染业日趋落伍，耀先公虽技术纯熟，为人忠厚，并辛劳为东家兼收柜账，却收入低微，勉强糊口，常为吃穿犯愁。

光绪六年畅月，朝阳初升，晨雾消散，一夜清雪过后，纤尘不起，空气格外清新。熊官人屯村东十字路口，侯七敬昂首挺胸，沿东西大道款款而来，望见耀先公腋下夹本账簿，黯然神伤地顺南北小径怏怏缓行，忙健步迎上，抱拳施礼道："耀先兄，正欲往府上拜访，不期途中相遇。左大人西征所向披靡，以迅雷不及掩耳之势直捣喀什噶尔。阿古柏绝望自杀，沦陷十二载之久的南疆旧土皆已光复。举国上下欢天喜地，为之雀跃，唯兄闷闷不乐，究为何故？"

"民以食为天，吾满腹愁绪，哪有心思关心天下之事？"耀先公凄切惆怅，哀声叹道，"人活在世上，都想风风光光，干一番光宗耀祖的大事业，可惜命运不济。读书奔仕宦方为正途，我却半途而废，因家贫而不果，人穷志短，奈何？"

侯七敬小心翼翼，故弄玄虚："愚弟恰逢一件喜事，本欲寻兄奉告，分享欢慰，又恐勾起兄伤心之处，还是不言为好。"

"吾堂堂七尺须眉，岂惧往事撄扰。不必吞吞吐吐，有话尽管道来。"

"犬子业已进学，侥幸考取功名！"侯七敬早已按捺不住，脱口而出。

当时，凡习科举业的读书人，未取得秀才资格，无论长幼，均称童生，亦唤儒童或文童。童生应岁试、科试而取中入县学，称为进学。童生一旦进学，哪怕十八岁，士大夫也称之为"老友"；若是不进学，即便八十岁也还称"小友"。所以，进学可是文童梦寐以求的荣耀。

铁岭熊官人屯孙宅。一抹橘红色余晖透过玻璃，从天际映射至屋内。玻璃四周花格里的高丽纸在微风轻拂下，发出难以察觉的声响。耀先公久锁的眉头豁然舒展,精神抖擞之状,比初闻左宗棠收复迪化尚有过之而无不及,进门即高喊:"染缸匠的儿子居然也能进学! 侯大贤侄考上啦!"

"侯家的孩子真的考上了秀才? 这可是天大的喜事儿!"李氏有些半信半疑。

"七敬兄是染缸匠,我也是染缸匠。他的儿子能进学,咱们广庭也能进学!"

"这么说,咱广庭也有可能出人头地?"李氏不禁喜出望外。

"那是自然,只要发愤读书,就能考取功名! 不过咱可得早点供孩子上学。"

面对黑沉沉的夜色,耀先公难以入眠,盘腿端坐在旧炕席上祷告,祈求上苍和列祖列宗赐福于广庭,虔诚地指天明誓:"日后定要精打细算,省吃节用,即便砸锅卖铁,也得供广庭进学,不达目的,死不瞑目!"

许下宏愿,立见行动。耀先公早出晚归,整日在染坊里忙碌;李氏亦与年近七旬的婆母周氏争相纺绩;未出嫁的小姑也跟着浆洗缝补,贴补家用。平日里本就衣衫褴褛的孙家更不见添一件新衣。

中秋节,李氏在厨房煎荷包蛋。广庭闻到香味跑到灶前,伸出舌头,舔舔上嘴唇,咽下一口涎水问道:"妈,啥叫甘旨? 昨晚我听你和爹说要偷着做少许甘旨。"

"甘旨就是好吃的。咱家为供你读书,才断荤腥。奶奶年迈体弱,妈不忍心让奶奶跟着受苦,这是妈专为奶奶做的。"李氏指着锅窃诫道,"记住,即使奶奶给你,也不准要,否则即为不孝!"

"妈,我孝,我听你的话,不要荷包蛋,但我要上学!"小广庭郑重地应诺。

李氏把荷包蛋送到婆母屋里。周氏一见,大发脾气:"我一个老婆子,吃什么不行? 你们要是真孝顺我,就把心思用在咱们广庭身上。只要孩子能有出息,吃糠咽菜比山珍海味都香。"

光绪七年三月初六。

屋内,李氏盘腿坐于颜色斑驳的木躺箱上,边勤女工边教儿子念神童诗:

少小须勤学,文章可立身。

满朝朱紫贵,尽是读书人。

耀先公推门而入,坐在炕沿听着,满脸笑容。

"你是不是笑话我,说起话来也变了声音,有些跑风?"

"请问夫人,英年不足四十,满口牙齿为何几乎全部失落?"

"明知故问,还不都是为救活咱广庭。"

耀先公恭维道:"我再不济,也不敢拿母爱当笑料,其实你吟诵起诗来,依然是那么铿锵有力、富于韵味。"

"那你为啥一个劲儿地偷着乐?"李氏仍在不依不饶地追问。

"是因为正月二十六日《中俄伊犁新约》和《陆路通商章程》签订,我国收回伊犁九城、特克斯河谷和通往南疆的穆扎尔山口已成定局。"

"这么说,老毛子怕咱们啦?"

"那倒不是。听尊五说我国尚忍痛割让霍尔果斯河以西部分国土。这还多亏曾纪泽大人半年之久的努力,方夺肉虎口,甚至英国驻俄公使德佛楞亦称赞说:'中国已迫使俄国做出从未做过之事,把已经吞下的领土又吐了出来。'弱国能在谈判席上迫使强邻有所收敛,实属不易。"

李氏对丈夫所说这些并不十分感兴趣,但也满面春风地道:"苦尽甘来,咱们总算快熬出头啦!"

"莫非广庭念私塾的钱已凑齐啦?"耀先公惊喜地喊道,昏花的老眼里闪出激动的泪光。

"哥、嫂,快过来呀!咱妈晕倒在纺车旁啦!"小姑惊恐地喊道。

耀先公与李氏闻声跑了过去,大哭起来。

八月中旬。熊官人屯孙家庭院,雄鸡立于篱笆墙上昂首报晓。小广庭从温暖的被窝钻出,嘴角上还挂着甜蜜的微笑,扑向母亲的怀里,一下子倾吐出全部的心里话:"妈,我怎么老是梦见自己也背着书包,跟香亭一道去乡塾?"

李氏十分清楚,花九牛二虎之力积攒的家资已荡然无存。而今糊口尚且不易,哪里还有供广庭读书所需束脩?

望着儿子那天真的企求的目光,李氏不由得一阵阵心酸。她强忍住没让眼泪夺眶而出,满怀着爱怜,轻轻地抚摸着儿子的头发,用商量的口吻说:"妈一刻也没忘记奶奶临走时说的'要供广庭读书',可是咱家积攒下的家资已为竭力营葬倾尽所有,甚至又添些新债。唉,一切又须从头开始。孩子,再等等吧,今天先和妈上山砍柴,好吗?"

龙首山北峰有古刹,松柏环抱,古朴幽静,唐曰秀峰,明云水潮,清初改为慈清寺,又名三清观。寺东南有一古塔,始建于明弘治二年,称秀峰寺塔,砖筑,八角九级,耸立山巅,"遥望浮屠插碧空,晴霞拥护倍玲珑",更为龙首山争辉不少。

小广庭喜欢那里的一山一水、一草一木,听说去龙首山,顿时笑容满面,立

即拿起捆柴绳,跟随母亲向山边奔去。途中遇见棵挺拔的青松,广庭效仿父亲神态,摇头晃首,悠然自得,朗诵起刚刚学会的一首诗:

小小青松未出栏,枝枝叶叶耐霜寒。

如今正好低头看,他日参天仰面难。

稚嫩童音吟咏淳朴古诗,确实别有一番情趣,逗得李氏开怀而笑。然而,登上令广庭心驰神往的龙首山,给他印象最深的不是那迷人的风光,倒是慈母的一记巴掌。

龙首山上,小广庭左顾右盼,完全被红叶满山、霜林呈紫的迷人风光所吸引。李氏脚小,行动不便,但刈割格外麻利。临近中午时分,烈日当空。李氏汗流满面,体力不支,精神略有恍惚,柴刀下滑,竟然落至手背,伤深抵骨,鲜血登时流淌不止。

小广庭听见"啊"的一声,看到母亲面色惨白,吓得哇哇大哭,上前抱住母亲大腿,边哭边喊:"妈妈,咱们快回家吧!不能再让你受苦了,孩儿再也不要读书了,我不读书了!"

母亲闻听此言,脸色陡变,松开摁着伤口的右手,一扬掌将小广庭拨倒于地,血滴顿时点染儿子一身。

"你给我住口!以往我是怎么跟你讲的?要枝枝叶叶耐霜寒,不吃苦中苦,难为人上人。小小年纪,竟然说出这等没志气的话,你叫我有多伤心!"

母亲这一番话,母亲当时的神情,母亲手上的鲜血和母亲眼角的泪水,像是刀刻斧砍般牢牢印在小广庭的心上。此情此景,广庭直至垂垂老矣,仍眼含思亲热泪,屡次讲述与儿孙们听。

当时面对慈母发威,小广庭身心皆受到强烈震撼,整个下午,直到红日西沉,未再出一语,只是默默不停地帮助母亲捡拾柴火。他觉得特别惭愧,他不敢看母亲的脸,更不敢看母亲草草包扎起的左手。

短短一日时光,孙广庭仿佛长大十岁。从龙首山归来,看到小伙伴们相偕走进乡塾,他再没有在父母面前说过一句羡慕的话。

乡塾门前空地上,从此难得见到昔日渴望者徘徊的身影。小广庭整天关自己于茅屋内,反复温习父亲所教的那些半生不熟的文字:《三字经》《百家姓》《千字文》……

光绪九年,树叶泛黄。四合长染坊,熊官人屯百年字号,日高三竿,尚无人光顾。张掌柜仰靠于墙角漆色剥落的老式扶手椅上，双目微合，面现倦容，叹气抱怨道："唉，昔日门庭若市，而今冷落萧条，恨我回天乏术，愧对祖上……"

耀先公独倚柜台，沉思半晌，方开口道："我倒有个拙见，不知管用与否？"

"别看你平时少言寡语，但说出话总是有些分量。"张掌柜一跃而起，连声催促，"快些道来，尽诉无妨。"

"东汉时期，新娘嫁衣颜色界定分明。皇室十二彩，官宦人家九、五、四彩不等，唯独商贾，哪怕富甲天下，女儿出阁，也只许穿缃缥二彩袍服。"

"我清楚缃缥乃浅黄及淡青，皆非浓重之色，但这与四合长染坊生意有何相干？"

"可见我国重农抑商由来已久，因为提倡男耕女织，自给自足，长期闭关锁国，商业难以发达，致使西方蛮夷后来居上。自打英国侵犯我大清，五口通商，洋布盛行，土布日贱，从前织布一匹，赢利百文，现在尚且不足其半，此染业不兴之所在。"

"病根寻到，苦无良药，奈何？"张掌柜有些失望，踱回原处，颓然坐于椅子上。

"此路不畅，别开蹊径。朝廷倡导洋务，商家地位升高，不宜妄冠'奸'字，理当顺应其势，随波扬流，常言道'买卖兴隆通四海，财源茂盛达三江'……"

"噢，这是劝我放弃祖宗基业，关闭作坊，迎合时尚潮流，改为行商？"

"也不尽然。染业虽清淡，尚有利可图，未到绝境，岂可轻易舍弃？此屋空旷，何不鱼与熊掌兼容，坐而经商？"

沉寂良久，老掌柜下定决心道："商机不可失，一闪即逝，速雇车往邻村收取柜账，顺路至赵家沟搬运些松枝，回头再去城里办齐年货。三日后，放几挂鞭炮，'四合长杂货店'开张！"

离熊官人屯不远的赵家沟，耀先公坐在装满松枝的马车上，正欲扬鞭催马，忽从道旁蹿出一小童，站在马路中间，两手叉腰，挡住去路，大声喝道："哒，此路是我开，此树是我栽，要从此地过，留下买路财！"

耀先公定睛一看，认出是赵二之子。赵氏乃无赖之徒，横行乡里，素有恶名，便劝说道："大侄子乖，听话，到一边玩去，你大伯还急着赶路呢。"

赵氏子诡秘一笑，戏于车旁，抽柴取乐，为松枝所伤，立刻坐于地上，号啕大哭。

赵二闻风而至，手持齐眉棍，张牙舞爪，大发雷霆："快，把四合长染坊张掌柜叫来！"

15

耀先公看出其图谋,遂声称:"此柴为自家所用,赔偿由孙某一人担之,尚祈息怒。"

"明明替柜上办事,为何代人受过,打肿脸充胖子? 想要大事化小,实属异想天开!"赵氏料定孙家榨不出油水,只有沾刮上四合长染坊,方能满足私壑,故而把大棍拎起,狠狠向地面一撞,气势汹汹道。

耀先公貌似文弱,然一身傲骨,他凝视虎视眈眈的赵二,慢慢吞吞地道:"我愿将所有积……积蓄拿出补偿。"

赵二乜斜眼睛,上下打量一番衣衫褴褛的耀先公,用嘲讽的口气呵斥:"哼,就凭你,还能趁几文鸟钱?"然后,伸出巴掌使劲一挥道,"不行! 根本没门儿!"

熊官人屯孙家房前榆树上,几只小鸟栖息在枝头,似乎正在窃窃私语。李氏从集市上归来,小鸟一哄而飞。她见广庭仍将自己关在东屋温习功课,便推开西边的房门。

广庭三岁的弟弟振庭雀跃而呼:"妈,咱家的家机布全卖出去啦?"

"苍天不负有心人,三年辛苦未空忙,寸积铢累,总算略有起色。振庭,咱家的梦想即将成真,你哥快上学啦! 妈明儿个做块大豆腐给你解解馋,庆贺庆贺。"李氏冲着儿子笑道。

振庭拍手大笑:"好啊好啊,我早就盼望吃卤水豆腐了!"

李氏也抿嘴一笑,小心翼翼地打开炕上的木箱,从底层捧出个旧布包裹的匣子,她将手心攥过、尚存余温的几枚铜钱放入,又按捺不住,摸出全部存蓄,仔细数过,自言自语道:"不多不少,正好三百六十吊。"

李氏正暗自庆幸,孩子的心愿可化为现实,房门突然被撞开,丈夫踉踉跄跄迈进,后面跟着一伙凶神恶煞般的人。

"嘀,好家伙,有这么多钱!"赵二狞笑道,"孙老兄,我还当你扯谎呢,你可真是厚道人。"

"哇……"振庭吓得失声而哭。

目睹儿子求学之资不翼而飞,李氏胸中隐痛如撕肝裂胆,但没落下一滴眼泪。瘟神出门后,耀先公劝道:"你身怀六甲,千万要想开,要哭就哭吧,别气堵成病。"

"权当花钱免灾。可广庭都九岁了……"李氏表情依旧,声音顿显苍凉。

广庭从门缝向外窥视,望见母亲微微凸起的腹部,他脸上流淌下两行热泪,对手中的《三字经》轻声道:"我今生恐与读书无缘。"

接二连三的挫折反而铸就刚毅过人的耐力,李氏亲操家务,井臼之余从事田间,手足胼胝不懈,为重敛家资,又购木棉织布,常至夜半方辍。

夜晚,明月高悬,满天星斗。耀先公于枕席之上说悄悄话:"孩子他妈,人身不是铁打的,可得注意休息。"

"听说张掌柜将染坊及杂货店柜事都委托你主持?"李氏问道。

"老掌柜说我精通术算,擅长簿记,待客热情……"

"我看其实还是为赵二那件事,老掌柜敬重你为人仗义。这正应了你常念叨的那句话。"

"祸兮福所倚,福兮祸所伏。"耀先公欣慰地道。

人格的力量亦是无形的财富。老掌柜放心地把买卖托付给耀先公。耀先公悉心经理,为东家获利颇丰。

光绪十二年正月二十四日晨,孙广庭忽然发现,饭桌正中多了碗清水炖豆腐,汤面还漂浮几叶嫩葱,不由得连咽馋涎。

"怪了,既不逢年又不过节,妈妈为何要做好菜呢?"七岁的振庭偷着问四岁的妹妹。

"我也不知道,你问大哥吧。"

广庭忆起昨夜场景,月色澄明,群星璀璨,外面已一片沉寂,茅屋内却不似往日那般宁静……亦是百思不解,面现困惑。

耀先公倒剪双手,于炕沿前漫步而踱,慢慢悠悠念道:

> 传得淮南术最佳,皮肤脱尽见精华。
> 一轮磨上流琼液,百沸汤中滚雪花。
> 瓦缶浸来蟾有影,金刀割处玉无瑕。
> 个中滋味谁知得?只合僧家与道家。

吟罢诗句,耀先公盘腿坐于炕边,告诉广庭,此乃明人苏秉衡写的一首谜语诗,谜底就是豆腐。随即逐句详释之,言及最后一句,李氏冲口而出:"谁稀罕什么道家僧家,咱们广庭要做儒家!"

"缘何断章取义?"耀先公呵呵笑道,"望子成龙乃人之常情,岂有盼其当和尚、老道之理!? 广庭今日上学,我心花怒放,自然语多几句而已。"

广庭见弟妹抢夹豆腐,刚欲伸筷,听及于此,猛然又停住:"爹,你说什么?我要去上学?"

"是啊,此碗光耀门庭清水豆腐汤,正是为祝福你像侯大贤佺那般早日进学。畅享口福、美味果腹之后，爹即领你去学堂。"

自从前年四月长妹出生，明事理的小广庭就不再奢求家里攒钱供自己念书，此时闻听这话，真是又惊又喜，一把推开饭碗，大声叫道："我饱了，我不吃了，我上学去喽！"

狂喜之余，广庭恍然大悟。昨夜母亲灯下穿针走线，改旧翻新衣褂，力求补丁严丝合缝，颜色搭配善美；父亲悉心整理读书物品，伏案挥毫，题字于描红封面。星斗满天，高堂二老仍迟迟未眠，竟皆是在为自己进学堂忙碌。

吃罢早饭，广庭背起书包，脸颊泛起兴奋的红光，大步流星向乡塾奔去。耀先公伴随其侧，不厌其烦絮嘱："广庭呀，业精于勤荒于嬉，一定要用心听讲，千万莫辜负老人一片苦心……"

沿途，广庭觉得世上万物都是这般美好。天变得既高且蓝，乡间小路也比往日宽广平坦，就连迎面袭来的寒风朔气，也被胸中勃发的热情驱赶得无影无踪，甚至父亲那句老生常谈此刻也分外悦耳中听。

两人来到熊官人屯杨先生私塾。私塾里空空荡荡，除南北大炕，排列整齐的书桌外，仅有杨先生孑然一身。久梦成真，小广庭跪伏在孔圣人的神像前面行过大礼，他和父亲的眼角都挂上了晶莹的泪花。

三 小女婿逃婚

读书在纨绔子弟看来，丝毫不觉稀罕，而对于广庭，这可是祖上积攒下的洪福，不容虚耗一丁一点。当时，读书以背诵为第一要义。杨先生目睹孙广庭第一个迈进门槛，进前规规矩矩施礼请安后，端坐于靠窗座席，专心致志，又略带敬畏神态，捧起书本默读，顿生爱怜之意，准备对他网开一面，放弃"立下马威"惯例，不以背书生疏为由，用竹板责打其手心。

同学陆续而至。杨先生手执《三字经》，领学生朗读。年少好动是孩提本性，闻听窗外麻雀欢叫，广庭情不自禁，转颈观望。

啪，教鞭敲击于广庭书桌上。杨先生捋了下山羊胡须，厉目怒瞪，大声吼道："起来，背书！"

"人之初，性本善。性相近，习相远。苟不教，性乃迁……"似放连珠炮般，孙广庭朗声吟诵。

同窗学子皆睁大眼睛，露出钦佩目光。杨先生颔首赞许，脱口而出："聪明，真是天资聪颖……"

"先生，广庭不以诵读为苦，是爹预先教过的缘故。爹说笨鸟先飞，这《三字经》我都背了五年,可爹从没像先生这样夸过我……"

广庭实话实说,其忠厚憨态惹得哄堂大笑。

李氏目不识丁,但深明大义,《三字经》中"昔孟母,择邻处"的典故,更是时刻记在心间。闻听西街齐国城先生,温文尔雅,循循善诱,讲授《大学》《中庸》头头是道,浅显易懂,李氏后悔不迭,遂对耀先公道:"广庭读了半年书,至今还是'人之初',明年开春改送他去西街书馆可好?"

"齐先生见识广博,志向宏大,诚乃忧国忧民之士。从其习齐家治国平天下,最为适宜。"耀先公妇唱夫随。

光绪十三年正月,广庭转至西街书馆,刚行过拜师礼,即闻讥讽声。

"哪儿来个小和尚?穿着袈裟百衲衣。"后座一位同学窃窃私语。孙广庭未加理睬,目不转睛直视前方。

齐先生呼地站立起来,板着面孔训斥道:"叶尔兴,你可知道,人美者乃腹内学问,鸟美者方是外表羽毛。广庭衣着简朴,可读书勤奋,异日定令尔刮目相看,愧叹弗如!"

叶尔兴面显羞红,忙垂头遮掩。

"不偏谓天下正道,不倚乃天下定理。"齐先生继续讲道,"不偏不倚,即为中庸……"

广庭受到鼓励,愈加勤奋苦读,经常手不释卷,伴书而眠。

盛夏一日,太阳即将落山。广庭放学回家,进屋放下书包,立刻绘声绘色地道:"妈,齐先生家居北沟,后院果树园里梨树、杏树最多,有棵根深叶茂的大杏树,结实丰硕,甘甜可口,最招人喜爱。"

"咦,你怎么知道得这么详细?"

"齐先生除了讲'子曰''诗云'外,偶尔有时也领我们至园中玩耍,捕捉害虫。"

"好啦,广庭你不要再说了,"李氏挥手制止道,"从下个月起,去毗邻方心斋私塾读《孝经》吧!"

"妈,我不想去方先生处,还想跟齐先生学。齐先生教得好,还告诉我们不少关于园林的有趣的事儿。"这是广庭生平第一次对母亲的决定表达相左的看法。

"正是因为你们常去果园,我怕耽误学业,才让你转学的。记住,朝廷选拔人才,考的是四书五经,可不是什么杏树梨树!"

胳膊到底拧不过大腿,广庭又奉母命更换师门。

方心斋私塾内。广庭接过方先生发给课本,面现惊诧,小声嘀咕道:"不是讲《孝经》吗? 怎么变成了《礼记》? 看来母亲大人的话也未必全对。"

"原来你这个孝子想学孝道,"邻桌的王尚志开起玩笑,"其实学《礼记》用处更大。"

"原因何在?"

"有'礼'走遍天下呗!"

初来乍到,就遇到个冷僻的"旒"字。

"天子玉藻,十有二旒,前后邃延,龙卷以祭,玄端而朝日于东门之外……"广庭前仰后合,咿唔学语,念了一通,仍不知其所以然。

课间,广庭拾起书本,横看竖看,仔细端详半晌,方向王尚志请教:"这个'旒'字究指何意?"

尚志翻展手中字典,很快神气十足地答道:"'旒'乃是皇帝冕冠前后悬垂的玉串。"

"小小字典,用处如此之大!"广庭羡慕不已地赞道。

广庭回到家,几番欲启齿,望见母亲憔悴的面容,话至嘴边又咽回肚里。

李氏看出广庭有心事,追问再三,没探明结果,故意板起面孔道:"怎么,你还惦念着去西街书馆?"

"妈,我要有本字典那该多好! 今后遇到费解难字,便可无师自通。"广庭终于忍不住脱口而出。

面对孩子渴求的目光,李氏二话未说,立刻告贷四邻,典当服饰,捧回部《康熙字典》。耀先公亲自执笔,题写书眉,千叮咛万嘱咐,要儿子多加爱惜。

母亲噙含泪水的眼睛,父亲微微颤抖的手臂,给广庭留下深刻印象,他感悟到书的珍贵。他将这部《康熙字典》仔细珍藏在身旁,即使是穷困潦倒之时,亦不忍出售,直到走完漫长的人生征途。并曾于其《年谱》中记云:

> 先母质衣为买《康熙字典》,先父为题书眉,此父母之遗爱,虽穷不忍鬻去。

光绪十四年,广庭已不在西街书馆求学,但因师生感情深厚,仍时常去探望。因幸得字典,学业有所长进,那日又获方先生表扬,心情舒畅,那日下学后,他过家门而不入,匆匆奔往西街。

广庭面带喜悦,跨进书馆,齐先生却一反常态,劈头盖脸问道:"为何许久没来?"

"初九申时刚请过安,先生还教诲弟子'报国当有学识,不可放松学业'。"孙广庭有些莫名其妙,回答语无伦次,还不如背书流利。

齐先生不容分辩,摆摆右手,又微微一笑:"快随我来!"径直引广庭去齐府后院。这里苍松翠柏,遮天蔽日。清澈的涧水从脚下流淌,哗哗作响,如歌如吟,饶有诗情画意。

寻常,先生触景生情,定有一番高谈阔论,赞美自然的神奇,桑梓的可爱;此次却在一个极其普通,洞口长有青草和苔藓的石隙前,默然停下。

见齐先生从石隙中取出大杏,个个红黄相映,令人馋涎欲滴,孙广庭双手接过,细细品尝,果然甜爽异常,直沁肺腑,耐人回味。

"你呀,有口福!"齐先生见广庭吃得津津有味,才开怀畅言道,"今年大杏味极佳美,我暗选极品贮藏于此,已逾十日。倘若你再不来,就难以搁住。吃剩下的,可以带走。"

当时,熟透之杏保存三天已属不易,而先生却使其味美如新,长达盈旬之久,令孙广庭惊叹感动不已。齐先生遵奉儒门"仁者爱人"之教,广庭身效力行,奉为座右铭。事后,他于《年谱》中记之云:

> 物虽微,深情可感,故留于脑海中不去。后世师生,视同陌路,去先生远矣!

广庭持杏回家,欲奉献高堂,却见王媒婆于西厢房窗下,与母亲喁喁私语,似乎谈及自己。好奇心驱使,他便躲于山墙之阴,侧耳偷听。

"……曹公乃商界名流,偶经西街书馆,巧遇齐国城先生评论贵公子品学兼优,以为奇货可居,执意与贵府结为秦晋之好,遣老身为月下牵红线之人,还再三叮嘱:'聘礼多寡,大可不计!'"

"曹氏姐姐虽然长得成熟丰满,但浑身上下却无半点妩媚灵气,娶这样媳妇长相厮守绝非愉悦之事。"广庭暗暗叫苦不迭,满心欢喜陡然消失,随即小声祷告,"母亲快点婉言拒之。"

母亲低头沉思,迟疑未决,半晌方慢吞吞地道:"邻里闲言,曹女其貌不扬,愚拙不颖,恐年龄亦不般配。"

广庭脸上又露出微笑。

"曹公女年甫十七,正值芳龄,虽长令郎四岁,然女大三即谓'抱金砖',知疼知热岂不更好?"王媒婆见风使舵,巧舌如簧,"常言道'丑妻俊婢家中宝,要门前站立迎来送往方是大个的好'。凭空添一位憨直孝顺的黄花大闺女,上好的帮手,何乐而不为?"

母亲终为所动:"好,我这就为广庭赶制新婚礼服,再令他停学一日,准备拜堂成亲。"

"呀!"广庭手中所捧大杏撒落于墙侧地上。

天刚蒙蒙亮,李氏在炕上为广庭赶制一件土布长衫,欣然含笑,擎起衣裳给丈夫看:"瞧,我自纺自织的土布可半点也不土,蓝紫乌亮,细密结实,浑然一体,里外三新。原本准备去集市上卖,因急需才裁成新衣。儿子穿上这长衫准像个白面书生。"

"佛靠金装,人靠衣装。广庭长到十三岁,除百岁的蓝紫裤、红兜肚外还没穿过不打补丁的衣服。"耀先公慨叹。

"要说色彩纯正无瑕,引人注目,还多亏你的手艺。"李氏笑道。

"此话不假。"耀先公在妻子面前炫耀道,"我于四合长染房,以蓝靛为原料,反复染、漂、捶、蒸,多次而成,否则怎有这等上好成色?"

"见到这父母合璧的杰作,广庭准会欣喜若狂。"

李氏兴奋异常,未容启明星落,即唤醒儿子试新装。然而,广庭的表现完全出乎母亲的预料,面色平和,非但没有一丝笑容,甚至还微噘小嘴。婚姻大事,乃终身所系,小广庭不甘如同木偶任凭摆布,趁家人没注意,赌气背起书包,悄悄溜出院门,奔向龙首山。

广庭气喘吁吁,疾步如飞,无心浏览山间美景,执意一味向上攀登。站在极顶巉岩之上,面朝冉冉东升的旭日,他长长吁出一口压抑在心中的怨气,痛痛快快畅叹道:"小小年纪成的哪门子亲!"

广庭手执书本,朗诵解忧,读至"君要臣死,臣不得不死;父要子亡,子不可不亡"之句,又慨叹道:"既然如此,还是不惹父母生气为好。"

大自然真有股化腐朽为神奇的力量,广庭合上书本,回归现实,环视铁岭全城,俯瞰银带般的柴河,不由得心潮激荡,意气风发,满怀抑郁皆云消雾散,无影无踪。

一阵清风拂面,忽闻秀峰寺塔飞檐铁马发出叮当叮当的悦耳声响。广庭寻踪觅迹,至三清观山门,见山门左侧碑龛中青石碑,高约六尺,阔近三尺,双龙镂空碑额,赑屃碑座。广庭久闻此碑石原为明朝旧物,而碑文却是今人魏燮均所撰。咸丰三年,魏燮均以奉天府学秀才身份,被聘入银冈书院讲学,乃辽东才子,时有辽阳"文压三江王尔烈"、铁岭"字震九州魏燮均"之誉。

广庭细观《龙首山慈清寺碑记》正文,行书挺拔秀美,不愧是大家手笔。广庭慨叹之余,又绕青石之后,默读碑阴,触景生情,兴致勃发,信步迈进三清观,一棵高大古木立刻映入眼帘。古木与明大学士解缙笔下"小小青松"迥异,饱经风霜,久享盛誉,骚人墨客咏叹诗句颇多。孙广庭甚是喜欢,犹恨自己不是神童,无法与前贤为伍,赋诗赞颂,蓦地略生妒意。观内出奇寂静,独有一位云游道长身披鹤氅衣,头戴华阳巾,背斜插倚天长剑,手执《太平洞极经》一卷,焚香默坐,消遣世虑。

广庭觉得索然无味,方欲远离寂寞,不料道长仗剑而起,却见寒光闪闪,上下翻飞,疾若游龙,翩如惊鸿,动人心魄。

广庭隐身参天古柏,窥视良久,惊叹其武功高深莫测,猛然想起赵二入室夺财,手持齐眉棍之凶相。他企盼日后不被恶人所欺,一时心动,便直奔道长而去,执意拜入门下。

道长拂袖不语。广庭热忱骤增,继续恳求:"如仙长不纳,我将效法程门立雪,跪至天明。仙长乃世外高士,理应成人之美。我这般诚心,怎能拒之?"

"嗯,念你如此执着,可先随我数日,观行酌定。"道长手捋长髯,坦言道,"早于十二年前,我即拟选一笃诚正直之人,将武功传授,以免失传。倘若果真有缘,你或许可为贫道之关门弟子。"

广庭大喜,忙跪地施礼道:"弟子之名乃一道长所起,这起名的道长是否即是恩师?"

道长笑而不答,只是一再嘱咐:"当此乱世,习武只准用以壮魄健身、卫国捍民,不可争强斗勇、搏击伤人、残害无辜,否则为师就要废掉你的功力。"

"好,我现在即可跟恩师习武吗?"

"不可,今天是你大喜之日,速离观下山,回去禀告父母。"道长手指熊官人屯方向,"每逢双日卯时,勿忘于村东场院等我。"

吉时将至,新郎官去向不明。家人正在惊恐,孙广庭出乎意料地出现于喜堂,恭顺地迎来新娘,和这位高出自己一头的陌生女人拜起天地。

婚礼来去匆匆。上学途中,张香亭私下问广庭:"爽言告我,当小女婿有何体悟?洞房可是温柔乡?"

"丝毫没有《诗经》所描述的'关关雎鸠,在河之洲,窈窕淑女,君子好逑'的怦然心动的感觉。"

"也无'优哉游哉,辗转反侧'的缠绵情结?"香亭追问。

"没有,没有!更品味不出那种'琴瑟友之''钟鼓乐之'的狂欢与喜庆。"广庭摆手坦言,"花烛夜,我若有所失,仔细想想,原来是对赤诚笃信的经书产生了从未有过的困惑与怀疑。"

"一刻值千金的春宵里,难道你并无依恋之处?"

"有。"广庭慨然道,"新蓝布长衫乃我情有独钟者,夜深客去亦不愿离身,并非为外表风光,而因其上无有补丁,可避百衲衣之羞辱也。"

四　学海搁浅

广庭不恋宴尔春宵,却盼黎明习武。双日天未破晓,即秘至村东场院与道长学艺,严令大媳妇为之掩护。如是三月之后,广庭专程赴三清观谢恩。师生两人闲聊,言及《龙首山慈清寺碑记》。

"老师,魏子亨所书碑文古朴淳真,真是大气磅礴。"广庭目现钦佩道。

当恩师之面赞美他人本是大忌,然道长却喜其憨直,非但没有责怪,反而激励道:"子亨擅写梅,尝题画梅句'不受天心寒气动,越遭风雪越开花'。广庭,习武亦要冬练三九,夏练三伏,持之以恒,方能业有所成。"

"恩师教诲,弟子当刻骨铭记,并身体力行。"广庭垂手而立,鞠躬应诺。

从龙首山归来,广庭又至西街书馆,施礼过后即道:"魏子亨不只书法名闻天下,而且诗词古朴淳真,清幽淡远,先生曾获子亨所赠作品。弟子冒昧,再求一阅。"

齐国城从密室中取出珍藏的一函六册《九梅村诗集》,双手递送:"好读书者,才可成大事。"

光绪十五年,八里庄老刘先生到熊官人屯设馆。广庭惊闻魏燮均寿高七十又八,刚刚谢世,怅叹之余,自思八里庄乃这位扬声遐迩之塾师翘楚者发轫处,定为风水宝地,又慕名投奔老刘先生门下就读年余。

老刘先生从子少刘先生,嗜好酗酒与豪赌,寻叔父借钱未果,反目来村中执教,与之唱对台戏。少刘的学识并不高明,可李氏竟逼广庭改弦易辙,再换门庭。

俗语说亲戚有远近,少刘因沾上"近"字之光。李氏因侄女亲自登门,请求代为成馆,血脉相通,无法推托,只好令广庭委曲求全。可是,此公不学无术,全凭伶牙俐齿,自吹自播。虽口若悬河,然言之无物。广庭感到乏味,毅然舍近求远,至山东人苏先生新设书馆求学。

岂料远来的和尚不善念经,苏先生整天只知摇头晃脑,偷梁换柱,将研习八股文变成硬背歌诀,玩文字游戏,做表面文章。

光绪十八年冬,广庭年及弱冠,但还不识读书门径,并险些为此轻生。寒窗苦读七载,拜过六位塾师,从小受到"囊萤映雪""悬梁刺股"的训导,所下功夫甚多,而今已至"闻得蜡梅扑鼻香"时节,但所获学识能否应科举之试?

孙广庭目睹苏先生仅会背诵几句陈词老调的帖括,从不教授文理内涵、写作要义,渐疑其是否有真才实学,蓦然感到心中无底。

村中无人识八股文,孙广庭遂执课艺至铁岭城,找到在县里充当代书的姑丈石尊五。石尊五习申韩业,以代人撰写书信、文稿、讼状谋生,可谓见多识广。然而,攻读刑名和考取功名毕竟是两回事,石尊五所读经书并不多,只知少许皮毛,乃携广庭往见其妹夫孙春暄。

孙春暄乃辽北名儒,正于城中巨富姚家专馆。阅过广庭课艺,孙春暄默言无语,仅长吁一声。

"春暄,皆为近亲,尽说无妨。"石尊五催促道。

"唉,观其文表,功力可见。"孙春暄指点课艺,一字一顿道,"可是学问之道,仅凭死记硬背不成,得融会贯通,烂熟于胸,方可做到下笔有神,一语惊人哪。"

"那,那,我的毛病究竟出在何处?"孙广庭战战兢兢地问。

孙春暄摇头叹道:"实言相告,病根不在你,而在你的先生,三家村之妈妈糊涂也!"

"是啊,熊官人屯地处边远,人烟稀少,与城市相比,私塾先生见识鄙陋,学问浅薄,但绝非一窍不通。即便一知半解,也会助广庭入仕一臂之力的。"

"想当官的人多,能当上的甚少;想学好八股的人多,真学好的甚少。要精通八股文,需要天赋、毅力与名师指点,三者缺一不可。"孙春暄见石尊五有意宽慰广庭,反而索性打开天窗说起亮话,"盖由亲情所系,不宜委婉粉饰。广庭,你今之功力,只可撰写寻常家书,欲求功名,恐甚远矣。可惜多载时光,你只是认识些字,余者并无所得。唉,庸师徒有其表,滥竽充数,误人子弟,害人匪浅哪!"

七年心血与希冀顷刻间化为乌有。这突如其来的打击如同五雷轰顶,万箭穿心,广庭无法承受,跟跟跄跄地夺门而去。

初次同孙春暄夫子谋面,风华正茂的孙广庭真真切切品尝到绝望的滋味。他从姚府大院冲出,独自穿越荒郊野岭,山川古道,不止一次想到诀别人世。满怀进学壮志,付出万般辛劳,到头却是竹篮打水,一无所获。堂堂七尺须眉,有何颜面见江东父老？不识八股经义,苟且生存还有什么价值?

孙广庭万念俱灭,心如死灰,实在不想虚度流年。在乡间小路上徘徊四个时辰,方于恍惚中来至熊官人屯村头,拟眺望故乡最后一眼,就此远去,逃脱苦海,了却残生。然而,当三间熟悉的茅屋映入眼帘,孙广庭却顿失转身离别的勇气。他看到母亲的背影出现在家门前。

西斜的阳光下,母亲身影羸长,佝偻弓腰,移挪小脚,步履蹒跚。尽管相隔甚远,广庭却依稀听到令人心碎之气喘吁吁声。母亲年尚未过半百,缘何变得如此苍老,竟似七旬老妪?广庭痛心疾首,鼻端一酸,热泪夺眶而出。

祖母健在时讲过,母亲生养自己,含辛茹苦,委实不易。广庭身高与日俱增,体格日渐强壮,可母亲为此付出惨痛代价,身体日渐羸弱,牙齿所剩无几。但目不识丁的母亲念起跟父亲学来的神童诗时,依旧十分投入。两位老人将全部希望寄托于儿子学业上,每言及广庭求学读书之事,昏花的老眼里就会闪现激动的泪光。

广庭最感兴趣的莫过于母亲在灯下做女工时,绘声绘色讲述的生动而又真实的故事。屈原、岳飞、文天祥等民族英雄矢志救国、舍生取义的壮举,深深地印在广庭幼小的心灵里。

孙广庭清晰记得,那日他双手合撑下颌,聚精会神听罢母亲那充满爱憎的讲述,即昂首而起,瞪大圆圆双眼,盯视母亲脸庞说道:"妈,我长大了,也要精忠报国!"母亲满意畅笑:"那可要先学好本领,有了功名,才能报国啊!"

而今,自己学业无成,准备一死了之,离开这个世界,高堂双亲将做何感想?满腔热望化作一团烟云飞去,年迈之人焉能继续苦中寻乐,笑对余生?《孝经》云:"身体发肤,受之父母,不敢毁伤!"自己这样随便弃舍,岂不正与先贤教诲背道而驰?

继之,广庭又想到朝夕相伴的妻室。董氏生于同治十一年四月初四,比他年长四岁,模样儿并不姣好,孙广庭本不喜欢,当初还逃过半日婚。可妻子天性淳朴善良,对此不存芥蒂,佐理家务勤勤恳恳。广庭少时,每次出恭甚久,大畏严冬寒夜,董氏来后,则抱肩缩脖相伴,毫无怨言。一日夫妻百日恩,而今让其年轻守寡,诚害人不浅。

八岁胞妹的影像又浮现在眼前,她张开两只小手扑来,口里撒娇似的呼唤着:"哥哥,哥哥,快教我写字,我来研墨……"

"不,我来研墨。"十一岁的弟弟振庭也撞进来凑热闹。

瞬间百感袭至,纷乱之思绪充盈脑海,广庭仍如木桩般立于地上,寸步未移。浑身燥热渐趋于冷却,他感到一丝凉意,似乎略觉清醒。经过几度生离死别的煎熬,孙广庭终于茅塞顿开,大彻大悟:"绝对不可自戕!大丈夫立于天地之间,当创建一番轰轰烈烈的事业,义无反顾,百折不回,岂可因一时挫折而一蹶不振,自暴自弃?"

人生于世,切痛者莫过于困惑。惑之不解,寻死觅活者有之,颓唐自残者有之,自甘堕落者有之……总之,凡可预见之悲惨结局,皆有可能出现。然而,倘若能豁达以对,自我安慰,那么即使困难和障碍依然存在,但整个心胸仍能豁然开朗,阴云密布的天际顷刻之间就会变成万里晴空。

孙广庭也是这般,从迷惘和痛苦中幡然猛醒,挺身卓立,重新开始与厄运抗争。尽管艰难和挫折依旧,但盘旋于脑海中种种思绪已经焕然一新,眼前呈现出明亮的曙光。广庭激情勃发,无法压抑,猛然高喊一声:"妈!"大步流星直奔家门而去。

古之贤达学者,皆有名师。要走出当前困惑窘境,非得到高人点拨不可。广庭又充满拼搏的信心,踏上更为曲折而坎坷的求师之路。

孙广庭因魏子亨先生已仙逝三载,抱怨生不逢时,无处找到真才实学之士。三天后,他却兴致勃勃,独自来到铁岭城内石宅。

"真是'踏破铁鞋无觅处,得来全不费功夫'。姑丈,我已打探清楚,"他喜上眉梢,前脚刚跨进宅门槛,就喊道,"老秀才孙春暄夫子才华横溢、誉满全城,正是我寻求的良师。"

石尊五听罢侄子说明来意,频频摇手道:"你这是一场空欢喜。城中巨富姚翁聘春暄为其公子孝兰授专馆,学生一人,每年束脩千元,代管春暄父子膏火。"

"一个人也是教,两个人同样,就拿我当姚公子的书童还不成吗?"

石尊五语气坚决:"春暄长子彦卿,表字介臣,小你几岁,五经已毕业,现为陪读。事先有约,不再收外人,即便春暄以葭莩亲故,同意收你为门下,恐怕姚翁也未必答应。"

孙广庭怏怏离去,当日复引父亲俱来,执意请代为通融。石尊五只好侥幸一试,伴同前往说项。三顾姚宅,商之者再,精诚所至,金石为开。春暄夫子终于答应收广庭为弟子,并从中斡旋,姚翁始允每年束脩百元付姚府,而春暄夫子馆金千元如故。耀先公大喜过望,下定破釜沉舟的决心,迅速回乡筹集束脩。

光绪十九年正月,孙广庭进城拜春暄夫子为师。如愿以偿,得列门墙,同姚家公子孝兰、春暄夫子公子介臣坐在一起,其欢畅心情自不待言。

很快,满怀喜悦便荡然无存。孙广庭与春暄夫子心照不宣,几乎同时发现,年长的广庭与两位年幼的学友之间的差距委实太大。孝兰读《左传》，介臣读《周礼》，广庭尚在读《诗经》。课堂上提问，孝兰和介臣对答如流，侃侃而论，广庭却是张冠李戴，文不对题，常令春暄夫子哭笑不得。

第一课题纸下，以咏春为题，作七言律诗三首。晚间，春暄夫子阅孝兰、介臣挥毫而就的诗句，手捋长髯，随改随批；唯独见到广庭深思熟虑的"大作"，指尖不停敲击书案，竟然一字未动。他并不是不想动，亦非不愿动，而是没有办法动，无处落笔。

发卷时，春暄夫子直言不讳地道："广庭，为师的意思是你要尽力读书听讲，诗文可先不作。"

广庭闻听，暗暗叫苦："我的天，这莫不是要被打入冷宫吗？"

春暄夫子讲书独特，擅长旁征博引，惯用启迪之术，温故识新。从那以后每次必先提问广庭，答后方问及孝兰、介臣。如此两月余，广庭回答问题有时仍不着边际，甚至本末倒置，风马牛不相及。

春暄夫子提问："何谓'知之'？"

广庭回答："'知之'就是'知道'也。"

介臣抿嘴偷笑。

广庭又补充道："即'听懂了'的意思。"

孝兰捧腹不止。

又过数日，孙春暄亦忍耐不住，便将广庭唤至身旁："为减轻负担，不仅诗文可不作，且不再提问于你。从今日始，你只管跟着听讲，即便得之者寡，亦可积少成多。"

孙广庭目瞪口呆，半晌无语。

五 "朽木"可雕

光绪十九年暮春。月朗星稀，鸦默雀静。铁岭城中姚府，一座富丽堂皇的深宅大院，石狮蹲守，朱门紧闭。东跨院双重月亮门内，卵石铺砌的甬道两旁，樱花散挂枝头，乍现凋谢，丁香正值盛开，浓香四溢。曲径通幽，经回廊北上，直达五间正房，飞檐斗拱，草木掩映，门窗格扇雕有各色纹饰，精巧别致，颇为考究。中间堂房陈设八尺黑漆屏风，诸屋施挂素雅屋幔，唯西屋幔帘微开，露出一道淡淡灯光。

屋内，一张烟榻横在孙广庭面前。孙春暄蜷身侧卧榻上吞云吐雾。春暄夫子虽然名震铁岭，颇具名士之风，但却不幸染上了烟癖，可一日无饭，不可一日无烟,吸食起鸦片烟来,诚可谓如醉如痴。

眼见白色烟雾沿着先生的面颊急速钻进鼻孔,耳闻软如蜜糖般的大烟泡被烧得吱吱作响。这气味,这声音,燎得广庭心头也仿佛升腾起一团烟火。

孙春暄接连烧过三个烟泡,足足地过完烟瘾,张开双臂伸个懒腰,似乎有些睡意。

砰的一声,孙广庭双膝跪于冰冷坚实的青石板上,用悲凉的声音道:"敢问先生,随帮唱影,不习作诗文,焉能考取功名?不能考取功名,读书又有何用?"

"广庭,速速起来。"孙春暄慢慢腾腾地道,"欲求科举之途,艰难至极,非人人所能,恐怕你确实不行。"

"不,先生,我行。只要先生答应接着教我,我会下苦力气的,一准能行。"孙广庭梗着脖子,吐出的字个个清晰有力。

"读书人考不上秀才,到老也称文童。相传有个读书人已年过古稀,还依旧前往应试。宗师举经书之句提问,见他不能对答,乃为偶语以嘲之曰:'行年七十尚称童,可云寿考;到老五经还未熟,不愧书生。'"

"先生,弟子对经书确实很生,可今年才十八岁,总不至于到八十仍不长进,依旧是文童吧?"广庭极力争辩道,"请先生别嫌弃我。"

"同治年间,毛瑞文所撰《墨余录》内有首诗,讥讽年长文童县试作未冠题:'县试归来日已西,老妻扶杖下楼梯。牵衣俯耳高声问,今朝童试是何题?'皆言有人一生亦与及第无缘,未能进学。"孙春暄缓缓摇颈叹息,"诲人不倦,乃为师之本,我岂能不愿教你?只是你非读书之材,父母赚钱不易,你认识这许多字,作为行商,绰绰有余。依为师拙见,应扬长避短,见好即收,莫再浪费时光,自寻烦恼。"

"先生莫不是要逐我出师门?那可不行!我不能就这样走。学业不成,无颜见我父母。先生要是不答应弟子的请求,我就跪在这儿永不起来。"

孙春暄向来说话一言九鼎,驷马难追,闻听此言,气得他从鼻子里哼了一声,故意又将烟枪塞进嘴里,再也没看广庭一眼。孙广庭也是坦诚守信,说到做到,果然挺直腰板,目视烟榻,纹丝不动。

"你小子不听劝,愿意跪就跪吧,反正我是不会答应。"孙春暄眯缝着眼睛,将心思全部用于缕缕白烟上。他并非厌恶孙广庭,恰恰相反,他对这位年轻后生颇为同情,毕竟沾亲带故,又受人之托,理应成人之美。可是他对广庭及其家境非常了解,为其考虑,断不该将广庭引到博取功名这条道上。孙家近几年虽说家资稍裕,可也经受不起大折腾,倘若家产耗尽,却一无所获,届时他如何向人家交代?

时间如同涓涓流水，逝去得颇为缓慢。孙广庭膝盖由疼到胀、由胀到麻、由麻到木，额头溢汗渐渐连成线，滴滴答答落在地上。他依然挺腰仰首，凝神直视。他已经下定决心，先生若不收回成命，答应自己的恳求，他宁可跪死在这里，也决不移动半步。

　　"乖乖，这小子居然一动不动，端跪于此！"孙老夫子心中一惊，自忖欲破僵局，非讲透道理不可。

　　"广庭啊，你真是个倔人哟，唉！"孙春暄长叹一声，转换话题，"你可曾记得，孔夫子对宰予有何教诲？"

　　孙广庭听出弦外之音，心凉半截，但仍直截了当应答："宰予是孔子七十二大门徒之一，《论语》中载有这师徒二人对话颇多，对后世影响最大者，当是孔老先生责备他那两句：'朽木不可雕也，粪土之墙不可圬也。'"

　　"广庭，孔夫子的话说得真是入木三分，腐朽的木头不能雕刻，秽土修的墙不得粉刷。"

　　广庭低头沉思未语，表情木然。

　　"广庭，临渊羡鱼，不如退而结网。此路不通，别开蹊径，何必在一棵树上吊死？"见广庭没再争辩，孙先生以为有所奏效，索性将心中之语全部道出。

　　"先生，这两句话，我也琢磨过好多遍。孔夫子之所以如此说宰予，乃是因为他在课堂上假寐，一时说的气话，并不是认为宰予真的不可救药，而且宰予后来果真成为孔圣人颇有名气的高足。广庭虽然愚钝，可无懒惰陋习，求先生千万不要将我拒之于门外……"广庭昂首回答。

　　孙广庭话音未落，孙春暄将烟枪一推，起身跃下烟榻，昏花双眼骤闪惊异神采。他双手扶起广庭，坦诚地道："万万没想到，你这位在我看来木讷寡言、头脑似乎从未开过窍的弟子，竟然倾吐出如此生动的话语！不错，'人一己百，人十己千，虽愚必明，虽柔必强'，持之以恒，定可成功。"

　　"先生，别人一次学会，我百次弄通，别人十遍方能理解，我千遍自然掌握。依此而为，愚钝者会变得聪颖，柔弱者能磨炼坚强。个中道理，弟子将永远铭记在心。"广庭膝盖酸麻，站得有些不稳，但语气坚定。

　　"那你可否重新诠释'知之'？"孙春暄态度平和地问道。

　　"学生认为'知之'则是'知识渊博，通事明理'。生而知之乃圣人，天生即知；学而知之为一般人，学后方知；困而知之是愚钝的人，遇到困难挫折，刻苦探求才知。而一旦达到'知之'，即'诚'的境界，愚钝之人与一般人及圣人，三者地位相同，无须再行区分，可一视同仁。这些知识先生曾在《论语·季氏》及《中庸》中多次阐述，广庭早已不觉陌生。然而，夫子匠心独运，巧妙借用圣贤名句，为弟子指出一条通往'知之'的坦途,实在是令广庭豁然开朗,激动不已,佩服得五体投地。"

"一个高明的先生,无不亟盼门生思路大开,出口不凡,在学问上有独到见解。迈过这道门槛,登堂入室则指日可待!"孙春暄慨然鼓励道。

山穷水尽,柳暗花明。广庭由是茅塞顿开,每夜默诵经书,白日反复诵读,不熟不止,仰仗孙春暄夫子精心指点,学业大进。十月,孙老夫子手执广庭课艺,笑捻胡须,击节赞道:"才思俊逸,笔下已呈生花之态!足见四书通熟,无生疏之处,从明日起添作起讲!"

姚府东跨院回廊,同学三人鱼贯而行。孝兰忽然停下,面现大惑不解神情,转身道:"广庭五经尚未读完,即作起讲,岂非拔苗助长?当初我跨越这步,尚用两载光阴。"

介臣用眼睛的余光掠视紧跟其后的广庭,小声嘀咕道:"'起讲'为应试八股文议论之始,前继'承题',后启'入手',可是非同寻常,至关重要。父亲讲学向来循序渐进,一丝不苟,严苛得很,为何今日一反常态,我也琢磨不出缘由。"

广庭脸色微红,面带欣喜道:"此番进城拜师,意在习八股文。昔日百般相求,先生置之不理,苦闷至极。而后忆起六年前于龙首山,跟云游道长习武,整个三伏天,仅记牢'跨虎登山不用忙,斜身绕步逞刚强。若与敌人来格打,双手只在肋下藏。拳打落叶随足走,掌击一阴反一阳。脚插中门抢地位,就是神仙也难防'这几句口诀。及练就一招'弓步'架势,才使武术功夫扎实,博得师父赞许。始悟学文与习武相同,皆须根基牢固,方理解春暄夫子用意,心中渐趋于平和,感到宽慰。如今先生允我学习八股,我受宠若惊之余,不免也感到奇怪。"

姚宅朱门外石狮前,孙春暄站在风雪中,问道:"广庭,今天放寒假,不知你明年能否还来念书?"

"能!"广庭回答毫不迟疑,干净利落,爽爽快快。初来的颓丧、游移已杳无踪迹。

孙春暄面展笑容,坦吐肺腑之语:"为帅以教书为业,讲究因材施教,识别学生当属内行,不曾走眼,唯有你'败絮在外,金玉其中',是个例外。现在为师明确告诉你,如果你能始终坚持不懈,将来学业当有成就,你好好地努力吧。"

"先生教诲,学生铭记在心。"广庭恭恭敬敬深鞠一躬。

"名师出高徒!广庭投在春暄夫子门下仅一年光景,便识得读书门径,出口成章,下笔有神!"耀先公手持儿子所作诗文,四处炫耀,惹来麻烦。

左邻右舍,好友亲朋,赞叹羡慕之余纷纷请求道:"能否让广庭搭桥,将我家的小子也送至春暄夫子门下?"

耀先公面现难色:"广庭毕竟还是个孩子,这事儿恐怕他办不妥。"

"莫不是孙老伯有私心,想独享夫子之惠,表面敷衍,不愿引见?"叶尔兴、王尚志异口同声地道。

广庭替父亲解围道:"不妨容我一试,祈求春暄夫子、姚翁两位垂允,或许有成功之可能。"

光绪二十年正月,孙广庭回到姚府,热忱介绍叶尔兴、王尚志从先生上学。春暄夫子爱屋及乌,不计束脩有无。姚翁因有利可图,正中下怀,亦顺水推舟卖个人情。孙广庭见一拍即合,与自己从前求学费尽周折大相径庭,却以为万事开端难,现有鉴借,也不足为奇。

孟夏,日本外务大臣陆奥宗光闻全琫准领导"东学道"农民起义,声势浩大,已拥兵二十余万,辖全罗、忠清、庆尚三道,立刻大造和平舆论:"时逢西欧列强侵略远东高潮,日清相争只能予彼等以渔翁之利。为日清善邻提携,永绝两国在朝鲜之纠纷,实为当前之急务。请向各国申明,日本不愿与清国发生战争,即使在临近破裂之最后时刻,仍要抱和平调整国交之愿望。"暗中却指示日本驻外使节:"目前形势表明,日清开战已不可避免,务须不择手段,制造开战借口。"

四月二十九日,日本首相伊藤博文召集内阁会议,决定出兵朝鲜,并奏请对清国开战。

六月,学堂放假避暑,适逢熊官人屯村中演剧酬神,广庭乃邀同学来家看戏,同游龙首山,观览唐朝醉翁楼、金代崇寿塔。介臣、孝兰久居城中,自然向往乡村一游,满口应允;尔兴、尚志亦不甘寂寞,随声附和。

临时搭起的戏台上,紧锣密鼓,一阵胜似一阵。张家楼子、贾家瓦房、温家庄子、赵家沟、何家氏屯……十里八村乡亲老少咸集,将村头场院空地挤得水泄不通。广庭与同学介臣、孝兰、尔兴、尚志皆坐于人群里。

孝兰倾胸伸颈,对广庭耳语道:"感谢孙兄盛情相邀,此地无忧无虑,甚是快活!"

"乡村空气清新,呼吸通畅。"介臣亦凑前道。

尔兴随帮唱影,净挑吉祥话说:"广庭哥刚卒书经业,就赶上演五天酬神大戏,可真是喜上加喜。"

尚志侧身提醒道:"嫂子身体行动不便,你可得多留神照顾。别拿我们当外人,整天陪着。"

"谢谢诸位同窗的赏脸与关爱。"广庭拱手道,"咱们先听戏好吗?"

"我正在城楼观山景……"一句满弓满调、有板有眼、字正腔圆的西皮二六,拖着长长响堂余音,传至耳际,广庭昂首倾听,颇感兴趣。

"城里人看戏,摇扇品茶,悠闲斯文,偶闻韵味十足之处,方高声喝彩,不像这里群情激昂,掌声迭起。"望见身穿阴阳鱼道袍的老生慢悠悠地摇动手中的羽毛扇,介臣轻声议论道。

"这位扮演诸葛亮的可是最为走红的名角儿,我于城内鼓楼北街关帝庙戏楼……"孝兰坐在广庭身旁,刚想借题发挥,评头品足,忽被格外急促而清脆的童声打断。

"哥,别在这儿观山景,快回家看看!嫂子动了胎气,已生下小侄女,妈让我喊你快些回家!"孙家小妹从人群缝隙中伸出脑袋,连珠炮般催促。

"哎哟,丫头,莫要少见多怪。嫂子在家唱'空腹',哥哥在此听'空城',这岂不是各有所获,两全其美?"

"咦,久闻梦中娶妻,未见观戏生子。这回可让诸位眼界大开,长了见识。"

"小官人,袖手得千金,此乃天降'大喜'于斯人也!"

七嘴八舌一顿嘲讽,夹杂那句经过渲染有些跑调的京剧道白,众人闻听哄堂而笑,臊得广庭满脸通红。

可是当初谁也未曾预料到,若干年后,孙广庭居然从这出没有看到结尾的《空城计》中获益匪浅,不仅绝处逢生,而且名扬天下,威镇边关,拯黎民于水火……

广庭未及弱冠,成为人父,可童心未泯,尽管妻子董氏尚在产褥之中,女儿启珠刚刚出生,仍是信守约定,盛情如故,谈笑风生,欲继续陪同学观戏。然而,适才颇有雅兴的同窗却无人响应,未至五日期满,纷纷托词告退。

介臣一行步出孙宅庭院,皆回首劝道:"广庭兄,不必远送,回屋照看好嫂夫人和千金。"

"我定如期赴姚府上课!"广庭眺望四位同学渐渐远逝的背影,仍立于原地没动,若有所失。

七月初一,中国、日本互相宣战。当时,远东地区基本是俄、英争霸,中国与俄、英并称为控制亚洲的三大强国。欧美列强虽对东北三省广袤而富庶的大地垂涎三尺,但为避免引发相互战争,都提倡以经济方式入侵,展开贸易和平竞争,反对诉诸武力。

弹丸岛国日本悍然向大清帝国发动不义之战,英国企图利用日本牵制俄国在远东的势力;美国希望日本成为其侵略中国和朝鲜的助手;德国和法国想趁日本侵华之机夺取新的利益,皆支持日本侵略中国;俄国虽然对中国东北和朝鲜怀有极大的野心,但尚未准备就绪,因此也坐山观虎斗。

十月,广庭同窗益众,相继又来了姚宅门婿吴珍,字聘卿,先生族子孙佐庭,字仙舫。七学子相互切磋,取长补短,甚是惬意。姚府书房里经常传出欢声笑语。

二十日,窗外黄叶纷纷落地,广庭端坐于书桌前,默默捧阅《易经·系辞》中的乾卦。吴珍与佐庭小声品赏广庭课艺。孝兰立于两人身后,猛然弯腰掌击桌面,故做惊异之态。

"仁兄有何指教?"广庭抬头问道。

"你这五言八韵诗写得极妙!"孝兰笑道,"令人拍案叫绝。"

"诸位雅静,勿要喧哗。"介臣一本正经地道,"瞧,广庭这篇八股文的评语可是精彩之至。"

尔兴、尚志竞相进前,伸手欲抢,忽见先生满面春色跨进门槛,忙又退归原位。

然而其乐融融氛围维持不久,即被飞来之横祸阻断。

十二月十五日,天寒地冻,烈风肆虐,大雪飞扬。惊闻日军扬言"取奉天度岁",师生个个神色黯然,无精打采,间或慷慨激昂,抨击朝政。

春暄夫子面现惊恐:"如今日军占据海城,虎视辽阳,一旦狼烟北扩,朝廷若不增兵,只怕铁岭也难以保全。"

"方今中华,诚非雄强,李傅相提出'多筹巨饷,内外同心,南北合势,不责旦夕之功',与倭寇打持久战,或许有些道理。"孙广庭直抒己见,"日军长途跋涉而来,意在速战速决,只要我大清朝野同心,举国同仇敌忾,坚持抗击,与之周旋到底,必获全胜。"

光绪二十一年二月初五日,东边道尹张锡銮亲率定边军收复宽甸,生擒倭领队贼目广甚田吉,夺获枪械多件。十八日夜,乘胜攻克金厂。瑗水以东,无日军踪迹。

辽阳东路日军龟缩于九连、凤凰诸城,阻河为界,只求守此数地,无力再发动攻势。驻凤凰城司令官立见尚文号称帝国陆军第一悍将，曾打遍倒幕各方名将，率第十旅团攻占玄武门而突破平壤，后于光绪三十一年携一万残兵，用白刃战打退十万俄军反败为胜，可当时竟束手无策，抑郁不已。

甲午之战，大清帝国因腐败成风，统兵之将临阵却逃者居多，而意外败北。光绪二十一年三月二十三日，《马关条约》于下关签订。是日，俄国外交大臣罗拔诺夫照会德、法两国驻俄公使云："俄国将可能对日本采取军事行动，以保证中国土地不落入其手。"

同日，德国皇帝威廉二世派遣巡洋舰、装甲舰各一艘开赴远东。德国外交大臣马沙尔随即向驻日公使哥特斯米德发出电训："现在日本之和平条约，损害欧洲和德国利益，我国决定进行抗争。"

二十五日晨，法国驻华公使蒙得培罗通知罗拔诺夫，法国决定参加俄国之计划。

二十九日，俄、法、德三国驻日公使奉本国政府训令，联袂至东京外务省，向日本外务次官林董送交备忘录。

俄国公使希特罗渥直言不讳："日本永久占领辽东半岛，恐怕会招致冲突。希贵国政府善体此意，采取保全名誉之策。"

德国公使哥特斯米德口气强硬："日本与俄、法、德三国开战，毫无成功希望。必须听从我国忠告，断绝永久占有辽东之念，才符合日本利益。"

英、美两国侦悉俄军六万云集远东，西伯利亚总督宣布海参崴为临战区，积极于黑龙江北岸备战，俄、法、德三国海军游弋于日本海面，大有兵戎相见之势，亦联袂劝告日本退让。

四月十六日，明治天皇颁布诏书，放弃辽东半岛之永久占领。

铁岭城内，热衷圣贤书的春暄夫子对天下事显现出罕见的关切，站于讲台之上，满脸怒气道："李傅相与伊藤博文签订条约，将台湾及辽东半岛拱手相让，朝野愤慨，一片废约再战呼声……"

介臣续言道："听说康有为联合赴京会考举子上万言书，痛斥割地弃民，提出变法主张……"

"我奉天举子亦奏告朝廷：'对侵略者，奉天人民无不痛恨，日贼虽百计利诱，犹皆私立团防以拒之，若果因势利导，则遍地皆兵，而贼必到处掣肘。'只恐朝廷因循守旧，坐失事机。"孙广庭扼腕叹息。

"可惜国家大事，不容草民置喙。即便位卑不敢忘忧国，也是有心无力空悲切。"王尚志面显哀伤。

"不过，欲求卓立世界，鼎新诚为根本。吾等宜以身许国，奋发苦读，倘能进京面圣，当力陈变法之益、强军之策。"孙广庭坦吐心声，将个人前程与国家命运系为一体。

日本不得已退还辽东半岛，但逼迫大清增付巨额赔款。列强见状窃喜，立刻掀起瓜分中国狂潮，纷纷抢划租界与势力范围。俄国强租中国旅顺、大连，成为"战胜者中的战胜者"。从此，日俄反目结怨，直至十年后两国开战，才由《朴次茅斯条约》解开。

孙广庭于《年谱》中记之云：

中东战起，我军败绩。李傅相至日本结城下之盟，日人要挟割让台湾及辽东半岛，李相愤其无理太甚，假庆俄皇加冕，赴俄订立密约。俄人为索还辽东半岛，日俄之战，实基于此。

中东战火熄灭，国事稍宁。姚府重又成为学子们上下求索的殿堂。是年，孙广庭始习《易经·系辞》及乾、坤二卦，帖括八股全篇，诗全韵。他胸怀大志，愈发孜孜不倦。

仰仗名师谆谆教诲，孙广庭终于登堂入室，走上成才之路。然而，正当他披荆斩棘，勇往直前，欲施展作为之际，蓦地家中突发巨变，犹如一场无情狂飙骤然袭至，迫使他离开朝夕相处的同窗，与崇敬的恩师依依难舍，洒泪惜别。

六　留住项上人头

光绪二十二年，沙俄乘人之危，借李鸿章出使彼得堡祝贺沙皇尼古拉二世加冕典礼之机，虚情假意，以共同御敌为名，诱迫清政府于四月二十二日与其签订《中俄密约》，攫取于中国吉黑两省接造中东铁路以达海参崴之特权。

李鸿章因甲午之战中国惨败，于日本下关春帆楼蒙受伊藤博文羞辱，气愤已极，亟欲寻求靠山，以夷制夷，欣然应允。但为防止沙俄假途灭虢，坚持于条约中规定："唯此项接造铁路之事，不得借端侵占中国土地，亦不得有碍大清国大皇帝应有权利。"

九月八日，中俄两国签订《东省铁路公司合同》，中国政府以库平银五百万两入股，与华俄道胜银行合伙开设生意；所有建造经理铁路事宜，中国委派道胜银行承办。

尼古拉二世御览《中俄密约》拟稿人、俄国财政大臣谢尔盖·维特所呈节略,见内中言明,中东铁路的修筑将会使海参崴成为"满洲大部分地区的主要港口",从而使俄国"在满洲及与其毗连的中国省份牢牢站稳脚跟",而后于"短时间内自然会由该路建筑支线到中国内地",不禁喜中带忧。

虽然建中东铁路可以加强俄国于远东的军事地位,肢解中国边疆地区,控制中国东北战略要地,借以将其金融资本逐步扩张至中国内地省份,政治、军事、经济诸方面战略意义皆极其重大,但是没有护路权,只能望梅止渴,画饼充饥。

列强垂涎关东富庶,鼓吹"经济征服满洲"。沙皇尼古拉二世欲将整个满洲置于控制之下,深恐资本不足,决定借助军事力量以独吞,于是下达圣谕:"千方百计,不择手段,哪怕强取豪夺,无论如何,也要创建中东铁路护路军,争得护路权!"

维特处心积虑,三阅《东省铁路合同》,终于从序言中觅到"详细章程,另有合同载明"一语,似捞到根救命稻草,大喜欲狂,忙私拟《东省铁路公司章程》三十条,匆匆于九月二十日经俄国督办西伯利亚铁路事务大臣库洛穆金核定,十二月十六日报请沙皇尼古拉批准,便暗避清政府公开施行。维特炮制的《章程》第八款,寥寥几笔,轻描淡写,竟用移花接木之术,将中国拥有的护路权化为虚无,又张冠李戴,由沙俄鸠占鹊巢。

《合同》原本规定"凡该铁路及铁路所用之人,皆由中国设法保护",《章程》一变而为"中国政府承认设法担保铁路及其执事人员之安全",轻而易举把中国政府对铁路的保护权篡改为一句空洞的许诺。同样,《合同》规定铁路由中国政府保护,护路军警自然由中国政府派拨,《章程》却别有用心改作"由公司妥派警察人员担任警卫之职任",而且连警察章程也要公司特定,中国政府不得与闻。东省铁路公司本由俄国财政部控制,所谓"公司委派"云云,仅为沙皇政府独包独揽之代名词。

当时,清政府对俄国私自拟定且公布执行的《东省铁路公司章程》严重侵犯中国主权之行为竟然一无所知,直至沙俄非法组编之护路军分批出现铁路沿线后,方人吃一惊。光绪皇帝为此发布上谕:

《铁路合同》未经声明驻军保护,近日俄使亦未将此节先行知照,何遽以保护铁路为名,派兵分驻?

然而木已成舟,清政府再行阻拦,力不从心,已晚三秋。

俄国护路军经过一番乔装打扮,方粉墨登场。中东铁路由是成为贯穿中俄关系之中枢神经,而中东铁路护路军则为其最敏感部分。俄国于中国侵略势力的消长、中国东北边疆政局的安危、东北军民抗俄斗争的缓急,以及俄、日、英、美、德、意等帝国主义国家为各自利益,在东三省的明争暗斗,皆与这支部队的变化和活动紧密相关。

残冬腊月,朔风凛冽。广庭自铁岭县城返回乡下度假,眼看大年在即,家中却无喜庆气息,空空荡荡的庭院内,父亲孤零零一人背冲大街,仰面而立。

"爹,爹! 三国干涉还辽,国事稍宁,咱们又能过上几天消停日子啦!"孙广庭进院连喊几声。

耀先公没有回头,也没有答应,只是微微颤抖,打个冷战,依旧默然未动。

广庭飞奔近前,只见老父眼望房檐,潸然泪下,忙惊异地道:"爹,家中究竟发生何事?"

出门在外日久,广庭尚且不知,此时此刻,父亲正满怀悲愤与哀怨,深深陷入痛苦泥潭,无力自拔。

耀先公回过头,悲愤地说:"儿呀,我十三岁时即去外村远读,忍饥耐苦未尝一日废学。后无束脩之资乃习染坊艺,一辈子吃苦受累不说,到老还弄个解雇归家的下场。"

原来皆因洋布从口岸深入内地,由城市直达乡村,厚实的土布反遭冷遇,染业渐趋破灭边缘。耀先公虽恪尽职守,兢兢业业,却无法避免"四合长"关门的厄运。如今山穷水尽,两袖空空,生活一落千丈,广庭年二百余束脩膏火之资何处寻觅? 饱尝失学困扰,深晓前功尽弃之苦涩的耀先公万般无奈,只能从心底迸发出不平的呐喊:"命运为何这般凄惨?"

广庭忙宽慰道:"那也不怨您老。自中东战后,民生凋敝,才导致染坊歇业。"

耀先公依旧凄凉叹道:"唉! 盼子成龙之心,人皆有之。我儿在名师教诲下,大有起色,多么渴望你百尺竿头,更进一步,飞黄腾达,前程似锦。怎好再让你步我的后尘,将十余年心血付之东流?"

窥知父亲面对如此残酷抉择,望望茅屋内老母、病妻、幼女和尚未成年的弟妹,以及妻亡子殇、走投无路、孑身投靠的堂叔父永平公,广庭攥紧拳头,慨然道:"爹,您老且放宽心,天无绝人之路,现我已摸到读书门径,自学亦可成才。"

光绪二十二年春,广庭于村中曹宅设馆训蒙,为谋生计,开始教书生涯。一日,他偶读文天祥的《过零丁洋》诗,大为所感,反复吟诵:"人生自古谁无死?留取丹心照汗青。"立志丹心报国,教书育人,甘为人之阶梯,自拟字号"丹阶"。

"学如逆水行舟,不进则退。"广庭虽然离开师门,但牢记夫子临别赠言,坚持边教边学,研习八股文写作,所下苦功尤甚,不仅挥洒自如,得心应手,脱凡去俗,而且别具匠心,擅将古拙文字造铸清新佳句。是年冬,初应县童子试,十一月初三赶考回乡,恰逢长子启昆降生,耀先公赐乳名"福春"。

光绪二十四年阳春三月,孙广庭胸有成竹,踌躇满志,又风尘仆仆赴奉天省城院试,谁知时运不济,落第而归。他并没有气馁,决意卧薪尝胆三载,再决雌雄。只是因"百日维新"昙花一现,光绪皇帝的"明定国是"诏变成一纸空文,广庭时常独自叹息。

弹指之间,三度春秋,已至光绪二十六年七月。广庭胞弟振庭,乳名二成子,年过弱冠,魁实如牛,却好逸恶劳,种庄稼懒于施肥,跑买卖不愿吆喝,终日无所事事。耀先公心绪不佳,面带怒气,在熊官人屯孙家内踱来踱去。振庭卧于凉席之上,袒胸露怀,旁若无人,依旧手执一卷唱本,容现欣喜,入神观阅。

耀先公按捺不住,厉声催促道:"二成子,太阳即将下山,怎么还不去看守瓜田,替换你永平叔?"

振庭张口打个哈欠,抻直懒腰,嘟囔道:"尚未到晚饭时光,容我再休息片刻又有何妨?"

耀先公驻步,手指振庭鼻端训斥:"盼望你学你哥有所成就,可你却游手好闲,是个'四不像',样样不成!"

振庭素将老人之言当耳边风,此番竟然一反常态,忽地从炕上跃起,不服气地嚷道:"好,乱世出英雄,我这就去参加义和团,混出个名堂,让你们看看,我和我哥到底谁强。"

原来,振庭见兄长整日咿咿唔唔,与学生闭门攻读圣贤书,他觉得特别枯燥,乏而无味,不如四处逛荡,自在逍遥,而且消息灵通,见多识广。

去年孟秋,俄铁路工程师谢列金斯基率护路军至南满支线铁岭路段勘测。铁岭大河房村乡民列队拦阻,手持武器警告:"没有官府的命令,你们休想开工!"谢列金斯基增调哥萨克骑兵,强行砍倒青苗,插标画线。忽然枪炮齐鸣,当即一名哥萨克应声落马,两匹战马受伤。谢列金斯基见讹诈无效,急令撤退。护路军大败而归,铁路当局探知:中方村民、民团与清军皆参加战斗,且动用步枪和大炮,挖掘战壕,准备持久战争。俄人立刻答应补偿青苗损失并中国伤亡居民抚恤金。

振庭初闻拳勇们所述往事,即认定洋人看似人高马大,实则不堪一击,早已心猿意马,跃跃欲试;又见义和团以"杀洋灭教"为己任,"一倡百和,从者如归,城市乡镇,遍设神坛",迅速从山东、直隶传至关外,大有燎原之势,愈发心驰神往,此番故意趁机发泄,作为离家出走借口。

"义和团吞符念咒,与巫医神汉何异?自诩刀枪不入,实乃妖言惑众,难成大业。断不可鼠目寸光,盲动苟从,图一时之乐,遗患无穷!"李氏态度坚定,严词告诫。

"朝廷忽剿忽抚,变幻无常。义和团前程未卜,凶多吉少。即便家中闲居,亦胜过同他们惹是生非……"耀先公语气转和,喻之以理。

振庭鬼迷心窍,自以为是,不听劝阻,推门扬长而去。李氏气极,径直至曹宅广庭书馆,命广庭火速跟踪寻觅,迫令振庭归家。

半夜三更,竟然有人轻声叩门。耀先公夫妇以为是浪子回头,急忙披衣相迎,却见女儿抢先一步,正与两位不速之客低声私语。

"哎哟,原来杨村长光临寒舍。何事不待天明,急于屈尊赐教,莫非探到逆子二成去处?"借月光余辉,耀先公认出是本村村长杨顺德祖孙。

"二哥夜不归宿,莫非又在摸牌?"杨顺德孙女牵着广庭胞妹的手问。

"他喜爱看唱本,梦想当英雄。今儿个黄昏竟执意妄为,弃家参加义和团。"

"什么?振庭去投奔义和团?"杨顺德顿时惊恐万状,吞吞吐吐,畏首畏尾,欲言又止。

"那个浑小子没正事,专喜欢凑热闹,净跟着瞎起哄。"

杨顺德自从北一乡兴起义和团,终日提心吊胆,魂不守舍,闻听耀先公这般回答,更加疑神疑鬼,方寸大乱。

"爹,义和团诛杀洋人,殃及教民,时有住宅被焚。村长信奉洋教,自知难以幸免,经过深思,认为最安全可靠者莫过于咱家,故而前来乞请代为隐藏金银细软……"广庭的胞妹与杨顺德孙女自幼要好,不仅从旁说明他们深夜登门造访的缘由,而且一再帮忙求情。

耀先公这才发现,杨顺德手提两个沉甸甸的包裹,了无往日趾高气扬之态,满脸沮丧,垂头而立。

"这,钱财这事……"耀先公有些犹豫。

"妈,您老一向爱助人为乐,人家有难来求,咱可不能不帮呀!"广庭的胞妹忙道。

"乡里乡亲,并无血海深仇,即便信仰相左,也不宜赶尽杀绝,不妨仗义收下。"李氏边说边接过包裹。

杨村长祖孙千恩万谢,施礼离去。

广庭费尽周折,寻到振庭踪影。在大河房村香烟缭绕之神坛旁,广庭见弟弟手执长矛,口中哼着:"还我山河还我权,刀山火海爷敢钻……"耀武扬威,神气十足。广庭忙将他唤到跟前,规劝道:"爱国固然可敬,但征战讲究实力谋略。八国原本各怀鬼胎,明争暗斗,皆因尔等不分皂白,格杀洋人,反而促成其沆瀣一气,共同举兵来犯,岂不是弄巧成拙?"

任凭胞兄口若悬河,百般劝导,振庭却是充耳不听,置若罔闻,继续不紧不慢地哼唱小调:"哪怕皇上服了外,不杀洋人誓不完。"

广庭见讲道理无法奏效,灵机一动,指指长矛:"振庭,以你新近所得盖世神功,加上这锋利无比的长矛,两军阵前,准会将洋人火炮戳个大窟窿,否则自身尚且不保,何谈杀尽洋人? 倘若你再一意孤行,不迷途知返,迟之期月,恐无葬身之地。"

振庭见兄长面现愠色,拂袖离去,不由得一怔,方口吐不快之语,怏怏随之而归。

孙广庭寻弟数次,有愧众多学子,又惧振庭心血来潮,节外生枝,遂将书馆由曹宅迁至自家西厢房。

七月二十一日,英国海军中将爱德华·霍巴特·西摩尔统帅英、美、德、法、俄、日、意、奥八国联军,打着"讨伐义和团匪,援助中国政府"的旗号,自天津攻入北京。

八月,沙皇尼古拉二世又调集近十六万俄军,分兵六路进犯东北三省,相继占领海拉尔、珲春、三姓、哈尔滨、瑷珲、营口等边陲重镇。未几,即长驱直入,侵夺齐齐哈尔、宁古塔、伯都讷、吉林、辽阳、奉天诸城,中国军民惨遭杀害,血流成河。

斯时,慈禧太后颁布"严行查办,务尽根株"的剿拳谕旨,对义和团落井下石。

闰八月十二日,耀先公坐于孙家东屋南炕上,叹道:"哎,真是乱世啊! 神州大地,列强入寇,群魔狂舞,简直暗无天日!"

永平公站在窗前,眺望西沉落日,应声道:"风云突变,在官府的眼中,义和团一夜之间便由'义民'变成'拳匪'。多亏广庭看着振庭,否则后果……"

"大事不好啦!"振庭匆匆而入,惊慌失色道,"四天前,俄国护路军南满支队司令米先科率部抵达铁岭,与库兹涅佐夫北满俄军会合,分兵驻守铁岭,继续沿辽河河谷向南讨伐,沿途设有义和团神坛村镇皆遭洗劫。"

广庭缓步跨过门槛,应声道:"适才闻袁洁珊讲,米先科至辽阳先要求整顿

41

秩序。地方官唯唯诺诺,不敢怠慢,立刻公示五颗鲜血淋漓的'拳匪'之首级。"

振庭闻听心惊胆战,摸摸项上人头尚在,倒吸一口冷气,暗自庆幸不已,道:"好悬哪!要不是长兄长途跋涉寻我还乡,这吃饭的家伙恐怕难保!"

李氏惊诧地问:"老毛子距离铁岭可是老鼻子远,他们的军队怎么这么快就到了这儿?"

"他们有支中东铁路护路军控制了横贯东三省的中东铁路。"广庭长吁一声,回答了母亲的疑问。

七 东北三省"太上皇"——季捷里赫斯

吉林延吉珲春,地处边隅,孤悬东南,可谓"鸡鸣闻三国,犬吠惊三疆",乃是我国唯一地处中、朝、俄三国交界之重镇,战略位置十分重要。

庚子年七月六日,沙皇尼古拉二世自任侵华总司令,库罗巴特金为参谋长,统帅阿穆尔、西伯利亚诸军区十七万大军,分六路入侵中国。其中一路从海参崴和波谢特湾出发,锋芒所指正是珲春。俄军到处杀人放火,珲春城门、副都统衙门、招垦局、邮电局俱遭焚烧,连昌明书院亦未能幸免。一座边陲重镇,转瞬之间化作人间地狱、恶魔乐园。

吉林珲春行营书记官岳逢咸随难民狂奔,舍命逃出珲春,城里已呈一片火海。途经铜佛寺、老头沟、关沟顶子、翁声砬子诸地,又遭白俄马队砍杀。血肉纷飞,尸横遍野,哀声载道。岳逢咸死里逃生,颠沛流离,辗转至铁岭境内,仍心神难定,惴惴不安,腹内咕咕直叫,囊中空空如洗。正在发愁之间,见山野小径上走来两个村童。

一个村童朗声问道:"先生作诗,无论五律、七律,还是绝句、古风,均是出口成章,这其中可有窍门?"

同伴未假思索回答:"诚如先生所言,'读书破万卷,下笔如有神'呗!"

岳逢咸忙问:"你家先生姓甚名谁?"

学童道:"我家先生姓孙字丹阶。"

岳逢咸又问:"他的书馆开在哪里?"

学童用手一指:"就在前面熊官人屯,距此不过半里,只是弯弯曲曲都是小路,不甚好走。"

岳逢咸阔步前行,路虽曲折,却花迎柳引,甚有幽逸之致。他无心观览,径直奔向熊官人屯。走近书馆,尚未见人,却闻书声琅琅,忽高忽低,悠然有韵。房门半开半掩,有位青年先生高居师席,端然而坐,细细视之,神清骨秀,了无村俗之态,遂将手一拱道:"丹阶先生请了。"

孙广庭正读到忘情之处,忽听得有人呼唤,忙掩书起身施礼相迎:"乡村训蒙之地,为何有贵人到此?想是郊游足倦,不妨小憩。"

"小子岳逢咸,游学至此,慕名而来。"

"既然都是读书人,彼此不必客气。若不嫌茅屋室陋、饭粗茶淡,岳兄可将寒舍视为己家,多住些日子方好。"

岳逢咸衣衫褴褛,面容憔悴,言及俄军入寇延吉,声泪俱下:"俄国人以保护侨民、平定拳匪为名,到处烧杀抢掠,奸淫妇女,无恶不作,真是罪恶滔天,罄竹难书!"

铁岭与珲春相隔千里,逢咸尚谈虎色变,心有余悸。

广庭当年正值青春年少,血气方刚,恨得咬牙切齿,拍案而起,立志保家卫国,除暴安良:"倘若学业有成,仕途可攀,当请命执戈戍边,一旦与犯境狂徒狭路相逢,定赐以千古教训,令之有来无回!"

李氏见岳逢咸衣冠不整,形如乞丐,非但不加白眼,且爱怜有加,留餐数日,尽力招待,毫无厌弃之心。

岳逢咸博闻强记,能诗善书,谈吐高雅,通晓新学,与广庭同为忧国忧民之士,兴趣相投。两人朝夕促膝长谈不倦,推心置腹,大有相见恨晚之慨。

广庭坐在炕沿,问逢咸道:"岳兄,你是廪膳生,自然知道这进学之诀窍,可否指点一二?"

"现在四子、六经、制艺之外,新学日益兴起。首先得博览群书,开阔视野。"

"老兄不愧是书记官,张口闭口必言书。那就劳你大驾,挑最适用的,为小弟开个经史时务书目吧。"孙广庭渴望赶上时代步伐,抵挡不住知识的诱惑,忙催促道。

逢咸捉笔即写,口中却道:"只恐铁岭书铺无售者。"

"不怕,我可托表姐夫杨振元于奉天代购。"广庭笑道,"此公是优贡生,名祖荣,别看其诗作颇显张狂,办事却是一丝不苟,至为认真,十分稳妥。"

"振元乃辽北名士,文采超群,久闻大名。"

"逢咸哪,适才广庭称你为'书记官''廪膳生'。这廪膳生究竟是几品的官呢?"李氏无意之间听得两人对话,不解其意,故而问道。

"这廪膳生不是官,是官府发给廪米的秀才,与优贡生那般,皆是秀才中的佼佼者。"孙广庭代为解答。

"时下我可无半粒廪米果腹,尚累贵府施舍周济。"岳逢咸自我解嘲,面带苦笑。

李氏窃喜,以为得此益友不易,便道:"你俩都是笃诚君子,萍水相逢,如同故知,似有前缘,不妨学学刘关张桃园之举。"

广庭、逢咸闻此大喜,遂听老母之命,行八拜之礼,结为兄弟,成为莫逆之交。

二十世纪初,俄国国务大臣捷尼索夫有句名言:"正如世界上的条条大路通罗马一样,我深信,在远东的政治关系中,我国的主要利益集中在满洲。"

在俄国通向满洲的诸路中,最重要者乃是军事大路,即俄国以保护中东铁路为名,向中国东北三省派遣常驻部队——中东铁路护路军。

凭借这条军事大路,侵华俄军进展异常顺利,几乎畅通无阻。待俄军占领东北之后,俄国政府"监理满洲原则"出笼,竟剥掉《中俄密约》中"互相援助""共同御敌"等虚伪遮羞布,将侵略嘴脸暴露无遗,居然于中国领土组建俄国军区。

光绪二十七年二月一日,侵华总司令沙皇尼古拉二世闻报"六路大军皆旗开得胜,东北三省已完全在俄军掌控之中",顿时龙颜大悦,野心膨胀,立刻悍然宣令:"将中东铁路护路军升格为边防独立军团,设立外阿穆尔特别军区。"

边防独立军团同护路军一样,直接隶属于俄国财政部。财政大臣维特指示东省铁路公司董事会严格把关:"人无头不走,鸟无头不飞,这兵团司令人选可是至关重要,非同小可。如果举荐不当,势必影响大局,甚至会使我国独占满洲成为泡影。"

东省铁路公司董事会自然万分重视,不敢有丝毫疏忽,对众多将军逐一筛选,经反复讨论审核,终于达成共识,全票通过第 1460 号议定书,任命侵华作战中"功劳卓著"的伯力至哈尔滨一线俄国派遣军司令萨哈罗夫少将为外阿穆尔军区暨边防独立军团司令。

萨哈罗夫少将获得这令他身价倍增的职务,满心欢喜。然而,就在他荣耀赴任途中,突然发生离奇变故。

这变故,除尼古拉二世之外,所有人都意想不到。

米哈伊尔·康斯坦丁诺维奇·季捷里赫斯,还不到而立之年,阅历如此之浅,沙皇尼古拉二世却认定季捷里赫斯才是当之无愧的最佳人选,甚至破例公开否定董事会任命,堂而皇之地将首任外阿穆尔军区司令兼边防独立军团司令的荣誉赐予他,并御封财政大臣维特为军团名誉司令,以保证阿穆尔特别军区后勤供应。

此惊人消息传出,东省铁路公司董事会不得不收回成命,然而,位高名显的董事们却个个心存疑惑,私下议论纷纷:

"难道季捷里赫斯果真是帝国的第一良将?"

"二十七岁的年轻人,乳臭未干,如何能担当起如此重任?"

"血浓于水,就因为他是皇亲国戚,又能言善辩,才成为沙皇最为宠信的心腹爱将。"

"纸上谈兵容易,真正统治满洲这片广袤而神奇的土地,没有极大的魄力、勇气与智慧是万万不成的!"

"初生牛犊不怕虎,也许会蛮干一场,等到他力不从心,自然会偃旗息鼓,知难而退,恭请萨哈罗夫少将出山收拾残局。"

"是英雄,是狗熊,事实胜于雄辩,让我们拭目以待吧。"

从光绪中俄密约签订,至义和团运动爆发,作为俄罗斯帝国第二号人物,维特一直苦心经营"经济征服满洲"国策,并取得令人瞩目的"业绩"。季捷里赫斯确实胆大妄为,刚刚走马上任,居然与德高望重的军团名誉司令维特发生意见冲突,向维特精心设计并引以为豪的"经济征服满洲"国策挑战,并巧妙地以自己的意志取而代之。

维特私下一再告诫季捷里赫斯:"我军的数量与火力尚限于自卫范围,旨在保障铁路、银行等俄国企业正常发展。要暗藏杀机,慢慢蚕食,勿锋芒毕露。过分炫耀武力,难免招致妒忌,引发强国火并。"

"钦差大臣敬请放心,我一定秉承阁下旨意,边防独立军团对清政府仍沿用护路军称号,于中文文献中称作护军。"

维特满心欢喜,以为这黄毛小子胸无城府,定会言听计从,任他摆布,岂知季捷里赫斯始终信奉"武力征服才是彻底征服",虽然碍于情面,满口答应,实际却是阳奉阴违,反其道而行之。

光绪二十七年腊月二十日,广庭妻董氏有喜显怀,却面带愁容,轻启木躺箱,观五谷杂粮竟未遮底,乃摇头轻轻叹息。

长女启珠手牵母亲衣襟,明知故问:"妈,没钱不能买新衣?"

长子启昆跷足嚷道:"瞧,这双旧鞋都露脚指头啦!"

次女启玉昂首请求:"快过年啦,给我买根红头绳还不行吗?"

"不行!你们都到一边玩去,别老缠着我行不行?"董氏厉声道。

"我找爹要去!"启玉哭咧咧地说。

"找我做什么？"广庭道，"家中正愁无钱度岁，我也两手皆空。"

振庭进屋道："哥，大门外有人恭候。"

"哪位，为什么不进来？"

"送年货的，大车将三十余种新书拉到咱家门口，计价三百余元，限三日内付款。"振庭阴阳怪气地说，"这年头买书做啥？"

"啊！这，这可如何是好？"

广庭大惊失色，走投无路，一筹莫展，愁得头脑发烧，当天即病倒于床。

董氏叠好湿手巾置其前额，轻声问道："咽喉肿痛厉害吗？"

广庭默默颔首。

永平公见状劝道："广庭啊，天无绝人之路，不妨先向左邻右舍借借看。"

李氏道："今秋收成欠佳，谁家有如此多余钱？"

耀先公叹道；"唉，年关将近，告贷无门哪！"

"大哥，杨村长私有财产，咱们担惊受怕为之保管，事定全部归还，分文酬谢不取，他们全家颇为感激。凡事应礼尚往来，此番由我出面借些银两，估计十拿九稳。"即将出阁的妹妹情急之下，主动请缨。

"不可，不可！瓜田李下，易引起误解，以为是借故讨要人情，施恩图报，诚非君子，此断不可为！"广庭严词峻拒，挣扎而起。

当当当，敲门声起，广庭料定又是书商催款，顿时尴尬万状，恨无地缝可钻，厚颜开门一看，却是炮手屯徐向荣家送来胞妹聘礼。

"广庭，这么多书，你能读过来吗？"一场虚惊过去，李氏神情已定，目视堆放满屋的品类不一的书，试探询问。

"能！"广庭摸摸这部《瀛寰志略》，看看那部《海国图志》，全都舍不得放弃，斩钉截铁地回答。

"是否量力而行，精挑选几部留下，其余的……"李氏取出女儿嫁妆钱，捧在手里，显得左右为难。

"妈，这些书我都急需，千万千万不能退掉！"孙广庭急中生智，寻得很好理由，"退掉岂不是让人家往返徒劳，咱们还得白搭上运费吗？"

"唉！"李氏长叹一声，无可奈何地摇头，"那么只有动用小妹备嫁之资，来解此燃眉之急。现在你媳妇又怀有身孕，不知这钱何时才能真到小妹手里。"

广庭闻听此言，满脸笑容："妈，您老放心，我定会加倍奉还给小妹。"

心情舒畅，疾病霍然而愈，可是直到十二载后，广庭留日归国，任陆军学堂校长时，此款才完璧归赵，连本带利彻底还清。

"藏书纵有伤心事，苦读岂无出头时！"孙广庭总是警钟长鸣，时时提醒自己。书给他带来无数苦恼,几乎使他身陷绝境,但也引导他涉足经世实学,眼界大开。他拼命苦读,果然获益匪浅。从此,他节衣缩食,立志蓄书,与书结下不解之缘,而且学识大进,一举考入银冈书院。

孙广庭于《年谱》中记之云:

> 吾母爱子之心,可谓至矣!自是朝夕翻阅,略有所获,此岳君泽山之教,吾母之功也。他年蓄书之志,亦基于此。

关东大地各种势力汇集,矛盾错综复杂,欲从经济征服转向武装占领,绝非易事。可是颇有心计的季捷里赫斯却知难而进,不仅暗中将护路军变为常备军,从防卫转向于进攻,企图借以替代俄国占领军,长期独霸东三省,而且视中东路区为俄国殖民地,一手遮天,为所欲为,肆意践踏中国主权,并将边防独立军团变成俄国驻扎在这里的前沿部队和俄国推行殖民政策的武力支柱。

季捷里赫斯少将作为驻华军区最高统帅,肩负沙皇尼古拉二世秘密赋予之特殊使命,可谓举足轻重。他坐镇哈尔滨军区司令部,大刀阔斧,对边防独立军团兵制进行根本改革。废除雇佣制,实行义务兵役制。并经沙皇尼古拉二世特许,后备役军官和现役哥萨克军官一经编入边防独立兵团,服役两天按三天计算领取津贴,晋升军阶与同等军龄军官相同;既享有现役军官权利,还保留退役军官荣誉军衔、礼服,从国库领取退休金、普通退休金和阿穆尔养老金等全部优待。

季捷里赫斯还利用报刊狂热鼓吹"条条大路通满洲"。受优厚待遇诱惑,颇具神秘色彩的中国东北土地成为冒险家心驰神往的乐园,俄国军人争先恐后,趋之若鹜,纷纷加入独立兵团行列。诚如盛京将军增祺奏折转引阿瓦林《帝国主义在满洲》第一卷所云,不仅普通军官"慕名前往""就是近卫军中那些赫赫有名的人物也竞相报名"。

季捷里赫斯司令官亲手于中东铁路界内建立起以外阿穆尔军区为首的一个组织严密的十分庞大的军事系统,其军人数量、战斗素质、武器装备和基础设施,皆强于原护路军数倍。炮兵、工兵、铁道兵、舰队、警备部队,各色兵种应有尽有,已完全达到野战部队标准,实现从防卫部队至常驻基干部队之彻底转变。维特亲赴东三省"视察",亦大为叹服,当众赞扬季捷里赫斯将军军事组织才能非凡,居然仅用一年时间,便将外阿穆尔军区建设到如此"尽善尽美的程度"。

季捷里赫斯雄心勃勃,磨刀霍霍,同时不忘使障眼法,避免刺激中国东北当局及虎视眈眈的日、英、美、德等列强。为表明护路军仅为守备队,而非正规部队,最初规定无论官兵,一律不戴肩章,制服式样相同,军官肩上佩有镀金丝绦,以示身份。该军帽徽、领章乃至襟扣皆精心设计,饰以龙纹,军旗纹徽亦由龙与武器组成。龙为中华民族的象征,此举显然是迎合中华民族心理,博取当地居民好感,以利于完成其侵略使命。

季捷里赫斯麾下护路军从兵源、编制乃至火器配置全盘正规化,但于表面却留下唯一明显区别,即是佩戴寓意和平的绿色肩章,而不是正规军那象征战火的红色肩章。其目的不言而喻,如徐曦于《东三省纪略》所云"以掩我国人之耳目"。

季捷里赫斯已将外阿穆尔军区打造得足够强大,沙皇政府才于光绪二十八年四月八日同中国签订《交还东三省条约》。该约云:"俄军撤退前,东三省中国军队的数目、驻地,必须与俄国军官商定;俄军撤退后,中国在东三省的兵力应添应减,应随时知照俄国。"

季捷里赫斯作为外阿穆尔军区司令官,统帅五十五个步兵连、五十五个骑兵连、六个炮兵连、二十五个教导队。全军编成四个旅,分为八个常备队与四个预备队。尚嫌兵力不足,另组建四个步兵营、一个炮兵中队和一个哥萨克骑兵连充当机动后备队,共四万余精兵强将。

东三省马步巡捕却被限定为一万三千八百人:奉天六千,吉林四千三百,而龙江仅有三千五百,又无炮兵,与外阿穆尔军区俄军相比,如以瓦缶而临碣石。

季捷里赫斯确实名不虚传,于极短时间内将俄军人数扩充了五倍,使东三省中国驻军相形见绌,丧尽地主之权威。显而易见,即使俄国占领军全部撤出,只要季捷里赫斯一声令下,护路军随时可越出路区,对东三省重新加以占领。

季捷里赫斯牢牢控制着哈尔滨及中东铁路沿线附属地,俨然以国中之国的主宰者自居,成为东北三省为所欲为的太上皇。沙皇尼古拉二世见季捷里赫斯年轻有为,果然不负厚望,更加器重季捷里赫斯,并赋予季捷里赫斯至高无上的权力,外交内务任其处理,绝少干预。季捷里赫斯对沙皇尼古拉二世的知遇之恩,感激涕零,发誓鞠躬尽瘁,死而后已。

当孙广庭身为一介落魄书生,还在铁岭乡下熊官人屯充当私塾先生,借谋升斗之时,季捷里赫斯将军正肆无忌惮地在关东大地发号施令,已成为俄罗斯举国颂扬的英雄。然而二十一年后,两人却以平等身份对面而坐,进行一场惊心动魄、震撼世界、载入史册的智斗。

那场舌战影响深远,不仅使中国东三省人民避免了一场血腥的浩劫,也改变了俄罗斯远东主宰者季捷里赫斯上将与俄罗斯保皇党的命运,以及整个东亚的格局。

八 喜中"小三元"

银冈书院历史悠久,声名显赫,居东北三省八大书院之首,肩负培育人才、科举预考之重任。书院山长,亦称监督,乃德高望重、才识卓越之贤达,由官府任选。教官皆儒林精英,经山长礼聘。生员为"士之俊秀者",通过考试择优录取。书院勤奋治学,严格督促,较士子勤惰与八股诗赋水准而辨高下,"示科条给薪票"。师生学业须受官府查核,以防营私舞弊。属官学性质。

银冈书院以考据钻研经史实学见称。新民举人李百川、宁远州举人李崇瑞、海城举人赵维城相继为书院主讲。赵维城古文得自阳湖派,尤深研理学,令士子耳目一新,最受欢迎。广庭于此得诸多饱学之士教授,博采众家所长,如虎添翼,如鱼得水。

光绪二十八年冬,孙广庭赴铁岭城参加县试。发榜时,榜上七十余人,圆形排列名次,里层为先,中心乃第一名。他唯恐名落孙山,遂从榜末寻起。忽闻同窗王尚志手指第一圈前排醒目位置,嚷道:"丹阶兄高中前十! 恭喜恭喜!"广庭喜出望外,方由内开始细看,案首是石蕴如。

光绪二十九年四月,孙家青黄不接,几近断炊。东屋内,广庭团团乱转,心急如焚。

李氏满面愁容,坐在躺箱之上,见曹公含笑而入,忙起身相迎道:"亲家,快请坐。"又吩咐儿媳,"启珠她妈,给你爹沏茶。"

曹公拿起茶杯,轻品一口,嫌热又放于桌上,道:"广庭,听说府、院两试皆改在盖平举行,这是为何?"

"因奉天闹过义和团,庚子战败和议条约规定,不准在奉天举行科举考试。"

"广庭啊,考期将近,得好生准备。你县考前十名,此番一鼓作气,来个榜上夺魁!"

李氏道:"还夺魁呢,他不准备去赶考啦!"

曹公大为惊讶:"这是为啥?"

李氏叹道:"唉,筹集不到盘缠钱。"

曹公斩钉截铁:"赶考岂能放弃? 不足之资,咱们可大家凑,即便四方告贷,亦务必于三日内凑齐。"

"爹,广庭还说,这书馆没人管不成,不能让学生放羊。"

曹公道:"闺女莫急,老爹可暂代书馆。"

49

考棚前礼炮击发，隆隆三声巨响，声震盖平全城。眼看考棚大门将关，孙广庭满头大汗，匆匆赶到。尽管饱尝艰难，终得仓促应试，他忙中未乱，稳坐于木凳之上，仔细审明试题，构思文脉，随即洋洋洒洒，抒发胸臆，既前后呼应，顺理成章，又画龙点睛，突出文旨，文如锦绣，一气呵成，最终荣膺亚魁。

"苍天有眼，总算苦尽甘来！"李氏大喜过望，忙告曹公道，"幸亏亲家公玉成，否则又要坐失良机，遗憾终生。"

八月，盖平第二科院试，由奉天府丞裴韵珊主持。奉天陪都重地，府丞一职实兼提督学政，身份与督抚平齐，故历任悉系儒臣。

裴公名维安，号君复，极具文采。此番钦命奉天学政，加封二品大员。裴大学政不仅官高位显，且是诗词名家，著有《香草亭词》《香草亭词草》《香草亭诗草》等，而且爱才如命，择妻亦重视内秀，其夫人顾玉琳亦驰名才女，著有《花韵楼诗词剩稿》传世。爱妻仙逝，他竟终身不娶继室，可谓刚毅耿直、性情中人。

考试当日，五更时分，孙广庭大步流星赶至贡院。须臾，棚前礼炮击发，隆隆巨响。云集门外之童生鱼贯而入。搜检官连呼仔细确查，严防夹带。军牢两人对面而立，搜查孙广庭周身。孙广庭视此举为例行公务，坦然相对，理理衣冠，从山大门高门槛俯伏而入，至仪门口取照。牌官引导二十人同至大堂下，本周学官按卷加盖学政印，逐个唱名。孙广庭应声接受试卷及号签，入棚寻得座位。

提调官面向裴大学政，朗声报告领取试卷童生人数，续闻得三声落锁之音，乃巡捕官与司仪门官封锁大门、二门和仪门，随即堂上连击云板三声，贡院内顿时格外肃静。六名兵勇肩扛高脚牌一面，上贴文题于号檐前，逶巡缓行。侧座有位年长文童起立禀告因老眼昏花，难以分辨题目。学官高诵三通"蓝衫假之夫子者"，不容其就近观看。

此时，奉天营参将率领官兵坐镇大门外，以防变故，并有守备兵勇在考棚周围游弋，遇到可疑之人，不容分说，即行逮捕，解交提调官处理。

已初，仪门击鼓三声，供应官宣布考童可饮茶或如厕一次。孙广庭口干舌燥，饮过一盏花茶，顿觉精神倍增，文思滚滚而至，立刻拾笔伏案疾书。

未时，大门外又击鼓三声，堂上巡捕官迅即敲云板三下，高呼赶快誊清。

孙广庭已捧卷细研良久，闻声自思交头卷学政必加重视，遂抢先第一个交卷，立于堂前守候，待交卷者达二十人，司仪门官方开锁放行。大门仅供一人侧身而过，称为"放头牌"。以后二、三场皆如第一场，孙广庭当仁不让，皆为"头牌"。

孙广庭伫立于贡院门前,等候同窗吴珍。只见童生陆续从考棚出来,亲朋纷纷迎上前去,帮助携带物品,问长问短,唯有自己孑然一身,不免有些凄凉。

三场过后,孙广庭脱颖而出,力挫群雄,场场皆高中第一名,在考场内外引起轰动。录取之后,又经小殿试,诸生列坐堂前,学政裴大宗师亲临监试。三场试毕十日,考卷阅后发榜,孙广庭正式成为院案。

翌日,奉天府学官率领生员参谒学政。裴大宗师当众将孙广庭唤至跟前,勉励道:"三场夺魁,委实不易!通常人称乡试之解元、会试之会元、殿试之状元为'大三元',院试三场皆为榜首者可谓'小三元'。愿子再接再厉,有朝一日能将'小'改成'大'字,方不负本官所望。"

裴大学政清正廉洁,执法如山,正直仗义,不畏权势,堪称识千里马之伯乐。广庭获裴大宗师青睐,喜出望外,忙施礼道:"感谢恩师关爱,门生牢记教诲,定将竭尽全力争取。"

第三天,新进生员赴学宫静候裴大宗师谒庙后,即行释褐礼,换穿官服蓝衫,顶帽参拜孔圣人——此即院试之题"蓝衫假之夫子者"之命意所在:秀才所着之服,亦即功名利禄,乃孔夫子之赐也。之后,又随裴大宗师同学官至明伦堂读卧碑,听廪膳生讲大学之道。至此,考试全部结束。裴大宗师打道回府,十六台大轿渐渐远去,在视野中消失。孙广庭犹依恋不舍,向前方眺望。

历经八载乡塾教书生涯磨砺,不觉将至而立之年,美梦终于变成现实,孙广庭此时踌躇满志,看到锦绣前程的曙光。

广庭荣登院试案首,感慨万千,蓦然想起昔日庸师误己之苦,叹而自责道:"误人子弟犹杀人父兄。人误我,我误人,谬种流传几时休?"

孙春暄亲临广庭入泮庆贺之宴,刚跨进庭院,侯七敬即笑迎拱手道:"孙老夫子可谓教学有方,居然院试两个弟子高中。"

春暄夫子朗声笑道:"姚宅门婿吴珍,在我身边攻读近十载,此番考取副榜佾生,本在意料之中。可昔日险些被老夫误以为朽木不可雕的广庭居然一鸣惊人,院考黉案,榜上夺魁,那可是全凭他自身努力。"

庆宴开始,广庭迎请恩师春暄夫子坐在上座。孙春暄观礼广庭所著八股文"蓝衫假之夫子者"之时,他双手微微抖动,满脸露出喜悦的神采,感叹连声地道:"真乃石破天惊,字字珠玑。十八年寒窗苦读,持之以恒,始有今日,功夫不负有心人哪!"

广庭恭恭敬敬地施大礼参拜道:"广庭所学,实先生所赐,刻骨铭心,永世不忘。惜吾姑丈尊五先生已归道山,不能叩谢惠予以引见之恩。"

51

第二章 从先生到学生

一 何惜此身做人梯

喜宴过后,广庭与几位好友进屋闲聊。

辽阳名士袁金铠,字洁珊,衣着简朴,颇善言辞:"丹阶兄,经史留心晓夜攻,鳌头独占享峥嵘,无愧是人杰!而今之计,要一鼓作气,再接再厉,致志仕宦之途,方可大展雄风,鹏程万里。"

"洁珊兄所言极是,俗语说'家中有斗粮,不当孩子王',千万不能因贪图书塾束脩区区蝇头小利,为他人做嫁衣,却坏了自家功名。"王尚志信口帮腔。

"此言差矣。铁岭民乏文教,士若凤毛,庸师误人者,屡有发生。我虽然不才,但也饮水思源,图报桑梓。况且教育是立国的根本,一花独秀,不若满园芬芳。宁可舍弃功名,也要为家乡子弟做人梯,哺育良才,兴邦立业。这亦是我取字'丹阶'之本意。"孙广庭直抒己见,表明心迹。

"丹阶兄精忠报国,甘为人梯,志气实在可嘉。一席话慷慨激昂,义正词严,令我们心悦诚服。"于珍、刘尚清齐声称赞。

在偏远的辽北乡村,取得秀才名号,便如鲤鱼跃过龙门般,立刻身价百倍。闻听丹阶先生院试场场摘取桂冠,官职近在咫尺,且热心施教,诲人不倦,前来求学讨教者人数大增。孙家西厢房整日里书声琅琅,不绝于耳,将昔日容纳不下其洪亮啼声的小小庭院,衬托得生机益然,气概非凡。耀先公夫妇见状喜上眉梢,笑逐颜开。

春风得意,身处顺境,孙广庭却愈发勤奋,丝毫不敢懈怠。考取秀才仅为科举仕途征程的第一步,接续尚需经乡试、会试、殿试。尽管关关高手如云,强者林立,竞争异常激烈,侥幸通过者寥若晨星,他也决意蓄势待发,尽力拼搏,坚信持之以恒,必有所得。

"即便命途乖舛,但将身边嗷嗷待哺的学子培养成国家栋梁之材,也是后继有人,为家乡做件功德无量的大好事。"

孙广庭抱着这一信念,为教好学生,朝乾夕惕,废寝忘食,简直是如临深渊,如履薄冰,战战兢兢,一丝不苟,唯恐哪句话讲得不透彻,耽误了学生们的大好前程。

为此,他身体日渐消瘦,脸庞变窄,似被刀削了半分似的,却依旧情绪高昂,精神沛然,时常自我安慰说:"教学相长也,不亦乐乎!"

光绪三十年春。

日俄两国骤然燃起战火,而且愈演愈烈,甚至波及铁岭。

兵荒马乱,人心惶惶,尽管孙广庭持之镇静,教书热忱未减,而莘莘学子,相继辍学,似鱼惊鸟飞,涣然离散。

风云突变,猝不及防。

奉天遍地烽火,处处狼烟,千里沃土居然放不下一张平静的书桌。

孙广庭紧闭房门,独坐书馆,四顾空旷,满目苍凉,感极而至悲,叩案长叹:"呜呼,我中华文明古国,礼仪之邦,何致遭此大劫?"

光绪三十一年三月,日军于"奉天会战"险中取胜。

日本"满洲军"司令官木村宣明奉"日本满洲军总司令部"之命,从奉天急赴铁岭,经与县知事赵臣翼交涉,强征城北门内益顺丰商号民宅,设立所谓"铁岭军政署",并以后备步兵第四十联队第五中队为军政署附属守备队。

孙广庭闻日军中佐木村宣明居然仰仗武力,强行管辖铁岭县境所有军政事务,乃身着长衫进入县城,发现鼓楼和东、西城门等二十四处醒目场所,张贴样式相同之"铁岭军政署"布告,署名皆为"铁岭军政署署长陆军步兵中佐司令官木村宣明",立刻义愤填膺,直奔铁岭知县衙门,见到知事赵臣翼,长揖施礼,直言不讳道:"赵大人,生员有一事不明,日俄两夷在我国土上争雄,为何辽东守将却作壁上观,大清国威何在?"

赵臣翼摆摆手道:"唉,此事无须再提!盖因朝廷公开发表中立声明,将士皆是奉旨行事而已。连关东抗日名将张今颜都护亦无可奈何叹云:'云津八载著闲身,歌啸曾容放逐臣。花月有情春梦寂,河山无恙战场新。两军戈马腾边塞,半壁安危仗比邻。垂老一官重问治,勉持中立卫斯民。'"

"中立无异于容忍日俄两国欺凌,置大清子民饱受外夷强盗蹂躏而不顾,如何卫民?"孙广庭毕竟生活于偏远山村,对国事知之甚少,闻听此言,颇为震惊,

"朝廷或为邪佞者所惑,方出此下策。赵大人身为父母官,可要一如既往,为黎民百姓做主!"

"今非昔比啊!当年俄军无理勒索巨金,乃是居宁远城外,尚有回旋余地。而今日人武力占据铁岭全境,出示安民布示,满口仁义道德,粉饰越权行径。以敝县菲薄微力,既难以左右时局,亦无法驱逐强虏,奈何?"

"岂有此理!东洋人居心叵测,妄图借途灭虢,鸠占鹊巢,可谓草蛇吞象,异想天开。多行不义,必遭天诛!"孙广庭气愤至极。

"事在人为,而非天赐。窃以为不可守株待兔,当应寻机而动。"赵燕孙唯恐言多有失,并未点明采取何种举措,即含蓄一笑,端茶送客。

从县城归来第九天,孙广庭闻鸡即起,至书房研读《周易》,这部博大精深的典籍,已成为他朝夕相伴的良师益友。读至"百官以治,万民以察"一句,恍然似有所悟,却难洞晓细微。思虑良久,广庭略感疲惫,乃自墙上取下长剑,于庭院中舞而自娱。

夜色褪尽,斑斓的朝霞推拥出一轮红日。

经过一番跳闪腾挪、刺挑劈撩,广庭已是面染红润,微喘吁吁。倏然间一个缓步,长剑直指云天,正待含胸拔背,敛气于丹田,猛听到耳边一声轻喝:"好剑法!"

广庭回转身来,见是一位身着长衫学者,面目和善,手捻长须,眉眼间满是笑意,落落大方地站在路边。

"哎呀,不知曾山长驾到,有失远迎,尚祈见谅。"看清来者面容,孙广庭丢下长剑,上前几步,一揖到地,连连告罪,"先生乃辽北学界泰斗,大作《三山题壁》曾轰动关东文坛,今日竟然光临寒舍陋院,广庭真是受宠若惊!"

曾山长名宪文,字述堂,乃银冈书院山长。银冈书院是邑中鼎鼎有名的学府,康熙朝湖广道御史郝浴所建,学子多出类拔萃,不乏名重一时之秀,历来为文人所仰慕。持己廉正,被誉为"铁面选司"的吏部郎中、礼部尚书郝林,即书院早期门下桃李。共和国首任总理周恩来亦曾在此求学攻读,至今尚存"周恩来少年读书旧址"纪念馆,铁岭龙首山也是周恩来生平攀登的第一座山。

银冈书院曾山长相貌儒雅,平易近人,却是暮史朝经,日理万机,难得一见。

"呵呵,是宪文打扰贤弟了。"曾述堂抱拳当胸,"贤弟这一手剑术,诚可谓出神入化,功力非凡,定为高人嫡传。老朽所言不是妄断吧?"

"曾老前辈过奖。些许薄技,不足挂齿,有辱前辈法眼。"

广庭武功得自龙首山三清观云游道长,由登堂而入室,渐至佳境,藏艺悠悠数载,今日被人一眼看破,不免惊汗潜出,忙道:"老山长清晨前来,绝对不会是来看我舞剑吧?"

曾述堂道:"真人面前不说假话,宪文确有要事在身。"

广庭将曾山长请进正房,命夫人奉上香茗。

"丹阶老弟,今日登门拜访,非为别事,乃是为了银冈书院的前途,恳请贤弟助宪文一臂之力。"曾述堂茶品半盏,终于道出了来意。

"老山长言重了,广庭是后学晚辈,一向仰慕银冈书院盛名,且三生有幸,得列门墙。在下区区一个生员,有何德何能,敢在您老面前说个'助'字?"

"呵呵,"曾述堂略显尴尬,轻笑两声,"贤弟言之有理。忆昔郝公雪海疏劾平西王吴三桂未果,谪戍奉天,于铁岭访著名高僧剩上人,亲自选定的读书讲学之所,初名'致知格物之堂'。康熙十四年,雪海公官复原职,临行前更名为'银冈书院',连同二百二十五亩良田和城内西南隅一块地基,一并馈赠铁岭学子,盼望此地人杰地灵,为国家造就栋梁之材。二百多年来,银冈书院人才辈出,声名远播,向为海内学子所称道。"

"银冈书院培养出魏燮均等众多英才,有目共睹。门楣上高悬'文运遐昌'四字,可谓名副其实。"孙广庭随声附和。

"可叹而今银冈书院竟是一片颓败,每况愈下,难以为继。如此下去,宪文实在无颜与雪海公在九泉下相见。"说到动情处,曾述堂已是老泪纵横,泣不成声。

"这……这……何以至这等地步?"孙广庭睁大眼睛,轻声询问。

"一言难尽。"曾山长将茶碗推到一边,缓声说,"日俄战争前后经过,丹阶贤弟可有耳闻?"

孙广庭默然颔首:"去岁二月八日,日本人袭击旅顺口沙俄帝国海军,导致战争爆发。后来闻听俄国败绩,任凭倭寇于我关东掠地称王。余者则不甚清楚。"

"日俄两国数十万大军于旅大、辽阳、奉天、铁岭一带逐鹿,多少无辜百姓惨遭杀戮,家破人亡。"老山长语调悲愤,手掌重重地摁在案边,"两个强盗相争,战祸殃及铁岭,银冈书院深受其害,才有今日之痛啊!"

"人为刀俎,我为鱼肉,偌大中国任列强宰割,是可忍孰不可忍?武学不兴,国运难昌!"

见孙广庭双目圆睁、怒发冲冠,曾述堂蹙眉微展,继而又道:"当权者之所以腐败,国运之所以衰退,全在于人才不兴。先贤无不教导后人,十年树木,百年树人,此乃千秋大业,于国于民功德无量。宪文欲银冈书院再现雄风,意即于此。"

"山长处心积虑,一心为国,广庭有辱教诲,自愧弗如。但只要曾山长一声令下,广庭自当奋勇争先,决不惜命珍身!"

曾述堂闻听广庭誓言,脸上绽出宽慰笑容:"丹阶贤弟,宪文此次前来,要的就是你这句话。宪文恳请贤弟出山,到书院执教,若蒙俯允,则宪文幸甚,银冈书院幸甚,铁岭学子幸甚!"

"私塾与书院相差甚远,岂可相提并论,万不敢误人子弟啊!"

尽管和曾山长有师生之谊,情意深厚,并且甘愿为之奉献一切,但曾先生此言一出,孙广庭仍是惊愕不已,度量一诺之重,颇为踌躇,复抬头细看一眼曾述堂。

曾述堂品罢一口茶,将茶碗稳稳地放在书案上,气定神闲,从容不迫,一双慈祥和蔼的目光沉稳地射向前方。

从山长沉稳的目光中,孙广庭强烈地感受到一种深沉的力量。这是一种运筹帷幄、决胜于千里之外的神力,既无点滴的强制和勾摄,亦不包含丝毫威胁与诱惑,但却使人不得不遵从,听凭其主宰。此是否即是《周易》中所宣扬之"道"的力量呢?

"我……我……这……这……我……"孙广庭肚明曾述堂用意,尽管觉得托词甚多——本人才疏学浅,不堪重任;父母体弱,家室有累,不能远行;身边尚有数十学生,不易弃舍……可他却始终没有勇气道出其一,皆因于适才对话中,凡是能言明之缘由,似乎早已被曾山长预先驳倒。与曾述堂目光对视须臾,孙广庭即心悦诚服。

曾述堂城府颇深,认定不虚此行,又顺势转换话题道:"赵燕孙大人如今受木村宣明掣肘,无法施展作为,倡导卧薪尝胆,蓄力待发,重振邦国。实不相瞒,宪文今登贵府,乃是转达燕孙大人延聘丹阶贤弟之嘱。"

"揸柱孤城力太微,保民诚是保身非。浮名岂慕羊头烂,壮志原希马革归。败局难期成胜算,死灰仍拼觉生机。唯余一点丹心在,洒向长空碧血飞。"孙广庭高吟赵燕孙被囚俄军兵营中所撰绝命诗,慨然表明态度,"大丈夫以身许国,在所不辞! 广庭愿步前贤后尘,竭尽所能,奉献微薄之力。"

于是乎,从熊官人屯走出位蓝衫秀才,堂而皇之登上银冈书院讲台,旧地重游,由生员变成先生。

城里学生毕竟见多识广,聪明知礼,勤学好问,正合广庭心意。他于课堂上与学生倾情交流,如鱼得水,甚是欢畅,却时常面挂严霜,为国事担忧。

七月十五日,孙广庭站在三尺讲台前,对满屋学子道:"尔等年少,乃中华未来之希望,而今国难当头,宜应发愤苦读,唯有金榜题名,成为栋梁之材,方能兴国安邦,流芳百世。二月初三,是银冈书院创始人郝公雪海诞辰二百八十二年纪念日,今逢雪海公逝世二百二十二周年纪念日,我欲吟诵一首律诗,表达自己对雪海公和银冈书院之深情厚谊:'直节当年久著声,儒宗此日定乡评。藜光上映文昌宿,野老争传侍御名。教泽远贻开后学,讲堂新葺聚群英。银冈从此留千古,龙首山高柴水清。'"

此时的孙广庭,正可谓学业有成,事业发达,望前程指日可待,看身边一路春风。然而命运之神似乎颇为吝啬,不愿将全部光环与荣耀投向一人,总欲留些缺欠和遗憾,令其感到玉含微瑕,美中不足。

二 投笔从戎

光绪三十一年,乙巳八月初四,清廷宣布废除科举制度。此举本为维持其摇摇欲坠的封建统治,客观上对推进中国社会文明进步,确有极其重要的作用,可对孙广庭以及千千万万潜心攻读的学子而言,却无异于在耳边炸响一声沉雷。

"凌云壮志英雄泪,半世辛劳化作灰。光宗耀祖黄粱梦,万里鹏程断翅飞。"广庭面带愁容,跨进熊官人屯孙宅,踱至西厢房前,从窗外望见屋内盆菊盛开,触景生情,自吟解嘲。

耀先公与七八位村民在品茶赏花,谈笑风生:"我家广庭可是大有作为。法力无边的云游道长早已慧眼断定,倘若果真来年乡试再中,一准请乡亲们痛饮喜酒,尽兴方休!"

广庭匆匆而入,先喊声"爹",又与客人施礼问好。

耀先公把脸一沉,问道:"广庭,大考在即,你不在城里温习功课,回乡下做啥?"

"慈禧太后采纳袁世凯、张之洞、岑春煊三位大人建议,已经下诏废止科举。"广庭回答,"传言朝廷要培训军事人才,选送出洋武备。"

村民七嘴八舌道:

"出洋可不是什么好事。"

"古人说:'锦城虽云乐,不如早还乡。'"

"父母在,不远游。"

啪的一声,耀先公手中的茶碗掉在地上,摔得粉碎。

前途受阻,不,应谓横遭断绝,使广庭于愤懑和迷惘中徘徊良久。

曾述堂山长登门探视,委婉宽慰道:"丹阶老弟,朝廷于四年前推行新政,即下诏改革科举,废止武科,晓谕各省开设武备学堂,培训新军军官,如今拟于奉天举办会考,从诸生中选拔杰出人才,充当留洋武备。主考官延松岩大人光绪十三年始任奉天府丞兼学政,业绩不菲,好评如云。"

　　"久闻延松岩将军文武全能,一身正气,重教化,严考纪,整顿书院,修订学规,为国家择优荐才。铁岭学子吴璋英年颖秀,考课甚佳,深得延公器重,光绪十五年己丑恩科顺天乡试中被拔为童试魁首。"

　　曾山长见广庭仍沉湎功名仕途,无法自拔,忙道:"是年适逢会试,延松岩大人亲至银冈书院,勉励学子:'勤奋读书,讲求实学,求神智之益,除世俗之见,希圣贤之踪。切勿独为科举尽耗精力,疲于帖括之学。'光绪十七年,延大人入京为大理寺少卿,旋授西藏办事大臣。翰林院侍讲学士良弼饯别赠诗:'三载皇华甫罢吟,班超事业奋如今。曾持玉尺鸿才聚,又挽金戈豹略深。'"

　　广庭恍然大悟,洞悉山长用意,立即应声而吟:"万里长风名士志,一杯别酒故人心。甘棠定值西垂遍,不数当年只树林。"

　　"延松岩将军身为办事大臣,执掌西藏政令,与达赖喇嘛共同决定赏罚诸事。后擢为吉林将军、黑龙江将军,成为封疆大吏,整饬军备严谨,澄清吏治,成绩卓然。而今荣膺主考,"曾述堂临别道,"足见朝廷对选拔出洋武备极具重视。"

　　岳逢咸亦从山东荣成来函:"东三省总督赵尔巽,以惜才重士闻名于世。去岁,留日陆军士官学校第三期士官生蔡锷上意见书,恳请'在湖南一省先行采行新政,以为天下倡'。湖南巡抚赵尔巽将意见书公开发表于报刊之上,致令蔡锷于全国声名鹊起。蔡锷今年毕业回国,盛京将军赵尔巽奏请清廷调至奉天练新军,充任东三省新军总教习。湖南巡抚端方礼聘湖南新军教练处帮办,兼武备、弁目两学堂教官;广西巡抚李经羲派员专程迎请,委以广西新军总参谋官兼总教练官、随军学堂总理官、广西巡抚部院总参谋官、陆军测绘学堂堂长诸职。正因后者条件更具诱惑力,蔡锷决定到广西与李经义共事,掌握一省新军控制权。三督抚争一留日学生,成为众多学子羡慕美谈,足见留洋武备前途何等光明。"

　　幸有银冈书院曾老山长从旁指点迷津,义兄岳逢咸苦口婆心规劝,又经过自身连日深思熟虑,广庭方从沮丧情绪中猛醒。"企盼维新拯救国家,而今维新举措伤及自身利益,就忧患得失,怨天尤人,岂非叶公好龙,表里不一!"他讥讽自己狭隘与渺小的同时,也寻找到前进的航标。

　　耀先公躺在病榻上,犹愤愤道:"这世道只有科举考试能为贫寒者提供跻身显贵的契机,怎可轻言废止?"

广庭进屋,端一碗连汤面,送至父亲身前。

耀先公缓缓抬起手臂,伸开食指,示意将碗先放置桌上,口中说道:"我已身无大碍,你切莫再焦虑。"

"八月初七日,日俄签订《朴次茅斯条约》。沙俄在这场不义之战中败北,却以中国为替罪羊,将独占东三省之势力,拱手让给日本人一半,以为赔偿之用。士有所学而行为本,看到国家贫弱,列强凌辱,热血男儿岂能坐视?"广庭坦然道明抉择,"天底下绝非只有一条路可走。科举废止,乃大势所趋,我打算改弦易辙,投笔从戎,到奉天参加会考,赴东洋留学。"

"漂洋过海?这如何使得?"耀先公不顾体弱,猛然坐起,"朝廷废止科举,只是一时小人作乱,临时动议,将来迟早还得恢复。科举制度启自隋文帝,至今已逾一千三百载,岂能一朝绝迹?何况当朝大员皆仰仗科第方青云直上,你应潜心备考,坐待良机。"

"父亲,而今社会已与以往有所不同,科举既废,断难恢复。"

"我乃一家之主,自然一言九鼎!"耀先公用力拍击案桌,"即便不恢复,也不允你出洋留学。"

屋内骤然寂静,仅闻面汤由桌案坠地之滴答声。

"爹请息怒。"广庭小心翼翼地据理力争,"天下大势,似有定数,难遂人愿而更变。孩儿如不顺应社会大势,将来何以立身立业?何以奉养二位老人?何以光耀门庭?何以有益于天下?"

耀先公面现迟疑,口中却道:"远涉重洋,事多危险……"

李氏突然从旁朗声发问:"耀先,还记得云游道长给广庭起名时叮嘱的话吗?"

"什么话?"

"好男儿志在四方,老死牖下非丈夫也。"

老母亲一言既出,语惊四座。孙广庭不禁大喜过望,他平时最喜《周易》,熟悉天人合一之说,自认母亲的话语乃是来自天意,可谓吉言吉兆,立刻扑通一声跪在父母双亲面前:"借母亲大人的吉言,孩儿这就赴奉天应试!"

怀抱抵御外侮,弘扬国威,匡扶中华之志,孙广庭义无反顾,计不旋踵,毅然以邑庠生资格赴奉天投考出洋武备。

光绪三十一年秋九月,奉天主考官延松岩将军贤明豁达,独具慧眼,评审试卷慎之又慎,权衡再三。十月,始将孙广庭名列前茅,呈报盛京衙门复试。东三省总督赵尔巽,字次珊,人称"次帅"。这位主持编纂《清史稿》的大学者,博古通今,目无余子,阅过孙广庭复试试卷,却连声赞叹。

广庭赶考归来,进门报喜道:"爹、妈,延松岩将军主持初考,东三省总督赵次珊主持复试,儿皆顺利过关。赵次帅夸我文字通达,文笔豪放,文义研习入微,认题甚切,而笔墨之外,别具浩然之气,颇有意境,令人耳目一新,可谓俊才!"

"儿啊,赵大人乃当朝元老,身显名贵,此公所评你从何得知?"耀先公有所疑惑,寻根问底。

"赵次帅从延松岩将军处得知我是铁岭籍院案,破例召见我这小同乡,当面慰勉道:'汝成绩优异,已特批享受官费留学日本的优待,可先入奉天游学预备科,做出国准备。'"

李氏拊掌笑道:"这回好了,咱广庭又成了'洋秀才'和'武举人'啦!"

"时局如此动荡,战乱连绵,习武有什么好?"耀先公年逾古稀,处事谨慎,唯恐将军难免阵前亡,深为广庭出国后的命运担忧。

当时社会风气不开,听说广庭要留学东瀛,戚友家族皆来劝阻。

老母李氏力排众议,极力赞成:"儿子,久闻续写《红楼梦》的才子高鹗、独树一帜的指画家高其佩,皆从铁岭发轫。这回你走得比他们都远,希望将来比他们的名气更大。"

孙广庭为寻求中华崛起之路,也是为自己前程考虑,终于赢得父亲默许,决计出国。

临行前,广庭跪下与父母辞别,起身叮嘱妻子和弟弟、妹妹照顾高堂。

家人皆泣不能抑。独母亲李太君谈笑如常,泰然安慰道:"三年光景不算很久,如何这般儿女情长,无大丈夫气概。"说罢扭头转身进入内室,并不出门相送,唯恐抑制不住难舍之情。

父亲耀先公强撑病体,送至村外极远之处,屡念其名,缓缓言道:"广庭,凡事可要多加掂量,斟酌取舍,勤勉勿怠,方可振兴家声。自从老道长上咱家为你起名之后,我就开始研究星命之学。广庭,恐吾父子此为最后之诀别,汝幸学成而归,吾不得见矣!"

父子抱头痛哭,泣不成声。广庭掩面而行,不敢回顾。

孙广庭于《年谱》记之云:

> 余之出洋留学,唯先母力主之。临行,先父送至村外,呼名而告之曰:"从此父子不能再见矣!"余忍泪拜别,犹冀言之不中,谁知竟成谶语。余之罪深矣!吴起绝裾,何以异焉?

光绪三十二年，即日本明治三十九年，公元 1906 年，适逢丙午正月初六。

孙广庭和留日同学丁超、熙洽、张焕相、杨宇霆、冯舜生诸君，一行四十人，由奉天出发，直赴大连港口。初十日，自大连启程乘日本运兵船东渡。

兵船缓缓驶出大连港湾，辞别故国山河，背井离乡，孙广庭若有所失，频频回首观望。海岸山岛耸峙，壁立千仞，清风吹拂碧波，掀起层层白浪，渔帆点点，海鸥翱翔，碧海蓝天，气象万千，宛如恢宏壮丽画卷。

冯舜生走到广庭身边，问道："怎么，故土难离？"

"不知何故，思乡柔情悠然而至。严父风烛残年，步履蹒跚；慈母负担益重，身心交瘁；爱妻淳朴憨厚，体羸多病；娇儿活泼好动，年幼无知……皆牵肠挂肚，缠绕萦怀。"广庭回答，"尤其是离开家门那情景老在眼前浮动。"

冯舜生劝道："丹阶兄，别想太多啦。"

杨宇霆刚二十一岁，浓眉大眼，中等身材，谈笑风生，最为活跃。他从身后探出头来问道："丹阶兄，想什么呢？ 这艘日本兵船号称设备先进，亦要海上颠簸七天七夜，足供你想个够。"

"想什么？ 想兴家立业呗！"张焕相两耳招风，下颌略长，虽其貌不扬，但才思敏捷，情不自禁信口吟道，"国门已放东南路，许得行人几往还。素志何尝畏困苦，此身原不爱清闲。"

旭日冉冉东升，浮光耀金，璧影升沉，沧海与苍天一色，横无涯际，令人心旷神怡，视野开阔，幽思之情冰消云散。

杨宇霆眨眨眼睛，随声应道："孤帆月送烟波里，远寺钟来云树间。绾住离愁堤畔柳，欲拿青眼待明年。"

狂飙骤起，海浪喧嚣，涌起座座雪岭银山。面对吞吐日月、孕含群星之大海，众游子站在乘风破浪的铁甲舰艇上，心潮澎湃，热血沸腾，壮抒胸怀，对未来充满憧憬。

张焕相手扶栏杆，极目远望，触景生情又赋诗道："荒村衰草醉朝烟，一别家乡一惘然。"

丁超紧接续道："海外关外游子路，途中霜月晚凉天。"

熙洽从旁拉一下孙广庭衣襟，道："你这名冠一方的'小三元'也该露一手。"

孙广庭无法推托，扬臂一挥朗声吟和道："忍听嘶马逆风里，怕看孤鸿落日边。江山徘徊谁解意，回头遥指故乡山。"

"好诗，好诗！"众学子拊掌赞道，船舷上响起一片豪爽的笑声。

彤云密布，赤日无光，阴风怒号，浊浪排空，船身摇曳不止，几欲支离破碎。

有人惧葬鱼腹,惊恐失色,因航行忌言不祥之语,只好双手合十,祈祷天后娘娘默佑。

孙广庭百骸煎熬,胃如刀绞,狂呕过后,仍诙谐解嘲:"此天欲降大任于斯人。"

夜深,风浪稍逊。孙广庭躺在舱面上,仰望忽明忽暗的繁星,想起此次赴扶桑求学,尽管意志坚决,但与亲人真正分离之际,仍是举步维艰,走出里许,回眸眺望,犹见父亲立于朔风之中,没有挪动半步,顿时感慨万千,茫茫长夜,辗转难眠。

当时,海上航行远无今日便利。万里惊涛,七度晦明,中国学生饱受风浪之苦,正月十七日始于广岛宇田港登陆。又乘两天两夜火车,于十九日抵达东京神田区,住进安田旅馆,方结束艰难行程,栖身小憩于生疏之地。

广庭在床上握卷而眠。梦中,他回到千里外的熊官人屯,听到西厢房传出众学子琅琅读书声:"千山岂阻思乡浪?万里情丝系梦游。悬梁刺股习洋务,励志强国卸万忧!"看见父亲手拄拐杖乐呵呵站在门前……

他"啊"的一声醒来,霞光已射至窗边。

日本由北海道、本州、四国、九州及周围小岛组成。东京居列岛中部,本州岛关东平原东南端,太平洋东京湾西北岸,原唤作"千代田",是个荒凉渔村,后渐成城市,称为"江户"。1868年明治天皇迁都于此,因其在故都京都之东,始得今名。

初到异国他乡,举目四顾,宽大的和服、吱吱作响的木屐、频频的鞠躬礼、用小轮车载着高高屋厦式的山鉾、抬着"神舆"的祭祀方式,无不令孙广庭新奇不已。唯有沿街汉字招牌,才使他心中腾升亲切之感。

然而,孙广庭对面前所见一切,尚不敢产生更多兴趣,皆因留洋武备虽于国内经过两试遴选,但还要连闯三关,先考入陆军振武学校学习三年,再至日军联队见习一年,方有资格入正规军事院校,成为正式留日士官生。

当时东京已是新型国际大都市,可留给孙广庭印象最深刻的是一座古老的山峰——乡土气息极浓的富士山。据说这座山一年四季景色各异。秋天,满山红叶映雪影,山青树艳;冬天,银色世界分外妖娆,庄严圣洁;春天,百花含笑随风展,争芳斗艳;夏天,樱花残雪沉群湖,神奇壮观。

一年之中大部分光阴,富士山总是笼罩在朦胧山雾里,好像披上一层又轻又薄的白纱。独广庭到达东京翌日,天空格外晴朗,万里无云。站在安田旅馆阳台上,放眼望去,尽管有二百里之遥,富士山全貌还是奇迹般展现,一览无遗。

旅馆老板直臂遥指,喋喋不休道:"富士山是日本人心目中的圣山,一生当中总得朝拜一次,至少也要到半山腰浅间神社朝圣,才称得上男儿好汉。"

辽阔的大自然能陶冶青春的志气,壮丽的河山能激发爱国的情操。直面富士山,广庭回想起赴日留学前,独自登上故乡龙首山,背靠秀峰古寺,极目远眺,引颈高吟《石灰吟》:

　　千锤万击出深山,烈火焚烧若等闲。

　　粉身碎骨全不怕,要留清白在人间。

站在那巍巍的高山之巅,望着天地相连的远方,尽情抒发着立志报国的胸怀,那情景仿佛就在眼前。

广庭对身边的老板笑道:"此时此刻,我居然也有登山的冲动。"

"你想登富士山吗? 现在冰雪覆盖,可不怎么好登。"

"'书山雾绕神威展,刺破云端待越攀。出征仰仗精神爽,沐浴更衣斗志坚。'我要登攀更为峻峭的书山。老板,附近可有澡堂?"

"风吕屋,又称钱汤,是我们洗浴的场所。此地称热水浴为'风吕',冷水浴为'行水',但用大木盆盛热水洗澡亦谓'行水',风吕则需保持适当热度。瞧,那边就有个挺不错的风吕屋。"

广庭只身前往风吕屋,又险些闹出笑话。他进入洗浴间,脱去衣服,打上肥皂,往热水池方向一看,先自吃一惊。池水冒着腾腾热气,下面还在不断加温,弄得池面上空蒸雾弥漫,到处气浪袭人,直扑面门。

这哪里是洗浴,简直是水蒸活人! 孙广庭迟疑一下,怕被日本人耻笑,定神凝气,准备纵身跳进热水池,突然惊呼一声,扭头往回就跑。

"入乡随俗,何必这般大惊小怪?"

"孟子曰,男女授受不亲,礼也!"孙广庭听得有人劝阻,忙驻步道,"此地风俗为何荒唐到这种地步?"

"男女混浴,同处一池,在日本没有什么稀奇。但有条规矩要遵守,不可互相注视。"

"小弟孙广庭,祖籍直隶,家居铁岭,听仁兄口音,似沾点乡亲,不知仁兄何处高就?"

"我叫姜登选,正是直隶人,是振武学校学生。"

"小弟正在投考振武学校,也许有幸成为姜兄的师弟。听说,日本人洗澡不单是为洗净污垢,更重视解除疲劳?"

"不错,他们在浴室久泡,就是为追求全身有种舒适轻松的感觉。"姜登选耐心解释道,"可孙兄这个样子,最好先不进入大浴池。"

"为什么?"

"请先用那边小木盆,将身上肥皂沫冲净,否则池中男女会群起而攻之,指责您污染环境,不遵守公共道德。"

在东京风吕屋热水池中,两个不期而遇的同乡热烈地交谈起来,其热烈的程度甚至超过烫得他们身体发红的池水。

"仁兄,要注意形象,切不可左顾右盼,想入非非。"姜登选故意无中生有,夸大其词。

"我虽不及坐怀不乱的柳下惠,可也是堂堂正人君子。尚请学长洁身自重,收敛起留恋不舍的目光。"孙广庭也像老相识般反唇相讥,开起玩笑来。

东京都振武学校,原为成城私立学校。三年前中日双方协定,该校更名"振武",不归文部省管辖,附属于参谋本部,专门从事中国留日陆军士官预科教育。清政府禁卫军统制、军咨使良弼与日本军部福岛安正、青木宣纯共同组成"清国留日学生委员会",任命福岛安正为清国陆军学生监理委员长兼振武学校校长。

光绪三十二年二月,孙广庭考入振武学校,由于历史原因,当时这所学校里聚集了诸多将对未来中国产生重大影响的风云人物。

清廷花费重金,选送精英出国深造,无非是为培养"天欲坠赖以柱其间"的御用工具。可是这些杰出人才接触到西方社会的先进文明,对清廷的封建腐朽有了更为深刻的认识,其中部分留学生逐渐萌生出民主思想,进而加入革命的行列。在孙中山及其追随者的领导及推动下,日本居然成为中国民主革命的重要基地之一,此为清廷始料不及。

振武学校食堂里,穿崭新学生装的张焕相抱怨:"伙食真差,一菜一汤,还味极淡薄。"

着同样学生装的广庭道:"咱们是来学知识的,不必太介意饮食。这里步枪、战刀、测量仪、木马、铁棒、跳台,各色军体器械,设置齐全,应有尽有。讲堂、自修室宽敞而明亮,浴池、盥漱所完备且整洁,费省用宏,非中国学校之徒修门面者可比。"

"《振武学校规则》的《斋房条例》便多达七章,共六十五条,学生必须严格遵守。"张焕相又道,"平日不许随便外出,甚至节假亦限定时间返校,违反规定者要受到处罚。学生惧怕半途废学,学习空气极度紧张。"

"校方推行严格规律化生活,意在培养训练精干的军事人才,此乃善举啊。"

孙广庭欣然笑道，"否则我等岂不枉为此行吗？"

张焕相提议："诸位，明天恰为周日，出去品赏本地风味美食如何？小弟做东。"

孙广庭拒绝道："绍棠兄，东京神田街酷似北京琉璃厂、上海福州路，长仅一公里，书店鳞次栉比，招牌林立。许多难觅的善本、珍本、孤本古籍，各门类时代新书，往往会于那里出现。明天我准备再去逛逛。"

日本东京，灯红酒绿，纸醉金迷，素有花花世界之称，南朝金粉、北地胭脂、日韩商女、帝俄青楼，咸集于此。留学生中不乏纨绔子弟、公子哥儿，偶得清闲，获准出校，盛情邀请广庭同游，并表示担负花销，广庭总是毫不迟疑，婉言谢绝，依旧是悄然离去，我行我素，独往独来。

三　空手夺刀

孙广庭初来乍到，对东京颇感陌生，唯有神田街可谓了如指掌。神田街又称神田书屋街，世界各种文字图书应有尽有，琳琅满目。不仅日本人经常光顾，各国好学者也都十分向往，孙广庭更是常客。

"丈夫团"团长黄郛闻听孙广庭嗜书如命，求知若渴，立请同盟会骨干姜登选出马，向这位胸怀大志者荐阅《民报》。姜登选为激发丹阶学弟兴致，故意透露诸多有关逸闻逸事。

《民报》前身为中国留日学生革命刊物《二十世纪之支那》，社址在东京牛迗区新小川町二丁目八番地，对外署名"群智学社"。光绪三十一年七月二十日，中国同盟会于东京赤坂区灵南坂成立，改《二十世纪之支那》为机关报，十月三十日更名《民报》。十一月初八日，《民报》编辑陈天华目睹中国留日学生八千余众抗议《取缔清韩留学生规则》，实行总罢课，声势浩大，却连声嗟叹"此非良策，吾不赞同"；但见十一日《朝日新闻》公然讥讽"支那人放纵卑劣，团结薄弱"，乃勃然大怒，为抗议侮辱，以示尊严，竟于十二日在东京大森海湾蹈海自杀，并留绝命书，激励国人"共讲爱国"。

陈星台舍生取义悲壮之举，令孙广庭怆然动容。他尤其喜欢倾听标新立异之主张，闻姜登选侃侃而谈，大开眼界，对研究民主、民权、民生颇有兴致，时常徒步前往新小川町观览《民报》。

孙广庭雅好武学，得知《民报》编辑和发行人张继是"武术之乡"沧州人士，顿觉亲切，常与之恳谈无忌。可每逢张继劝他加入同盟会，孙广庭却又躲闪推诿，似有难言之隐。

三月上旬,时逢周日上午,孙广庭刚至神田街东首路南文宣书肆门前,只见书店老板秃顶微胖,鬓染白霜,疾步迎上,满脸堆笑向屋内礼让。书店门脸不大,里面却也宽敞,许多古今中外军事名著,分门别类,井然有序,列满东北隅书架。

孙广庭眼睛一亮,中国古版线装兵书《百战奇略》,久闻其名,未见尊容,居然也藏匿其中。他小心翼翼地打开书函,从中取出一卷,捧阅半晌,不忍释手。

"咳,咳……咳咳……"书店老板故意发出一串略加夸饰的干咳。

在那异样目光灼灼的审视下,孙广庭恋恋不舍放下手中兵书,又权衡斟酌,选好近代权威军事理论家、西方兵圣卡尔·菲利普·戈特弗里德·冯·克劳塞维茨名著《战争论》,开始细阅。

"战争无非是政治通过另一种手段的继续。战争爆发之后,并未脱离政治,仍是政治交往的继续,是政治交往通过另一种手段的实现,是打仗的政治,是以剑代笔的政治。盖因双方利害冲突巨大,矛盾激化至无法和平调节,终于使用武力解决。战争是政治的工具,用流血方式解决危机,其三要素为:消灭对方军队,占领对方国土,征服对方意志。"广庭情不自禁,念念有词,随即从衣兜摸出五日元,递付过去。

"啊,先生,"老板脸上迅速挂起笑容,"先生真有眼力,这可是本新进的好书。"

"老板,所余之资权且寄放贵店,"孙广庭见老板拉开钱匣准备找零,手指那部《百战奇略》道,"就作这函书定金,不日我即带全款来取。"

从文宣书肆出来,孙广庭已身无半文,想起同学们时常念叨银座大道如何热闹繁华,赤坂离宫何等雄伟壮观,玲珑精致的日本庄园、欧洲风格的拜占庭建筑又是多么别具一格,他一时心血来潮,决定徒步返校,顺便绕道观观街景,看看名胜。

孙广庭悠然漫步于东京街头,忽闻前方拐角处传来一片嘈杂争吵声,隐约听得像似有人在呼喊求助,立刻脚下生风,急忙上前看个究竟。

只见七八个日本浪人横眉怒目,面孔狰狞,手持棍棒利器,高声喝骂:"支那猪猡,不思忠君爱国,反而鼓噪革命!"将一留学生装束的中国青年打得头破血流,仍不罢休。

一妙龄少女惊恐地大呼:"别打啦!会出人命的!"

其余围观者则不加拦阻,皆在旁指手画脚,品头评足:

"大清悬赏缉拿的通缉要犯孙文已被我国驱逐出境,其手下喽啰依旧不知天高地厚,居然在此兴风作浪,公开反抗朝廷!"

"此乃王道乐土,岂容犯上作乱的贼子恣意妄为!"

"大逆不道,自毁前程,年纪轻轻误入歧途,可惜!"

内中还有个醉鬼,满口酒气,摇摇晃晃,在跟前呐喊助威,狂呼乱叫:"打得好!打得过瘾!蠢笨的支那人该打……"

"住手!动手打人侵犯民权,是无能非礼者所为。见解不同,尽可争论,君子动口不动手!"孙广庭只身厉声进前制止。

这伙亡命之徒嗷嗷怪叫,一起向他扑来。

孙广庭自幼从云游道长习童子功,近又于振武学校学拳击、柔道,艺高胆大,遇事不慌,并未躲闪,只是将那本《战争论》迅速揣入怀里。

凶徒下手歹毒,皆欲置他于死地。孙广庭忍无可忍,伸出龙虎爪罩住为首之人,在其脸上留下五道血痕,然后又化作乾坤掌,将两个彪悍者击倒。为首浪人还是不服,挥舞腰刀进前赌命。孙广庭飞起凌空鸳鸯脚将其踹翻,状似八戒拱地。其余浪人见孙广庭夺下腰刀,却步不前,转身抱头鼠窜。孙广庭恐事态扩大,忙扔掷腰刀,搀扶起受伤学生。

妙龄少女拦阻道:"请快去小石川回春堂医院诊治,我是……"

受伤学生环视趴于地上的日本浪人,摆摆手道:"不,得先离开这是非之地。"

日本浪人咧嘴咬牙,大声狂叫:"支那小子别神气,看我以后怎么收拾你们!"

脸上五道血痕的日本浪人躺在小石川回春堂医院病床上,哎哟哎哟地呻吟不止。

木村宣明学监匆匆来到病房,气呼呼地问:"次郎,谁把你打成这样?"

次郎回答:"舅舅,是个支那留学生,好像是你们学校的。"

木村宣明立现去岁主宰铁岭军政、掌握生杀大权时之专横凶焰,高声怒吼:"一经查出来,我一定严加惩治!"

妙龄少女柔声制止道:"先生,这里是医院,请您小点声。"

目睹日本浪人羞辱中国人,刺痛民族自尊心,孙广庭从此每逢假日,即埋头图书馆读书,再不上街观光览胜。为寻求中国卓立世界之林、恢复天朝大国威严之法,他尽心竭力,如饥似渴地汲取先进知识。

在中国留学生中,孙广庭颇为引人注目,其家境清贫,常有捉襟见肘之态,而学习勤奋,却令众多学友望尘莫及。不仅日文最先过关,代数、三角、解析几何、物理、化学、天文、地理、动物、植物、人体卫生、历史、博物、图画、矿物、典令教范各科,皆名列前茅,而且军事课程剑术、射击、体操、军事绘图、距离测量、部队教练、各个教练,更是表现突出,甚至博得素以苛刻闻名的校长福岛安正的赏识,称赞道:"该生动作正确、迅猛、规范,具有军人气质、武士精神!"

四　校　友

明治四十年,即光绪三十三年,公元 1907 年。孙广庭同窗猛增五倍,竟达三百三十余。可是,校门照旧紧闭如初,罕见留学生出入身影,仿佛那里天生是与世隔绝之地。

校园内,军体训练场庞大宽阔,附近一排排樱花树临墙而立,傲然挺拔,这个声名远播的学府,属此处最富有诗情画意。含苞欲放的樱花,在清风吹拂下,慢慢地绽开粉红色含羞的笑脸,散发出淡淡袭人的幽香。樱花树高二丈左右,种类繁多,最普遍的为山樱、吉野樱、里樱、彼岸樱和枝垂樱。

枝垂樱枝细长而下垂,婀娜妩媚;彼岸樱枝干巨大且开花早,魁梧倬实;里樱多瓣,一丛中有二百余瓣,颜色有白的、粉红的、黄的,最宜细看……振武学校的樱花为山樱,只有这种樱花是与绿叶一齐开放。一簇簇、一片片绯红、粉白的山樱竞相争艳,姿容华贵,十分绚丽。

樱花是日本"国花",每逢花汛,人们总要不失时机共赏花景。

围墙里面,却是另一番景象。训练场上尘土飞扬,孙广庭与同学们头顶烈日,汗水淋漓,此刻非但无有闲情逸致,反而蓦然产生难以言表的惆怅。

这惆怅是来自思乡的情怀,还是教官冷若冰霜的傲睨,抑或周而复始的单调口令? 他们无暇分辨,仅知惆怅积聚于心,郁闷难耐。

"依其、尼、桑、西……"

"依其、尼、桑、西……"

口令一声高于一声,脚步一步紧过一步,惆怅一阵胜似一阵……

留学生们奋力地踏步,似乎想把惆怅碾碎于脚下,哪怕扬起再多的尘土也在所不惜。

"逃玛列!"

阿弥陀佛,企盼已久的"立定"口令姗姗来迟,总算传到耳际。

利用集合稍息,孙广庭正欲浏览枝头春色,轻松须臾,偏巧此刻福岛安正校长大驾光临,木村大佐学监亦步亦趋,追随其后。

福岛神态端庄严肃,异乎寻常,同学们预感将有重要事情发生。

"孙广庭,出列!"

木村宣明扯着略带沙哑的大嗓门，喊出个令人惊诧的口令。

"东洋教官自视高人一等，大清国留学生动辄得咎，观今日架势，高才生也难免此劫。"

"我看不像，学监大人的长脸似乎比往常稍短，尚现少许难得的笑纹。"

"别充明公，那是校长在场的缘故……"

"身正不惧影子斜，衅非我发。"孙广庭心中有数，故而对身后窃窃私语未加理会，只是在想，"这场合本应教官训话，而今却像三堂会审，八成街头事发。莫非他们不分皂白，视我路见不平、拔刀相助之举为违反《斋房条例》，替泼皮浪人撑腰？"

思及于此，孙广庭上来股虎劲："难道只许他们日本人持械恣意妄为，不许赤手空拳的中国人自卫，世上岂有这般歪理？我偏不信那个邪！"

一向恪守校规、尊敬师长的孙广庭，决意与校长展开舌战，一争高低，非论个里表曲直不可。于是，他气势昂然，向前跨出一步。

孙广庭的反应明显迟缓半拍，惯于吹毛求疵的福岛校长居然没有动怒，反而对他潇洒的姿势流露出欣赏的表情，用罕见的温和口气，命令孙广庭走近自己，站在身边。这个举动着实令许多人包括孙广庭在内，都有些困惑不解。

"现在，我宣布晋升孙广庭为第五班班长。"福岛挺起胸膛，站得笔直，仪表威严地朗声道，"该同学意志顽强，表现优秀，具有标准的军人风度和武士道精神。希望你们都以他为榜样，成为出色模范生！"

班长，在日本人，尤其是军界要人心目中可是非同小可，他们把班长看成是军队建设的基石。诚如《蒋介石传》中所述：

> 在军事方面，蒋在高田体会最深的首先是"军队的基础是班长"这一原则。班长为职业军人，不退伍，军历较深。因为班长重要，所以日本人对班长一级的训练和业务都不教外国学生，使留学生不明白他们的秘密所在。

尽管日本教官对培训班长的招数，抱着猫不教老虎上树的心理，对留学生大加封杀，不露半点风声，生怕有朝一日青出于蓝而胜于蓝，但是振武学校对班长的重视却是根深蒂固，蔚然成风。甚至身为一校之长的福岛安正对提升班长也要亲自过问。此番历经一年观察，方优中择优，选定孙广庭。

变化突如其来，孙广庭始料莫及，面对众目睽睽，前额沁出几颗细小的汗珠。

沉默。

十秒,二十秒,三十秒……

时间慢慢在流淌,一分一秒地过去。训练场上仍是一片沉寂。

突然,有人带头鼓起掌来,那掌声在空旷的训练场上空回荡,格外响亮,震颤着每一个人的心。就在这难忘的瞬间,起劲鼓掌者的面容径直撞入广庭眼帘,且在他脑海里留下深刻的印迹。随即,全场响起雷鸣般的掌声。

离开训练场,广庭渐渐趋于平静,方觉得这班长既在意料之外,又在情理之中,凭成绩考核,理应非己莫属。然而,那带头鼓掌者的身影仍不时在眼前晃动。

鼓掌的真实意图究竟何在?是褒扬还是揶揄?

猛然间,孙广庭抬头望见,就在前方不远处林荫道上,那位带头鼓掌的同学和姜登选边走边聊,像是讨论问题,又像是争论什么,还不时回头张望,注视自己。

机不可失,孙广庭正欲上前打声招呼,哪知姜登选先举起手臂,向空中一挥,主动朝他走来。

"孙班长,有个秘密要奉告,不知可感兴趣?"

"倘若不涉及他人隐私,尚请直言赐教。"

"莫急,得先承诺保守机密,并要做次小东,以示诚意。这可算是个君子协定。"

"好哇!超六兄敲竹杠,明说何妨,大可不必兜圈子,广庭洗耳恭听便是。"

"据我考察得知,丹阶兄那班长的头衔,并非校长册封。"姜登选诡秘一笑。

"那难道是仁兄恩准的不成?"孙广庭反唇相戏。

"可也差不许多。倘若在下将孙兄十字街头逞能,与日本人斗殴之壮举透露给校方,恐怕那顶班长的桂冠就会不翼而飞。"

"无官一身轻,岂不更好?何况这班长也根本算不上个官。"

"班长班长,一班之长,焉能不算是官?再说这一班四十位,个个出类拔萃,将来哪位不是军官?由此观之,这班长还称得上是管官的大官哩!"

"好啦好啦,就依学长之高见,将班长看成是天大的大官。为酬谢对大官的恭维,敢问超六兄是去大野屋购买吉祥物,还是去炼瓦亭品尝炸猪扒?"

"一言九鼎,果然爽快!实不相瞒,适才有位朋友对丹阶兄仰慕已久,求我引见,顺便开句玩笑,何必当真?"

"为人处世,就该言而有信。别看我不甚宽裕,但请朋友喝杯清茶,尚且不在话下。咦,那位朋友呢?何不请来共同聚聚?"

"不巧,因有一篇重要文稿须尽快赶出,刚刚离去。临走他还再三表示,希望有缘分能交上丹阶兄这样的朋友。"

"莫非超六兄所说的朋友就是方才你身边那位?"

"正是。"

"我想知道他的尊姓大名。"

"他呀,名唤蒋志清,浙江人。别看他年轻,却两度来东京求学,志向不在你我之下。"

"他想见我,我还正想见他哩,而且非见不可,愈快愈好!"

"为什么?"

"他引起过我的特别关注。"

"噢,什么时候?"姜登选认定和鼓掌有关,明知故问。

"始自第十一期新生入学后,接连数日清晨。"回答出乎预料。

"'三更灯火五更鸡,正是男儿励志时',丹阶兄喜爱晨读,人所共知。可捧阅时你从不注意书外之人和事呀!"姜登选半信半疑。

"这位蒋兄的举止与众不同,独自立于下宿阳台上,紧闭双唇,交叉两臂,沉思半个时辰。不知是考虑问题,还是养神入定。何况每日皆如此,故而令我感到特别。"

"而后呢? 尚有什么新的发现?"

"他极少闲聊,烟酒不沾,身边常携一本书,多为邹容所著《革命军》。"

"从无心所见,到有意观察,丹阶兄对志清的了解可谓逐步深入,不过仍太浮浅。其实,他这个人可不一般。"

"是啊,我也琢磨这位学弟为何落落寡合,少年老成,城府这样深?"

"此人确实不可小看。"后来与杨宇霆、郭松龄并称"奉军三杰"、担任东北军第四方面军军团长的姜登选一本正经地告诫孙广庭,"志清思想激进,头脑灵活。日俄大战后,见东方岛国日本战胜横跨欧亚两大洲的帝俄,油然而生敬佩之心,遂只身来到东京习军事。但日本规定,凡中国学生入军校,必须要由清廷陆军保送。志清无奈,只得改进东京清华学校习日文,后返回国内,由陈其美介绍加入同盟会。而今,他在'丈夫团'颇有声望,还和黄郛共同创办《武学》杂志,撰写诸多文章,已经小有名气。"

"丈夫团"三个字,孙广庭并不陌生,曾听姜登选讲过,同盟会"铁血丈夫团"乃旅日学生中著名人物黄郛组织,以孟夫子"富贵不能淫,贫贱不能移,威武不能屈,此之谓大丈夫"之语义为宗旨,成员均为同盟会中坚。

"这位蒋兄,年纪尚不过弱冠,居然在'丈夫团'中有所作为,寻常不显山露

71

水,偶发一鸣惊人之举,难以捉摸。"孙广庭惊叹之余,更急不可耐地想探明他鼓掌的真正动机。

姜登选揣摩火候已到,遂亮出底牌:"学校东边半里许,有个'樱子茶馆',此处氛围适合开怀畅谈。既然二位不谋而合,皆有意一聚,明日是星期天,不妨由我代为约定,上午八时于那里会面。"

沿着通幽曲径,迎着凉爽晨风,孙广庭提前来到僻静的樱子茶馆,却见蒋志清早已在醒目的"茶"字招牌下等候。

茶馆陈设简单,多与饮茶相关。唯正面墙上悬挂一幅字画,和窗旁花架上摆放一瓶鲜花,堪为额外点缀。画中对联是行书:"名茶非凡品,韵味令人忆。"瓶内插花乃红彤彤的山茶。

长方形茶几前,广庭与志清面对面坐于榻榻米上。一位少女身着宽袖和服,拉开格子拉门,跪着奉上一盘精致茶具。

孙广庭拿起茶盅,见是九谷所制,打开壶盖,内乃日本麦茶,忙问:"可有中国的吗?"

机敏的老板娘连声喊:"有,有!"从屋里取出一套宜兴紫砂茗具,泡上壶乌龙茶。

"丹阶兄,这名茶的确不同凡品,喝起来大有讲究。"蒋志清拾起沉香色茶盅,啜饮一口,方慢悠悠地道,"村田珠光和尚创立的茶道,就有和、敬、清、寂之说。"

"我对茶道所知甚浅,姑且借用兵家术语打个比方。这'和''敬'为人和,强调心态之虔诚,'清''寂'乃地利,似指环境之典雅。直白若是,不知当否?"

"恰中要义,甚是贴切!我与丹阶兄志同道合,一见如故,置身洁净清静之茶室,细啜香茗,漫谈茶事,可谓'四则'兼备,其乐融融,无怪乾隆皇帝咏叹'芳茶冠六情'。"

"有时茶趣未必尽在茶中,正像醉翁之意不在酒,在乎山水之间。"广庭手执仿古南瓜壶,往志清盅内续添茶水,有意将话引入正题。

"是啊,是啊,"志清似有所悟,"妙壶佳茗,相映更能成趣。你看,这壶瓜体为身,瓜蒂为盖,自然流畅,浑然一体,精巧绝伦,大增品饮雅兴。据说宜兴紫砂茶具始于明代,才子徐文长于《谢惠虎丘茗》诗中,对其多有溢美之词。"

"以愚拙见,紫砂陶器问世于宋,北宋梅尧臣那句'小石冷泉留早味,紫砂新品泛春华'可为佐证。"广庭见志清曲解己意,只好顺其自然。

"无怪乎韩偓于《横塘》诗中咏叹:'蜀纸麝煤添笔兴,越瓯犀液发茶香。'

'越瓯'指越窑青瓷茶具。在这位唐代诗人眼中,用青瓷茶具,茶香得以透发,茶色清芬可爱,煞是惬意。看来紫砂之前,青瓷最被青睐。"

"唐朝上至宫廷皇家,下达庶民布衣,饮茶风靡于世,蔚为时尚。'茶圣'陆羽撰《茶经》三卷,更为茶事之兴推波助澜。"

"时逢日本奈良时代,饮茶风俗遂由中国传至此地。东京人奉茶为贵重饮品和药物。"

"据《神农本草》记载:'神农尝百草,日遇七十二毒,得茶而解之。'茶乃茶之古称,足见四千六百年前,我国先民已发现茶叶诸妙用,并煮羹饮之。"广庭颇为自豪道,"所以茶的故乡在中国。"

"先生论茶,头头是道。茶毕竟为叶,不知先生对花有何高见?"邻桌一位日本茶客,身着淡紫色和服,侧耳倾听良久,按捺不住,挺身站起,朝广庭深鞠一躬,抬手指指那瓶山茶花,用夹杂大阪腔调的汉语询问。

"走马观花,诚不可为,易受假象蒙蔽。这些山茶乍视,似随手插进花瓶,留神欣赏,则会发现花朵大小、花茎长短、花枝斜度,一蕾一叶,无不经过精心设计,给人以新颖之感。"

"先生似对花道颇有研究,敢问这瓶中插花属于什么流派?"

"据说'立花'与'生花'源远流长。这瓶内插花即为'生花',亦称'格花'。花枝布局独具一格,呈三角形,当属最古老之池坊派。"

"单就山茶而论,此花有何与众不同之处?"

蒋志清见这茶客连发三问,似有意找碴儿,正待发作叱之,孙广庭却微微一笑,坦然答道:"我国宋朝有位诗人杨万里,写过一首七律《山茶》,盛赞山茶花芳姿神韵,并且托花自喻,表明心志。"

"先生是否记得全诗原文?"对方口气变软,俱失咄咄逼人之势。

"树子团团映碧空,初看唤作木樨林。谁将金粟银丝脍,簇钉朱红菜碗心。春早横遭桃李妒,岁寒不受雪霜侵。题诗毕竟输坡老,叶厚有棱花色深。"孙广庭信口吟诵起来,尤其尾联抑扬顿挫,韵味十足。

"诗中坡老是指苏东坡,他曾写过七言绝句《邵伯梵行寺山茶》。"谈及诗文,蒋志清情不自禁,插话道,"山茶相对阿谁栽?细雨无人我独来。说似与君君不会,烂红如火雪中开。"

"东坡先生还写过几首,如《咏开元寺山茶花》中'长明灯下石栏杆,长共松杉守岁寒',皆千古绝唱。不过,杨诗这最后一句更具风采。"孙广庭见讨教者双手放于膝上,毕恭毕敬跪坐在身旁,听得津津有味,知其善于刨根问底,索性坦言道,"'叶厚',山茶树叶肥厚耐寒,才'不受雪霜侵';'有棱',果子有棱角,才免禽兽啄食；'花色深'，花殷红亮丽，才不顾桃李妒忌，为人间增色。诗人赞美山茶花品德，实则融入自身为人处世准则。"

"我叫村上勉，来东京学习折中派中医，听过先生一番宏论，对贵国诗文更感兴趣，不过，还是很想知道山茶与茶有何关联？"

"李时珍《本草纲目》中如是说，山茶'其叶类茗，又可入饮，故得茶名'。此外，山茶与茶尚皆可入药。"

听到这里，志清不由得暗暗着急，认为广庭画蛇添足，班门弄斧，稍有闪失，岂不前功尽弃，自寻羞辱。

"先生，请允许我再请教最后一个问题，红山茶药性如何？"果然村上勉眼睛一亮，见缝插针，顺势追问。

"味苦微辛，性寒无毒，主治散瘀消肿，跌打损伤。"孙广庭客客气气端起茶盅，"我乃门外之汉，仅知少许皮毛而已。"

"感谢先生的教诲。"村上勉知趣站起身，行个九十度鞠躬礼，讪讪回到自己座席。

"国人喜欢窝里斗，遇到洋人则畏葸退缩，先矮半截。而丹阶兄在日本人面前却毫不示弱，屡占上风，真让我敬佩！"

孙广庭暗想，蒋志清不可能未卜先知，所以这不是他鼓掌的缘由。本欲当面挑明，又觉得过于唐突，只好又道："那可担当不起，其实还有许多花也能治病，比如菊花性凉味甘，具有疏风清热、解毒明目功效。南宋诗人赵师秀《池上》诗云：'朝来行药向秋池，池上秋深病不知，一树木樨供夜雨，清香移在菊花枝。'"

"丹阶兄，为何对花情有独钟，知之甚多？"

"此诚耳濡目染，潜移默化所致。家严性嗜花木，节省衣食之费，购置数十种，于房前隙地辟花圃，每至春夏，列盆栽育其中，亲自灌溉，不以为劳。花季群芳斗艳，灿若云锦，老人家顾而乐之，笑逐颜开，容光焕发。"广庭情不自禁，神采飞扬，执盅细细啜饮琥珀色茶汤，益觉分外甘洌香醇，余韵散布四肢百骸，通体舒泰。

"久闻令尊大人治家有方，精通书算，研求天命之学，深得其奥妙，却不知尚有此雅好。"蒋志清受到感染，仿佛亲临其境，身沐花芳。

"秋艺菊花，陈列满屋，宛如花市焉，乡人多就而观赏。家父煮茗烹茶，毫无倦意。"说至兴奋之处，孙广庭戛然而止，沉默良久，脸颊红润尽逝，略显苍白，热泪渐渐盈眶，势欲扑面涌下。

蒋志清见状，满腹惊疑，忙问："丹阶兄，丹阶兄，何故如此？"

孙广庭高高举盏，扇鼓鼻翼，滚动喉结，将噙含泪花混同乌龙浓茶，一并倾注胸膛，方长叹道："父亲年逾古稀，重病缠身，不知此刻能否施肥剪枝，侍弄花木，陪伴邻里，品茶论花。那些饱含老人家深情爱意，令人流连忘返的满园春色是否依然尚在。"

蒋志清目睹广庭异样，心中窃喜，忆起当年外出求学，母亲送至二十里外，自己仍哽咽难舍，心中暗叹："大凡爱国志士，必依恋桑梓，敬孝父母。"口内却道："吉人自有天佑，丹阶兄无须过虑。前朝名儒冯梦龙所撰《醒世恒言》中《灌园叟晚逢仙女》卷，借司花女神叮嘱护花使者秋公，表明上帝旨意：'爱花护花，加之以福。'老伯台育花赠茗，积善成德，定会安康如意，寿考维祺。"

"《醒世恒言》宣扬'忠孝为醒，从恒者吉'。如今国家积弱深重，百废待兴，若要实现民富兵强，再展盛唐雄风，我辈海外赤子宜抛弃私念，以身许国，奋发苦读，锲而不舍。"孙广庭恢复常态，语气沉稳平和。

"山樱寿高二百载，彼岸樱逾千年而不衰，其花年开两轮，每轮一周。樱花最美观者，当属八重樱，灿烂夺目，令人陶醉，究其缘由，皆因花片重重叠叠、万众一心之故。大丈夫立于天地之间，应于坎坷的人生中创造惊俗业绩，于烟波浩渺的历史长河中掀起闪光涟漪。欲达此目的，则须加入先进组织，崇信领袖人物，精诚团结，共同奋斗。"蒋志清确认寻得知音，遂敞开心扉。

"自强不息，一枝独秀，毕竟孤掌难鸣；倘若众志成城，聚为合力，便可扭转乾坤。正像一滴水只有融入洪流大海，追逐澎湃波涛，才能冲涤污浊，鼓荡文明……"孙广庭亦坦言无忌，以诚相待。

"虽未曾与丹阶兄似今日这般长谈，但心仪已久。昨日福岛校长宣布班长任命，小弟颇为兴奋，真想高声喝彩。"

"广庭耳闻目睹此景，心领神悟此情，甚是感谢！"

"那丹阶兄可知志清为何这般激动？"

"《易经》乾卦云'同声相应，同气相求'。或许蒋兄亦非官宦子弟，故而对'平民班长'同病相怜，高看一眼。"孙广庭正待发问，却被志清抢先追询，应答显得有些仓促牵强。

"诚然，振武学校班长多出身名门望族，仰仗老子荣耀。唯有丹阶兄家境贫寒，全凭真才实学，脱颖而出。不过，我所看重者并非因丹阶兄是学有所长的学长，而是丹阶兄曾以高超的武功，教训气焰嚣张的日本浪人，解救被围攻殴打的我'丈夫团'成员。此举令志清大为折服，赞叹不已。我同盟会最需要的，正是兄长这样文武双全的有志之士！"

广庭谦和地搓手道："志清，切莫过于奉承。其实，经超六兄秘密引荐，我曾与黄克强、宋遁初见过面,尚于《民报》周年纪念会上,听过逸仙、太炎先生的演讲,对贵会成员的意志和勇气一向甚是钦佩,对'三民主义'学说极为赞同。"

蒋志清听罢孙广庭一席肺腑之语,以为大功告成,反而欲擒故纵,学起姜太公:"钦佩别人,不如钦佩自己。倘若丹阶兄果有众志成城的美意,小弟愿意牵线搭桥,助一臂之力。"

"承蒙厚爱,有劳大驾之处,定会先行奉告。"孙广庭不便直白,模棱两可,含蓄一笑。

蒋志清有意转换话题:"闻兄长学名乃道长所赐,此事当真?"

"乡人皆如是说。"广庭应声而答。

"我的字'介石'也是个出家人参照《易经》起的。"

"豫卦六二爻辞云'介于石,不终日,贞吉',或源于此。"

"莫非孙兄大名亦与易学相关?"

孙广庭回答:"仅是顺应易理之吉兆而已。"

事隔三日,傍晚,两人于校园一隅不期而遇。孙广庭客客气气,进前寒暄。

蒋志清答礼后,迫不及待,倾诉衷肠:"学长每遇到学弟,常盛气凌人,摆出不可一世架势,恶语训斥,以显示其威风,所以我从不与之闲谈,不给他们创造丝毫机会。唯独你这位班长却是个例外,待人诚恳,易于亲近。"

"人无完人,金无足赤。我亦有许多不尽如人意之处,不过蒋兄尚未发现而已。"

"谁说不曾发现?丹阶兄对入同盟会态度,优柔寡断,谨小慎微,恐非大丈夫所为。"

"参加政党,不能凭一时心血来潮,不可半途而止,而要投入毕生精力。仔细斟酌,并不为过。"

"但愿丹阶兄深思熟虑,做出明智抉择。"蒋志清办事执着,穷追不舍。

周日清晨,孙广庭探明蒋志清在小树林弄剑舞刀,遂信步来寻,表明态度:"权衡至再,仍觉以自由之身,做贵会之友为妥。"

蒋志清不再拐弯抹角,旁敲侧击,而是开门见山,单刀直入问道:"丹阶兄,咱们是不是好朋友?"

"是!"孙广庭不假思索。

"那么为什么不加入我们同盟会?"

"那是因为……"

"因为什么?误解,抑或偏见?"蒋志清情急之下,用力一掷,将长剑斜插于地,顺势道,"今天无论如何你要坦言相告,否则我决不答应!"

"好,我一定如实奉告。"广庭面色平和,口中却道,"请问蒋兄,中山先生倡导的中国同盟会会纲中,'恢复中华'前句是什么?"

"'驱除鞑虏。'咦,你不也是汉人吗?'扬州十日''嘉定三屠',鞑虏造下如此深灾大孽,难道丹阶兄对这个主张尚有异议?"

"我是汉人,但我母亲是旗人,所以广庭更赞同贵会书记星台先生的主张。"

蒋志清知道孙广庭乃出名的大孝子,顿时目瞪口呆,无言以对。

"人之将死,其言也善。星台为警醒国人,以身蹈海,并于绝命书云:'欲使中国不亡,唯有一刀两断,代满洲执政柄而卵育之。倘若满洲贵族果知天命,自动引退,放弃统治权,尚可给予优待;而满族人民则应成为与汉族人民平等之国民,决不允许对满族人民进行野蛮仇杀!'所论可谓高瞻远瞩,令人心悦诚服。"

蒋志清眨眨眼睛,沉默未语。

"何况鞑靼长期为我国古代北方少数民族通称,而'驱除鞑虏'口号给予蒙古王公与牧民,乃至藏、回诸族之心理冲击或不亚于满族。然则满、蒙、藏、回,土宇辽阔,一旦封疆自立,或为异邦窃取,岂不山河破碎,国无宁日?故愚见以为,欲图恢复中华大业,重振华夏神威,当遵行星台先生倡言'融合种界,以御外侮'。蒋兄意下如何?"

"虽无缘成为同志,志清仍视丹阶兄为肝胆相照的益友,但愿'安危他日终须杖,甘苦来时要共尝'。"劝说别人反被人家规劝,真是始料莫及,蒋志清将剑从地上拔出,重新装入剑鞘。

敞开心扉恳谈过后,两人见面和谈话的机会仿佛在无意间增加数倍。对于这种交往,双方皆表现出极大兴趣。广庭更加觉得,蒋志清其人"精明、倔强、内向,寻常含而不露,偶尔一语惊人,貌似少言寡语,其实颇有心机,将来必能成事"。

果不其然,时过不久,校内一向默默无闻的蒋志清,居然在一场不大不小的风波中唱起主角。

木村宣明学监脸色严峻,毫无笑容,迈着军人步伐,走进振武学校校长室,抬手执礼道:"福岛校长,依据学校《斋房条例》,我请求处分孙广庭,并撤掉他班长职务。"

福岛安正问:"他具体违反哪项条款?"

木村回答:"在校外聚众斗殴,打伤多人,影响甚坏!"

"他打伤几个人?你是怎么知道的?"

"打伤八个日本公民,其中有我外甥次郎。"

福岛追问:"谁是他的同谋?"

木村迟疑地道:"他……他是帮助一个不相识的大清国人……"

福岛哈哈大笑道:"此事我早有耳闻,他见义勇为,赤手空拳打败八个持凶器者,显示出武士道精神,正证实我校教育的成功。"

木村宣明大佐面现沮丧,呆立无语。

翌日,在树林间草坪上,蒋志清大发牢骚:"不知是羡慕樱花探出墙头,随心所欲,一展新鲜艳丽的风采,还是妒忌幽香无所拘束,可以自由地飘洒向外面的世界,我总觉得振武学校虽位居东京闹市,却高墙环绕,大门紧闭。远远望去,不像是培育杰出将才的摇篮。"

广庭道:"那像什么?"

"倒像一座被困的孤城,令人感到窒息沉闷。日本文部省颁布《清国留学生取缔规则》,剥我自由,侵我主权。振武学校《斋房条例》一脉相承,如法炮制,辱我国格,锢我身心。真想冲破画地为牢的樊篱,砸破这些清规戒律!"

"大丈夫能屈能伸,小不忍则乱大谋。而今应潜心修炼,坚忍奉公,得道之时,方能一展身手,为国出力,万不可鲁莽行事。"孙广庭良言相劝。

蒋志清愤愤不平:"我想退学……"

广庭激将道:"在日本人面前退却,诚乃胆小鬼所为。"

"谁是胆小鬼?"蒋志清突然朝广庭胸部猛击一拳。

广庭挥手架开,两人打成一团。

蒋志清不支,坐在地上道:"丹阶,你长我十一岁,拳脚方面可以让着你,但退学之事,恕我不能从命!"

孙广庭正面直视,伸出食指斥责道:"介石,你怎么这般顽固?"

"振武学校大小权力无不由日本人把持,故对留学生管理极为苛刻,动辄实行体罚,只有周日方准出校。同学们对此恨之入骨,却敢怒而不敢言,不敢越雷池一步。"蒋志清解释道,"可我不想忍气吞声,得过且过。"

福岛安正获悉有人自动退学,立刻将木村宣明唤到校长室,声色俱厉地训斥一顿,令他向闹事者施加压力,想方设法挽回影响。木村大佐软硬兼施,未能逼蒋志清和张群就范,威风扫地,尴尬难堪,而且随事态发展,福岛校长亦惊恐万状,一筹莫展。

骤闻"退学风波"风平浪静,立刻舆论哗然。下宿里更是人声鼎沸,议论纷纷。

孙广庭推门而入,听见丁超大声嚷道:"……蒋志清凯旋而归,知名度陡增,成为新闻人物。"

熙洽亦道:"这个小学友不苟言笑,颇有心计,仔细研究措辞严厉的《留学生规则》之后,与张群合写一份《退学报告书》,交给学监木村大佐,随即住进神田区中国料理店龙涛馆,大张旗鼓地坚持斗争月余,不仅将学校内外搅得沸沸扬扬,而且惊动东京军学两界。为振武学校名声和影响所虑,福岛校长才被迫让步。"

也许受军中等级观念熏染,蔑视低年级同学,很少论人短长的张焕相一反常态,评头品足道:"以荒废学业为代价,实属舍本逐末,得不偿失。"

一贯争强好胜、颇为自负的杨宇霆冷嘲热讽道:"此种恶作剧乃雕虫小技,实难登大雅之堂。"

孙广庭挺身直立,慨然朗声道:"蒋志清是有胆识和毅力的,大丈夫做事就应该敢怒敢言,敢作敢为。仅从这一点观之,我觉得他没有错,我们又何苦求全责备于他。"

作为一班之长的孙广庭居然公开表明与校方相悖的观点,这可大出同学们意料,下宿里顿时变得十分寂静。

这场风波过后,孙广庭对蒋志清又增深一层认识,却万万没有想到,这个小学友竟是后来叱咤风云的国民革命军总司令蒋介石。

五　偶像在心中破灭

睁开惺忪双眼,蒙眬中似闻窸窣的翻书声。一觉醒来,发现走廊那盏孤灯居然亮着,伸手掀起窗帘一角,月光立刻泻洒进来,抬头望见满天星辰,张焕相独自思忖:"深更半夜,班长还在研读,无怪大家戏谑他为'读书狂人'。"对于这般孜孜不倦、锲而不舍的精神,张焕相颇为钦佩,却难以恭维,深表理解,又不免气愤。

"考取官费出洋武备,绝非轻而易举,能获此殊荣,无有平庸之辈。丹阶兄寒门出身,更可谓难乎其难,对此令人艳羡的机遇,格外珍时惜阴,自然是在情理之中。"离晨读时间尚早,张焕相躺卧于榻上,木然仰视天花板,睡意全消,不由自主地抱怨道,"这个书呆子,不足半年时光,即一口纯正东京腔,术科成绩尤令人望尘莫及,福岛校长亦称赞不已。然而,长久若是,身体岂能支撑得住?"

张焕相一跃而起,披衣即出,推掩房门,悄声责问:"丹阶老兄,何苦这般玩命?疲惫过度,一旦积羽沉舟,岂不是前功尽弃,得不偿失?"

"压力，"孙广庭若有所思，须臾方道，"那强烈感受到的催人奋进的压力。"

初闻所答非所问之语，张焕相颇觉莫名其妙，细细品味方领悟，所谓压力实为动力，不禁叹口气道："唉，日本科技先进与国力强盛，有目共睹，其狂热民族意识及不达目的誓不罢休之心理，尤令人惊诧。传言某军校练卧倒，数百人齐卧于冰雪之中，似平静沙滩般了无声息。生性凶狠的指挥官不顾气候寒冷，衣衫单薄，一道命令居然十几个小时，即便如是，却无挪动身躯者。"

"诸如此类之事，我也有所耳闻。日本人操练，指挥官一声令下，即使面对刀山火海，亦不会止步不前。"孙广庭合上手中书，颇有感触地说，"日本士官生向着坚硬的墙壁正步走，撞得头破血流，但没后退半分，更无丝毫惊恐神色。此种场面，确是我亲眼所见，如今尚历历在目。"

"毋庸讳言，这种教育方式，我等自然难以适应。故而有人自暴自弃，到灯红酒绿中去'修身养神'；有人望而却步，无可奈何地甘居日本人身后……"

"自愧弗如，理应奋起直追，岂可萎靡不振，得过且过？"孙广庭脱口而出，像是评价张焕相的议论，又像是自言自语警告自己。

张焕相笑着问："班长，你想追上哪个？"

"绍棠，你知晓风靡日本全国的《单骑远征之歌》吗？"

"当然。"

"颂扬的英雄是谁？"

"我们校长福岛安正啊！校长在日本以'刚毅无比，胆识过人'闻名，是出名的探险家。光绪十八年，校长担任日本驻德国使馆武官，为炫耀大日本武士道精神，他别出心裁，独自骑马从柏林出发，横穿欧亚大陆，在大漠黄沙中艰苦跋涉，凭着惊人的勇气和毅力，辗转回到东京，轰动日本四岛，名噪一时，成为世界名人。明治天皇亲授旭日重光勋章并设宴款待。"

孙广庭郑重地对张焕相道："校长八岁拜师习文武之道，十三岁至东京学西洋式军事，因囊中羞涩，誊《英日大辞典》而阅，精通英、法、德、中、俄五门外语。光绪十一年，领命赴香港、缅甸、阿富汗、印度考察，研究英俄亚洲角逐动向，撰写《印度形势摘要》。光绪二十一年，受命赴埃及、土耳其、波斯、俄国、阿拉伯、印度、泰国、越南、中国等地调查，著有《中亚纪行》，为日本当局知己知彼起到至关重要的作用。校长更只身穿越西伯利亚，窥探俄国战略动向，正确预测俄皇密谋东进，为日俄战争获胜立下首功。

"福岛安正校长号称伯乐，慧眼有识，于日本帝国兴亡之战中业绩辉煌，可谓举足轻重。他率先推荐明石元二郎任驻彼得堡使馆武官，并出谋授意道：'在莫斯科和彼得格勒结交俄友，多多益善，借其国政局不稳、人心不定之机，用武器和资金支持反对沙皇者,从而套取俄国政治军事情报.'明石元二郎依计而行,果然收获甚丰。

"台湾工人日工薪仅一元,兵库县知事与军级高官月俸禄百元,而明石大佐资助俄国异议分子发动革命,欲于其腹地制造天翻地覆之动荡,居然迅速花掉参谋本部长山县有朋所拨百万日元巨额银钱。

"日本陆军参谋本部参谋次长长冈外史云:'明石一人可抵陆军十个师团.'德意志皇帝威廉二世道:'明石元二郎一人,其成果超越日本满洲二十万大军.'日人每每评论:'没乃木希典大将,旅顺也能拿下;无东乡平八郎大将,日本海大海战也能赢;但独缺少明石元二郎大佐,日本绝无可能以弱克强,赢得日俄战争.'"

言语之间,不知不觉,孙广庭脑海中浮现出福岛安正的形象:头微谢顶,双目炯炯,鼻正挺直,两耳抿立,身材不高,却神气十足,胸前挂着各式色泽灿然的勋绶。

黎明破晓,天色渐亮,孙广庭情不自禁,吐露心声道:"校长堪称军人楷模,行走坐卧,规范至极。初入振武学校之时,就闻听福岛校长'万里走单骑'的不同寻常的经历,因而佩服得五体投地,立志刻苦磨炼,力争做福岛安正式的优秀军官。我视校长为偶像,举手投足无不效法,对校长的训词,更是奉若神明,校长有关武士之精神、素质、技能的论述,我几乎能倒背如流。"

张焕相用肯定的口吻道:"青出于蓝而胜于蓝,我相信丹阶兄将来会比福岛校长更有造诣。"

福岛安正的确是位不同凡响的人物,在东瀛有众多狂热的崇拜者,孙广庭对他也是由衷地钦佩。后福岛安正因熟谙中国国情,被晋升为关东都督,并授男爵勋位及大将军衔。他所著《柏林—东京万里走单骑》一书,更是风靡一时,十分畅销。

这天,福岛安正又至礼堂训话,站于讲台前,亮出开诚布公的姿态:"……自唐以来,日本饮食、服饰、起居、学问之事,皆中国所赠,为报答往日之赐,酬谢昔时受师之恩,我校将尽至恳之情,对诸位竭诚教导,日夜诱掖……"

孙广庭凝神敛息,端坐不动,很快被校长引入到神情兴奋的境界之中。

"……中日一衣带水,往来源远流长。吾自明治七年加入帝国军队始,屡奉天皇御诏,致力日中睦邻亲善……"面对全校三百余名师生,福岛精神抖擞,不时挥动手势,唾液星儿四射,兴致勃勃地说起自己在中国的经历,"平定义和团匪,八国联军共进北京,吾为大日本派遣军司令,联军总兵力不足两万,而日本将士独占八千……沙皇俄国吞并满洲,导致日俄战争,吾为日本满洲军总司令部少将参谋。是役颇为壮烈,我军付出高昂代价,堪称惨胜。诚如乃木大将由衷之语:'皇师百万征强虏,野战功成尸作山,愧我何颜见父老,凯歌今日几人还?'……"

听着听着,孙广庭不禁陡然震惊,校长的话似乎有些混淆黑白、颠倒是非啊,他的目光渐由迷茫、呆滞变为愤慨。

福岛讲话刚一结束,木村大佐学监立刻带头拼命鼓掌。广庭第一次没有响应,他转身窥探蒋志清。蒋志清漠然前视,双手仍放于膝盖,也是无动于衷。

会后,校园林荫道旁。广庭愤愤不平地道:"如果说'平定义和团匪,八国联军共进北京',年代略远,我所知甚少,仅从义兄岳泽山口中获悉俄军血洗珲春。但'沙皇俄国吞并满洲,导致日俄争端',却是耳闻目睹,记忆犹新。自旅顺迤北,直至边墙内外,凡属俄日大军经过处,纵横千里,几同赤地。烽燧所至,村舍为墟,小民转徙流离哭号于路者,以数十万计。甚至去岁日人所办《盛京时报》亦云:'陷于枪烟弹雨之中,死于炮林雷阵之上者数万生灵,血飞肉溅,产破家倾,父子兄弟哭于途,夫妇亲朋呼于路,痛心疾首,惨不忍闻。'"

蒋志清站在大树下,默默地听着。

孙广庭越说越激动:"明明于别人家里做强盗,校长为何说是'正义之举'?明明是对普通百姓烧杀劫掠,校长怎可粉饰为'勇猛顽强的战斗'?明明东乡平八郎早已泄露出天机,'皇国兴亡,在此一战',足以证实日俄交恶,本是争夺大清龙兴重地东北,校长凭什么标榜成'为保全中国主权领土'?"

回到下宿,孙广庭心神不定地在房间里来回踱步,越琢磨越觉得令人难以忍受,大声叹道:"如此本末倒置,怎能为人师表,授业解惑?我号'痴侠'名副其实,盲目崇拜许久,才蓦然发现,竟被崇拜对象大大地嘲弄一番!"

广庭言罢,立刻铺纸研墨,挥毫写下蒲松龄一副长联:

> 有志者,事竟成,破釜沉舟,百二秦关终属楚;
> 苦心人,天不负,卧薪尝胆,三千越甲可吞吴。

将长联悬挂于下宿榻头,广庭顿觉豁然开朗,振奋异常。

三日后,丸善书店内,孙广庭无意之间,于旧书丛中,发现《邻邦兵备略》一部。他用冷漠的目光,默默地盯视封面上自己曾经狂热敬慕、奉为偶像的名字——福岛安正,良久未能移步。

老板下田见状走来,滔滔不绝介绍道:"这八成新的六册书,看似寻常,其实非同小可,影响日本大政方针至深。明治十三年该书问世之初,正值我国军政分离,参谋本部独立。参谋本部长地位与太政官平行,权力凌驾于政府之上,可以直接上奏天皇,下达军令。山县有朋中将遂以参谋本部长名义,将《邻邦兵备略》与《进邻邦兵备略表》一并呈献明治天皇。天皇御览过后,龙颜大悦,褒扬有加,尤对'兵强则民气始可旺,始可语国民之自由,始可论国民之权利,始可保交往之对等,始可得互市之利益,而国民之劳力始可积,国民之富贵始可守'之说,心领神会,立示赞许。"

孙广庭犹豫再三,方俯身拾起,展卷粗观,不胜惊诧道:"下田君,此书可谓名不副实。"

"不会吧,何以见得?"

"书名虽为'略',实则甚详。清国兵制、军备、地志,应有尽有,各地兵力、素质、士气,比比皆是,叙述特别翔实,并且辅以评断。身为陆军步兵中尉的福岛安正,利用短期出差,实地考察,搜集情报如此浩繁,其精明干练,确实超人一等,不能不令人叹服。"

下田笑道:"原来如此,我尚以为似贵国俚语所言'挂羊头卖狗肉'呢。"

孙广庭细细品味,手指点着书道:"所论'邻邦之强,一则以喜,一则以惧。以之为亚洲东方之强援固足可喜;然若至开衅,则实可慎可惧'似乎不无道理。"

下田连忙道:"我说是部好书嘛!"

"然而这句'既要重视远东,亦应关注近邻,务使自身兵力超过敌手……'福岛安正鼓吹军备至上,锋芒所指乃是我大清!"广庭不禁面现悚然,惊呼道,"透过字里行间,足可证实道貌岸然的福岛安正表里不一,是个名曰'图报师恩',暗中'以邻为敌'的伪君子!"

下田愕然,一时无言以对。

六　无中生有的"间岛"

在振武学校林间小道上,两位同窗边走边聊。

孙广庭偶然谈起谍界逸闻:"光绪五年,福岛安正首次走出日本国门,即是来华刺探军事情报。他预先判断:'清国一大致命弱点,即公然行贿受贿,此乃万恶之源。但清国人对此毫不反省,上至皇帝大臣,下到一兵一卒,无不如此,此为清国之不治之症,如此国家根本不是日本之对手。'"

尽管丁超并不能预知福岛安正将成为日本第一个从事情报工作而晋升大将的军人,但仍认定福岛乃是此行高手:"福岛安正不愧是位天才,不仅擅长秘密搜集情报,而且擅长分析使用情报。光绪十三年,日本政府可能就是依据他在中国所窃取的情报及研究结果,才肆无忌惮,敢于冒险挑战我天朝大国,制定《征讨清国策》的。"

"确实如此。甲午战争前夕,日本惧怕沙俄干涉,参谋本部选派时为中佐的福岛安正前往朝鲜窥探。可福岛安正居然违抗上峰旨意,曾三度私自深入俄远东地区调查,最后于向外相陆奥宗光所做报告《与清国斗争方策》中断言:'从俄国在西伯利亚的兵力配备情况来看,俄国不可能出兵朝鲜。'遂促成日本一意孤行,占据汉城、平壤,进攻威海、辽东……"

丁超叹道:"原来福岛安正是个国际间谍。"

孙广庭道:"福岛安正曾率先断言'日本的防卫生命线在朝鲜半岛及中国大陆'。审时度势,日本虽以俄国为强敌,侵略目标则是我国。朝廷应采取措施,严加防范,切勿掉以轻心。最近突起的'间岛风波'便是佐证。"

"间岛?间岛在什么地方?"

"世上本无间岛,更无间岛之争。然而无中生有的'间岛',经过岛国日本的炮制与炒作,竟将图们江中的沉沙变成偌大的州府,引发血雨腥风的动荡和纷争。"

丁超问道:"图们江沉沙?偌大的州府?丹阶兄,我怎么越听越糊涂?"

广庭耐心解释道:"图们江系中朝两国天然界河。濒临北岸延边一侧,泥沙长年淤积,逐渐浅露水面,形成纵十里、宽一里、方圆两千余亩的江中滩地,延吉执政当局命名为'夹江',民间唤作'假江',因其几与堤岸相连,故而又称'江通滩'。此地自古以来一直是中国领土。康熙五十一年,中朝还曾勘定边界,勒石为碑。古山子著《大东舆地图》书中明确记载中朝定界碑处,并绘有中朝边界地图。

"同治八年,朝鲜咸镜北道庆源、庆兴、稳城、钟城、会宁、富宁六镇'岁谷不登,饿殍载道',饥民纷纷越境,来此垦荒侨居,私谓'垦岛'。基于人道与同情,我朝准其领照纳租,繁衍生息。光绪三十一年,中朝两国《中朝边境善后章程》明确规定,'间岛'即假江之地,本属中国领土,准许韩民租种。由于俄国推行'黄色俄罗斯政策'与日本推行'大陆政策'的碰击,在不足三平方公里的江通滩撞出炫目火星,这里遂成为列强关注与争夺的焦点。本世纪初,沙俄始插足其间,滋事生非;日本帝国接踵而至,指鹿为马,讹称'夹江'为'间岛',掀起轩然大波。去岁日人守田利远明知百余种日本所绘制地图皆无有关'间岛'记载,竟率先瞽目而撰《满州地志》书云:'海兰河以南,图们江以北,宽约二三里,长约五六百里之地,为间岛矣。'日报群起鼓噪:'鸭绿、松花、图们三江,发现于其地俨然一小独国,曰间岛……帽儿山沿辉发河南岸一带地域悉入间岛范围。'更有甚者,《朝日新闻》竟称'间岛独立国之幅员,东西广七百六十公里,南北长三百五十公里,是与日本九州岛相伯仲;如此广大之版图,属中属韩,尚难断定',系'日、俄、清、韩利权争夺之地'。"

丁超愤愤地道:"莫非间岛争端的始作俑者是伊藤博文?"

广庭点点头,道:"日俄战后,日本把持朝鲜政局,积极策划侵占中国东北。据报纸透露,去年四月二十九日,伊藤博文以元老身份,出面主持三军将帅、西园寺公望首相及大臣们参加的'满洲问题协议会',商讨以朝鲜半岛为跳板,进一步染指满蒙的举措。会后,伊藤博文派遣大批训练有素的谍报人员,偷渡图们江,潜入我国延吉搜集情报,挑起事端,为实施入侵制造口实。'间岛'这个名字便是谍报人员、延吉局子街药店老板斋藤季治郎起的。"

"他起这个名字有何用意?"

"这,我也不清楚。"

局子街药店,位居延吉闹市中心,门庭若市,买卖兴隆。老板斋藤季治郎,浓眉大眼,耳阔脸长,两撇俄式黑胡,直鼻略带鹰钩,瘦高身材,待人彬彬有礼,和蔼亲切。不过他有个怪癖,求购名贵药材,不惜长途跋涉,赴穷乡僻壤,闯不毛禁地,行踪诡秘,来去匆匆,似负有特殊使命。

斋藤身着和服,足蹬木屐,从药店出来,见到一位顾客,忙弯腰施礼,用地道的东北话道:"请进。"

顾客道:"老板喜欢每事亲躬,又去选购药材?"

斋藤回答:"正是,做买卖理当不辞辛苦。"

那天风和日丽,斋藤独自出现在光霁峪,沿图们江北岸长堤悠闲信步。此乃一方敏感沃土,不只是莫须有之"间岛"诞生地,亦是一条无形的瓜分线源头。然而,身临其境、手眼通天的斋藤,对此尚且全然不知。

江潮澎湃,击打岸边岩石,溅起白色翻卷的浪花,酷似大海般磅礴气势,引得游客们兴致勃发,指指点点。唯有斋藤盯视水面上沉寂的滩地,迎着阵阵袭来的江风,伫立良久,一动不动。

喧哗声突如其来,有漂泊者成群结队,越过图们江,踏上延吉大地。斋藤冥思乃止,以鄙薄的目光扫视乔迁客,眉头一皱,阴沉的脸上闪现出一丝不易察觉的微笑,喃喃道:"我讨厌这个支那人约定俗成的称谓'夹江',更讨厌这些对统监府存有戒心的朝鲜人!三年前大韩帝国从三品官李范允曾将'夹江'滩地称为'间岛',现在仅龙井就有六万五千余名韩国人,超出当地清人一万五千有余。

何不于'间岛'二字上做文章,离间他们!"

伊藤博文正盼师出有名,阅过亲信斋藤季治郎所呈情报,觉得正中下怀,随即采取行动,大造舆论,准备具体实施。

光绪三十二年十月初三日,朝鲜议政府参政大臣朴齐纯致函朝鲜统监伊藤博文,要求日本派员前往延吉保护朝鲜垦民。冬月,伊藤博文策动西园寺内阁秘制派兵入侵"间岛"方案,并拟定"间岛督务厅编制"与"间岛宪兵队编制"。

光绪三十三年六月二十一日,日本和沙俄在圣彼得堡缔结《日俄密约》,于中国领土划一界线:"从俄韩边界西北端起,分别以直线连接珲春、毕尔滕湖之极北端、秀水甸子,再沿松花江至嫩江口,溯嫩江至洮儿河上游与东经一百二十二度交点止。"将东北三省拦腰分为两截,其北为沙俄势力范围,称作"北满";其南为日本势力范围,称作"南满"。所谓"间岛"正位于瓜分线东部端点,成为日俄为征服满蒙而明争暗斗的是非之地。

选择"间岛"为进攻满蒙的桥头堡,并非伊藤博文一时心血来潮,而是经过深思熟虑和周密筹划,既然与俄国达成协议,遂迫不及待地做出反应,授意朝鲜议政府参政大臣朴齐纯,以咸镜北道地方长官名义,致函清国珲春副都统陈昭常,煞有介事地提出将"间岛"划归韩国。

陈都统镇守延吉厅,督办延吉边务兼吉林省各军翼长,对图们江中岛屿了如指掌,唯独对日人所言"间岛"闻所未闻,待俯问左右长吏,方知。

光绪十四年,中韩白山勘界。大清于茂山以西至石乙水、红土山水合流处二百余里无异议地段,立"华""夏""金""汤""固""河""山""带""砺""长"十字界碑。光绪二十九年春,韩国"北垦岛视察使"李范允,行文清政府光霁峪越垦局,称图们江中滩地为"间岛",并谓"此土介十一江分派之中,始出韩民垦种",遂仰仗沙俄支持,率私炮队五千余人,越图们界江劫掠,深入中国内地百里,为延吉厅同知陈作彦、吉强军统领胡殿甲合兵击溃。六月初一日,陈作彦与韩国边吏韩定、金命焕签订《中朝边界善后章程》十二条,规定"两国界址有白山碑记可证",其中第八条云"古间岛即光霁峪前假江地,向准钟城韩民租种,今仍循旧办理"。

询明来龙去脉,陈昭常疑窦丛生:这小小的假江,何至于令日本驻朝统监府如此垂涎?他觉得其背后定有隐情,迅即据实向东三省总督徐世昌禀告。

尽管大清国斩钉截铁地拒绝此荒唐要求,日本政府仍固执己见,妄言间岛为"化外之域",伴随其贪欲急剧膨胀,又公然扩大间岛范围,由江中延伸到陆上,由边陲扩展至内地,变成囊括延吉、和龙、汪清的"东间岛"及涵盖桦甸、敦化、安图的"西间岛"。

七月初十日，伊藤博文委任日俄战争时乃木希典中将及旅顺、安东诸地军政官斋藤季治郎为所谓统监府派出所所长，并颁予以训令"间岛为韩国领土"，决定明修栈道，暗度陈仓，以朝鲜官员与陈昭常在珲春交涉为烟雾，突然渡江偷袭中国延吉。

十一日，大清国外交部接到日本驻华公使阿部守太郎致送照会，其文曰：

> 为照会事：兹奉帝国政府训开，间岛为中国领土，抑为韩国领土，久未解决，该处韩民十万余，受马贼及无赖凌虐，拟即由统监派员至间岛保护，请速电该处华官，免生误会为要。

同日，日本陆军中佐斋藤季治郎公开暴露真实身份，从幕后蹿至台前，奉日本驻朝鲜统监伊藤博文之命，打着"保护韩国居民"的旗号，率领事先已集结于会宁的日兵及朝鲜巡警，越江入侵延吉，相继占领光霁峪、和龙峪、龙井。

十六日，大清外务部复照日本驻华代理公使阿部守太郎："中韩边界，向以图们江为天然界限，本无间岛名目。来照所称间岛，实即延吉厅属和龙峪、光霁峪等地，在图们江北境，此地为中国领土毫无疑义。"二十日，又致电徐世昌："克拿马贼，实力保护韩民，以免日方借口生事。"

二十一日，日军于中国龙井设立日本驻朝鲜"统监府间岛派出所"；二十二日，悍然张贴《大日本统监府派出所所长斋藤季治郎告示》。

斋藤季治郎脱掉药店老板伪装，摇身一变，当上"间岛派出所"主任，任命小川琢治为调查课长，陆军宪兵少佐境野竹之进为警务课长兼宪兵分队长，崔基南为监察课长，并在局子街、头道沟、新兴坪、朝阳川等处设日宪兵十四个"分遣所"进行统治。俨然在中国领土上分土设官，发号施令，成为在中国境内设立外国派出所的地方政权，正式揭开所谓"间岛问题"的序幕

"间岛派出所"副所长兼总务课长、法学博士筱田治策，原任日本政府国际顾问，曾长期潜伏于延边，在谍报界是斋藤的老搭档，也是小有名气的干将。他俩狼狈为奸，四处煽风点火，妄称"间岛"是朝鲜领土，还别有用心地将牛心山和海兰江以南地区绘入朝鲜地图，蓄意挑起更大的争端。

正是"间岛事件"的突发，促使孙广庭对自己人生坐标重新调整，毅然与"福岛安正式军官"分道扬镳，做出新的抉择。

七　国土动人心

东三省总督徐世昌握有完全自决权，极力推行新政，惩治污官，广纳贤士，

因此麾下人才济济,其中不乏名重一时之士,如唐绍仪、朱启钤、许世英、吴笈孙、张国淦、谭延闿、吴禄贞等皆曾云集关东,听令其帐下。

吴禄贞,字绥卿,是中国第一期留日士官生,对军事、边防颇有研究,深受总督徐世昌器重,特聘为新军督练处监督,至奉天供职。

徐世昌闻报"延吉局势阽危",乃晋升吴禄贞为军事参议,前往调查边务。吴禄贞至延吉次日,即与入侵日军相遇,得知斋藤居然于延吉厅所属六道沟设立"间岛派出所",公开发号施令,立寻吉强军统领胡殿甲商讨对策。

胡殿甲惊慌失措,直白相告:"吉强军受人蛊惑,四营内有三营闹饷生变,恐欲为日军内应。"

吴禄贞猝闻此警,心知危机已迫,乃奋不顾身,单骑驰赴叛兵营中,痛陈大义,应允补齐军饷,平息众怒,遂调诸军至沿江布防,迅即致函禀报徐世昌:"日人越江驻兵,若非厚增兵力固我江防,令其野心稍戢,边务大局万难维持。"

徐世昌饬总督府行营翼长张勋抽拨营队,径赴延吉震慑;又电吉抚朱家宝派道员余浚携兵增援戍边,以示戒备。告外务部云:"日人强立间岛名目,又将夹皮沟混入间岛区域内,种种阴谋,欺我已甚。"

八月初三日,清廷赏吉林夹皮沟练总韩登举参将衔,令防日军侵略;十三日,任命陈昭常为延吉边务督办,吴禄贞为边务帮办,并赏陆军正参领,加陆军协都统衔。

若想谈判制止日人肆虐,须以武力为后盾,吴禄贞四顾左右仅士卒二百,遂执奉天巡防营前路统领张作霖引见信,亲往夹皮沟游说韩登举出兵。韩登举豪侠仗义,古道热肠,率马队三千余众,星夜驰援相助。

十月十二日,吴禄贞与斋藤于延吉庙宁初次交涉。寺外四周龙旗招展,大清官兵与乡勇荷枪实弹,遍布山前山后,阵势威严。

斋藤面现惊惧,心存疑虑:"如此众多中国将士突如其来,从何而降?"

吴禄贞胸有成竹,底气十足,朗声驳斥日人谬论道:"以图们江洲而欲拓至图们江岸之大陆,以区区二千余亩滩地而欲混中国数千里之版图,则间岛之位置,真如太空流星,毫无定位,大海巨浸,忽涌新洲者矣!"

明治四十一年,即光绪三十四年,公元1908年。中日"间岛"归属交涉正在紧张进行。

五月二十八日上午十时,红、橙、黄、绿、蓝、靛、紫,彩虹七色,横空悬挂。雨过天晴,空气清新。第四期中国留学生毕业典礼,正在振武学校校园隆重举行。莘莘学子,济济一堂,凝神抑息,心情激动,皆目视前方,等待那庄严的一刻。

"孙广庭,优等毕业证书!"福岛安正校长从厚厚一摞证书中拿出最上面一份,双手捧起,面现得意神情。

居然无人应答,福岛安正轻皱眉头,提高声音又宣读道:"孙广庭!"随即抬头环视,只见每班四十人排成整齐矩阵,唯独应届毕业生头排左首是个空位。

福岛手臂微微一抖,面现惊诧:孙广庭素以恪守校规著称,一向表现出类拔萃,否则怎会获此殊荣?"因何……"福岛按捺不住胸中疑惑,刚欲启齿询问个究竟,却被同学们雷鸣般的掌声打断。作为一班之长,孙广庭绝对没有理由不出席这次毕业典礼,然而此刻,他却无可奈何地躺在病床上,回味张焕相声色俱厉的责备。

而立之年,孙广庭东渡扶桑求学,俯首思老父勿懈教诲,仰面望留仙卧薪长联,自强不息,无片刻苟安。光阴荏苒,岁月如流,毕业大考濒临,成败在此一举。他视考场如战场,厉兵秣马,日夜攻读。

考场上,孙广庭下笔若有神助,势如破竹,几度拼搏,斗志昂扬不懈,至最后一科告终,方掩卷窃喜,兴奋异常,吁出一口轻松之气,如释重负。但尚未离开考场,骤然觉得天旋地转,不能自持,竟昏厥于座席之上。丁超、张焕相、熙洽诸同学见状,忙将他送至东京医院抢救。

营养科松田博士诊断为"身体极度虚弱,缺乏营养所致"。拿到诊断,张焕相郁气盈胸,径直冲进病房,奔向广庭榻前,瞋目逼视广庭,欲语又止。广庭举臂示意,礼让焕相坐于近旁,讪讪笑道:"未听绍棠兄良言,始有今日。在下现已知过,尚祈息怒,以防气伤贵体。"

张焕相将目光移至窗外,远眺片刻,方转过身来,压低声音道:"丹阶兄,恕我多言,留学生月领取膳费十三元,其中大清国付十元,校方发三元,而早餐仅四分钱。倘若权衡安排,节俭饮食有度,绝不至于营养匮乏,恐又是购书所致吧?"

孙广庭辩解道:"古人云,宁愿食无肉,不可……"

"量体裁衣亦为古训,凡事应量力而行。难道丹阶兄忘却书商赶大车堵住家门催讨,令你骑虎难下、狼狈不堪之往事?"既是同窗又是同乡,且居同室,张焕相出言自然直率,"而今东京佳书远胜铁岭,你每逢遇到,依旧忘乎所以,狂购无际。先为入不敷出,捉襟见肘;继而东挪西拼,剜肉补疮;最后竟至窃减口食,忍饥挨饿之境地。然读书代饮食者唯神仙也,凡胎俗子不成!"

广庭垂下眼帘道:"绍棠兄好意,兄弟一直铭记在心。只是私忖高堂为广庭读书,致使家道中落,衣食不周;家严乃忧国忧民之士,极盼儿学业有成,以身报国。寒门苦读多磨难,历尽艰辛始有今。倘若光阴虚度,如何振兴家声,为国争辉？何况,我等东瀛求索,重任在肩,大丈夫……"

"丹阶,无须再说。"张焕相凝视广庭,心中骤升敬意,这位平日少言寡语的"老夫子"、废寝忘食的"读书狂人",原来胸怀如此豪情鸿志,真铮铮铁骨男儿也! 他仿佛看到一道曙光,看到未来中华之希望,忽觉热泪欲出,忙握住同窗枯瘦手掌:"丹阶,你夺得优等毕业证书,获福岛校长当众褒扬,令日本教官引以为荣,中外学子刮目相看,不愧是留学生的骄傲。老兄今日之话虽非豪言壮语,却让人感慨万端,我等皆应以你为楷模,奋发图强,成就伟业。"

"绍棠兄,休出此言,我受之有愧。"孙广庭低沉地道,"身居异国,备受歧视,即便青胜于蓝,亦难改变。"

"日本人看我中华学子时那种高傲的神情,"张焕相紧锁眉头道,"常使人有一种芒刺在背之感觉。"

"联想日本教官讲到中国特产,莱阳梨、烟台苹果、东北大豆、江南稻米,脸上所现垂涎欲滴之色,更让人愤恨不已!"孙广庭满面肃容。

张焕相目视知音,应声叹道:"是啊,此种感受,如同幽灵般徘徊左右,总也挥之不去。"

孙广庭直抒胸臆:"偶像福岛安正在我心目中的破灭,更为这种情感发展推波助澜,使之几达极点。"

碌碌数载,偶得清闲,孙广庭卧于病榻之上,思绪万千,与老父郊外惜别情景又浮现眼前,忙支撑病体,草书家函,云:

> 振武学校毕业,评语品学兼优。今偶感风寒,略患小恙,暂住东京医院诊治。儿屡次希求吾父手谕,回谕皆以年老目眩,不能执笔为答。见字如面,渴望吾父略施一二字,以慰儿心。身悬异地,思念双亲,儿归心似箭,不期将回乡省亲。

家信寄出,广庭每日屈指掐算,翘首盼望回音。一周之内,收到三封来信。阅后,悲怆万分,饮泣呜咽。枕巾已失去单一的洁白,泪痕斑斑,清晰可见。孙广庭坐于榻沿,手擎私函,目光呆滞,愕然不动。

丁超手提水果而入,满面笑容道:"家书抵万金,连获三封,本应高兴,为何闷闷不乐?"

"祈盼鸿雁传佳讯,岂料悲音次第来。三封家书初言父病,再报病危,终告父已故于光绪三十二年正月十九日,令我病愈速回国安葬,不得有违。"

"光绪三十二年乃丙午之岁,日本正是明治三十九年,"丁超推算,"令尊大人临终之日,恰是我们首抵东京,下榻神田区安田旅馆之时。"

"是夕我一无所察,取出课本,准备投考振武学校,无奈旅途过于疲惫,不觉之间进入梦乡。岂知熊官人屯破茅草屋内,举家守护灵柩,一个个呼天抢地,泣涕涟涟……思及于此,广庭椎心泣血,恨不能立刻插翅飞归。"

丁超劝道:"伯父年逾古稀,可谓喜丧。丹阶兄要节哀顺变。"

"广庭东渡前,由奉天游学预备科返回铁岭辞亲。父亲送至十里长亭,犹依恋难舍,老泪纵横,再三叮嘱不已。此情此景我一直铭记于脑海,此刻又在眼前浮现。"

丁超明知故问:"丹阶,令堂此番所以分三次告之,究为何因?"

"担心我事亲至笃,骤闻老父仙逝,若无精神准备,难免痛极晕倒,病上加病。"广庭哀痛叹道,"尤感老母至悲之余,恐扰儿学业,秘不以闻竟达三秋,吾母之心苦已极矣,恨未能报亲恩于万一,愧为人子……"

原来,耀先公思念儿子过度,致使病情加重,服药调理数日,未见好转,竟溘然驾鹤远行。李太君满脸泪痕,遍诚戚友:"人死不能复生,重要的是实现他的愿望。既然耀先已撒手西去,你们千万别泄露消息让广庭知道。一旦广庭惊闻父殁,势必中途废学,导致忠孝两亏。"

六月,孙广庭获准出院,请假回国。他立于船舷之上,面对浩瀚大海,心事重重,忧郁焦虑。一位身着立领制服的留学生模样的人,见广庭沉闷无语,操着浓重的东北乡音,主动进前搭讪道:"老兄仙乡何处?"

"辽北铁岭,听您口音想来与敝乡不远,敢问仁兄贵姓?"

那人道:"小弟名唤雪壑,在东京师范学堂留学……"

寒暄过后,两人越聊越近,不由得忆起东北之变迁。

"……想当年康熙帝御驾亲征,大败入侵俄军,签订《尼布楚条约》,划定中俄以额尔古纳河、格尔必齐河、外兴安岭为界,立威天下,何其荣耀!"雪壑谈兴渐起,故意发问,"那时朝廷尚于关东实施特殊制度,迥异内地督抚,分设盛京、吉林、黑龙江将军管理东三省,军政合为一体,孙兄认为此举意在何为?"

"秩祀山川,辑宁边境,以确保其时一百八十万平方公里龙兴重地固若金汤。"孙广庭不假思索,脱口而出,"可是,往事不堪回首,未出两载光阴,沙俄凭借咸丰八年《瑷珲条约》及咸丰十年《北京续增条约》,即劫夺我黑龙江以北、乌苏里江以东一百余万平方公里大好河山,致使昔日大东北沦落为小关东,令人痛心疾首。"

"尤其近期,甲午之战,八国侵华,日俄争端,东三省竟在十年之内连遭两强三次浩劫,国土沦丧,利权外溢,几成日俄之殖民地,"雪壑无限感慨,"沙皇尼古拉二世战败,仍强硬宣称'绝不付一个戈比赔款,也不会让出一寸土地',气势之盛,令我朝野皆惊。"

"日俄开战,形同水火,而侵华亡我之心却是一致。岛国日本窥视神州大地已久,更是司马昭之心,路人皆知。"孙广庭侃侃而言,竟将家中诸事置于脑后,"前年日本借口管理沙俄根据《朴次茅斯条约》转让的辽东半岛租借地和中东铁路长春以南的全部权益,于我奉省境内设立南满铁路株式会社、关东都督府,悍然以国中之国自居。"

"日本依仗驻扎满铁沿线两万余关东军,有恃无恐,四处兴风作浪,甚至派兵至将军署内捕人,对于偶失车票之中国乘客,则执缚浇水,尽情凌辱;又在延吉封官委吏,奴役边民……"雪壑愤慨万状,"任其横行霸道,胡作妄为,东北将何以为存?"

一席肺腑之语,深深刺痛孙广庭赤子之心。闻听边陲延吉一带,中日局部冲突持续不断,愈演愈烈,他凝视大海汹涌的波涛道:"'位卑不敢忘忧国',我要手书一封,上呈东三省总督,避免家乡东北步朝鲜后尘。"

"去年四月,清廷鉴于关东形势日趋危急,已下诏徐世昌着补东三省总督,兼管三省将军事务,并授为钦差大臣,'举三省全部应办之事悉以委之'。"雪壑面现惊异,"徐世昌这个总督可非一般,权力在各督之上,你如何见到他?"

"我只是路过奉天,恐怕见不到他,"广庭淡淡一笑,"但估计他能见到我的上书。"

八 别出心裁的高才

光绪三十四年七月一日,孙广庭怀御侮之愤,写下洋洋数千言力陈补苴罅漏的长信,乃于奉天城内,以前后期同学之谊,拜求吴禄贞代为转呈东三省总督徐世昌。

帮办大臣吴禄贞在奉天城东三省总督府,双手执信,递呈徐世昌道:"这是我留日同学孙广庭的进谏书。"

徐世昌取而观之,默读片刻,突然大声念道:"……居东瀛数载,察日人穷兵黩武,妄言开拓万里海疆,尤对我关东沃土垂涎三尺,近频于边陲挑起争端,窃以为此诚心腹大患。铁路乃交通命脉,然东三省尚无一寸独立自由之国有铁路,而日资铁路纵横辽东。当务之急,宜防祸于未然。整饬军事,加强防务,修路筑道,屯垦戍边……冒昧陈言,不胜惶恐,尚祈大人明鉴。”

吴禄贞从旁道:“大帅,孙广庭建议修建由吉林经延吉至珲春的军用铁路,由奉天经兴京、通化至帽儿山的战备公路,并采取架设电线、开垦荒地、奖励移民等诸多巩固边防之应变措施,属下以为切实可行。”

“速引你同学前来,细述详情。”徐世昌逐字阅过,颇有感慨。

“这个……恐有不便。”吴禄贞面呈难色,“孙广庭是出名的孝子,适才离开省垣,奔归乡间葬父。但他临行前曾结合国际局势阐明筑路要义。”

“具体主旨为何?”

“俄国利用修筑中东铁路染指我关东国土,正因为如此,孙广庭方强调至再:‘为防止日本在南满之扩张,必须修建我国独立经营之军用铁路与战备公路。’”

徐世昌遂召集部属议定筑路方案,众幕僚拍手称赞,极言其是。无奈国库空虚无力承担,贯彻实施遥遥无期。十四年后,孙广庭坐镇延吉,与日俄交战迫在眉睫之际,尤以此举终成画饼为憾。

七月一日,孙广庭重返阔别许久的故里熊官人屯,与家人抱头痛哭。过后细问临终前详情,不禁勃然大怒,瞪圆双目:“什么?‘铁岭军政署’本是日本侵略军非法所设,他们竟胆敢在光天化日之下强占民宅,致使草草浮厝,含殓不恭,老人家在天之灵不得安宁,我现在就去找他们算账!”

“你上哪儿找?找谁?”母亲连忙询问。

“光绪三十二年十月,木村宣明调到东京振武学校,继任者步兵少佐川崎虎之进在我去东瀛留学前夕,将‘军政署’迁至铁岭南门内期粮胡同。冤有头,债有主,我就找川崎虎之进,至少让他赔礼道歉,以后少胡作非为。”

“他已遭天谴。在你父亲升天后第八天,川崎虎之进即因脑溢血暴毙。其副手工兵大尉井上一雄临时代理不到两月,又由步兵中佐桥口勇马接任。”

“那就只好找桥口勇马评理。”

“光绪三十二年阳历八月一日,日本铁岭领事馆设立,‘军政署’撤销,桥口勇马仅充当三个多月‘军政署’长官,早已下落不明,你上哪儿去寻找?”董氏劝阻道。

“都说跑了和尚跑不了庙,可是这庙是中国的,日本和尚跑了,找庙没用。”振庭摊开双手,表示无可奈何。

七月二日,铁岭县城东南。孙广庭披麻戴孝,手持灵幡,搀扶老母李太君,弟振庭、妻董氏、子启昆,女启珠、启玉、启荣、启珍及亲朋数十人尾随其后,抬着棺椁,浩浩荡荡从熊官人屯出发,呜呜咽咽直奔铁岭县城东南何家氏屯祖茔。

"爹呀!往事历历在目,您老含笑教儿诵读识字,到十里长亭与儿泣别,三十载风风雨雨,克勤克俭,尽心尽力,没享一日清福……竟至弃世千日方得入土安息……"孙广庭站在新冢前,伤心至极,泪如泉涌,捶胸顿足,终不能自持,晕倒于坟茔之侧。

众人惊慌喊道:"广庭!""爹!"

"羊羔跪乳,乌鸦反哺,孩儿愿留在母亲身边,以补多年未尽孝道之缺憾……"广庭苏醒过来,见老母发如银丝,面容憔悴,便晃晃悠悠站起来,用沙哑的声音说道。

"学而不成犹苗而不秀,成而不精犹秀而不实。中途辍学,不只辜负于我,而且也有悖你九泉之下的父亲对你的厚望!"李太君打断孙广庭的话,用颤抖的手指点着石碑,"你父病重期间,闻听朝廷颁布《奖励游学毕业生章程》,对在日本各校学成归国者,视其所学等级,分别授予拔贡、举人、进士、翰林出身,并给予相当官职,异常兴奋,仰面冲天而笑。临终弥留之际,尚且面向东方,用细若游丝般的声音念叨:'……翰林……我儿……广庭……翰林……'广庭,你要真孝顺,就应如期回日本深造。"

奉天省学务处铁岭县劝学员赵炳如专程前来送行,与广庭品茶闲聊道:"八月十六日,关东成立首家中外合资公司。奉天度支使张锡銮与日本驻奉天领事冈部三郎签订《中日合办鸭绿江采木公司事务章程》,划定公司采木区域自帽儿山起至二十四道沟止,距鸭绿江面干流六十华里内为界。其余界外暨浑江之森林仍旧为中国旧业木植采伐。公司营业以二十年为限,纯利百分之五报效中国,所余净利归中日股东均摊。"

"设立中日木植公司,允许日本在鸭绿江右岸采伐林木,三年前即定,并非张今颇别出心裁。此乃光绪三十一年十一月二十六日庆亲王奕劻、外务部尚书瞿鸿禨、直隶总督袁世凯与日外务大臣小村寿太郎、特命公使内田康哉订立《中日会议东三省事宜条约》附约之第十款。名为平等互利,实是中国森林日益枯竭,而财源流入东瀛囊中。"孙广庭叹道,"条约不只迫使大清承认日俄《朴次茅斯条约》中给予日本之各项权利,还允许开放哈尔滨、珲春、三姓、齐齐哈尔、海拉尔、满洲里等十六处为商埠;日本经营战时擅自铺设安东至奉天军用铁路十八年,于营口、安东和奉天划定租界。可谓丧权辱国至极。"

"盖因绿林马贼横行,东三省总督赵次帅设奉天营巡防务处。"赵炳如有意转换话题,"张今颇将军荣升总办,已走马上任,当可一展骥足。"

九月,孙广庭重返东京。十六日,他于下宿温习功课。书案上摆放着父亲的半身遗照。孙广庭手执书本,默读良久,略感疲乏,昂首直视前方,只见像中父亲仍是头戴那顶高檐毡帽,身着那件半新半旧的棉布长袍,胸前飘散花白长须,脸颊明显瘦削,眼睛睁得颇大,流露出留恋与期盼的目光。望着父亲那熟悉的面容,孙广庭自言自语道:"您老教诲,孩儿铭记于心,定会竭尽全力,实现您老遗愿。"言罢,又将书本拾起。

　　当、当、当! 忽然听见三下短促而有力的响声,孙广庭起身迅速拉开下宿房门,尚未看清楚来人的容颜,就遭到一顿劈头盖脸的抢白。

　　"高才生不愧是别出心裁的高才生!"平素与广庭有说有笑、亲密无间的姜登选,今日却板起面孔,冷冰冰地道,"居然玩起言不由衷的把戏,惹得同学们信以为真,议论纷纷。"

　　"超六兄,何故非难于我? 广庭自父亲乘鹤西归,了无闲心。况且最近准备投考陆军测绘学堂,整日在此闭门读书,哪有工夫去搞什么恶作剧?"

　　"什么? 难道真的要报考地形科?"

　　自从省亲归来,孙广庭判若两人,冷僻孤独,寡言无欢。姜登选怀疑他忧悒成疾,信口胡言,可是仔细观察,却见广庭眼睛并不发直,近前摸摸额头,也没有高烧,愈发觉得蹊跷。

　　"丹阶兄不是曾经当着志清的面,信誓旦旦地许诺,要习炮兵科,为何一反初衷,冒出这个稀奇古怪的念头? 令人莫名其妙!"黄郛紧随姜登选而至,径直插话询问。

　　"这可不是一时心血来潮,而是经过深思熟虑的最后抉择。"孙广庭这才恍然大悟,"其一是因父亲过世,家境奇窘,为今后疗贫计。"

　　"人穷不可志短。那其二呢?"

　　"若要探求从哪儿获得启迪,下定最后决心,恐怕与绥卿、遁初二位仁兄关系最大。"

　　"吴禄贞、宋教仁同志皆我同盟会中坚,恐怕无暇干预丹阶兄的报考志愿。"姜登选认为解释得过于牵强,不着边际。

　　"九中生有的'间岛',超六兄可曾知晓?"未容登选再问,孙广庭便画龙点睛,道出个中缘由。

　　"间岛是日人妄称,宋遁初化名'贞村',伪扮日人,打入其中,已拍下全部伪证,并写成《间岛问题》一书,痛加驳斥。"

　　"不错,延吉原为大清封禁要地,这里本无领土之争。吴绥卿临危受命,被徐世昌总督密派至延边寻求对策。去年六月,绥卿率八名测绘、书记人员,从吉林省城出发,迈向浩莽山林,途经敦化县、延吉厅、珲春城,沿图们江登上长白山,又顺山势折至夹皮沟,纵横两千六百华里,历时七十二天,通过仪器测量和步测,精细地勘察边区山山水水、国境村寨,画制二十一种详尽图例,最后用五十万分之一比例绘成《延吉边务专图》。绥卿又依据调查资料和档案史书,撰写出一份长达十万余字的《延吉边务报告》,且于序言里写道:'治边之策,以为必示人以不可攻而后人不攻,必示以不可欺而后人不欺。居今而求其所以不攻不欺之道,盖舍揭清韩界务之沿革,以释内外国人之疑惑,疆场之事未由定也。'"孙广庭顺势侃侃言道。

"此乃石破天惊之举!"姜登选流露出敬佩神情,"《延吉边务专图》是人类第一次对地势复杂、山谷丛错、森林茂密的延边、长白山区进行仪器勘测的结果,在中国测绘史上具有划时代的意义。而吴协统笔下奔涌而出的《延吉边务报告》,思维缜密,条理清楚,见解独到,言一般人所不能言。其价值之大,非当代人所能理解。"

"作为边务帮办大臣,吴绥卿与斋藤季治郎进行谈判。斋藤曾任过吴绥卿教官,故摆出一副教训人的架势,训斥昔日学生'年轻人,信言太过'。"孙广庭面现红润,神采飞扬,"吴绥卿利用《间岛问题》《延吉边务专图》和《延吉边务报告》为依据,详细引证日本参谋本部撰写的《满洲志》及俄国财政部所辑《满洲地志》,将日本政府的无理要求批驳得体无完肤。"

"在吴协统的强大攻势面前,斋藤季治郎瞠目结舌,狼狈不堪,无可奈何地承认延吉地方是中国领土,哀叹道:'中国尚有人在,如吴禄贞者,不可轻也。'"黄郛大为振奋,朗声续道。

"广庭一直特别关注领土问题,看到日本人将游泳池边修得弯弯曲曲如同中国海岸线,对其垂涎中华国土之贪婪野心深恶痛绝,尤对吴协统在谈判桌上所取得的胜利感到欢欣鼓舞。"

"吴协统奉徐世昌总督密令,多次拘捕闯进延吉地区擅缉韩民的韩国巡警,坚决遣回所有入境骚乱的日本宪兵。"姜登选受到感染,也兴致勃勃道,"尚将日本设置于图们江沿至六道沟九十余里的木桩全部连根拔去,钉立中文标识,记上华名里数……"

"可是,东北一百八十余万平方公里的锦绣河山,而今剩下尚不足八十万!身为炎黄子孙,就要誓死捍卫中华民族赖以生存的土地。一定要像吴绥卿那样,做个领土问题专家,不让国家再丢一寸土地。"

"丹阶兄目光远大,胸怀壮志,令人由衷钦佩。"姜登选深受感动,眼角溢出几滴泪花,"祝你成为一名最优秀的华夏山河卫士!"

"我本喜好数学,原亦拟步超六兄后尘习炮兵科,如今听丹阶兄一席肺腑之语,决计发扬长处,改学测量。"黄郛慨然表态。

光绪三十四年十月一日,孙广庭成为日本陆军参谋本部陆地测量修技所地形科正式士官生。他满怀赤诚报国之坚定热望,于父亲遗像背后亲笔书端庄小楷:

光绪三十二年正月初二日,七十一岁摄影,即于是月十九日告终。

庭适于是日到东,仅留此影以待庭归。庭独何心,能不悲哉!

光绪三十四年十月初一,男广庭谨志

九 诗为媒

十一月十六日,月光普照,一白无际,庭前木叶尽脱,池面冰封如镜,景色十分凄艳。

孙广庭冬夜出生,对明月照积雪之景有特殊偏爱,以为虽无彩色,反而沁人心脾,令人神游物外,意味之浓厚与情趣之隽永,四季风物之中,未有胜于此时者。不过,今日他却一反常态,认同古人所云'冬月无味'之说并非浅薄。

独居异国他乡,又逢月圆时节,想起父亲乘鹤西去,遗恨无穷,不胜悼惜;思念慈母年高发白,未能承欢膝下,柔肠百转,暗地流滴思亲泪,尤惧思儿泪更多。广庭不敢深思,只好仰望星空,默默遥拜道:"母亲大人敬放宽心,孩儿定让苗秀且实。"

寒夜沉寂,月华清冷。他走出玄关之外,仰面叹道:"我考入陆地测量修技所地形科,不足一月光阴,光绪皇帝驾崩,慈禧太后亦崩,新皇三岁登基入嗣大统,其父载沣为摄政王。月亮模样依旧,这年号已改作'宣统'。老佛爷升天,小皇帝继位,今后中国究竟向何处去?"孙广庭极目远眺,涌现无限遐想。

宣统元年,即明治四十二年,公元 1909 年。时值季夏,赤日当空,微风徐徐。张焕相面现红润,兴冲冲来到下宿。

孙广庭笑道:"绍棠兄,莫非有喜事相告?是否为'间岛'争端平息?"

"适才略闻议论,不知结局如何。"张焕相四顾无人,方神秘兮兮又道,"张榕已至东京,易名黄仁葆,我欲于难波津料理设便宴为他洗尘,请丹阶兄前往作陪。"

"绍棠兄,你好大的胆!竟敢窝藏朝廷钦犯,该当何罪?"孙广庭半真半假,低声恫吓,"想那焕榕被判永远监禁,半年前新帝即位,大赦天下,独不释放荫华,今日辽鹤何得以脱身?快从实招来!"

张焕相置右手食指于嘴前,侧耳倾听片刻,确信隔壁无有动静,方悄声实告:"狱吏王喜璋受荫华所宣传之崇高理想感染,不惜抛家撇业,舍命相救,才使辽鹤得以逃离樊篱,远走高飞,漂洋过海来东瀛岛国避难。"

孙广庭一笑道:"小心无大错,多虑少忧愁。"

张榕原名张焕榕,字荫华,号辽鹤,系张焕相堂弟。张焕相时常与广庭谈论张榕,并引以为豪:"焕榕既懂军事,又擅长外交,足智多谋,凡其所为,明敏宏远,迥非恒流所及。写诗则乘兴而就,作文则一以放恣之笔出之,尤其武艺高强,善用短刀、手枪,百发百中,曾就师于技击大师王家亭,确实是不可多得的人才。可惜过于偏激,好走极端。"

光绪三十一年夏,清廷拟实行君主立宪,"以团结民心,保全邦本"。镇国公载泽、兵部侍郎徐世昌、户部侍郎戴鸿慈、湖南巡抚端方、商部右丞绍英奉旨出洋考察宪政,立宪、保皇两派皆为之欢呼雀跃,大声喝彩。唯有推崇"恐怖革命"的张榕与刎颈之交的桐城义士、保定高等学堂学生吴樾,潜入北京,密谋刺杀五大臣。

九月二十四日九时许,吴樾扮成仆役,混进正阳门车站,接近五大臣豪华花车时,撞击式发火装置提前引爆,炸弹未抛而响。五大臣中只有载泽、绍英受轻伤,徐世昌、戴鸿慈顶戴花翎被削飞,而吴樾胸腹炸裂,手足皆断,面目血污,当场壮烈牺牲。

消息传至国外,秋瑾于东京写诗悼念:

死难同胞剩血痕,我今痛哭为招魂。

前仆后继人应在,如君不愧轩辕孙。

吴樾炸案发生后,于其住所搜出张榕照片。十月三日黎明,忽有警察百余人包围保安寺大庙,枪刀林立,破门而入,直扑张榕榻前。张榕临危不惧,徐徐举目道:"吾枪在书案下,汝辈何苦张皇乃尔?"从容和衣,随从而行。这种大义凛然的精神令众人深为吃惊,一时张榕大名远播。四年之后,仍崇拜者如云。

古老的招牌"难波津料理"映入眼帘,斜阳照耀其上,使苍遒奇古的旧金字显得暮气沉沉,给人以冷峻寂寞的感受。撩起那幅已经褪色泛白,绽露出粗缝线的厚布门帘,孙广庭发觉里面别具洞天。窗明几亮,宽敞洁净,设有单间雅座,似乎并不有负气魄颇大的名号。

拉开格子拉门,跨进精致舒适高间,内有三张相同食桌呈三角形摆放。按中国习俗分主宾坐定,寒暄几句,张焕相见所盛酒肴分桌呈上,方介绍道:"'难波津'乃古地名,即今之大阪。此餐馆位居神田区僻静小巷深处,虽不甚豪华典雅,但饭菜讲究,色味俱佳,确是正宗关西风味,值得品尝。"

"身居日本关东,心向中国关东,品味淡淡的关西名菜,倾叙浓浓的辽北乡情。此番为仁葆接风,有许多巧合,足可供将来回忆。久闻贤弟目击国家阽危,毁家纾难,创办乡军,与列强抗争,真乃大丈夫气概也,足令广庭钦佩不已。"

"区区往事,不足挂齿。"张榕豪饮一杯清酒,苍白的面颊现出少许红色,"'实行革命,提倡民权'乃救世医国之良药,革命一日未成功,愚弟一日寝食难安。"

"仁葆贤弟以洗刷国耻、振兴华夏为己任,大智大勇,遇变不惊,英雄壮烈之举,世人瞩目。独实施暗杀手段,欠光明磊落,广庭不敢苟同。贤弟身陷囹圄之际,刻意为学,博通群籍,而于兵符、行政尤探究得其精奥,撰著《阳符经新义》《行政法精义》,诚非常人所能……"

张焕相唯恐广庭出言过直,引起争执,又惧隔墙有耳,泄露天机,忙插话道:"孙老兄、黄老弟,我们兄弟相聚东京,委实不易,宜多叙手足情谊,至于国家大事日后商榷如何?"遂将话锋一转,漫谈耳闻目睹之奇情趣事,气氛颇为融洽和谐,间或涉及桑梓的贫困、国家的落后,不免生出许多感慨。

半夜时分,幽静可爱。孙广庭趁天气凉爽,走出玄关之外,于校园空地练过几趟拳脚,又回到下宿捧书研读,不知不觉竟昏昏沉沉伏案而眠。仿佛一叶扁舟在大海上漂泊沉浮,孙广庭从昏昏冥冥中,用力睁开双眼,觉得置身于陌生世界,影影绰绰,模模糊糊,视野所及皆茫茫白色。

"感谢天主,先生总算苏醒过来。"惊喜中夹杂少许外乡清脆的芳音。

须臾,孙广庭方发现一位身着白服、素静如玉的妙龄少女,正站在床边,俯身引颈,目不转睛地注视自己。

"我叫鸟居幸子,小石川回春堂医院看护妇,请随时吩咐,多加关照。"幸子突然后退半步,双手放于膝前,深鞠一躬。幸子五官端正,眼大有神,而眼皮有些浮肿,眼球上略带几道红丝。

"谢谢,谢谢幸子小姐精心监护,可是我……"广庭挣扎坐起,低头四处观望。

"先生不必难为情,请遵从医嘱,配合治疗,马上躺下好吗?"幸子声音柔和,但语气坚定。

"不,不要这个!"广庭见幸子熟练地从床底取出方便洁具,忙摆手制止道,"我是在找……"

"找什么? 遗失的物品贵重吗,先生?"幸子语无伦次,显然有些紧张,眼睛睁得更大,端着洁具的手不由自主地微微抖动。

"布衣学子哪会有贵重之物? 我是寻找那双半新不旧的鞋子。"广庭苦笑一下,耐心解释道,"背井离乡,从遥远的中国来到日本是为求学,即便没有囊中羞涩之窘,这里也断非久留之地,我要立刻返回测绘学堂上课。"

"纵有满腹经纶、一腔热血,若无健壮身躯,也将一事无成。以孙先生的学识,这般浅显的道理不会不知道吧?"幸子伸出纤巧的双手,轻轻地扶持广庭,口中尚不停地劝道,"何况先生并非偶感风寒,炎症已染及肺部,病情严重,急需卧床诊治。"

孙广庭默默地躺在床上,仰望天花板,不由得自问道:"究竟是如何鬼使神差地来到这回春堂医院?"

"先生请不要多想,应安心休养。"幸子温和地劝道,"至于住院费用,贵同窗已集资垫付,先生只有排除杂念,好好休养,方能早日康复,不负大家一片爱护之心……"

"同窗? 噢……"广庭重新仰卧于床。

"先生仗义豪气,正直勇猛,理当有人相助才是。"幸子偷看一眼广庭,然后垂首言道。

"哦,似乎依稀记得　　"

幸子忙问:"果真记得? 印象深吗?"

"嗯,想起来了。"

幸子忙问:"想起什么了?"

孙广庭道:"自从入伏以来,酷日施虐,偶有咳嗽痰喘,胸闷不适,却未在意,以为近期学业辛劳、思亲困扰所致。昨日赴'难波津料理'之约,席间发过一番愤世嫉邪的嗟叹,归来倍感疲惫。黎明醒来,忽觉头重脚轻,四肢乏力,发起高烧,恍惚中似听见同学冯继唐、于济川在招呼救护车,而我却茫然失去知觉……"

幸子道:"我还以为先生想起路见不平,拔刀,不,挥拳相助之事。"

广庭疑惑地直视幸子:"原来,那位挺身而出、劝止暴行的小姐就是你呀!"

"正是。"幸子脸色绯红,仍低着头道,"目睹浪人施虐,惨不忍视,岂能置若罔闻,袖手旁观?"

孙广庭忽觉眼前一亮,犹如遇到故知,忙请幸子坐于对面。"我也是难抑气愤,如此献丑,让幸子小姐见笑。"

"哪里,先生锄强扶弱,侠肝义胆,以寡胜众,气概非凡,堪为英雄才是。"

"哎,受之有愧。如今尚需小姐照料,让广庭忐忑难宁。"

"先生莫要多虑,请将药服下。"幸子上前扶起广庭。

旭日东升,霞光满屋。广庭仰望窗外小鸟欢鸣,若有所思。幸子姑娘执书而入,脚步轻盈。孙广庭或因凝神良久,忽觉腰部麻木,方轻叹一声,不由自主伸掌敲击几下。

"先生可觉得舒坦轻松?"幸子见状忙快步进前,有节奏地用力按摩肌肤、足底,轻轻捶打大腿、后背,很快将广庭的注意力吸引过来。

孙广庭目视幸子,连声道谢。

"此为分内之事,请勿客气。"幸子起身施礼,然后坐于床沿,微笑地打开日本《物语》。

初秋,树木呈红橙黄绿,浓淡不一,五彩斑斓,相互辉映,颇为壮观。暮色苍茫,幸子伴广庭漫步于庭院之中,素以高谈雄辩著称的孙广庭,此刻面对殷殷真情的看护少女,竟不知如何打破窘态。

"先生步履矫健,颇具武士风采,"幸子粲然一笑,先自谦道,"我可相形见绌,难以跟上。"

"有幸子小姐如同安琪儿般白衣天使读《物语》,借以安慰患者之心,我顿感周围的空气充盈着温馨,精神为之振奋,体力恢复甚佳。"孙广庭盯视幸子手执之《物语》,坦言道,"明知广庭几近身无分文,又是外国学子,却能这般恪尽职守,满怀同情,如此体贴入微,关怀备至,委实令我汗颜不安。"

"先生此言差矣。"幸子谦和地道,"《圣经》上说:'如今常存的有信,有望,有爱,这三样,其中最大的就是爱。'人海茫茫,有缘相聚相识,就应互相关爱才是。"

孙广庭大为感动,深情地看了一眼幸子,不禁慨叹道:"幸子小姐容颜娇美,又具有金子般的心肠,可谓百里挑一的好姑娘,真让人嫉妒小姐未来的白马王子。"

"遗憾的是幸子抱独身主义,先生的妒忌注定只有落空。"幸子浅浅一笑,露出两个诱人的酒窝。

"独身?"广庭惊愕地转过头问道,"何故? 不寂寞孤独?"

"有主与我同在,怎么会呢?"

"哦……"广庭欲言又止,转了话题道,"我今天心境非常之好,想谈点中国'物语',权当作受涌泉之恩,以滴水回报。宋代才女'幽栖居士'朱淑真写过一首小诗:'去年元月时,花市灯如昼。月上柳梢头,人约黄昏后。今年元月时,月与灯依旧。不见去年人,泪满春衫袖。'"

"好美。"幸子显然陷入冥想。

广庭又绘声绘色地讲起元代名剧《西厢记》:"张生与崔莺莺……"

"那栩栩如生的人物,哀艳婉丽的情节,使人沉浸在伤感而又兴奋之中。"幸子许久方恍若从梦幻里清醒过来,喃喃地道,"原来'愿天下有情人终成眷属'源出于此。"

连日来无拘无束地交谈,幸子很快被广庭的广博学识、超群才华所吸引,常情不自禁地讨教迷茫费解之处。广庭更是不甘寂寞,从日本"明治三杰"大久保利通、西乡隆盛、木户孝允,谈到中国的爱国文人陆游、辛弃疾,并信口吟出易安居士李清照的《永遇乐》。

幸子凝神抑息地倾听他谈天说地、讲古论今,笑着恳求道:"讲讲你家中琐事吧,我更是深感兴趣,能否详述细节? 我想才高八斗之人的爱情定会非同一般,颇具戏剧色彩。"

"我乃一介寒士,十三岁成了小女婿,家中尚有老母、兄弟、妻室、儿女……"

"小女婿我明白,就是娃娃亲。是指腹为媒订下终身的吗?"幸子眨眨眼睛,插话道。

"妻子长我四岁,可谓大媳妇儿,故我说的小女婿并非你理解的娃娃亲。"广庭以实相告,"我之所以当上小女婿,是家里太穷的缘故。而且,我还逃了半月婚,但抗争未能成功。"

"这我可真弄不懂了,请你讲述一下做小女婿的经过好吗?"

"从小我就把读书看得非常神圣,作为学生从来没有误过一天课。因为母亲亲自到私塾提前向先生替我请了假,所以唯独那天我没有上学,而是赌气背着书包,偷着离家出走,不料因祸得福,却意外遇到一位道家剑侠,得以正式拜师学武艺……"

"看来,这小女婿当得可不轻松。"幸子笑道,"《圣经》旧约云'遇难之后必获欢欣'。现在,你再无烦恼困扰了吧?"

广庭坦言:"尚有啊。堂叔永平公妻亡子殇,孑然一身,以无人嗣续为虑,久盼我为之承祧,皆因家贫而未能如愿……"

幸子更是爽快,毫不忌讳,仅仅垂首沉思片刻,即主动倾吐隐私:"我家居静冈县申泉町,父母早亡,自幼与两胞妹相依为命。读完国民学校,十七岁来东京求生计,习看护业。毕业入看护妇会,应聘至回春堂医院,今二十一岁,信奉基督……"

随着一声朗笑,蒋志清拎着西点礼盒走近床边。敞开心扉、娓娓而谈的幸子满脸绯红,忙从广庭身旁闪开。孙广庭却是神色怡然,握手道:"志清,我此番住院,一直由这位护士长护理,心绪甚佳,病情日趋好转……"

"鸟居幸子小姐,感谢您对丹阶兄多方关照。"蒋志清象征性地施礼,"许久未见,幸子小姐愈发年轻漂亮。"

"志清君一向不戏谑人,今日为何开起幸子的玩笑?"幸子一躬到地,捧起暖瓶,悄然离去。

"怎么,你与幸子认识?而且挺熟?"孙广庭追问道,"如何结识的?莫非也是住院诊病?"

"不,我们初次相遇纯属偶然,是在十字街头。那天大雾弥漫,行人稀少,有个流氓在抢她钱包。"蒋志清没再细讲,便用一句戏言把话题扭转,"只许你见义勇为,就不许我助人为乐?岂有此理!"

"英雄救美是善举,何况你救助的又是幸子,广庭自当额手称庆,怎么会不赞同呢?"

"适才你俩卿卿我我,谈笑风生,我看幸子似落花有意。丹阶兄平素总惦念伯母无人侍奉,倘若迎娶位护士长回家,任你东征西讨,亦可高枕无忧。如果孙兄不是无情流水,小弟愿自荐做红娘……"

"志清,还有不足五个月,你便毕业大考。这紧要关头,宜专心致志于学业。"

"受丹阶兄影响,同盟会同窗报考地形科者甚多。"蒋志清解释道,"小弟忙中偷闲,适才去陆军测绘学堂探视,却逢黄膺白讲丹阶兄玉体欠安,移尊于此。"

"我俩已分居两校多时,谢谢你还抽空来看我,足见情义不仅无价,而且不受时间、空间制约。"孙广庭有些激动,信口吟诵起《源氏物语》中那句诗,"故乡虽有云山隔,仰望长空共此天"。

"即便以后归国,我南你北,'山水总有相逢日'。丹阶兄,我们不管谁有出头之日,都不要忘记对方。"蒋志清紧紧捧握广庭右手,慨然说道。

"倘若你当上将军,我一定为你牵马坠镫。"

"假如我们走的不是一条路呢?"蒋志清故意反问。

"那就大道青天,各走一边。"孙广庭回答。

志清听从广庭劝告,返校温习功课,临行道:"几乎忘记一件大事,适才闻黄膺白云,七月二十一日,清廷钦命梁敦彦和日本特命全权公使伊集院彦吉于北京签订《图们江中韩界务条款》,规定:'完全承认间岛为中国领土,以图们江为国境,在江源地方以界碑为基点,以石乙水为分界线。朝鲜总督府及其文武各员于两个月内撤离。'"

"未出让一寸土地,在近代大清与外国缔结和约中可谓绝无仅有。"孙广庭大为兴奋,起身送客,健步如昔。

志清前脚刚走,幸子随后即回到病房。

回春堂医院后花园曲径上。广庭与幸子有说有笑,并肩而行。

幸子直视广庭问道:"艰难困苦,玉汝于成,你读书肯定刻苦。"

广庭回答:"自信并且勤奋。"

"一定也很聪明?"

"不,恰恰相反。我十七岁时还不识读书门径,并险些为此轻生。"

幸子蹙额追问:"究竟为何? 竟至这般可怕!"

广庭指指樱花树下长椅:"小憩片刻,容我陈情,可好?"

幸子在广庭柔情目光沐浴之下,粲然一笑而坐,轻轻偎依其侧。

广庭慢条斯理地叙述:"家慈频繁为我择换先生,可一位并不比一位更强……"

幸子仰面倾听,插话追询:"惑不从师终难解,想必后来寻到名师,是巧遇吗?"

广庭悉数相告:"恩师春暄夫子是我姑丈石尊五妹夫,是由姑丈惠于玉成。朋友闻之,亦皆欲拜在夫子门下,尚求我引见。"

幸子颇为好奇,微笑又问:"受人之托,理应成人之美。夫子可允?"

广庭亦含笑注目道:"依小姐之颖慧,足易猜出。"

幸子眼闪一丝爱意,俯视足面掩饰羞怯。

"承蒙幸子姑娘精心护理,住院月余即身体康复。"广庭出院之时,再三致谢。

幸子依依不舍,送至小石川回春堂医院大门之外,深深鞠躬:"与君相识乃幸子之幸,君之学识使我获益匪浅,中怀铭刻,愿能常为我师。"

两人停立良久,四目相对,似有一线相牵。

"路经测绘学堂之际,尚祈驻足,来舍下叙叙。"广庭轻声叮嘱。

幸子面颊浅泛红晕,深情注视片刻,方缓缓点头默答。目送广庭走远,幸子回到病房,摸空床尚存余温,恍然若有所失。

孙广庭出院后第四日,幸子休假在家,独居一室,双手捧起《圣经》,却有些心猿意马,几达神不守舍,坐立难安,失声叹道:"我怎么总惦念孙广庭身体,老放心不下?"此刻幸子真切感悟到爱之魅力,她坐在梳妆台前,略施淡妆,稍加打扮,即走出房门。尚未望到测绘学堂的影子,幸子突然踌躇起来,终因碍于情面,行至半途而返。

　　一周之后,幸子在教堂做罢礼拜出来,径直奔测绘学堂而去。她在测绘学堂大门前,徘徊犹豫一阵,最后才下定决心,跨进校门。砰、砰、砰!幸子强抑胸中狂跳心弦,敲开广庭下宿房门。见到幸子面颊羞红,广庭既喜又惊,竟一时语塞。

　　"唯恐君病再复发,特来探视,再有……"幸子虽有备而来,仍显得不知所措,吞吞吐吐,不敢直视广庭。当她低头望见案几上展开的几本书,灵机一动,"知君酷爱读书,却鲜有时间往购,幸子愿意代劳。"

　　广庭忙道:"不……不胜……感谢。"

　　两人都心如潮涌,一时却寻不到合适话题。

　　幸子鼻端微渗细汗:"广庭君,尽管你面现红润,气色甚佳,亦应注意身体,不宜过分劳累。"

　　广庭尴尬一笑,自我解嘲道:"观书乐而不疲,积习难改。"

　　"今天冒昧打扰,正逢君温习功课。"幸子语无伦次,"时机欠佳,多有大碍。"

　　"莫说大碍,小碍亦无。"广庭一反常态,显得笨嘴拙腮。

　　幸子鞠躬辞行:"若不嫌弃,改日再来。"

　　广庭急忙劝阻:"不……你……"

　　幸子退至房门,张皇而出。广庭略现沮丧,只好捷步追随相送。

　　从此,幸子常往广庭所住下宿探询,每逢辞行,总回眸留盼,脉脉柔情,谆嘱珍重。如此历经数月,两人渐生情爱,由纯真友情升华为炽热爱情。

　　东京公园小桥上,幸子面带红晕,凝视广庭少顷,方远眺人工湖水,道:"谈谈你的千金如何?"

　　孙广庭手扶栏杆,略加思索道:"长女启珠颖慧可爱,善解人意,我甚是喜欢她。不过,启珠出生时,正赶上村中演剧酬神,令我非常扫兴。"

　　幸子转向广庭,眨眨眼睛,不解地问:"莫非你重男轻女?"

　　广庭应声而答:"岂会?我对红颜知己的坦诚绝不亚于至爱亲朋。"

　　幸子缓缓踱向桥下,两步乃止,回头询问:"那兴致何以败坏?"

　　"欲知缘由,登至山顶。"广庭展臂一指。

"哦,莫非想体罚我?原来你心怀叵测!"幸子故意噘起小嘴,去打广庭。广庭顺势牵住幸子纤手向山坡奔去。

假山凉亭里,广庭娓娓道来,从场院观戏直讲至重返姚府。

幸子道:"可我认为你很幸运。"

广庭问:"为何幸运,是因为结识幸子吗?"

幸子微微摇头:"不,是你与儒林有缘。"

广庭轻声叹气道:"可惜缘分太短,朝夕相伴才三载。"

幸子睁大双眼:"怎么?春暄夫子……身体欠安,莫不是吸食鸦片之缘故?"

广庭忙摆手道:"哪里,或许是职业习惯,你才会这般想。其实春暄夫子尚且硬朗,和先生在一起的时光,我至今仍很留恋……"

樱子茶馆,窗外秋雨淅沥。幸子淡淡一笑,痴情凝视广庭,责怪道:"丹阶,我听蒋志清说过,你是'小三元',可你却从没向我提起过。"

广庭道:"往昔荣誉有何值得炫耀?未来能否大有作为,名垂青史,方是人生成败之所在。"

"不,我想听。"幸子撒娇,不停晃动广庭胳膊,"'三榜夺魁'成功缘由何在?"

广庭近观幸子娇美面容,心似热浪撞击,不忍峻拒,便轻描淡写道:"其实很简单,得益于良师益友。"

"除却春暄夫子,难道尚另有良师?"

"有啊,有许多默默无语的良师。"

"他们是何许人?"

"书。"

"你……真坏!"幸子轻打广庭一下,"那……益友也为书吗?"

"不,是我的义兄岳逢咸。"

"声名远播辽北之后,你又从乡塾走进银冈书院。"

"咦,你何以知道?"

幸子开心地道:"失敬失敬,阁下原来是丹阶先生。"

广庭道:"而今是日本陆军参谋本部陆军测绘学堂士官生。"

幸子笑道:"别人都是从学生到先生,你偏偏是……"

广庭抢先道:"从先生到学生。"

幸子故意面现正色道:"自舒明天皇二年至宽平六年,二百六十余年间,我国十二次派出遣唐使团向中国学习。大唐除优待遣唐使臣,无私传授文化知识与各种技艺外,还赠送日本朝廷大量礼物,表现出泱泱大国风度。幸子崇敬中国,酷爱唐诗,一直苦于无人指点,今日就不耻下问,拜你这学生为师如何?"

广庭笑道:"说你聪明,你果然颖慧,你这是想'近水楼台先得月',不用漂洋过海,即可得到大唐真传啊。"

宣统元年九月,孙广庭出张至静冈县藤枝町实地演习,寓居鱼安楼旅馆。他白昼在幸子家乡周天步算,测地制图。夜晚,他思念幸子姑娘迷惘朦胧,魂牵梦萦,遂手书私函一封,寄予伊人,内引唐人李商隐诗:"昨夜星辰昨夜风,画楼西畔桂堂东。身无彩凤双飞翼,心有灵犀一点通……"还故意将"李商隐"三字写得既大又重,聊表形隔神契之情。随后,他又疾书家信一封,将自己与幸子之交往及相互倾慕依恋之情如实禀告,以期得到亲人理解和支持。

两信同时发出,铁岭远甚,而回函先至。李氏与董孺人皆对广庭身体状况充满忧虑,从而感谢幸子对其爱护关照,以身相许。然而老母的允诺和发妻的谅解体贴,广庭却没有感到格外舒畅,皆因锦瑟年华之幸子,尽管近在东京,却迟迟没有表明心迹。

十二月,天下清雪。孙广庭重返东京,只见幸子姑娘身着小花和服,外加绒布罩衫,配以朴素腰带、玄色短裾,脚下是淡紫色棉袜、草青色天鹅绒保暖木屐,打扮得漂漂亮亮,在下宿恭候。

"李商隐,人皆称谓李义山,以示敬重。独广庭君直呼其名'商隐',此究何意?而且胡桃色高丽纸上,书体十分古雅,笔法饶有趣致,墨色忽浓忽淡,莫非诗中字里行间,尚暗寓隐语?"幸子急于揭开谜底,故而直来直去。

"信中确有隐情,而这'义山'两字,恰又是绝妙注解。"广庭微微含笑,故弄玄虚。

"此话怎讲?"幸子脸上泛起绯红,虽未施粉黛却光彩照人。

"人非草木岂无感?幸子姑娘,倘若果真有人待我义重如山,情深似海,又焉能不于我心中存有戚戚焉。"

这番表白,虽然有些咬文嚼字,但幸子也已明白八分。她弯曲如月之柳眉下,一双秀目愈加明澈。

"请广庭先生诠释一下,看是否也有弦外之音。"幸子从怀中取出李商隐的另一首无题诗:

> 相见时难别亦难,东风无力百花残。
> 春蚕到死丝方尽,蜡炬成灰泪始干。
> ……

广庭见状甚喜，遂以婚事商之：“测绘学堂毕业，我即返回中国，为国效力。然前途吉凶祸福皆难逆料，窃欲求你伴我比翼齐飞，不知尊意如何？”

幸子沉默良久，广庭已窥视出其心事，随即吟诵道：“‘艺麻如之何？衡从其亩。娶妻如之何？必告父母。’此乃《诗经·齐风·南山》之句。中国古老传统，儿女婚姻大事须父母做主。你我之事，我已征得高堂允许、妻子同意，欢迎幸子小姐成为孙家儿媳。”

幸子深知广庭温文尔雅，虽有妻室，但兼祧未成，从之也不为妾。她斟酌再三，莞尔一笑，毅然放弃奉行数载的独身主义，大胆投入孙广庭怀抱。

“若结百年好合，尚须‘约法三章’。”广庭觉得有股热流像触电一般迅速波及全身，几不能自持，他忙定定神，慢慢将幸子推开，“其一，嫁给中国人，可就是中国人，要随我……”

幸子微微噘嘴，佯装不快：“去中国定居，对吧？”

“其二，尊长爱幼，孝顺高堂。”

“这些都是人之常情、自然之理，无须叮咛，亦应大放宽心。”幸子颔首默应，追问道，“不知这其三是何规矩？”

“尊重中国民俗，发扬中华美德。你做得漂亮，我脸上也有光彩。”

东京，广庭与幸子新居的小木房里，两人因自由恋爱结合，爱情浓郁笃实。新婚宴尔，广庭依然时常学习至深夜。幸子百依百顺，善解人意，总在一旁守灯相伴。每逢抬头望见幸子那双一泓春水般的眼睛，广庭顿感疲惫云消雾散，不由惊叹：“红袖添香夜读书，真是别有一番情趣。”

十　英雄救美

宣统二年，春暖花开之时，孙广庭奉命随学校再次赴藤枝町演习。他临行前道：“实不忍让夫人独守空房，然不能因儿女私情影响公事，尚祈见谅。”

“君可放心‘应官去’，我这儿已有伴相陪，只是尚在腹中。”幸子羞红的脸颊容光焕发，用手指肚子，赧然一笑。“应官”乃唐人口语，意谓“当职”，幸子借用李商隐诗中“嗟余听鼓应官去”之半句，即将“心有灵犀一点通”的默契表达得淋漓尽致。

连绵梅雨，黄昏犹自不停。孙广庭归来，于自家小木房内，向幸子倾诉离别之苦。

幸子突然插话:"银冈书院声名显赫,居东北三省八大书院之首,肩负培育人才、科举预考的重任。你是怎么到那儿教书的?"

广庭答道:"这话说起来有点长,当初我是身不由己。"

"两情相悦卸万忧,欢天喜地无止休。甜蜜恩爱共享乐,潇洒浪漫度春秋。"幸子畅然一笑,"现在你可是自由之身,还不早些上床休息?"

张焕相神色异样,匆匆破门而入,见幸子正打开铺被,不由一愣。

孙广庭忙问:"绍棠,何事如此惊慌?"

"适才与张榕酒楼饮酒,为一美貌下女争取自由,张榕竟与东京著名武士打赌比剑,"张焕相看了一眼幸子,"知兄熟谙剑术,乞请同往以壮声威。倘有不测,尚望举手为援,避免惨案发生,但不知嫂子能否应允?"

幸子目光忧悒,默默递过雨伞。

广庭已知其心意,勉强笑笑,撑起雨伞:"容我稍去片刻,再与你续诉衷肠。"

来到格斗现场,只见日本武士魁梧彪悍,满脸络腮胡须,面目凶狠狰狞,手持两把倭刀上下飞舞,呼呼作响,步步紧逼。张榕险象环生,闪展腾挪,左右跳跃,避其锋锐。

张焕相大惊失色,一把扯住广庭,想冲上前去制止。

广庭却道:"辽鹤果然名不虚传,足下颇有章法,这是以逸待劳,绍棠兄请少安毋躁。不过,这位黑龙会二刀流高手亦非等闲之辈。"

顷刻,武士气喘吁吁,额角沁出汗珠,但倭刀仍未沾张榕衣襟分毫。武士愤极,攻势愈加凌厉,左手小刀往外一拦,猛然抢前一步,右手挥大刀,一个"泰山压顶",直奔张榕天灵盖而来。

"呀!"情况万分危急,吓得张焕相发出怪叫。

广庭朗声提醒道:"拨云瞻日!"

张榕闻声而动,趁机拗身斜上半步,用剑尖轻轻点中那武士右手腕部。当啷一声,武士不支,抛刀于地。

"多谢手下留情,后会有期。"武士面红耳赤,俯首认输。

"先生乃黑龙会侠士,辽鹤为同盟会刀客,两会不分彼此,亲若一家。此番以武会友,贵在存义,万勿以输赢论英雄,伤及兄弟情谊。"张焕相忙上前圆场,化解恩怨。

武士拱手施礼,转身快快遁去。下女获得解放,喜出望外,忙至张榕跟前叩拜谢恩。

"嘀,真是英雄难过美人关。辽鹤先生艺高胆大,又来此赌命,难道不怕再陷囹圄?"孙广庭见已平安无事,方诙谐笑道。

"路见不平,拔刀相助,大丈夫理应如此。丹阶兄不也曾舍身救人,一展身手吗?"张榕将龙泉宝剑放入剑鞘,双手搀起下女,"你得感激这位先生,是他在关键时刻指点迷津,才使我化险为夷,出奇制胜。"

"两位侠士大人都是小女子恩人,我今生是不会忘记大清国英雄好汉的救命之恩的。"下女边说边频频行深鞠躬礼。

"我连举手之劳都没有,愧不敢当。要谢,你只谢辽鹤先生足矣。"

"黄老弟,闻听关东时局动荡,可你却备好行装,要动身去大连,不知有何贵干?"张焕相于归途压低声音,关切询问。

"此为本会秘密,无可奉告。"张榕坦率应答。

"辽鹤展翅高翔,自有道理。"孙广庭叮嘱,"但应易容更名,谨言慎行,以避复劫与不测。"

"祸患再大,莫过死耳。"张榕慨然一笑,"民不畏死,奈何以死惧之!"

"狭路相逢勇者胜,但愿旗开得胜,马到成功!"孙广庭抱拳当胸,"黄老弟既有美人相伴,又有要务在身,容我先行告辞。"

张榕伸开双手阻拦:"光空头祝贺不成,得见实际行动。我要宴请二位,权当为我送行,必须一醉方休,否则休想离开。"

张焕相忙劝阻:"黄老弟,丹阶兄出张方归,久别胜新婚,勿强人所难,暂且放他一马。今天由为兄与你把盏言欢,听歌赏舞,以壮行色。待你凯旋之日,三人再重聚,为你接风。"

金秋时节,孙广庭搓手道:"幸了,我又要去静冈县实地演习,马上就要出发。见你身怀六甲,行动迟缓,心中真是忐忑不安……"

"难道夫君忘记,为妻所习为看护,所以无须挂念,倒是该为孩子取个吉祥名字。"

"既然我俩在东京结识、结合,此子又将生于东京,不妨唤作'东生',以志纪念。"

十月二十二日,广庭静冈演习未归,女儿东生于东京麴町区出生。是日,广庭伫立于藤枝町溪边驿道上,无心听潺潺流水,无意看红红漆叶,直至从杉树缝隙中望见邻山皱褶渐现阴沉之际,终于盼到封梦寐以求的远方来信,执手一阅,却是从千叶县所寄,内云:

弟实地测量演习,宿羽田久兵卫殿君宅。羽田君慷慨好客,待我

110

胜似亲人。滴水之恩宜涌泉相报，为酬谢这笔情谊债，弟挥毫立字如次："荷蒙羽田君厚意，感激殊深，尚希后会有期，望以此为见面佐证。陆军上士张焕相。明治四十三年十月十五日亲书。"并与羽田君击掌为誓，再三谆嘱："余倘有身居上将之日，务请持此证前往相会。一言九鼎，不得爽约。"万望丹阶兄勿笑此举荒唐，焕相以为你我兄弟皆非碌碌之辈，焉无发达之时。今书之俱实以告者，祈异日兄为人证矣……

孙广庭合信归封，自言自语："绍棠素怀凌云大志，不知何时能一展宏图？"

自从和幸子相识，广庭已对心地善良的日本平民颇具好感，此番听绍棠倾吐，更增加几成敬意。后来，张焕相果然官运亨通，青云直上，成为东北王张作霖手下独当一面之封疆大吏。民国十六年，羽田久兵卫殿之子羽田久四郎不负前约，亲往东北，持证与张焕相相见。《盛京时报》广为传颂，成为一时美谈。

隆冬时节，孙广庭才回到东京。他于幸子信中，知晓女儿东生出生已近百天，开门见到东生果然活泼可爱，举起小手，状似欢迎，刚伸手欲抱，不料东生猛然转身，一头扎进幸子怀中。

幸子拦阻道："孩子尚小，君一路风尘，身带寒气，千万不可靠近，稍候方能亲热。"

广庭却也听话，连忙后退几步，站于房屋中间，引颈探望幸子母女，咧开大嘴，嘿嘿憨笑不止。

"观君这副尊容，真疑为陌路之人。"幸子假装嗔怪，继而叹道，"一年之内，两番出张，连女儿都未曾谋面，无怪东生认生。"

广庭笑道："见我认生情有可原，见祖母可千万莫认生。"

宣统三年六月，广庭又远离幸子母女，匆匆回国探母。七月方归，心悬两地，左右牵肠。十月，孙广庭功成名就，怀揣日本陆军测绘学堂优等毕业证书，携带幸子和东生，还有日夜相伴的书籍，踌躇满志，踏上归国征途。

幸子问道："丹阶，你回到家想先做什么事情？"

广庭悄悄地向幸子透露："我最近的一个心愿是赴京城考试，圆父亲期盼太久的翰林梦。"

"听说革命党人在南方暴动，一旦战事扩大，恐怕影响你圆梦。"

"中国比日本幅员辽阔，战火不会很快燃到北京。"孙广庭道，"或许革命成功,能推动社会进步,会有更大的理想能实现。"

"更大的理想是什么?"幸子追问。

"中国重新成为世界上最强大最富庶的国家。"

东京城七载星霜,给孙广庭留下难以磨灭的印象,不仅接受先进科学的熏陶,善于客观审视现实,掌握日本富国强兵之道,学成报效祖国的本领,而且树立了更为远大的志向。从此,以拳拳爱心、铮铮铁骨,昂然跻身于挺起中华脊梁之先进分子行列,可为其人生旅途中重大转折。

从铁岭私塾、银冈书院执教,到振武学校、测绘学堂优等毕业,这位大清国秀才出身的留日士官生,告别从先生到学生的艰难跋涉,重新又步入到先生的行列,当上中华民国军校的教官、校长。然而,当时站在日本运兵船上的孙广庭,面对汹涌澎湃的海涛,根本不会知道未来的命运。

第三章　长陆军学堂

一　奉天蒙难

山峰跃出海面,熟悉且又陌生。

孙广庭按捺不住内心之激动,握住幸子柔荑,遥指前方道:"那就是我……不,我们的祖国!"

幸子神色依旧,语气平和:"君尝私下抱怨,'东京的氛围令人窒息,无法呼吸清新空气,享受浓重乡情',而今桑梓在望,可以心想事成,如愿以偿。"

历经七年异国磨砺,广庭秉性比之从前大不相同,关心国家振兴,甚至超越光大门楣。他经过一番思考,决计放弃先归故里的初衷,携妻小风尘仆仆直赴省城奉天。

武昌首义成功,南方革命运动立成风起云涌之势,如火如荼,烈焰逼人。而偏居东北之重镇奉天,整个局势却和隆冬气候一般,天寒地冻,滴水成冰。孙广庭对此似毫无察觉,踏入奉天城时,满脸皆是喜悦,额上尚略渗细密汗珠。

盛京将军府第近在视野之内,孙广庭欣然道:"大清仰仗关东为京师屏蔽,阻挡北俄东日入侵,一向派智勇双全的重臣镇守。徐菊人如今调任内阁协理大臣,赵次珊重执掌东三省帅印。"

幸子提醒道:"丹阶,你来东京,多亏赵次帅选送,可是你没准备任何礼品,莫非欲空手去见恩人不成?"

"我不只有最佳答谢之物,"孙广庭伸手探摸怀中,"而且还能想象出恩师见到时之神情。"

"什么神情?"

"定与当年春暄夫子观赏'蓝衫假之夫子者'大体相同。"

幸子拿出毛巾,擦去广庭面颊的汗水:"你那优等证书只能供人欣赏,并不能送予人,虽说来之不易,可毕竟不能代替礼物。"

"丹阶！是丹阶兄吗？"

广庭突闻路旁有人大声呼喊，回首一看，是位中年汉子，身着蓝色粗布棉衣，正笑立于风雪中。

"哎呀，原来是洁珊，老兄已荣升候补知县，为何依旧这般打扮？"

突遇好友袁金铠，孙广庭大为惊喜。袁金铠世系垄耕，弱冠进学，肆业于奉天萃升书院，拔为岁贡，亦曾在私塾教书。广庭与金铠相交甚笃，称赞他"性情耿直，能面攻人短，无阿谀逢迎之习"。甲午中日之战与甲申日俄开战时，金铠组织团练，维持地方治安，先后遭日、俄拘捕，在地方上颇有名望，被盛京将军赵尔巽保举为候补县令。

"候补候补，光候未补呗！"袁金铠目视广庭一家老小，不解地问，"丹阶，你来奉天干什么？"

"我刚从日本归来，想面见次帅，听候安排。"

袁金铠听罢大惊失色，忙引广庭至僻静小巷，悄声道："奉天不比南方，诚为是非之地。新任巡防统领张作霖乃绿林出身的鲁莽武夫，盖因革命党人孙文、黄兴皆是留学生，竟断定留学生皆革命分子，务必斩尽杀绝。奉天守军依然效忠朝廷，对革命党犯上作乱恨之入骨，白天四处巡查，夜晚实行宵禁，发现形迹可疑及光头西服革履者，不问青红皂白，押至南门万福栈，统统枪决。次帅态度不甚明朗，你千万不要自投罗网，自取其害。丹阶兄，情况万分危急，宜速速回乡蛰居，避避风声再说。"

"至诚感谢袁兄厚爱，我一定小心从事。当初留学日本时，次帅对我垂殷甚深，今至奉天而不往拜谒，恐于情理难合。"

袁金铠净言相劝，反而激起广庭一腔豪气。闻听张作霖重兵在握，大开杀戒，他凄怆动容，遂领妻女进入一个临街小茶馆。

广庭叮嘱幸子："你先和东生在这喝茶等我，顺便暖暖身子。"

幸子举目四顾，惴惴不安："你要尽早来接我们。"

"我是见赵次帅，又不是会张胡子，你尽可大放宽心，静候佳音。"

孙广庭出门，迎着漫天风雪，大步流星，直奔东三省总督府而去。中途又与旧日同学刘德权和奉天省咨议局议长吴景濂不期而遇。

"时局不靖，变幻莫测，诚乃多事之秋。山大王横行，无法无天，张作霖持枪扰乱民意机关，流血惨案屡有发生。吾等手无寸铁，徒有壮志，也是无可奈何，现决意暂去外地，徐图良策。丹阶，此地绝不可久留，尽快归隐铁岭，免做无谓之牺牲。"

寒暄之后，两人又是一番苦口婆心的规劝。

广庭愤愤不平:"张作霖都当上朝廷命官,怎么仍匪性不改?光天化日之下,岂容他无法无天!"

孙广庭此时已是心坚石穿,即使前面是刀山火海,也要昂头而闯。何况,他并不认为眼前就有刀山火海。

东三省总督府墙高院深,戒备森严。客厅内,赵尔巽斜坐于沙发上,显得无精打采,心事重重。

值星军官报告:"次帅,大门外有人求见。"

"什么人?"赵尔巽慌忙站起,"是不是张榕?"

"不是,是个留日士官生,他说是次帅选荐他出国的。"

赵尔巽复正襟危坐道:"一定是孙广庭,叫他进来。"

孙广庭见到盼望已久的恩师,大为兴奋,红光映面。

"次帅,门生奉命赴东瀛,已逾七载,幸不辱使命,略有所成。"广庭呈上优等毕业证书,"今特来拜谢恩师,愿以所学薄技奉献桑梓,以拳拳之心报效国家,以谢次帅栽培之恩。然草莽之士张作霖逞匹夫之勇,良莠不分,草菅人命,民心浮动,口吐怨言,愿次帅高悬明镜,顺天行义,体察下情,施恩泽于四方,拯百姓于水火……"

孙广庭慷慨陈词,声音朗朗,诸多预存于腑内之话,如滔滔清泉,喷涌而出。

然而,如此满腔激情之火烫言语,进入盛京将军赵尔巽耳内,却如同泥牛入海一般,了无反响。赵次帅当年遴选出洋武备的神威已经荡然无存,而今横在孙广庭面前的只是一副老气横秋的面孔,一双心神不定的眼睛,一身疲惫不堪的颓态。

"目下举国动荡,危机四伏,收拾残局,实难万全。"赵尔巽慢慢腾腾地抬起上眼皮,瞥了优等毕业证书一眼,漫不经心地以敷衍口气说道,"如今乱党闹事,主上蒙尘,人心不古,尔等栋梁之材,切勿介入是非之中。时局若是,恐无法按惯例赴京考试,可暂且回籍,有事调用,不必在省守候。明哲保身,好自为之。"

孙广庭听罢此番训诲,登时惊得如同木雕泥塑一般。

貌由心生,而心灵的感悟受现实环境影响颇深。面临生死攸关的抉择,人们的精神风貌、言谈举止,往往与太平时节迥异,甚至相去千里。其实,赵尔巽前后判若两人,不足为奇。只是孙广庭待人坦诚,从不忽冷忽热,当时对世态炎凉体察肤浅,故有此惊。后来涉足官场日久,危难之际屡次被朋友出卖,也就看透人间冷暖,不再少见多怪。

身为晚清重臣,尽管对充斥朝野的腐败和没落大为不满,但赵尔巽始终对皇上赤胆忠心。叹此番故地重游,已是今非昔比,老境颓唐,耳听革命风声日紧,眼看关东岌岌可危,他不想做殉葬品,亦不愿仰革命者鼻息,公开与皇帝作对,丧失忠臣美名。赵尔巽绞尽脑汁,苦思冥想,尚未寻到两全其美、左右逢源的退路,张榕又连连来逼宫,敦促他拱手交出帅印。

"革命党人擅长制造恐怖,省垣安危至关重要,宜先下手为强。"袁金铠审时度势,登门献策,"五路巡防,公兼中路。右路马龙潭书生出身,城府太深,恐不为所用,况东边山林地带,马贼猖獗,不可轻调。后路吴俊升行伍出身,嗜利无厌,而防地濒临蒙旗,无悍将镇守,易生蠢动。独前路张作霖、左路冯德麟皆绿林出身,脑筋简单而骁勇善战。次帅可择其一,示以优渥,勉以忠义,依为膀臂,供作前驱……"

赵尔巽闻之窃喜,遂采纳袁金铠"整军保境,震慑革命"之计,密令张作霖来奉。

张作霖不甘居洮南一隅之地,突然吉星高照,被封为前路兼中路巡防统领,无功受禄,大喜过望,立刻率一哨马队,日夜兼程赶到奉天。在总督府内,他信誓旦旦,拍胸应诺:"卑职愿为次帅效犬马之劳,赴汤蹈火,义不容辞!"

赵尔巽派员调查,得到确切情报:"仅辽阳、海城、海龙、兴京一带,即有张榕麾下民军一万数千,官吏俯首,莫敢抗衡。张榕近于奉天创建'联合急进会',会众十万有余……"在这种情势之下,赵尔巽本身已锐气全无,心乱如麻,能接见孙广庭,已属格外开恩,根本没有心思再管闲事,更容不得他对张作霖说三道四。

孙广庭满怀希冀,面对东三省总督、盛京将军赵尔巽倾诉衷肠,一心指望得到恩师支持,为桑梓尽忠效力。然而,赵尔巽竟迎面泼来如冰之语,顿时将其沸腾热血激凉。徒劳无望,孙广庭虽有些依恋不舍,但还是毅然决然离开东三省总督府。

匆匆赶到北门,天色渐渐变暗,瞧见城门仍四敞大开,孙广庭不禁暗自庆幸,领着妻小正准备出城,猛然听得砰的一声,城门突然关闭,吓得东生大声啼哭不止。

广庭上前交涉,和蔼客气:"请各位行个方便……"

卫兵蛮横地驱赶:"去去去!"

孙广庭见状火起,大声吼道:"我要出城!"

话不投机,双方争执起来。刚在茶馆听说奉天城内无处讲理,胡乱杀人,幸子惧怕大难临头,忙暗牵广庭衣襟,劝其息怒忍让。

"真是吃了豹子胆,竟在此处无理取闹!给我用捆龙码上,送到万福栈啮啮柴火,看他还能不能撒野!"一个军官模样的人叼着杆旱烟袋迈出营房,满口黑话,匪气十足地嚷着。

"朗朗乾坤,休要胡来!"广庭挺起胸膛,亮出凛然不可侵犯的架势,大声喝道,"我叫孙广庭,奉总督赵次帅之命赶往铁岭,看何人胆敢动粗!"

"死到临头,还在嘴硬!"那个军官见广庭面上毫无惧色,有些半信半疑,降低声音说道,"空口无凭,除非你拿出证据……"

巡防队统领张作霖今天格外高兴,特意将袁金铠请到家中,设宴款待。他恭恭敬敬地将袁让至上座,道:"今个儿在袁副议长主持的省咨议局会议上,俺老张被推举为奉天'国民保安会'军令部副部长,多个出头露面的机会,正中下怀。再说袁兄也当选保安会总参议,更是大喜。所以才趁热乎劲儿,特备薄酒,一起庆贺庆贺。"

"恭敬不如从命。"袁金铠道,"不过让张副部长破费了。"

"哪里哪里,袁兄能赏脸光临寒舍,让这屋里亮堂多了。"张作霖道,"当初还多亏袁兄给次帅支着,我才有幸进了省城。作霖早想感谢感谢你这个大恩人。"

"区区小事,不足挂齿。"袁金铠摆手谦虚道。

"就像你们常说的'醉翁之意不在酒',说实在的,俺老张也想巴结巴结你们文化人。"张作霖仰面咕咚喝下一大口,慢悠悠放下杯子,用手指抹抹嘴角,淡淡憨笑,正欲启齿说几句肺腑之语,忽闻电话铃声响起。

"于文甲,你这个混账东西,这等小事还来烦我!不就是逮住一个违抗禁令非要出城的留洋学生吗?那就就地正法,何必啰唆!"张作霖本想当着袁金铠的面抖抖威风,故意高声吼道,不料却弄巧成拙。

袁金铠见张作霖眉头微皱,手执话筒许久无语,觉得有些蹊跷,尤其是听到"留洋学生"这几个字,更急切渴望知道究竟,然而又不好直言相问,便放下手中筷子,起身离席,欲擒故纵问道:雨亭兄既然有军务,那么容金铠改日再来叨扰如何?"

"不、不!"张作霖以为袁金铠真的要走,只好实话实说,"有个有革命党嫌疑的留学生,声称是奉总督大人口谕行事,并扬言要与我一道去次帅那里核实。我怕杀错人,又怕扫了咱们俩的雅兴,故而有些举棋不定。"

"那个留学生是不是三十开外,中等身材,天庭饱满,地阁方圆,重眉大眼,鼻直口阔,上身稍长,下肢略短,两只大耳抿立,有垂肩之势,但对面不易察觉,长着一副星相家所说的富贵相?身边一定还有位日本女人,怀中抱着个未断奶的婴儿?"

张作霖询问侦探长于文甲，果然如是，分毫不差，不禁大为惊讶："总参议如何知道得这般详尽，莫不是认识此人？"

"何止认识，而且十分熟悉，就是今日我尚与他见过一面。"袁金铠捋着稀疏的黄胡须，慢条斯理地道，"此公名唤孙广庭，字丹阶，号痴侠，性情耿直，宁折不弯，确系次帅得意门生，我曾劝他不必去晋见次帅，他硬是不听。雨亭公，这个人留在奉天城内反而碍手碍脚，弄不好再惹出是非，不如顺水推舟，开门放他出去。"

奉天城北门。于宝山放下电话，满脸堆笑，点头哈腰，连连赔着不是，毕恭毕敬地道："对不起，对不起，在下冒犯虎威之处，尚祈原谅。"他边说边示意卫兵打开城门，将孙广庭一家礼送出城。

熊官人屯孙宅，永平公闻广庭携承祧儿媳幸子归，抱病而起，倒屣相迎。

幸子进门望见贫困潦倒之状，始料非及，然无半点悔意，微笑着与家人频频施礼道："请多多关照。"

西厢房内，幸子与广庭说私房话，问道："大姐本为曹丈女，缘何姓董？"

"我岳母王氏以家贫不能守志，而孺人为纪念生父，誓不改姓。"广庭回答简约，又对幸子道，"你日渐憔悴，疑是操劳过度，水土不服所致，所以要注意休息。"

一日晚餐，幸子双手捧碗，泪如雨下。广庭始悟饮食粗粝，幸子实难下咽，心中甚是疼怜。

夜晚枕席之上，广庭悄声说道："此处苦甚，可暂送你回东京如何？待我发迹之日，再接你来一道享福。"

幸子回答："难舍东生。"

广庭沉思片刻，方道："可带东生前往，我按月资之。"

幸子痛哭："我亦难舍于你，更不想让你勒紧腰带，再去住院。"

广庭无言以对，两人默默对泣良久。

太夫人李氏见而怪之，唤广庭至东屋问道："昨晚你夫妻俩哭哭啼啼，究竟有何委屈？"

广庭知已掩盖不住，据实禀告："幸子吃不惯高粱米。"

"这可如何是好？我已年迈，你叔永平、你妻董孺人、你女启珠皆病。若仅供幸子以大米，岂不让乡邻耻笑？"老母摊开颤巍巍的双手，满脸愁容地叹道。

"东洋人不食粟米，世人皆知，而你家强其所难，久必病而死矣。伯母久负仁慈盛名，岂能忍心为此？"隔壁张香亭乃广庭儿时契友，闻听此事，登门相劝，

118

"我先赠大米二升,以解燃眉之急。"

幸子间获大米食之,气色立现好转。

腊月永平公病逝,家中无有生活费用,更缺棺殓之资。幸子慷慨解囊,将多年积蓄日币三百五十余元全部献出,分文未留。

广庭道:"明治二十三年前后,日本全国年收入两万日元之富翁仅一百零四人,你存储这些贴己钱实在是不易,令我感动。"

民国元年元旦,辛亥革命成功,在十七省代表拥戴下,孙中山于南京宣誓就任中华民国临时大总统。

"久闻孙文大名,曾有幸于东瀛一睹其风采,聆听其宏论。观今孙先生所为,果然是虚怀若谷,以天下为公。"孙广庭拜读誓言,颇有感触,"'大清帝国龙旗号,投入江流逝不还。'符合国情民意,天理易数,似乎已成定势。由此观之,朝廷所谓等候进京殿试的指令只是一纸空文,我手持优等毕业证书进入翰林院的企盼也将化为泡影。"

"唉,东京城七年辛苦拼搏,累得你两番住进病院,不就是为了这一天吗?而今垂手可获的功名,又要付之东流,确实令人心疼。"太夫人长叹一声,马上又道,"不过,儿呀,可千万莫气馁。你爹生前也曾谆谆嘱于你,只要心诚志坚,矢志不渝,机遇迟早会悄然而至。"

"妈,我在日本时,听人家说'两人同心,黄土成金'。"幸子展眉顾昐一眼广庭,意在提醒莫要忘记,又拍拍东生的屁股,轻声道,"由此观之,全家团圆和美,平平安安,最为重要。咱们根本没必要稀罕那个什么'庶吉士',更犯不着为之着急上火,您老说是不?"

"哈哈……"孙广庭放声畅笑,"怎么,皆视我为追名逐利之徒,竞相宽慰?其实,此事我看得最开。帝国换作民国,乃国之大幸,秀才不升进士,乃个人小失。孰轻孰重,不言而喻。倘若五色旗飘扬于九州上空,民主取代专制,人民安居乐业,国家发展突飞猛进、日新月异,我孙广庭第一个高举双手,振臂欢呼。"

"'十句当言九句休,众中无语且无忧。是非只为多开口,烦恼皆因强出头。'"发妻董孺人怕他招惹是非,援引小说开场白劝道,"现今铁岭依然高悬大清龙旗,莫要到处评头品足,抨击时政。"

孙广庭不以为然,仍我行我素。

民国元年元月二十八日,关东日历为宣统三年腊月初十,广庭不甘心于熊官人屯闲居,决计进城了解联合急进会动态,却未能成行。

振庭从外面回来,厉声阻拦道:"什么?哥你还要进城?你知道不知道奉天城内发生一桩震惊全国的血案!"

"真的?"众人皆惊。

"那还有假,许多人被张作霖的兵五花大绑,拉到四平街十字路口砍了头,血溅长街,观者色变。还在八门八关贴上'剿灭乱党,格杀勿论'的告示。"

广庭问道:"那张榕呢?他不号称拥兵三万五千吗,怎可坐视不管?"

"我说的血案魁首就是他,早已一命呜呼。"

腊月初二,张榕在奉天联合急进会总部主持会议。

清军四品佐领宝昆起立发言:"荫华兄,我会众望所归,声势浩大。咱们应当公开亮出孙大总统所封'关东革命军都督'的名号,先发制人,早举义旗。"

张榕道:"君子要信守承诺。赵尔巽主动与我相约:'东北诸事静俟国会解决,彼此毋复争持。'我已应允,岂可出尔反尔!"

宝昆道:"张兄一向主张革命,此番成功在即,怎么反而迷上议会斗争?"

"会长,赵尔巽包藏祸心,不可轻信。"《国民报》主编田亚赟也劝道,"虽不战屈敌诚为上策,但勿寄全部胜利希望于和平谈判,否则大权将会旁落。"

"我所以毁家纾难,百折不挠者,冀民国之速成,阻疆臣反侧,至于权力,非我所愿。"张榕平静地道,"现在南北刚刚签订议和停战条约,不可轻举妄动。"

是日,侦探长于文甲神色张皇,夜奔张作霖统制府。

"张榕傲气十足,目无余子,统制若不及早除之,必贻后患。"于宝山咬牙切齿,进尽谗言。

"秀才造反,三年不成。张榕不过一介书生,纠集些乌合之众,吵吵嚷嚷,不足为虑。"张作霖以鄙夷的口吻道,小眼珠一转,突然寒光逼人,直盯于文甲双目,"咦,听说你与张榕眷恋蜚红馆同一名妓小桃,是不是吃醋衔恨,假公济私,想借我老张的刀杀人,报争风之仇?"

"不、不!我是为统制考虑,要想地位稳定,必须扫除障碍。"于文甲极力辩白,"作为下属就盼望上司发迹,亦好水涨船高,跟着沾光。"

"他妈拉个巴子,如今风向变了,从前都是革命党搞暗杀,现在净暗杀革命党。两个月前,山西巡抚、新军第六镇统制吴禄贞自封燕晋联军总司令,搞什么北方起义,被人刺杀于石家庄车站。"张作霖沉吟有时,才慢腾腾地说道,"至于张榕,既然是为保全大局,于侦探长可酌情处置,自行了断。"

宣统三年腊月初五晚八时,张榕应袁金铠邀请,往西关平康里德义楼赴宴,于文甲暗中尾随其后。酒阑人散,袁金铠先行,张榕余兴未艾,又去聚福班打茶围,行至狭巷,于文甲自旁门蹿出,砰然三枪。

张榕大喝:"咄,鼠辈胡无信至此!"怒眦尽裂,死未瞑目。

张作霖见暗杀成功,为斩草除根,又连夜派兵至小北关容光胡同张榕家,将其兄焕柏刺死,抄没全部家产,毁其室庐。张榕亲友宝昆、田亚赟亦于是夜遇难。

孙广庭报国无门,被迫困守铁岭乡村,坐观天下风云,忽闻张榕蒙难,甚是震惊。想到三年前于东京城内与其高谈阔论,举杯豪饮壮抒胸怀的情景,音容笑貌皆历历在目,不由得为之哀痛惋惜。尤其张焕相近况不明,音信全无,更叫人担心,深恐发生不测。又得知许多仁人志士身首异地,暴尸街头,气得孙广庭连连跺足:"草寇施虐,屠夫横行,残害手无寸铁之人,悖逆民意,滥杀无辜,国无宁日矣!"

幸子唬得脸色煞白,急忙用手去捂广庭口唇。

太夫人却暗暗庆幸道:"幸亏你俩没在奉天城久留,否则广庭势必仗义执言,鼓荡民主,难免玉石俱焚,横遭杀身之祸。"

广庭摇摇头:"奉天到底怎么样啦?难道次帅竟任凭张作霖胡作非为?"

二　初会张作霖

自日本学成归来,不仅见识大长,外表亦镀上一层金,可谓"荣归故里,衣锦还乡",然而广庭却是愁肠百结,了无喜色。

孙家宅上,太夫人主持家政,全家非老即小,生活日渐艰难。广庭长女启珠,妙龄十九,眉清目秀,聪敏异常,却不幸染上足疾,因没钱诊治而变成"骨漏",终日疼痛呻吟。广庭携幸子和东生还,痛感入不敷出,目睹母亲额纹增添,白发稀疏,自觉重任在肩,不由得百感交集,难以平静。

家计萧条,尽管令人烦恼,但广庭并未认为特别困苦,只要能有机会寻得合适营生,一切即可迎刃而解。使他颇感困惑的乃是时局之纷乱,简直难以理出头绪,而最为担忧者,莫过于列强觊觎关东。关东局势动荡,危及京城安定。清廷闻听东三省总督赵尔巽于九月二十二日成立奉天国民保安会,且摇身一变自任会长,疑此举图保自身而非保皇,乃于腊月十四日任命张锡銮会办奉天防务,乘机取而代之,稳住关外阵脚。

宣统三年腊月二十五日,即民国元年二月十二日,宣统皇帝公开发布诏书,宣布自动退位,五千年帝制告终。

民国元年二月十五日夜,铁岭城四门起火,炸弹遍地,杀声冲天,战火映红城内街巷。鏖战一夜,东方渐白,民军无功而返,出城休整。

十六日,民军复来,攻势凌厉。知县高士英候援未至,恐弹粮无续,弃城出逃。赵尔巽勃然大怒,乃听从袁金铠举荐,起用南路巡防管带王永江率辽阳三营募兵,前往征讨。

三月十五日,东三省顺从共和。袁大总统令改"直隶总督"为"直隶都督",任命张锡銮署直隶都督。

奉天城里,号称"忠臣不事二主"的盛京将军赵尔巽也不失时机地宣称:"清帝逊位,袁世凯当选临时总统,人民目的已达,更无革命而言。"并警告革命党人,"切勿再自行扰乱,致生恶果。"

继而,南北频繁和谈,各方代表人物轮番出场,在报纸上相互攻击,吵得一塌糊涂,让局外人看得眼花缭乱。倏忽之间,天翻地覆,简直黑白颠倒,混混沌沌,令一般百姓难辨真伪,而所谓乱世之英雄,也就应时脱颖而出。

此时,奉天城里,最风光者当然非张作霖莫属。

张作霖初来奉天,对赵尔巽执礼甚恭,小心翼翼,待羽翼稍丰,渐桀骜干政。时人竞趋其门,以求识一面为荣。

张作霖闻听王永江凯旋,便坐于家中恭候,等其登门拜访,一连三日,不见动静,暗中差人探听,方知王永江公事之余,皆在书房内捧《易》研读。张作霖见王永江根本无意与他往来,勃然大怒,衔恨于怀。

赵尔巽留王永江于总督府,参划机要,见其才干超群,成绩斐然,拟升其为奉天民政使。张作霖面露不悦,愤愤插话道:"王某何能之有,堪当此重任?"

赵尔巽徐徐答道:"此不关汝事,无须致诘。"令他退下。

"岷源倘敢就职,我老张誓不善罢甘休!"张作霖恼羞成怒,四处扬言。

王永江惧遭暗杀,告病还乡。他误以为张作霖藐视自己,临行之时遂以刘备怠慢庞统之事,作诗讽怨:

> 士元竟以酒糊涂,大耳如何慢凤雏?
> 才得荆襄宁志满,英雄通病是轻儒。

"这个书呆子,真是傻狍子!张某人何尝不想身旁有个庞统。"张作霖闻听,私下笑道,"不过,这庞统要不为我出力,也绝不能容他专替别人支着!"

民国元年春,张作霖名声仍旧狼藉。此公毕竟是出身绿林,有过打家劫舍经历,被清朝收编后,又残酷杀戮革命党人,地位将稳,便排斥异己,挤压同僚,逼走口碑甚佳的王永江,故而令人既恨且惧。听说张作霖来,连小儿都不敢夜啼。

一日,杨宇霆闲居无事,邀孙广庭和于珍至法库边门,其家乡蛇山沟村后,游览邑中名峰石景山。同学相聚,轻松自在,一路上说说笑笑,谈古论今,远眺山势逶迤,近观石径崎岖,仿佛又回到寒窗苦读的东瀛,心情格外欢畅。然而言及目前境遇,连最善谈吐的杨宇霆亦闭口无语。

"唉,龙伏浅水遭虾戏,虎落平阳被犬欺呀!"闷憋良久,杨宇霆方慨叹一句。

"时运不济,我们所习学问,在这偏远乡村根本是英雄无用武之地。逢此乱世,也难有出头之日。"于珍摇头苦笑道,"诸葛亮《出师表》云:'臣本布衣,躬耕于南阳,苟全性命于乱世,不求闻达于诸侯。'咱们不妨效法诸葛前辈,隐居乡下算了。"

"那可不行,"杨宇霆愤然道,"当初诸葛亮是为静候圣主三顾茅庐,如今何处有刘玄德那样求贤若渴之人?"

"没有三顾茅庐,可以毛遂自荐啊。"于珍笑道。

"听说,张作霖正在奉天大肆招兵买马,足见其野心不小。"广庭插话道。

闻得"张作霖"三个字,杨宇霆倏地停住脚步,眉宇间显露出一股傲岸英气,朗声道:"兄弟今日请二位仁兄前来,除却游山逛景,尚有一件要事公布。"

一阵山风从身边掠过,广庭不由得打个寒战,见杨宇霆一本正经的神态,难辨其是否故弄玄虚,欲笑乃止。

"自今日起,兄弟的名和字都要改动,雨亭变作宇霆,麟阁改为邻葛。"杨宇霆顺手自路边小树上折下一段树枝,将地面浮土摊平,一笔一画地写与孙广庭和于珍看。

于珍用力眨眨眼睛,不解地问:"'雨亭'二字颇有深意,甚是不俗,何须改之?"

杨宇霆放眼群山,将树枝潇洒地一扔,冷笑道:"张作霖字雨亭,吾安能与关东枭雄为伍!"

此言既出,端的是金石落地,铿锵有声,孙广庭和于珍精神为之一振,暗暗钦羡其爽快与精明。

"可是,麟阁麟阁,麒麟之阁,二字甚是吉利,老兄何必也要改呢?"于珍缓缓摇头,仍是不甚理解,"莫非是与张作霖平起平坐的冯德麟又名麟阁的缘故?但大丈夫行不更名,坐不改姓,何必旁顾左右,多此一举?"

杨宇霆双唇微闭,默不作答。

广庭平素喜爱咬文嚼字,此时心中一动,一眼窥破玄机,欣然笑道:"济川兄,顾名思义,邻葛邻葛,与诸葛亮先生为邻,杨兄乃是胸怀鸿鹄壮志,欲建树可与诸葛孔明媲美之宏图伟业,在下和于兄在这里先行向邻葛兄道喜!"

心中隐秘猛然间被同窗当面道破,杨宇霆脸上立现一丝淡淡羞涩,但顷刻之间即被一阵爽朗笑声冲得无影无踪。

广庭于石景山巅,与两位学友高谈阔论,笑骂乱世枭雄张作霖之流,心旷神怡,兴奋异常,回转熊官人屯家中,则云愁雾惨,心如火焚。

朔风呼啸,地动山摇,三间低矮茅屋瑟瑟发抖,家人蜷缩于内战栗尤烈。启珠号呼呻吟,董氏搂其抽泣,太夫人哀叹不绝,幸子抱东生晃曳……

孙广庭心焦体冷,冷得通彻骨髓,冷得天旋地转,冷得万念俱灰。为举家生存与今后前途思虑,他理应赴奉天去谋一份差使,而到抵省城,就得和张作霖之流打交道,这可是无法承受的精神压抑。

去亦不是,不去亦不是,孙广庭左右为难。前思后想,问题之症结皆在张作霖身上。孙广庭不由得对这个流寇、土匪、清军统领,现在又是民国将领的张作霖萌生冲天的怒气。张作霖啊张作霖,你为何如此招人怨恨、引人注目,且搅得人不得安宁?究竟凭什么这般猖狂?

广庭暗发铁誓:不入虎穴,焉得虎子。不管你张作霖是人是妖是魔是怪,我孙广庭也要见识尔庐山真面目,不能再空守茅舍,虚度时光!

思及于此,广庭豁然开朗,决计养精蓄锐,伺机与张作霖一试身手。

还真应验了那句老话:说曹操,曹操就到。未待孙广庭登门寻张作霖较量,张作霖却抢先于孙广庭面前现身亮相。

阳历四月中旬,袁金铠专程赴熊官人屯报喜,跨进孙家陋室即道:"《滴天髓》云'何知其人贵,官星有理会',丹阶兄今运合中兴,有大人物相助。"

"'贫居闹市无人问,富在深山有远亲',广庭时下无所事事,寒酸若是,常形影相吊。叹世态炎凉,除恩师赵次帅外,恐权贵中再难有理会愚弟者。"

"此言差矣,孙兄老校长福岛安正新近荣升关东都督,前日尚与次帅言及仁兄,语多褒扬。"袁金铠捻捻胡须,"福岛安正可是出名的伯乐,当年力荐名不见经传的冯麟阁成为清廷高官。丹阶兄有此升迁门路,何不捷足借力而上?"

"洁珊兄,广庭知晓关东都督府下设陆军和民政两部,陆军部统率关东日军,民政部掌管关东都督府辖区行政。福岛将军神通广大,呼风唤雨,几乎无所不能。"

"是啊,连统率十五营兵马、奉省最强军力拥有者张作霖,亦在千方百计,挖空心思讨好福岛都督,期盼其成为升官发迹的靠山。"袁金铠以为孙广庭与自己所见略同。

"然道不同不足为谋,志士不饮盗泉之水,廉者不受嗟来之食。广庭虽贫,但不能为五斗米折腰。"

袁金铠闻听所答,面现疑云,心中大惑,细问原委,方豁然醒悟,见广庭无意往见福岛安正,遂又透露一则信息:"黑龙江督军署上校参谋刘德权参加南北军界统一会议归来,路经奉天而驻步憩息。"方起身施礼告辞。

因是多年学友关系,又想探听外界消息,孙广庭送走袁金铠后,立刻邀集杨宇霆和于珍两位同窗匆匆赶至省城,直赴刘德权下榻处。

老友相逢,分外亲切,刘德权将客人拱手让至正房,吩咐下人奉上香茗,四个人围炉而坐,天南海北,畅聊无讳。

"南方诸省对奉天张统领诋毁过甚,上海演剧竟将其扮成三花脸,供人唾骂耻笑……"刘德权谈得兴起,情不自禁加以模仿,可谓惟妙惟肖,妙趣横生,惹得众人哄堂大笑。

笑声未尽,门房前来通报:"张统领来访!"

张统领者,大名鼎鼎之张作霖也!刘德权闻听,面露惊恐之色,道:"来的这位仁兄最恨留洋学生,诸位兄弟,为免无谓纠缠,敬请暂且回避,至厢房坐坐,稍息片刻,继续叙谈,如何?"

"钧衡兄既然安排稳妥,无须再问如何。"广庭淡淡一笑,起身揽挽杨宇霆和于珍衣袖,从容踱向门口。正要走出客厅,竟与疾步而进的张作霖撞个满怀。

孙广庭同张作霖初次谋面,彼此皆留下深刻印象。

张作霖五短身材,脸盘不大,一双乌亮小眼炯炯有神,暗寓寒光,似能摄人魂魄。上唇两撇八字胡,两端高高翘起,随健步微微颤动,像似刻意显示地位与尊严。然而最引孙广庭注目的却是张作霖于前呼后拥中所展现的器宇轩昂的气势,一往无前,坚定执着,又刚愎自用,不可一世,竟将威武与粗俗融合一身。

"张作霖就是这般模样吗?"广庭略感惊异,觉得亲眼所见与外界传闻有相当大之区别,至少不像适才所渲染的戏中丑角三花脸。

"哈哈,你这里有贵客呀?我说怎么蘑菇半天才出来,都是何方圣贤呀?刘参谋,能不能给咱老张引见引见?"张作霖一口地道辽宁腔尖锐泼辣。

张作霖抢前两步,抱拳当胸,和刘德权施过见面礼后,摸摸被撞疼的肚皮,转过身来,二目圆睁,朝广庭吼道:"什么人敢往我老张身上撞?"

杨宇霆连忙解释:"实在抱歉,我等真不知张统领如许迅至,不知者不为怪。"

"你他娘的理解错了,我是说,敢往我身上撞的人可不一般,浑小子给我报个姓名!"

"孙广庭,字丹阶。"面对盛气凌人、刁蛮无理的张统领,广庭故意双臂背至身后,挺起腰板,暗中较劲,戏弄试探道,"非但不叫'浑小子',并且大家都称我'孙大爷'。"

尽管广庭所言不谬,五年前于振武学校当班长时,因其待人宽厚,有长者之风,庚齿居先,得同学们赠之雅号"孙大爷"。然而此种场合,他如是说,势必造成剑拔弩张的对峙。唬得杨宇霆紧握双手,于珍脊梁直冒冷汗。

张作霖未曾想到小河沟里能翻船,这位穿着简朴、看似文静的中年汉子,居然胆大如斗,无所畏惧。尽管自己平素最敬重有风骨之士,但今日这位"孙大爷"不知天高地厚,竟弄得他老张脸上无光,可是断难容忍。

"嘿嘿!"冷笑两声,张作霖觉得此地不宜动粗,才佯攻实则是退守道,"关公门前耍大刀。凭你这把年纪,也敢在我老张面前这般报字号?"

"但凡熟悉我的人,不论是兄是弟,也不分辈大辈小,都这么称呼。"孙广庭洞察张作霖色厉内荏,更加不依不饶。

"我他妈就不叫你孙大爷!刘参谋,这几个都是什么人?"张作霖面红气躁,两腮微微颤动。

张作霖言而有信,当时确实没再从口中冒出"孙大爷"这个称谓。不过,十年之后,在刊有肖像的日本士官学校同学通讯录上,四十位全身戎装、英姿勃发、头顶白缨帽的将校军官中,孙广庭排行第一,杨宇霆屈居最后,两人相差近十岁。身居总参议要职、权倾关东朝野的杨宇霆,人前背后总称孙广庭为"孙大爷",久而久之,习以为常,人们也随其如是称呼,甚至年长广庭一岁的张作霖,也在公开场合称呼其部下孙广庭为"孙大爷",而且从不羞口。

"'孙大爷'乃是朋友们戏称,张统领不这般称呼自然理所应当。不过,广庭乃是实话实说,绝非子虚乌有。起码统领口中也出现了'孙大爷'这三个字。"

"张……张统领,这三位,是……是我的同学。"事发突然,刘德权神色略显慌张,他见孙广庭还在火上浇油,钻张作霖说话的空子,连忙抢先回答。

"同学? 也是留过洋的吗?"张作霖胡须向上微抖。

明明最恨留洋学生,还偏往这上面问,真是哪壶不开提哪壶。刘德权微微一愣:"我的这些同学可都是规矩人,规规矩矩做事,规规矩矩做人,实实在在,没有一个……"

"哈哈,你怎么扯到岔道上去?"张作霖大步流星迈进客厅,口中故意高声道,"刘参谋,好好跟你的同学说说,千万不要离开奉天,这里的事情离不开他们。我马上要办讲武堂，军队不能没有教育，要办教育全得仰仗你们这些读书人，俺老张可没有这种能耐。"

孙广庭听得一清二楚，心里受到强烈震动，刚走至庭院，便平和地道："外面都说张作霖出身草莽，孤陋寡闻，不通文墨，胡乱行事，现在看来，他还真有些机谋，办事也有点章法，甚至具备少许宰相的肚量，对他还不可轻视。"

杨宇霆应声道："最近，有关张作霖的传闻骤增，内中多涉及其待人处世，说他虽然匪气十足，但对人极讲义气，只要你死心塌地为他效力，除却自己老婆之外，什么都可以赠送予你；还说他用人就看有无真本事，你若有真才实学，他会低着头来求你成全他的事业，而且态度极为真诚……"

于珍问道："张作霖可是个杀人不眨眼的混世魔王，丹阶兄，你让他当众下不来台，就不怕他恼羞成怒，做出非常举动？"

杨宇霆道："要在往常，张作霖即便有英雄惜英雄的怜爱，至少也得将丹阶捆绑起来，痛打一顿，以示警诫。但今天却不能这样做。"

"为什么？"

"你去问孙大爷。"

广庭笑道："因为张作霖非常清楚，他此行是来联谊，并非寻仇。"

于珍突然止步而问："丹阶，中国读书人一向讲究'士为知己者死'，对求贤若渴者甚是称道。倘张作霖诚如传言所云，恭迎你出山实现抱负，那么你能拒绝他吗？"

孙广庭旧学根底非同凡响，久知礼贤下士乃圣人垂训，对张作霖重文之举自然倍觉亲切，遂朗声答道："如果其举措对国家与民众有利，我看就没有什么理由拒绝。"

杨宇霆却假充清高，将大嘴一撇："良禽择木而栖，哪个愿与草寇同流！"

第一次同张作霖会面，也是初次同张作霖过招，反而使广庭对这个草莽人物产生某些新鲜感觉，甚至可谓是全新的认识。他依稀觉得，此公所作所为，或许会与关东前途及自己命运有所关联。

就在孙广庭辗转反侧，百思而不得其解之际，一纸东三省陆军测绘学堂委任状送达铁岭。山重水复疑无路，柳暗花明又一村。走马奉天，出任陆军测绘学堂教官，孙广庭的命运又出现新的转机。

三　痛失爱女

孙家西屋传出阵阵呻吟声。东屋，李氏叹了口气道："儿啊，启珠病情加剧，疼痛难熬,眼看危及青春生命,你我皆两手空空,这可如何是好?"

广庭满面愁容,心如刀割,没有出声。

"大喜,天降大喜啦!"振庭乐颠颠地跑了进来,"我哥当上大军官了!"

一位差官紧跟其后跨进门槛,向孙广庭敬个军礼,将红绫扎系的证书递上:"孙教官,赵次帅命令我将委任状亲手送给您。"

广庭双手捧接道:"这证书并不厚重精美,却上能报效国家,下可养家糊口,将我从极端困苦中拯救出来,无疑是雪中送炭。"

李氏双手合十:"阿弥陀佛,吾儿这次奉天就职,终于有了用武之地,不再埋没辛苦所得。"

委任状乃赵尔巽颁发,故而到达奉天,孙广庭先至督军署向恩师表示谢意。赵次帅因采用武力镇压与以夷制夷两手,巧妙促使日本"满蒙独立运动"流产,心情格外愉悦,虽已年逾古稀,却是面色红润,精神抖擞,与数月前相比,真有天壤之别。

"民国初建,正用人之际,国民振奋,正创业之时。汝宜扬长避短,奋发图进,改良军队测量,培养忠勇贤能人才,保境安民,造福桑梓,勿失吾之厚望。克己奉公,率先垂范,指日青云可上。"

赵尔巽的训词抑扬顿挫,流畅有力。讲到"指日青云可上"这几个字,这位原大清朝盛京将军缓缓抬起眼皮,昏花的老眼中陡然闪出奕奕神采,似回光返照般显出几丝生气。

孙广庭深受感动,起身答道:"承蒙次帅抬爱,门生不胜感激。广庭牢记次帅教诲,为国家昌盛、民众富泽、军事强盛,竭尽微薄之力,不敢存非分奢望。"

广庭所说,既非逢场作戏,亦无半点虚伪,而是发自肺腑之语。这次奉天就职,能够学以致用,确实令他相当之满足。

民国元年的测绘学堂,留日科班出身的教官诚可谓寥若晨星。孙广庭一人肩负数门主课,仍是热情昂然,任劳任怨。他始终不敢忘记在赵尔巽面前发出的誓言,故而兢兢业业,恪尽职守,唯恐出现半点差错,有负次帅的栽培。

广庭初来乍到,治学严谨,同学却敬而远之,对他冷若冰霜。一日,孙广庭遇学生商震于走廊,商震避闪不及,立正敬礼。广庭微笑还礼,刚启齿欲语,商震却匆匆离去。广庭望其背影,茫然费解,若有所失。

商震进入教室,嚷道:"同学们,新来的孙教官是赵总督得意门生。咱们学堂一度为革命传播重地,民国成立之后,校方秉承赵尔巽旨意,三番五次训诫不可再狂言革命,所以我奉劝诸位……"

"嘘……嘘……"有个学生看见孙广庭已至门口,忙把食指放在嘴唇中间,示意商震停止。

"原来是进步学生的爱国热情受到压抑,产生逆反心理,'爱'屋及乌,株连到我。"孙广庭豁然开朗,遂健步走上讲台,面对魁梧彪悍的关东大汉,披肝沥胆,直抒胸臆:"去岁八月,武昌城头一声枪响,城内陆军测绘学堂百余壮士,为救斯民于水火,扶大厦之将倾,闻风而动,云集楚望台,占领军械库,跻身推翻腐败王朝义举,为缔造民国立下汗马功勋,名垂吾国测绘学堂青史。"

商震端坐于同学中间,面现惊异。

"而今,列强环立,亡我之心不死。借传道、观光、览胜、旅游、考察为名,窥视神州大地丰富物产,伺机强取豪夺,窃为己有。更有甚者,暗将东北资源宝藏翔实载入精心绘制地图,其司马昭之心昭然若揭。叹我堂堂中华,测绘技术落后,器材匮乏,尤缺栋梁之材,乃至各省边界尚未详细勘定。诸多地区,藏污纳垢,盗贼横行,列强借此滋事生非,贻害无穷。日人入侵延吉,挑起'间岛'事件即为一例!"孙广庭用力挥动手臂,"诸君宜刻苦读书,发愤图强,以伸张正义,抵御外侮,重整金瓯,以救国卫民为己任。人生一世,当有所作为,岂可虚度年华,遗恨绵绵?"

一席慷慨陈词引起共鸣,学员群情激奋,心悦诚服。

商震原本对孙教官存有戒心,不时暗中怂恿同学与之疏远,今日也一反常态,鼓掌尤为热烈。商震曾亲历辛亥革命,故而广庭所言,对他触动极大。察言观色,孙教官果然一身正气,爱憎分明。商震对以前所为深感愧疚,那日突然发现,孙教官注意到第二排三行空座,不禁眼睛一亮,课后,他主动上前汇报,说明同学缺席缘由。尽管孙广庭一如既往,作风依旧,但师生关系从此大为改善。

一日,孙广庭从教官室出来,见商震站于门口恭候。

"孙教官,"商震快步近前道,"大家都在背后议论您呢。"

"议论什么?"

"说您一向吝啬,却居然为学员慷慨解囊。有位学生染病在床,孙教官亲去探望,闻听其家赤贫,遂拿出部分拟为女儿医足疾的钱周济之。还说您表里如一,对同学们抨击社会黑暗与腐败从未制止,也不告密。再就是孙教官在学业上要求严苛,不徇私情,但学员皆视孙教官为知己,每逢疑难,都愿找孙教官讨教,而得到的答复往往有拨云睹日之奇效。"

广庭故意板起面孔:"你找我究竟有什么事? 不会只是评功摆好吧?"

商震笑笑:"六月,学堂拟举办野外勘测演习,目的地为辽阳。"

广庭提醒道:"对习测绘的学员而言,此为必修之课。"

"辽阳距奉天仅百余里,但交通情况极差,勘测地段尽是不毛之地,测绘演习中诸多艰辛,可想而知。有些教官闻风而动,先向校方递上病假报告,推三阻四,借故逃避,我们颇为鄙视。大家都企盼孙教官带队辽阳,以便增长更多见识……"商震受学员们之托,直截了当道出众人心声。

听罢这番真情直白,孙广庭顿时从困惑中得到解脱,不假思索地迈进学堂监督室。

"丹阶先生,不知有何见教?"对留洋回国的教官,校方向来是特别客气,监督忙起身为广庭让座。

"我是'无事也登三宝殿',想到监督这里探听个信息。"广庭笑道,"传闻近期即将组织学员赴辽阳演习?"

"确有其事,丹阶先生莫非对此有什么看法?"

"不是不是,千万莫要误会。"广庭摇动手掌,直言相告,"我是想毛遂自荐,请缨前往辽阳,不知学堂是否另外有所安排,特来探询。"

听孙广庭如是说,监督倒有些手足无措。这许多天,为辽阳演习之事,他已经伤透脑筋。所选之人不是报病,就是告难,而像孙广庭这种有背景的教官,他又不敢随意调遣,如今孙教官自告奋勇,主动寻上门来,可是完全出乎其意料。

"这个,这个,听说大小姐贵体欠安,孙教官前几日尚要告假,所以辽阳之行,这个,这个……"

"小女偶感微恙,广庭已有安排,不会突发巨变。而辽阳演习,诚为测绘专科学生特别重要之课程,广庭实在是放心不下,方来冒昧请求前往。"

"这个,赵次帅曾经有过谕示,要特别照应丹阶先生……"

学堂监督话音刚落,孙广庭的火气已经冲过额顶:"我想提醒您,广庭虽屡受次帅恩宠,但次帅要求广庭'克己奉公,率先垂范',广庭始终不敢忘怀。辽阳演习之事,广庭决心已下,请学堂早做安排!"

虽然赵尔巽将自己推荐到测绘学堂,但广庭并不想以他做靠山谋取私利。所以学堂监督的一番话,反而更加促动孙广庭出征辽阳之决心,即使八匹马来拽,他亦不会改变初衷。

"'手山'又称'首山',其名最初见于《三国志》,前清缪公恩《过首山》诗云:'故垒遗踪不可寻,荒原何处大星沉。迢迢魏晋浮云尽,剩有青山自古今。'"登临辽阳首山之巅,孙广庭挥手指点脚下诸地,告诉周围的学员,"莫道遗踪不可寻,这几处正是辽代开采铁矿的坑洞,那里便是明朝砖石建造的瞭望台,辽阳自古称为战场,千华山峙立于南,太子河环绕于北,易守难攻,何等险要!"

广庭带领学员们在山地之间寻访战场厮杀的痕迹,全然忘记丛生荆棘和嶒

130

鸣蚊虻,益发显得神情饱满,精力充沛。他鼓舞士气道:"关东六月,正是最令人惬意的季节,冷热适宜,常晴少雨。行走于松软的土地上,自然会从心底升腾起无穷无尽的情趣。探察地形变化的奥秘,仿佛是一种高尚的享受。"

广庭事事处处身体力行,率先垂范,在测绘业务上又是行家里手,指挥起演习自然潇洒自如,深受学员们敬重。

"测量测量,以前皆是'教官驾车测,学员靠步量'。唯有孙教官肯与我们同甘共苦,风餐露宿……"迎着猎猎的山风,商震慨叹道。

"'风餐露宿宁非苦,且试平生铁石心',此乃陆游《壮士吟》之一句。"骤雨突兀而来,猛烈击打面门,孙广庭不失时机地道,"苦尽自然甘来,足见野外勘测是绝好的锻炼机会。"

"孙教官所言极是,苏东坡曾有诗云:'露宿风餐六百里,明朝饮马南江水。'"商震带头随声附和。

孙广庭又兴致勃勃地道:"自奉天到辽阳一带,历来是兵家必争之地。清廷新军第三镇与第二十镇曾驻扎于此,宣统三年十月两镇统制吴禄贞、张绍曾于河北滦州密谋武装起义,拟挥军直捣京师。因不慎走漏风声而功亏一篑。民国元年,商震同学奉吴禄贞将军之命,前往滦州策动起义……"

"孙教官,校长曾训诲我们,现今已是民国,不许再谈革命,要埋首苦读,消除浮躁,脚踏实地,多学本事。"商震面色微红,略带羞涩地道。

"知识并非皆在书里,尚存于大自然与社会之中。历史是现实的镜子,只有认真审视过去,从而获得启迪,才能正确预见未来,寻觅到前进的航标。"广庭依旧畅所欲言,毫无忌讳。

白日西垂,四野苍茫。

"孙教官,孙教官!"突然,近处的山冈上有人扬鞭策马,边喊边向宿营地这边飞奔而来。

孙广庭接过来人交给的急件,开启一看,上书:"启珠病危,盼即归家……"

最害怕的事情终于在最紧张的时刻发生。对女儿的病情,广庭始终内疚不已。他恨自己无能,东瀛求学七载,却依旧一贫如洗,因缺医资而误时,竟使癣疥小恙演至不治之症。明知病入膏肓,广庭还是将每月薪金几乎全数寄回铁岭乡下,再三叮嘱务必请名医为启珠诊治。此番辽阳演习,每当夜深人静之时,思及启珠于病榻上痛苦呻吟的情景,广庭总抑制不住悲伤的泪水。但是万万没有想到,短短数日,沉疴恶化得如此迅猛,实在让他难以承受。

"孙教官,家里有急事,亟盼速归,不妨先行回去吧。"学员们劝慰孙广庭。

"丹阶先生,演习就要结束,目前已无大碍,余下收尾工作,我们代为完成,如何?"同来的助手高纪毅亦诚恳建议。

然而,孙广庭最为清楚,演习已至关键阶段,功败垂成,不可大意。倘若此刻撒手回家探视女儿,演习万一出现差错,岂不愧对赵次帅的栽培和学堂监督的重托,以及学员们的信任。

"好了好了,诸位请不必再说,"广庭抬手拭去眼角溢出的泪水,神色毅然地说道,"为人师者,不能误人子弟;为民吏者,不可擅离职守;为军人者,不敢有辱将令……"

目睹孙广庭突然板起面孔,学员和助理教官高纪毅再也不敢多言,皆默不作声,垂首而退。孙广庭指挥演习,从容自若,似无家事牵挂,直至将全体学员领回奉天复命,方匆忙收拾行装赶往铁岭。

待广庭回到熊官人屯家中,启珠早已弃世多日。东小团子山边地头上,匆匆堆起一丘孤坟,掩住爱女娇弱的躯体。

"广庭呀,说什么你也该回来一趟啊!"太夫人李氏坐在炕头,涕泪交零,"启珠懂事,腿剧痛而咬牙不语,泪掩面仍极目远眺,盼与你见一面。临行尚未闭双眼,连喊三声'爹'才咽的气呀……"

"妈,您老别说了,别再说了!"

广庭心痛欲裂,泣不成声。为儿女送终,本是天底下最为痛楚之事,而他竟然未能与女儿见最后一面,可谓痛上加痛。当初纵有万种滞留辽阳的理由,如今面对悲痛欲绝的家人和女儿的坟冢,他实在是无言以对,只能以泪洗面。

此次归来后,广庭清癯异常,眼窝深凹,白天目光呆滞,夜里口吐呓语:"为国之大义弃家之小私,难哉!痛哉!吾儿启珠颖慧,泉下有知,尚祈见谅……"

俗话说,福无双至,祸不单行,启珠病逝过后,妻子董孺人悲痛过度,突然昏厥于榻,始患半身不遂顽疾。当时在铁岭根本无法医治,只能静躺在家里慢慢将养,靠自身的能量与运气等待奇迹出现。

九月二十日,幸子见广庭许久凝望东小团子山,乃近前关切劝慰:"思念不会使逝者复活,只能给自己增添痛苦。其实,无论平民还是皇上,最后都将升入天国。七月三十日,日本明治天皇于零点驾崩,太子嘉仁业已嗣位,改号'大正'。"

"日本天皇所选之年号,多出自中国经典。'明治'乃是取自'圣人南面听天下,向明而治',而'大正'则寓含'大亨以正天之道也'之意。虽自明治始,日本国热衷维新,但中国古文化对大和民族的影响仍是至深至切。"言及于此,广庭发现幸子虽在仔细倾听,可依然闷闷不乐,若有所思。

广庭明知她怀念故国家乡,却状似神秘,故意耳语道:"今日袁大总统颁布整饬伦常令,宣布'中华立国以孝悌忠信礼义廉耻为人道之大经'。百行孝为先,母亲已命搬寓省城,你可与我朝夕相伴,不必再以守空房为虑。"

十月六日,天高云淡,秋风送爽。

袁金铠至陆军测绘学堂,开门见山道:"中央政府又改革各省军队,升张雨亭为陆军第二十七师师长,授中将衔。丹阶兄,同往拜访这位关东枭雄如何?"

广庭婉言拒绝:"赵次帅调我至东三省测量总局任地形课长,旋即告老还乡,欲隐居青岛。我须即刻前赴送行,恐无暇奉陪仁兄拜谒张师长。"

"然步入政坛,难识哪片祥云降吉雨,当面面俱到,左右逢源,不可厚此薄彼,以防因小失大。"袁金铠依旧直行己见。

"广庭仅知忠于职守,不喜攀龙附凤,师恩未敢忘怀,机遇尚靠天缘。愚弟或许迂腐过甚,望洁珊兄莫要见笑。"

袁金铠深知广庭固执,再费唇舌亦是无济于事,乃闲聊几句,便拱手告辞,独自直奔张府而去。

张作霖见袁世凯窃国有术, 一步登天,也跃跃欲试,想在东北称王称霸,遂向袁金铠讨教方法。袁金铠足智多谋,颇有心计,不愧秀才出身,很快想出一条锦囊妙计,喜得张作霖高高竖起大拇指,连声称好。

四 荣升校长

民国二年二月二十一日,癸丑正月十六日,上午十时。东北平原白雪皑皑,如披琼铠。奉天城内银装素裹,寒气逼人。孙广庭冒着飒飒的朔风,踏着碎玉般的积雪,急匆匆奔向小北关冯舜生府第。

黑龙江测量出张所所长冯舜牛,见日本测绘学堂同窗老友登门造访,忙让进客厅,端起一壶新沏龙井,说道:"丹阶兄,准时驾临,真守信誉。"

孙广庭哈哈一笑:"继唐兄相邀,敢不从命?况且东三省测量总局人才稀罕,思想守旧,技术落后,正欲聆听足下对改良事宜之高见,尚祈不吝赐教。"

舜生张开右手五指,轻轻晃动道:"怎敢班门弄斧,自寻没趣。"

两人边品香茗,边议论测量方面中日间之差距,商量具体改进措施。

孙广庭见谈得投缘,话锋一转:"赵次帅和北洋首领既少交往,与高唱共和之新派亦无甚渊源,虽因平定沙俄支持的札萨克图旗郡王乌泰叛乱有功,获一等嘉禾勋章,却被削夺兵权。张作霖素存虎狼之心,乘人之危,落井下石,处处挟持赵次帅,频频与京城暗递秋波。袁世凯心领神会,加封他为中将师长。赵次帅见被釜底抽薪,知难而退,递上辞呈。老袁当即照准,并送空头人情:'次帅为前清重臣,功勋显著,民国初建,即倚为东北之长城。功成身退,亮节可嘉!'可叹次帅聪明反被聪明误,终为他人作嫁衣。"

"赵次帅世代享受皇恩,不愿做民国官吏,方退隐山林,恐非张师长所逼。丹阶兄,你的好友袁洁珊也抱忠臣不事二主之志,以客卿参与政局,所任诸职,悉由礼聘。次帅委任他为奉天民政司使及安东采木公司理事长,中央明令其为奉天财政司司长,皆力辞不就,可为佐证。"舜生约广庭叙旧,意在追忆往事,并非抨击时弊,故而微皱眉头。

"宋遁初热衷于议会民主,为建责任内阁,掌握政治实权,不遗余力,呕心沥血,劳苦奔波,果然颇见成效。中华民国国会大选,国民党大获全胜。"孙广庭又道,"然袁大总统执掌北洋新军,一言九鼎,雄心勃勃,恣意号令天下,远非《中华民国临时约法》所能约束……"

"政局动荡,变幻莫测,众说纷纭,难辨真伪。以小弟之见,还是鲜谈国事,多关心自家。"舜生有意转换话题,拐弯抹角劝道,"吾观老兄在外奔波,日渐消瘦,何不请嫂夫人来省垣团聚,彼此亦好照应。寒舍东屋闲置已久,如不嫌简陋,可搬来同住,不知尊意如何?"

"借贵府宝地栖身固然很好。"母亲最近屡次催促速将幸子及东生接来奉天,孙广庭正为此事犯难,闻听舜生所言,欣然应允,"继唐兄挚意相帮,盛情难却,恭敬不如从命。但丑话宜说于先,房租可要照付,否则另觅他居。"

"丹阶兄这般斤斤计较,莫怪我漫天讨价,不容你就地还钱。不过空宅并非出租,而是恭请阁下照看,酬金多寡,客随主便,似乎亦当由我定夺。"舜生笑道。

三月初九,孙广庭风尘仆仆直赴铁岭,接回幸子母女,住入奉天小北关冯家大院。是日傍晚,张作霖亲至袁府,毕恭毕敬献上厚礼,显得甚是谦卑。

袁金铠大为感动,略加思索,便开门见山道:"雨亭兄雷厉风行,喜怒于色,令人望而生畏,无愧虎将。然若统领三军,坐镇一方,称王东北,尚须有运筹帷幄、决胜千里之深谋远虑。"

"哎呀,袁兄真是胜过孔明,居然轻而易举将小弟的心思一眼看透。"张作霖闻听"称王东北"这句话,忙把举至唇边的茗具放回桌案,忽地站立起来,躬身作揖道,"时不我待,当前至关紧要者究为何事,乞请先生明示。"

"欲成霸业,应以招兵买马,扩充实力,广揽天下豪杰,礼贤下士,收取民心为本。"袁金铠缓缓伸展三个手指,不慌不忙地道,"其次,'一山难容二虎',谨防异军突起,受人掣肘。再次,'朝中有人好升迁',可遣熟谙官场、能言善辩之名流,进京穿针引线,游说疏通。"

"先生神机妙算,我定依计而行。"张作霖大喜过望。

"此事万不可声张,以防节外生枝。"袁金铠再三叮嘱。

"京师攀交权贵,不能轻委他人,况且平庸之辈难以胜任,"张作霖顺水推舟,"只有烦劳先生屈尊枉驾,以省议员、约法会议员、参政院参议诸多名衔,往返京奉之间,鼎力斡旋,方能大功告成。"

袁金铠于北京挥金铺路,攀结政要。张作霖声名鹊起,身价倍增。

三十一日,大总统袁世凯亲召张作霖进京观见,于居仁堂内温语慰问良久,誉勉有加,并赏他一把虎柄军刀。袁金铠在紫禁城内外,四处交友,红极一时。

国会议长吴景濂愤恨不已,低头沉思半晌,忽然仰面狂笑道:"无毒不丈夫,当年你逼我仓皇南遁,今日我让你一命归西!"

张作霖得意扬扬,手捧虎柄军刀走进自家客厅,见袁金铠悠闲地坐在沙发上,忙满脸堆笑道:"袁六爷可是劳苦功高,多亏你手眼通天,俺老张才这般风光。哎,洁珊,你不留在京城继续为我打点,回到奉天做什么?"

袁金铠整整鼻梁上眼镜,慢腾腾地道:"昨日若不捷足迅归,今世恐与将军无缘再见。"

张作霖一愣,紧张地问:"洁珊,出了什么岔头?"

"可恨那吴景濂小肚鸡肠,暗令张榕胞妹焕桂以'残害忠良,诱杀革命先驱'之罪,到法院控告我,以报宿怨。警视厅派便衣侦探跟踪,探明我寓前门客栈,拟翌晨往捕。幸亏店主偶然获悉,密告于我。我施金蝉脱壳之计,放下被褥,帽头置于枕上,夜晚化装从后门而出,登车遁回奉天,才躲过此劫。"

张作霖心中悬石落地,朗声拱手笑道:"大难不死,必有后福!我想把袁六爷奉为上宾,恭迎家中居住,拜为小六子的启蒙老师。尚祈赏脸啊!"

孙广庭乔迁冯府。吉林都督府副官长丁超、奉天陆军小学补习所学监于珍、东三省都督府军械课长兼军械厂厂长杨宇霆皆来贺喜。学友相聚,无拘无束。

孙广庭询问所荐齐国城老师三公子鹏升近况,杨宇霆道:"鹏升恪守军规,颇能吃苦,现已升为卫队排长。"

"邻葛兄治军有方,仿照日本军制训练。丹阶兄,你猜前几日受到何人大加赞扬?"于珍从旁问道。

"慧眼识英雄者大有人在,倘若说有眼无珠的倒是只有一人,非某师长莫属？"

"丹阶兄确有先见之明，"于珍诙谐笑道，"歪打亦能正着。"

孙广庭觉得意外，正欲探询究竟，杨宇霆却道："近闻蒙古闹独立，竟以兵戎相见，又铮兄指挥第八混成团出击平叛，听说百灵庙一战空前激烈。"

"蒙古系中国之一部，受沙皇俄国唆使，在库伦妄自称帝，宣告脱离中国。"丁超插话道，"国土肢裂，万难容忍，尽管双方伤亡惨重，毕竟我军大获全胜。"

"讨伐逆贼，义不容辞，"孙广庭愤恨不已，"然此番战端，衅发萧墙，生灵涂炭，实属憾事。"

搬进新居，广庭迎请老母来省城居住，一如既往，早晚皆到母亲房中请安，假日更是欢声笑语长谈。幸子隐约觉得丈夫关爱骤减，故而微生醋意。

四月一日，广庭出张辽阳，临行前嘱咐幸子："务必好生侍奉母亲！"

幸子尤记当年逼迫自己吞咽粗粮的恩怨，假装吝惜，不供甘旨，且间令婆母操作。老母不悦，待广庭归，悉诉心中郁愤。

广庭立唤幸子，面诘斥责："为何常喝粟米粥？"

一向温顺的幸子本想赔礼道歉，大事化小，但怨恨婆母背地告状，一丝愠怒暗中升腾，不能自持，又仰仗夫妻恩爱，相敬如宾，料定即便抗争一下，也无大碍，遂强词夺理道："老人稍事家务，诚延年益寿之良方。自打进孙家大门，幸子未敢稍忘，每逢中午，你作为永恒的怀念，定要一碗高粱米水饭，佐以小葱拌豆腐，说是为不忘根本，以示与公爹同甘共苦。我尚亲耳听得大兵们所唱军歌亦有'吃的是秫米饭'一句，足见高粱乃中国国饭，食之何罪之有？"

"有悖'约法三章'，尚且污我国格，其是可恶！"孙广庭勃然大怒，暴打幸子，令其速返东瀛。

幸子弄巧成拙，无计可施，要挟索还所携巨款。广庭立付三百五十元奉币。幸子泪似泉涌，心如乱麻，持币于手中，数过数遍皆不符。

"你不欲归？"老母怜悯，近前探问。

幸子没想到广庭这般绝情，放声痛哭，泣不可抑。

老母劝道："幸子已知悔过，可勿遣去。"

幸子闻言，连忙跪地拜谢。

"都怪你过于鲁莽，令我们婆媳失和，"母亲返乡前责怪广庭，"倘再觅良配，须睁大眼睛，莫令为娘寒心。"

当时社会，有地位的人娶三妻四妾，司空见惯，不足为奇。广庭明白母亲意思，遂半真半假私下与幸子相商。

幸子大度地说:"君纳偏室,我不禁止,悉听尊便,但千万勿娶本地人氏。"

"这是为何?"广庭不解。

幸子道破玄机:"若娶铁岭乡间女子,君将大受其累,缘由皆一个字,'穷'也!"

夫妻言归于好,幸子时劝广庭:"稍事积蓄,以备不时之需,勿尽数俱付家中。母亲重男轻女,以君之辛苦钱赐予你弟振庭、你子启昆挥霍,而女儿们一文不得。"

"妇人之见,目光短浅,"广庭反唇相讥,"何以为孝?孝即顺也,孝之难亦在于此。"

"八月十三日是母亲七十正寿。"幸子取出丰盛寿礼,"这些皆精心挑选,不知君中意否?"

"孝敬高堂远胜善待鄙人。"广庭欣然笑道,"局里公务已提前安顿妥当,明晨可以如期而行。"

阳光灿烂,金风送爽,万里蓝天,一碧如洗,柴河水清澈明净,龙首山层林尽染。途中,孙广庭边兴致勃勃催幸子、东生赶路,边细细品味"锦城虽云乐,不如早还家"的情趣,想象骤见阔别半载的母亲,该有多么欢快。

广庭偕妻带女,风尘仆仆奔回铁岭家中祝嘏,却是触目凄惨悲凉,顿感心酸。老母年高发白,孺人因爱女夭折,病情加剧,有些脱相。广庭因就差省垣,无暇理家事孝,深为愧疚,却强颜装笑,唯恐扫高堂之兴。乡间交通闭塞,未能开筵招待戚友。老母见举家欢聚,也是满脸笑容。幸子献上奉天特产,广庭亲下厨房主灶,烹饪母亲平素喜爱的佳肴。

东生模仿大人姿势,恭恭敬敬祝祖母"福如东海,寿比南山",逗得老寿星合不拢嘴,不时提醒大家:"多吃多喝,过这村即无此店。"

广庭和家人热热闹闹,共同度过仲秋,这才恋恋不舍辞别母亲,心中不免又充满惆怅。

回到奉天,在城门前又被拦阻。广庭问:"正午将过,日微偏西,为何不许进城?"

卫兵用手一指:"没看到那里车水马龙,人声鼎沸,省府大员纷纷出郭相迎吗?"

"敢问迎接哪位?"

"新任东三省总督、镇安上将军张今颇大人呗!要不谁有这么大气派?"

137

数九隆冬，天寒地冻。东三省总督署参谋熙洽进门即道："孙大爷，小弟专程前来贺喜！"

"熙参谋切莫取笑。广庭位卑言微，业绩平平，家中又频蒙劫难，何喜之有？"

熙洽含笑发问："丹阶兄，你应熟知东三省总督张今颇吧？"

广庭回答："久仰大名，素未谋面，仅是四个月前于奉天城门远远见过其背影。听说此公讳锡銮，号人骏，以贰尹擢奉天度支司，旋进副都统，授山西巡抚，直隶都督。酷爱骏马，擅长骑射，在辽东最久。曾于东边道任上重创来犯日军，收复宽甸县城。人赞其智谋、胆略、学识兼，虽历任武职，但颇有才气，诗酒风流。"

"张公不减当年之勇。八月十八日，库伦蒙军千余名，乘中原酣战之机，悍然进犯辽源，今颇都督立派步兵统领吴俊升率部迎战，蒙军被歼四十余名，余均狼狈逃窜，不敢再犯。"熙洽道，"今张公欲请丹阶兄赴总督府议事，命我前来通知。"

孙广庭有些纳闷："不知总督大人找我这小小的课长有何贵干？"

熙洽淡淡一笑："君且去，自然便知。"

孙广庭小心翼翼地来到镇安上将军公署，张锡銮不拘官场常规，略做个手势，示意坐下回话。

"不知大帅相召，有何吩咐？"广庭微微欠身询问。

"督署参谋长张樾、参谋熙洽皆言汝文采出众，坚韧刚毅，几番任职均有建树。本帅素来敬重人才，今欲量材而用，命汝长东三省陆军测绘学堂。望汝忠于职守，施展英才，将来尚大有可为。"张督军和颜悦色，客客气气。

"承蒙大帅抬爱，不胜荣幸。然广庭才学疏浅，虽自当竭尽驽骀，但利钝成败，实难逆料，恐失厚望，万望大帅海涵。"孙广庭声音爽朗，神态自若。

张锡銮常以伯乐自居，标榜自己知人善用，也确实从下属中破格提拔一些有为之士，倚为臂膀。见孙广庭气宇轩昂，果然名不虚传，他手持银须，得意地道："老夫年过七旬，虽耳力欠佳，看人却从不走眼，汝胜任一校之长，绰绰有余，何必过谦。"

孙广庭回到小北关，幸子闻声笑盈盈出门相迎："祝贺郎君重执教鞭，高升校长！"

广庭本想给幸子一个惊喜，但尚未启齿，却让幸子抢先，忙问："夫人消息如何这般灵通？"

幸子不语，偷偷往室内一指，房中早传出朗朗笑声："丹阶兄，焕相贺喜竟遭冷遇,已在府上恭候多时。"

"绍棠兄,民国元年十月充奉天都督府中校参谋,代表赵次帅参加武昌国庆典礼。去岁任东三省镇安上将军行署预警课课长,筹划蒙边防务,业绩显赫,补授步兵上校。近又因收复本溪有功,中央特授陆军少将,扶摇直上,春风得意,理应恭贺才是。"

"此皆仰仗赵次帅、张上将军、袁大总统厚爱,否则纵有天大章程,也将一事无成。"张焕相坦言道,"直隶都督衙门内政厅厅长赵燕孙曾任铁岭知事,现今又回奉天,成为张总督主要幕僚。丹阶兄此番荣升校长,小弟以为当与赵厅长美言举荐有关。"

孙广庭见张焕相端坐于客厅,眉宇间隐隐露出目空一切的傲慢神色,想起有同窗说他爱拿班作势,故意提及往事:"前年早春,兄雄心勃勃,于抚顺五乡甘一屯操练五百精兵,时逢张榕殉难,盛传兄私立民团,图谋造反。兄被迫星夜携眷,亡命大连,乘船避往东京。去年夏初,赵次帅令袁洁珊亲去贵家乡营盘村新屯调查此案,紧锣密鼓,险境丛生,广庭恐兄遭不测,深为担忧。浪高三尺,风波始平,实是一场虚惊。洁珊兄此行方识府上乃东方豪富,书香门第,遂将其千金许配兄之胞弟张焕楹,兄之九妹又下嫁王永江之心腹王镜寰为继室。绍棠兄如今升任上将军行署军事顾问,堪称三喜临门,真是因祸得福,转危为安。"

张焕相何等聪颖,早悟出孙广庭用意,知其不满"朝中有人好做官"世风,鄙视靠裙带关系攀缘者,凌人盛气顿有收敛,讪讪道:"同喜,同喜。"

民国三年元月十五日,癸丑腊月二十,孙广庭重返陆军测绘学堂,荣升校长。全校师生无不欢欣鼓舞,为之庆幸。

孙广庭治校废寝忘食,呕心沥血,大刀阔斧革故鼎新,力求与列国媲美,适应实战需要。虽公务繁多,操劳忙碌,却不以为苦。因深思远虑,胸有成竹,借鉴日本成规,倒也顺心应手,万事如意。然家中诸事,他无力兼顾,皆委于幸子身上,本是双喜临门,却又酿成大祸。

五　扬州奇遇

癸丑小年,冯府东屋。幸子身怀六甲,即将临盆,环视膝下,只有四岁东生偎依其侧,叹道:"倘若婆媳融乐,老母必能为之排忧解难,深悔当初有失检点,铸成大错。"

东生看见母亲步履维艰地向书架走去,仰起脸说:"妈,我能为你排忧解难,你要取什么？我帮你拿。"

幸子尽管大腹便便，但激情与虔诚却是丝毫未减。她苦笑着拿起《圣经》，一再向基督祈祷倾诉："主啊，此地母以子贵，佑我奉天得子，以避免他人乘虚而入、横刀夺爱之险。"幸子运动过量，早产生下一女，因盼男孩承桃，取名"隔住"。

申寅正月，隔住尚未满月，东生患急病夭折。广庭不敢让妻子知晓，私将东生葬于奉天小北边门外城墙下。事业刚见起色，家门却遭不幸，广庭面对古墙新茔，偷洒热泪，痛感人生坎坷，实难万全。由春至夏，隔住渐大，幸子身体恢复强壮。

自从荣升陆军学堂校长，薪俸稍裕，广庭不忍心再让老母在农村受罪，又躬迎城里来住。幸子有前车之鉴，执礼甚恭，调转花样，敬奉美味珍馐。广庭闲暇便搀扶母亲四处逛逛，游览名胜古迹，庵观宝刹。

"城市嘈杂，不如乡村清静。"老母居住月余，惦念乡下孙男弟女，借口道，"故土难离，近日想家尤甚，决意速返铁岭。"

广庭挽留不住，流泪送至奉天车站。

候车时，母亲安慰道："你已身为校长，不怕别人笑话？奉天我将复来，何必如此。"

"老人牙齿既无，肠胃亦弱，日食藜藿，实非所宜，一旦患病，得不偿失。"广庭再三劝告，"此番回到熊官人屯，务必日进甘旨，注意保养身体。"

"寿有定数，非关饭食。家中人多费浩，日用已属不赀，我若再事奢靡，不将更加拖累于你?"

苦于山水相隔，无法亲自照顾母亲，广庭心躁不安，长吁短叹。

老母察觉其情，笑道："学校事务繁杂，难以公私兼顾，我教你个分身之木，便可两全其美。"

话说得明白透亮，轻松自负，广庭却半信半疑，如坠迷雾。他对母亲所言一向领悟神速，今日硬是百思不解，沉吟片刻方道："果能如此，可谓求之不得。"

"此事甚易，只要儿复纳一女，暂且乡居，代你事孝，便大功告成。"

广庭用衣袖拂去面颊泪痕，敷衍道："婚姻大事需两情相悦，靠的还是缘分。"

老母又道："孙家待出阁闺女成群，而能继承祖业的却仅有独苗小春，只恐遇到风吹草动，不测风云，过于势孤力单。"

广庭默然无语，未置可否。直至翌春，自恃平静如水的广庭终于心旌摇曳，做出抉择。

袁世凯惧赵尔巽仍恋故朝,兼之张作霖、冯德麟二将与张锡銮早年有招抚之谊,故调赵尔巽入京出任清史馆馆长闲职,而授张锡銮以镇安上将军。

　　张锡銮坐镇奉天,节制东三省军务,于关东八面威风,一呼百应。张作霖方任二十七师师长,见必称师,且立而待,命坐方小心翼翼而坐。张锡銮偶因事不悦,则劈头盖脸,詈不绝口。作霖则垂手直立,唯唯诺诺,却善于察言观色,研究官场应酬诸规。

　　东北外交,以中日间事为剧。张锡銮亲历甲午之战,颇具民族气节,虽致电袁世凯倡议中日联盟,而与日本军政两界官员周旋,却处处小心提防,丝毫不敢大意。关东总督福岛安正、驻沈阳总领事林权助,皆狠毒狡诈,间日至东三省总督府拜谒,皆欲损人利己,暗寓威胁。

　　每有交涉,张锡銮先告诉翻译如何巧妙应对,常令对手自觉理屈,不易反驳。福岛安正与林权助恼羞成怒,粗暴蛮横,要挟逾甚。张锡銮反复申辩,若知事无转圜,难以口舌相拒,则伪装耳聋,以误答挫其气,或托病遽起,拱手曰:"恕本督年迈体衰,沉疴缠身,气短心悸,时下无力奉陪,容日后再议。"

　　福岛安正与林权助无奈,只好告退。

　　张锡銮乃对张作霖笑道:"中日交涉,本为棘手,樽俎之间,非以此不足应付狡黠之日人也。"言罢余兴未尽,又挥毫书《暮春感赋》云:"去住真无计,行吟又暮春。如何天上月,长照未归人。故国青山在,关河白发新。飞花应有恨,片片过西邻。"

　　福岛安正遭受戏弄,衔恨不已,对林权助道:"张锡銮老奸巨猾,装聋作哑,指东画西,与语若可解若不可解,若可信不可信,令人未如之何也。"

　　林权助出言不逊:"老匹夫诡计多端,擅长蒙混过关,左右搪塞,一旦言语有失,则诿过翻译失误,谓我意本非如此。"

　　"此人城府颇深,难以为我所用,应物色亲善者,加以扶持,取而代之。"

　　"其麾卜帅长张作霖重兵在握,目不识丁,心狠手辣,人虽精明,却胸无大志,马贼出身,讲究江湖义气,又不甘久居人下,唯利是图,容易驾驭。"

　　"日俄战争期间,张作霖时任新民府游击马队营管带,暗中接受俄军武器与金钱,为之搜集情报。甲辰年冬月,满洲军司令部翻译黑泽兼次郎获知腊月初九张作霖于牛庄为俄军做向导,当即将他捕获,本已判处极刑,他声称曾携部加入以驱除俄军为目的之'东亚义勇军'。既有与我军合作证据,我当即表态,此人尚有利用价值,可为我军效犬马之劳。"

　　"强将手下无弱兵。福岛将军将关东两位桀骜不驯的巨匪张作霖、冯德麟尽收帐下,为帝国服务,如今两人可都是满洲显赫人物。"

"当初，我从枪口下救出张作霖一命，并赠银币千元放归，依旧防他反复无常，密令黑泽严密监视。"

"张作霖在'愿为日本军效命'誓约上立字画押，表示效忠。辛亥年腊月初八，他由边城洮南初入奉天省城，向驻奉天总领事落合谦太郎吹嘘'目前东三省兵马实权在本人掌握之中，大日本帝国如有所指令，本人自必奋力效命'。十八日，再对落合总领事深切表白：'倘若日本对于本人及东三省人民尚有关切之情，则本人率众依归，并非难事。'"

"这家伙，虽说粗中有细，却是弄巧成拙。"福岛安正微微一笑。

"是啊，当时他职位较低，而且过于殷勤，不免引起怀疑。内田康哉外相指示落合总领事，只可同张作霖'保持联系，互通声气'，不可'过于深入'。"林权助附和应道。

"前年冬月，我路过奉天，张作霖又趁机来访，暗中流露出对奉天将军张锡銮不满，表示愿按日本意图行事。"

"张作霖主动示好，愿以我帝国为靠山，或为最佳人选。"林权助会意一笑。

二次革命失败，袁世凯以北京总检查名义通缉孙中山及二次革命首要。孙中山由上海乘德国船舶潜逃至福州，转往台湾基隆，再乘信浓丸赴日本寻求援助。在日本内阁默许下，经门司、神户，从横滨进入东京。侨居岛国，孙中山不甘消沉，召集陈其美、戴季陶等，谋商再起。

陈其美经深思熟虑，提出行动方略："谋第三次革命，当于东北数省培植根基，以为犁庭捣穴之计。"

"宋遁初生前曾结交众多关外好汉，建立同盟会辽东分会，播下革命火种。"戴季陶随声附和，"待时机成熟，再南北合举起义，定可大功告成。"

"关东州大连市至今尚潜伏不少我党精英。"陈其美似胸有成竹，"春风一起，必成燎原之势。"

"袁军于东南诸地不遗余力压制革命，警戒严密，而疏于北方防范。"孙中山立表赞同，"关东马侠闻名中外，虽偏居一隅，却藏龙卧虎，不乏雄心壮志者，当从速前往联络，倘若运动奏效，将会出奇制胜。"

民国三年七月六日，陈其美接到宁武一份报告，阅过惊喜万分。原来，宁武从哈尔滨革命党人杨雨辰处获得重要情报："黑龙江陆军第一师第一旅旅长巴英额，为报叔父桂升为袁世凯所杀之仇，欲参加革命。"

宁武奉命亲往黑龙江一探究竟，先至齐齐哈尔游说督军朱庆澜。

朱庆澜颇为爽快："护国讨袁义不容辞，请宁兄转告中山先生，朱某言行必果。"

宁武满心欢喜,又赴哈尔滨与巴英额会谈。巴英额明确表态赞同革命,又透露驻军呼兰的骑兵第四旅旅长英顺亦有意起义,并引见宁武与之结识。宁武遂返回大连,向陈其美函报详情,盼速派员落实。

孙中山闻听陈其美禀告,即命蒋介石、丁仁杰赴哈,协助宁武做好策反工作。

蒋介石化名石田雄介,丁仁杰化名长野周作,乔装满铁上海办事处日籍职员,与任职于大连满铁矿业课的山田纯三郎,自东京出发,途经朝鲜,九日达安东,随后转至哈尔滨。

山田纯三郎手眼通天,迅速探明巴英额突然反袁,缘于袁世凯下令改编黑龙江省陆军第一混成旅与巡防营巡防队为黑龙江陆军第一师及陆军骑兵第四旅。巴英额和英顺明升旅长,却因部队缩编,实力锐减,深恐一有风吹草动,官俸不保。

日本驻哈尔滨代理总领事川樾茂直言不讳:"巴英额与革命党联系,盖因裁汰官兵生活无着,军心动荡。然近日北京政府拨四十万元慰抚金,以解散费名义发至龙江。银圆一到,反意消匿。山田、蒋介石诸君使命恐难以完成。"

蒋介石和丁仁杰又赴长春,与宁武会合,并发电报向孙中山汇报详情。孙中山于东京收到电报,立书致巴英额亲笔信与委任状,邮寄蒋介石。

巴英额果然发生微妙变化,声称:"齐齐哈尔驻军发生内讧,此刻不便远行,派曲营长前往哈尔滨与中山先生代表会面,商榷一切。"

二十七日,哈尔滨一家日人开设的旅馆内,曲营长向蒋介石诸人坦言:"巴英额旅长已与吉林驻军联络,商讨共同举兵,但军费需仰仗中山先生筹措。"

蒋介石因巴英额稳坐钓鱼台,无有反戈迹象,数日之后至齐齐哈尔。宁武特陪同丁仁杰会晤朱庆澜,面交孙中山亲笔信。朱庆澜表示不负前言,坚决倒袁。然黑龙江陆军第一师师长许兰洲被袁世凯收买,从中作梗,起义遥遥无期。

蒋介石再次前往长春,久等佳音不至,正在踌躇之际,忽闻第一次世界大战爆发,灵机一动,挥毫撰写《陈述欧战趋势并倒袁计划书》,详细剖析反袁武装斗争整体形势,提出革命力量应以浙江为主,以卸东北之行一无所获之责。得知孙中山"终以受欧战影响,不及筹措巨额军费",蒋介石断定巴英额不会贸然起兵,乃返回日本,当面向孙中山禀告实情。孙中山本寄厚望于陈其美在淞沪、江浙开展军事行动,故对《陈述欧战趋势并倒袁计划书》格外青睐,大加赞赏,觉得蒋介石在军事方面颇有见地,可以委以重任。

八月十八日,关东都督福岛安正闻报"日本铁道守备队由铁岭向郑家屯行军途中,遭到中国巡警射击,打伤两名士兵",颇为愤恨,决计加大力度扶持张作霖,尽快将张锡銮拉下马,扫除这只拦路虎。

政事堂铨叙局局长张元奇转任奉天巡按使,与张锡銮皆能诗,情投意合,常酬唱一堂。

福岛安正屡次与张锡銮洽商,并无大获,阴谋制造事端,执意力荐菊池武夫中佐和町野武马少佐为奉天都督府顾问。张元奇为息事宁人,主张稍做忍让。

九月八日,张锡銮首开东北官方聘请日本顾问先例,与福岛安正签署正式契约。张锡銮侦知菊池武夫中佐实为日本参谋本部间谍,常秘密与奉天特务机关联系,接受指示,提供情报,心中不悦,乃吟诗云:"浑江东下碧波澄,龙首山高几独登。雪霁辽天朝射虎,草翻沙碛暮呼鹰。耕烟万户开荒甸,王气千年护永陵。匹马四郊时极目,晴光催绿满春塍。"

"顾问,雇问,可以雇而不问,不必为此等小事伤神。登高望远,能消忧排郁。听说总督由铁岭名士孙广庭陪伴,游其家乡龙首山,留下不少佳句,令元奇羡慕,希冀与诸贤同往,开开眼界。"

"珍午,一饱眼福览河山,须采妙句结诗篇。"张锡銮面色转和。

"悉听尊命。"张元奇满口应诺。

登临巅峰,朔风沐浴,触目一片萧瑟。孙广庭校长奉命为两位张大人做向导,见三清观依旧,思师之情油然而生,略感酸楚悲凉,叹云游道长不知游往何处。

张锡銮兴致极佳,敦促张元奇践约:"君子一言九鼎,驷马难追。"

张元奇不便推托,乃作《登奉天龙首山》云:"北去风沙扑马头,一杯聊此吊残秋。座中各有新亭泪,进入辽河水不流。"

众人齐声喝彩:"好!"

临近黄昏,孙广庭与张锡銮、张元奇一行返回奉天,却获得意外消息:福岛安正大将改任大连商工会议所所长。

原来,福岛安正正在大刀阔斧,一展身手,阴谋制造事端,将殖民梦想变成现实,训令町野武马少佐"设法搬进张锡銮府中,一旦发生战争,首先俘虏张锡銮,夺取奉天"。却因外相加藤高明暗施手段,蛊惑当局走马换将,任命中村觉大将为关东都督,令福岛长期霸占关东的计划夭折。

加藤高明外相又召回驻华公使日置,命将"对华二十一条要求"全文交给袁世凯。此训令范围涉及很广,且至为苛刻,远远超出福岛安正八月十八日建议,从而引发中日旷日持久之纷争。

民国四年五月二十日。

"名为民国，尚且不如大清。"首任黑龙江都督宋小濂的文案成多禄专程来到广庭府上，尚未坐稳，便发起牢骚。

"竹山兄真是高见，与德皇威廉二世所论居然不谋而合。"广庭略含戏讽，"据又铮透露，德皇曾宴请袁大公子云台，力陈'中国非帝制不能图强'，并表示'誓以全力赞助，财政器械皆无条件奉送，唯事前勿令英、日两邦探知'。"

"天上不会掉馅饼，德皇意在何为？"成多禄诧异问道。

"理由冠冕堂皇：'结东方新起大国之好友。'"广庭答道，"德皇尚劝诱云：'中国东邻日本，奉天皇为神权；西接英、俄，亦以帝国为宰制。中国地广人众，位于日、英、俄间，能远师合众美国乎？美亦不能渡重洋，为中华民国之强助也。方今民国初肇，执政皆帝制时代旧人，革命分子势力甚脆弱。挟大总统之威权，一变中华民国为帝国皇帝，亦英、日、俄各帝国所愿。'"

成多禄恍然大悟："袁大总统谕令严复日译《欧洲战纪》，将德方胜略详细录呈，编入总统府《居仁日览》，且练兵改德御林军步伐，选将择留德陆军士官，令诸子习德语，着德国亲王军服。上行下效，无怪府中文武百官多蓄威廉二世八字牛角须。"

"英国公使朱尔典探知内情，单刀直入劝道：'英亦极赞成帝制，不必舍近图远。'又以收复青岛为辞，'英日联盟，日必助英。德国所属之青岛，中国不自取，日本必代取。不如与英立密约，英居其名，中国居其实，借辞收回，此上策也。'"广庭叹道，"可袁大总统拒之曰'我国既宣布中立，忽又出兵，将启外交纷扰，令日本生疑忌'。"

"日本内阁总理大臣大隈重信对我驻日公使信誓旦旦道：'关于君主立宪事，请袁大总统放心去做，日本甚愿帮忙一切。'然日军乘欧战方酣，悍然占领青岛。"成多禄愤愤不平。

"一月十八日，日本驻中国公使竟开外交恶例，直赴怀仁堂，将'二十一条'面递袁大总统，敦促迅速解决，所用公文程序纸之水印文为无畏舰及机关枪，施高压恫吓之策，逼我屈从。二月一日，陆军总长段祺瑞联合江苏冯国璋、湖北段芝贵等十九省将军具衔电请中央严词峻拒，谓'有图破坏中国之完全者，必以死力拒之，中国虽弱，然国民将群起殉国'。袁大总统问计国务卿徐世昌，徐东海建议'采用东北张今颇对日本人惯用手法，久拖不决，静待外援'。"

"日人嚣张至极，军舰游弋渤海，增兵山东、奉天。朱尔典一反常态劝阻：'日本《哀的美敦书》，只有诺与否之答复。目前中国情形至为危险，各国无暇东顾,若与日本开衅,即将自陷于万劫不复之地位。为目前计,只有忍辱负重之一法.'"成多禄知道徐树铮与广庭为友,两人书信往来,商榷政见,常不谋而合,乃以惋惜口吻道,"总统未听忠良所谏,却偏信洋人判断。"

"大英帝国是侵华元凶,曾置身俄、德、法三国干涉还辽事外,今主动示好,袁大总统捐弃前嫌,与之亲善,"广庭评论道,"可关键时刻英使却如是言,足见求人不如靠己,指望破靴会扎脚。"

"九日,中国承认日方条件,袁大总统悲愤填胸。英使朱尔典劝告'埋头十年,再与日本抬头相见',奇耻大辱,言之痛心。"

"盖因袁大总统于晚清主张立宪,进而直接逼宫,导致清帝退位,及时避免中国南北分裂。英使朱尔典亦云:'查现在各国,不论君主民主,无有如大总统权之重且大者。英皇之权无论矣,即德皇、日皇、美国大总统,皆不及也。'可中国积弱难返,仍受列强欺凌。"

"平心而论,自袁氏执政号令朝野以来,百业俱兴,经济发展迅猛,国力大增,倘再得十年太平,定可扭转乾坤,令东夷重新臣服。"

"闻君一席肺腑语,骤令广庭疑惑生。敢问适才仁兄为何抱怨今不如昔?"

"大总统缺少傲骨,对洋人腰杆不硬。"

"这话从何说起?"孙广庭直言道,"袁大总统坚决维护中国对蒙古和西藏的主权,断然拒绝承认英国所谓的麦克马洪线,有目共睹。"

"铁梅兄于前清即任黑龙江巡抚,身显名贵,政绩卓著,筹边二十余年,为捍卫我国疆土与沙俄谈判近二百余次,屡挫强邻凶焰。仅凭帝俄总领事一声恫吓,竟于民国二年八月八日被袁大总统褫夺江省都督兼民政长两职。"成多禄道,"居然仰洋人鼻息行事若是,岂不令国人失望,忠良寒心!"

"听刘参谋长德权说,纠纷起因颇为荒唐,"孙广庭吁口怨声,愤愤地道,"帝俄学生至齐齐哈尔旅行,内有年仅弱冠者蓄留长须,当地警官视为稀奇,用手抚摸。此等小事殃及宋都督背上'轻视邻国'的罪名,真是滑天下之大稽。"

"铁梅兄奉赵次帅将令,出兵镇压乌泰叛乱,遭俄人忌恨。加之其属下参谋处稽查王季禹又拘捕冒充记者刺探军情的间谍纪达连科,坏其好事。故而总领事老羞成怒,借题寻衅,下达'哀的美敦书',限铁梅兄二十四小时离开江省。"成多禄晚清任绥化府知府,且两度入黑龙江将军程德全幕府,与宋小濂既为同僚,又是契友,称兄道弟,习以为常,所以当广庭之面,亦呼其字"铁梅"。

"真可谓黑白颠倒,欺人太甚!然民国中央政府并非软弱至极,盖因日人步步相逼,袁大总统惧怕帝俄与之狼狈为奸,沆瀣一气,方两害取轻,忍辱退让。"孙广庭常与成多禄赋诗唱和,推心置腹日久,乃直言不讳道,"闻宋都督现已调

146

入北京,充任外务部顾问及参政院参议,皆是闲职。不知竹山兄今后做何打算?"

"绝域赋长征,天寒夕照明。松根穿石出,人影卧江行。冰雪连天拥,峰峦夹岸横。黄昏时已近,何处问前程?"成多禄吟罢宋小濂佳作,慨然应道,"暂且云游四海,消解胸中积怨。闻丹阶兄将下江南考察,欲求结伴而行。"

五月三十日,广庭与成多禄同往扬州。一座石拱桥凌空而架,直通水阁凉亭,广庭站于其上,放眼望去,只见对面假山果然似九只狮子,不由得叹道:"坐、立、卧、跃,姿态迥异,确实名不虚传。"

"丹阶兄,这九狮山背后是花墙,由南向北上下起伏像一条游龙,其上各式各样月洞,可供隔墙观景。"成多禄自告奋勇,充当向导,从旁指点道,"水阁与小轩和大厅毗连,阁侧还有山石花木,阁前临水,白天观鱼,晚间赏月……"

"扬州园林,小中见大,气势磅礴。但广庭此行并非游山玩水,而是有公务在身,仅想瞻仰久负盛名的'扬州八怪'旧居,便要与竹山兄暂且道别。"

来到弥陀巷"朱草诗林",此乃"扬州八怪"中罗聘寓所,宅内有大门、花厅、书斋、半亭、长廊、寝室,布局紧凑,清雅别致。而最引广庭注目的,是高悬于客厅正面墙上的《冬心午睡图》。

"竹山兄,这幅门生为先生所作之画,究有哪些独出心裁、与众不同之处?"

成多禄抬头细审,只见图中金农端坐交椅上,身体微微后靠,双膊架于月牙扶手,右手轻握一薄扇,两腿顺势下搁,伸屈有致。上身赤裸,下着长裤。满腮胡须,寿星式大脑袋后面斜拖一根小辫,极有情趣。背后芭蕉绿荫蔽天,树下蹲睡一小童。遂感到颇为亲近,忍不住信口评价道:"构思奇巧,行笔稚拙,用绛色施以淡墨,给人以素雅、潇洒、安宁之感,烘托出凝静养心的主旨。"

史传唐代草书大家怀素因贫无力购纸,尝于故里种芭蕉万余株,以供挥洒。成多禄亦因唐代诗人王摩诘喜画雪里芭蕉,而录其诗"空山不见人,但闻人语响,返景入深林,复照青苔上"于新蕉之叶面。广庭知道多禄对芭蕉情有独钟,触景生情,定会借题发挥,议论一番,乃催促道:"此外尚有何令人感喟之处?"

"画上长跋,绝妙脚注,具珠联璧合之功效,令人叹为观止!"

广庭见那跋上写道:"诗弟子广陵罗聘,近工写真,用宋人白描笔法画老夫午睡小影于蕉林间,因制四言,自为之赞云:'先生瞌睡,睡着何妨。长安卿相,不来此乡。绿天如幕,举体清凉。世间同梦,唯有蒙庄。庚辰长夏之上休日。七十四翁杭郡金农睡醒时记。'"忽有所悟,随即论道:"大凡画人像者,多依靠描绘双眼,来刻画传神。但罗聘所画却是闭目小憩,乃是通过人物动态与环境渲

147

染,将金农超脱尘世、追求恬淡静适生活的意境,表现得淋漓尽致,这绝非易事……"

言语之间,忽闻门外有喧哗之声,两人相偕而出。

"此乃祖传珍品,稀世之宝,因急等用钱方忍痛割爱。货真不怕近前鉴赏,倘若赐价合理,双方满意,即可成交……"一位后生立于阶石之上,展开一帧中堂,高声叫卖,招惹不少路客围观。

只缘墨迹异形字甚多,几位近水楼台的猎奇者指指点点,含糊其词,总是念读不成句。孙广庭打眼一观,认得那苍古奇逸、魄力沉雄、用笔方扁、自辟蹊径的"漆书",乃是稽留山民金农所书,立刻像遇到磁石般被吸引过去,朗声吟诵道:"汉武尝至柏谷,夜投亭长,亭长不纳,乃宿于逆旅。逆旅翁谓上:'汝长大多力,当勤种稼穑,何忽带剑群聚,夜行动众? 此不欲为盗,则淫耳。'上默然不应。有顷,见翁方邀少年十余,皆持弓、矢、刀、剑,欲图上。妪曰:'吾观此丈夫,非常人也,不如礼之。'出谓上曰:'此翁好饮酒,公子且安眠无他。'因杀鸡作食。上还宫,乃召逆旅夫妻见之,赐妪金十斤,其夫为羽林郎。"

语调抑扬顿挫,颇为流畅,如数家珍。众人皆肃然起敬,赞叹中甚至夹有女子清越之声:"真有学识,简直才高八斗!"

唯有那后生见广庭身着一领半新不旧的粗布长衫,微微笑道:"先生可谓行家,定然知晓物之所值。倘有诚意认购,尚祈给个足价。"

"此字画无疑为金寿门精品,难得一遇,身价至少千元,尽管穷家富路,亦是可望而不可即。"广庭思及于此,伸手张开五指,轻轻地道,"甚是惭愧……"

成多禄明知广庭欲打退堂鼓,但见那卖字画的后生投出的轻鄙目光,不禁勃然而怒,抢在广庭手摆动之前,大声喊道:"奉币五百,堪称天价!"

经过一番讨价还价,五百八十元一锤定音。孙广庭将字画捧在手里,满心欢喜,正待与成多禄离去,却有位江南少妇施礼拦住去路。

"先生并不像家财万贯,却舍得花重金买下这少许文字,适才仔细倾听,仍是似懂非懂,"少妇用手向后一指,"小妹生性好胜,渴望甚解,求我斗胆向先生请教。"

广庭这才发现有位窈窕淑女站在那里,穿戴平平,可是五官端正相貌美,皮质细嫩骨肉匀,手臂雪白如玉,面颊羞若桃红,颇具江南佳丽的妩媚。只因之前全部心思皆在字画之上,对此光彩照人的少女竟然毫无察觉。

说文解字对于私塾先生出身的广庭,可谓轻车熟路,他逐句逐段讲解详细,并且补充道:"此节摘于《汉武故事》。汉武帝年少好动,夜间微服出游,触犯当时宵禁之律,旅店老板疑为坏人,欲聚众讨杀。手下人主张逃之夭夭,武帝以为必遭追击,不如静观其变。老板娘慧眼识英雄,认定武帝非常人,将丈夫灌醉捆缚,避免悲剧发生,从而获得重奖,其丈夫也被提升为羽林军军官。"

"慧眼识英雄,慧眼识英雄……"姑娘自言自语,颇为激动。

成多禄觉得有些蹊跷,私下盘诘其姊。

"族妹刘姓,名曰月华,因父母早逝,寄寓我家,今已芳龄二十,提亲者日多,曾询计于我。我尝言:'嫁与年长者吃馒头,嫁与年轻者吃拳头。'彼却道:'古人曰郎才女貌,我不理会年纪长少,仅关心学问高低。'观今日情景,似对先生之友一见钟情。"

"巧哉,巧哉!我朋友的高堂正欲为其寻一伴侣。"受人之托理应成人之美,成多禄将广庭老母之意悉皆转告。

有缘千里能相会,经过成多禄从中说项,月华低首默认,一拍而合。成多禄号称"东北书圣",辞行前,留下两副对联:

> 争先石鼎联搜句,
> 薄怒银灯劫算棋。

> 松间石榻春云淡,
> 花底山尊夜月开。

并郑重其事,皆盖上印鉴"澹堪居士"。

"听说'华'字古同'花',这第二个对联尾句居然含有我名字。"月华欣喜道,"但不知道'山尊'是指何物?"

"山尊犹山杯,是以竹节、葫芦等制作之饮器。唐王昌龄《猴氏尉沉兴宗置酒南溪留赠》诗云'山尊在渔舟,棹月情已醉'。元虞集《赋程氏竹雨山房》曰'竹间开几席,花底注山尊'。"

"博学者多喜欢读书,令人钦佩。"

广庭见月华这般聪颖,通情达理,也不再多费口舌,将金农字画留作定情之物,便匆匆南下而去。

六　釜底抽薪

民国四年夏历六月二十日,广庭遵照母亲旨意,迎月华至铁岭。李氏闻听月华为扬州仙女庙人,见她长得像瓷人一般,亭亭玉立,容颜娟好,果有几分天仙姿色,不禁又喜又忧。

"我恐月华似绣花枕头,金玉在外,败絮其中。这般娇弱,怎能吃苦耐劳?只怕比幸子更加水土不服,难以在熊官人屯安居。"李氏私下嘀咕,露出埋怨之意。

"《西游记》中孙悟空远不如猪八戒壮实,能耐却比其大得多,所以不宜以外貌取人。"广庭本想这般解释,又觉得不妥,便改口道:"人非生而皆能,尚需后天培养。但求母亲多加调教,循循善诱,万勿操之过急,以免伤及婆媳情感。"

"快些回屋歇息去吧,明早还得赶路去省城。"老母摆摆手,"都说娶了媳妇忘了娘,这话一点不假。月华刚进门儿,你就知道心疼她啦!"

七月,广庭又携幸子、隔住还乡,为长子启昆成室。

张香亭竖起拇指:"月华夫人勤劳贤惠,体察人意,孝顺婆母入微,筹办启昆婚事,尽心尽力,毫无瑕疵,真是百里挑一。"

广庭不胜欢喜,心中暗悬之石悄然落地。

奉天督军署军务课长出缺,督军张锡銮环视左右,参谋熙洽办事颇为认真,最堪当此任,遂将他提升。熙洽欣然上任不久,竟出人意外地递上一份辞呈。

熙公馆客厅内,广庭落座即道:"格庄兄,我刚处理罢学校琐事,便匆匆赶来。奉天将军府仅有军务、军需、军法、军医四课。你弃上校军务课长不就,应卓威将军朱庆澜之邀,赴黑龙江任督军署参谋长,岂不让镇安上将军颜面无光,觉得伯乐难当?"

熙洽道:"舍近求远非我所愿,而是避免张上将军骑虎难下。"

"这话从何说起?"

"我是张作霖把兄弟张作相、张景惠、汤玉麟在奉天讲武堂的老师,张作霖平日对我很尊重。我因公往访二十七师,他却怪张上将军没事先与他打招呼,故意怒气冲冲,大发雷霆:'谁让你当军务课长?难道想对我发号施令不成?'"

"上将军初任东三省总督时,张作霖还百般奉承,常将感恩图报挂在嘴边:'当年若没有大帅栽培,作霖哪有今日?义父大人恩重如山,作霖没齿难忘。'"广庭摇摇头道,"怎么忽然变得这般桀骜不驯?"

原来八年前,张锡銮在奉天巡防营务处总办任内,下属新民县游击马队营管带张作霖投其所好,献上两匹罕见的千里良驹。张锡銮见张作霖头戴亮白顶蓝翎,身穿天青色青宁绸军制服,周身沿玄色缎边,袖盘黑缎大盘卡,腰佩洋式军刀,足蹬薄底快靴,虽身材不高,却二目灼灼有光,气度不凡,一时高兴,收为义子,并将新民巡防营扩编为马步五营,破格提拔他为五营统带。

"张上将军犹以为识英雄于草莽之中,以恩公自居,驭之如昔。岂料张作霖位已显贵,渐不能堪,表面虚与委蛇,实则阳奉阴违,不仅与福岛安正与林权助暗中通款,而且伙同冯德麟私下约定:奉天省军政重要事项,须通过二十七、二十八师,方可实行。"

"我不相信上将军会容忍义子架空自己。"

"上将军颇为恼怒,立求袁大总统调虎离山。袁世凯欲以护军使官衔,明升暗降,调张作霖至东蒙古,张作霖电告陆军总长段祺瑞:'辛亥、癸丑之役,大总统注意南方,皆作霖坐镇北方之力。今天下底定,以谗夫之排挤,鸟尽弓藏,思之寒心。中央欲以护军使、将军等职相待,此等牢笼手段施之他人则可,施之作霖则不可。'断然拒绝。"

"张作霖太自不量力,竟敢与上将军公开唱起对台戏!"

"袁大总统急欲黄袍加身,征求上将军意见。上将军直言不讳:'帝制万民唾弃,不可恢复。'张作霖却见缝插针,表示拥戴袁世凯称帝:'关以外有异议者,唯作霖一身当之。内省若有反对者,作霖愿率所部以平内乱,虽刀斧加身,亦不稍怯。'上将军至此方识透张作霖庐山真面目,但早已晚过三秋,无计再施。"

广庭不解:"怎么会无计再施呢?"

"因大总统任命驰下,走马换将成为定局。"

八月二十二日,华灯初上,孙广庭手持大红请束,准时来到奉天总督府大礼堂,参加迎新送旧盛宴。礼堂考究漂亮,宽敞高大,几十桌酒席排成方阵,很有气派。奉天城内文武百官、绅士名流、豪商巨贾接踵而至,趁主角尚未亮相,三三两两凑在一起,交头接耳,攀谈闲聊。

"镇安上将军段芝贵此番督理奉天,并节制吉、黑两省军务,必能大显身手。"

"张都督被封为彰武上将军,掌管湖北军务,不日即将启程。"

孙广庭刚欲慨言己见,忽闻掌声雷动,耳边响起一片恭维之声,原来两位上将军已粉墨登场。

"张公两朝重臣,开府盛京,筹边有方,政绩卓著,兄弟忝继后任,只怕愧比前贤。"段芝贵抱拳当胸。

"岂敢。段帅乃北洋上将,威名赫赫,必能别开生面。老朽此行只恐难负重任。"张锡銮连连拱手。

原来二人是南北平调,互为继任。众人笑语喧哗,逢场作戏。张锡銮酒至半酣,诗兴大发,即席要来笔墨纸砚,挥毫写下《呈段上将军》七绝一首:"武昌开封驰名地,百战功高上将才。愧我筹边无善策,十年忍耻待君来。"半遮半盖泄

151

溢出真情。

众人争先恐后,向新总督段芝贵大献殷勤。

孙广庭见张锡銮在一旁遭到冷落,深感世态炎凉,想起昔日知遇之恩,进前高声敬酒道:"愿大帅保重贵体,鹏程万里,一路顺风,步步高升。"

"一身去就等鸿毛,回首辽天夜月高,独驾飞轮先马卒,恐教别泪染征袍。"张锡銮面现激动,举杯赋诗过后,低声私语道,"广庭,老夫年逾七旬,两湖潮湿,实难久住,我决意不去,就此告别官场。"随即仰面痛饮,半滴不存,似乎显得有些轻松愉快。

九月,张元奇与孙广庭话别道:"孙校长,今颇兄离开关东,我也不愿久留于此。"

"贞午兄,重返京师再署内务部次长,又兼参政院参政,理当祝贺。只是彰武上将军拒赴任所,尚滞留京城,今广庭有一事相求。"

"丹阶,有何用我之处,但说无妨。"

"恭请张次长代广庭向上将军问安。"

十月初九,日丽风清,天高云淡,奉天中街附近,孙广庭偶遇杨宇霆。两人寒暄几句,忽闻古刹钟声传来,浑厚悠扬,几乎响彻全城。

杨宇霆举目远眺,突发奇想:"希冀官运亨通,何不祈求神灵荫佑?"

孙广庭见杨宇霆沉思未语,遂以往南门脸书肆为由,示意先行。

"'盛京八景'中有一景,未观真形而先闻其鸣,丹阶兄,可曾知晓?"杨宇霆欲邀孙广庭一同逛览皇寺庙会,明知故问。

"'五更起钟声,鲸吼宵沉沉。城市日渐高,何来风中音?梵宇号实胜,静向西关寻。希声度高树,殿阁凌绿荫。岂须逢空山,沈我名利心。'"孙广庭脱口吟出前清翰林缪东霖所赋《皇寺鸣钟》,以诗作答。

"皇寺又名实胜寺,爱新觉罗·皇太极于盛京登基称帝时所建,是清朝第一个皇家寺庙,亦是奉天历史最为久远之藏传佛教寺院,又名'黄寺',宗教地位在北京雍和宫之上。盖因天子多次临幸,盛京新任官员亦到此拜佛受印,皇寺由是香火兴旺,蜚声禅林。"杨宇霆故意长叹一声,"凡事多上行下效,故执国权柄者当修身慎行,重用贤能,胸襟浩荡,广施恩德。倘上梁一旦不正,下梁势必随之斜歪。"

"广庭以为其所以闻名于天下者,并非因帝王所建,而是镇寺三宝。"

"丹阶兄所云三宝,莫非指蒙古传国之宝玛哈噶喇金佛、清定业高皇帝努尔哈赤宝剑、皇寺开光时清开国君主皇太极所赐腰刀?"

"玛哈噶喇金佛为蒙古族最高护法神,堪称旷世国宝。"孙广庭颔首应道,

152

"据说是战无不胜的常胜神灵,得之者必得天下。当年关外女真汗王努尔哈赤闻听忽必烈倚仗金佛护佑,所向披靡,建立起名扬四海、威慑天下的大元帝国,羡慕不已,梦寐以求而未得。金天聪九年,皇太极征服蒙古。默尔根活佛和多罗、苏秦两太后,用白骆驼载玛哈噶喇金佛、金字佛经、传国玉玺,专程长途跋涉,朝拜敬献。皇太极得到宝物,笑纳林丹汗正室多罗为福晋,并先建一栋金佛楼。翌年改女真称满洲,第三年再改国号为清,果然喜事连绵。"

"金佛灵验消息不胫而走,朝拜者蜂拥而至。百姓祈消灾祝福,官员求官运亨通,甚至有虔诚信徒不远万里前来拜谒。孙大爷,我等近水楼台,何不先得一月?"杨宇霆语带双关。

"邻葛心与诸葛为邻,身与金佛攀近,真是胸怀大志。"孙广庭诙谐一笑,"既然贤弟有阅胜雅兴,愚兄愿意奉陪。"

孙广庭与杨宇霆迈进三楹黄绿琉璃瓦顶山门,迎面为天王殿,只见殿内四大天王彩绘造像威武刚烈,栩栩如生。殿后两侧碑亭,内立满、汉、蒙、回四体文碑,详述建寺始末。佛楼位于大殿西南,玛哈噶喇金佛供奉于楼上,面朝东方迎接朝霞。下层是一座藏式小塔,内葬默尔根活佛和白骆驼遗骨。

两人拜过金佛,同至山门右之钟楼。楼内悬挂一口大铁钟,重达千斤,高逾四尺,三层镌刻"风调雨顺,国泰民安"八字。

"唐人皮日休《寺钟暝》云:'重击蒲牢唅山日,冥冥烟树睹栖禽。'"杨宇霆大惑,"因而蒲牢为钟别名,多充作洪钟提梁。缘何此皇寺古钟四层钟纽竟为两个猴面?"

"倘马上有一蜂一猴,为'马上封侯';若两猴上下相叠,大猴背小猴,是'辈辈封侯'。"孙广庭沉吟片刻,方道,"两个猴面当有两解,其一是一面表示'马上封侯',另一面寓意'辈辈封侯'。"

"那其二为何?"杨宇霆追问。

"与命中贵人见两面,方有望封侯。"孙广庭信口应道。

两人欲踏归途,发现日人结伴而来,却越寺门不进,匆匆西向疾行。

"邻葛,东洋人士信奉佛教,不来皇寺朝圣,却舍近求远,赶往锡伯族家庙进香,此举颇为蹊跷。太平寺距此未足半里,不妨前去探明究竟,别有不太平之事发生。"

"太平寺为世界唯一锡伯族家庙,也是中国仅存一座一院两进式家庙,具有锡伯建筑风格,兼容蒙古穹庐特色,引人入胜之处甚多。"杨宇霆笑道,"香客兼充侦探,或为一举两得之趣事。"

走进太平寺,方知其布局严谨,雄伟壮观。"万世永存"石碑两座,锡伯文与汉文各一,分居大殿前左右,记载家庙创建,由海拉尔南迁盛京,编入八旗等三百余年锡伯族历史。

"奉命巡视太平寺,未发现任何异常。"杨宇霆止步并足,挺胸立正,"可疑之处仅为……"

"香客熙攘,独日人罕见。"孙广庭直言应道,"不识此事神秘处,只缘身在家庙中。"

观察太平寺周边,果然目睹奇怪现象,日本浪人于光天化日之下,擅将寺院属地到处插遍标桩,上书大字某某商租地。询问太平庄老者,方真相大白。原来日人云集于此乃包藏祸心,鸠占鹊巢,甚至破门入户驱赶居民,十一村乡亲深受其害。

"朗朗乾坤,浪人怎敢如此嚣张?"孙广庭勃然大怒。

"太平寺住持僧人本瑞将四百余亩土地租与日本大兴会社井深滨名。井深滨名曾在关东军司令部任职,原本凶狠霸道,如今手握商租契约,更加有恃无恐,为所欲为。"

"此方土地系前清昭陵官庙公产,由官员征收粮赋,而后拨给太平寺为香火之资。民国收官田为国有,太平寺依旧仅有收租之利益。本瑞出租国有土地,实属非法,所订契约皆为无效。"杨宇霆看出端倪。

"井深滨名满脸杀气,蛮横至极,与他说理,不如对牛弹琴。造孽者秃驴本瑞又携十万日元巨款逃匿,下落不明,奈何?"老者两手一摊。

"管理太平寺之会首,一向选举锡伯族中德高望重官员担任,道光、同治盛京八门提督色普鉴额、光绪保定知府锡朗阿两位会首,皆是光宗耀祖、青史流芳之名将。本瑞龌龊小人,如何窃居此位?"杨宇霆自言自语。

"本瑞不瑞,真是不肖子孙,民族败类,卖国奸佞!"孙广庭朗声示愤。"但和尚可逃,庙尚且在。"

回到奉天,杨宇霆邀孙广庭至家中小酌。

孙广庭愤恨未消,乃道:"日本依据《关于南满洲及东部内蒙古之条约》,攫取土地商租、杂居、合办农业及附随工业三权,利用和平手段,蚕食吞并我大好河山,比武力劫夺更为阴险歹毒。"

"日人所谓商租土地,实为扩展奉省铁路附属地,打破十里宽路界限制,拓广至南满全境。"杨宇霆面现忧郁,"后果严重至极,却又防不胜防。"

"邻葛一向足智多谋,为何今日如此长他人志气,灭自家威风?"

"东瀛久具狼子野心,巧取到手土地,不会轻易放弃;租赁买卖自由,列强难以干涉,无法以夷制夷;地主愿意租让,贪图租金小利,不顾国家安危。"杨宇霆伸张五指,一一列举道,"强敌笑脸进攻,来势凶猛迅疾,而我处处掣肘,上有中央政府条约,下有土地所有者配合,外无力量可借,内少可拒之理,四面楚歌,岂有万全之策?"

"魔高一尺,道高一丈。"孙广庭语气坚定,"两国政府正式签约,奉省地方当局无权废止,但可制定《租用地亩规则》:'所有权未定者,依法禁止耕种或建筑者,荒地和未经查报登记者,与林地纠葛未经勘定者,买卖不明或盗典盗押者,若有土地租佃关系发生,中国地方官署有权令其解约。'"

"名曰利于土地商租,并非拒绝条约,实则予以具体否定。"杨宇霆为之一振。

"尚可规定'租出地亩,所有权仍在地主,而承租人须代缴现在及将来关于土地之一切课税'。"孙广庭继续出谋。

"承租人税负加重,势必要求减轻租价。地主无厚利可图,自然丧失出租热情。"杨宇霆分析道,"此举贵在减少地亩商租,有利保全国权,避免日中纠葛。"

"而且,出租者须有民国执照,其他租照、地册及一切不正当之契约均归无效。"

"矿山、森林、草原诸国有土地,私人不可能有执照。多数府县尚未颁发执照,有民国执照者寥寥无几。"

"再者还须强调,日人商租须在该产坐落地方报明县知事,查无纠葛,始准立契。"孙广庭解释道,"中国私人土地焉能查不出纠葛? 何况有无纠葛,当由官府决断,则可以小法制约大法。"

"老班长不愧是军校校长,思维缜密,面面俱到,不显山露水,避其锋芒,化日人土地商租权为虚设。"杨宇霆竖起大拇指,"以柔克刚,万无一失,真是绝妙好计!"

"私下纸上谈兵,华而不实,岂不类同画饼充饥,依旧无济于事?"

"丹阶兄,为何不尽告上宪当权者,以求具体实施?"

"倘若今颇都督尚在,或可采纳广庭愚见。而今复辟帝制甚嚣尘上,镇安上将军段芝贵近又联合十一省将军,劝袁总统'速正大位'。《关于南满洲及东部内蒙古之条约》实属日人以武力威逼所提出严重侵及中国主权之二十一条款,在此非常时期,纵观东省执柄者,尚无有敢与东夷争锋斗法之勇士,似今颇都督当年击溃日军收复失地那般夺回国权。子期不在,对谁抚琴?"

"子牙渭滨渔钓逢文王,孔明南阳躬耕见先主。"杨宇霆宽慰道,"世界之大,定有知音。只是机缘未到,尚需耐心等待。"

"邻葛皇寺拜金佛,定将奉天遇伯乐。"孙广庭诙谐笑道,"扶摇直上莫忘记,釜底抽薪制强倭。"

七　反对帝制

民国四年冬,原配夫人董孺人被病魔夺去生命,尽管婚姻是父母包办,彼此感情欠深,但二十七载夫妻一朝永诀,广庭依然眷恋难舍。况且董孺人多年伺候太夫人,于铁岭乡下为孙家支撑门户,确是功不可没。每念及此,孙广庭常常夜不能寐,向隅而泣,难以自拔。

接二连三同亲人生死别离,加之大哀期间,袁世凯废灭共和,实行帝制,段芝贵、张作霖劝进拥戴,竞相献媚,日人口蜜腹剑,索要巨利,广庭断定此倒退之举易诱发内外纷争,导致山河破碎,民坠涂炭,虽意图制止,却无力回天。故而心如寒灰,抱着一部《易经》躲进书房,拒不见客。

相比之下,太夫人李氏却要坚强甚多。见儿子连日愁颜不展,长吁短叹,老人家忍耐不住,遂将广庭唤至跟前。

"儿啊,你近来心劳意冗,究为何事?"

"没有,母亲大人千万莫要多虑,我仅是略感疲惫而已。"

"唉,莫要瞒我。你整天愁眉苦脸,妈怎能不牵肠挂肚?"

"这……实在是没有什么,我只是……"

李氏轻轻地摇摇头,缓声道:"家里虽然屡遭意外,亦用不着这般伤感,更不宜因怀念往昔而一蹶不振。生死有命,富贵在天,凡事得多向前看。连孔圣人也历经重重磨难,记得你曾讲过孟子云'天将降大任……',唉,我记性不佳,你再说给妈听听。"

广庭不由得心中一动,孟夫子这句名言,还是父亲一字一顿、逐词逐句教他背熟的,此次母亲重提旧事,用意可谓良苦。

"天将降大任于斯人也,必先苦其心志,劳其筋骨,饿其体肤,空乏其身,行拂乱其所为。所以动心忍性,增益其所不能。"背过亚圣遗训,广庭泣不成声,"母亲,孩儿不孝,让母亲为之劳神。从今而后,孩儿定遵从先贤教诲,经得起困苦和坎坷,绝不……"

"昨日中午,你于假寐中自怨自艾,'可叹我一席肺腑语于事无补,袁大总统依然黄袍加身,却害得最年轻的次长丢官,株连民国元勋弃爵……'"

"梦中呓语,莫要当真。"广庭不想让母亲为国事焦虑,急忙搪塞,"所云多虚幻,觉醒尽消散。"

"可我梦里所见,多为所惦念之事。"李氏半信半疑。

回到奉天，广庭立刻书写"存养宜冲粹近春温，省察宜谨严近秋肃"之联，悬于测绘学堂大厅，并咏吟前贤赵翼诗句"矮人看戏何曾见，都是随人说短长"，辛辣讥讽当局颂扬称帝之举，告诫学员要明目达聪，万勿盲从。"日人久存亡我之心，袁大总统曾平定甲内政变，大败日军，镇守朝鲜，有效遏制日本与沙俄渗透达十二年之久，与两国结下仇隙，而今执华夏九州牛耳，为东瀛称霸东亚最大障碍。复辟帝制与时代潮流向背，易为东洋黩武者所用，浑水摸鱼，制造事端，撼动领袖权威，以破坏中华一统，乘分裂内乱之机而入侵神州大地。"

然而，师生中不乏认定孙校长才是勇于逆流而上者，因为其时鼓吹帝制者大有人在。美国约翰·霍普金斯大学校长古德诺教授、日本内阁总理大臣秘书有贺长雄、旷代逸才杨度以及各省将军巡按使暨文武各官，皆言"非君主立宪，不能巩固国基"。

日本大摆迷魂阵，唆使日置益公使花言巧语，密告曹汝霖："敝国向以万世一系为宗旨，中国如欲改国体为复辟，则敝国必赞成。"暗中却挥金如土，襄助袁氏朝野政敌，借捍卫共和名义，一举将袁大总统拉于马下，扶持亲日者上台执政。

孙广庭对日人阴谋早有觉察，与同窗好友徐树铮恳谈无忌，力陈改制危害。

"总统非世袭，当代各姓诸侯贤能者皆盼继承，而皇位传子嗣，新帝登基之后，前朝首辅多命运凄惨，甚至祸及九族。何况袁大总统实行军民分治，削诸省都督民政大权，又设陆海军大元帅统率办事处，释陆海两总长兵权，部将本怀不满。"孙广庭一针见血道，"今倘贸然称帝，势必令重臣寒心，众叛亲离，一旦南北争端再起，国家陷于分裂，招致外寇入侵，后果不堪设想。"

"当年孙仲谋上书称臣，劝曹孟德称帝，曹公则道：'是儿欲使吾居炉火上耶！'如今献媚者竟欲将袁公居着炉火之上。"徐树铮赞同，"然一人进退事小，国家安危事大。国体变更，必将引起人心浮动，一隅有变，牵动全局。日人乘机兴风作浪，则国无宁日，危在旦夕。"

"九月三日《京报》参政院参政梁启超，曾为国会中支持袁大总统与国民党抗争之中坚，而今竟公开反戈一击，发表万言长文《异哉，所谓国体问题者》，可见反对帝制，民心所向。广庭处江湖之远，献力微薄。又铮兄居庙堂之高，号称与中山先生民意票数相同的段总长之魂，当大有作为。"

"孙大爷，切莫给树铮戴高帽，但小弟为国家大业，定不顾个人前程，竭尽全力一搏。"

十二月十一日上午,一千九百九十三位国民代表于京师投票表决国体,全员满票赞成君主立宪。且各省推戴书皆云:"恭戴今大总统袁世凯为中华帝国皇帝,并以国家最上完全主权奉之于皇帝,承天建极,传之万世。"同声要求大总统:"俯顺舆情,登大宝而司牧群生,履至尊而经纶六合。"

"大总统,祺瑞久享知遇之恩,永世没齿难忘,誓与袁府休戚与共,与国家生死相依。"段祺瑞主动登门求见,剀切陈情,"如今国势危殆,倘有变动,定酿成大乱,故称帝之举,乃贻害无穷,万不可为。"

袁世凯勃然变色:"赞同改制人多,而反对者寡,何必如此大惊小怪?"

"忠言逆耳,良药苦口。"段祺瑞尚期力挽狂澜,傲然答道,"祺瑞耿耿忠心,日月可鉴。愿大总统悬崖勒马,时机稍纵即逝,届时悔之晚矣。"

"芝泉,观你面色欠佳,气喘不畅,速回西山静养。"袁世凯拂袖而起,"安心医好自身病,莫为国是乱开方。"

十二日,袁世凯接受皇帝尊号,宣布建立中华帝国,改总统府为新华宫,以民国五年为洪宪元年。

十三日,袁世凯"登基大典"于中南海居仁堂举行。

段祺瑞未去恭贺,于公馆内慨叹:"项城本清室大臣,以赞成共和,遂为总统,妄自称帝,何以对故主?微论民国,此系造孽,恐引发动乱,殃及朝野,导致其身败名裂,祸延子孙。"

陆军次长徐树铮因劝段祺瑞抵制称帝,遭袁世凯罢免,亦是满腹牢骚:"老袁心胸狭窄,嫉贤妒能,下手狠辣,先夺恩公兵权,又免陆军总长之职,令民国功臣人人自危,无疑是自毁长城。而今悍然登基,不仅为作茧自缚,而且是玩火自焚。"

徐世昌与段祺瑞见解相同,但不锋芒毕露,而是力辞国务卿,退居河南自保,临行尚面见袁世凯道:"称帝一事,暂不论是非,就其利害而言,观察时局,确难料定会成功,如若半途而废,将何以回旋?"

自二十一日始,连续三天,洪宪皇帝于新华宫以五等爵分封将帅。

张作霖闻知自己爵位是二等子,而段芝贵为一等公,忙询左右:"子的爵位究竟多大?"

袁金铠道:"其下于伯爵一等,再上为公为侯。"

张作霖以为公与子相连,未承想相差三级,气得哇哇怪叫:"我老张凭什么放着辽东王不当,去做人家的龟孙子?真是岂有此理!"

袁金铠察言观色道:"蔡锷将军已在昆明起兵,讨伐袁大总统。各省闻风响应。"

张作霖袒露胸臆:"我亦想反戈一击,趁机驱逐段芝贵,称霸奉天。"

"当年宋教仁遗愿'竭力保障民权,俾国家得确定不拔之宪法',而孙中山号召'武力讨袁'。陆军总长段祺瑞任战时内阁总理,迅速击溃讨袁军。结果,袁世凯下令免去黄兴陆军上将,国民党由是丧失三省势力而一蹶不振。"袁金铠重提旧事,巧言规劝,"如今,蔡松坡身患绝症,病入膏肓,率三千护国军对抗北洋百万之众,必定凶多吉少,难操胜券。雨亭兄,万不可盲从,尚须拭目以待,静观其变。"

"如此说来,我老张还得受人鸟气,委曲求全?"

"综观时局,洪宪皇帝已是未老先衰,苟延残喘。"袁金铠轻声低语,"恐要大难临头!"

"此话当真?"张作霖面现惊喜。

"今项城借革命而推倒清廷,假民意而阴谋帝制,不顾舆论而家天下,虽门生故吏遍布九州,而手植心腹亦存观望,众叛亲离在指顾耳。"

"袁皇帝封爵一百五十三人之多,内中竟无开国元勋段芝泉、小扇子军师徐又铮。"张作霖恍然大悟,"北洋武将中,段祺瑞唯一公开反对帝制,而手握重兵不显山露水,却心怀异志暗中抵制者,当不在少数。"

"大丈夫处世,须默察时势,顺应世变,岂能郁郁久居人下,不为前途久远计乎?"袁金铠指点迷津。

"辛亥之役,幸蒙臂助,耿耿在怀,今日之事,袁六爷能为我再设一谋耶?"

"历观古之豪杰,凡成大业者,皆逢佳机则起,所谓时势造英雄,良非虚语。段芝贵走马上任,只携一营卫队,名为奉天将军,并无实力。今师长兵强马壮,于东省举足轻重,即应当机立断,奋发有为。铠虽不才,愿献绵薄,以附骥尾。倘因循守旧,鸟尽弓藏,李世忠、陈国瑞乃前车之鉴也。"

李世忠、陈国瑞皆出身绿林,投诚官府战功昭著,终为清廷解除兵权而后杀之。张作霖闻听此言,心存余悸,不寒而栗,忙迭声连问:"倘得机遇,如何施为?"

"敲山镇虎,以实攻虚,频繁调兵遣将,令段疑惧;大张旗鼓,追查贪腐,故意打草惊蛇,逼其白遁;鼓动民愤,口诛笔伐,宣扬奉人治奉,奠定基石,充当红脸,让冯德麟出面,半路劫夺枪财,断段归路,定可坐享其成。"

张作霖仰天狂笑:"一石二鸟,妙啊!"

民国五年三月二十二日,袁世凯宣布复任中华民国大总统,废止洪宪年号,请出囚禁西山的段祺瑞任国务卿,收拾残局。

159

孙广庭获知取消帝制,精神大振,挥笔写下"智水仁山同征素乐,吟风弄月足畅高怀"之句,以示心头之喜,并召集全校师生道:"我国两千年帝制,百代皆行秦政,独洪宪皇帝有所改革。"

"敢问校长究竟有何不同?"因孙广庭于学堂内公开倡导言论自由,故有学员误以为孙广庭支持复辟,乃举手示意,提出疑问。

"历代皇帝是金口玉牙,一手遮天,而君主立宪则由皇室、内阁、议会三极组成,名为行政、立法、司法三权分立,实则由总统支配一切,故而中央威信日彰,财政渐归统一,各省皆极其服从。倘不节外生枝,变更国体,循而行之,苟无特别外患,中国犹可维持于不敝。复辟毕竟是倒退,招惹许多是非,如今迷途知返,可谓庆幸矣。"孙广庭表明立场,"明治维新,日本国才日趋强盛。我国只有提升国民智识,实行民主共和制,方可走在日本国之前面。"

广庭本以为恢复共和,天下有望太平,岂知战争未息,刺杀惨案迭起。

光复会首领陶成章素以排满反清为己任,曾两次赴京刺杀慈禧太后未果。民国元年,陈其美为争夺浙江都督,指使蒋介石、王竹卿将光复军总司令陶成章刺死于上海广慈医院。事隔四年许,陈其美居然亦遭暗杀。尤令孙广庭困惑不解者,乃是关东实权派张作霖百般讨好福岛安正,却遇日人连续炸弹袭击,险些被夺去性命。

八　信藏秘密

帝制撤销,日本虽大显淫威,出尽风头,然其醉翁之意不在酒,分裂华夏企图未成,遂急于辣手摧花,实现所愿。

孙中山欲武力推翻袁世凯,于东京组建四大中华革命军,自任大元帅。东北军总部设山东青岛,以居正为总司令。四月四日电告山东居正"如能占领济南,即亲来鲁"。

奉天将军段芝贵督理东三省军务,兼奉天巡按使,得意非凡,盛气凌人,又受袁世凯封为一等公,被尊称为"爵帅",更是高高在上,不可一世。公事常委参谋长宋玉峰代办,甚至冯德麟、张作霖亦难得见其一面。

冯德麟私与张作霖商榷:"段芝贵现为东三省帝制祸首,是泥菩萨过河自身难保,我等干脆落井下石,取而代之,省得受其鸟气,不得施展。"

张作霖将计就计,发誓鼎力相助:"今夜即安排士兵放枪,让爵帅心惊胆战,不敢恋栈。"

段芝贵闻张作霖告密冯德麟欲谋反逼宫,乃电禀中央:"请假天津养病,将奉天军事交于张作霖代摄。"

四月十七日,政务堂统帅办事处复电段芝贵:"令张作霖暂代督理奉天军务兼巡按使事。"

十九日,段芝贵从官银号取出二百万元,携家眷、细软、卫队和军火,乘专车赴京。张作霖亲往车站月台送行,馈赠重礼,又命五十四旅旅长孙烈臣率一营官兵登车护卫,以示关切之至。冯德麟接到张作霖电报,得知段芝贵专列离奉,立派汲金纯旅邱恩荣团于沟帮子车站设伏拦截。

邱恩荣团长出示两封电报,内以奉天军民名义云:"卸任上将军段芝贵为帝制祸首,竟敢手携官款二百万之巨并军火大宗,闻风畏罪潜逃,奉省人民无不发指痛恨,电请汲旅长派兵就近截留,押赴沈阳,依法处理。"

段芝贵匆匆一阅,惊慌失色,忙将电报递给孙烈臣。

"岂有此理!"孙烈臣大喊一声,遂自告奋勇,下车交涉。

孙烈臣与邱恩荣于票房商谈许久方归,报告道:"经张代督婉商,方答应专车可以不押回省城,但官款和军火务须点清留下,并电请中央查办。"

段芝贵见列车两旁机枪林立,怕节外生枝,忍痛令卸下军火、巨款、细软。

"爵帅,敬请大放宽心。"孙烈臣复率兵护行,信誓旦旦道,"属下不才,但可确保安全抵达天津。"

"诸位,时局日趋明朗,共和人心所向。"袁金铠于省议会大厅,手捻稀疏小黄胡须,慢条斯理地道,"段芝贵乃鼓动复辟之罪魁,国人皆欲诛之。况且斯人尚于奉天私吞巨款,挥霍无度,贻害国民,怨声载道,财政厅长张厚璟正在彻底清查。张作霖将军对此更是义愤填膺,要为民请命。本议长拟以省议会、国民代表及绅商各界之名义,伸张正义,呈文国务院,控告段芝贵,追回赃款,顺从民意,以杜绝后患!"

"段芝贵夤缘无耻,屡有秽行。光绪年间曾以天津歌妓杨翠喜献于奕劻之于载振,并以十万金为奕劻寿礼,遂得署黑龙江巡抚……"

"段芝贵为皂班之子,李氏家奴,献妓取幸,众所不齿。此厮为封疆大吏,实属有违官箴……"

彰武上将军张今颇离奉前夕,那些原先围着段上将军歌功颂德之人又纷纷站立起来,历数其罪恶,慷慨激昂地要求穷追到底。

"这出张师长导演的双簧戏,时机选得非常之佳,"孙广庭心如明镜,一语道破天机,"定会吓得段芝贵龟缩京城,不敢北归。"

"关东不缺栋梁材,何须江南宾客来?"邻座的杨宇霆表现得格外平静,故弄

161

玄虚地道出句似乎不关痛痒的话,便缄口不语。

二十二日,段芝贵向袁世凯禀报被逐离奉经过,痛斥冯德麟胆大妄为,以下犯上,力保张作霖接任奉天将军,美言云:"雨亭忠勇仁义之士,堪当重任。"

袁世凯刚刚脱下龙袍,已经焦头烂额,自身难保,只得顺水推舟,任命张作霖为盛武将军兼巡按使,督理奉天军政。

张作霖满心欢喜,于二十五日复电袁大总统谢恩:"闻命之下,感激莫名,猥以菲材,历蒙恩遇,兹膺权寄,弥切悚惶。唯有仰承训示,宣布德猷,勉竭樗栎之资,图效涓埃之报。所有感谢下忱,敬先电闻。"

同日,袁世凯任命冯德麟为帮办奉天军务。冯德麟机关算尽,结果竟是火中取栗,为他人做嫁衣,怒气难消,衔恨于心,发誓要与张作霖一争高低。张作霖如愿以偿,从此被尊称为"大帅"。各界头面人物趋之若鹜,竞相阿谀取容。

孙广庭以教人从善、培养国器为己任,无意攀龙附凤,巴结上司,对张作霖敬而远之。学校平素井然有序,偶有纠葛风波,亦能迎刃化解,所以他轻易不与张作霖打交道,甚至回避谋面。

东三省官场与国民党政要,与孙广庭往来居多者还是留日同学,其中社会上影响最大的当属杨宇霆和徐树铮。

五月一日,孙中山回到中国,住在上海租界区,与青木宣纯、山田纯三郎密商反袁,决定于山东、上海同时发起进攻。

潍县地处胶济铁路中心,战略地位十分重要,孙中山指示东北军总司令居正,云:"到山东第一个目标是占领潍县,第二个目标才是济南。"

四日,居正率"讨袁敢死先锋部"进攻潍县,攻入东关。北洋军第五师第七旅旅长郑士琦率军反扑,进行激烈巷战。东北军先得后失潍城,退至擂鼓山。两军形成对峙局面。

关东都督中村觉大将与土井、川岛反对扶持张作霖,目睹中国江南内战方酣,乃于五月七日派小矶返回日本晋见田中义一与福田雅太郎,陈述坚持既定主张的缘由:"张作霖支持袁氏称帝,与帝国离心离德。而肃亲王誓死讨袁,正为实现满蒙独立全力以赴。何况箭已上弦,不容不发。"

田中次长未纳谏言,反而电令中村都督:"立即会见张作霖,表态提供军事支持,敦促他尽快发表独立宣言。"

中村无奈,乃对土井叹道:"上峰旨意挺张,命我们行动暂停,静观其变。"

土井私下与川岛商榷:"道不同不足与谋,不如脱离都督府,自行其是,抢先采取极端手段,为拥立张作霖设置障碍。"

五月八日,段祺瑞撤销政事堂,恢复国务院,实行责任内阁制,重掌大权,拟任命徐树铮为国务院秘书长。

袁世凯闻讯反对:"总理是军人,秘书长不宜再是军人。"

段祺瑞与徐树铮言及此事,将烟斗狠狠地掼在桌上,厉声道:"专横跋扈,自以为是,今日依然如此!"

关东都督府西川参谋次长与奉天矢田总领事奉田中指令,命袁金铠、于冲汉、菊池武夫中佐与张作霖密谈。双方议定长城以北满蒙地区脱离中国,成立独立国家;将宣统皇帝由北京迁到奉天执政;满蒙独立后和日本签署一项特殊盟约。

土井探得张作霖欲当关东王,拟好独立宣言,决定抢先下手,彻底毁其美梦,趁乱夺取省城奉天,以宗社党为傀儡,由日本幕后操纵控制满洲。

二十六日,杨宇霆故意以太平寺不太平为由,数说失地危害:"日人商租奉天土地,视同铁路附属地一般,实与蚕食或吞并无异,其所租地亩扩大,则雨帅权力缩小。为杜绝无穷后患,当釜底抽薪抵制。"

张作霖乃依计致电政务院,建议增补《商租地亩须知》,并云:"此策实行,则地亩之愿租与外人者必少,地亩少租与外人一寸,国家地方之权利则保全一分,两国之交亦少一分纠葛,一转移间,保全甚巨。"

二十七日,张作霖得知所提课税办法为中央政府采纳,正欲宴请杨宇霆庆贺,又闻日皇御弟闲院宫载仁亲王从俄都返日,经过奉天,遂率五十三旅旅长汤玉麟,由骑兵卫队护卫,乘五辆俄式豪华马车赴车站迎送。日本驻奉天总领事矢田七太郎先于月台恭候载仁亲王,见张作霖满面春风而至,忙主动近前寒暄问候。

陆军少佐三村丰埋伏于张作霖归途必经之路,见汤玉麟煊赫气派,误认为是张作霖,忙从窗口向外投掷炸弹。刹那间,小西门大街硝烟弥漫,乱作一团。汤玉麟负伤挂彩,身后卫兵数人应声落马,命丧黄泉。

突闻炸弹声,张作霖飞身上马,弃车狂奔,且与卫兵于马背上易衣。绕道行至人西城门里奉天交涉署,又见刺客从奉天图书馆门洞里闪出,手持炸弹,径直抛将过来。张作霖不顾军帽为爆炸气浪刮飞,策马急驰。刺客竟被弹片击中要害,横尸大街。

遁返将军行署,张作霖惊魂未定,方待更衣,日本驻奉总领事矢田七太郎与铁道守备队队长即来"慰问"。

守备队队长妄称:"暗杀行动是宗社党所施,或为将军争夺满洲之故。"

163

张作霖神色自若,含笑应道:"小事一桩,不足挂齿,有惊无险,无须深究。哼,有人算计老子,没那么容易!权当省城治安尚有纰漏之处,以后定将严加防范。感谢友邦人士关爱,深盼精诚合作,友谊长存。"

送走矢田与铁道守备队队长,张作霖叮嘱汤玉麟道:"小日本手黑,以后与他们打交道,得多留个心眼。"

矢田总领事怀疑土井抗命私为,亲至现场寻查线索,目睹血肉横飞,惨不堪言,乃拾未爆炸弹,请陆军第一师团长本乡房太郎中将鉴定。

"此为日本特制火药,确定无疑。"本乡斥责,"浪人用这等下流手段,有损大日本帝国国格。"

袁世凯满腹郁愤,病入膏肓,六月六日溘然长逝,仅留自撰挽联"为日本去一大敌,看中国再造共和"。

是日,冯德麟借杨宇霆参谋长专程赴北镇恭迎回省之机,携大队人马至奉天城南风雨台,公开与张作霖叫板。张作霖委曲求全,登门拜会,竟遭闭门羹,实在忍无可忍,遂发电报,向袁大总统提出辞职,请派张锡銮到奉天维持地方治安。时逢袁氏含怨咽气,张作霖未得回文。

川岛趁冯德麟、张作霖两虎相争,钩心斗角之机,鼓动宗社党举事。七月一日,巴布扎布、善耆七子宪奎和黑龙会青柳胜敏大尉组织"勤王复国军"五千余众,聚众发誓,扶立大清,即从呼伦贝尔盟喀尔喀河畔出发,二十四日攻陷奉天突泉县,乘胜继续挥师南下。洮辽镇守使吴俊升全军出动,设伏阻击,五百蒙古骑兵丧命,一鼓作气克复突泉。

巴布扎布进驻南满铁路附属地郭家店,自称"统率蒙古军司令大臣",沿街张贴"恢复社稷"布告,挂出黄龙旗。大连宗社党本部抽调八百余人组成"勤王军",由川岛浪速统领,乘南满铁路火车,前往支持。张作霖大惊失色,火速调大军北上围剿。

陈其美蒙难,江浙革命陷入低谷;袁世凯撒手人寰,中国政局动荡。孙中山审时度势,委任中华革命军东南军参谋长蒋介石为东北军司令部参谋长,以固北方基地。卅一日,蒋介石抵达潍县。

孟夏至仲夏,幸子、月华各生一子。获悉广庭有弄璋之喜,杨宇霆携丰厚礼品登门祝贺,正巧遇到李氏亦来奉天看孙儿,遂先入室给太夫人请安。

"宇霆,你已高升军政两署参谋长,百忙中能来这里看看你那古板的老同学也就可以,何必还这般破费。"太夫人和言悦色地责怪,随即吩咐广庭备下便酌答谢。

"此次子世绪，乃幸子所出。此三子世贤，乃月华所出。"孙广庭指着两位小公子，一一介绍。

"英年喜得'双万贯'，不愁后继无人。孙大爷，好福气！"杨宇霆应声赞道，"令郎名曰'绪''贤'，连读则寓含成就前贤未竟功业之意，足可光耀门楣。"

"世绪生于袁大总统升天前二十日，而世贤迟之两周，三人皆犯'世'字，尚且不知是否晦气。何况而今群雄并立，拥兵自重，并非太平盛世，我却担心小儿命运多舛。"

"袁项城也是秀才出身，却云'大丈夫当效命疆场，安内攘外，岂能龌龊久困笔砚间'，乃投笔从戎，居然总督朝鲜，创立新军，一举成名，成为国家元首。"杨宇霆委婉巧言宽慰道，"民国五年丙辰元旦，袁世凯登基，民国第一届众议院秘书长林长民喜得贵子，奏称袁氏：'圣主当阳，春和四被，臣幸诞一男，伏恳赐名，以为光宠。'袁执笔书'新华'二字付之，林氏表谢，诩为殊荣。"

"可叹袁大总统一世英名毁于一旦。去岁尚采取强硬谈判立场，促成中、俄、蒙签订《恰克图协约》，外蒙于六月九日取消独立，俄国承认外蒙为中国领土。后来竟因称帝一念之差，而身败名裂，一命呜呼。"

"黎元洪刚刚上台，时局动荡。听说蒋志清已成为中山先生手下红人，最近可有其音信？"杨宇霆迫切希望获得南方信息，故而有意转换话题。

"前几日志清方从山东潍县来函，恭贺我荣升校长，并说他也企盼有朝一日能成为军校校长。"

"这可有些奇怪。蒋志清和杨虎攻打江阴要塞，得而复失，发表独立宣言未已，便从江苏返回上海，何故忽而又至山东？"杨宇霆渴望探知信中机密，沉思片刻不解，仰面直视广庭。

"是奉孙中山先生之命，赴中华革命军东北军参谋长之任。"广庭见宇霆全神贯注倾听，觉得其过于关切，故意端起茶盅，啜饮一口，才缓缓说道，"我刚回信表示，更羡慕你们这些东伐西讨、南征北战的参谋长，可见识到大的世面。只是中国人内战内行，外战外行，何时能参谋出个具体方略，将洋人横行霸道的凶焰统统打掉，那才令人真正彻底折服。"

"噢，他这是给居正当参谋长。宋教仁案之后，孙中山曾云'日助我则我胜，日助袁则袁胜'，从而不惜代价取悦日人，'中华革命党东北军'方得获以山东日占领区为后方。"杨宇霆恍然大悟，眼珠转动半圈，突然发问，"蒋志清还写了何事？"

"余者即是不忘旧谊，会面有期，渴望能联手合作，共襄大业，诸如此类的客套话而已。"

"再没别的什么？"

"当然没有。"孙广庭反问，"邻葛兄究竟想让信里另有什么？"

"'中华革命党东北军'仰仗日军庇护，连续攻占昌乐、安丘、高密、益都、昌邑、寿光诸县，士气正盛，方这般不知天高地厚，想入非非。"杨宇霆答非所问，"看来蒋志清野心不小，企图伺机染指关东，让丹阶兄助其一臂之力。不过，那是痴心妄想，雨帅绝对不会答应。"

九　赝获嘉禾勋章

孙广庭闻听谈及张作霖，压低声音，悄悄询问："邻葛老弟择良木而栖，春风得意，何不见往日尖酸苛刻之词，竟甘当鼓手，高奏颂歌？"

"雨帅敬我远过一尺，吾自当还报一丈。"杨宇霆坦然答道，"何人像你孙大爷，身为校长，自视清高，平日不去总督府走动，因公事繁忙，情有可原，也就罢了。怎么连雨帅更称督军兼省长这等大事，亦不屈尊登门祝贺，显得多么格格不入！"

原来，杨宇霆和孙广庭一样，从日本学成归国之后，也曾落魄一时。当年在法库县石景山石佛洞前，杨宇霆更名改字，发誓不与关东枭雄合作。然而时过境迁，四年之后，历经一番微妙的私下活动，杨宇霆可真是洗心涤虑，面目全非，简直变得判若两人。似乎有些蹊跷，杨宇霆厌恶张作霖已久，却能于瞬间博得张作霖青睐。

那一日，张作霖去官衙上班，路见一支整齐威武的队伍从身边经过，士兵精神抖擞，引吭高唱："……覆载也天地，生育也父母，几度欣赏日月光，名勒丰碑赑屃负。回首当年尽都是一般韦布，淮阴留侯帝王师，辱胯下，拾草履。孔明将相才，茅庐风雨。纵那赫赫郭汾阳，堂堂岳忠武，外交俾斯麦，探险哥伦布，彼丈夫，我丈夫，快将后尘步……"

张作霖对歌词含义不甚明了，尤其不解"赑屃""韦布"究指何意，然而却觉得颇合心意，因为他对内里最感兴趣的一句，心领神会，颇为清楚。

"赑屃"乃是龟状巨灵动物，传说力大无穷能负重，故丰碑下石座相沿雕作其形。"韦布"为"韦带布衣"简称，乃隐居贫士之服。张作霖倍感亲切的那句是"孔明将相才，茅庐风雨"。他早已听人说过，找到诸葛亮，就像鱼儿寻到水，而自己正急于觅到当代孔明，为己出谋划策。

歌声渐渐远逝，张作霖犹站于原地，翘首而望，惊叹不已。于奉天城内，尚未见过这般训练有素的队伍。遣人寻访，始知训练教官乃是从日本学成归来的

166

法库人杨宇霆。张作霖闻听大喜,立刻请新任财政厅长王树翰出马,至杨宇霆面前说项,倾诉自己求贤若渴的心意。

此时此刻,张作霖正在招兵买马,徐图大业;杨宇霆更是整天琢磨待价而沽,一跃龙门。两人见面,一拍即合,而且还都有相见恨晚的感触。顷刻之间,张作霖忘记平日里最恨装腔作势的留洋学生,杨宇霆也将石景山上指天明誓忘个一干二净。

"雨帅,值此天下大乱之时,吾辈正应该积蓄精力,以备日后问鼎中原……"杨宇霆意气风发,雄心勃勃。

"谁说不是呢? 就应该让那些南蛮子知道知道咱东北爷们儿的厉害!"张作霖腾地从椅子上跃起,踱步三尺乃止,垂首沉默片刻,方仰面衔恨道,"唉,就是没有根基,要不然……"

杨宇霆闻声辨色,知其是顾忌出身绿林,有碍政声,难成大事,乃不动声色,放眼眺望窗外,似不经意问道:"雨帅可知'北洋三杰'?"

"不就是王士珍、段祺瑞和冯国璋吗?"

"没错。雨帅,北洋三杰还有另外三个诨名,不知您是否知道?"

"这……"张作霖皱起眉头,略加思索道,"我听说,有人管王士珍叫'北洋之龙',管段祺瑞叫'北洋之虎',管冯国璋叫什么来着? 对了,叫他妈的'北洋之狗'! 你说的诨名,是不是就是这个?"

"雨帅好记性!"杨宇霆拊掌笑道,"北洋之龙满腹经纶,道德文章,誉满天下;北洋之虎学贯中西,威风凛凛,雄镇九州;北洋之狗酒囊饭袋,徒具匹夫之勇。此乃世人尽知。可是,观目前局势,独北洋之狗将承继北洋大统,夺得天子之位,而龙和虎却只能怨天尤人,望洋兴叹。敢问雨帅,这究竟是何原因?"

张作霖闻听,先是目瞪口呆,继而神清气爽,仿佛蓦地从一句问话中悟出许多远见卓识。

"欲成就大业,须靠天时、地利、人和,那些外表风光并无多大用场。依我拙见,雨帅不比北洋三杰逊色,且要略胜一筹,尤其于礼贤下士、用人不疑、有功必赏方面,他们皆相差甚远。如此下去,只要时机成熟,还愁大事不成?"

杨宇霆侃侃而论,张作霖洗耳恭听。一个自比王侯,有称王称霸的野心;一个暗仿诸葛,有佐君平天下的愿望。两人谈得心悦神怡,格外舒畅。杨宇霆觉得而今寻到成就功名的靠山,张作霖感到至此拥有施展宏图的臂膀。杨宇霆出谋划策,棋高一着,屡建奇勋,致使官运亨通,连升三级,很快脱颖而出,成为张作霖的参谋长。

民国五年八月三日，张作霖于奉天督军府内，面现怒气道："日本商民移居锦县日多，我命令该县知事妥为劝阻出境，日人竟强行租占，硬充茅坑顽石，依旧我行我素。"

"雨帅执掌奉天大局，初次与关东军打外交官司，非同小可，确实不能掉以轻心。但切忌一味退让求和，应依理力争，抗抚适度，方游刃有余，可获最佳结局。"杨宇霆直言不讳，一针见血，"日人已染指南满，又得陇望蜀，侵犯辽西，如此贪得无厌，万难容忍。"

"好，那就请参谋长替本督拟文，电达北京外交部与日本据理交涉。"

"奉省认为属于南满者，为开原等三十一县；确定不认为南满者，为辽西之新民、黑山、台安、锦县、锦西、北镇、兴城、绥中、义县、盐山等十县。查一年以来，十县之中，日本人民相率前往者，以锦县为最多。其余各县亦行纷至沓来，理阻不信，交涉不复。该人民应服从之警察、课税，因区域未能解决，不便至施。长此不已，将见十县之中，虽无杂居之名，已有杂居之实，权利必至日益滋甚，挽回不易。"杨宇霆撰罢读道，"本兼省长体察再三，唯有密请大部查照前案，迅向日使提出讨论，坚持原定意见，从速解决，俾辽西等县不致混入南满，实为幸甚。"

不久北京传来信息，日方坚持辽西亦属南满，提出佐证："《关于南满洲开矿事项之换文》中规定，中国准许日本在南满十个矿区勘探或开采，内有锦县暖池塘煤矿。"

"暖池塘位于锦西县境，根本不在锦县，地理位置尚未弄清，就签署换文。"张作霖责骂，"哪个混账东西脑袋叫驴踢了，让小日本捞到条约依据？"

"条约内容不实，自动失效。"杨宇霆笑道，"再者，允许日人采矿，并未允其杂居，其谬论不堪一驳。"

张作霖开颜一笑，催促杨宇霆再书致外交部电文。

杨宇霆一气呵成，大声朗读："暖池塘一矿，换文注明锦县，或以为区域之障碍。第杂居、开矿，在原文本为两条，即属两事。且锦县并无此矿区，亦无此地名，原文应归无效。如日使持此责难，殊与原意见毫无所损。"

张作霖大为满意，立令报务员拍发，又道："日本强行派一支南满日军驻扎郑家屯，并公然设立巡警署，可是于奉天西北插入一把尖刀。"

"雨帅，郑家屯乃奉天通往内蒙要冲，位于南满铁道附属地外，即使根据中日不平等条约，亦不准日本驻兵。"杨宇霆径直向张作霖建言，"关东军如此恣意妄为，断难容忍，应采取相应对策，防止意外变故发生。"

"参谋长，日军非法驻兵郑家屯此举，或为援助巴布扎布。我已屡命有关部门出面交涉,让日军撤退,但日本不加理睬,奈何?"

"郑家屯仅驻有我后路巡防队,势孤力单,可增派二十八师五十五旅进驻,与之抗衡,以绝巴布扎布退路。"

日本驻华公使日置益闻报,居正于八月三日至济南,与山东督军张怀芝的代表商定改编中华革命党东北军与山东护国军事宜,断定山东战火将熄,乃决计在关东生事,竟违反国际仅于商埠设领惯例,正式向中国提出增设郑家屯、掏鹿、海龙、农安和通化五处领事馆,且强词夺理云:"日人之赴南满者日渐其多,早日设馆,遇有事件发生,贵国地方官立时可与领事接洽,是于贵国地方官之办事亦颇便利。"

北京政府屈从日本淫威,未征询奉天督军兼省长张作霖意见,即径自答应日置益。

张作霖得知消息,颇为焦虑,立令杨宇霆致电北京大总统黎元洪:

> 查内地设领与商埠不同,此端一开,贻患滋巨。况杂居条例尚未议定施行,讵容再生枝节?此次日使请设领事,不过以共同审判保护杂居为词。今日既以诉讼杂居为增设领事之理由,他日又将以增设领事为共同审判、设置警察之理由。辗转相循,必至法权、警权均落于外人之手。至郑、农两处系属东蒙区域,尤不得混为一起。应请大总统顾念国权所在,由钧院、部据理力争,迅谋挽救,亡羊补牢,似尚非晚。此次日使请设五处领事之议,此间初未与闻,嗣后关于东省外交事件,尚望先事示知,俾得稍贡其愚,借图匡救。

巴布扎布部骑兵于郭家店惨败,惊恐万分,急忙请求关东军支援。

十二日,东北军参谋长蒋介石函告孙广庭"山东讨袁战事结束,南北有望和解",且于日记中云"整顿无术,号令不行,奈之何哉",乃以赴北京迎接总司令为由,离开潍县。

杨宇霆从孙广庭处探知蒋介石将重返上海,觉得革命党远离关东,不足为虑,乃提醒张作霖道:"郑家屯日本守备队为放巴布扎布一条生路,说项遭拒,恼羞成怒,今故意挑起事端,寻找插足借口,恐为心腹大患。"

张作霖听取杨宇霆建议,急调奉军驰奔郭家店,快速围歼巴布扎布骑兵。二十二日,张作霖接到顾问菊池武夫电报:"蒙匪现已停战,摆阵于郭家店以北,老郭家店今为日本兵所占领,正处官、蒙两军之间。"

杨宇霆叹道:"巴布扎布本为瓮中之鳖,皆因关东军插手,方成漏网之鱼。"

169

十月八日,巴布扎布携黑龙会日人,率蒙古骑兵南下,攻打林西县城,为炮弹所击中,堕马身亡。

十月九日,日本大隈重信内阁倒台。新任总理大臣寺内正毅改变对华策略,主张运用经济手段,控制中国政治、军事;大力援助黎元洪,支持段祺瑞"武力统一"中国;同时扶植张作霖,实现"满蒙独立"。

张作霖闻听寺内正毅组阁,心中大喜。原来,民国四年十月,张作霖代表段芝贵至汉城参加农产品博览会,与日本驻朝鲜总督寺内正毅相识,即多方谄媚取宠。寺内正毅亦对张作霖百般笼络。两人相见恨晚,一时打得火热。

张作霖兴奋之余,乃投其所好,叮嘱菊池武夫道:"我对日本在满蒙有特殊地位十分了解,对日本开发满蒙一事抱欢迎态度,请向总理大臣转达。"

"张将军一向与帝国亲善,寺内正毅总理大臣与后藤新平内务大臣皆颇为欣赏。"菊池武夫回答,"定会鼎力襄助阁下完成大业。"

"冯德麟仗背后有福岛安正将军撑腰,处处与我作对。投鼠忌器,我不敢轻易出手,从而影响关东独立。"张作霖乘机直白道,"我欲软硬兼施,逼冯就范,望咨探贵国对此看法。"

得知日本外务大臣本野一郎回电"帝国政府对张作霖的立场充分同情",张作霖迫不及待请来杨宇霆,满脸堆笑道:"有此承诺,无后顾之忧,我们可以大干一场。参谋长,快与我筹谋筹谋。"

"少安毋躁,勿动声色,积蓄实力,静候佳机。"杨宇霆面色平和,"目前首先须妥善处理好'郑家屯事件',这可是雨帅任奉天督军以来第一次直接对日交涉。"

"关东军利用控制郑家屯之机,竟私自开设领事馆。"张作霖略显忧郁。

"先让他们蹦跶几天,小不忍则乱大谋。"杨宇霆叹道,"当务之急是设法让日军早日撤出郑家屯。"

十一月十日,关东军又于郑家屯强行增设警察派出所。张作霖为顾全大局,只好冷眼旁观,听之任之,未直接加以干涉。

民国六年四月十四日,日军撤离郑家屯。寺内正毅总理为安抚张作霖,声明日本不再扶持肃亲王善耆,与宗社党一刀两断,再无瓜葛。

杨宇霆则告诫道:"雨帅,日人反复无常,所为多为己利。青木宣纯中将与袁世凯关系亲密,却又积极参与讨袁,同孙中山接触合作,竟成大总统黎元洪顾问。他给山县有朋的书信中评价黎元洪乃温厚之人,有重民意之风,与官僚派有冲突;段祺瑞乃官僚派领袖,心胸狭隘之人,与民党无法相容,预测中国必起纷争。"

"时势造英雄。"张作霖插话道,"关内一乱,无暇东顾,可是统一东北的大好时机。"

"既要争取关东军友情合作,又须培植独立自主根基,此为成功之关键。"杨宇霆叮嘱,"果遇乱世,更要左右逢源,沉着应对,稳住自家阵脚,搅乱对手方寸,方可乱中取胜,成就大业。"

"俄国内讧迭起,自顾不暇,倘若日本果真与我为善,不再阳奉阴违,我老张就不只可以在关东大地上为所欲为,还可能南下中原争锋。"

黎元洪继任中华民国总统,而国务总理段祺瑞握有政府实权。两人明争暗斗,愈演愈烈。

宣统三年腊月初八,亦即民国元年一月二十六日,段祺瑞统兵与革命军于湖北对峙,串联四十六名前线将领,电请朝廷明降退位谕旨,立定共和政体,否则以兵随之。袁世凯称帝,他又昂然抗命,挂印封金,辞去陆军总长,被梁启超誉为"守正謇谔,为搏共和"。皆因段总理有此赫赫盛名,黎大总统尚可忍辱负重,礼让三分,但段之亲信、国务院秘书长徐树铮咄咄逼人的气势,实在令他难以忍耐。遇有人事任免诸事,徐树铮皆来总统府督促立即盖印,稍加过问,必以"已经阁议,内阁负责"相抗。故而矛盾日益尖锐,两人势同水火。

民国六年二月三日,美国与德国绝交,随即向中国展开外交攻势。国务总理段祺瑞捕捉时机,提出加入协约国条件,要点略为"停付德、奥两国赔款,暂缓十年偿付协约国赔款;同意中国将进口税增至百分之七点五,待裁撤厘金后,增至百分之十二点五;取消《辛丑条约》中不允许中国在天津驻军等条款",借以缓解财政压力,提升国威。

三月四日,段祺瑞亲率阁员至总统府,请黎元洪在对德绝交咨文上盖印交国会通过,并将《加入协约国条件节略》发给章宗祥,与日本政府协商。黎元洪竟以事关重大,需慎重为辞拒绝。段祺瑞宣布辞职,拂袖离京,直赴天津。黎元洪请冯国璋出马劝段祺瑞复职。

六日,冯国璋临行与黎元洪商订复职条件:内阁确定外交方针,总统不再加以反对;内阁拟定命令,总统不得拒绝盖印;内阁训示各驻外使节、督军、省长,总统不得干预。段祺瑞当晚返京。

十四日,中国与德国绝交。

四月四日,美国国会向三国同盟宣战,美利坚合众国总统威尔逊声称参战是为"捍卫人类世界之和平与公正原则,对抗自私和独裁之强权"。

五月六日,段祺瑞内阁通过"对德宣战提交国会案",转呈总统府。十日,国会全院委员会审查宣战案,议决搁置。二十一日,"督军团"由孟恩远领衔,联合签名,具呈黎元洪云:"宪法会议通过之宪法条文,将导致议会专制,陷内阁于颠危之地,请将参众两院即日解散。"

黎元洪扣下呈文,发表"三不宣言":不怕死,不盖印,不违法。且公开反对参加欧战,又与美国公使芮恩施密谈,喜获"允为后盾",遂于二十三日断然发布命令:免去段祺瑞国务总理和陆军总长职务。

段祺瑞愤然离京,唆使安徽、奉天等八省独立,并于天津设立"各省军务总参谋处",准备组织"临时政府"。

副总统冯国璋致电支持黎元洪,建议由王士珍组阁。陆军总参谋长王士珍首鼠两端,害怕招致灾祸,一时未敢应允。黎元洪复请李经羲任国务总理兼财政总长,并获国会通过。李经羲声言"必须张勋北来",方肯到京就职。

孙广庭被委为临蒙勘界委员,奉命勘测奉吉省界。临行,太夫人以"洁己奉公"四字见赠,叮嘱:"要以此四字为要,公正无私,大胆行事,有违此训,即是不孝。"

孙广庭之所以有所造就,与太夫人李氏谆谆教导息息相关。李氏深明大义,家教极严。自小即知孝道的广庭一向恪守母训,不敢越雷池一步。此次勘测行动,"行程三千里,往返一百天",自蒙江至临江,顺鸭绿江而至安东,河随岸曲,峰逼澜回,足迹遍布奉吉边陲。

六月一日,黎元洪发出总统令,电召安徽督军张勋进京"调停国事"。

段祺瑞闻讯即道:"张勋暗与十三省督军密谋复辟清廷,黎此举乃饮鸩止渴也。"

杨宇霆率一混成团奉军驻京东杨村,勒马观望,伺机而动。

徐树铮抓住契机,亲赴徐州怂恿张勋出面调停"府院之争"。

六月十二日,黎元洪发布解散国会令,宣布:"本大总统俯顺舆情,深维国本,应即准如该督军等所请,将参众两院即日解散,克期另行选举,以维法治。"

十四日,张勋捷足先登,率三千定武军抵达北京。京畿卫戍总司令王士珍、副司令江朝宗和陈光远大开城门,欢迎张勋兵谏。

张勋当众宣布:"本帅此次率兵入京,并非为某人调解而来,而是为圣上复位,光复大清江山。"

此言一出,闻者俱惊。

冯德麟于广宁接到张勋电召,以为是夺取奉天督军良机,命二十八师火速进京"赞襄复辟,保卫皇室"。

七月一日,张勋请出溥仪重登大宝。溥仪封张勋为内阁议政大臣兼直隶总督北洋大臣、忠勇亲王;赏赐冯德麟穿黄马褂,紫禁城内骑马,御前侍卫大臣头衔。

冯德麟沾沾自喜,得意非凡,忽闻黎元洪重新起用段祺瑞为总理,段祺瑞率先于马厂悬起讨伐大旗,顿时呆若木鸡。

黎元洪遁入东交民巷日本使馆,致电南京请冯国璋代行总统职权,维护共和。

李经羲避居江朝宗府,三日之后,以炭灰涂面,载煤一车自为御者,于一鞭残照中赴津,转乘火车返沪,经任"五日京兆",已是心灰意冷,再无出山之意。

七月三日,段祺瑞以讨逆军总司令名义发出讨伐张勋通电。张作霖与张勋本是儿女亲家,却未轻举妄动,而是坐山观虎斗,见段祺瑞兴兵讨伐张勋,当即发表宣言,反对复辟。

十二日,天坛之战,定武军全军溃败,张勋逃进荷兰公使馆。

复辟仅存十二日,溥仪再次宣告退位。段祺瑞一举赢得"三造共和"美名,举国称颂,黎元洪被迫去职。

十七日,段祺瑞于北京正式就任国务总理兼陆军总长,声威如日中天。

王士珍参与复辟,甚至于张勋陷入绝境之际,尚献策封张作霖为东三省总督,率关外之兵进京勤王,挽回颓势。段祺瑞重新掌控大局,王士珍感到无颜相见,欲再次回乡隐居,而段祺瑞非但无片语责诘,反而称其维护治安有功,竭力挽留。王士珍颇为感慨,遂于冯国璋应允任总统后,出任陆军总长。一时北洋人心大振,"北洋三杰"成为世人倾慕对象。

京师大动干戈,孙广庭于关东统领手下一班人马,风餐露宿,翻山越岭,依据其制定的"合理、公正、准确"之原则,寸土必究,进行详细的调查和考证,以避免无谓的纠纷。当站在鸭绿江畔高吟"绿漾鸭头一片水光环作带,青堆螺髻四围山色叠开屏",孙广庭异常兴奋。

辛勤劳作终于结出丰硕果实,孙广庭绘制出当时我国第一份详尽的奉吉两省边界地图,比例尺为五万分之一。大功告成,返回奉天之时,正逢复辟丑剧收场,冯国璋以副总统资格进京继任大总统。

八月十四日,冯国璋发布大总统布告,声明中国正式对德、奥宣战,加入协约国行列,并于翌日宣布:"冯德麟因背叛共和,罪迹昭彰,剥夺一切官职和勋位,并交付法院依法严惩。"

九月一日,广州国会非常会议选举孙中山为大元帅,声明"中华民国为戡定叛乱,恢复《临时约法》",以大元帅为国家元首兼行政首脑。段祺瑞不容孙中山与之分庭抗礼,乃针锋相对,依照徐树铮"武力统一"主张,下令讨伐西南。代大总统冯国璋手握重兵,不甘任段祺瑞摆布,主张"和平统一",与之抗衡。

"保持西南各省割据局面,换取中国表面统一。"段祺瑞极力反对,"徒有虚名,得不偿失,养虎遗患,后祸无穷!"

冯德麟北京被囚,急电张作霖求救。张作霖当即致电段祺瑞,请求释放冯德麟。同时,杨宇霆又电告徐树铮:"雨帅去电释冯,并非本意。"

徐树铮以国务院秘书处名义询问:"真意何在?"

张作霖又以二十七师、二十八师、二十九师各旅、团、营长名义,复电段祺瑞:"冯德麟此次附逆,罪有应得。唯念冯在奉多年,保卫地方,不无微功,恳请恩释,给以自新之路。"

段祺瑞心领神会,十月十五日改轻判冯德麟:"参与复辟证据不足,因吸食鸦片,罚金八百元。"

张作霖接收二十八师,自兼师长,真正掌握奉天军政大权,坐享其成,喜不自胜。

十一月十六日,段祺瑞南征失利,通电辞职,欲借微甘引退,维护北洋皖直两系团结,企图"北方实力,得以巩固,艰难时局,得以挽回"。二十二日,冯国璋顺水推舟,爽言批准段祺瑞辞去国务总理,二十五日颁布弭战布告,其"和平统一"政策占据上风。

岁尾,杨宇霆登门告诉孙广庭道:"闻又铮兄讲,丹阶兄所呈《奉吉两省边界地图》,北京政府大为赞赏,认定使用价值极高。由大总统冯国璋下令,授予一枚五等嘉禾勋章。勋章不日即到,小弟特来提前报喜。"

"雨帅还是讲究义气,做事有始有终。"孙广庭故意转换话题。

"是啊,冯麟阁蒙难,多亏雨帅以德报怨,出手相救。"杨宇霆因罕见孙广庭表扬张作霖,觉得有些奇怪,但仍顺势应道,"如今麟阁化险为夷,平安回到奉天,任三陵督统,为皇家看守东陵、北陵、永陵,悠闲自得,与世无争,颐养天年,不亦乐乎。"

"我与冯督统素无往来,其心境如何实难判断,不敢妄加评论。"孙广庭却道,"听说雨帅以三十万银圆巨款,于苏州购得著名网师园。"

"网师园建于宋淳熙初年,始称'渔隐',至今将近八百载,几经沧桑变更,屋宇高敞,装饰雅致。"杨宇霆恍然大悟,"雨帅赠网师园予恩师张今颇作庆寿,改称'逸园',可谓用心良苦。"

"久闻网师园堪称古典山水园林上乘杰作,极具艺术特色和文化价值。镇安上将军虽然笑纳,但未亲住此园。"孙广庭叹道,"网师园能否网住恩师之心,不得而知,但足可网住天下仁人之心,或与刘备摔阿斗有异曲同工之妙。"

"雨帅不只有宰相度量,还有爱国壮志。"

"但愿雨帅华夏傲骨长存,不仰日人鼻息行事。"

"这是自然。宇霆不妨向丹阶兄透露点机密,即可证实。"

"军中机密,广庭无意探知。"

"雨帅十二月十二日刚下达一道密令:'本省长根据奉天省议会决议,训令省内各县知事转令各地方:自民国七年一月一日起,人民商贾等不得将土地私租与外人,不得以地契等证据为抵押,向外人私自借款。否则,上述行为一经发现,将以盗卖国土罪及私借外债罪论处。'"

"邻葛害我!"广庭半真半假笑道,"此密令一旦由他人泄露,岂不株连我为嫌疑?"

"丹阶兄可高枕无忧,想要株连也株连不成。"

"怎么,莫非日人已侦悉此令?"

"确实如此。日本驻奉天总领事馆大为恼火,以妨碍日本商租权为由,向雨帅提出严重抗议。"

"雨帅没有退让?"

"雨帅复文解释:'土地商租权系条约所规定,岂有不允之理,但目前有些不逞之徒以他人的土地和契约为证据,私自租与外人或借外债,使外国人蒙受欺骗和损失,以致酿成交涉事件,本省长担心上述事件发生,故发此通令。凡今后商租土地,应向地方官宪提出立案,经调查后方可立契,唯有这样才能杜绝上述流弊。所发通令,无阻禁商租之意,是敦促各县知事,领会此要旨并妥为办理,请贵国毋庸误解为盼。'"

"对商租权表面承认,实际否认,口头履约,具体抵制,以维护国家主权和地方利益,虽系你这幕后诸葛亮出谋,但对雨帅大义之举,广庭由衷钦佩。"

"真是贵人多忘事,此乃釜底抽薪之策延续也。"

"福岛安正校长即靠情报起家,日人如此神速窃取我方机密,应引起重视,不但谨慎提防,还要以牙还牙,严密监视其动向,一旦风云变幻,亦可及早应觉,避免措手不及。"

"国家交往与人相同,虽皆高唱亲善,倘若核心利益冲突,即可化友为敌,故提防之心不可无。"杨宇霆表示赞同。

捧回嘉禾勋章,广庭先请母亲过目。

"妈,听杨邻葛说,嘉禾勋章是大总统专门授予有勋劳于国家或有功绩于学

175

问、事业的人的。"幸子从旁解释。

太夫人开颜笑道："孩子，千万要记住，今日之成就皆由书中得来。不读圣贤书，则难成大事业。"

当年，用妹妹备婚贴己钱交书款之时，母亲亦郑重其事如是说，广庭一直铭记于心。三月，他将家由小北关迁至大东关毛锡三宅院内。上屋老母与幸子合住，自己和月华居下屋，尚有一屋即为书斋兼客厅。

而今，藏书尚不甚多，但宽敞书房内已然架富柜丰，俯拾皆是。除测绘及军事专业书，广庭最喜欢的还是经书，每日苦读不懈。往昔读书，常思"书中自有黄金屋，书中自有颜如玉"，一心一意追求功名利禄；而今读书，皆为加强修养，丰富学识。故而，广庭于书斋里挂上自撰自书之对联：

> 一庭之内自有至乐，
> 六经之外别无奇书。

尽管此联深得朋友赞赏，但没挂多久，即被广庭本人摘下收藏。

孙广庭喜欢猎奇，以搜寻罕见图书为乐。纯属偶然机会，他看到一本群益书社出版之《新青年》，翻阅几页，竟被吸引。

作为一位饱受六经熏陶的学者，广庭当然不会赞同对孔夫子的亵渎和攻击，但他留洋数载，见过世面，对宣传平等人权与科学民主自有好感。以求同存异的长者之风，接连阅过几期，孙广庭情不自禁为《新青年》的大胆和创新喝彩，连声道："看来陈独秀、刘半农、钱玄同、李大钊、鲁迅也应该算是一代英才。"

有过这般经历，孙广庭面向对联，反省自问：

"《新青年》即为奇书之一种，岂可称'六经之外别无奇书'？"

《新青年》这位立意新颖、别开生面的良友，终于启迪与拓宽了广庭博览群书的兴致。他沉思片刻，信手挥笔写下：

> 一庭之内尚有至乐，
> 六经之外岂无奇书？

然而转念一想，这副对联意境虽好，似乎又有些矫枉过正，难登大雅之堂，不宜再拿去补墙。

身任东三省陆军测绘学堂校长的孙广庭，对陈独秀主编的《新青年》杂志一时大感兴趣，反复研读，爱不释手。

第四章　大总统褒扬

一　"瞒天过海"计

测绘学堂校规严明,激励奋进,刻苦读书蔚然成风。校内诸事按部就班,有章可依,到处呈现友善祥和的气息。但外面却是剑拔弩张,明争暗斗迭起,简直防不胜防。不知不觉之中,竟将博学渊雅、治校有方的孙广庭也卷裹进去,成为针对冯大总统而精心策划的"瞒天过海"计中被瞒之第一人。

或许上天有意安排,张作霖自从选定杨宇霆当其参谋长后,可谓一路顺风,驱逐段芝贵,制服冯德麟,把奉天省玩弄于股掌之中,仍嫌美中不足。

民国六年六月二十三日,张作霖又于奉天督军府内,双手叉腰,挺着肚皮,望着墙上的东三省地图,放声骂道:"妈拉个巴子! 不是说关东地界日俄两强,军事外交要统而治之吗? 而且,自打大清朝起,至前任段芝贵这厮,吉黑两省皆归奉天总督节制,凭啥轮到我老张就变成无权过问?"

"雨帅可谓吉星高照,定会心想事成。"杨宇霆稳坐在沙发椅上,语气轻松,似乎胜券在握,"但切记不能守株待兔,而要主动出击。"

"邻葛,这可得瞅准机会再下笊篱,千万别干那偷鸡不成蚀把米的赔本买卖。"张作霖受到怂恿,跃跃欲试,又因吉黑两省督军阅历皆居自己之上,而心存顾忌。

杨宇霆面向张作霖微微一笑:"黑龙江军务帮办、陆军第一师师长许兰洲东施效颦,弄巧成拙……"

张作霖伸出巴掌一挥:"我老张吓唬段芝贵的那套路子,许兰洲肯定学不像。别看他气势汹汹,张牙舞爪,但心胸狭窄,小肚鸡肠,恐怕难成大业。"

杨宇霆站起身来,似手捧圣旨状,展开巴英额与英顺联合发布的公告,朗声念道:"……师长许兰洲去岁驱逐朱帅,今岁逼走毕督,未奉中央命令攘权自代……"

张作霖知道,这"朱帅"是指镇安右将军朱庆澜。辛亥革命期间,朱帅受姜登选影响,率部起义,被举为四川大汉军政府副都督。民国二年十月三十一日,始掌黑龙江军政。段祺瑞因朱庆澜为北洋旧部,原新军十七镇统制,去年五月调任他为广东省省长,企图倚为进攻西南之台柱。而朱帅却恭请孙中山回粤主持护法军政府,将四十营省长亲军之半,改编成北上"护法军"。段祺瑞为此大发其火,后悔不迭。而且,张作霖也清楚,民国五年五月袁世凯特任毕桂芳护理黑龙江都督兼巡按使,张作霖致电阻止毕桂芳到黑龙江就职,请以许兰洲为黑龙江将军未果,七月六日大总统黎元洪封自己为奉天省长兼督军,同时封毕桂芳为黑龙江省长兼督军。毕桂芳上任之初,许兰洲为争权夺势,抢先派其师部参谋长李景林任督军署参谋长,师部副官处处长杨云峰为全省警务处长兼省会警察厅长。至于两人为何演变成公开火并,他却全然不晓。可是颇有心机的杨宇霆却早已从同学刘德权那里打探得十分详细。

原来,毕桂芳为京师旗人,曾任驻海参崴总领事,民国二年一度为黑龙江省都督兼民政长,后调回北京,任总统府高等外交顾问。民国三年九月八日,作为中俄蒙划界会议全权专使,偕驻墨西哥公使陈箓,与俄国驻外蒙总领事亚历山大·密勒尔、外蒙首席专使内务大臣达锡札布、司法副大臣希尔宁达木定进行持久的舌战交涉,至民国四年六月七日,方签订《中俄蒙协约》,得到总统赞许,可谓风光一时。

毕桂芳平素讲究仪表,对身边李景林这个大老粗,横竖总觉得不顺眼。

"为什么毕督军对我存有偏见,处处挑剔?"李景林私下请教政务厅长蔡运升。

"参谋长,你坐无坐相,站无站相,习以为常而不觉。记住,以后无论坐站,皆要两腿紧并,不可张开。"蔡运升直言相告。

"我两腿久已并上。毕督军怎么仍不满意,时常找碴训斥?"事隔半年,李景林又来询计,蔡运升亦无话以对。

李景林愤愤不平,遂伙同黑龙江混成旅旅长巴英额、骑兵旅旅长英顺鼓动许兰洲驱毕:"师长,奉天张雨亭师长挤对走几任总督,终取而代之。咱们也不甘心受制于人,何不加以效仿?"

许兰洲倚张作霖为援,素薄桂芳不习军事,久蓄此志,慨然应允:"事成,师长宝座让给巴英额,英顺兼任镇守使。"

毕桂芳走马上任,全力保境安民,扩充警察,招募士兵;命各县知事筹设保卫团,未经允许,不得擅离职守;增派重兵镇守索伦山等要隘;命英顺、任国栋两旅长专司剿匪;驰赴大赉县,驻扎绰尔河防堵,严定功过,以兹鼓励;照会杜尔伯特、郭尔罗斯诸王公速练警团，严加防范，招降胁从，以分化瓦解匪团；敦请奉、吉两省调拨陆军，协同铁壁合围蒙、汉、日、满马匪。

目睹整肃治安大见成效，匪患几近绝迹，龙江天下太平，毕桂芳正满心欢喜，扬扬自得，却见英顺偕许兰洲部旅长任国栋、龙江道尹张寿增诸人同至督军署逼宫，横眉立目，出言不逊，暗含杀机。

民国六年六月十四日，毕督军发出寒电通告下野。

待许兰洲当上督军兼省长，竟忘乎所以，将承诺置于脑后，听信夫人尚氏枕边风"肥水不流外人田"，宣布任国栋为师长，激起英、巴不满。两人沆瀣一气，又借被逐下台的毕桂芳名义，通电反许。

杨宇霆接到英、巴反许公告，如获至宝，兴冲冲来到督军府，正巧碰见张作霖宣泄郁愤，大发牢骚，不禁暗喜，读完公告，又将龙江政局纷争内幕之来龙去脉讲述清楚。

"这么说黑龙江是窝里斗，闹得正欢实，真是天助我也！"张作霖听罢杨宇霆一番详细的解析，随即追询，"参谋长，事不宜迟，虽说是乘虚而入，也得快些给咱老张出个好招儿，看看具体怎么动手。"

"中央陆军讲武堂鲍贵卿先生系雨帅亲家，可名正言顺举荐鲍堂长担任江省督军，令绍棠为督军署参谋长，从旁辅佐。"杨宇霆胸有成竹，侃侃而谈，"再假借调停为名，派五十四旅赞尧旅长驰赴黑龙江观察动静，好言劝诱。另派兴权师长、济川参谋长统率二十九师，由郑家屯开进卜奎城，长驱直入，武力震慑。"

张作霖仰面发出一串狂笑，道："是天助我也，可是我担心北京方面干预。"

"这好办，我和徐树铮是同学，现在我就入关请他多加关照，定可高枕无忧。"

张作霖依计而行，果然大功告成，兵不血刃将势力伸进黑龙江。

二十五日，孙烈臣至呼兰，面见东三省讲武堂同窗英顺。英顺希望中央另任督军，赠孙烈臣一辆双套马车道："一切唯张大帅之命是从，求赞尧兄于大帅面前多加美言。"

二十七日，许兰洲公开宣战，发布讨伐文告，略云：

> 骑兵旅旅长英顺，久蓄异志，以宗社为主旨，以毕督为傀儡，以巴氏为党羽，希图破坏，并把持银行，断绝电讯，擅调军队，招募士兵，异帜独标等，凡种种罪状，已电呈中央，誓灭此贼。

孙烈臣又急赴齐齐哈尔，会见许兰洲。

"民国三年七月，雨帅劝我驱逐朱庆澜而自立，尚许诺'若江省需要用款，可将三百万还日本外债延迟，先挪归你用'。"许兰洲直言表态，"甚悔当初坐失良机，从今而后，唯雨帅之命是从。"

孙烈臣满意而归，直奔奉天督军署报喜。张作霖断定时机已到，立发电报，向段祺瑞举荐鲍贵卿。

民国六年七月二十六日，大总统令下，特任鲍贵卿为黑龙江省督军，暂行兼署省长，加陆军上将衔。八月八日，鲍贵卿抵达哈尔滨。中东铁路公司总办霍尔瓦特与外国使节"皆在车站迎接，颇极一时之盛"。

十二日晚，鲍贵卿乘车至齐齐哈尔接印，与顾问刘德权商议："本督执中央政府调动许兰洲至奉天驻防命令，却先深藏不露。"

"操之过急，易引发兵变，须良言安抚双方不得开火，然后方可调虎离山。"刘德权心领神会，一语道破玄机。

许兰洲自幼学儒习武，青年从戎，号称"赛天霸"。光绪年间，任清军五营统领，后入湖南讲武堂、北洋军，官至黑省陆军标统、协统。其时正逢风云变幻、事端迭起之际。

辛亥年间，俄外交大臣沙查诺夫闻中国中央政权更迭，向沙皇上奏折称："此为我国施展外交手段无须以武力并吞中国领土而能实现夙愿之大好时机。"《新时代报》亦云："不利用近邻中国之衰微，完成帝国理想，实在是愚蠢至极。"尼古拉二世由是决断："俄国有扶助全蒙自治责任……凡不服从各旗，须以蒙古王命令，由俄人强制执行之。"

十一月三十日，哲布尊丹巴获悉武昌起义，竟以"蒙古君主"名义，宣布外蒙独立，下令驱逐清廷库仑办事大臣三多。十二月二十八日，哲布尊丹巴"登基"，自称"大蒙古帝国日光皇帝"。

呼伦贝尔蒙古王公受俄驻呼伦领事乌萨蒂蛊惑，响应外蒙作乱。额鲁特总管胜福、陈巴尔虎总管车和礼、索伦旗总管成德，依仗俄国提供五百支枪，组织叛军千余人进攻呼伦城。

乌萨蒂悍然恫吓："双方开战，炮弹若落站界，即行调兵干涉。"

民国元年一月十五日，叛军占领呼伦城，成立隶属于库仑之"自治政府"，宣称"恢复大清副都统衙门，为呼伦贝尔临时最高机关"，并以呼伦贝尔旗属全体官兵等名义发出电告。

二月四日，俄蒙联军攻入胪滨府，"一时海、满无官，秩序大乱，兵匪混杂，商民惊慌"。额尔古纳河"上流各边卡，节节沦陷"，其"根河防兵，以饷咄哗变"。

八月十六日,乌泰于札萨克图旗叛乱,发布《独立宣言》。

许兰洲当年面对内蒙叛乱迭起,不仅固守吉林,尚且主动出击,统兵进驻景星镇、塔子城、哈拉和硕、大赉等要地,讨伐扎赉特旗蒙古叛军,大败郡王乌泰,何等威风。而今本欲效法张作霖,取代督军毕桂芳,却因部将釜底抽薪,反被张作霖武力恫吓相逼。

民国六年九月,张作霖号令张鸣九率驻奉天东丰、西丰两县四营骑兵,星夜驰赴黑龙江省,充当鲍贵卿卫队,与许兰洲军队互调。

许兰洲悻悻离开黑省,乃自嘲道:"螳螂捕蝉,黄雀在后,若非贪欲膨胀,何致狼狈若是。"

二十二日,许兰洲由刘德权陪同乘车抵达奉天。张作霖身着马褂于月台迎接道:"我对不起大哥,未能帮忙平乱。因我的部队需要监视二十八师,腾不出手,请你原谅。"

许兰洲强颜装笑:"有幸听命于雨帅帐下,已是期盼许久,尚祈多加关照。"

巴英额与英顺不甘服从张作霖所派督军,又故技重演,联手逼宫,向鲍贵卿抢权要官。十一月七日,吴俊升奉张作霖命令,率二十九师进驻齐齐哈尔增援鲍贵卿,强行解除巴英额与英顺兵权。

北洋"虎""狗"两派内讧,对护法军战还是和,主张截然相反,矛盾日益加剧,已至水火难容的地步。王士珍无可奈何,连声叹息:"兄弟阋于墙,自毁家门。"

孙中山因护法首战告捷,力主乘势北上,会攻南京,直捣北京。北洋主战派对冯国璋一味忍让、屈辱求和,强烈不满,纷纷电请北京政府讨伐西南护法军政府。冯国璋请王士珍接替段祺瑞任国务总理。王士珍知难而退,决然拒绝。

冯国璋遣人于王士珍公馆前请愿,高呼:"恭请聘老出山组阁,以巩固北洋团体。"

王士珍无奈,于三十日署国务总理,但宣称:"本总理今一人来,将来一人去,决不更动内阁一人。"

十二月二日,冯国璋根据鲍贵卿呈请,发布大总统令,以"挟制长官,干没公款"为由,褫夺英顺陆军少将与第四旅旅长的职务,又准免黑龙江步兵第一旅旅长巴英额本职。

鲍贵卿独掌黑龙江省军政大权,根据张作霖旨意,任命刘德权为旅长,驻守巴彦;李绍白为团长,驻防呼兰。一场风波始告平息。

段祺瑞挂印离职,愤而联合北洋主战督军,密谋去王倒冯,并令徐树铮设法鼓动奉系张作霖派兵入关参战。三日,经徐树铮穿针引线,直隶督军曹锟、山东督军张怀芝及山西、奉天、福建、安徽、浙江、陕西、黑龙江、上海、察哈尔、绥远、热河等督军、都统、护军使代表云集天津孙家花园,除长江三督外,北洋群英几乎会齐。徐树铮发来电报,示意与会者要"迎刃立断"。

倪嗣冲代表开门见山:"我们倪大帅一言九鼎,誓与南蛮子决战到底!"

曹锟当众扬言:"不获全胜,我姓曹的誓不为人!"

众人争先恐后表态,呈现空前的同仇敌忾。会议决定直隶、山东、安徽各出兵一万,奉天两万,山西、陕西各五千,军费出兵各省自行负担,分兵合攻湖南。第一路以曹锟为主帅,由京汉路南下,经湖北进攻湖南;第二路以张怀芝为主帅,由津浦路南下,经江西进攻湘东。

"北方'督军团'于天津孙家花园举行会议,此为徐树铮幕后主持。"总统府高等顾问陆建章私向大总统禀报。

冯国璋询问:"传言张作霖的全权代表、少将参谋长杨宇霆纵横其间,十分活跃,出尽风头。"

"杨宇霆突然不辞而别,偕徐树铮秘密去奉,众说纷纭,不明详因。唯恐小徐暗助胡帅造反。"

大总统冯国璋闻听陆建章这番报告,大惊失色,忙请段祺瑞召徐树铮回京。

徐复电略谓:"国事日亟,匹夫有责,树铮只知有国家,他非所知。一时不能既回,异日当赴师门领责。"

徐树铮初至奉天,便与杨宇霆商定,于杨府设宴为他接风。孙广庭应邀而来,立刻发现有许多不同寻常之处,宴席丰盛,排场挺大,而请来作陪的宾客屈指可数,总共只有他和丁超、于珍三人。

徐树铮礼帽长衫,一副学士派头,面带微笑,神色灿然,仿佛有件特大喜事要公布于众。然而言语之间却总是回味东京留学的友谊,对此行真正的目的则讳莫如深,避而不谈。

"孙大爷,还记得那首小诗《九日》吗?"

"昔时重九之日,我等于振武学堂登高眺望华夏神州,又铮兄倚树而吟,佳句妙语,情真意切,学弟焉能忘怀?"广庭泰然应答,朗声背诵,"家国离忧天一方,好凭鼓角遣重阳。楼观沧海能遗世,坐忆黄花罢举觞。落日营门军令急,白云亲舍旅愁长。故园风雨茱萸会,知否维摩独异邦。"

"平仄合律,对仗工整,思乡忧国之情溢于言表。"丁超赞道,"徐兄高诗可与摩诘《九月九日忆山东兄弟》媲美。"

182

"独在异乡为异客,每逢佳节倍思亲。遥知兄弟登高处,遍插茱萸少一人。"于珍对王诗颇熟,脱口即出。

"魏文帝曹丕《与钟繇书》云:'岁往月来,忽复九月九日。九为阳数,而日月并应,俗嘉其名,以为宜于长久,故以享宴高人。'南朝王筠诗曰:'重九唯嘉节,抱一应元贞。'"杨宇霆有意引向正题,粲然一笑道,"与春节相辉映,重阳节亦称秋节。王安石有'重九开秋节'之句,如今同窗五人聚首,正可抱一元贞。"

"重阳之说始于《周易》,易以九为阳数之极数,九月九日,两阳相重,故名重阳。"徐树铮仍故弄玄虚,闪烁其词,"《易·乾·文言》云:'元者善之长也,亨者嘉之会也,利者义之和也,贞者事之干也。'"

"恕我直言,我更喜欢又铮兄于校园假山凉亭内书赠愚弟之策励诗。"广庭仍在缅怀往昔纯真友谊,深情吟咏道:"自请赢囊处,谁令倦客游? 男儿且努力,锦带有吴钩。"

"是啊,诚如李贺《南园》诗所云:'男儿何不带吴钩,收取关山五十州。'"杨宇霆忙见缝插针道,"诸位皆知,又铮兄即是智勇双全,盖世英才,吾等亦踌躇满志,非平庸之辈,理应干一番惊天动地、气壮河山之鸿业,勿使韶华虚度。"

"诸位仁兄,如今南北分裂,各省分疆而治,若春秋时之列国,连年混战,民不聊生。分久必合,统一乃众望所归,势在必行。"徐树铮见酒过三巡,火候已至,方启齿透露道,"实不相瞒,树铮此番出关,别无他求,乃为促成雨帅与段总理结盟,携手问鼎中原,武力统一中国。愿诸位同仇敌忾,助我一臂之力……"

"东三省物产丰饶,甲兵强盛,冠于全国,又铮兄已布下瞒天妙计,确保军械精良,更是如虎添翼,仰仗芝泉总理坐镇京师,与雨帅合璧总揽全局,我军势必所向无敌。列位皆肝胆相照之同窗契友,理应借此良机,共襄伟业。大功告成之日,定能平步青云,扶摇直上……"杨宇霆借着酒劲,大发议论。

两人一唱一和,广庭很快品出个中滋味,此次聚会是以晋升握有重兵、独当一面的旅长为饵,动员他们三人执戈南征。

这旅长的诱惑力非同小可,丁超、于珍立刻喜形于色,兴奋得满脸通红,摩拳擦掌,急不可待,轮番慷慨陈词,极表赞同,显示出不鸣则已、一鸣惊人的热望。

唯独孙广庭平静如水,纹丝不动地坐于席位上,一言不发。其实,尽管他表面上没有欣喜若狂的举止,但也绝非无动于衷,斯时脑海里亦正思绪翻滚,斗争激烈。没有军人不想做将军,这可是一试身手、大展宏图的天赐良机。此种机缘他已是企盼太久,诚不可失,失难再来。然而转念一想,又铮兄所说"春秋之战"乃是无义之争,自古皆言"一将成名万骨枯",岂可为一己私利使百姓惨遭战祸浩劫？何况关东强邻虎视,危机四伏；挥师入关,手足相残,虽据全胜,亦不足称豪当世；不慎败绩,横遭凌辱,贻害国家,倘若日俄借机来侵,东北危矣！思及于此,广庭方下定决心。

徐树铮目睹与杨宇霆选定的四梁八柱,个个气度不凡,甚是满意。千军易得,一将难求,他尤其对孙广庭这位振武学校的老班长、高才生更为在意。尽管杨宇霆提醒过,孙大爷与南军蒋志清时有往来,他仍认定孙丹阶表里如一,不会因私废公,坚持要请广庭参加。

似徐庶进曹营,缄口不语,这可不是孙大爷的性格。徐树铮急切盼望广庭袒露胸襟,共同深入探讨如何实施"瞒天过海"之计。他实在按捺不住,正想单刀直入,问个明白,孙广庭却淡淡地道出足令号称关内小诸葛的徐树铮大为吃惊的见解。

"诸位仁兄,人各有志,不必强求一律。我不赞同奉军入关远征,和孙中山护法军动武。国家统一固然是好,但不一定非砍砍杀杀,弄得尸横遍野,血流成河。"孙广庭站起身来,极为郑重地道,"愚见以为,修文偃武,保境安民,刷新政治,自强不息,蓄余力以御外侮,才是大势所趋,人心所向……"

这一番话中肯磊落,出自肺腑,却使他失去了一个当将军的机会。这也是孙广庭意料之中的结果。可是万万没有想到,在"哎呀,丹阶兄,满桌佳肴俱凉,快些动筷品尝"的殷勤劝让声中,他竟成为"瞒天过海"计中被瞒的第一个人。

民国七年一月中旬,北南两军重新交火。

"为保住大总统地位,必有足够军队为后盾。"陆建章审时度势,急忙献策。

冯国璋深以为然:"那就再向列强多购买些枪炮。"

"大总统所订日本军械约期将至。"

"此事不宜声张,最好在秦皇岛秘密交货。"

二月一日,一切准备就绪,杨宇霆方故弄玄虚地向张作霖提出个震撼朝野的建议,揭开筹谋已久的"瞒天过海"计的序幕。

"雨帅,奉军现在仅有三个师,装备也已落伍,宜从速补充新式武器,方能更具战斗力。"

"唉,我何尝不是这么想呢?"一句话说到张作霖的痛处,引得他不住地长吁短叹,"可是购买军械得需要白花花的银两、大把大把的钞票,咱们哪里有那么多钱哪?"

"雨帅,有钱未必万事皆成,没钱有时也照样办大事。"杨宇霆笑嘻嘻地道,"难道世上真的没钱寸步难行？我看未必。今天咱偏不听这个邪,非要分文不花,照样办成此事,而且做得天衣无缝。"

张作霖的脑袋登时摇得像拨浪鼓一般:"天底下哪里有这等好事?总不能从天上掉馅饼给咱们吃吧?"

"雨帅,有时候天上真的要掉馅饼,就看您敢不敢张开尊口等着。"

"邻葛,你玩什么鬼花活?有话直说,别净跟我绕圈子!"

"军中无戏言,我可没胆量跟雨帅开玩笑,确实有此千载难逢的机会,甚至可谓是天赐良机。"

"那快说给我听听!"张作霖已然急得抓耳挠腮,坐不住板凳。

"又铮兄……"

"你说的是鼎鼎大名的徐树铮?"

"对,正是这位小扇子军师。"杨宇霆诡秘一笑,凑近张作霖耳边,悄声道,"又铮先生早有良策,只要雨帅首肯,立竿见影,稳操胜券……"

张作霖听罢详陈,登时吓出一身冷汗,失声叫道:"什么,要截留冯大总统的军械?"

"瞧您,怎么能这般说话?这批军械并非哪家私产,别人能用,我们凭什么不能用?但又铮先生说,要办这件事,尚有个条件。玉成之后,雨帅须授又铮以统帅权,而且得派兵进关,参与南下讨伐。"

张作霖呆立良久,没有作声。对徐树铮所提附加条件,他并不怎么在意,求人办事就得付出代价,天经地义,无可非议,而今之所以能在江湖上混出名堂,全仗这一手出奇漂亮,而且他绝对言而有信,不会出任何问题。可杨宇霆所说的又确实太玄太大,冯国璋乃堂堂大总统,将国家元首从国外订购的军械巧取过来,又不担任何干系,安能有这等便宜事?但是,杨宇霆和徐树铮皆颇有心计,不至于胡乱说话,由这两个小诸葛策划的"瞒天过海"计,应该有七八分把握。再说,就奉军目前状况,如不尽快更新装备,莫说问鼎中原,恐连固守关东亦不易。

依计而施,心惊胆战;断然放弃,又不舍诱惑。张作霖举棋不定,有些犯难。左思右想,犹豫再三之后,他还是没敢直截了当地答应杨宇霆。"这样吧,邻葛,你先容我想一想,咱们过两天再议。"

张作霖不甘独自冥思苦想,送走杨宇霆,立即疾步出门,径直去找另一位"参谋长"——奉天城里有名的算卦先生包秀峰。这位包先生双目失明,却精于星算,通晓天下大事,没少给张作霖指点迷津。

张作霖与包秀峰结识纯属偶然,还引发了一场戏剧性舌战。六年前,张作霖从洮南日夜兼程赶至奉天,被赵尔巽委以重任,更加领略到升官的门道与滋味,私下沉思,反而锁眉叹惜:"我的最大后台是赵次帅,哪怕我靠他再紧,他也不会把总督让给我去当。"一阵无奈的哀怨过后,忽然想起与梨树县商会会长于文斗所订联姻之事,尚有年命帖未开,遂慕名寻得这位坐家算命的包瞎子。

"于府千金凤至'女命无煞逢二德',按五行生克相对照,与贵公子学良生辰八字最为相合,乃天造地设良缘,是上婚,成亲之后,夫荣妻贵。"包秀峰年近花甲,身穿长袍马褂,高瘦清癯,其貌不扬,可说话的声音颇为洪亮,底气十足。

张作霖对命运原本不相信,对相面先生更是敬而远之。命有什么好算的?无非是劝善吹捧。他心中有数,打家劫舍,恶已做定,任凭江湖术士说得天花乱坠,横竖抹擦不去,不惊动神明岂不更好,倘若上苍看见,一声天雷击顶,也只好生挺硬挨,听之任之。不过,两人谈得投缘,他一时兴起,竟然脱口说道:"既然这儿挂着'六爻神课''大批流年'的招牌,不妨趁着热乎劲儿,也为我卜个吉凶。"

"大人的命,我可不敢混算。"瞎子摇头拒绝,"大人是王者将相之相,小人不敢卜。"

"还不曾卜一卜,你眼睛又看不见,怎么就知道我是'王者将相之相'?岂不是乱卜瞎算吗?"张作霖半真半假。

"这……这……"瞎子羞然敛口,白皙脸膛泛现潮红。

张作霖得理不让人,冷笑道:"罢了罢了,怪不得人说'瞎子的口,无量的斗,想说什么就是什么',实在信不得。"

包瞎子天生一张铁嘴,仰面眨眨盲眼,亦冷冷一笑道:"有句俗话,不知大人还记不记得?"

"什么话?"

"叫'未卜先知'。"包瞎子神气十足,"周易八卦乃始于远古文王,若是一无是处,信口雌黄,安能留传千秋,至今不衰? 三国诸葛亮、明朝刘伯温皆是卜卦大家,要不然,那诸葛孔明如何预知'甲子日,东风起'?"

瞎子慷慨陈词,张作霖将信将疑。

"你这一说,我得认真先卜上一卦。"

"既然大人不信,卜有何用? 若大人笃信无疑,小人也不怕冒昧。大人先别说,让小人先说,只请大人验证对与不对。说到不恭处,尚祈原谅,请大人宽恕我言语尖刻。"

"好,你说吧,没有那么多忌讳。"

"令尊张老爷,该是殁于非命吧?"

"这……"张作霖心里一惊,老爹确系为赌债纠纷被杀。

"葬事草草对不对？"

张作霖默不作声。

"张老爷还该有一次水劫……"

"正因为大水将老人家坟墓冲没，"张作霖说，"我本想把父亲重新厚葬，却苦于寻找不到遗骨。"

"大可不必，大可不必。"瞎子说："那水是天水。天水将老人家送到一片龙虎之地，当时虽然还有几尸相争，最后那个龙穴还是被老人家独占。如果我没有说错，这场大水正是大人你弃暗投明，投入新民府那一年。此乃天意，你必然要步步高升。"

张作霖思忖，觉得分毫不差，几年工夫，自己已由绿林一盗成为巡防统领，忙用尊敬语气，改变称呼道："先生既然这么说，家父遗骨所在，你一定知晓。可否相告，我另得厚葬。"

"令尊既已水葬，占据一片龙穴，切不可再行移动，否则破坏风水，得不偿失。"

"这么说，我日后……"

"不可细说详尽，我早已将话道明，往下多言就是奉承。只是日后果有应验，大人高居王者将相之位，别忘记我这瞽目草民，我即谢天谢地。"

"当然，当然。"

此后，张作霖果然官运亨通，待其督奉天省时，确实没忘却当初所许诺言，立将包秀峰请来，不仅每月奉送二百元薪水，并且尊称其为"包顾问"，遇到难解之事，必求之卜以决疑。

张作霖与杨宇霆分手，匆匆来到包秀峰府上，气喘未定，包顾问就听出是财神爷驾到，忙躬身相迎，执礼甚恭。

"大帅，我没有记错的话，你是光绪元年二月十二日卯时生。这一年是乙亥年，二月十二日天干为庚，地支为辰，因此大帅的八字是乙亥年、己卯月、庚辰日、己卯时。"

包秀峰屈指　算，立刻说出干支八字，此乃其看家绝招，名唤"一掌金"。这种专门技能仅在瞽目术士中密传于徒，绝不外授明目之人。尽管面前桌案摆着卦筒，装插大十地支配合组成的六十根竹签，旁边放置刻有"乾、坎、艮、震、巽、离、坤、兑"八卦及其变卦名称之六十四枚木制棋子，其侧尚有红漆卦盒陈设于铜盘之上，内盛三枚古钱，包秀峰却是一样未动，而将指头拨弄片刻，又开门见山道："光绪元年打春日是同治十三年腊月二十八，丁酉午正初刻四分。同治十三年为甲戌,大帅的起运并非生年乙亥,而是前一年甲戌,今逢戊午年,正好四十四岁,可谓事事大顺……"

由于事关重大,张作霖格外小心,又拿起红漆卦盒,占卜六爻课。包秀峰手执算盘,问明张作霖六次摇倒卦盒铜钱的字背,活动算珠以记,然后方故作惊叹地道:"'关公五关斩六将,桃红柳绿好风光。'此乃上上卦也! 大帅定可心想事成,高枕无忧。"

卦象大吉,包秀峰又一次为张作霖解除疑难。从包先生家里回来,张作霖立刻派人请来杨宇霆,亮开大嗓门笑道:"邻葛,刚才那件事,就按你说的办。舍不得孩子套不住狼,咱们就这么定妥。告诉徐又铮,他提出的条件咱全答应,咱老张一言出口,驷马难追,决不反悔!"

杨宇霆道:"事不宜迟,徐又铮已致电云:'日械约二月三日到秦皇岛,续来者何日到,电尚未来。'"

张作霖立派奉天军械厂厂长丁超前往截械。第五十三旅旅长张景惠自告奋勇,请缨陪同。

中国近代史上一件惊天动地的大事,就这样于小客厅中被敲定,伴随一系列秘密命令的下达,悄然开始,步步深入。

杨宇霆率丁超、张景惠,带兵两营开进关内,分驻秦皇岛、乐亭、滦州之间。继之大批奉军源源入关,进驻京奉铁路沿线之军粮城和廊坊,先头部队则到达丰台,津浦铁路独流站亦发现奉军人不离马、马不离鞍,进入备战状态,大有继续南下之势。顿时谣言四起,有谓奉军进关要复辟,有谓奉军进关倒冯。

其间,秦皇岛南山饭店突来两位出手阔绰的不速之客——杨宇霆与丁超,诡称为福建督军李厚基在奉天招募新兵,于此地候船。杨宇霆施展交际手段,与冯国璋所派接械人员,一起聚赌、饮酒、打牌,相处无界,所有运械细节悉已侦知,乃令张景惠勒兵密伺岛上。杨宇霆整日花天酒地,优哉游哉,满面春风,好不畅快,而于暗中注视海面,盘算如何方能出奇制胜,万无一失。

二月二十二日,俟日本船舶至,杨宇霆依旧不动声色,照样推杯换盏,纵情欢乐,直至军械卸岸装车,列车升火待发之际,方陡然变色。"立即出兵,拦住火车,令其掉头北上,不许出任何差错!"

丁超心领神会,率奉军以迅雷不及掩耳之势,从火车站附近冲出,用枪口抵住押车士兵与司机,强令列车改向关东。

事发遽然,未等风声走漏,军械已然运到奉天,两万七千余支步枪全部为张作霖所得。

冯国璋为化解与段祺瑞积怨,消除直皖两派隔阂,效法专制君王,下"罪己布告"。

"宰相腹内能行舟,大总统度量理应更大。"冯国璋自我解嘲,"此举并非示弱,而是以退为进,稳定大局。"

冯国璋谦卑之举果然奏效,段祺瑞呼应表态,巩固北洋,精诚团结,一致对外,武力平叛,真正统一中国。

委曲求全,放弃"和平统一"主张,换来北洋内部和谐,不料,关外又掀波澜。惊闻青天白日,军械被劫,冯国璋气得两腮胡须抖立,火冒三丈。盛怒之下,立刻亲自出马,以大总统名义,给张作霖发出一份十万火急的电报,措辞严厉,令其速将全部军械还给中央。

陆建章忙劝道:"大总统请息怒。张作霖是马匪出身,不能将他逼得过急。否则,那个山大王会投靠段祺瑞,公开与咱们作对。"

冯国璋这位政令难出京城的大总统也不敢过分刺激东北枭雄,斟酌再三,无可奈何地道:"好吧,那就在电报末尾再加上一句:'如需军械另行筹拨。'"

张作霖手持电报,惊慌地道:"坏了坏了,煮熟的鸭子要飞! 大总统亲自下令,让咱们把劫下的军械送到北京。"

杨宇霆甚是精明,接过电报,一眼看穿冯国璋软弱可欺,暗暗钦佩徐树铮神机妙算,忍不住哈哈大笑道:"雨帅,你看这句'如需军械另行筹拨',就足够做篇文章,让冯国璋哑巴吃黄连——有苦难言。"

张作霖急不可耐,忙道:"那就快以我的名义,给大总统发个回电吧。"

杨宇霆执笔,边写边念道:"……西南假和议已明令申讨,凡我国民同仇敌忾。况我身属军人,责无旁贷,即派队赴滦州,预备节节推进。唯军械缺乏,正拟电请筹拨。适中央购械运到,因时间紧迫,待用孔急,亟须变通办法,径先取用,以免运送,特申备案。"

二月二十六日,段祺瑞亦发"宥电"敦促张作霖:"原物交还,运来北京。"

张作霖回"感电"辩解:"此次奉天请领军械,系奉元首讨伐明令,整饬军队,为政府之后盾。所练军队,无论对内对外,均属拥护中央,一旦编练成军,悉听政府驱策,运京留奉,宗旨无殊。盖全军均属国家,尚何器械之足计?"

徐树铮先斩后奏,二十七日致电陆军部转段督办:"故来晤雨帅,姑作筹商。雨帅宗旨,一意保爱国家,维持政纲,以期靖安内讧,力求统一。至于军械一节,与其运京闲置,或拨给王、范等类无耻军队,溃弃资寇,不如留奉编练,视机调用之为愈。"

直到三月二十二日,徐树铮方向陆军部解释:"奉军截领军械,迭电府院,其事由弟一人从中指挥,与部中员司无干。事定之后,弟自诣部请罪。"

木已成舟,冯国璋亦无章程,只好作罢。

"嗬,好家伙!参谋长,你不但料事如神,而且有勇有谋,三下五除二,竟将冯大总统戏耍一番。尽夺精良枪械三万,可编成六七个枪炮齐全的混成旅,为咱奉军发迹真是立下汗马功劳!"张作霖见自己实力大增,有望东北称王,顿时眉开眼笑,乐得合不拢嘴。

"凡事应高瞻远瞩,不宜以安于辽东一隅为足。倘若雨帅有统一华夏、经营八表之志,宇霆甘愿追随左右,鞠躬尽瘁,死而无憾!"杨宇霆豪情满怀,意气抒发,立现诸葛亮遇玄德之慨。

四月二日,东三省陆军测绘学堂经费拖欠。广庭敦请张作霖酌情补拨,正巧在帅府门前与容光焕发、身着将校军服的杨宇霆、丁超不期而遇。

自从杨府一别,两人踪影难觅,本于酒席桌上定好至测绘学堂小聚,也都爽约未至。这或是所谓"道不同不足与谋",广庭对此并未太介意,主动高声问道:

"两位仁兄,许久不见,何处风光得意,匿踪隐迹?"

"军务在身,疲于奔命,怎及孙大爷执一校之长,稳如泰山。"杨宇霆抢先答道。

攀谈几句,涉及截械,孙广庭悄声道:"邻葛老弟,你胆大包天,竟敢横刀夺人所爱,在万岁头上动土,敲冯大总统竹杠。"

"宇霆一向奉公守法,岂敢造次。此乃大总统暗中特殊恩赐,不宜公开四处宣扬。"杨宇霆冲着昔日的老班长,眨眨狡黠的眼睛,故作神秘笑道。

"军队悉归国家所有,何况军械。盖吾全军响应大总统明令执戟前驱,国家军队使用国家军械,理所当然,近水楼台先得月,取之何妨?"丁超从旁帮腔。

"什么,果真出关南下争雄?"孙广庭为之一惊,"难道非大动干戈不成?"

丁超、宇霆皆不自然地笑笑,谁也没再应声。

忍痛割爱,放弃旅长,却于制止战争无补,广庭怔然立于阶石之上,不仅因回天乏术深感无奈,而且为兑现三年前承诺而忐忑不安。

原来,就在昨夜,广庭于大东关毛锡三宅院下屋,与夫人说悄悄话。他微笑着问道:"月华,知道别人背后怎么议论你吗?"

月华轻轻摇头,认真地道:"不知道,也不想知道。我努力按先哲的教导去做,觉得很坦然。"

"可我还是要告诉你,香亭对你可是大加褒扬,赞不绝口。"

"张大哥如何评价我,我不介意,我关心你怎么看我?"

"我喜形于色,你应已知。"

"我要你说出来嘛!"

广庭道:"满意之至!"

月华问:"那你是否记得,当初迎娶我时,扬州亲友送行的情景?"

"爱屋及乌,焉能忘却。你与长兄、大嫂、族姐依依难舍,泪流成行。我颇受感染,遂于登车告别时挥手言道:'三天回门,因路途遥远,实难如愿。但情谊永驻,三载之内,定南来省亲。'"

"光阴似过隙白驹,三度春秋一晃而逝。族姐应邀千里迢迢来接月华,于九日前抵达奉天,拟明天返往扬州。你可不能自食其言哪。"

"我观时局不靖,战端欲起,兵荒马乱,你年纪又轻,涉阅不广,万一途中遇到风险,岂不是得不偿失?"广庭压低声音,私下劝道。

"祭扫高堂,探视兄嫂,月华可谓蓄念已久,不知何故,近尤愈烈。况且,令阿姐扫兴而归,也是不妥。"月华轻声细语,慢条斯理,尚不时地察观广庭的表情,"再者,你也说过,'战争如同两人动手打架一般,讲究攻其不备,喊叫越凶,越是虚张声势,反而相对太平'。"

月华这番话柔里藏刚,并暗借广庭所言游说于他,着实令广庭啼笑皆非。

"好吧,故土难离,思念亲友,此乃人之常情。"广庭细品夫人之言,似乎亦不无道理,遂未再固执己见。

夕阳西下,日本火车站人声鼎沸,众多奉军云集,实枪荷弹,整装待发。广庭于月台上送月华归宁,见状不免忧心忡忡。

月华窥解其意,忙指指族姐:"阿姐可是一路顺风来到奉天。即便真有战火,谅也不会如此之快燃至扬州,大可不必多虑。尚祈夫君勿忘祝我姐妹旅途吉祥,一帆风顺。"

帅府门前,杨宇霆本想借故告辞,早些离去,却见孙广庭面色突变,剑眉微锁,显得心事重重,忙问:"莫非南方有什么不尽人意的信息?"

丁超随即表态:"孙大爷倘有为难之处,用到兄弟,尽管吩咐。"

广庭长叹道:"月华刚乘车去扬州。若早知道战事不可避免,我定会坚决阻止此行。"

"啊!"丁超、宇霆两人同时惊呼一声。

二　有惊无险

形势突变,硝烟骤起,孙广庭在奉天城内焦虑万状,四下征询南北战事信息。其实他心如明镜,导致自己与妻子月华相隔千里、音信阻断的重要动因,恰是已揭开神秘面纱的"瞒天过海"计的顺利实施。

夺城大功告成,张作霖果未食言,三月七日于奉天公开发表与曹锟、张怀芝往来电报。张作霖五日"歌电"表明出兵宗旨:"拥护中央,维持大局,戡平内乱,联络同志,共救危亡。财产身家功名权位皆已逾量,尚复何所希冀? 只以目前时局,非武力不能促进和平。弟处扩张实力,专为辅助我兄起见,此外毫无私意,若有虚言,鬼神鉴察。"

曹锟七日"阳电"欢迎奉军入关,称赞张作霖"耿耿大义,磊落光明,骨肉之交,谊共生死"。

张怀芝"阳电"亦道奉军入关为"壮我士气,固我后援",并指定鲁苏交通咽喉要地、山东门户微山韩庄为奉军南下第一站。

八日,北京局势变化莫测,总统府处于紧张戒严状态,府学胡同段公馆亦有重兵把守。回想黎元洪被辫帅张勋驱赶下台情景,冯大总统六神无主,惴惴不安。

恰逢此时,王士珍惊魂未定,匆匆来报:"反了,反了! 奉军一部自天津至廊坊,私自拦截盘诘过往乘客。国务院去电声明,车站为非戒严区,不能随意设卡检查,奉军置之不理,还要求于天坛附近为其物色营房。"

"小扇子摇罢东风摇西风,不知又在摇哪股邪风? 只怕是请神容易送神难。"冯国璋心有余悸,面现难色,说话吞吞吐吐,语无伦次。

王士珍见状,知道此地不可久留,忙取三十六计之上策,直言不讳地道:"段祺瑞气焰熏天,十分嚣张。张作霖拥兵自重,为虎作伥。我这内阁总理难当,决意辞去。"随即化装逃至天津,并致信函于冯、段两位老友,发誓决不回京任职。

奉军入关助战,段祺瑞大喜过望,乃依树铮之计,擢升师长吴佩孚为孚威将军,起用被撤旅长冯玉祥,企图快速平定西南,岂料适得其反。

冯玉祥乃主和悍将陆建章心腹,受陆鼓动勒马游移观望,踟蹰不前,停兵湖北武穴,通电主和。曹锟是吴佩孚顶头上司,以为升吴佩孚为孚威将军,意在挖其墙脚,大为不满,严令吴佩孚只许佯攻,不可真打,暗中又与湖南护法军密议停火。

三月十二日,张作霖宣布于天津附近军粮城设立关内奉军总司令部,自任总司令,以徐树铮为副总司令,杨宇霆为总司令部参谋长,孙烈臣为第二十七师师长兼湘东司令,张景惠为奉军暂编第一师师长兼湘西司令,丁超为奉军兵站司令,分兵南下援湘,征讨广东军政府。为表示诚意,张作霖又致电冯大总统:"……奉军进关,为执行大总统讨伐令,其总司令一职由张作霖兼摄。作霖现任督军兼民政,地方重要,不能远离,特照会徐树铮副总司令代行一切职务。"

段祺瑞"借奉制直"底牌亮相,徐树铮摇着小扇子,从幕后走至前台。冯国璋犹获当头棒喝,于十四日屈尊登门敦请段祺瑞出山,却遭拒绝。

三月十九日,十五省三特区督军发出联名电报,要求段祺瑞再起组阁,内云:"锟等互相约定,我公复任揆席,则同人誓当一致,共扶危局,否则亦唯从公高蹈,不问世事,全国安危,同人离合,均系我公一身。"

冯国璋见署名以曹锟为首,内含长江三督,如同接到哀的美敦书一般,只好再请段勉应众命,以北洋为重,接受大命。

段祺瑞欲擒故纵道:"唯恐再起府院之争,伤及兄弟情谊,故无意于此。"

"我愿与芝泉同生死,共患难!"冯国璋指天盟誓,又自动放权云,"参陆办公处仍然迁回国务院,以靳云鹏为主任以代师景云;国务院决议,总统保证不擅改一字;阁员由总理选择,不必征求总统同意;公府秘书长由总理推荐;中央致各省电报,须由院方核发。"

二十三日,大总统冯国璋令准王士珍辞职,特任段祺瑞为国务总理。

尽管天气晴美,春光融融,北京城内游人如云,一派和平景象,段总理所做首项重大决策,却是继续对南方用兵。而其所以这般行事的缘由,远在奉天的张作霖似乎最是清楚。

"一日不战,则内阁立见崩溃,选举必无从着手,我北系无以自存,国家也随之沦陷。"徐树铮为示亲密无间,及时电告张作霖,一语泄露天机。

段祺瑞重新执政,直系臣服。然而,皖系内部却发生分化。参陆办公处主任靳云鹏、国务院秘书长张志潭相继辞职,异口同声抱怨:"徐树铮飞扬跋扈,独揽大权,不只极力排斥直系,并且为难本派人士。"

段祺瑞踌躇满志,企图控制国会,操纵总统选举,密令徐树铮网罗王揖唐等政客,于北京宣武门内安福胡同梁式堂府内,组成"安福俱乐部"。因"安福"词意吉祥,易于上口,故而冠为团体之名。

二十六日,吴佩孚未遇抵抗,占领长沙。

徐树铮图谋督理直隶,施"一石二鸟"之计,升曹锟为两湖巡阅使兼湖北督军,调湖北督军为江苏督军,以利南征。

冯国璋急忙致电曹锟:"久于外,直隶根本之地,未免空虚,倘有疏虞,便无退步。"

曹锟却笑道:"此为调虎离山,明升暗降,曹某久居官场,焉能上当。"

为实现第三期北军对南作战计划——一个月打下湖南,三个月平定两广,六个月内完成全国武力统一,徐树铮直赴汉口,力阻曹锟、吴佩孚退出战场。

未几,段祺瑞又"秘以副总统许曹",并且亲往湖北犒师。冯国璋唯恐曹锟见利忘义,私派陆建章赴天津,说服曹锟放弃南征,与"长江三都"合作,把局面转向和平。盖因冯国璋暗施手脚,段祺瑞武力统一全国再次受挫。

孙广庭闻听奉军南下,兵分三路:第一路二十七师师长孙烈臣为司令,杨宇霆副之;第二路二十八师师长汲金纯为司令,许兰洲副之;第三路二十九师师长吴俊升为司令,张作相副之。徐树铮坐镇汉口奉军前敌指挥部,紧锣密鼓,调兵遣将,声势浩大,杀气腾腾。料定必有一场恶战。

五月四日,广庭总算从千里之外寻到知音。

孙中山因受制于桂系军阀,护法无望,愤辞大元帅之职,并通电声称:

顾吾国大患,莫大于武人之争雄。南北如一丘,虽号称护法之省,亦莫肯俯首于法律及民意之下。

广庭认为中山先生所论,可谓入木三分,本应为自己未卷入这场不义之战而欣慰,但他却难以释怀,深恐炮火蔓延,伤及无辜,尤其牵挂远方月华的安危。

正在万分焦急之中,见邮差前来送信,广庭希冀是月华报平安,但自知交通堵断,难以如愿,接到手中,开封一看,果然是砚席告佳音,略云:

丹阶吾兄:

云天在望,心切依驰。

去冬,盛武将军雨亭任弟为黑龙江省督军署参谋长。弟不辱使命,平定江省军潮,剿抚蒙匪七千余人,阵获日军大尉入江种矩一名,搜出《满蒙计划书》,因功授予二等文虎章、三等嘉禾章。今春兼充黑龙江省中东铁路一带临时警备军总司令,设总司令部于满洲里,解除谢苗诺夫军械,慰劳红军战士,优礼红军总司令。关东军由满洲里出兵,乘势报复,互相枪杀各三人,我总部不为所动,得免丧权辱国,中央两次传令嘉奖。弟现兼任江省国防筹办处处长,并兼省公署参议。弟一切安好,望兄勿念。书不尽言,情义长存,诸希珍重,伫候复音。

顺颂时绥。

焕相

北洋皖直两系督军一致主战,实怀私心,欲凭借作战截留国税,买马招兵,分享日本借款和军火,以厚实力。

主战大将曹锟、张怀芝正于前方指挥征战,却闻日本运至塘沽军火,竟又被入关奉军劫收独吞,皆怨气冲天,萌生退意。

五月九日,徐树铮得知前线北军拒听段祺瑞调度,居然偃旗息鼓,裹足不前,静观待变,急令孙烈臣、汲金纯、吴俊升齐集长沙,将奉军六个混成旅投入湖南战场。

张作霖希望入关奉军为总预备队,并非全部充当先锋,皆于前沿厮杀,故对徐树铮部署大为不满,立刻召回三位奉军师长,且借口边防吃紧,欲调湘东奉军北归。

二十九日,曹锟未待段祺瑞同意,携第一路司令部全员离开汉口。三十日,张怀芝亦率亲信径返山东。两人以"民生凋敝,不堪再战"为由,严令前方将士"停战待命"。北军于湖南战事,因奉军撤出,直系吴佩孚地位凸显,变得举足轻重。

六月十五日,吴佩孚竟私与湘军代表谭延闿、赵恒惕签订停战协定,息战言和。

第一次世界大战发生以来,协约国屡次劝诱中国加盟,皆因"府院之争",久议未决。直至美国宣布与德国断交,段祺瑞方占据上风,迫使冯国璋于民国六年八月十四日发布大总统令,正式对德宣战。其时恰居俄国两次政变之间。而这两次政变对中国,尤其对东北政局产生难以估量之巨大影响。

民国六年,公元一九一七年,三月二日星期四,俄国圣彼得堡冬宫内,沙皇尼古拉二世惨悴战栗,神不附体。皇家专车被起义部队拦截至普斯科夫车站,帝国官兵成批掉转枪口,前线司令官逼他逊位急电如同雪花纷飞。一切迹象表明,尼古拉众叛亲离,厄运业已降临。

身居偌大宫殿,尼古拉却感到颇为窒息。他勉强镇定,屈指细算,自从十八岁的先祖米哈伊尔·罗曼诺夫在伊帕季耶夫修道院戴上皇冠时计,罗曼诺夫皇朝恰逾三百零四年。难道今天果真要遭受灭顶之灾?尼古拉仍抱幻想,惧怕当不肖子孙,尚欲困兽犹斗,做一番最后挣扎。

时针指向十四时,沙皇尼古拉二世被迫颁发致国家杜马主席和大本营、最高统帅部参谋长的两篇退位诏书,宣称:

> 为了亲爱的母亲——俄罗斯的真正福祉,为了拯救她,没有我不能做出的牺牲。现在我决定引退,传位给我的儿子阿列克谢,为了让他留在我的身边,在他未成年之前,由我的弟弟米哈伊尔·亚历山德罗维奇大公爵摄政。

一小时后,尼古拉出尔反尔,重以皇帝名义下达御旨,声称考虑阿列克谢患有血友病,决定传位给米哈伊尔。米哈伊尔·亚历山德罗维奇大公爵惊闻皇宫正面一对双头鹰铜雕被毁,临时政府首脑克伦斯基声称不敢担保继任者生命安全,乃拒绝接受皇位。

临时政府获悉彼得格勒苏维埃准备采取措施,逮捕尼古拉夫妇,遂仓促于三月七日通过决议,确认退位国君尼古拉二世及其妻子已被剥夺自由,并将退位沙皇幽禁于皇村。

二月革命成功,俄国社会民主工党从秘密转为公开活动,声威远播。

中东路区中枢哈尔滨,俄国定居移民几达十万之众,各派精英闻风而动,纷纷登台亮相,相继成立劳工委员会、士兵委员会、市执行委员会、铁路职工委员会、将校委员会、哈尔滨革命委员会、军事委员会、远东拥护祖国和宪法会议委员会,为争夺铁路管理权,展开剧烈斗争。

沙俄侵略东北总代理狄米特里·列奥尼德维奇·霍尔瓦特中将,出身于名门贵族,且为皇戚,青年时代入伍,曾参加对土耳其作战,后于俄国外里海铁路和乌苏里铁路供职数载,曾任中亚和乌苏里铁路局局长。从光绪二十九年起,荣升中东铁路局局长兼中东铁路护路军总司令。霍尔瓦特于中东铁路附属地内建立民事行政机构,即实行所谓自治市制,光绪三十四年在哈尔滨成立自治会和董事会,将哈尔滨和中东铁路附属地变成沙俄殖民地。

中东路区主宰者霍尔瓦特总揽中东铁路及附属地内管理、行政、军警、民事和外交大权十六年,一向专横跋扈,唯我独尊。而今,外阿穆尔军区主力调赴西方战场,仅留六个哥萨克骑兵连与十二个国家民兵大队组成新护路军,由彼列维尔泽夫少将指挥,承担护路勤务。沙皇尼古拉二世被囚,引起护路军军心不稳,这位帝国中将终日提心吊胆,寝食难安,唯恐路区大权旁落,身首异处。

克伦斯基这位被列宁称为"小拿破仑"的野心家,对远东局势颇为关注,斟酌良久,方决定委任被黜沙皇尼古拉的爱将霍尔瓦特为临时政府中东路区最高代表——中东铁路附属地长官。

阅罢俄国临时政府任命电报,霍尔瓦特底气十足,精神大振。此番虽留膺重任,但他对浩荡皇恩仍难以忘怀,渴望有朝一日,尼古拉二世重登九五之位,然当务之急莫过于稳定局面,夺回全部丧失权力。

四月一日,吉林督军孟恩远、省长郭宗熙闻报"哈尔滨俄国士兵苏维埃居然大动干戈,以下犯上,于三月二十八日逮捕外阿穆尔铁道兵旅团司令达利扬少将和阿尔诺里特中校等军官",遂致电霍尔瓦特,拟出兵哈尔滨"扼要驻扎"。霍尔瓦特惧怕中国收回中东路权,当即一口拒绝。

六月二十二日，俄士兵苏维埃与工人苏维埃合并，成立工兵苏维埃，推举留金为主席。

七月八日，尼古拉二世于日记中写道："政府官员有所变动，李沃夫公爵辞职，克伦斯基将担任内阁首相，并兼陆海军部长，同时尚接管商工部。此人于现任岗位即发挥积极作用，其权力越大，事情即越好。"

八月十九日，临时政府总理克伦斯基下令，将沙皇尼古拉、皇后亚历山德拉、皇子阿列克谢及四位公主奥尔加、塔季娅娜、玛利娅、阿纳斯塔西娅从亚历山大罗夫宫迁移至西伯利亚托博尔斯克城一座省长官邸。克伦斯基亲自安排并监督乔迁，并派七位军官与三百名士兵进驻省长官邸，守护沙皇一家。尼古拉二世对前途充满希望，于日记中写道："克伦斯基终于露面，告诉我们可以出发。太阳正在冉冉升起，景色很美……"

在托博尔斯克城，卡比林斯基上校掌权，对沙皇一家颇为关照。尼古拉二世住得舒适安逸，自由自在，如世外桃源，终日和妻室于花园中散步、读书；偶尔用英文和法文编写剧本，由儿女参与演出，饱享天伦乐趣；或穿过街道和林荫道，到报喜教堂做礼拜，合家祷告，获得精神慰藉。

当地人民对皇室友善，若是看到窗台上有皇家成员，总是致敬示意，画十字为其祝福。

十一月七日，俄历十月二十五日，俄国社会民主工党革命成功。俄罗斯共和国总理克伦斯基变装逃出俄国，流亡巴黎。十日，《民国日报》率先以"突如其来俄国大政变"为题，详加报道："彼得格勒戍军与劳动社会已推翻克伦斯基政府。海军士卒奉美克齐美尔党之命，携械占据都城，四出拘捕大员。此次主谋者里林氏要求休战媾和……"

霍尔瓦特得知新政府宣布褫夺皇室及贵族一切特权，直接危及其于路区实行殖民统治的基础，遂怒发冲冠，指天发誓，定与美克齐美尔党拼死一搏，故而大肆招兵买马，扩军备战，图谋窥视时机而动，复辟罗曼诺夫皇朝。

留金抢先一步，于俄国十月革命爆发当日，召开工兵苏维埃紧急会议，提出："一切权力归苏维埃，立即采取革命行动，罢免总办霍尔瓦特，撤换中东铁路长官。"

随即，留金调动第六一八民兵大队与两个马队，分驻哈尔滨秦家岗、王兆屯，并命令加强松花江大桥等要地兵力部署；并效仿十月革命之方式没收铁界内富商大贾财产，释放四千狱犯，"纠集约足万人，即图大业"。护路军官兵竞相投靠留金，且"四处联络，约期举事"。

苏俄割地与德奥媾和，由协约国盟国变为"敌国"。协约国仇视其于中东铁

197

路附属地兴风作浪,制定应对方针:"倘若中国不派兵干涉,保障路区治安,则联合出兵,进行干预。"

二十八日,驻哈日本领事佐藤尚武代表驻哈领事团向霍尔瓦特提交照会,声称:"俄工兵苏维埃活动猖獗,务必加以限制,为保护日本利益,我们有权调动日军至哈。"

十二月一日,北京政府外交部为防止日本介入,电告吉林督军孟恩远,选派军队赴哈尔滨,震慑俄"激党作乱"。

俄国爆发革命,远东局势失控。协约国召开最高军事会议,鉴于谢苗诺夫在满洲里向苏维埃政权发起进攻,霍尔瓦特于哈尔滨正与工兵苏维埃抗衡,阿穆尔省加莫夫和海滨省卡尔梅克夫皆在拼凑力量,伺机反扑,决定联合武装干涉苏俄,并达成共识:"必须占领海参崴和西伯利亚大铁路,以便与白军建立联系,同时中国东北应成为这次行动基地。"

霍尔瓦特欲驱逐留金,唯恐力不从心,遂请黑龙江督军鲍贵卿、吉林督军孟恩远出兵,解除工兵苏维埃武装。孟恩远当机立断,于哈尔滨市傅家甸设中东铁路警备司令部,仟陶祥贵为总司令,么佩珍为副司令,高士候为会办,张南钧为军法处处长。

北京政府立派大总统府顾问何宗莲中将、大总统府副长官张宗昌中将至哈,妥善处理中俄交涉事宜。留金电请苏俄政府从国内及海参崴派兵支持。

陶祥贵则向霍尔瓦特保证:"霍将军,为保地方安宁,敝国愿意支持阁下将哈埠俄激党首领及滋事分子解送出境。"

"先礼后兵,容我劝说工兵苏维埃自行解除武装,倘遇顽抗不从,再以武力驱逐。"霍尔瓦特请缨调停,是怕于铁路附属地大动干戈,中国乘机依约收回护路权。

十九日,斯拉文惊呼:"迄自义和团匪运动至今,已逾十七年之久,中东路区内首次再现中国军队,可谓不祥之兆。"

二十日,中华民国外交总长陆徵祥照会俄公使库达舍夫:"中方决定以实力赞助霍尔瓦特,维持北满秩序。"

张宗昌、何宗莲逮捕留金、斯拉文,对其两民兵大队强行缴械。

二十八日,留金麾下四千余俄军士官兵从哈尔滨出发,经满洲里被遣送出境。

鲍贵卿号令江省军队,进驻俄军营房接防,将中东铁路西线全部收回保护。

二十九日,大总统冯国璋闻报吉、黑两省铁路驻军权与护路权皆已收回,乃派吉林省长郭宗熙兼任督办中东铁路事宜,三十日,中东铁路警备总司令部、滨江道尹公署联合发布通告,宣布由中国军队驻守铁路沿线,维持地方治安。

民国七年二月六日,黑龙江省成立中东铁路临时警备司令部,督军署参谋长张焕相兼任司令。继而,吉林督军孟恩远增设驻绥芬河中东铁路东南路副司令部,以高峻峰为副司令;黑龙江督军鲍贵卿抽调十余营骑步兵分驻哈尔滨至满洲里铁路沿线。

三月十八日,霍尔瓦特不甘心中东铁路全线皆由中国军队掌控,遂委任沙俄骑兵大将普列什科夫为中东铁路护路军总司令,与之分庭抗礼。中东路与哈尔滨,奉、俄护路军共存,明争暗斗,愈演愈烈。

二十一日,日军参谋本部第二部长中岛正武中将获悉,霍尔瓦特中将反苏气焰尤为嚣张,于哈尔滨组织白俄"义勇团",在秦家岗尼古拉教堂广场操演示威,遂亲临现场,为其助威打气。

霍尔瓦特在尼古拉教堂里主持祈祷大会,呼吁协约国出兵干涉。"民族—国家协会""保卫祖国远东委员会""俄国工商业者联合会""人民自由党哈尔滨委员会""斯拉夫协会""光复俄国联盟""立宪保皇党""俄国爱国协会""神学会"等白俄团体,于哈拼凑"远东卫国护法团",以组建军队,协助组织西伯利亚及远东特别临时政府为其宗旨,立即得到霍尔瓦特及驻哈外国领事团支持。沙俄将领高尔察克、谢苗诺夫相继赴哈,与霍尔瓦特商讨"反苏复国"大计。"远东卫国护法团"吁请协约国出兵干涉苏维埃政权,并将"决议书""吁请书"交由霍尔瓦特及驻哈协约国领事转递各国政府。

四月五日,日本和英国海军于海参崴登陆,随后捷克、法国、美国、意大利分别派兵进入苏俄境内。苏维埃政府为避免末代沙皇被保皇党劫持,分两批将尼古拉一家从托博尔斯克城转移至乌拉尔中心叶卡捷琳堡,关押在市中心伊帕季耶夫工程师的住宅。

三十日,沙皇夫妇偕玛利娅·尼古拉耶芙娜公主先至叶卡捷琳堡,静等全家团聚。尼古拉坐井观天,感慨万千,忽而怨恨弟弟与开国明君起相同名字米哈伊尔,忽而诅咒叶卡捷琳堡工程师的住宅缘何与先祖米哈伊尔·罗曼诺夫登基的修道院都叫伊帕季耶夫,忽而谩骂乱臣贼子大逆不道,忽而祈求上帝保佑忠良速来勤王救驾。

尼古拉在叶卡捷琳堡怨天尤人,其部将白俄远东总司令谢苗诺夫目睹苏德关系日趋紧张,乃于海拉尔、昂昂溪诸地组织"义勇军"四营,开赴满洲里,拟伺苏俄首尾不能相顾,发起进攻。

徐树铮闻听"俄罗斯京都大乱,迭起争端,德军乘隙而入,步步紧逼",忙向国务总理段祺瑞献计:"中国西北一带与俄接壤,万一德军穿越俄境由欧入亚,必乘势报复中国。我国加入参战团,本是徒慕虚名,怎可弄巧成拙,反遭实祸?宜借助他山,与日本结盟,依为唇齿,共同御德。"

五月十六日,段祺瑞指定参谋处处长、一等伯爵、果威将军靳云鹏,与日本代表驻华公使馆武官斋藤季治郎少将,于北京秘密签订《中日陆军共同防敌军事协定》。

广庭多方探询,获悉孙烈臣、杨宇霆于湘东鏖战,而汲金纯、吴俊升两路尚未接近前方。不久,直系吴佩孚班师停战,援湘之役遂告结束。张景惠统奉军暂编第一师进驻北京南苑。

二十三日,战火熄灭,夫人月华由南归奉,安然无恙。广庭紧紧将月华拥抱于怀中,激动地道:"此行险象环生,令人割肚牵肠,幸亏有惊无险,未出意外。"

月华仰起脸道:"我这不是平安回来了吗?毫发未失。"

"那你得感谢吴佩孚与冯玉祥。"

"为什么?"

"由于他俩束段总理的将令于高阁,并不遵照执行,方使一切风平浪静,我久悬之心稍慰。"

"不,我谁也不感谢,就感谢你。"

夫妻团聚,皆大欢喜,岂料乐极生悲,二人连失一双儿女。

北京政府决定褒奖收回中东路权有功人员。二十四日,冯国璋发布大总统令:授滨江县知事张曾榘六等嘉禾勋章。

"听说嘉禾勋章是大总统专门授予有大勋劳于国家的人。"月华询问,"莫非滨江张知事是奉命勘测吉黑省界有功,才获此殊荣?"

"不是,张曾榘知事又名南钧,字兰君,是位敢于吃螃蟹者。"

"吃螃蟹有什么难,我也敢吃,而且爱吃。"

"吃螃蟹乃打比喻,是说敢于尝试做前人没有做过的事业。"

"那张兰君知事究竟完成了什么前无古人的大事?"

"去年岁尾,哈埠俄匪蜂起,劫案频出。兰君知事亲自招募警备队一营,不待国务院指示,即派至铁路附属地中心腹地巡逻执法,首开中国军队进入路区维持治安之先河。"

"哈尔滨有俄人作乱,无怪今春被北京政府指定为'特别戒严区'。"月华好奇又问,"收回护路权非同小可,大长国人志气,可是怎么比大总统授予你的嘉禾勋章还低一等?"

其实,大总统冯国璋后来又将授予张曾榘之嘉禾勋章晋升为五等,与广庭所获级别平齐,皆因当时广庭不知此情,故沉默无语,没有解释,而是追忆起夺回中东铁路护路权与遣散霍尔瓦特护国军之艰难跌宕。

三　遣散霍尔瓦特护国军

民国七年早春,乍暖还寒,万物复苏。地处山海关外之奉天,尚无"天街小雨润如酥""绝胜烟柳满皇都"般温馨美景,午夜过后,虽非寒气透骨,依有凉意袭人。

送上一件长袍,又端过一杯香茗,夫人月华默默退居一旁。虽无半句言语,但那面上神情分明是说:"小别胜似新婚,夜半三更,理应上床休息。"

月华生得五官清秀,皮肤白皙细嫩,为人温恭,庄重聪颖,颇得广庭宠爱,广庭还为之起了个颇有意味的表字——韵秋。若是往日,只需韵秋一个眼色,广庭早已乖乖从命,但今天则不然,夫人几度作态催促,他依然不动声色。

书案上放着印刷精美的八行信笺,韵秋悄然望去,那上面却只写下短短一行字:"绍棠仁兄惠鉴:顷诵手书,借悉一切……"

刘月华知道,绍棠就是张焕相,广庭的同窗知己,现任黑龙江督军署参谋长。两个好朋友写信,为何如此犯难?她百思不解,暗自嘀咕,却未敢张口询问。

孙广庭此时紧抿嘴唇,无意与夫人解释半句,他平素厌恶家人过问政事。近闻俄罗斯爆发革命,列宁推翻临时政府,建立红色政权;沙俄残余势力不甘失败,四下活动;沙室贵族、帝俄将军及沙俄政府要员纷纷逃亡哈尔滨,投奔霍尔瓦特,妄图东山再起。美军司令格雷夫斯少将、英军司令诺克斯少将、捷克兵团司令盖达大将、日本陆军次长田龙一中将亦坐镇哈尔滨,与霍尔瓦特密谋联合讨伐苏俄。中东铁路管理局大楼居然成为远东扼杀新生苏维埃政权的指挥中心。

对俄罗斯境内发生之一切,他尚未洞察清晰,不便评价,可是白俄竟然组织军事力量在中国大地上横冲直撞,为所欲为,岂能熟视无睹,放任自流?孙广庭心潮翻滚,长夜难眠。一介书生,手无寸铁,空有热血满腔,欲捍卫国家主权,折冲千里之外,谈何容易?然而孙广庭抬头仰观天象,似乎从繁星的闪烁中获得启迪。

或许是习测绘之缘故,东三省陆军测绘学堂校长孙广庭对国土颇为敏感,断难容忍一丝一毫的迁就与变通。当年日俄在东北大打出手,而清王室竟然宣布所谓"局外中立"声明,划辽河以东为战区,置国人水深火热于不顾,数十万日俄大军在旅大、辽阳、奉天、铁岭一带逐鹿,无辜中国平民惨遭杀戮,数百万同胞流离失所,无家可归,奇耻大辱给予他的刺激可谓至深至切。而今霍尔瓦特以中东铁路路区"时局不定"为由,任命萨莫依洛夫为护路军司令,陆军少将麻尔果夫斯、陆军少将什瓦次、陆军中将切瓦金什克、陆军少将波特果列次克、陆军少将达立安为各路司令,悍然实行戒严,肆意践踏中国主权,准备乘机扩充军队,成立白俄政府。

广庭知道中俄争夺路区主宰权由来已久。中东铁路公司督办,按《东省铁路公司合同》称"总办",原由中国委派。光绪二十三年,清廷总理各国事务衙门大臣、工部左侍郎许景澄兼首任总办,因忙于与驻德、俄、荷兰、奥匈诸国交涉事务,督理京师大学堂,督办全国铁路,并未赴任。光绪二十六年,许景澄上书阻止义和团攻打外国使馆,被慈禧太后安定"任意妄奏,语多离间"的罪名杀害。帝俄专横跋扈,拒补遗缺,使总办一职虚悬十七年,趁机将中国对铁路公司和路区应行职权,侵夺净尽。

民国七年二月初,东进苏军抵达距满洲里五百华里之倭拉元。黑龙江督军鲍贵卿疑惧报复,主张"游说俄人,驱逐新党",拟于路界内与霍尔瓦特"协力防范",在满洲里联合谢苗诺夫白军,借为"屏藩"。新兼任中东铁路临时警备司令的张焕相,作为鲍贵卿最重要的军政助手,根据《黑龙江省中东铁路司令部章程》,集辖区南起哈尔滨松北对青山,北至边陲重镇满洲里之警备、防务、外交大权于一身,然其职能则侧重于国防,护路为次,即"以保护路线,维持地方之名,隐行筹备边防之实",故设立总司令部同时,组建江省第十九混成旅,驻防黑河。

然张总司令能否妥善处理国土问题,孙广庭心中尚无十足把握。他深知这位仁兄聪明能干,颇有魄力,但立场不甚稳,易东摇西晃,此乃掌权者之大忌。为国家之大计,无论老同学是否愿意听,他都应提醒几句。

在灯下沉思良久,孙广庭又拿起狼毫笔:

> ……遥祝兄兼执中东铁路临时警备司令部,高升司令,弟喜中有忧。白俄首领霍尔瓦特至今仍在铁路附属地内恣意妄为,称王称霸,近又委帝俄落魄骑兵大将普列什科夫为中东铁路总司令,掌管手下五路护路军,宣告中东路一带实行戒严,又成立"救国会",分设军事、外交、筹饷、民事四处。虽无政府字样,却系政府组织。内以我中东铁路为基地,外勾结英、美、法、意、日、比诸国为盟,誓与广义派周旋到底。

弟深恐霍氏所为会将俄国内战熊熊烈焰，导引至中华大地，酿成巨祸。吾兄重任在肩，虽有良谋，亦应杜渐遏萌，防患未然。缕缕肺腑微辞，聊表愚忱。尚祈参酌。

时艰为国珍重。即颂勋祺！

一气呵成全文，孙广庭一笔一画端书己名，又庄重地盖上印章。

走马上任，仆仆风尘抵达省城，下车伊始就遇到难堪，张焕相真是恼羞成怒。

独断专行、刚愎自用的霍尔瓦特，狐假虎威，有恃无恐，忙得不亦乐乎。今日暗中扩充"护路军"，明天公开招募"护国军"，千方百计于路区兴风作浪，惹是生非，简直目中无有他这个中东铁路警备司令。更有甚者，霍尔瓦特居然煽惑鲍督军与其联手抗衡苏军，且为夺回丧失特权大造声势，不惜赤膊上阵，命麾下千余俄军乘车由哈埠出发，沿中东铁路西线直至满洲里，伙同谢苗诺夫白军西进倭拉元前线，拦截苏军。

张焕相决意掣肘霍氏，杀其威风，派员严密监视，伺机出击。可是转念一想，又怕星星之火引起燎原之势，一直未敢贸然行动。

正处徘徊之际，恰获孙广庭来函，捧阅过后，幡然而悟："姑息养奸，必留后患。"遂以中东铁路警备司令身份，与苏俄特使举行谈判。协议规定："苏俄红军不准侵犯华境，吾军亦不助白俄谢苗诺夫诸部。"

探明霍尔瓦特不甘失败，又发布公告，招募"护国军"，应召华人三千有余，张焕相急忙亲赴哈尔滨交涉，并于三月五日会同驻哈警备部队，赶到秦家岗"司达拉"。

"不准利用华人为尔火中取栗，充当炮灰，立即全部遣散！"白俄中东铁路局局长霍尔瓦特张牙舞爪前来阻拦，遭到张焕相当面斥责。

"张将军难道忘却，此地乃中东铁路界内，我只听命于沙皇陛下及协约国，你们无权发号施令！"霍尔瓦特态度蛮横，颇为嚣张。

"霍尔瓦特将军，这是中国的土地，我们才是真正的主人，你们必须无条件地服从！"张焕相言罢将手一挥，立刻有许多黑洞洞的枪口对准霍尔瓦特。

"去岁冬，贵国外交总长陆徵祥照会俄驻华公使库达聂夫，保证以实力赞助我霍尔瓦特，维护北满秩序。墨迹未干，为何出尔反尔，言而无信？"霍尔瓦特气急败坏，强词夺理。

"成立中东铁路临时警备司令部就是兑现承诺，本司令奉命保卫地方治安，尔等私招华兵,殊属制造混乱,不能容忍。"张焕相义正词严。

"我进京找库达聂夫公使,一起去贵国内阁控告你们的暴行!"霍尔瓦特万般无奈,悻悻离去。

信发出去不久,就传来张焕相收缴谢苗诺夫部队军械、驱散霍尔瓦特"护国军"及解散部分白俄"护路军"的消息。尽管明知这并非全是源于那封书函,孙广庭依然心花怒放。无论如何,他毕竟是以自己独特的方式介入了东北的政局。

想起五年之前,同学刘德权回到江省不久,帝俄因与袁世凯所订的"库俄协定"被民国政府参议院否决,迁怒于黑龙江省,借机寻衅,以中国警官无礼摸一俄国青年胡须为由,限令黑龙江都督宋小濂二十四小时离开江省。且派遣三千俄军从哈尔滨开赴富拉尔基,武力恫吓。袁世凯不敢交涉,电令宋小濂如期离境,升上校参谋刘德权为参谋长,办理善后事宜,派前海参崴总领事、时任塔尔巴哈台参赞毕桂芳署理江省。宋小濂以毕为外交人员,不宜在边省担任军职,保荐朱庆澜为护军使,接替毕职。昔日中国封疆大吏任免尚仰俄人鼻息,唯命是从,实属国耻;而今绍棠兄捍卫国权,向俄军中将发号施令,形势迥异,国人亦可扬眉吐气,孙广庭为此深感欣慰。

四月六日,日本、英国海军在海参崴登陆。霍尔瓦特于北京与旧俄驻华公使库达聂夫公爵、华俄道胜银行总经理普季罗夫磋商:"复辟大业只有在远东发动,于中东铁路附属地筹款,且获得协约国大力支持,方能成功。"

"扩军经费尚易解决,"普季罗夫表示赞同,"可用中东铁路拨给前外阿穆尔军区边防独立军团专款。"

"各国驻北京使节由我说服。"库达聂夫胸有成竹,"可保万无一失。"

三人一拍即合,开始分头行动。

五月三日,霍尔瓦特由京返哈,依旧于路区发号施令,彰显权势。五日,又于哈尔滨添招千余俄军,派赴俄境格罗捷洛沃。二十一日,于俄报宣布自任中东铁路护路军总司令,再招兵四千,分驻哈尔滨、老沙沟、一面坡、富拉尔基、海拉尔五地。

"以华人充内勤,便于加强控制,可使之不具军事性质。"孟恩远胸有成竹,乃告之霍尔瓦特,准许先招三百华警。

霍尔瓦特乃以"中东铁路一带总长官"名义下令,在哈尔滨设立俄军总司令部,任命骑兵上将普列什科夫为总司令。

正值广庭密切注视霍尔瓦特动态,鼓励张焕相继续扩大战果,荡尽中东铁路东线沙俄残存势力之际,津门却发生一件令国人咋舌的惊天大案。杀人如麻、号称"屠夫"的炳威将军陆建章,居然自投罗网,命丧黄泉。

"敢杀这位南征北战三十余载的将军、冯大总统的高等顾问者绝非等闲之辈。"孙广庭慨然叹道,"北洋内部分崩离析,恐国无宁日矣。"

孙广庭判断无误,这场阴谋的策划者恰是小扇子军师、奉军副总司令徐树铮。

十四日,督军团在天津开会,冯国璋授意陆建章前往说服曹锟重返直系阵营。徐树铮闻讯火冒三丈,气冲斗牛,乃求杨宇霆亲书请帖,恭约陆建章至驻津奉军司令部商谈要事。陆建章自恃是现职将军,不疑有诈,欣然而往。

奉军司令部客厅中堂悬挂一幅明人李在《归去来辞图卷》的《云无心以出岫图》,远山重叠,云环雾绕,群雁鸣空,一叟一童坐崖观景,显得十分悠闲。两旁对联是清人刘墉书杜甫诗句:"窃攀屈宋宜方驾,颇学阴何苦用心。"

一只小巧花篮置于案几之上,下垂的彩带冠有徐树铮正楷题写的"火不侵玉,欢迎陆仁伯光临",颇为醒目。

陆建章高居宾席,环视四周,开心暗笑:"徐树铮锋芒收敛甚多,今日竟借用大学士石庵集杜诗奉承我,虽不朴真,亦是可喜。"

"仁伯枉驾光临,大慰小侄平生。"徐树铮貌似忏悔道,"小侄闭门自问,同仁伯之间多有得罪,仁伯能不计前嫌,树铮大释重负。今日尚祈仁伯直言示教。"

陆建章见徐树铮言语谦虚,便开诚布公道:"外夷纷争,中华多事,救国救民乃我等之根本。然救国之事并无旧辙,误走弯路亦是不可避免。难得贤侄虚怀若谷,回首自检,苟能弃偏求正,也就幸甚矣。"

徐树铮聚精会神地聆听,频频点首。

陆建章愈发喋喋不休:"树铮啊,你辈之中,无论心胸还是才识,贤侄都称得起出类拔萃之人,兴旺中华,还得依赖贤侄呀!"

徐树铮起身致谢,随即道:"仁伯,天气闷热,想请仁伯先到后庭花园散步片刻。园中有荷池一片,正是花红映日,我们可以边赏花边叙谈。小侄尚有事向仁伯请教。"

花园在客厅和主房的背后,两人并肩由庭院右侧一条幽巷进去,走至尽头,绕过一堵迎面而立的太湖石叠砌的假山墙,顿觉豁然开朗。修竹、塔松、花圃盆道,曲曲小径,碧碧荷塘,尚有潺潺小溪,天光云影,尽收眼底。去处虽小,却颇为精致,别有情趣。

陆建章心旷神怡,神采飞扬,正待启齿高谈阔论,花园假山和修竹林间突然射出两发子弹。砰!砰!南征北战三十余载的北洋炳威将军陆建章胸、脑各中一发,连呻吟也未来得及,便扑通倒在地上,四肢蜷缩了一下,再无丝毫声动。

翌日，闻知陆建章死于非命，段祺瑞许久方道："又铮闯祸太大，朗斋千错万错，毕竟是北洋袍泽，怎能如此乱开杀戒？"抱怨之余，断定纸终究难以包住火，乃让国务院秘书方枢，按照徐树铮给国务院和陆军部所发电报内容，撰写一道命令，报送总统府盖印，内云：

> 陆建章身为军官，竟敢到处煽惑军队，勾结土匪，按照惩治盗匪惯例，均应立即正法。现既拿获枪决，着即褫夺军职、勋位、勋章，以昭法典。

冯国璋阅过命令，脸色铁青，一口回绝，不留商榷余地。段祺瑞又派要员软硬兼施，进行疏通。冯国璋深知逝者无法复生，唯恐祸延自身，只得衔恨盖上大总统印，将令发出。

不留痕迹地除掉对手，又披上合法外衣，尽管外界闹得沸沸扬扬，但并未对徐树铮构成威胁。小扇子军师扬扬自得，做事更加颐指气使，随心所欲。

陆建章家人也非同寻常，卧薪尝胆七年之久，方仰仗陆的内侄女婿冯玉祥的力量，将总统专使、陆军上将远威将军徐树铮在河北廊坊截下火车，轻而易举了却这段冤仇。

内战刚刚平息，盟军间又大打出手，突发"满洲里事件"，令广庭大为担忧。

捷克军团参谋长、前线司令季捷里赫斯将军率领麾下官兵，连克西伯利亚铁路沿线鄂木斯克、伊尔库茨克、赤塔、双城子诸城，六月二十九日又推翻海参崴苏维埃政权。英、法、美、日各国立刻寻觅到"合理"理由，"保护捷克人免遭'布尔什维克迫害'"，准备相继派兵于海参崴登陆。

霍尔瓦特闻风而动，九日窜至俄国境内乌苏里柯罗捷阔沃，成立"全俄临时政府"，发表《告俄国民众书》，自封"最高执政"。

十四日，日本政府承认霍尔瓦特临时政府。

此间，沙俄海军上将高尔察克以中东铁路公司理事兼中东铁路沿线俄军总司令身份，将哈尔滨中东铁路中央图书馆作为临时指挥部，于屋脊顶端插上沙俄海军军旗。

八月二日，日本政府发表《出兵西伯利亚宣言》。是时，日军增兵海参崴已至七万余众。而随后抵达之美军仅八千五百官兵，英、法等其他协约国干涉军总共才四千人。美国指责日本政府自食其言，却依旧无法阻拦日军司令大谷喜久藏成为联军司令官。

三日,谢苗诺夫亦至哈,暗与捷克军团代表"商议进兵问题"。

四日,霍尔瓦特为获得协约国直接支持,将"全俄临时政府"由柯罗捷阔沃迁至海参崴,于东方学院设立摄政府。

西伯利亚和远东地区当时尚有彼·瓦·沃洛戈茨基之海参崴"全俄自治临时政府";鄂木斯克"西伯利亚临时政府",窝罗郭特斯基任国务总理,高尔察克为军事部长;"外贝加尔地区临时政府",由谢苗诺夫控制,辖区为兰乌德延伸到石勒喀河,至中东铁路与赤塔铁路接轨处满洲里,以及沿阿穆尔铁路向东北一段地域。白卫"政府"林立,各据一方,相互冲突,上演着沙俄帝国残阳下最后一幕悲歌。

六日,谢苗诺夫由哈尔滨赴海参崴,与霍尔瓦特"接洽一切"。大谷喜久藏横刀夺爱,收买谢苗诺夫白军充当鹰犬,迅速占领外贝加尔至满洲里间区域;为完全控制远东滨海,尚一度于海参崴建立起日本军政府。

十日乘中国南北政府对峙之机,日军五百乘兵车一列,由长春开进哈尔滨市,又开赴满洲里。

十八日,日本马队开进哈尔滨,援引《中日协定》中"作战期间,两国互相供给军器及军需品"条款,强索营房,擅设警岗,悍然分驻中东铁路各站,于松花江大桥、嫩江大桥私设岗哨十八处,并擅自派员管理长春至哈尔滨间路段,公开争夺中东铁路护路权。进抵满洲里的日军强令当地中国驻军移防,将营房尽数腾出,供其住用,并公然叫嚣:"欲求不开衅端,唯有容忍之一法。"

二十一日,捷克军团前线司令官季捷里赫斯与法国代表前往海参崴,途经哈尔滨。

二十四日,北京政府发表声明,宣布中国将"出兵崴埠,与联合各国采取一致行动"。随即令陆军第九师海参崴支队出兵西伯利亚,开赴俄国东海滨省,担任绥芬河以东至海参崴护路任务。恰于是日,侵驻满洲里日军鸠占鹊巢,反客为主,擅自警戒中东铁路,中国军队忍无可忍,双方发生冲突,互有伤亡。

大东关孙宅书房,孙广庭将愤怒倾注笔端,手书一封,叙述自己从"满洲里事件"中所得到的启迪和警示,并且引用福岛安正于《邻邦兵备略》中对中国的剖析"邻邦之强,一则以喜,一则以惧……"告诫道:"必须识破日人假途灭虢的狼子野心,做到针锋相对,寸土不让。"

月华进门道:"丹阶,菜都热过两遍,怎么还在写?"

广庭满脸怒气地道:"唉,战火已起,安有心思吃饭?"

"怎么,奉军又要南征?"

广庭道："不是,是中日军队于满洲里开火。日军欺人太甚,理应迎头痛击!"

月华问道："你向来主张和平,今日为何鼓吹战争?"

"此为正义之战,值得全力以赴。满洲里为我国北方锁钥,万不可归日人守护;护路权系国家主权,无论如何困难,亦为势所必争。"

曹锟闻听段祺瑞盛怒,诚惶诚恐,自思:"现身居虎口天津,奉军于杨村驻有重兵,吴佩孚接二连三通电,一旦激怒徐树铮,岂不如同陆建章引来杀身之祸?"遂又发有电训吴:"勿得轻信谣言,遵照中央计划一致进行。"

三十一日,吴佩孚表示坚决主和:"一俟和局告成,当北上请抗言之罪。"

与此同时,中国陆军第九师两千数百官兵分六批,乘火车经哈尔滨开往西伯利亚。捷克军团前线司令官季捷里赫斯、中东铁路俄军总司令普列什科夫由海参崴抵哈,转道往满洲里。

九月二十七日黄昏,广庭与月华在庭院散步。

广庭道:"信寄出许久,尚未见张焕相的回音。好在满洲里争端并没愈演愈烈。"

月华刚欲启齿,忽见熙洽登门来访,忙道:"熙处长,快请到书房坐。"

熙洽没有进屋,而是站在院中道:"嫂子,我还有事。"

广庭笑道:"格庄,若真有要事在身,怎得空暇光临寒舍?"

"丹阶兄,邻葛乐极生悲,现已身陷囹圄。"

广庭追问:"什么罪名?"

"只怪一朝权在手,便把令来行。"熙洽言罢,随即匆匆告辞离去。

广庭望着熙洽背影,目瞪口呆。

月华惊惧地问:"这堂堂参谋长,怎么忽而变成阶下囚?"

广庭亦一时难以理解,但很快探明前因后果、来龙去脉。

奉天督军府小客厅,张景惠神秘兮兮压低声音道:"我从北京南苑回到奉天,就是因为有重要军情报告。"

张作霖追问:"叙五,快说什么重要军情,莫非天塌了不成?"

张景惠道:"大哥,徐树铮、杨宇霆合谋,私自招兵买马,假借奉军名义,冒领陆军部军款三百七十万元,招募新兵四旅,以丁超、于珍和皖系军官宋子扬、褚其祥为旅长,在洛阳和信阳两地训练。我看这帮家伙图谋不轨,恐有异变。"

张作霖原本对徐树铮存有戒心，闻听张景惠密报，气得破口大骂："他妈拉个巴子，这些混账东西不讲义气，越有学问越是可恶！"当即下令，立解徐树铮本兼各职，又以"勾结外援，内树党羽"的罪名，关押起总参谋长杨宇霆。丁超、于珍也同时被罢免。

杨宇霆堪称不倒翁，失去自由仅数日，由段祺瑞说情，将其总参谋长褫职了事。杨宇霆恐张作霖反复无常，不敢再回东北，于是滞留京师，任总统府侍从武官，借九门提督、迪威将军江朝宗安定门内净土胡同一号一所住宅栖居。

净土胡同可谓闹市中的净土，杨宇霆除与陆军部参谋韩麟春、课长王树常、交通系梁士诒和丁超等人酬酢往来之外，终日无所事事。

张焕相透露最新信息：中东路居然又有插足者，冒出第三个护路军司令。

"日军得寸进尺，贪得无厌，占领中东铁路西路后，又进占东段一面坡、横道河子、海林、穆棱、绥芬河各站，尚于哈尔滨、延吉两地擅自设立警察署。"广庭愤极斥道，"东瀛倭寇依仗在东三省拥兵六万，居然反客为主。对此背信弃义之举，必须竭尽全力制止，不可再行退让……"

"丹阶兄，敬请息怒，切莫张冠李戴。"张焕相插话道，"此李鬼既非大和人，亦非虾夷人。"

"如此说来，还另有居心叵测、恬不知耻之徒？"广庭大为惊诧，"莫非是汪洋巨盗、山中草寇，胆大妄为，异想天开？"

"捷克军团司令盖达指定喀特列次上校为护路军司令。"张焕相揭开迷雾，道明真相，"十月一日，霍尔瓦特任命的中东铁路附属地俄军总司令普列什科夫亦发表声明，表示抗议。"

"盖达嚣张若是，敢问黑龙江省中东铁路警备司令张大人有何对策？"

"孙大爷请放宽心，焕相不止口诛笔伐，尚且采取实际行动，立令部属针锋相对，严阵以待，坚决捍卫路权，彻底粉碎捷克军团掌控中东铁路图谋。"

总统任期将满，冯国璋自知有段祺瑞作梗，连任无望，索性直接与之相商："前次联袂同来，此番是否应褰裳同去？"

对南方战事，和战皆难，段祺瑞面临尴尬处境，欲平息直皖争端。沉思片刻，以为倒冯目的已达，何不避虚席而握实权，遂慨然应允同时下野。

鹬蚌相争，渔翁得利，总统最佳候选人旁落于貌似一介衰翁、实为北方泰斗的徐世昌身上。徐世昌乃河南卫辉府人氏，字卜五，号菊人、弢斋、水竹邨人、石门山人、弢斋主人、东海居士等。从词苑出身，清季外任总督，内据军机，与军阀往来已久，为武人所倾心。虽久寓津门，名为闲散，实则中央政事无不预问。自元首以至军阀，皆因其老成练达，随时咨询，片言作答常被奉为准绳。

徐树铮审时度势，秘邀梁士诒、王揖唐诸人计议："南北纷争，形势日恶。冯河间、段合肥既愿同去，不如拥戴徐东海，或可制服异己，保持本派势力。"

冯总统、段总理于高堂之上各展政治手腕，挤对打击对方，如今竟和颜悦色，相约归隐江湖。孙广庭惊异之余，甚是感慨。他企盼国人团结一致，共御外侮，并不赞同杨宇霆、徐树铮台前幕后耍弄手段，同室操戈，明争暗斗。

扪心自问，这位号称"痴侠"的广庭先生，亦无意寻得世外桃源，置身于动荡社会之外，只要有可能，有机遇，他当然会毫不犹豫地奉献心血和力量，在神州大地上有所作为，化理想为现实。

可能与机遇确实存在，又常发生在意想不到的瞬间。

四 大悲庵许愿

民国七年十月，目睹欧战将结束，认定世界大势必有变迁，为寻求趁机谋取中国自立之道，孙广庭萌生许多热望。真应验了那句老话，"英雄所见略同"。位卑职微的广庭的宏愿，居然与新任总统不谋而合，且由这位素昧平生的大人物当众娓娓道出。

十日十时，徐世昌登上居仁堂礼台，步履稳健，从容站定，面对议长、议员、阁员及文武百官，庄严宣誓："余誓以至诚，遵守宪法，执行大总统之职务。谨誓。"随即，发表就职演说："世昌不敏，从政数十年矣。忧患余生，备经世变，近年闭户养拙，不复与闻时政。而当国是纠纷、群情隔阂之际，犹将竭其忠告，思所以匡持之……我国户口繁殖，而生计日即凋残；物产蕃滋，而工商仍居幼稚……是必适用民生主义，悉力扩张实业，乃为目前根本之计……"

洋洋洒洒千言，时而晓之以理，时而动之以情。谈及国家忧患，时局艰难，则饱含忧思，沉重缓慢；论及宏图远略，治国大计，则铿锵有力，果敢毅然。台下众人皆被吸引，为之振奋，叹服这位文人总统宝刀未老，治国有方。驻京外交团、清室代表亦纷纷近前祝贺。

就职典礼结束，徐世昌立即全力以赴，大张旗鼓呼吁"息争弭乱，和平统一"。

徐世昌的慷慨陈词在当时颇有进步意义，自然赢得与之抱同一理想的广庭先生的敬重。广庭此时对中国历史最久的《申报》情有独钟，产生浓厚兴趣。

《申报》于同治十一年四月三十日，由英商美查在上海创刊。宣统元年，该报华人买办席裕福将其收购。民国元年,报业巨擘史量才盘进《申报》,清末状元张謇亦是该报股东。广庭偏爱《申报》,不是因其与发妻董孺人同龄,亦非该报为当时著名大报,销数颇丰,而是因其报道翔实,令人鼓舞,尤其是刊登了诸多国际政要对徐世昌大总统的评价与祝贺。

大东关孙宅书房,孙广庭与少帅张学良的三位恩师——奉天军民两署秘书长袁金铠、东北讲武堂首任教务长熙洽、东三省陆军测量局总局长陈瑛品茶闲聊。

少帅蒙师袁金铠首先畅言:"参政两院共有四百三十六位议员,而这位儒雅文人徐世昌竟以四百二十五票当选为中华民国大总统,可谓众望所归,威望极高。"

广庭道:"令我深感意外的是,徐大总统非但没有像其历届前任那般,一味对南方大加斥责,反而从民族利益、国家前途着眼,指出战争之贻害'几经战伐,罹锋镝者,孰非胞与''糜饷械者,皆我脂膏,无补时艰,转伤国脉'。坦诚倡议南北双方'何不释小嫌而共匡大计,蠲私愤而励公诚',公开呼吁发展经济、振兴教育、改善外交、结束军人专制、施行文治天下。"

陈瑛,字蕙熏,号蕙生、惠生,浙江青田县人。晚清秀才,精通德、英、法、日等六国语言文字。学识渊博,文武双全,被称为"浙江第一才子"。赵尔巽、张作霖慕其名,敦请臂助,历任奉天督军署参谋、东三省陆军测量局总局长,张作霖命张学良拜陈瑛为师,习德文和军事指挥要略。

"徐大总统的和平主张在国际上引起强烈反响,美国总统威尔逊也发来贺电。"陈瑛手执出一张十月十九日的《申报》,颇显激动地道,"这里有威尔逊十日贺电全文。"

孙广庭念道:"本大总统之所馨香祷祝者,不仅以中美两国素敦睦谊,而实因值此文明变化最关紧要之时,中国因内乱而分析,若不早息争端,殊难协同友邦一致达维持正义之目的。今贵大总统就任之日,正贵国各派首领以爱国为怀,牺牲一切,息争之时,更宜和衷共济,力谋国民幸福,统一南北,而于各国际公令中亦占其应有之地位也。"

熙洽品一口香茗,放下茶杯道:"二十五日,《申报》又刊载日本外相内田康哉声明:'关于中国南北两派,绝不偏倚,放弃从前援助北方的手段,而以光明正大为宗旨,图南北两派中国全国民之福利。'"

孙广庭补充道:"同日,日本驻华公使小幡西吉也明确表示'日本当与列国一致''希望中国统一'。一向支持段总理武力统一的日本,居然也改变对华外交策略。"

"十月十九日,大总统徐世昌任命黑龙江督军兼省长鲍贵卿兼充滨黑铁路督办。同日,美国总统顾问查里兹至哈尔滨;霍尔瓦特亦专程由海参崴返哈,与鄂木斯克政府陆军总长伊万诺夫会晤。"陈瑛一向关注东亚动态,又道,"二十六日,西伯利亚政府宣布与霍尔瓦特临时政府合并,阿穆尔省、海滨省、萨哈连及中东铁路附属地为远东地区,统归霍尔瓦特全权管辖。"

"二十六日,美军二百名官兵由海参崴到哈驻扎,企图染指中东铁路。霍尔瓦特为控制路区,从前线抽调大批俄军至哈,于埠头区与八区盖木房三百余间,暂充兵营。"孙广庭用手指指在座好友,"雨帅为防祸于未然,乘机夺回路权,亦乘机派巡阅使卫队混成旅赴哈,分段驻扎,司令即是三位仁兄的高足张学良。"

袁金铠捋捋胡须,又兴奋地道:"十月三十日,南方军政府公开表态,以总裁岑春煊等人名义致电北洋政府,主张南北双方各派同数代表,召开对等会议,合力谋取和平。看来统一有望,和平在即。"

熙洽将一份北京出版的小报递给广庭,道:"上面有征对专栏,可谓投你所好,对对子是丹阶兄的拿手好戏,不妨当场一试。"

广庭只看了一眼,便顿失文士风雅,以军人的动作,愤然掷报于地下,叹道:"从前背后谩骂皇帝,人云怪癖;而今公开讥讽总统,诩为时风。民主固然可喜,但不应借文字游戏人身攻击,拿和平做噱头,哗众取宠!"

袁金铠忙问:"上联写些什么?"

广庭怒色未消:"'北有东海,南有西林,看这两个东西,怎么调和南北。'明显对徐大总统和平的倡议有嘲弄之意。"

十一月三日,白俄最高权力机构——西伯利亚政府迁至鄂木斯克,任命海军上将高尔察克为陆海军部部长。

十六日,协约国英军总司令诺克司大将与高尔察克助手、西伯利亚政府海、陆军两部次长司捷潘诺夫中将居然同时抵哈。

哈埠为观察路区与远东风云变幻指向标,广庭透过表面蹊跷现象,捕捉到巨变将至信息,果然未出三日,震惊世界的政变于西伯利亚发生。

高尔察克建立军事独裁政权,自封"俄国的最高执政者""俄国陆海军武装力量最高统帅"。美、英、法三国给予高尔察克政府巨大财政与军事援助。

日军企图独霸西伯利亚,为与美国争锋,派重兵控制俄国远东所有港口,以及西伯利亚铁路自赤塔以东沿线城镇,又唆使白俄远东总司令格里戈里·米哈伊洛维奇·谢苗诺夫中将于十二月四日在赤塔宣布独立,组成"外贝加尔地方临时政府"。

谢苗诺夫占据从贝加尔湖到满洲里之外贝加尔地区,完全按日本意图行事,公然与高尔察克分庭抗礼。

二十日,谢苗诺夫白军以武力夺取满洲里税关存款。

民国八年元月十八日,协约国于巴黎召开第一次全体会议。

二月十六日,北京各界各团体联合组成国民外交协会,作为政府后援,总统府外交委员会事务长林长民等十人任理事,通电发表七项力争国权主张。

孙广庭不失时宜,于测绘学堂礼堂,面对全校师生,发表热情洋溢的演说:"世界永久和平,乃人类真正福祉,亦为大势所趋。去岁露月欧战告终,而今巴黎和会于凡尔赛宫举行。中国曾出兵海参崴,并派二十余万华工至前线及英、法、俄诸国充当军役,方赢得战胜国桂冠,且堂而皇之将死于八国联军入侵北京战乱中的德国公使克林德的牌坊,从东四牌楼迁至中央公园,更为'公理战胜碑'。此番外交部长陆徵祥率南北联合团,出席旨在建立国际新秩序的巴黎和会,倘若果真能如美国总统威尔逊所倡导的'大小国家都要互相保证政治自由和领土完整',尚有望废除包藏日人祸心的满蒙悬案'二十一条'及列强在华特权……"

二十日上午九时,南北和平会议于仁记路黄浦滩口德国总会开幕,会场大厅正面高悬五色国旗,一条长桌居中而设,整肃雍容,双方代表鱼贯而入,依次坐定,南方军政府总裁唐绍仪、北京政府总代表朱启钤分别致辞。而后,全体代表起立向国旗行礼,齐呼:"中华民国万岁! 和平统一万岁!"

和谈开始,广庭如春风沐面,尤其想起唐绍仪八年前于上海参加南北和谈,是代表北洋政府,如今重来旧地,却为南方首席代表。时势变迁,孰难逆料,南北不和,政潮汹涌。达官显贵尚如一叶扁舟,随波逐流;黎民百姓更是颠沛流离,苦不堪言。息战统一确系迫在眉睫。三十七年后,广庭与和谈代表朱启钤于北京太阳宫合影留念之际,提及此事,还颇有慨叹。

三月十四日,由美、日、英、法、意、俄、中七国代表于海参崴成立"国际共管委员会",监管中东铁路和西伯利亚铁路。

中国监管路政委员、前驻俄公使刘镜人为争取主动权,夺回护路权及指挥权,携吉林铁路警备总司令部会办高士傧与黑龙江省国防筹办处参谋长黄鸾鸣两顾问前往海参崴。高士傧、黄鸾鸣向英、美等国武官代表详陈中国军队护路年余之成效,争取支持。

按条约规定,中东铁路保护权属于中国。中国是西伯利亚参战国,铁路又在中国领土之内,各国代表纷纷表示:"没有理由拒绝中国继续护路。"

四月十四日,协约国武官代表特别会议,通过《关于区别西伯利亚暨中东铁路守备区域决议》。中国收回中东铁路护路权,武官会议日本议长气急败坏,以"一因军事上便利,二中日协约有相互指挥之条文"为借口,专横决定:"中国中东铁路护路部队司令受日军司令大谷指挥。"

中国武官代表喻毓西将军当场声明:"保护中东铁路为中国应有之权,若将护路军队隶日联军总司令,殊多不便,须请示政府批准。"

四月二十三日,武官代表会议上,经众议决:"满站专归中国守备。"但日本代表仍坚持索要护路部队指挥权。大总统徐世昌乃令外交部与日本政府交涉,夺回路权。日人自知理屈,转请盟友施压。

事难遂人愿,暮春时节,孙广庭正为和平谈判进展迟缓着急,太夫人李氏忽然染上一种怪病——胸臆嘈杂症。为方便养疴,广庭忙接母亲来奉天大东关瓦房居住。屋内暖和敞亮,可病魔却仍未祛除。

五月二日,广庭讨来一剂偏方,据说六世单传,包治百病。因有言过其实之嫌,他原本半信半疑,询问服过此方者,皆云功效玄奇,立竿见影,方抱侥幸心理,按图索骥,抓全各味上等草药。

奉天大东关孙家瓦房里,李氏躺在床上,阳光斜照蓝白花被。厨房里文火煎药,药雾升腾。广庭颇具耐心,独坐于炭火炉旁,用相同节奏挥动手中芭蕉扇。忙中偷闲,拾报观览,标题《外交大警耗》映入眼帘,扇子突然静止,火苗明显减弱,他却浑然不觉。

广庭叹道:"中国全权代表顾维钧于凡尔赛宫发言,把孔圣人比作耶稣,将山东比成耶路撒冷,强调中国不能放弃山东,正如西方不可放弃耶路撒冷。一席妙语,赢得美、英、法各国代表赞赏。我还以为定可收回战败国德国强占之胶州湾租界地。哪知欧美竟与日本妥协,中国外交竟一败涂地。唉!强权出政治,弱国无外交。"

月华进来取药道:"都说是药三分毒,咱妈这病可没少吃药,但都不大见强。"

广庭道:"是啊,请遍城里中西名医,皆始效而终凶,无济于事。"

月华灵机一动:"我倒有个办法,不知中用否?"

"什么办法?又是偏方治大病吗?"

"你不是说外祖母生平喜爱佛事,虔信笃诚吗?"

广庭道:"是啊。"

"那么待母亲略有好转时,咱们全家去小东关大悲庵进香许个愿,好替母亲去掉些心病。大悲庵是城内最大的尼姑庵,清咸丰年间建造,都说挺灵验的。"

"母亲不愿服药,意在省钱,可也不信祈祷,仅认天命。"

月华又道："幸子姐姐也说，精神振作，便可增长体内抵抗力，病也就会慢慢消逝。"

广庭道："好吧，那就选个大吉日子，试试看，兴许管用。"

五月十三日，谋求和平统一的上海和会宣告破裂，南北双方代表不约而同，全体辞职。

二十五日，林长民上书总统徐世昌，请求辞去外交委员会职务，郑重声明：

> 势力侵凌，利权日失，空拥领土，所存几何？山东亡矣，国不国矣，长民尚欲日讨国民而告之也。若谓职任外交委员，便应结舌于外交失败之下，此何说也？

徐大总统身陷内外交困窘境，万般无奈，六月十一日也步南北代表后尘，向国会参众两院提出辞呈，并通电全国。

徐世昌辞职文一经发出，全国朝野一片恳留之声，张作霖以十万火急致电道："外交不签字，国家无自存之望。"一度反对签约的赣督陈光远、察哈尔都统田中玉也转变态度，支持徐世昌"两害取轻""不得已签字，也无不可"。

耳闻目睹众多变化突如其来，孙广庭有些伤感，但并未气馁。果然六月二十六日，徐世昌出人意料地发布命令，拒签对德和约，断然冲破中国外交始争终让惯例，首开果敢抗争先河，自然也赢得包括孙广庭在内的国人的拥戴。

徐世昌当初并未料到，美国居然会步其后尘。原来，美国国会因不满威尔逊总统向日本示弱，一味妥协退让，曾两度拒绝批准对德和约，否认日本在山东的特殊利益。民国十年，美国共和党全国代表大会主席哈定竞选总统获胜，保证要公正处理中国问题。八月十三日，美国国务卿查尔斯·埃文斯·休斯正式发函，邀请中国参加太平洋九国会议，并允诺："凡关于中国事件，美国主张中国在场。""请中国放心，所有会内事件，美既与中国友好，自应格外注意。"

徐大总统手持邀请书，喜出望外。以前列强处理中国问题，从不容许中国列席，如今请中国以平等资格出席，他立刻认定，这为合理解决山东悬案创造了有利契机，遂欣然提笔，拟写复文："……中国政府对于此项会议深表同意。……中国政府深愿与各国一律平等参与，共襄义举。"

五月二十八日，孟恩远督军接到国务院电令："将护路计划克日实施。"立即调配兵力，选拔将校，重新组建铁路护路军，亲自统辖全线，下设总司令于哈尔滨，副司令于绥芬河，形成首尾兼顾之势。日军阴谋全盘落空，恼羞成怒，妄图挑起事端,伺机报复。

六月六日,阳光灿烂,碧空万里无云。孙广庭见天空晴朗,决定携全家去大悲庵进香许愿,以期去掉母亲心病,使其精神振作,增长体内抵抗力,慢慢消除顽疾。

奉天古刹名寺甚多,唐保安寺,时称大佛寺,乃比丘尼修行道场,可惜乾隆所书匾额与大铜佛皆已不存。明关岳庙,又名蓬瀛宫,俗谓坤道院,宣统末年张作霖、吴俊升拨出百垧军马牧地供养此庙,香火旺盛,时为关东唯一坤元道场,乃坤元女冠练养之地。而广庭独选清道光八年始建之大悲庵,实因庵内供奉的乃是大慈大悲观世音的缘故。

大悲庵又名狮子庙,坐北朝南,四周朱红围墙。远望山门前一对巨型石狮,高达丈许,雄伟壮观,栩栩如生,坐姿盘踞于距地三尺须弥座上。近观二狮均两目圆睁,微开大口,傲视前方。雄狮居左,右前足下轻踏一只绣球,似在戏耍;雌狮居右,左前足下轻抚一只朝斜上方翻滚的幼狮,尽显母子情深。

七岁的隔住指着雄石狮,道:"爹,你看真像活的似的,我想骑在它背上玩。"

幸子道:"小姑娘要文静些,别胡闹!"

广庭顾忌隔住目睹四大金刚足下小鬼,晚上会做噩梦,决意携女儿于庵外观览恭候。幸子、月华二位夫人,一左一右搀扶母亲步入山门,进庙礼佛朝圣。

七岁的隔住不甘寂寞,趁父亲引颈凝神品看地摊上古玩瓷器和字画墨砚之机,溜进庵内。广庭不见女儿身影,发出一声惊叹,匆忙进殿寻找。

头层大殿三间,供奉双手高捧降魔杵的护法韦陀。二层正殿五间,红漆描金供案,摆满紫铜供品,高悬三层黄缎佛幔,飘带上绣金线云龙,中间供奉观音大士,左右供奉骑狮乘象的文殊、普贤诸菩萨。东西配殿各三间,供奉降龙、伏虎十八罗汉,皆贴金描彩,惟妙惟肖。

太夫人李氏却无意仔细观瞻,只知与两个儿媳四处参拜,奉送香火钱,祈求病体早日康复。

广庭发现隔住悄然无声尾随幸子身后,模仿大人,顶拜施礼,乃快步近前,牵住女儿小手,抬头仰望身高二丈的观音大士,触景生情,心中默默祷告道:"倘有神明,祈降甘露,佑我高堂慈母身体康健,百病俱无;国家南北息争,天下太平;总统文治宏愿,早日实现。"

正殿后乃主持尼禅悦方丈和大小比丘尼禅房。左侧是小跨院,广庭一家进得月亮门,看见两株梧桐树下有三间窗明几净、十分清雅的客厅,院内有几丛丁香,但花儿已开败。

216

太夫人在斋堂喝罢斋粥，布施些银两，又至两层大殿甬道，欣赏青砖池内盛开的牡丹，虽非魏紫姚黄珍品，却也是姿态迥异的国色天香，喜得小隔住指指点点，笑逐颜开。母亲李氏亦高声赞道："大悲庵的牡丹果然佳妙！"

母亲不愿服药，意在省钱，不信祈祷，仅认天命，但她知晓儿子心思，故于归途中，装成兴致不减、顿感轻松之态，自言自语："有菩萨保佑，必能消灾免祸，心想事成。"

回到家中，母亲沉疴依旧是时发时愈，不见转机。给菩萨磕过头的小隔住却染上风寒，竟一病不起。

因勘测奉吉边界膺获嘉禾勋章，广庭对这片鸟语花香的土地颇感亲切。万万未曾想到，一向情同手足、被视为睦邻典范的奉吉两省，居然突发一场血腥的战争。

战争起因颇为奇特，缘于张作霖升官。

去岁九月七日，张作霖出任东三省巡阅使，名义上可节制吉林，但根本指挥不灵，故做梦都想驱逐吉林督军孟恩远，取而代之。皆因当初奉军主力尚在关内，才不敢急于求成、贸然行事，仅令手下暗中察访，网罗罪名。

孟恩远字曙村，原为袁世凯属下统制，自宣统三年，接替第三镇统制曹锟任吉林军事长官，稳坐吉林头把交椅至今，口碑尚佳，皆称厚道。

广庭对孟督军知之不多，闻他不识字，但却亲眼在一家天津小饭店墙上见过其署名草书真迹一笔"虎"，颇有气势。后经探询方知，孟督军每次挥毫时，皆需差官一旁伺候，至虎字末尾，则停笔不动，由差官乘势将纸往怀中一拉，这一笔又平又直，好似颇具笔力。

孟督军喜以墨迹赠人，这独特"虎"字中堂在东北流传甚广。孙广庭虽对其附庸风雅之举不置可否，但对其平易近人、向往斯文，大为赞赏，尤对其捍卫中东路权功勋卓著，却遭内外强敌合袭而下野，深感痛惜。

张作霖自认羽翼丰满，万事俱备，便骤然变换面孔，公开撕破脸皮，以"财政处理失当，滥支军费，坐观胡匪滋扰"诸罪，要求撤换孟恩远。

孟恩远接到奉天省一封公函，内中张作霖公然暗示："急流勇退，或为最佳抉择"。

孟督军置之不理，没有应答，却于省议会上公开表态："我宝刀虽老，对前程无大希望，唯受到某方面压迫而弃职，是断然不可为。我有亲兵一师和五个旅，自信尚具抵抗力。"

北京政府请赵尔巽、张锡銮出面调停。张作霖假充清高："我对曙村兄毫无

217

私怨,只是为民请命而已。"

七月六日,大总统徐世昌为防关外两虎相争,发布一道命令:"调孟恩远充惠威将军,来京供职。任命鲍贵卿为吉林督军,孙烈臣为黑龙江督军。"

吉林督军署参谋长、第一师师长高士傧勃然大怒,拥兵抗命,以吉林全体军官名义,电请北京政府收回调令,并限四十八小时之内答复。

十一日,财政总长、代理国务总理龚心湛直接发电报给孟恩远云:"元首眷顾,始终如一,到京后当有借重。"

孟恩远针锋相对,亦以官话电复:"各团体聚集车站,阻远启行。欲去不得,欲行不能,请示办法。"并云,"我若离开吉林,吉林六十营军队都不答应,我对此不能不有所顾虑,我若有半句假话,他日必死炮火之下!"

北京政府为和缓局势,命令鲍贵卿暂缓到任,另派吉林省长郭宗熙兼摄督军。郭宗熙怕引火烧身,婉言谢绝。

孟恩远得意卖乖:"遵令移交,送印予郭省长不受,何时得行?"并于十三日命驻哈吉军调赴长春,以防奉军袭击。

张作霖为迫孟恩远下台,决心用武,派第二十七师师长孙烈臣为南路军总司令,第二十九师师长吴俊升为北路军总司令,分两路夹攻吉林。同时向国务院检举:"高士傧组织护法政府,与西南一致,请政府明令讨伐!"

孙烈臣于开原设立司令部,其前锋开抵怀德,与防守双城吉军相隔仅三十里。吴俊升部由大赉向南推进,与吉林农安守军距离约百余里。高士傧在农安宣告吉林独立,自称讨贼军总司令,发布讨伐张作霖檄文。

十九日,长春北郊中东路宽城子车站迤北空地,吉林军和日军发生激烈武装冲突,双方各有伤亡。张作霖乘人之危,急令孙烈臣、吴俊升南北夹击。吉林军迎战,一触即溃。

二十二日,北京政府落井下石,以"抗令称兵"为由,下令调孟恩远进京,罢免高士傧师长职务。

闻听黑龙江督军署参谋长兼中东铁路临时警备司令张焕相为讨好张作霖,利用身边大尉参谋土肥原贤二,联络驻长春日本守备队协助黑龙江驻军分兵合围,共同犯境,孟恩远不敢再恋栈,匆匆离开吉林,返回故里天津。其外甥高士傧孤掌难鸣,仰面长叹,被迫书面向张作霖谢罪,衔恨赴上海避难。

二十五日,苏俄政府发表《致中国国民及南北政府宣言》,声明:"废除沙俄与中国、沙俄与第三国所缔结的旨在奴役中国的一切不平等条约和密约。"建议双方派出代表谈判,以建立友好关系。

关东战事平息,北方传来喜讯,孙广庭却是满腹心事,一脸愁容。

隔住病情加剧,弥留之际,拽着年仅四岁的弟弟的小手,无限依恋地说:"世绪,姐姐恐怕要去找东生姐姐。姐姐名唤'隔住',但愿大悲庵的神像能显灵,将你隔住,别像我们过早离开妈妈。"

不久,小隔住就告别人世,被埋葬在其姐东生之侧。幸子连失二女,紧紧搂着幼子世绪,呆滞无语,精神恍惚。而世绪却真应验了隔住姐姐的最后希冀,至今仍以九十四岁高龄,神清气正地生活于北方名城哈尔滨。

八月十二日,丁超、袁金铠、刘尚清闻听孙广庭稚女隔住弃世,老母染病,相偕来大东关府上探视,纷纷劝慰太夫人:"气色甚好,注意调养,保持心境舒畅,贵体定可安康。"

请安过后,众人又至客厅,围桌而坐,品茶闲聊。

"昨日徐大总统任命鲍校长为吉林督军,兼中东铁路公司督办、中东铁路护路军总司令,孙赞帅为黑龙江督军兼省长。如今东三省可谓一统天下,雨帅名副其实当上关东王。"丁超不加掩饰,面现欣喜。

二十七师师长孙烈臣刚升至督军,丁超便立刻改口恭维为"赞帅"。广庭思忖,官场细微小节,似寓玄机,而自己对此方面的关注,与老同学相比,相距甚远。

"哎呀,多有得罪,忘却恭贺诸位高升!"孙广庭话刚出口,顿觉不妥,丁超任黑龙江督军署参谋长,刘尚清为省署财政厅长,可谓荣迁,而礼聘袁金铠为两署秘书长,则有谪守边陲之嫌,忙补缀道,"三位仁兄重任在肩,不日即将北上赴任,但愿能鼎力辅佐赞帅,确保龙江一方平安,百姓殷实,万象更新。"

"国计民生,需靠财源支撑。理财之道,奉天'二王'最佳。维宙任财政厅长时,岷源经营奉天省城税捐,实树翰属吏,堪称后起之秀。"刘尚清小心翼翼,见缝插针,"有人云,后来者居上,不知可信与否。"

"表面似有高低,实则各有千秋。"孙广庭坦言己见,"维宙主张王道,反对掊克聚敛,法庄老之自然无为,以藏富于民为出治之本。良性循环,深得袍泽称颂。而岷源则倡导霸道,效仿刘晏,剔除中饱,涓滴归公,规定税收比额,严加督责,故岁收倍于维宙,颇讨雨帅欢心。只恐雨帅恃多,逞兵争雄,扩展封疆,导致民生日蹙,百业凋敝,此吾甚为所虑者。"

"丹阶兄所论一针见血,入木三分。"袁金铠脸上飞掠一丝郁愤,借题发挥道,"永江字岷源,农夫皆取谐音骂之,称'王岷源'为'万民怨',以示愤懑。"

"倘若丹阶兄主持财政,可有万全良策?"刘尚清意在取经,穷追不舍。

"不在其位,不谋其政。"广庭略加思索,随即答道,"民殷国富,休戚与共。以愚之管见,宜扬'二王'之长,扶持良弱,打击奸商,因时因地而异。珠联璧合施为可也。"

"中庸之道，不同俗论。"丁超起身告辞，再三叮嘱，"异日有事，务必及时相告。"

次日清晨，广庭又亲率学生赴辽阳军事演习，途经吉洞峪兴隆沟，见一老者年过七旬，身材高大，腰扎茅绳，手执三尺长烟袋，虽跟板车送粪，扬鞭策马姿势却显得与众不同。

"公非徐老帅吗？何至于此？"广庭走近端详，失声惊呼。原来来者是位显赫一时、大名鼎鼎的人物——清朝中宪大夫、民国巡防帮统、袁金铠的好友徐珍。

"当年张作霖当山大王时，我为民团总练长，为确保地方安宁，曾统兵前往追剿，结成生死冤家。如今张作霖叱咤风云，一鼓作气吞并东三省，凌驾我位之上。法国福煦元帅曾评价云，'张作霖两只狐眼，机警过人'。我恐他尚记宿怨，所以辞官归乡务农，兴学办校。"徐珍神态自若，坦诚相告。

广庭携学生至徐珍所建明德高小参观。门墙墨笔楷书"礼门""义路""朝乾夕惕""日新月异"，教室前为"孝悌、忠信、恭敬、勤俭"校训，内悬孔子、孟子、关羽、岳飞圣像。

徐珍介绍道："每周一尚有朝会，教师轮流讲演'礼义''学贵有恒''爱惜光阴'诸题目。"

后来，广庭将徐珍办学义举登报，张作霖为收买民心，恭请徐珍为省议会议员，并赠送一块匾额，上书"嘉惠士林"，下款为"奉天省督军镇威将军张"，并刻有满汉两种文字大红方印。

孙广庭闻听徐珍道辽阳名医刘崇五妙手回春，专治疑难，立迎母亲至辽阳，令四女启珍随侍，请刘崇五诊治。服药数剂，仍不见效，刘崇五亦无计可施。

九月，太夫人李氏执意回铁岭，广庭极力规劝未果，只得遵命。护送母亲乘车至熊官人屯安顿妥当，返还奉天城内时，天色转暗，已近黄昏，自思明日尚有公务急需办理，无法脱身给袁金铠送行，不妨顺道前去致歉，乃掸落长衫沾挂浮尘，径直前往。

迎着飒飒秋风，无意间望见远处一座寺庙旗杆，广庭蓦然忆起大悲庵许愿，顿生一股莫名惆怅。

五 山村葬礼

朱甍青瓦，斗拱交错，绚丽华贵，金碧辉煌，夕照下的袁公馆气派非凡，堪与邻近的大帅府媲美，然而门前冷落，车马皆无，显得不甚协调。

广庭叩响铜制门环，厚重院门吱嘎开启一缝，里面隐约传出吵嚷之声。袁府总管本想婉言拒客，探头一望，认出是自家老爷颇为敬重却很少来府上走动的孙校长，顿时张口结舌，不知所措。

"丹阶兄光临敝舍，足令蓬荜生辉，快些请进。"袁金铠闻讯，躬身打拱，亲出相迎。

客厅陈设高雅，古香古色。百宝格上奇珍异宝琳琅满目，然而广庭对此不屑一顾，因其皆为与金铠日渐疏远之根源。唯有墙上张泽所绘《猛虎攀登图》，那势逼画外的凛然雄威，及两旁端木国瑚的行书联"功证诗篇离景象，乐成官位属神仙"所渲染的喜气氛围，与其主人面现颓唐的表情形成鲜明对照，不能不吸引广庭的注目。

"逊清内阁中书端木国瑚悟得静退哲理，其墨宝方这般大气磅礴，行云流水，洒脱异常。"广庭貌似评书论画，暗含规劝道，"张泽字善孖，喜绘虎，家中曾养活虎。其笔下猛虎颇具'高崖才发啸，绝壑自生风'之气势，激人奋进，寓意深远。足见洁珊兄珍藏皆非凡品，煞费苦心。"

"哪里哪里，"袁金铠有所醒悟，面色绯红，"这猛虎图并非罕世古玩，我只是偏爱其上配诗，故而补墙自娱。"

"却忆当年隆准公，竖儒漫骂笑雕虫。飞腾谁识真人意，丰沛归来咏大风。"广庭吟罢张泽自跋，乘兴又道，"汉高祖刘邦初为泗水亭长，却不惧讥讽，奋然前行，终于纵横天下，欣然唱出《大风歌》：'大风起兮云飞扬，威加海内兮归故乡，安得猛士兮守四方……'袁兄此番走马龙江，亦正是承担猛士重任。倘能淡泊名利，洁己奉公，以兄之雄才大略，定可造福松嫩，誉满北疆。"

袁金铠立时听出弦外之音，坐于镂花楠木逍遥椅上，仍觉不甚自在，只好屈身拾起八仙桌上委角戟耳的粉彩方杯，品口香茗，支支吾吾，含糊其词地搪塞："嗯，好，好。"

广庭语意双关，锋芒毕露，确有所指。

当初张作霖视金铠若圣明，事无巨细皆咨而后行。金铠受宠若惊，亟思有所表现，乃举行文官考试，网罗人才。但与后为北京参议院议长的吴景濂不睦，凡西四城与吴有联系者，概不录用。时人讥之曰："西河不如南河好，兴城哪有辽城高？"

杜兴尧以辽阳人膺首选，舆论大哗。袁金铠却满不在乎，称自己荐人旨趣为："知之人才引以为上，悯其饥寒无告者散之于下。"所荐王永江、于冲汉诸人，皆为张作霖倚重。跑官者闻之窃喜，皆蜂拥袁府，持厚礼朝拜。广庭怪金铠泰然笑纳,屡劝不止,厌而避之。

张作霖本不知书,自当政以来,日习数字,初能写姓名,继而略明牍中大意。时逢有官场失意者谮言道:"袁府门庭若市,人皆知有秘书长,而不知有将军,雨帅应提防威柄下移。"

张作霖仰面无语,置若罔闻,次日便令府掾抱抱公文鹄立于堂上,濡笔自判行止。刚挥毫书写个歪歪扭扭的"准"字,参谋处处长熙洽从旁低声劝道:"雨帅,此案宜驳。"张作霖立于"准"之上冠以"不"字。虽经人帮衬指点,尚忙得手慌脚乱,回到家中,感到精疲力竭。

"这条松花江开江白鱼,大且鲜美,余味绵长,真是稀罕物,你们是从哪儿倒腾来的?"张作霖晚宴惬意,餐后赞不绝口。

"市井无此佳品,故买自袁秘书长公馆。前次大帅夸奖之燕菜汤,主料亦是购于袁府。"侍者恰为兴城人,故意添枝加叶。

"莫非秘书长公馆还开设海味店? 这可是桩新鲜事儿。"张作霖微微笑道。

"小的以为,袁六爷府上虽人丁兴旺,但礼品充斥,仍是食不胜食,方转而外卖,以防浪费。"

"真是岂有此理! 我还当他任人唯贤,哪承想他任人唯物! 这个'袁瞎子'净瞎弄,告诉小六子别跟他学了,再学歪啦!"张作霖勃然大怒,拂袖而出,直奔王永江寓所。

"袁秘书长惧内过度,耳朵太软;夫人苏利贞敛财成瘾,利令智昏。"王永江叹道,"故对投其所好之有求者登门,多笑脸相迎,来而不拒。"

张作霖问计:"岷源,你觉得此事应如何处理?"

"乾隆年间,和珅当国。外省督抚每逢年节照例进贡。上等珍品均先纳入和府,次者始献宫内。和珅得籍没之祸,乾隆有昏昧之讥,是皆不能保全始终所致。今袁之贪婪,何异于是? 请雨帅细心考查,预防于先,从而保全袁赫赫设谋之功,亦免尾大不掉之势,尽演乾隆之失。"王永江正色直言。

张作霖深以为然,对袁金铠渐渐疏远。至张作霖执东北牛耳,欲问鼎中原,又与袁金铠保境安民政见相左,气得他一反常态,再未亲切称金铠为"袁六爷"或"洁珊",而且当面道声官职"秘书长",背后因其近视而直呼"袁瞎子"。

袁金铠遭到冷遇,处事变得谨慎,不再慷慨陈词,直抒己见,但仍未逃脱贬往边陲的厄运。远离奉天,非其所愿,就在广庭造访之初,袁金铠尚与夫人苏利贞议论此事,且发生口角。

苏利贞余恨未消,按捺不住,闯进客厅,借敬茶为由,近前抱怨道:"我家六爷有眼无珠,近小人而远君子。孙大爷想必知晓,永江之起乃洁珊力荐,而今雨帅唯其言是听,他非但不出手相援,尚趁洁珊遇难落井下石,多有微词。"

"头发长见识短,休得信口雌黄!"袁金铠严令夫人住嘴。

"锦上添花司空见惯,雪中送炭叹有几人?奉天交涉使于冲汉亦正在走红,居然也冷眼旁观,不肯仗义执言,为既有功劳又有苦劳的洁珊讨个公道!"苏利贞充耳不闻,继续嚷道。

"祸福相倚,事在人为……"广庭引经据典,借古讽今。苏利贞理屈词穷,低头回屋收拾行装。

"为能控制黑龙江,彰显国家主权,海军部决定扩充吉黑江防舰队实力。名将陈世英奉命率江亨、利捷、利绥、利川、靖安诸舰来援,由沪北吴淞港出发,远涉西伯利亚,传闻已于近日抵达庙街。"袁金铠急于摆脱窘境,探讨广庭关注话题。

"庙街临近黑龙江入海口,乃中国军舰驶进黑龙、松花、乌苏里三江必经之地,俄国海军上将涅韦尔斯科恃武力侵劫,竟以沙皇尼古拉一世名字称谓尼古拉耶夫斯克,至今已逾六十九载矣。"广庭慨然叹道,"前年赤俄政府即发表声明,将黑龙江航权归还中国。帝俄海参崴当局与日本干涉军,悍然斥之所谓乱党行为,不予承认。此番陈世英舰队沿黑龙江西上,于伯力大桥竟遭日军炮火拦阻,被迫破冰航行,返回庙街,等待来春解冻。"

"红军南下争夺庙街,声势浩大,而装备不良,皆骑四不像兽。群雄逐鹿,难免一场恶斗。笑我翌日远行,离此是非之地弥近。"

空中浮云伴月,忽明忽暗。广庭见袁金铠当事者不迷,决计北上卜奎赴任,便起身告辞道:"但得佐将良才在,不叫胡骑扰龙江。祝袁兄一帆风顺,马到功成!"

十月,白俄远东总司令谢苗诺夫与军官队首领卡尔梅科夫将军秉承日本干涉军旨意,西自满洲里,东自绥芬关,两面进逼中东铁路,拟向满蒙地区发难。面对大军压境,中国护路军严阵以待,奋起抗争。白俄军队知难而退,撤出强占路区。下旬,红军进攻庙街,白俄军官向中国驻军求援。陈世英婉拒:"我等乃是客军,舰中皆系水手,未谙陆战。"未几,白军败北,向东溃逃。

十一月,日军凌晨发动袭击。红军独臂司令当场阵亡,女副司令方寸大乱,明知中国军队不能公开相助,仍暗派代表潜往日本领事馆对面之陈世英司令部,商借重炮。当时中国海军都是闽系,北洋舰队直接后人,因此切齿甲午之仇,况又添日军阻击新恨,陈世英慨然允诺。

仰仗中国深海炮舰"江亨"边炮一尊、浅水炮舰"利川"格林炮一尊,及所赠二十一发炮弹,红军方转危为安,一举攻克日军最后固守据点——领事馆与邮电局。

庙街争端可谓多方逐鹿,错综复杂。袁金铠颇为关切,然到任不久,即趋风平浪静,遂致函广庭以报平安。

严冬将至,大西北传来意外消息,令张作霖沮丧,孙广庭振奋。而制造这热门话题的新闻人物,又恰是他俩颇为熟识的小扇子军师徐树铮。

徐树铮被张作霖黜免,失去奉军指挥权,始悟他山之石,难以攻玉,不若扩充实力,掠地自立,遂将目光转向西北边陲。借段祺瑞任命他为参战处参谋长兼西北国防筹备处处长之便,动用"参战借款"两千万日元,招兵买马,整军经武,并提出深得徐大总统赞扬,为各方所称道,且经国务会议正式通过的《西北筹边办法大纲》。

徐世昌唯恐重蹈黎元洪、冯国璋覆辙,被段祺瑞架空,认定分而治之,才能游刃有余,动中求静,四平八稳。他察觉段祺瑞的左膀右臂——徐树铮与参战督练靳云鹏争权邀宠,互相仇嫉,明和暗不和,却依然授刚愎自用、雄心勃勃的徐树铮为陆军上将,赴日本观操,令八面玲珑、左右逢源的靳云鹏组阁,以达一石三鸟的目的。

段祺瑞门生靳云鹏不仅是冯国璋同窗契友、曹锟拜把兄弟,也是张作霖儿女亲家。徐世昌任命靳云鹏为国务总理之举,堪称老谋深算,釜底抽薪。既能利用他与徐树铮钩心斗角,牵制安福国会,又可借助他联络直奉,制衡皖系,尚有利化解府院矛盾,确保总统权威。

不出徐世昌所料,靳云鹏为巩固自身地位,与徐树铮争风占优势,果然采取内依总统、外联直奉的策略,因此后来在支持北军撤防、反对河南易督方面,府院呼应,配合默契,迫使皖系处于尴尬境地。

但靳云鹏上任之初,仍小心翼翼观段祺瑞脸色行事,参战事宜还像以前那般,向恩师上呈文,故时人称段祺瑞为"太上总理"。

仰仗"太上总理"撑腰,徐树铮有恃无恐,时常指手画脚,抨击"时弊"。

徐大总统惧其于京城呼风唤雨,制造政潮,极力赞成徐树铮筹边之策,特任其为西北筹边使兼西北边防军总司令。这西北筹边使的官名乃是民国创立,其权力之大,远胜过东三省巡阅使,不仅可节制内蒙、新疆、甘肃、陕西军队及西北文武百官,还能设立银行,发行公债,以至练兵购械诸事,任其所为,先斩后奏,简直独揽西北军政、民政、财政大权,故而正中徐树铮下怀。他踌躇满志,于赴蒙途中挥毫写道:"冲寒自觉铁衣轻,莫负荒沙万里行。似月似霜唯马啸,疑云疑雨问鸡鸣。"

徐树铮手握虎符，威风凛凛，驰至塞外。时逢俄国革命，无暇东顾，西伯利亚一带，乱党蜂起，殃及四邻。

白俄男爵恩琴，蒙名乌吉尔巴伦，德意志贵族条顿骑士团成员后裔，曾任阿穆尔哥萨克团侦察队队长，奉临时政府指示，与谢苗诺夫同往后贝加尔湖，组建蒙古人与布里亚特人志愿军。民国八年八月，娶成吉思汗黄金家族后裔、哲布尊丹巴呼图克图八世的格格为妻而获王公封号。

白俄远东总司令谢苗诺夫受日本唆使，于乌金斯克勾结布里雅特及蒙古部分王公，筹议蒙古独立，后败退大乌里，扣留华商七十三人，劫去俄币羌洋六百五十余万，且屡次窜入外蒙境内，骚扰益甚。十月，外蒙巴特玛多尔济亲王领衔，代表自治政府向中国乞援。西北筹边使徐树铮立即乘机出兵库伦，并于十一月六日会晤哲布尊丹巴活佛，劝他取消自治。活佛满口应允。二十二日，大总统徐世昌宣布外蒙四盟一如旧制，中央将予以优待，共享共和之福。并明令加封博克多哲布尊丹巴呼图克图汗为翊善辅化博克多哲布尊丹巴呼图克图汗，以示嘉勉。

孙广庭屈指而算，哲布尊丹巴活佛受沙俄蛊惑，趁武昌起义爆发，宣布成立"大蒙古国"，自立为皇帝，改年号为"共戴"。中国政府因内乱未平，忍痛割爱，放弃部分主权，听令自治，蹉跎至今，恰为八年。他素来对徐树铮炫耀武力心存芥蒂，可是此次老同学以迅雷不及掩耳之势，恩威并重，迫使外蒙回归，着实让他刮目相看，拍手称快。

徐树铮西北筹边有声有色，边防军瞬间扩展为三师四混成旅阵容。民国九年元旦，他又以外蒙善后督办和外蒙活佛册封专使双重身份，至库伦主持册封活佛典礼，更是轰动一时，气得东北王张作霖七窍生烟。

张作霖一统东三省之后，便视蒙疆为奉军势力范围，为顾全大局，甚至不惜将次女怀英嫁给蒙古达尔汗王长子、先天呆傻的大公爷。如今徐树铮插足其间，名正言顺抢走地盘，成为敢与自己分庭抗礼的"西北王"，张作霖火冒三丈，断难容忍，决意远交近攻，与直系结成反皖同盟。

民国八年十二月二十八日，本为喜庆吉日，广庭清晨起来，却是满面泪痕。原来，广庭梦见慈母直挺挺地躺于病榻上，脸颊依然流露出硬撑的笑容，口里还是念叨那句老话"我欲静养"。

就医辽阳期间，为服侍方便，广庭住在隔壁。母亲见儿子视汤药至夜分，便以"我欲静养"搪塞，数促令其归寝。待他去后，母亲则痛不成寐，常至天晓，犹千方百计瞒着广庭。广庭回味此情此景，不禁慨叹道："明知母子聚首之日无

225

多，岂不欲广庭周旋左右，益恐夜深着凉，有伤广庭身体，故忍心割爱而为是言，可谓爱子之心甚于爱己也。"

突闻一声响亮婴啼，广庭记起季子降临人世已经三日，见月华仍显得颇为憔悴，乃道："儿生日，娘苦日。目睹你生世文之痛苦，即知母亲生我的难处。我惦念咱妈病情，坐立不安，想回乡下看看。"

征得月华同意，又吩咐幸子好生照顾，广庭方匆匆登车直奔铁岭。途中，他闻听前大总统冯国璋于北京帽儿胡同私邸病故，联想到珍藏于母亲处之嘉禾勋章，不免又陡生许多伤感。

听到久违的爽朗笑声，孙广庭颇为惊诧，挑起门帘一看，母亲居然盘腿坐于火炕上，与身边戚友畅谈往事，神采飞扬，毫无倦容。广庭认定大难已过，母亲病已痊愈，不禁窃喜。乘兴将世文出生喜讯通告大家，并请求母亲赐个乳名。

太夫人欣然应允，沉思片刻，叹口气道："前年七月月华生一女，不足盈年早夭，去岁复得一子，仅数日即殇。企盼此孙儿命大相贵，就叫'贵春'如何？"

众人同声呼应："一年四季，贵在三春，这名甚是吉利！"

夕阳西下，广庭宿于母亲之侧，又如每次归省般，中夜话家私，不觉东方既白。

"儿呀，你父性情谨愿，朴直勤俭，居家寡言少语，不假辞色，一生并无惊人之举。唯有谢世前三年，我与他拌嘴后，他竟躲进西屋，挥挥洒洒，写下小楷两页，令我感激万分，又无地自容。"母亲扬起干瘪的手臂，指指柜上笤箕，昏花老眼中突现明亮光彩，缓声说道，"事隔十四载，仍牢记心间。"

广庭打开那方形竹箱，取出经过仔细装裱的《家乘》，小心翼翼展开，只见纸色泛黄，字迹苍劲，情不自禁慢慢捧起，轻轻依偎母亲，低声哀音朗诵。读至"吾儿广庭知悉，你母自从到咱孙家，屡遭磨难，毫无怨言，相夫教子，殚精毕力，亲朋邻里，有口皆碑……儿日后即便高官得做，骏马得骑，亦千万记住亲恩，勿忘孝道……"，母亲插话道："唉，人贵有心，寥寥数语，足可慰我半世辛劳。"两人泪坠四行。

老母从竹箱中捧出嘉禾勋章道："儿啊，你拿回去自己保存吧。"

广庭慨叹道："妈，大总统冯国璋昨日刚升天，这可是他留给我的最后遗物。"

民国九年二月六日，广庭闻母亲病势危笃，立刻请假返乡，衣不解带服侍。十四日夜，母亲睁开双眼，直视广庭道："广庭，妈已不能再代你谋矣，愿你好自为之，勿以我为念，违嘱即是不孝。"言终忽现昏迷状态，身体热甚，竟于次日辰刻而殁。

"妈!"广庭紧抱母亲渐渐变冷的身躯,号啕大哭,"妈! 快些回来呀,回来呀,难道您忍心丢下广庭……"

"反哺感乌私不唯子痛孙尤痛,南来悲雁唳无那春归母不归。"广庭眼睛红肿,望着满屋哀鸿,痛不欲生,仰天长叹。

子夜时分,广庭悲痛难消,噙含热泪,连书数十幅挽联孝幛,字大如斗,悬满灵堂:

> 相先父勤俭持家想当时藜藿甘尝异常艰苦;
> 教两儿耕读为务迄今日萱花萎谢何等凄怆。
>
> 陟屺痛靡依,衣线空余游子泪;
> 近乡情更怯,门闾不见望儿人。
>
> 残月冷萱帏,往日慈颜难再睹;
> 春晖寒夕照,他时游子怕重归。
> ……

大年初一,广庭满身缟素,面容憔悴,撰书哀启,任热泪洒满前襟,将一腔悲痛倾注于笔端。写至一半,广庭泪如泉涌,情难自禁,只好暂时搁笔,待满天星斗之际,复又续写道:

> 先妣性情刚果,临事不惧,类先外祖父;慈祥和蔼,乐善好施,似先外祖母;聪明达理,出自天性。其爱侄若子,视媳若女,处邻里以和,待戚友以敬,持家五十年,克勤克俭,临终犹殷殷以家事与不孝为念。其忧深虑远,为何如也。先妣有女一人,早适徐氏,亦恪遵先妣之训,颇满姑翁意。则不孝虽无积蓄,幸未冻馁,而诸孙满前,正可含饴为欢,以补数十年之劳瘁。孰意期颐难享,一旦与世长辞,不孝等追求往事,不觉涕之无从出也。苫块余生,语无伦次,伏维矜鉴。

孙广庭写罢哀启,仍不思茶饮,捉笔又书祭文及《先妣李太君冥碑记》。

民国九年三月十六日,庚申年正月二十六日,熊官人屯一向沉寂宁静,突然车水马龙,喧嚣起来。黎民百姓,各界显贵,军政要员,陆、海、空高级军官,从四

227

面八方云集而来,显得村庄方圆窄小,拥挤不堪。

西北边防总司令部参谋唐凯奉司令徐树铮之命,携带名贵呢绒所制挽联"训子多方学已成名已立较画荻和丸亦殊不逊,持家有道既克勤又克俭视脱簪练服夫复何亏。西北边防总司令部参谋世愚侄唐凯拜挽"与大同镇守使、山西第三混成旅旅长孔繁霨亦携亲书挽联"相夫起家教子成名懿行永留彤史在,拜竹登仙拈花证佛慈帏空望白云归。愚侄孔繁霨鞠躬恭挽",千里迢迢,专程赶到。

唐凯是孙广庭奉天同乡,日本陆军参谋本部陆地测量修技所地形科同学;孔繁霨乃孔子第七十四代孙,孙广庭振武学校同窗,辛亥年间,曾与阎锡山举行太原起义,被推举为山西军政府参谋部副部长。袁世凯兵破娘子关,阎锡山化装北逃包头。为避免动摇军心,孔繁霨坐镇太原留守五个月之久。张勋复辟,他率军事教育团及步兵五个团进抵北京平定张勋,故而享有盛誉,颇受孙中山器重。后于皇姑屯炸车案发当天,作为蒋介石特使,前往中南海劝说张学良易帜。

两人刚跨下华丽马车,黑龙江军政两署秘书长袁金铠、督军署参谋长兼国防筹办处处长丁超的轿车亦开抵门前。随即,海军造舰总监陈锦章,陆军参谋本部少将部附张瑞麟,东三省陆军测量局少将总局长陈瑛,黑龙江分局长冯舜生,奉天省警察厅长姜思治,北平陆军测量局地形科科长王澄清,与日后荣升之南京国民政府参谋本部陆地测量总局副总局长、北京国民政府参谋本部陆地测量总局总局长吴德芳,民国军政部陆军测量总监高镜,内政部次长王瀛蛟,北京中央航空司令部司令敖景文,参谋部制图局局长、陆军测量监陈嘉乐,中央陆军测量学校教官李向荣,陆军军需总监林震青,奉天交涉署署长、辽沈道尹兼营口交涉员佟兆元,洮昌道尹、东三省官银号总办、安东海关监督李友兰,奉天省实业厅长、东三省盐运使、全省警务处长张之汉,河北沧州南皮县长赵文奎,也风尘仆仆赶到。

孙家庭院本不宽敞,高大的苏州式灵棚挂满政府官员和各界名流赠送的挽联与孝幛,加上僧侣鼓手,几占半壁河山。红色内棺外椁双层寿材,绘有金彩二十四孝图,居于灵棚正中,引人注目。

丁超见广庭素衣孝服,麻带拖地,哭得死去活来,痛不欲生,不由得亦热泪洒襟,抢先一步,施礼过后,劝道:"丹阶兄,人活七十古来稀,太夫人七十有七,已是高寿,尚称喜丧。不可悲哀过度,伤及父母所赐之身躯。"同时献上挽联。

唐凯绩道:"是啊,又铮总司令也再三吩咐小弟,务必请孙校长节哀顺变。今后家中内外,诸多要事,皆需丹阶兄主持,千万不能自乱方寸。"

228

广庭尚未来得及应答,忽闻外面人声鼎沸,夹杂汽车喇叭鸣笛,由远而近。顿时,笙管齐鸣,锣鼓铙钹压过呢喃经语,震耳欲聋。东三省巡阅使署少将参谋处长熙洽、警务处视察长王杼、教育会长冯广民亦携带挽联,前来吊唁。接着,社会贤达赵炳如、张裕然、王绍曾、荆玉纯又鱼贯而入,士官同窗毛钟成、潘协同、马宗道、高钟清、张遒先亦结伴同来,陆军测量界精英萧廷球、常万选、解德邻、马寿恺等从四方汇聚,陆军学堂学生、教官、父老乡亲,三三两两,络绎不绝。广庭确实有些顾此失彼,应接不暇,索性任凭泪水洗面,只顾鞠躬致谢。

"太夫人升天,而余润犹存。尚祈丹阶兄勿忘遗旨,节哀珍重。"冯广民几句劝慰,又勾起广庭伤心。广庭复又五体投地,失声而泣,亲朋戚友受其感染,也跟着呜呜咽咽,灵棚内外,悲音四起。

袁金铠待哭声稍歇,立时献上巨幅挽联:

相夫挽鹿,教子九熊,淑范景银冈,允堪嗣太姒徽音,玉树森森,绕膝缉绳成国器;

残腊游仙,古稀寿过,懿型剩彤管,最可痛考叔纯孝,黄泉寂寂,摧肝凄悱动人心。

乡亲戚友争先恐后,竞相倾诉太夫人的高风亮节、德善懿行,并拟好请褒扬禀稿,大家纷纷签名,上书铁岭县廖彭监督转呈总统。

廖彭是张作霖命中贵人,张作霖发迹之前,每逢遇险蒙难,多由此公援救化解。廖彭,字筬如,贵州独山人。前清三品衔,奉天候补知府,实授锦西厅通判。历署通化、盖平、新民、辽阳、怀德、铁岭、营口、镇安、绥化各厅、州知府。民初任奉天省警察厅长,奉天北路观察使,新民、庄河、铁岭等县知事。

光绪二十八年二月七日,新民厅抚民同知廖彭密禀盛京将军增祺:"各处乡团不服地方节制,其势日以张,其恶日以著。官设之额兵有限,私团之党羽频繁,此众寡之不能遮敌也。……徒有剿心,实无剿力,莫如收编安抚,化私团为公团。向为不能施以法律者,今且感以德教,仍不外兵家静以制动,以逸待劳之旨,诚一举两得之事也。"

增祺应允:"仰即相机妥办。"

台安八角台保险队团练长张作霖势单力薄,企望归顺朝廷,请附生陶允恭、贡生张子云出面担保。廖彭继任新民知府,经办收编张作霖、汤玉麟、张景惠诸人。他慧眼独具,感觉张作霖貌似文弱,实则胆力超凡,并且颇具韬略,非一般人所能及,故而常召来与之交谈。自张作霖就抚之后,各部匪众亦闻风而至,纷纷步其后尘。

一次,廖彭自外拜客归来,张作霖冲拦至车前请求庇护。廖彭责其"目无尊上,太无仪节"。

张作霖申诉缘由:"绿林以强凌弱,众人寻衅追杀,为保全性命,不得已而为之。"

廖彭大怒:"你可移居我署内,看他们能奈你何!"

廖彭对张作霖优待有加,保举他为新民县游击马队营管带。张作霖等人匪性未改,旧习难除。十月,有人向省府控告:"张作霖率降伙三四百名至广宁属高平屯,名为攻贼,实仍焚烧抢掠,将民间财物装去十数车。"

增祺气极,决意严惩张作霖。危急关头,廖彭挺身阻拦:"张作霖受抚将及一载,投效情殷,心无二志。如另派员以统其众,不识性情,万一处理失宜,反于地方有碍。"增祺静心默思,改变初衷,张作霖性命与前程得以保全。

民国初建,张作霖独霸奉天省城军权。跋扈骄横之态渐显,新任奉天巡按使许世英登门拜访,居然挡驾不见。许世英闻张作霖母丧,欲躬亲往吊,先遣人相告,亦被拒绝,遂请省警察厅厅长廖彭通融。

廖彭劝道:"雨亭,静仁身为国家大员,又是陆军部总长段祺瑞盟弟,来吊同僚母丧,你若拒之,既是不尊重自己老母,且又有失礼节,未免将遭人议论。"

张作霖始悟:"我乃粗人,考虑不周,幸有廖公点拨,方茅塞顿开。"

许世英备重礼前往张府,张作霖果然接待如仪。

廖彭博学,光绪十二年以经古第一入泮,翌年仍以第一食廪。十七年为黑龙江依克唐阿将军幕府,三十二年任铁岭县令,民国八年重任是邦,曾撰联云:"东国有人鸡黍三年约,西风爱我山川两度缘。"

曾述堂山长数月前曾私下询问广庭:"篯如见多识广,豪侠仗义,手眼通天,关东名士争相与之结交,独丹阶贤弟与众不同,敬而远之,何故?"

"盖因廖知县性情放浪,不拘礼法,挥霍无度,且爱嫖赌,生活豪华侈奢,常常入不敷出,况又不为人言所惧,我行我素,遂被议会屡次弹劾。不才委婉迷劝,仍不思检点悔改,反而与我日渐疏远。"广庭长叹一声,以示无奈。

吊唁开始,灵堂前悬挂太夫人面现慈祥微笑的照片,乃系奉天永清照相馆所摄,两侧三重孝幛,皆学生全体敬挽。供桌上供放香炉、鱼、肉、粉条等祀器菜肴,几碗米饭,几杯清酒,与四壁俯仰皆是的华贵绸缎孝幛挽联,形成鲜明对比。

孙广庭站在母亲的遗像前,流着两串长泪,捧起酒杯,一直举过头顶,又将酒倾洒于大地上,方怀着无限哀思,泣读祭文。庭院内外人山人海,水泄不通,唯有真情可以自由驰骋,穿越时空。如烟的往事重又浮现眼前,那般熟识朴实,那般感人肺腑。泪水真诚,犹如泉涌,哭声悲痛,震撼山村。怀念和哀伤交织在一起,这悲壮、真挚、朴实又盛大的哀悼,没有金钱的支撑,没有炫耀的浮华,却深深地留在人们的记忆之中,那是熊官人屯有史以来最为隆重感人的葬礼。

六 假药行医治大病

春寒料峭,雪花飞扬,清晨沉寂,似涅槃前的宁静。熊官人屯如着素服,入目皆为洁白。岳逢咸不远千里,从山东荣成匆匆而至,敲开中街那间熟悉房门,见到的却都是陌生面孔,不禁大吃一惊:"丹阶呢? 此地难道不是孙宅?"

"噢,是岳爷吧? 我家姓韩。孙老夫人怕孙大爷睹物思人,伤及身体,弥留之际即订下契约,将此房卖与我们。"新房主热情地伸手指点道,"孙大爷一家奉太夫人遗嘱,已于二月初旬迁居西街扬子余处。"

逢咸向西奔去,口中高喊:"丹阶,丹阶!"

西街扬子余旧宅,孙广庭执笔坐于案边,将亲朋馈赠的挽联和哀启、祭文等,悉记于《家乘》内。录罢祭文,犹觉言未尽意,又将两句母亲生前未知之奉告语,用小字补注于文后。刚刚写好,忽闻似有人呼唤,忙出门观看。

听到广庭应答声,逢咸鼻端发酸,两人见面立刻抱头痛哭。得知李氏已安葬于何家氏屯祖茔,逢咸执意先去凭吊。

龙首山下,卧龙沟畔,何家氏屯孙氏祖茔李太君新坟前,竖立一座高大石碑。

岳逢咸手持丈许孝幛,敬读碑文后,跪于李太君坟前,边泣边诉:"孩儿不孝来迟,尚祈宽恕。"

"妈,忠孝不能两全,则先忠后孝;公私不可兼顾,则先公后私。泽山兄的苦衷广庭深有体验,望妈泉下有知,莫要怪罪。"广庭胸前衣襟布满结冰泪珠,尚不忘为义兄开脱。

逢咸说到伤心处,扑向坟头,手抓冻土,顿时空旷的墓地响起悲凉的凄喊:"寻常鸿雁是怎么变作鹗音,恨腊雪之无情,竟使俺茕独老儿怆呼义母;瘦弱螟蛉哪能够挽回鹤驾,望慈云兮不见,只有这两行痛泪几句哀词。"

义兄弟于坟头烧尽纸钱与挽联,方依恋不舍离开。

归途中,两人默默无语。快至家门,广庭才道:"泽山兄,咱妈尚有遗命,嘱你代撰墓志。"

岳逢咸半晌方道:"撰志者皆当世大家,逢咸才学疏浅,恐无法胜任。然母

231

命难违,只好尽力而为。"面壁三日,始得一文,名为《中华民国女士前清例封恭人孙母李太君事略》,此后又几番修改,直到返鲁前夕,才最终完成,真情澎湃,感天动地。

民国九年春,西街孙宅上屋,月华问广庭:"闻听东三省陆军测绘学堂将要停办,消息刚刚透露,你就收到从遥远的黑龙江寄来的三张委任状和一封私函?"

"是啊,"广庭拿出信念道,"丹阶仁兄惠鉴:弟近日与赞帅谈及仁兄,赞帅言之久闻仁兄大名,欲委任黑龙江省督军署少校参谋,兼哈满兵站处处长,再兼军官养成所教官诸职。委任状先行奉上,不知尊意如何? 望速决断,弟祈回音。此致。弟丁超叩首。"

月华道:"孙赞帅坐镇黑龙江,独当一面,得其垂青,实属不易。"

广庭把信放在案几上,道:"容我三思而行。"

幸子匆匆而入道:"邮差又送来几封急件。"

广庭拆启一看,亦是签好的委任状,分别寄自张焕相、徐树铮和孙其昌。"唉……"委任状如此之多,且皆为同窗好友热心举荐,孙广庭竟有些心神不定,"我先回绝谁呢?"

"上个月洁忱奉赞帅将令,率部驰赴呼伦贝尔,取消蒙古王公自治,立下赫赫战功,膺获三等文虎章,晋升为陆军少将,调任黑龙江海满警备总司令,东省铁路护路军哈满司令,"幸子夫人惧怕广庭斥责自己胡乱参言,故意委婉道,"夫君与洁忱私交甚厚,盛情相约,恐却之有失恭敬。"

广庭惊讶地问:"幸子,我无意中言及丁洁忱之事,你怎么记得这般清晰?"

"你在东京与幸子姐姐结婚时,丁洁忱做的红媒。"月华笑着点破缘由,"无论何人,对月老的光彩业绩,总会于脑海中多存几分印迹。"

幸子面现羞红,低头不再言语。

孙广庭叹道:"我所顾忌者,恰为此耳。而今举荐成风,诚继科举仕途之后又一大社会弊端。不被他人举荐,就得毛遂自荐,否则只有赋闲,奈何? 只好随波逐流。至于究竟何往,尚须斟酌。"

"耳听是虚,眼见为实,我看不妨干脆一路走走,见识比较一下,然后再做决断,如何?"夫人月华忍不住,从旁劝道。

月华一语,将孙广庭引至千里之外的哈尔滨道外小五道街东省护路军总司令部。

哈长护路军司令张焕相将老同学迎进客厅,寒暄几句,旋即双唇紧闭。孙广庭见他绝口不提委任状之事,满面愁容,坐立不安,心里甚是不快,当即起身告辞。

"丹阶,久别重逢,尚未叙旧,为何急着要走?"

"怕耽误司令处理公事。"

"这是从何说起?丹阶,实不相瞒,兄弟遇上麻烦,千万莫嫌……"

孙广庭恍然大悟,忙道:"绍棠兄,天无绝人之路,何不早些言明,也好一起想想对策。"

张焕相长叹一声,道出事情原委:"中东铁路分干支两线,干线西起满洲里,中经哈尔滨,东至绥芬河,横穿吉黑两省,与俄联结欧亚两洲之西伯利亚大铁路相通。支线则从哈尔滨起向南纵贯吉林、奉天两省,直达旅顺口,总长度二千四百八十九公里。苏联新政权成立,决定将中东铁路局归还中国。国务院为此设立东省护路军总司令部,下设哈长、哈满、哈绥三个分部。吉林督军鲍贵卿兼任东省护路军总司令,因其常驻吉林省城,故授权我为护路军总参谋长兼任哈长司令,代理接收事宜。"

"据我所知,俄国初将这条铁路命名为'满洲铁路',李鸿章则坚持名曰'大清东省铁路',否则取消允给之应需地亩权。此路又称'中国东省铁路',简称'东清铁路',亦称'东省铁路'或'中东铁路'。"孙广庭欣然笑道,"如今中国东省铁路回归,此乃喜事,有何烦恼?"

"可是中东铁路局局长霍尔瓦特拒绝执行俄劳农政府声明与我国当局照会,固守哈尔滨南岗司达拉,负隅顽抗,狂妄宣称:'对中东铁路界内俄人有国家统治权和军事、行政统辖权。'日本承认霍尔瓦特临时政府,秘密增兵中东铁路沿线,与其遥相呼应。英、法、意、美诸国暗中为霍尔瓦特撑腰,企图借机插足,浑水摸鱼。"张焕相神色焦虑,忧心忡忡,"形势错综复杂,一着不慎,满盘皆输。"

"白俄护国军早被绍棠兄驱逐殆尽,霍尔瓦特如何又能拥兵自重?"

"唉,斩草未除根,死灰又复燃。自从我国加入协约国,不便再行取缔。炮兵、骑兵、步兵、扒山军、机枪队,各色名目之护国军重又耀武扬威,招摇过市。残余的帝俄护路军亦略有扩展,仅哈埠一地,现已不下两千九百人。霍尔瓦特扬言,拼至最后一人,也要守住司达拉。何况为避免国际争端,又不宜在城内开战,这可怎么办?"

孙广庭当然理解老友此刻的心情,不制服霍尔瓦特,中东铁路无法接收;但若武力强攻又投鼠忌器,怕给列强制造干预口实,确实进退皆难。沉思片刻,广庭缓缓开口道:"绍棠兄,我这里倒有一计,不知……"

"哎呀,就盼你运筹决策,替我拿下主意!"张焕相猛拍大腿,高声催促。

"事不宜迟，久必生变，要快刀斩乱麻，令其措手不及。吾兄应马上出兵司达拉。"

"这……这……这仗实在是不好打。"张焕相似有难言之隐。

"哪个让你打仗?"孙广庭拊掌笑道，"此计名曰'不战而屈人之兵'，可让霍氏俯首帖耳，自动降伏。"

张焕相听孙广庭言明细节，不禁大喜过望，连称："一计足抵千军，甚妙，甚妙!"立令手下营长骆斌率兵将司达拉团团围住，一枪不发，也不放任何人出入，断水绝粮，静候霍尔瓦特投降。

三日之后果然奏效。内无粮草、外无救兵的霍尔瓦特仰面长叹一声，命令部下举起白旗。这位中东铁路俄方理事长、总办、管理局长终于凄怆下野，从此结束其主宰路区十七年之罪恶生涯。

不费一枪一弹，解决天大难题，张焕相喜气洋洋，持帝俄将军战刀，骑阿拉伯良种马，往赴广庭下榻处。"丹阶兄，兄弟今日来此，仅有一事要办，专程向你道谢!"

"你我兄弟，何必言谢?"广庭呵呵笑道，"绍棠，你喜新厌旧，刀与马全换啊。"

"嘿嘿，此皆为缴获霍氏之战利品。"张焕相沾沾自喜，神气十足。

"绍棠兄对这些感兴趣，不怕玩物丧志?"

"男人当有三件宝，美人、骏马和宝刀嘛!"

观觑张焕相得意扬扬之态，孙广庭不置可否，淡然一笑，有意岔开话题："绍棠，还记得二十年前的'黑龙江事件'吗?"

"当然，此事发生在位于黑龙江左岸、精奇里江右岸两江汇合处海兰泡。"

"海兰泡本是中国村庄，原名大黑河屯，又称黄河屯，和黑河是一个城市，黑龙江从市中心穿过。咸丰八年，黑龙江将军奕山与东西伯利亚总督尼古拉·尼古拉耶维奇·穆拉维约夫签订《瑷珲条约》，方被沙俄强行占领，改名为布拉戈维申斯克，意为'报喜城'，后来成为阿穆尔省首府。"

"庚子年间，沙皇尼古拉二世借口讨伐义和团，命令阿穆尔军区和西伯利亚军区两路俄军分别在伯力和双城子集结，待命进攻哈尔滨和牡丹江。七月中旬，俄舰'米哈依尔号'与'色楞格号'奉命南下支持，驶抵瑷珲江面。瑷珲驻军飞渡阻拦。'色楞格号'开炮射击，中国军队奋起还击，击中'色楞格号'，重创'米哈依尔号'，击毙击伤俄官兵五人。俄阿穆尔省军管省长格里布斯基率骑步炮兵赶到瑷珲对岸俄军卡伦，炮击瑷珲城。黑河屯驻军以为俄军发起全面进攻，回击海兰泡，此即'黑龙江事件'，亦是'庚子俄难'起因。"

"当年,海兰泡居民四万,城内中国人近一万五千。因城内外笼罩着恐怖气氛,迫害华人事件有增无减,中国居民代表请示格里布斯基中国人是否需要撤离,格里布斯基却说可以留居原地,不用担忧。同时下令禁止中国人渡江,扣留全部渡船,于黑龙江大开杀戒,屠戮华人五千之众。又大举入侵中国,对江东六十四屯多次扫荡,夺去无数中国居民生命。"广庭言及于此,突然两目圆睁,怒火中烧,"沙皇虽将格里布斯基免职,但俄国霸占我黑龙江的广袤国土却一直没有归还。"

"如今列宁革命成功,执掌国家大印,苏俄政权宣布对华新政策,瑷珲县民众受此鼓舞,正向黑龙江省议会请愿,要求索还江东六十四屯。"

"闻听制造江东六十四屯惨案,下令将三千父老乡亲赶进黑龙江的帝俄将军关达基正亡命在哈,吾兄当乘胜一鼓作气,将他逮捕法办,以顺应民意,昭彰天理,报旷世奇辱,血海深仇……"

"穷寇勿追,以免节外生枝,容日后从长计议吧。"张焕相眨眨双眼,打断老同学慷慨陈词,"丹阶,司达拉大石头房子造型雄伟,真有气派!我拟将护路军总司令部从道外搬迁过去,老兄熟读《周易》,尚祈为之好生筹谋……"

这一席话,似骤然袭至之冷风,将广庭心扉吹凉。道不同不相与谋,不顾张焕相盛情挽留,孙广庭即日收拾行李离开哈埠。

经过一夜颠簸,方至黑龙江省省会齐齐哈尔。孙广庭从火车上跨下,却见丁超挺胸伸颈,立于车门前月台恭候。

"本为布衣私访,却被司令洞悉。"广庭略感惊异,依旧诙谐问道,"如何知我此刻到达,莫非哈满铁路全线耳目众多,诸事皆难逃洁忱兄法眼?"

"望天际启明星跃出浮云,即可知晓孙大爷大驾光临。"丁超微微一笑,亦是幽默应答。

"本叮嘱绍棠守口如瓶,岂料他先通风报信。"

"黑龙江省前任两等学堂总办、陆军第七混成旅司令部参谋长宋云桐,丹阶兄可有耳闻?"丁超似乎故弄玄虚,明知故问。

"此人别名云同,字梓樵,又字子樵,黑龙江省呼兰县人。民国六年,在俄国东海滨阿穆尔省任华侨总会会长。当时俄币贬值,加之帝俄残酷剥削,旅俄华侨生活不能维持,梓樵多方设法加以保护。十月革命后,沙皇势力退到西伯利亚一带,加紧迫害华侨。去岁,梓樵乃率十万华侨由海参崴回国。孙中山得悉立发贺电,并盛情邀请梓樵赴广东会商革命,从而声名鹊起,几乎无人不知。"

"那丹阶兄可知梓樵如今在何处高就?"

"这……"广庭顿时语塞,"广庭孤陋寡闻,确实不知。听说梓樵于宣统二年九月加入中国同盟会，是黑龙江省活动主办人之一，所以极有可能应孙中山之邀南下广州。"

"故土难离，宋云桐时下仍在关东。"

"洁忱兄如此斩钉截铁断言，当与宋梓樵交谊弗浅，相烦与我引见。"

"丹阶兄倘若不嫌弃哈满司令部庙小，引见大可不必。"

"洁忱兄何出此言？"

"宋云桐经我力荐，现任中东护路军哈满司令部少校参谋。"丁超补充道，"不过与丹阶兄不同。"

"有什么不同？"

"宋云桐仅是专职参谋，而丹阶兄深得赞帅器重，能者多劳，将掌控哈满兵站实权。"

"赞帅岂能知我，此多亏洁忱兄伯乐玉成。异日司令果有正义之事需我赴汤蹈火，广庭定会两肋插刀，义无返顾。"

丁超见借宋云桐激将，游说广庭果见奇效，乃心满意足道："齐齐哈尔古称龙城、龙沙、龙江、黑水、卜奎，乃历来兵家必争之地。此地紧靠嫩江，北望黑龙江，物产丰富，草肥水美，确系一方颇有发展前途的沃土。"

由丁超陪同，拜谒过督军孙烈臣，翌晨，广庭即赴昂昂溪上任。

广庭下车伊始，捷克军团"雏鹰号"装甲列车居然闯进其辖区。"雏鹰号"是众多装甲列车中火力最强者，之所以驶入中国境内，缘于白俄军队与捷克军团的一场内讧。白俄将领格里戈里·谢苗诺夫为人自私、刻毒且狡猾，同时他是对装甲列车的作用认识极为深刻的极少数人之一，因此他对"雏鹰号"一直十分关切，似乎志在必得。他原本计划乱中取胜，在苏、俄、捷克之间的混战中见机行事，坐收渔翁之利，却不料捷克兵团已暗中与苏维埃政权达成停战协议，谢苗诺夫恼羞成怒，下令强行夺取"雏鹰号"，却被"雏鹰号"以摧枯拉朽之势迅速击败，偷鸡不成反蚀把米，元气大伤，被迫撤出贝加尔湖地区，龟缩至滨海边疆区，转而投靠日军，伺机东山再起。

四月一日，孙广庭刚刚坐镇昂昂溪哈满兵站。哈满铁路为中东铁路干线，全长一千六百余里，不仅是江省省防，亦是中国国防战略要地。广庭深知兵站虽小，却关系全局安危，故三日内将方方面面情况摸得一清二楚，可谓了如指掌，烂熟于胸。

四日，广庭闻报日军突然出兵占领海参崴，其增援部队紧随捷克兵团"雏鹰号"装甲列车之后，开上中东铁路。与此同时，中东铁路爆发大规模罢工，罢工演变成此起彼伏的骚乱。

日军的干预让局势变得更为复杂。尽管日本方面宣称,上述举动是为保护捷克人安全撤离,但孙广庭认为日本对捷克兵团的命运,甚至是西伯利亚都不感兴趣,他们真正希望的是俄人自相残杀,为其蚕食中国东北创造有利条件。因此,在捷克军团同苏俄合作之后,便成了日本人的眼中钉,因为此举完全打破了日本精心导演的远东乱局;而且一旦布尔什维克占领远东,将会进入东北,染指日本在当地的势力。

广庭派出的侦探很快传来消息,"雏鹰号"装甲列车被困于中东铁路进入中国后的第一个大站——海拉尔火车站。许多俄籍铁路工人来到海拉尔,试图从这里返回国内,皆因内中大部分工人都有亲布尔什维克倾向,引起日军怀疑和猜忌。九日,日军逮捕八名涉嫌发动袭击的布尔什维克。十日,俄国工人开走全部蒸汽机车,捣毁站内调车转盘。"雏鹰号"由于设施完全瘫痪,几乎成为工人们的俘虏。

无疑海拉尔站已变成一个火药桶,成为多方博弈的旋涡,广庭当机立断,决定先斩后奏,亲率卫队前往一探虚实。途中接到丁超司令转达孙督军调解纠纷的命令,十一日凌晨指挥部队进海拉尔城,于"雏鹰号"旁安营扎寨。

侦探禀告:"昨夜一些酒气熏天的工人代表宣称,如果捷克人想拿到回国所需煤炭,就必须帮助他们对付日本军队。"

孙广庭下令:"双岗执勤,四队巡逻,两时辰一换,严密死守,以防动乱。"

侥幸此时恰逢东正教复活节,各方最初相安无事,但入夜之后,数百名日军却突然开出驻地,并对车站实施武力封锁。孙广庭闻讯,挺身而出,质问缘由。

日本驻军解释:"为避免更大冲突,决定于深夜将犯人运往满洲里。"

明显有人走漏风声,俄国工人突然越聚越多,情绪逐渐失控。蓦地从人群中传来一声"动手吧",枪声和手榴弹爆炸声同时响起。日军还遭遇来自铁轨一侧不明火力的袭击,五人受伤倒地,其余士兵则向人群开枪。

动乱突如其来,许多人目瞪口呆,唯独"雏鹰号"指挥官扬·哈耶克上尉十分镇定,探身试图观察周围情况时,被一颗子弹击穿手臂。同时,密集弹雨落在捷克兵团宿营列车周围,车上九人伤亡。

广庭有备无恐,率兵武力弹压,高声喊话:"这是中国土地,凡事可以协商解决,不允许任何外国人在此动武。"

火并混战停止,暴乱平息。

谢苗诺夫明知中、日、捷交涉无自己置喙之地,他却不断渲染捷克兵团威胁,唆使部下公开挑拨离间:"'雏鹰'号和工人串通,用机枪和火炮向日军开火。"

日方听信谗言,于三方会谈中一口咬定:"'雏鹰'号要为事件中'不明火力'负责,因为火力来源与列车位置非常接近。"

"请孙将军主持正义,公正评理。"捷克方面对这一指责不以为意,心知肚明中国军队为保全自身,一直藏于列车侧翼射击,但为争取同盟,不想两面树敌点破,于是口中反驳道,"现场甚至没有一个弹坑。如果'雏鹰'真要火力全开,那么其威力将不止限于打伤几名日军,而是会荡平整个海拉尔市。"

孙广庭解释:"我在现场指挥平息,各方自卫皆在开枪,场面混乱不堪,具体细节容日后甄别定夺为好,不宜早下结论。"

铁路工人欲营救之日军囚犯皆趁乱逃脱,目的达到,翌日满意回归岗位。局势恢复平静,但孙广庭丝毫没有放松警惕。当天晚上,经过中方从中调停,捷克军团列车陆续启程,只剩下殿后的少数后勤单位和"雏鹰号"。但在一夜之间,日军突然在车站周围建立炮兵阵地,武力拘押"雏鹰号"。

哈耶克上尉见部属皆盼望安全回国,归心似箭,不愿再卷入冲突,无奈之下放弃抵抗。与此同时,谢苗诺夫为接管"雏鹰号"列车,严令部下向海拉尔集中。捷克军团指挥部向沿线日军最高指挥官大井成元中将列举一连串敏感事实:谢苗诺夫奸诈不仁,部下军纪糟糕,曾袭击日军补给站,激起大井成元的仇恨情绪。

三周后,一份放行命令签发,但谢苗诺夫依旧暗中作梗,散布谣言,宣称放行命令可能是伪造的。

五月三十日至六月十二日,捷克、日本和中方于海拉尔进行漫长会议,尽管各方都拒绝为事件负责,但孙广庭巧妙借用协约国施压,迫使日军代表屈服。八十名捷克官兵重新登上列车,扬·哈耶克上尉宣布:"'雏鹰'号又一次处在光荣的战旗之下。"

孙广庭目睹"雏鹰号"拖着长长的蒸汽,穿越白桦林奔向海参崴,谢苗诺夫部队在夕阳下满怀沮丧,无精打采地撤离海拉尔。一场危机轻松化解,孙广庭率卫队满怀喜悦重返昂昂溪。

广庭独身一人,别无牵挂,大有置身于广阔天地之中,可一展身手的感觉,虽身兼三职,仍然精力异常充沛,工作有条不紊,雷厉风行,忙碌不以为劳,偶得清闲逍遥,反倒寂寥难熬。

民国九年初夏,昂昂溪哈满兵站,一日夜雨敲窗,广庭从梦中醒来,见枕边只有兵书相伴。面对孤灯,他私下思忖,或因老母仙逝,他较之往昔,似对天伦之乐格外珍视,对家庭温馨愈发眷恋。故而赴任北疆之初,曾命幸子通知月华,从速整理物品,为世绪、世贤、世文治好行装。

"戎马生涯,倥偬不定,仓促远徙,恐欠稳妥。不若先将家迁回铁岭,与振庭、启昆同居,既方便照料儿女,又免得心悬两地。"月华公然亮出相左意见,实属首次,不仅理由充足,且与广庭对母亲在天之灵的承诺"家人于二月初旬迁徙,省寓于夏季归来"相合。广庭吃惊之余,不便反对,只好听之任之。

"倘能断定固守一处,无须四处漂泊,千万勿忘立即告知我等前往。"广庭回忆话别时月华眼含热泪叮嘱,猛然披衣而起,伏案挥毫。

撰好家书,广庭没有寄出,因有急报飞至,迫使他再改初衷。

"今晨六时许,谢苗诺夫一部,骑兵七十余人,悍然偷袭海拉尔至嵯岗站段,将票房洗劫一空。我护路部队猝不及防,致军士二人死亡,五人重伤,五人轻伤。"

"海满之间,我军扎兰诺尔机关枪连火力最强,而次干仅有步兵一连,其余三站各步兵一排。谢苗诺夫此番绕过扎兰诺尔,长驱直入,避重就轻,以少胜多,气焰如此嚣张,绝非仅为探我虚实。"广庭透过现象分析本质,陷入沉思。

"司令,为使我军摆脱被动局面,我想到谢苗诺夫白匪军经常出没之处实地侦察,寻求应对之策。"孙广庭主动前往东省铁路护路军哈满司令部请缨,语气坚定。

丁超叹道:"七月三日,日本宣布占领库页岛北部。谢苗诺夫仰仗日军支持,才如此胆大妄为,疯狂肆虐。"

"盖因远威将军徐又铮于直皖之战败北,蒙疆边防空虚,日本军部关注远东局势,仇视俄国革命,为打击红军,控制满蒙,征服中国,乃恩威并重,扶植与役御西伯利亚白军充当前驱。"孙广庭点明缘由。

"白俄远东总司令谢苗诺夫自称蒙古布利安人,欧战期间为哥萨克军官。民国七年,招募一军开赴前敌,奉命控制西伯利亚全境,曾率先从满洲里车站向苏维埃政权发动进攻,与苏俄远东红军交战多次,凭勇武而获胜。民国八年三月,占据赤塔,宣布成立包括内蒙和呼伦贝尔之'大蒙古国',尊库伦哲布尊丹巴为国家元首,企图获得日本支持,占领中东铁路。今年·月十五日擅自建立俄国'东方边区政府'。"宋云桐续言细情。

"二月至三月间,伊尔库茨克、乌苏里斯克、海兰泡、伯力、海参崴相继成立地方政权,皆有布尔什维克参加。三月二十八日,俄国贝加尔地区劳动者代表大会于上乌丁斯克召开。根据俄共远东局建议,大会通过远东共和国《独立宣言》,宣称'前帝俄在中东铁路界内的一切权利转归远东共和国',对东方边区政府公开宣战。"丁超又道。

"四月六日,远东共和国于后贝加尔州宣布成立,布尔什维克党人克拉斯诺晓科夫任总统兼外交部长,定都上乌丁斯克,仅辖西外贝加尔三个县。因东方边区政府首府赤塔将上乌丁斯克与阿穆尔省隔断。东方边区政府总司令谢苗诺夫当初觉得尚不足为虑。"宋云桐追述道。

"远东风云变幻,直接影响我边关安宁。"丁超插话道,"然曾几何时,远东共和国军仰仗红军支援,渐成气候,势力扩充至贝加尔、后贝加尔、阿穆尔、滨海、萨哈林、堪察加诸省。"

"孙参谋,谢苗诺夫拥兵自重日久,势力不可小觑。"宋云桐提醒道,"此人为抗衡远东共和国,巩固东方边区政府政权,加强对中东铁路第一关控制,甚至视满洲里为系关生死存亡之咽喉要地,定会采取严密防卫措施,我军企图从其手中重新夺回,绝非易事。"

"谢苗诺夫乃诡计多端之徒,胆略过人,我军若无必胜把握,不可轻举。"丁超叮嘱。

"司令,我对谢氏考究甚细,并不陌生,知其好以夺取满洲里车站为荣,每与人述及,皆双目炯炯言曰:'当时只有吾等二人,一哥萨克兵,一即余是也。维时满洲里为布党所占,闻华军将由南方来攻,余遂决计先发,余探闻城中兵气不扬,遂致书敌军,谓吾正在待援,君等尽可安心,彼等果信吾言。次晨,余与哥萨克兵闯入敌营,敌兵均未起,枪械倚于墙上。一敌兵曰:"伙计,速持枪!"余则告知曰:"谁敢动,弹立发矣。"于是敌兵即由吾之小卒一一缴械。'"

"近期恩琴统兵于赤塔、大乌里、沃洛维纳与红军三战皆败,奉谢苗诺夫之命,乃携哥萨克八百残兵,由满洲里西北达乌里亚,越境窜入蒙古北部,旨欲招抚俄军旧部,合力围歼远东共和国。"丁超犹豫片刻,方下定决心道,"而今形势异常严峻,为安全起见,你带上个骑兵连,千万要小心!"

满洲里南之山庄嵯岗,东与陈巴尔虎旗衔接,南与吉布胡郎图苏木毗邻,北隔额尔古纳河与俄罗斯相望。牧草青青,人欢马叫,蓝天白云下一派和平景象。突然,三枚炮弹接连于庄东爆炸,沙石横飞,烟尘滚滚。随即一队谢苗诺夫白匪军从西面冲入,惊得牧民、鸡犬、牛马四处乱跑。

俄军举枪狂射,抢劫财物,丢火把焚房。少妇披头散发奔出家门,被两俄兵拽住按倒在地。不远处,一俄军官骑在衣不蔽体的姑娘身上。姑娘拼命挣扎,两脚蹬踹不止。面带污垢的儿童企图逃离险境,一哥萨克骑兵追上,凶残地将他劈成两截。

火光如同命令,孙广庭鞭策赤红色战马,手中挥舞寒光闪闪的军刀,率领黑龙江骑兵连如猛虎般直扑过来。两军杀成一团。孙广庭手起刀落,将那哥萨克骑兵斩于马下。俄军官拍马遁逃,回首朝广庭放一冷枪,子弹从广庭帽顶上飞过。孙广庭穷追不舍,大吼一声,将欲逃遁者砍翻在地。

嵯岗民众纷纷参战,一壮汉抡起镐头将俄骑兵脑袋砸烂,一猎户掷三尺钢叉扎透一俄兵背胸。

孙广庭威武而立,见俄军人尸马骸,遍地狼藉,幸存者拍马落荒而逃,在视野中渐渐消失,方回首对穿草黄色军装的官兵与手执钩竿铁齿的身着各式服饰的边民高声大喊:"同胞们,我们胜利啦!"

远征之后,回到昂昂溪哈满兵站,广庭仍余怒未息,信手拾起七月四日《申报》,拂去浮尘观阅,面色渐渐恢复平和。"北大欢迎班乐卫"标题映入眼帘,广庭蓦地回忆起留学东瀛岁月。

广庭之所以关注保罗·班乐卫,并非因他发明微积分方程与函数论,在力学与航空学理论领域多有建树,于欧战期间历任法国公共教育部长、国防技术发明部部长、陆军部长、航空部长、法国内阁总理诸职,并参与组织左翼联盟,而是缘于他热爱中国文化,热衷于中西文化的交流与传播。

民国二年秋,孙中山"二次革命"失败,前清翰林、中华民国首任教育总长蔡元培遭到袁世凯政府通缉,于三年春亡命巴黎,与法国名议员班乐卫结识。

"我对古老、深邃而神秘的中国文明十分好奇,中国在三四千年之前竟能预测日食、月食,说明当时天文学、数学已十分发达,实足钦佩。"班乐卫直言,"能到中国去,是我年轻即存的梦想。"

蔡元培应道:"阁下定会如愿以偿。"

民国九年三月,法国巴黎大学首设中国学院,班乐卫以总理之身兼任院长,准备向中国政府借用《四库全书》,以研究中国传统文化。

五月,班乐卫总理反思人类文明,悟出解除欧美物质文明所蒙痛苦之方,应从沟通中西文化入手,以道德为体,科学为用,乃携文化界、知识界知名人士访华团来华访问。

六月二十二日,班乐卫强调:"此行为文化之旅,是为融通中法文化,故以学术为重,决定以退还庚子赔款赞助影印《四库全书》。"

徐大总统表态:"书成后,分赠法国总统及中国学院三部。"

七月一日,班乐卫参观北京大学,并在北大理科大讲堂做演讲,畅谈其专业与中国文化之关系,加强中法教育文化交流对弘扬中西文化之要义。八日,班乐卫出席欧美同学会、尚志学会等四社会团体欢迎茶会,袒露心声:"希望中国青年能用心研究西洋文明,法国青年能用心研究东方文明,而同时都不忘记自己固有文明之长处。"

八月三十一日,蔡元培于北京大学主持仪式,聘请班乐卫担任名誉教授,并授予其"理学荣誉博士"称号,开中国大学授予外国著名学者荣誉博士称号之先河。

班乐卫致答谢词,内云:"益谋中法两国文化联系,把巴黎大学中国学院和北平中法大学作为发展巴黎大学与中国知识界在教育文化事业中紧密合作的纽带。"

广庭憧憬中法文化合作发展之美好前景,慨叹:"同为来华洋人,有和平友善使者班乐卫,也有掠夺施虐暴徒谢苗诺夫。"

忽闻卫兵报告,臧式毅参谋专程来访,广庭忙将他请至司令部。

臧式毅道:"丹阶兄得胜归来,小弟听见,特意赶来祝贺。"

广庭愤愤地道:"谢苗诺夫白匪军在中俄边境兴风作浪,经常结队闯入我民宅,抢掠奸淫,居然习以为常。去春一月没收华商高额现金六百六十五万卢布,秋七月高升至一千余万卢布。北疆百姓恨之入骨,怨声载道。嵯岗之战,仅获警戒功效,并未根除隐患。"

臧式毅近闻丁超司令在赞帅面前极力称赞广庭,心中不服,故意单刀直入发问:"丹阶兄可知白俄远东总司令谢苗诺夫明目张胆,有恃无恐,公然由倭拉元窜至满洲里,为非作歹,形同大盗,破坏路区秩序,制造紧张局势,究竟意在何为?"

"臧参谋可曾注意有场幕后交易?今年五月谢苗诺夫于赤塔颁布'东边政府'八项政纲,宣称'将前俄政府所订立之中俄蒙条约及中东铁路一切权利全部让于日本'。此举可谓不打自招,昭然若揭,将他甘为日人鹰犬,以求苟延残喘的企图暴露无遗。至于他怂惠部众,勾结胡匪,杀人越货,武装挑衅,皆是为使日军趁战攫取东路制造口实。"

"原来如此! 无怪财政厅长刘尚清抱怨,谢氏胆大妄为,不仅将满洲里税关存款全部鲸吞,还勾结日人濑尾荣太郎伪造奉天中行'五元票'、哈埠中行'五元票'和'一元票',用以收买东三省退位军人、马匪以及组织乱党行刺要人,扰乱地方。"臧式毅似乎亦感到大局岌危,不容乐观,"姑息养奸,易酿成巨祸。与其坐而防范,不如主动出击。事不宜迟,我等身为参谋,应立谏赞帅及早发兵,驱逐谢苗诺夫,夺回满洲里。"

"不久前,谢部七人潜入小蒿子站,密藏步枪七十四支、子弹三万发、炸弹八十余枚、地雷七个,阴谋起事。谢氏狡诈凶残,为绝后患,应设万全之计,将其一网打尽。不过,《孙子兵法》云'知己知彼,百战不殆',而今敌情不明,怎好盲目进攻?"

"满洲里号称我国北门锁钥,且为离昂昂溪最远之一站,现已被谢氏强行侵占,严加封锁。我们又不是孙悟空,无法钻到铁扇公主肚中去看个究竟。拘泥兵书,贻误战机,岂不得不偿失?"

"孙悟空? 七十二变?"孙广庭自言自语,若有所思,"啊,好,好!"

臧式毅有些不解,但急于回督军府表功,无意与广庭纠缠,便起身告辞而去。广庭送走客人,立刻躲进卧室,脱去军装,乔装打扮一番。

"哪里来的江湖郎中?"当孙处长再次在人前亮相时,部众目睹手拎药箱、戴玳瑁眼镜、徐踱方步、没有半点军人气质的不速之客,无人想到这位"老中医"竟是朝夕相处的顶头上司。

"关东马贼有个行规,叫作'七不夺八不抢',诸位可知晓?"孙广庭捋捋假髯,面现微笑。

终于露出蛛丝马迹,从声音、语气和微笑中人们找到破绽,认出他们的孙处长,兵站司令部内顿时哗然。

"锯锅的,摆渡的,鳏寡孤独的,耍钱赌博的,卖酸梨瓜子、酒油酱醋的……"一个扳起手指数说。

"尼姑、道人、僧侣、邮差、喜车、丧车、大车店、棺材铺、单身夜行人……"另一个从旁嚷道。

七嘴八舌,议论纷纷,然而谁也未弄清楚孙处长的葫芦里卖的是什么药。

"什么?"闻听孙处长欲往满洲里独闯白俄谢苗诺夫军营,众人皆表示惊愕。

"哎呀,那可万万使不得……"

"谢苗诺夫穷凶极恶,喜怒无常,是个杀人不眨眼的恶魔……"

"谢苗诺夫可不好对付,连蒙古王公都惧他三分……"

"白匪军都是俄国老毛子,无法无天,不讲道义,岂能遵守本地土匪的帮规?"

哈满兵站司令部里立刻人声鼎沸,一片反对之声。

"白匪军残害边民,岂能袖手旁观? 不入虎穴,又焉得虎子? 时间紧迫,不可顾忌许多。将前日于烟土屯站从毒贩身上搜获之海洛因取来两块,要上等品。"

"处长,你不是最反对抽大烟吗? 带它做啥?"

"或许能派上用场。

孙广庭不听劝阻,布置妥当日常工作,匆匆踏上开往满洲里的火车。

满洲里谢苗诺夫白俄军兵营门外。

孙广庭故意放慢脚步,缓缓而行,走至门口把那"祖传八代名医"的招牌晃悠两下,果然如所预料,没有引起卫兵的丝毫警觉。踱过营门,广庭这才感到虽然安全,却于事无补,高大的围墙遮住其全部视野。他定神略思,复扭转回身,径直朝持枪站岗的卫兵奔去。

卫兵厌怨中国老翁比比画画,叱之不去,非缠着要碗水喝,不禁怒起,气得哇啦哇啦怪叫,又猛地举起枪托砸将过去。孙广庭趁势跌倒在地,佯装受伤,唉哟唉哟高声呻吟不止。

日本因美国、英国与其他盟国六月从海参崴撤出干涉军,乃于七月五日与远东共和国签署协议,应允日军撤出外贝加尔。谢苗诺夫惊闻此讯,立刻由大乌里中军大营窜至满洲里,名曰视察,实为安排退路。战事呈现颓势,谢氏大为恼火,正在琢磨对策,忽闻营门喧哗,怒气冲冲从深宅大院内提枪而出,本欲逞逞威风,杀鸡儆猴,惩治无理取闹者,却见是位老态龙钟的中国乡村医生。恰好他正觉得身体不适,便伸出右臂,向里挥动手指,示意卫兵放人过去。

孙广庭从地上爬起,拍打几下身上的尘土,拾起药箱和行医招牌,极不情愿地迈进营门。一路上哆哆嗦嗦,战战兢兢,像没见过这种场面似的,东张西望,左顾右盼。

咴、咴、咴……外院东南隅马厩中传出战马嘶鸣。放眼望去,数百匹高头大马分为青、黄、红、白四队,精良健壮,井然有序,孙广庭不由得轻轻呼出一口长气。外行观热闹,内行看门道。孙广庭心里清楚,白匪军不同于山中草寇,他们训练有素,可以称得上是一股劲敌,万万轻视不得。遂愈加留意谢苗诺夫司令部内人员之多寡、军械之优劣、火力之分布……

来到司令部,谢苗诺夫才用半生不熟的中国话问道:"今日本司令有些头疼,你可查得出缘由?"

"本医生诊病,不但能明察因由,还能对症下药。"

谢苗诺夫满面凶气,乜斜碧眼,手仍紧握枪柄,立刻催促道:"少说大话,本司令是要判断你是否有真功夫。"心里暗想:"哼!倘敢有半句谎言戏弄于我,定叫你立刻去见上帝!"

孙广庭打开药箱,熟练地取出脉枕,伸出三个手指,放置谢苗诺夫腕上切六部脉,见脉象浮滑,便猜出病因,等到观望舌质,闻得一股熏人的异味,更加心中有数。

"内蕴湿热,外感风寒,营卫不固,气血失调,由酗酒过度诱发。长官恕我直言,这病征兆是头重脚轻,全身乏力,可不太好治。"

听到所叙对路,谢苗诺夫半信半疑,沉思片刻方恶狠狠吼道:"不好治也得治好,否则休想从这里囫囵出去!"

"长官大可放宽心,"孙广庭自知在劫难逃,索性指指八代名医招牌说,"仅凭这个,亦可手到病除。"遂执笔开出药方:双花、连翘、薄荷、牛蒡子、荆芥、葛根、半夏,各一至三钱不等。他把药方交给谢苗诺夫,叮咛道:"速去药房抓来,由我亲自煎制,定可一剂见效。"

文火煎熬,颇费工夫,谢苗诺夫困意袭来,指点案桌上一颗子弹、三枚金币,蛮横地丢下一句生硬的中国话:"这两份礼品,是本司令赐你的回报,但只能选择其一,喂,留点儿神,别选错!"

谢苗诺夫四仰八叉靠于躺椅上,发出粗重鼾声。孙广庭趁其不备,从怀中取出备好的白面儿,迅速抖入微微沸腾的药液,顺势将纸包丢进火炉。谢苗诺夫睁开双眼,打个哈欠,抻抻懒腰,方起身而立。

孙广庭端起冒着热气的汤药,当谢苗诺夫的面,咕嘟先喝下一大口,明里解释说品尝药汁浓度,实际却是为解除谢苗诺夫的戒备。谢苗诺夫老奸巨猾,观察孙广庭许久,见无不良反应,才单手端起碗,仰面一饮而尽。药入腹中顿觉舒舒坦坦,稍歇一会儿觉得精神抖擞,情不自禁地伸出大拇指,连称:"哈拉少,哈拉少!"

机不可失,趁谢苗诺夫高兴之际,孙广庭指指天,道:"天色已晚,家中老母亲和妻儿等着我吃饭。"他见谢苗诺夫向门口摆摆手,忙揣起那几枚金卢布,离开兵营。

孙广庭没有回昂昂溪哈满兵站司令部,而是连夜乘车赶到齐齐哈尔,天刚破晓即敲开都军署大门,递上一份报告。督军孙烈臣阅过,甚是奇怪,忙召见孙广庭询问:"何以对谢苗诺夫情况这般熟悉?"

孙广庭见隐瞒不住,一一据实禀告,并建议:"谢苗诺夫所部军纪败坏,骚扰太甚,边民痛苦不堪,趁其羽毛未丰,立足不稳,应速派大军前往满洲里,将其逐出国门之外,以尽保境安民之责……"

闻听孙广庭乔装侦察谢苗诺夫兵营,孙烈臣又惊又喜,佯怒道:"身为一处之长,责任重大,轻易涉身险地,倘若有失,如何是好?下不为例!"

孙广庭执戈随同黑龙江海满警备总司令丁超统兵北上,途中询问:"此番征讨白匪,司令胸有成竹,不知具体采取何种克敌制胜的举措?"

"我军数倍于敌,又占据天时、地利、人和之惠。谢苗诺夫若非等闲之辈,定会有自知之明,退避三舍,远遁境外。"丁超笑道,"对了,这不也正是丹阶兄一向主张的'不战而屈人之兵'吗?"

"我大军出现于满洲里,谢苗诺夫白匪军极可能暂避锋芒,望风而逃,但等到我们得胜班师,必然卷土重来,边患仍然未艾……"

"这……"丁超勒住马之缰绳,停止不前。

"宜效仿当年诸葛亮降伏孟获,令其心服胆丧,方可保边陲安宁。"

"连擒七次,殊无必要,何况亦不易办到。"

"活学才能致用,不可拘泥守旧。"孙广庭解释道,"只要瓮中捉鳖,令其心存畏惧,不敢再犯,大功自然告成。"

"擒贼先擒王,看来得攻其不备。"丁司令茅塞顿开,"丹阶兄可领一团人马潜绕敌后,两路夹袭,使敌首尾难以兼顾,准能活捉谢苗诺夫。"

"谢苗诺夫司令部位于兵营深处,有三道岗哨、五处暗堡,各拥几挺机枪。强攻伤亡太重,也不易奏效。而且敌军擅长骑射,一旦失利,必四散落荒而逃,甚难一网打尽。"

"这可如何是好?"丁司令有些茫然。

"我这里有一计,叫作'射人先射马'。"孙广庭进前献策,"可以巧取胜。"

夕阳西悬,东风乍起。谢苗诺夫兵营前大道上,迎面走来两个推车贩酒的"小贩",至兵营东南角马厩旁,不知为何争吵不休,乃至撕打成一团,将多年陈酿的二锅头端翻在地,酒香四溢。马厩里正在给马配制精饲料的俄兵匆忙推开护栏门闯到跟前,使劲地嗅嗅,不容分说强行将车推进马厩。借卸车忙乱之机,一个"小贩"哭着哀告索钱,缠住俄兵,另一个"小贩"却手脚麻利地将三两多白面儿掺和在马料中。

夜半时分,兵营内突然战马齐鸣,狂蹦乱跳不止,吵得谢苗诺夫心烦意乱,无法入梦。

凌晨二时,昏昏沉沉刚欲睡去,忽听枪声大作。谢苗诺夫蒙眬之中,赤裸臂膀,手执双枪,四下狂射,率几个贴身卫兵且战且退。退至马厩,正欲骑马突围,杀出一条血路,却见战马匹匹无精打采,眼睛半睁半闭,目光呆滞;哨兵个个酩酊大醉,东倒西歪,尚未完全清醒,不禁为之一惊。

"快快放下武器,休要徒劳顽抗!"孙广庭率一队人马已从侧门冲至院中,高声嚷道,"谢苗诺夫,这可是确保你生命安全的唯一良方。"

谢苗诺夫惶惶四顾,众多中国官兵从天而降,他见腹背受敌,退路已断,只好乖乖弃械投降。大部分白匪军刚在酣梦中惊起,尚未穿好衣裤,即糊里糊涂成为俘虏,少数顽抗者被当场击毙。

初战告捷,盘踞在满洲里的白匪军被解除武装,清除殆尽。目睹昔日如狼似虎的白俄官兵垂头丧气地被押解到国境之外,孙广庭满腔喜悦,愈发增添扎根边陲、保卫北疆的豪气。

当时,孙广庭急欲回司令部,无意驻步月台,数月后于此送客将归,又巧逢老友张之汉。

去岁张之汉奉孙赞帅调令至龙江办财政,今春三月专程赴铁岭,参加孙老夫人葬礼。此番自哈尔滨赴齐齐哈尔途中,两人阔别半载有余,意外相遇,见面十分亲热,相约入车站酒家小酌。三杯入腹,张之汉观窗外雪花,诗兴大发,追思孙广庭进屋拍扫军服之情景,随口吟道:"胡天晴日雪花飞,寒逼丰貂暖力微。洒上襟裾消不去,入门先为拂征衣。"

孙广庭闻听张之汉有公务在身,欲连夜赶往齐齐哈尔,遂陪他于车站候车。张之汉又赋《夜至昂站候车寒极有作》两首:

> 寒重霜华踏有声,朔风边月惨无情。
> 胡天八月能飞雪,况是严冬夜四更。
>
> 夜黯人烟辨不清,村灯一豆远犹明。
> 沉沉大漠回风转,卷到荒鸡四五声。

"北疆多奇冷,此地尤荒寒。"孙广庭迎风而立,霜挂满身,呼出一气,立刻化为白雾。

张之汉登车之前,信口问道:"丹阶兄,你较我迟来龙江,却已扬声边关,深得赞帅青睐,是否要在此地久居,建功立业,一奋骥足?"

"仙舫兄,实不相瞒,固守国门,虽苦犹荣,我确有意戍边,为民分忧,但军人当以服从命令为天职,尚须看上峰旨意。"

"祝丹阶兄早日高升!"张之汉回首略探身于车门之外,在凌厉寒风中挥手告别。

孙广庭坐镇哈满兵站司令部,决计扎根边陲,守卫中东铁路,可与张之汉小聚不久,又接到东三省陆军测量总局局长陈瑛将军发来急电,催促他立即赶回奉天:"……测量总局总务官虚席以待,并授兄测量改革全权,以实现兄之宏伟夙愿。"

一石激起千层浪,孙广庭当即方寸已乱,心猿意马,萌生南归之念。

七 无价传家宝

民国九年十一月,孙广庭手持辞职信,怀揣陈瑛将军三封加急电报,缓步走入黑龙江督军署。

丁超故意当广庭之面道:"赞帅,当初号称固若金汤的谢苗诺夫兵营,一夜之间土崩瓦解,荡然无存。获悉这是孤胆英雄孙广庭乔装独闯虎穴,摸清敌情所致,满洲里一带边民中流传起两句民谣。"

督军孙烈臣问:"民谣?什么内容?"

"假药行医治大病,北疆从此得太平。"丁超又道,"此番孙广庭处长献策,恩威并施,果然奏效。如今中俄边疆硝烟散尽,满洲里重新全归我军掌控。"

孙烈臣笑道:"丹阶老弟,你极力主张的武力筹边已经初见成效。这里正是用人之际,以老弟的才干,定可大展宏图。"

孙广庭面露歉意,将辞职信和电报递上:"赞帅,我想……调回奉天测量总局。"

"丹阶老弟,你我同姓同宗,五百年前是一家。"孙督军极其诚恳地挽留,"实不相瞒,我的祖籍亦是直隶,父辈也靠染业为生,有此渊源巧合,彼此理应照应,留下同舟共济如何?"

"丹阶兄,绝对不能离开龙江!"丁超霍然拍案,圆目逼视广庭,"孙赞帅特别器重你,最近已有安排,万不可意气用事,仓促而行,坐失千载难逢之良机。"

大出孙督军和丁司令的意料,其真情毕现、暗寓许诺之挽留,反而令广庭尽悉去与留之利弊。

火车月台上,丁超板着面孔道:"丹阶兄,须臾你将登上与升官发迹背道而驰的列车,不知会否后悔?"

"当然不会,但此刻我对孙督军和丁司令的厚爱仍满怀感激。广庭何尝不知赞帅官高位显,言必有信,遵其旨意,定可平步青云。当官固具诱惑力,令人心驰神往,然仅个人之荣,无法与改革全军测量,使国家受益相提并论。不才毕竟军事测绘科班出身,理应发挥所学专长。当初之所以北上,皆因测绘学堂停办,属于不得已而为之。如今又可重操专业,岂能轻易放弃?"

丁超突然问道:"那老兄适才为何叹气?"

广庭坦然道:"我暗自庆幸,倘若不听月华所言,举家北迁,不但破费钱财,而且往返徒劳,自寻诸多烦恼,哪似这般轻松,始知妇人之见亦有高明之处。"

转瞬之间，又欣然回到奉天，广庭觉得重返测绘界，就像鱼儿回归大海。为尽快推进改革，提高军队测绘技能，三次路过铁岭而未进家门，下车伊始即奔赴吉林分局，视察各班野外作业，结合所知奉、黑二省实况，提出一系列消除弊端举措。岂知饱蘸心血之呈文递上，竟如同泥牛入海一般，杳无音信。想起陈瑛将军当初所许的诺言与当面盛赞自己"雄略冠时真儒将，屡建奇勋榆塞上"的情景，孙广庭感到大失所望。

熊官屯西街孙宅上屋，月华问广庭："屈指细算，你至省城已两月矣，为何一直不回家看看？可知道我有多难！"

"难？难道比我还难？"广庭尴尬一笑道，"怀万般喜悦而来，却频频碰壁，毫无建树，真是后悔不迭，甚至闪出早知这般结局，何必南下奉天之念。"

"我知道你有股虎劲，天生不甘认输，定会坚持下去。"

广庭颔首道："近经努力，得到陈惠生默许，又以总务官身份推出几项行之有效的革新方案，以期打开缺口。谁知东三省测量总局内部保守势力猖獗，各课课长私下串联，欺我初来乍到，孤掌难鸣，暗中横加抵制，根本无法落实，只好独宿局里，隐忍待时。"

月华抱怨："若非如此，你还没时间回家。"

"雄伟壮观的奉天城，乃明朝于元代土城遗址所筑，清天聪五年扩建成周围十华里三十步、高达三丈五尺之方形城垣，并于四面各辟二门，成八门八关。城垣内外尚辟顺城胡同，城内者谓城墙根，城外者通称门脸。"广庭有意变换话题，"四大门脸皆为商业闹区。我壮志未酬，公务之余，无所施为，除研究老庄之学外，常踱出城门散心。不过……"

月华追问："南门脸菜市，你不会去；北门脸妓馆，从没留下你的足迹？"

"没有。西门脸'杂巴地'，虽会集医、卜、星、相、风、马、燕、雀江湖八大生意，每日人流熙攘，盛极一时，可我知道医卜星相主要靠勾引迷信者上钩敛财……"

月华插话道："风马燕雀是什么买卖？"

广庭回答："'风马燕雀'包括曲艺评书、鼓词、相声、打把式卖艺、拉洋片、西洋景、变戏法及卖假药的。这里所谓生意与正经买卖不同，实乃施'骗得'与'巧取'之术，虽各有独特做法，但江湖上统称为'腥局'。因我久已'看破红尘'，所以也绝少光顾。"

月华笑道："这么说唯有南门脸小器作坊、古玩铺和旧书摊，却是你常去的场所？"。

"知夫莫如妇,那还用问吗?"广庭惨然苦笑,"然最近已许久未往。"

"莫非另有烦心之事?"

"自民国六年以来,俄罗斯内战频发,帝俄军队组建一系列军事组织,与革党红军对抗,人称为白军……"

"人常言'七家不管八家,卖鱼不管卖虾,烧火剥葱,各管一功'。"月华轻声插话,"无论红俄、白俄,皆离此甚远。外邦闲事,何劳夫君操心?"

"夫人有所不知,沙皇将领所辖白卫军一旦征战受挫,常越境而入我国,东侵吉黑两省,中犯乌里雅苏台,西入新疆伊犁、塔城、阿尔泰诸城。略地割据,为祸一方。"广庭细述缘由道,"近闻榆塞传来诸多信息:恩琴统兵东扰车臣汗,苏俄致电北京政府,谓应库伦中国官吏请求,出兵蒙古,助华扑灭白俄旧党。中国外交部向苏俄抗议,声称请其出兵援助库伦纯属子虚乌有。伦敦中国使馆亦否认库伦边吏曾请苏俄出兵讨伐旧党。而今日俄作乱,满蒙糜烂,黎民蒙难,国土沦丧,恨我辞别龙江,无兵无械,只能闭门读报,徒增悲愤。"

民国十年春,丁超转仟吉林督军署参谋长,随吉林督军兼省长孙烈臣赴奉天拜谒张作霖,顺便至东三省陆军测量总局探望孙广庭。

"丹阶兄辞别省城齐齐哈尔,赞帅乃调宋梓樵参谋充黑龙江省呼伦贝尔交涉署科长。三月赴苏俄,参与中东铁路与西伯利亚铁路'接线'谈判,十二日达成协议后正式通车。"丁超见面即道,"四月,梓樵晋升为吉林督军署中校参谋。"

"洁忱,黑龙江省议会一月通过议案,决定经省公署向北京政府提出索还江东六十四屯的交涉要求。"广庭明知丁超是借宋云桐升官说事,暗中责怪自己执意南下,却转而探问,"不知进展如何?"

"老兄请大放宽心,黑龙江江东国土不日即可自动回归。"

"目前局势错综复杂,瞬息万变,倘未全力争取,岂能轻易实现夙愿?"

"苏俄曾多次宣布无条件废除与中国签订之所有不平等条约。民国七年二月,苏俄外交人民委员部指示苏俄边区'中国有权在路界内行使最高主权'。去年三月二十六日,苏俄政府正式照会中国:'放弃帝俄时代一切在华特权。'今年三月十四日,远东共和国外交部长、驻华代表优林奉命向北京国务院表示:'中俄通商后,可将黑龙江江东六十四屯归还中国。'"

"去年五月十八日,国务院收到远东共和国外交总长英文来电,声称其领土为'贝加尔全境、阿穆尔、普利木耳斯凯、萨哈连、堪察克及中东铁路区内'。不仅否定苏俄政府归还中东铁路的承诺,尚欲窃据中国固有土地中东铁路路区,此为历届旧俄政府未敢公开做出之举动。七月一日,海参崴临时政府首脑美特维特夫为争夺中东铁路路区警权与护路权，又以远东共和国临时总统身份宣布:'中俄两国间之条约仍继续有效，临时政府对于劳动政府抛弃俄国旧时各条约之宣言不受约束。对于三月二十六日劳动政府电告中国让与各节，概不负责。'"

"如此看来，远东共和国所言交还江东六十四屯不过是权宜之计。"

"苏俄急于摆脱于国际上的孤立地位，企盼获得中国外交承认，竟将交还掠夺土地和放弃享有特权与全面通商联系一处，成为讨价还价的砝码。"广庭叹道，"再说白俄政府军、捷克军团、协约国军队正与苏联红军、赤塔军在西伯利亚大地逐鹿，江东六十四屯实际控制者时常更换，故而国土归还不宜过于乐观，必有几番周折。"

"我等东北缚猛虎，西北猴子称大王。"丁超随即又道，"谢苗诺夫于满洲里俯首称臣，其部将恩琴居然击败库防总司令、中央陆军第二十五混成旅旅长褚其祥中将及库防副司令、第四骑兵师第四团团长高在田少将两军，攻陷库伦，已是尾大不掉，几成气候。"

"恩琴仰仗日本关东军与特务机关提供之武器、情报和财政援助，迅速将残部扩充为号称拥有俄罗斯、蒙古等多个民族万余将士之'亚洲骑兵师'，乃拥兵自重，诱逼哲布尊丹巴活佛宣布独立，建'大蒙古帝国'。恩琴遂以'开国大巴图鲁司令'自居，任日人山田为参谋长，肆意杀戮中国客商，夷平反抗者村庄，活焚苏俄共产党和犹太人，一时成为新闻人物，屡见北京诸报头版头条。"

"蒙地岌岌可危，我国外交部不敢引虎驱狼，拒绝远东共和国协助进攻库伦俄旧党，内阁又惧恩琴挥师东进，越长城而入京师，惶恐万端。雨帅身为蒙疆经略使，自告奋勇为国分忧，乃命师长邹芬率部援库。岂料邹芬亦为恩琴俄蒙军所败，连失叩林、乌得、猴头庙三镇，三月十七日退守滂江。"

"十八日，苏赫·巴托尔和霍尔洛·乔巴山之义勇军仰仗大量武器装备援助，趁机驱逐驻中国买卖城守军郭松龄部，成立临时蒙古人民政府。十九日，库伦镇抚使陈毅弃恰克图而退避满洲里。二十五日，俄蒙军夺取乌里雅苏台两城。四月三日，唐努乌梁海失守，镇抚副使严式超退至新疆之巴里坤。而今新疆军与俄蒙军正于科布多鏖战，胜败难以逆料。"

"丹阶兄有所不知，中央政府曾召开天津会议研究对策，雨帅为报仇雪耻，力主征讨恩琴，且获军费三百万美元。"

"那为何迟迟不出兵?"

"其实，我军先头部队已抵达张家口，因日人作梗，雨帅有后顾之忧，方勒马观望。又获悉白卫军首脑召开北京会议，敦促恩琴讨伐红军、赤塔军。恩琴欲切断环贝加尔湖铁路，使远东共和国与俄罗斯联邦隔绝，携骑兵万人、步兵二百、火炮二十一门、机枪三十七挺，沿色楞格河两岸进攻远东共和国，遇红军与蒙古义勇军拦截，而退返伊罗河对岸蒙古腹地。雨帅乃迁大本营于满洲里车站，拟挥师挺进蒙古，却又遭苏联政府阻拦。因左右皆被掣肘，只好等待良机。"

"我也是身不由己，坐候时机。可我事尚小，静待无妨，国事甚大，安能久等？"广庭仰天而叹。

"记得光绪二年，孙大爷出生于铁岭，贵县知县李应紫恰于是年考中进士，乃清朝礼县第一位进士。其门下高足张世英为光绪皇帝御封'办学尔圣'。"

"可这两位文人与拒敌于国门之外有何瓜葛？"

"阿山道尹周务学，字本斋，乃世英之子泰山。此公镇守与俄、蒙相接之新疆阿尔泰特区之承化、柯克托海、福海、青河、吉木乃、布尔津、哈巴河七县，诚咽喉要地，我国西北大门，一旦有闪失，后果不堪设想。"

"周本斋是己丑科举人，陆军少将，精究武术，攻研兵书。历任安徽庐州知县、甘肃武备学堂监督、忠武军标统、安肃及泾原道尹。前年三月，第三任阿尔泰办事长官张庆桐引发阿山兵变，新疆督军兼省长杨增新呈请中央政府以周务学代理阿山长官。周长官带领马、步、炮三营人马进入承化，迅速平定叛乱。六月，阿山改区为道，周本斋遂出任首任道尹。久闻周公文武双全，足智多谋，但愿阿山亦如泰山，安然无恙，固若金汤。"

适逢闲暇，广庭为逐伤感，又往游南门脸书摊。他远远望见一部线装古籍，书函甚是陈旧，边缘多有磨损，近前捡起细观，却是自怡轩藏版，光绪六年重刻的俞长城、焦袁熹、戴有祺三先生合注的《四书便蒙》，版本极为普通，书上又不知何人用红笔勾勾勒勒、圈圈点点，涂抹得杂乱无章，他不由得大失所望。

摊主是位老者，见他欲将书放回原处，忙劝道："先生，这可是部好书，不买不要紧，不妨仔细看看。"

广庭微微一笑，坦言拒购缘由："实不相瞒，寒舍所藏四书版本甚多，不乏佳品。内中有嘉庆戊寅年藏版《四书集注》、闽省邵郡四书刊本、嘉庆真意堂铜版四书。"

"先生所藏确为稀世珍品，然四书系明清两代五百余年学子必读之书，贵在有无赐读者力半功倍之途。"

"皆为四书，内容自然无异，可这部重刻《四书便蒙》品相与书函皆远逊于嘉庆年诸版，且又迟出一甲子有余，又无名家跋签与藏印。"广庭指指地面书摊，"一观亦优劣立判。"

"先生差矣,并非老朽对此破旧之书作老王卖瓜之夸,窃以为实用乃书之魂也。仅从学者受益而言,古今诸版四书恐无出其右者。"

"此书冠名便蒙,或为入门捷径,当对初学者大有补益。然尽管有康熙三十年状元戴丙章诸名家批注,以愚见亦绝非最佳善本。但不知老人家何出此惊人断语?"

"因其败絮在外,金玉其中,内中藏有顶尖隐居高士所悟精髓,为普天之下所独有。可惜世俗好以衣貌取人,累及好书也难遇知音,即便身价并不昂贵,仍遭受冷落至今。"

广庭半信半疑,为好奇心驱使,又不由自主捧起《四书便蒙》,品读揣摩良久,恍然大悟,连声惊叹:"妙!妙!真是旷世高人怀奇才,力拨云雾现青天。"

回到寓所,广庭挑灯夜读,爱不释手。读至兴奋之处,猛然将书放置长桌之上,打开扉页,挥笔批注:

> 此书民国十年五月十五日以洋蚨壹元伍角购于沈阳之南门脸旧书肆。乍视之,则红勒纵横,不解何故,乃翻阅数过,始知其圈点之精,非书解熟烂于胸,加之数月之功者,不能得此。以研究四子之文法、语法、圣贤之精义,可以省却多少脑力。亟购以归,真可为无价之宝矣,是我子孙永宝之。此记。

丹阶公对《四书便蒙》大为青睐,不止亲笔书志,誉为无价之宝,而且郑重其事,盖上名章"丹阶"。

夏至,广庭回铁岭度假,应曾述堂之邀,同游龙首山,观廖彭于慈清寺西廊所撰匾额及跋。

"外蒙、新疆频发战事,山外之争城、争地者,廖知事当有所指。"广庭叹道,"然近在咫尺之城内,日本自军政署撤销后,又设铁岭领事馆与关东军步兵第三十五旅团司令部,不止兵临城下,而且驻军城内,隐患尤为明显。"

"根据《日清条约》,铁岭开为通商市场,日本侨民激增至万,变成中日两国人杂居之所。"曾述堂亦道,"日俄战后,日本改称辽东半岛为'关东洲',设立'关东都督府'与'南满洲铁道株式会社'。'满铁'以附属地名义,霸占铁路沿线大片土地,行使行政、司法、征税、警察等权。"

"日本'附属地'以铁岭车站为中心,其以东向北之桥立町、宫岛町、松岛町,连接北五条直通城内,又从中央南伸花园町至郊区。此皆中国国土,竟不准中国人居住,真是岂有此理!"广庭手指西方,"堂堂中华,西北频受俄国所扰,关东龙脉之地,竟又被东夷岛国欺凌。卧榻之侧容他人酣睡,可谓国耻!"

新疆边烽再起,白军将领诺维科夫携两千余骑,仰仗军械精良,突由塔城卡伦强行入境。巴奇赤立即于额敏驻地发动暴乱,与之会兵一处,扬言南下进犯迪化。五月十七日至二十四日,苏俄红军骑兵团从苇塘子进入新疆,挺进塔城、额敏两地,攻击巴奇赤与诺维科夫白军。

杨增新电嘱塔城道尹张健:"省城与阿山电路突然中断,速请布尔津沿边俄境新党转告阿山道署,白党巴军由塔城逸出,可能窜向阿山。"

或因命运多舛,或是渠道不畅,历经三周之久,阿山道尹周务学尚未获此军情。六月十四日,巴奇赤与诺维科夫拥残兵数千,伐木成舟,强渡额尔齐斯河,兵临阿山城下。阿山道戍卒千余分驻诸卡伦与城内。众将因战守两难,皆主张退避布尔津。

周务学曰:"我有守土责,城亡与亡。"遂拔枪自尽于阿山道署承化寺之南郭寺。

周务学殉国噩耗传至省城,群情激愤,"捍我疆土,为周道尹复仇"之声震天动地。周务学科甲出身,素好武学,曾长甘肃陆军学堂,亦奉命查勘甘川青疆界纠纷,撰成《查勘玉树界务报告》。孙广庭盖因与周务学志趣相同、经历类似,不免为其自戕殉国,痛失阿山,倍加惋惜。

恩琴在库伦呼风唤雨,挟"天子"以令"诸侯",且出兵袭击蒙古人民党控制之恰克图、买卖城,引起远东共和国极度惶恐,深惧陷入盘踞外蒙之白军与海参崴政府军两面夹击的窘境。外交总长优林与苏联政府全权代表沃乍尔银于哈尔滨向蒙疆宣抚专使江寿棋表示,苏俄希望中国政府派员接收库伦、恰克图。江寿棋立发万急电报,奉告北京大总统徐世昌、内阁总理靳云鹏,而复电竟命与蒙疆经略使张作霖洽商。张作霖正欲与直系军阀争雄,害怕腹背受敌,未敢分兵前往,坐失良机。中国驻外蒙军队苦于后援匮乏,弃防不顾,全部撤离,再无缘回归。

千佛寺,同治十年始建,光绪元年皇帝赐名为"承化寺",意谓"承奉天运,进行教化"之宝刹,今乃忠武将军殉难地,白俄夺之,未曾完璧归赵。广庭为国土沦丧痛心,亦为处境尴尬、无所作为哀怨。

因被群小所妒,徒有改革壮志,不得实施。或许同病相怜之故,广庭对陆游的《卜算子·咏梅》情有独钟,每吟诵至"无意苦争春,一任群芳妒。零落成泥碾

作尘,只有香如故",即为梅花虽有奇香异彩却无人赏识叹惜,遂作诗一首:

生在幽岩独无主,溪萝涧鸟为俦侣。

行人陌上不留情,愁香空谢深山里。

八 褒扬庆典

民国十一年初春,广庭经过一番周折,如愿以偿求得一幅名家所绘墨梅。那日喜闻新疆督军杨增新收复科布多,广庭乘兴将其展放于书案之上,独自欣赏,口中尚且念道"遥知不是雪,为有暗香来",几达陶醉状态。恰在此时,黑龙江分局局长冯舜生登门拜访。

"久闻继棠兄擅长鉴别古董,不妨评析一下此画之优劣。"广庭神清气爽,面含微笑,举手相邀。

"倘若稀世珍宝,定会金屋藏娇,私下玩味,秘不示人,岂能这般招摇?"舜生故作从容,缓步近前,口吐戏言。

"'独乐乐不若与人乐,与少乐乐不若与众乐乐。'齐宣王可谓有先见之明,其金玉良言似与冯局长所云迥异。时人喜唯位尊者马首是瞻,休怪广庭不敢与阁下高见苟同。"广庭借古讽今,反唇相讥。

冯舜生仔细端详,只见几株梅花跃然于纸上,苍劲有力,意境超逸,大为惊奇,由衷赞道:"浓淡相宜,内寓神韵,无愧为珍贵佳品。"

"慧眼有识,可谓行家。惜此画无落款,仅有'戴'及'丑石'两方钤记。观者虽多,皆不知其出自何人之手。"

"清人戴克昌号丑石,乃直隶昌平府人氏,善画山水,'京东八家'之首。其山水以淡着色者为佳,简练明洁,脱去尘俗。后赴东北,为塞外著名画家,尤工黑龙。传世墨梅甚少,这幅画堪称难得一遇的真迹。"

"继棠兄所言确与《韬养斋笔记》记载相符。知音难觅,为探明冯兄酷爱梅花程度,广庭有诗三首,请教出处。"

"丹阶兄虽离开学堂,可仍具校长遗风。在下若侥幸所答无误,难道亦有优等证书颁授不成?"

"梅蕊触人意,冒寒开雪花。遥怜水风晚,片片点汀沙。"广庭点头应允,朗声吟道。

"此乃黄庭坚为华光和尚所绘《水边梅花图》题诗,虽系宋诗,却颇具唐诗丰神情韵。"

"吾家洗砚池头树，个个花开淡墨痕。不要人夸好颜色，只留清气满乾坤。"

"这……"冯舜生略有迟疑，随即果断道出，"当是元朝画家王冕自题的《墨梅》诗。"

"皓态孤芳压俗姿，不堪复写拂云枝。"吟咏至此，广庭显得有些激动，声音由低沉转向高昂，"从来万事嫌高格，莫怪梅花着地垂。"

"其诗为明代徐渭所作，别具一格，借王冕所画倒垂梅枝为喻，慨叹世事，对压抑品格高洁之士的恶劣社会风气大加鞭笞，以发泄满腔之积愤……"说及此处，舜生忽然醒悟，广庭谈诗论画，皆是醉翁之意不在酒，遂一语点破玄机，"莫非丹阶兄有龙卧浅滩、虎落平阳般难言之隐？"

孙广庭惨淡一笑："自老母仙逝，时运一直不济，东奔西跑，一事无成，今奉命改革测量事宜，又处处遭到掣肘，不得畅行。继棠兄既为知情人，又是旁观者，尚祈指点迷津。"

"欲速不达，从长计议。"冯舜生直言相告，"龙江僻远，但小弟愿助孙大爷一臂之力。若有与总局宗旨不相悖之事项，尽可在这里小试牛刀，时机成熟再行推广，如何？"

广庭没有回答，默默研墨执笔，于那幅墨梅图右下角空白处，写下几行工笔小楷："继棠学长我弟惠存：老梅谁氏画？名笔戴克昌。妙墨无人识，殷勤赠继棠。"

"上乘精品，来之不易，何况又是丹阶兄心爱之物，缘何轻易赐予小弟？"冯舜生口内虽如是说，目光却蓦然明亮，并未推拒。

"至圣先师孔子所传之道，貌似博大精深，归根结底，仅一'恕'字耳。即谓'严于律己，宽以待人''己所不欲，勿施于人'。"广庭的理由似乎牵强，但却冠冕堂皇。

"徐大总统为制止段曹火并，曾授意雨帅从中调停，而又铮借机将他骗至团河赴鸿门宴，拟于席间杀之。然雨帅甚是机敏，借口出恭而遁。又铮忙令廊坊驻军截车，搜捕未果。又铮闻讯，顿足长叹道：'大势去矣。'"冯舜生有意转换话题，"直皖战后，北洋之虎段合肥通电下野，又铮被列十大祸首加以通缉。初悬赏三万银圆，后增至十万仍未获。徐大总统为使直奉势力均衡，互相牵制，借口库伦失陷，外蒙叛乱，内蒙阽危，令雨帅兼任蒙疆经略使，节制热河、察哈尔、绥远三个特别区。"

"又铮先遁入日本驻华使馆，待百日后风波略平，乃潜逃上海，途中方作诗慨叹道：'购我头颅十万金，真能忌我亦知音。闭门大索喧严令，侧帽清游放醉吟。白日歌沉筑燕市，苍波梦引海舟琴。云天不尽缠绵意，敢负生平报国心。'"

广庭随声附和,主从客便。

"又铮到上海,曾闭门重订经书,以《大学》《中庸》还《小戴》之旧,与《大戴》并立,附《国语》《国策》于《左传》后,再于《尔雅》后增《释名》《方言》《说文》《广雅》等,且翻改世传孤本曲谱《一百种曲》。"

"又铮可谓多才多艺,撰写《兜香阁诗》《碧梦盦词》《视昔轩文》《建国诠真》诸书余暇,尚遍临书法名帖,与曲艺界人士争相唱和。"

"又铮于南通张謇府上做客,居然按捺不住,引吭高歌昆曲。无怪状元郎笑其'铜琶铁板唱江东,势与梅郎角两雄'。"

"当年袁世凯任山东巡抚时,又铮赴济南上书未果,乃借酒浇愁赋诗云:'性情豪气不自收,等闲岁月太难留。安能化得身千亿,处处迎风上酒楼。'此番再遇坎坷,却是四处弦歌,显得大为洒脱。"

"其时,武卫右军学堂总办段祺瑞闻又铮上书之举,乃约面谈,留为记室,从此又铮方步入军旅之途。"

"去岁初冬,又铮奉段合肥之命,南下广州。介石于越秀山巅南粤宫单独宴请,席间转达中山先生语:'徐君此来,慰我数年渴望。'今年元月,介石陪同又铮赴桂林,与非常大总统中山先生密谈。看来段合肥急欲与中山携手,以图东山再起……"

两人阔别许久,天南海北议论方酣,忽听"砰砰砰"有人敲门,声音短促有力。孙广庭开门,见是边陲为官的丁超与关内闲鹤的杨宇霆这两位千里之外的同窗鱼贯而入。宇霆亦执一轴画卷,开颜贺道:"恭喜恭喜!"

广庭和冯舜生如坠云雾,忙问:"不知喜从何来?"

丁超见状,笑着点拨道:"这幅画非同一般,简洁胜于烦琐,拙朴胜于灵巧,巨钝胜于细腻,平淡天真,意趣高古,神韵清爽不凡。诗人喜独行其是,天马行空;书家则需具骚客素养,方可挥洒自如,达至高境界;画家兼备两者双重造诣,始能登峰造极,睥睨艺林。而此贵重赠品恰是出身翰苑、深得个中三昧、当朝位高极品的徐大总统所为。"

冯舜生问:"日理万机的徐大总统何以有作画的闲情逸致呢?"

广庭道:"是啊,送走一位'太上皇'段祺瑞,却来两个'管家婆'曹锟与雨帅。他俩钩心斗角,拥兵自重,互相倾轧,搅得徐大总统捉襟见肘,片刻难宁,怎么还会有这等雅兴?"

宇霆淡淡一笑:"大总统久居官场,乃是五朝元老,竭力周旋,尚能勉维大局。有时政务少闲,即吟风弄月,饮酒赋诗,以消遣泄闷。逸兴所至,便于总统府内挥毫书写绘画,分赠中外友人、各界名流显贵。"

春分翌日，徐世昌在集灵囿西花厅，正为自己的得意新作墨菊涂抹淡彩。差官呈上奉天公函，具禀铁岭县北一乡人民代表冯广民、林震青、刘楷、陈兰丰等，为广庭之母李太夫人行谊可风，恳请褒扬，以资激劝事。

徐世昌审阅一遍，颇有所感，想起三年前为倡导文治天下，所撰《将吏法言》八卷，虽分督军、省长、道尹、知事四目，宗旨却仅为树立"以民为极"之圭臬观念，达到"以爱为仁之本，以仁为道之本，则治国如运诸掌"之目的。伦理道德乃是天然之规律、永存之精神，不似政治那般易随时代而变迁。在此世风日下、物欲繁兴之际，欲图长治久安，非大加弘扬不可。于是乘余兴未艾，大笔一挥，唰唰唰很快题好褒扬匾额。望着"巾帼完人、千古流芳"几个大字，徐大总统略显激动，认为此举既可宣扬仁义忠孝，以励时俗，又能显示自己公仆本色，为百官敬民做出楷模，且与文治天下的大政方针相合。

徐世昌情犹未尽，又见奉天省府举荐公文中有赞誉李氏之子孙广庭长陆军学堂，厥尽职守，功业昭著，曾获嘉禾勋章诸事，猛然觉得"广庭"此名甚熟，似曾谋面。仔细追思，方忆起十五年前，日本在边陲延吉挑起"间岛事件"之时，那位请边务帮办大臣吴禄贞代为上书，建议"整饬军事，加强防务，修路筑道，屯垦戍边，防止日俄来犯"的留洋学子，顿被其爱国热忱所感，沉吟片刻，复执笔于那幅心爱的墨菊图左方空白处，写上一首新诗：

年来花样复翻新，红紫秋光冠芳邻。
自古中堂真色相，铸金谁是种花人。

然后郑重其事，题写并钤盖同名印章"水竹邨人"，呼唤差官将此画与褒扬匾额一并送往荣宝斋装裱，然后再令奉天省署转付铁岭李氏之子孙广庭。

张作霖虽将奉天玩弄于股掌之间，但自从罢免杨宇霆之后，一直觉得心里空空荡荡，似乎缺少什么。那日，东三省巡阅使署参谋处长兼蒙疆经略使署军务处长熙洽少将建议："出头椽子易先烂，宜暂缓入关争雄。先致力经营蒙疆，使之与东三省连成一片，等待时机，再图进取，方大有可为。"

"净胡说八道，也不动动脑袋瓜子！蒙疆荒凉，地瘦民贫，甚至连种植桑麻都不生，是块兔子不拉屎的地方。把力气花在那里，怎如角逐中原，抢夺丰腴沃土来得痛快？"张作霖环视左右，突然怒不可遏，厉声叱责道，"你们办事都无法与邻葛相比，所出的主意更赶不上他漂亮！"

想起杨宇霆一眼就能看透自己的心思，简直是活脱脱的未卜先知的诸葛亮,而今身边这些谋士所设计的"高招",却总是与自己的想法南辕北辙,张作霖情急之下,大发雷霆。

权衡利弊,坐立不安,经过一番深思熟虑,张作霖终于下定决心,舍弃面子。他唤来陈兴亚,坦然下令道:"速发电报,恳请杨邻葛回奉,任东三省巡阅使署和奉天督军署两署总参议,东北没有他不行!"

自从皖系失利,杨宇霆丢掉西北边防军参谋头衔已近三年,早对日复一日的平静生活深感乏味,一封来自关东的电报又在其心中激起千层波澜。总参议职责,杨宇霆了如指掌,是"赞划军务,实参谋长之任也","所有军事各机关事宜,悉归该员筹划"。权力之大,非同小可,张作霖的用意,他自然心如明镜,不便再启齿谦让。

久别重逢,张作霖喜出望外,忙拿出私人名章交付杨宇霆:"邻葛,从今以后,我就是你,你就是我。请随身携带,酌情而用。"

杨宇霆将名章放入衣兜,面现激动:"承蒙雨帅如此信任,宇霆没齿难忘。现在我想先各处看看,了解一下情况。"

张作霖兴奋得有些语无伦次:"好,杨总参议这就走马上任,痛快!可随时视察,请!"

徐大总统所赐褒扬匾额刚刚送至奉天,被暂存于东三省巡阅使署。杨宇霆与雨帅和好如初,心中窃喜,信步走至小客厅,抬头望见,立刻引起他的关注。这并非由于总统书法笔意迤逦,锋力含蓄多变,气韵相连,大有高山流水之势,而是因为其褒扬之人乃是同窗好友孙广庭的高堂。

时逢孙烈臣已转任吉林督军,吴俊升升为黑龙江督军。丁超少将追随孙赞帅,调充吉林督军署参谋长兼东省铁路护路军总司令部顾问,消息特别灵通,闻听杨宇霆荣升总参议,匆匆赶来恭贺,恰巧在巡阅使署门前遇见杨宇霆正携带徐大总统那幅墨菊图,欲乘车前往东三省测量总局,专程去给孙广庭报喜,于是两人结伴同来。

获悉省府要召开褒扬典礼,大总统赐匾赠画,身处逆境的孙广庭又惊又喜,手舞足蹈。适才平静如水的神态,登时荡然无存。

送走杨宇霆、丁超、冯舜生后,孙广庭仍处于极度亢进的兴奋与思亲的情结中,不能自拔,思绪联翩,又想起司马迁之父司马谈病危期间教子之语:"且夫孝始于事亲,中于事君,终于立身,扬名于后世,以显父母,此孝之大者。"

"孝之大者"历来是读书人奋斗一生的追求,出身于清贫之家的孙广庭清醒知道,获此几代人梦寐以求的殊荣,实属不易。不仅可以安慰父母在天之灵,而且能昭示后人怎样做人才更有价值。

孙广庭百感交集,无法言表复杂的情怀,遂将全部思恋连同浩叹统统倾注于笔端:

> 表潜德发幽光虽往事矣而殁存均感,
> 予褒章锡匾额固虚荣也则风化攸关。

写罢一副长联,广庭心甚不安,唯恐厚此薄彼,冷落先父,复又悬腕挥毫:

> 舆论诅无凭先君子朴厚纯诚父老至今称盛德,
> 前徽能远被太恭人慈祥恻怛儿孙奕世荷荣光。
> ……

奉天省府省议会大厅,新任奉天代理省长王永江以省府名义主持褒扬典礼,比三年前的吊唁仪式更是气派宏大,名人云集。

大厅正面,主席台上方高悬孙母李太夫人半身巨幅画像。这画像是依据李太夫人于奉天永清照相馆所摄照片及奉天两大肖像名家精心所绘之作,细腻入微,栩栩如生,乃是出自东京本乡町一丁目二番地的东京肖像馆的大手笔,堪称是当时最高水准。

自制马甲罩于宽敞长袍之外,领口嵌有一对三瓣梅花盘钮,右衽两个扣襻,长近三寸,并行直下,颇具特色。满头白发梳理整齐,后绾向上成髻,别无其他装饰,显得朴实、端庄、淳厚。饱满的天庭、微凹的颊腮,虽布有岁月印迹的皱纹,而鼻直高挺、口阔唇薄的面容依然如旧,慈眉下目光炯炯,充盈着仁爱、睿智与刚毅。

画像上方是大总统徐世昌亲笔所题褒扬匾额"巾帼完人,千古流芳"。两侧楹联为:

> 百年壶范思人瑞,
> 千载慈云掩婺光。

> 识见胜须眉听稗史别具会心评古今顺逆忠奸不同俗论,
> 性情敦孝友处人伦善全骨肉问亲族父兄子弟谁有间言。

260

典礼大厅四周,百余幅赠联长短不齐,俯仰皆是。其中王光烈那六帧中堂《孙母李太夫人褒扬颂并序》最为醒目。王永江代省长代表省府致褒扬颂词,之后王光烈便登上主席台,全文诵之:

惟中华民国十一年岁次壬戌夏正三月二十三日,为丹阶先生之母孙母李太夫人举行褒扬典礼吉辰,铁邑士绅既为请于政府,复嘱烈为文以颂之。烈与丹阶先生为道义交,素仰太夫人之遗风,又何敢以不文辞?窃谓自来贤人君子其所以享大名成大业者,半由母教,断杼合丸其著者也。丹阶笃诚君子也,其待人治事,谆勤不倦。论者谓由于学问得来,实皆本于太夫人之家教有以致之也。

太夫人幼娴女诫,佐夫子治理家政,躬自纺绩,其勤俭之行足以端家教者一;其事姑也,先意承志,恒典质以佐甘旨,助夫营葬,尽哀尽礼,其孝行之笃足以端家教者二;又以自古贤母以教子为天职,课丹阶读甚严,其得补弟子员及东瀛留学毕所业,不肯以家事撄其心,纵夫子逝世,亦秘不以告者,非违教孝之义,亦恐其废学,不足以振家声也,其慈爱之德足以端家教者三。至于和善戚友,敦睦邻里,博爱乐施,遇有贫乏无告者,至转相告贷以济之,此又太夫人能分勤俭慈孝之余,以利物而济人者也。丹阶沐此家教,幼而习之,壮而行之,宜其谆诚恳挚,敦于道义,不汲汲于功名,不逐逐于荣华,其所成就与流俗异也。今去太夫人之逝已二载,丹阶昆仲孝思不匮,而间里称颂弗少衰。

今大总统赐褒题,以宠荣之,用知彤管流芳,将千百年而未有艾也。颂曰:

唯我贤母,坤德昭垂。家庭式范,间里纲维。
持家有方,教子以道。俾作家桢,蔚为国宝。
诗书世泽,金石交游。持躬接物,不事虚浮。
小用小成,大用大效。治事待人,悉由母教。
慈容虽渺,壶范长存。戚党食惠,道路感恩。
德被乡间,光及家国。荣典扬麻,里闾生色。
梁妻济美,柳母齐名。懿欤休哉,永垂芳声。

广庭饮水思源,于典礼过后,立设酒席酬乡里之劳并贺先严、先慈匾额联。宾客们望着广庭颇费心思求得东京肖像馆画师所绘其父母遗像及四壁赠联,忍不住议论纷纷。

席间，辽北举人李介卿自恃见多识广，借酒兴指着石琴庐主张之汉奉献长联"百里仰懿晖欧范陶规堂北金萱偏萎荫，九原含笑腼经文纬武阶前玉树并盘材"，缓缓言道："民国七年，帅府大楼刚刚在大南门四合院老公馆东北角喜告竣工，大帅特邀王希哲、袁洁珊、张仙舫诸名士观光欣赏，作文颂之。今日得与诸名士同聚，耳闻目睹其华章妙墨，果然大名家身手不凡，个个才高八斗，文富五车，人人匠心独运，别具一格，真令人大开眼界……"

乡里长者李子芳见此公装腔作势，附庸风雅，离题太远，忙打起圆场："老太爷、太夫人功德无量，感人弗浅，才使得诸大师妙笔生花，互相辉映。"

"天下贤母无不以教子成名为己任，子贵方能母显。"王光烈直抒己见，"人人皆知陈惠生将军乃浙江第一才子，其联所云'教子投笔从戎一万里瀛海归来试看雄略冠时屡建奇勋榆塞上，治家遗规足式数十年劬劳倍至正是春晖满眼忽沉宝婺曙光中'恰可作为佐证。"

冯广民赞道："希哲兄不愧为关东三才子之首，所论精辟，切中要旨，诚为至理名言。"

大家点头称是，同声相应。

人去楼空，广庭独自深情地望着洁白墙壁上悬挂的大总统徐世昌恩赐的淡彩墨菊，仰面吟咏："年来花样复翻新，红紫秋光冠芳邻。自古中堂真色相，铸金谁是种花人。"

"文章魁首"徐菊人国学功底深厚，著书立言，研习书法，工于山水松竹，为清末民初"津派国画"奠基者，且"吟咏之功，度越前人"，尚与林琴南、成多禄诸名宿组成"晚清簃诗社"，常于假日在总统府集灵囿西花厅谈古论今，切磋诗艺，被称为"文治总统"。

徐大总统六岁开始学画，善画山水、松竹、粉墨花卉，尤其喜欢绘制扇面，造诣甚高，而且是每画必诗，一般不轻易送人，故绘画真迹少于书法遗迹。其梅、兰、竹、菊四君子画，品位高雅，神韵仙体，于民国画坛享有盛誉。

观此菊人画菊，清逸静雅，灵秀生动，颇具书卷气韵。画跋用笔流畅，结体自然，气息雅致，功力深厚。题诗意境深远，语寓双关。紫红色相、光冠芳邻之秋菊，自古即在群花中居显赫地位，即便入文人墨画，亦获登大雅中堂殊荣，当知晓花翁与绘者之辛劳。诗情隐语则言：尽管年来风云变化无常，花样翻新，然真金不惧火炼，自古具备庄严德相者，总是业绩辉煌，秋实红紫，光冠芳邻诸贤。此成龙佳运，皆高堂慈母所赐。

广庭浮想联翩，完完全全沉湎于怀念亲人的思恋与忧伤之中。就在这歌功颂德的褒扬庆典刚刚落下帷幕，余音尚且绕梁之际，东北王张作霖一道手谕突然飞至，令孙广庭即刻火速奔赴山海关前线。大战迫在眉睫，一触即发。

第五章　无奈的"辉煌"

一　东北王择将

茅盾先生于民国十年评析当时中国社会："经济困难,内政窳败,兵祸,天灾……"可用"痛苦"两字概括。

然而,民国十一年之乱较民国十年尤烈。直奉大战,祸起萧墙。尤其是关东军发动的"九一八"事变前奏——驻朝日军策划的"间岛"事件之发生地吉林延吉,水患、虫灾、匪燹三害肆虐;白俄临时大总统季捷里赫斯上将率一万五千部众强占珲春卡伦,欲持械越境至中东路区故地,再建帝党反苏基地;日本驻朝鲜军陈兵两万于图们江畔,拟趁火打劫,以保侨为名,将满洲与内蒙从中国分割出去,成为其侵华桥头堡之所谓"缓冲国",比巴奇赤数千人马兵临阿山,更是令国人感到危难、窒息与痛苦。

民国十一年,即 1922 年,正是中国多事之秋。一月十九日,曹公馆小客厅里,曹锟叹道："梁总理冀求摆脱财政窘境,频向东洋财团暗递秋波。这可不是好兆头!"

吴佩孚牢骚满腹道："倒段之役,大总统徐世昌祖奉。吾等冲锋陷阵,拼死相搏,血染沙场。奉张进关,不费吹灰之力,唾手而得京津。继而哄抢胜利果实,瓜分收编西北边防军。而今不择手段,举梁士诒组阁,意在抑直扬奉,挟天子以令诸侯,凌驾曹公之上,是可忍孰不可忍?"

曹锟侧耳倾听,微微举目："梁士诒这厮与杨宇霆蝇营狗苟,交情甚密。此番由雨亭捧上台,假公济私,忘乎所以。近又冒天下之大不韪,认贼作父,引狼入室,投靠东瀛,煞是可恶!"

"害莫大于卖国,奸莫甚于媚外,一错铸成,万劫不复。梁士诒投机而起,突窃阁揆,牺牲国脉,断送路权。我全国父老兄弟亦断不忍坐视宗邦沦入异族。

祛害除奸,义无反顾。"吴佩孚会意,朗声道,"我这就联络诸将,通电全国,限令梁士诒七日之内,自动解职。"

东三省巡阅使署小客厅里,张作霖对杨宇霆道:"吴佩孚这小子,居然领衔攻讦梁总理,太不像话啦!"

"吴小二屯兵洛阳,秣马厉兵,久蓄异志。此次通电全国,有'《大诰》之篇,入于王莽之笔,则为奸说;统一之言,出诸盗匪之口,则为欺世'等语,实为攻击雨帅,措辞强硬狂妄,再无缓和余地。"杨宇霆怒不可遏,面告张作霖,"与其姑息养痈,不如先下手为强,假梁内阁全力相助之契机,以保卫京畿为名,挥师南下,速战速决。"

张作霖道:"把数十万人马投进了战场可不是闹着玩的,得好好筹划筹划。"

"也是,我们还有后顾之忧。"

"什么后顾之忧?"

"小日本还一直霸占延吉,一旦我军主力入关,他们会更加为所欲为,甚至会釜底抽薪,劫夺关东。"

二月六日,冯国璋总统府武官长、江苏暂编第一师师长张宗昌怀揣西北护法军招讨使焦子静举荐信,登门谒见关东枭雄张作霖。

张宗昌是山东掖县人,比广庭年轻五岁。民国九年,张率部进攻护法军失利,只身逃至保定,欲投曹锟,因其马贼出身,遭吴佩孚所拒。张自思物以类聚,遂千里迢迢奔赴奉天。张作霖设宴招待,命张海鹏作陪。

张海鹏私劝:"闻其人品不佳,勿予收留。"

张宗昌察言观色,面呈书函,内云:

雨公吾兄勋鉴:

张君效昆为弟老友,自幼拔起艰辛,肝胆照人,自从江西失意归来,困守都门。闻兄正为扩军广延英才,极愿往投麾下,借资展布,爰为函介,望量才器使,明使以公,必能有所建树,不负委任也。岷公当代萧何,不仅长于守成,道德学识,遐迩同钦,已嘱效昆面致敬意,专肃敬颂勋绥。

弟焦子静
二月二日

张作霖阅罢,大为动容,立委以高参,月领薪金大洋千块。

张宗昌不甘寂寞,故意趁热打铁,命随从提两筐衣料、首饰进献:"远道而来,敬献薄礼,请赐收纳。"

幕僚们不解个中哑谜,哂笑道:"张高参昔时花费二十万军饷,铸造八大赤金寿星孝敬曹锟,却遭冷遇,如今缘何这般寒酸?"

"光有挑筐无扁担,没法挑担子。"张作霖手抿八字胡道,"这家伙,明让我猜谜,暗跟我要权。"翻翻竹筐,果然内藏纸条,上写:"无功受禄,坐吃山空;有心效力,无缘建功。""如此有心计,兴许能有出息,"张作霖当即吩咐,"可让他兼任宪兵营营长。"

委任令一下来,张宗昌部属哗然。团长褚玉璞、程国瑞大发牢骚:"大哥,你堂堂师长屈居一个小营长,张大帅也太小瞧人啦!"

"谁家白养活不拉套的骡子?"张宗昌瞪起牛眼道,"我等没功没劳,凭啥让人家看重?要得天下得靠自己闯,这宪兵营即是咱东山再起的根基。"

几句话竟把部下说服。此后,张宗昌定居大北关榆树胡同,加紧操练兵马,静待良机。

早春,奉天大地冰封,雪压万物,枯枝尚在沉睡,青草还未复苏,巡阅使府署内外不见一丝春意。张作霖匆匆用过早膳,披上狐皮罗汉衣,疾步走进小客厅,欲觅亲近高参,倾吐腹藏大事。

询策于何人呢?往日诸事首选请教计谋高超的袁金铠。可自从杨宇霆出现,渐觉袁金铠所出主意笨拙,非但不奇,而且常与自己初衷南辕北辙,背道而驰。虽说他于举荐人才方面尚有可取之处,但人已被发配至黑龙江,远水难解近渴。与杨宇霆密商吗?此人确实机灵得很,但易感情用事,有些目空一切。思考许久,竟是主意未定。

张作霖站在窗前,凝望亲笔所书后门楼匾额"慎行",暗暗告诫自己,昨月方号令兴业银行拨洋二十万充当军费,眼下当务之急就是寻觅一位智勇双全的先行官,入关筹设兵站,逢山开路,遇水搭桥,确保后继大军畅通无阻,直抵京师。这个人选可是关系全局,千万马虎不得。高参张宗昌见多识广,勇猛善战,粗中有细,可惜谋略不足,恐难当如此重担,任他为苏鲁别动队司令,率领偏师至徐、海两州,扰乱直军后方,配合前方作战,或能扬长避短,切断津浦铁路,收到两面夹击之效。

仰面于小客厅踱过几个来回,张作霖方垂首坐在太师椅上,刚欲眯上眼睛,忽闻院外一阵"哎哎哎"的战马嘶鸣,陡然精神振作,起身对侍从挥手道:"去,速把总参议、省长找来,我有急事!"

时人皆云,张作霖长了一双狐目,眼珠不大,但极有神采,忽而冷若冰霜,忽而热情勃发,忽而静如碧水,忽而锐似利锥,庸者很难耐得住其盯视和琢磨。

此刻,张作霖摸摸肚皮,用目光罩住接踵而至的杨宇霆和王永江,直来直去地道:"你们老是跟我说这个孙丹阶孙丹阶的,这人我也不是没见过,他到底有什么神通,值得你们常在我耳边嘀咕?"

"雨帅,我和孙丹阶同在日本留学,对此人深有了解。"总参议杨宇霆善于揣摩张作霖的心理,知其正准备与直系开战,故而思贤若渴,忙抢先道,"论才学,在日本士官学校,连最惯于吹毛求疵的日本教官都佩服他。讲品格,他更是百里挑一……"

"听说他是铁岭人,也是出自名门吗?"张作霖打断杨宇霆,突然问道。

"铁岭人不假,他家虽非名门,可也是规矩人家。"杨宇霆朗声答道,"孙家世代务农,老太爷粗通文墨,读过三年私塾。太夫人仁孝贤淑,懿德感人。广庭在日本留学期间老太爷过世,太夫人强压悲痛,秘而不宣,只是来信嘱咐广庭用心读书,日后为国家建功立业。太夫人仙逝后,大总统徐世昌赐褒扬匾额,奉天名士王光烈也曾撰文称颂。"

张作霖倾听此处,眉头渐舒。这位东三省巡阅使识字不多,却对东北名流王光烈十分心仪。王氏精于金石篆刻,书法更堪称一流,大篆、小篆、钟鼎、彝器、古泉、碑帖,无所不精。王氏曾任奉天金石书画研究会会长,大小公报主笔,诗文名扬华夏艺苑,与吴昌硕、张伯英、成多禄、张朝墉、齐白石等翰墨大师均有唱酬。张作霖于四年前帅府大楼竣工之时,邀请名人学士观光欣赏,佐以诗文助兴,才同这位王先生略有来往。传言此公生性怪僻,不善交往,能得到他泼墨称颂,实属不易。

"这可是真的?"

"雨帅,邻葛所言并无一字虚假。"奉天代理省长王永江忙上前道,"徐大总统于褒扬匾额上书'巾帼完人,千古流芳'八个大字,尚馈赠一幅亲绘菊花。王光烈精心撰书六帧中堂,一时为世人所称道。"

"喂,我说,你这个当省长的,脑子里得装多少事? 怎么连这芝麻大的事情你也知道得一清二楚?"张作霖睁大双眼,面现惊讶。

"呵呵,雨帅有所不知,那次褒扬典礼乃是由我主持。"王永江微露得意神态,"孙太夫人佐夫立业,教子有方,泽被乡里;孙丹阶恪守母训,尽仁尽孝,远近闻名。所以参加典礼之人甚多,堪称高朋云集,贤达盈门。"

"不错不错,接着说,还有什么?"张作霖抹抹唇边小黑胡子,听得津津有味。

王永江从容伸出手掌,扳指而道:"这孙丹阶不止业务纯熟,奉命勘测奉吉

266

省界有功,获冯国璋大总统所颁发嘉禾勋章,平日勤恳好学,亦为常人所不能及。勿论他端,仅其喜书爱书之狂热……"

"这不算什么吧,读书人哪有不喜好书的?"张作霖微微撇嘴,故意反问。

"话可不能这般说,读书人喜书好书不假,可您听说过倾竭胞妹聘金购一车之书者吗?听说过变卖家财易地摊之书者吗?听说过为买书缩衣节食而获病者吗?听说过为求阅心仪之书而四处告贷者吗?听说过……"

杨宇霆插话,竟将张作霖逗乐。"我说邻葛,你着的哪门子急呀,有话不会慢慢说?"

在看人和用人上,张作霖确有独到之处。他不通文墨,但对读书人情有独钟;他行事为所欲为,独断专行,却喜爱俯首帖耳、忠心不贰的部属;他为人朝秦暮楚,不谙礼法,却要求手下忠孝双全,循规蹈矩,而且凡是欲委以重任之人才,都得亲自过目考核。这或许是他成为"东北王"的重要原因之一。

寻根问底,盘诘再三,张作霖终于面现喜色,眼角漾出笑纹:"这样吧,我看这个人能用。邻葛,你就给安排一下,让孙广庭马上前来报到!"

孙广庭正于陆军测量总局左右为难,前后受阻,郁郁不得施展之际,孰料张作霖的一纸手令,又迫使他辗转奔波,长途跋涉,转瞬之间至千里之外,在血肉横飞、九死一生的实战中,再次获得显露锋芒的机会。

二十世纪二十年代的中国,可谓群雄并起,鏖战不断,中原大地尸横遍野,血流成河。北洋军阀直、皖、奉三派,皆欲居"九五之尊",为争夺利益与权力,不惜反目火并,并无是非曲直可说。孙广庭身不由己被卷入之第一次直奉大战,亦是如此。埋藏战争祸根的起因竟是一场儿女亲家的庆功宴会,幕后的推手却是满口亲善的日本政要。

前年七月,直系曹锟与奉系张作霖联手战胜皖系段祺瑞。曹锟曾为沿街叫卖的布贩,张作霖当过啸聚山林的土匪,两人居然将留学德国的"北洋之虎"打得落花流水,自然喜不自胜。

八月金秋,于天津富丽堂皇的曹公馆内,觥筹交错,鼓乐相间。曹锟与张作霖称兄道弟,互相恭维,喝得煞是痛快。慢慢涉及地盘划分、人事任免,张单刀直入,攻势凌厉;曹委婉含蓄,以柔克刚。这两位儿女亲家唇枪舌剑,明争暗斗,毫不逊让。

秉公而论,张作霖乃是此番直皖争雄中获利渔翁。战争伊始,皖系先获小胜。曹锟部将吴佩孚挥戈突袭皖军司令部,方扭转颓局。入关奉军原本从旁呐喊助威,坐山观虎斗,见皖军呈溃败之势,方趁其首尾不能兼顾之时蜂拥而上,将段祺瑞边防军之大部分精良军械劫纳囊中。由是,张作霖方获得于北京设立奉军司令部,且任蒙疆经略使并节制热河、察哈尔和绥远之惠。但他却觉得倘若奉军加入皖系行列,则直系必败无疑,故而欲得更多的地盘、官职和武器。

曹锟虽做过布贩子,颇会讨价还价,但还不及当过山大王的张作霖更善于坐地分赃。借酒酣耳热之际,张作霖又咄咄逼人地抛出苛刻要求。曹锟生性窝囊,不敢深入纠缠,决意以不变应万变,未置可否,其侧座吴佩孚却按捺不住,插话反驳道:

"雨帅,这不大妥当吧? 奉军窥视段皖主力溃散,方参战摘桃,等桃子熟了才伸手,还要拣大桃吃,天下哪里有这等道理?"

张作霖定睛一看,恼羞成怒,放下酒杯愤声道:"三哥,今日是你我哥儿俩商议国家大事,倘若手底下师长、旅长都可以随便接茬,信口参言,我那儿也有几个,回头我全给你叫来!"

吴佩孚拂袖离席,赌气回师部,愤愤对天发誓道:"张胡子无法无天,吾一朝得势,定赐其千古教训!"

事隔不久,内阁总理靳云鹏点金乏术,财政枯竭,鞠躬下台。张作霖急于问鼎中原,遂与杨总参议相商:"此乃天赐良机,正好趁虚而入,却唯恐师出无名。"

杨宇霆灵机一动,因势利导:"雨帅,可荐'财神'梁士诒组阁,进而遥控中央,兵不血刃平定宇内。倘若曹、吴不甘俯首,可借维护法统兴师问罪,无论如何,皆可名利双收,岂不美哉!"

梁士诒登台亮相,不忤张作霖旨意。张作霖大喜道:"总参议神机妙算,不费一兵一卒,即可权倾朝野,号令九州,为吾奉军立下汗马奇功。"

而今,吴佩孚以其人之道还治其人之身,又将梁士诒赶下台,无疑是给予张作霖当头棒喝,使其怒不可遏。由此观之,两位盟友于曹家花园一席纷争,埋下血腥厮杀之导火线。倏忽之间将数十万人马投入战场,在血与火之争斗中挣扎、搏斗、残害、杀戮……

广庭参战纯属无奈,是被胁裹进来,又被推至风口浪头。在总参议杨宇霆陪伴下,孙广庭戎装来见张作霖。张作霖睁大"狐眼",仔细盯视这位遴选先行官,脸上隐约浮现惊异神色。

孙广庭双目炯炯,气度非凡,行装更是与众不同,上穿崭新合体的草黄色厚呢子将校军服,下着乌黑锃亮的高筒马靴,一派军官风范。然而他所佩带的既不是短枪,也不是战刀,却拎着个古里古气、白中泛黄的猪皮箱。一眼望去,令人弄不清他到底是文官还是武将。

张作霖面对孙广庭,竟然有些语塞,想起针锋相对的初次会面,一时不知如何称呼是好:"丹阶校长,噢,孙大爷,如今跳梁小丑曹锟、吴佩孚不知天高地厚,恩将仇报,过河拆桥,想骑在咱脖梗子屙屎。为国家大计,非把这几个狂妄无耻家伙的凶焰灭掉不可!否则不仅中原大地饱受其蹂躏,东三省父老乡亲也永无宁日……"

"军人以服从命令为天职,军情紧急,时不我待!"杨宇霆知道孙广庭一向厌恶内战,反对同室操戈,对张作霖的高谈阔论不感兴趣,唯恐老班长再慷慨陈词,坦吐己见,忙拍拍胸膛,插话道,"久闻孙大爷于哈满兵站干得有声有色,屡建奇勋。我敢担保,只要雨帅一声令下,孙参谋定会勇往直前,马到成功!"

其实广庭何尝不知军令如山的道理,事已至此,既来之,则安之,只好理智地面对现实。战争是你死我活的搏斗,他仍渴望不战而屈敌,或己方早日取胜,尽量减少损失。

"兵马未动,粮草先行。"广庭临辞行赴任时,张作霖对这位儒将仍有些放心不下,再三叮嘱道,"此次任务干系重大,非同小可,要眼观六路,耳听八方,既动作神速,又得考虑周全。祈盼孙参谋一帆风顺,早传佳音。"

闻报十万镇威大军井然有序,顺顺当当开进关内,张作霖这才大嘴一咧,憨笑着对杨宇霆道:"总参议,看来你这张保票打得确有十足把握。你那位同学孙大爷虽说有点傲气,但办事却是有板有眼,雷厉风行,章程果然不小!"

二　三人对弈

第一次直奉大战正在紧张地筹划,山海关外,从滦州直至津门,两军对垒,虎视眈眈。在此千钧一发之际,镇威军总司令张作霖突然下达一项出人意料的命令,让镇威军总司令部参谋总处一等参谋孙广庭连夜奔赴前线,与先行到达的参谋处处长臧式毅一起组建镇威军前方司令部,直接参与直奉两军的大会战。

送走孙广庭参谋后,张作霖依旧心急如火,在总司令部内坐立不安。直奉两军开战在即,关于直军前方军队布置还一无所知,叫这位东北王怎么不急?

杨宇霆察言观色,心知肚明,忙道:"战争胜负常取决于情报与判断的准确,所以知己知彼全关重要。"

张作霖道:"是啊,我已亲自电催几次,要臧式毅尽快把直军形势图呈上。可他递不上报单,却呈上份报告。"

杨宇霆问:"什么报告?"

张作霖回答:"主要是说前方形势严峻,事关全局安危,务请调地形专家孙参谋广庭,火速驰援,以解燃眉。"

杨宇霆道："他是认为雨帅不会轻易割爱,故以此为缓冲之策。"

张作霖挠挠头道："我刚让孙广庭前往天津前方司令部。"

杨宇霆淡淡一笑："奉久自作聪明,没承想切中要害,反而弄假成真。不过,这样也好……"

四月二十三日的黎明,晓月当空,晨星寥落。天津车站冷冷清清,异常寂静。在飒飒的风声中,月台上只有镇威军参谋总处处长臧式毅及十几个荷枪实弹的士兵,于摇曳的灯光下,微微探着身子向军粮城方向眺望。

"呜——"的一声长鸣,一辆军用列车风驰电掣般驶来。哐当当,哐当当……车轮撞击铁轨的声音由远而近,由重转轻。车刚停稳,一位中年军官手执猪皮箱,健步从车上跨下。

"丹阶兄,多日不见,愈加容光焕发,英姿勃勃。"臧式毅迎上前去,抱拳当胸,"今后前方诸事,尚仰仗仁兄鼎力运筹……"

"报告处座,总司令部一等参谋孙广庭奉命前来报到!"孙广庭轻轻放下猪皮箱,挺直腰板,立正执礼,声音洪亮。

注视这不够默契的场面,士兵们皆现出惊诧的目光。

"哎哟,打虎还靠兄弟帮衬,你我情同手足,同舟共济,何必拘泥常礼,多此一举。"臧式毅亦将手掌平放在嵌有红黄蓝白黑五色五角星的大沿军帽旁道。

"奉久兄,大战一触即发,迫在眉睫,在此非常时期,理应公私分明,上下有别,岂敢越礼。"孙广庭对自己的行为做出解释。

臧式毅大度地笑笑,回首扫视一眼,抬起胳臂,摆动下手掌,一辆黑色汽车立刻开到眼前。孙广庭俯身去够那磨得发亮的皮箱手柄,臧式毅示意士兵帮忙拎着。孙广庭用手势制止并顺势拎起皮箱。

"喂,丹阶兄,箱子里藏些什么宝贝,沉甸甸的?"臧式毅皱皱眉头,明知故问。

"书,书箱里装的都是书,别无杂物。"孙广庭爽快回答。

"战争就要打响,无暇空谈。兵贵神速,应该轻装上阵,何必带这么多书呢?"臧式毅流露出不赞成的神情。

朝霞穿透厚厚的云层,站台上骤然变得亮堂许多。孙广庭没再言语,默默将书箱柄攥得更紧,在众人簇拥下登上汽车,直奔那个离昔日鸟语花香、歌舞升平的曹家花园不甚远的地方——镇威军前方司令部。

"都怪陈惠生将军,电调丹阶兄去奉天主持测量改革事宜。屈指一算,居然阔别一年有余。"臧式毅向后倾斜,脊梁紧贴于车座靠背,似乎很动情地回忆起那段时光，"想当初在孙赞帅帐下，可是数你老兄最忙，既兼任哈满兵站处处长，又兼职军官养成所教官，真是能者多劳。"

孙广庭当然知道臧式毅所说的"赞帅"即是时任镇威军副总司令的孙烈臣。此公表字赞尧，原为人称"骑一匹马进龙江，又骑一匹马出龙江"的大清官朱庆澜将军的部属，后与张作霖结为拜把兄弟，成为奉系中督理过黑龙江、吉林两省的赫赫有名的陆军上将。

"还是奉久兄卓有远见，一直在赞帅身旁，可谓春风得意，步步高升。去岁方晋升吉林督办公署上校参谋，兼卫队团团长，今朝又坐镇天津，独当一面。士别三日，真令人刮目相看。"孙广庭久居官场，能言善辩，几句应酬话就说得臧式毅满心欢喜，舒舒服服。

"唉，我说丹阶兄，当年孙赞帅还有丁超司令都诚心诚意劝你留下，可你却当耳旁风，硬是不听。"臧式毅拍拍孙广庭的肩膀，语气诚恳地说，"这九匹骏马也拉不回头的倔强性子可得好生改改咯！"

"人之性情有异，常是追求不同所致。好像作画之技法，墨守形真之工笔，势必细密入微；捕捉神似之写意，自然粗犷简括。"孙广庭端庄正坐，不以为然地报之一笑，"故而有'江山易改，本性难移'之说。"

"丹阶兄受张总司令青睐，为确保十万大军顺利入关，先行赴滦州、军粮城一带筹设兵站，安排辎重军械储存和运输具体细节，又认真对照地图审核，实地仔细地勘查重要地形，作为制订行动计划的参考，可谓用心良苦，功不可没。"臧式毅有些着急，挺直上身，索性把话挑明，"然而近水楼台却无缘得月，个中奥妙不言而喻，足应引以为戒啊！"

"何以对广庭行踪这般了如指掌？奉久兄若非是神机妙算，定然是手眼通天。"孙广庭仍旧直来直去，不加隐讳。

总司令身边好升官，杨宇霆将自己的老同学孙广庭安排到张作霖左右，臧式毅早就有些眼热，庆幸的是这位号称"痴侠"的孙大爷却全然没有理会总参议的良苦用心，离开令人神往的风水宝地总司令部，来到这险象环生的前方，反而更加精神抖擞，并无丝毫遗憾。在他看来，此公不会见风使舵，刚愎自用若是，即使遇上天赐良机，也准会遗失殆尽。

前方司令部，顾名思义，乃战斗之前沿，处理的全是和战地搏杀有关的事宜，故而风险颇大。这一点，其实孙广庭比谁都清楚。但他更知晓，出色的高参必须亲临前线，掌握第一手材料，才能提出有的放矢的真知灼见。况且军人以服从命令为天职，因此孙广庭才会如此平静，心安理得。

"丹阶兄，总司令昨天来电话说要派一名地形专家来前方司令部，我就料到一定是你。"臧式毅沉默片刻,有意转换话题。

孙广庭有些奇怪,自从调到张作霖手下任高级参谋以来,他就盼能有机会驰骋沙场,在战火中一试身手,像班超那样青史留名,然而几次请缨上前沿阵地,皆遭到断然拒绝。此番总司令部刚移至军粮城,突然接到"速奔天津,协助臧式毅治理前方司令部有关事务"的急令,觉得定有原委,便转过头来直视臧式毅,从容追问:"总司令部人才济济,奉久兄何以认定来麾下者必是愚弟?"

臧式毅发现自己没留神,说走了嘴,脸上有点红,但立刻镇定地搪塞道:"都说好钢用于刀刃上,除了大名鼎鼎的日本陆军参谋本部陆军测绘学堂陆地测技所地形科的优等毕业生孙参谋,总司令还能选谁?"

天津城头黑云低垂,狂风呼啸不止。前方司令部里灯火通明,臧式毅坐于办公桌旁,端起把宜兴紫砂壶,边品香茗,边与绰号"棋迷"的副官姚熙溥对弈。

臧式毅棋艺本不高超,执红开局以来却一直占据上风,中盘逐鹿更是锐不可当,逼得对手捉襟见肘,举棋不定。姚副官为稳住阵脚,斟酌再三,方用力放下棋子,欲借声响重振军威,可抬头一看臧式毅居然没有丝毫反应,不禁有些失望。臧式毅手捻胡须,微张笑口,脸上露出得意神色。姚副官以为对手这副尊容是源于棋运甚佳,其实这可小觑了他。臧式毅虽目盯棋盘,手却半晌未动。

姚副官按捺不住问道:"臧处长,你在琢磨什么? 恐怕琢磨的不是这盘棋吧?"

臧式毅笑着承认道:"我是在想那阴错阳差请来的既是能人也是怪人的孙参谋。他这个人可不寻常,三五天工夫就把前方诸多战略地带路途的远近、地势的险夷、战场的狭阔、地形是否有利于攻守进退开合等情况摸得一清二楚。昨晚还把最近在前线测到的敌人兵力的布置情况连夜写成报告,经我之手,逐一上报给总司令部。"

姚副官道:"总司令刚刚传令嘉奖前方司令部,原来就是为了这份报告?"

臧式毅道:"雨帅接到前方司令部陆续呈上的报告,大喜过望,立刻命令将总司令部之总参谋部移至北京、天津间的重镇落垡,进入实战状态。他将十二万奉军分为东西两路,自任东路总司令,侧重京津、津浦两线,取进攻的态势。西路则以张景惠为总司令,侧重京汉铁路一带,分防卢沟桥、长辛店、西苑、通州,取守势。东西两路遥相呼应,直逼敌军腹地。"

姚副官不安地道:"听说吴佩孚的直军由王承斌、彭寿莘、孙岳三员大将各率一路人马,正沿京汉、津浦、陇海铁路北上……"

臧式毅慢腾腾地道:"战争是残酷的,可也是升官晋爵的良机。我闻知这些消息,不免有些激动,故借下棋静静地等待。"

姚副官道："等待什么？等待孙参谋给前方司令部带来更大的嘉奖？"

臧式毅会心笑道："我觉得这位号称'痴侠'的孙大爷还有些能耐，可以为我们排忧解难，不过就是有点轴，认准一门就一条道跑到黑。"

津门旷野，空空荡荡，许久未见人影，只有干涩游风卷裹黄色沙尘，沿凸凹不平的地面时隐时现，追逐不息。傍晚时分，孙广庭全身戎装，独自一人骑了匹枣红色战马，出现于这片广袤而偏僻的荒原。额头上的汗珠顺面颊而下，滚落至起伏颠动的马背上，他似乎浑然不觉，只顾挥鞭策马，狂驰如飞，朝前方司令部奔去。

孙广庭风尘仆仆，口喘粗气破门而入，目睹这悠闲对弈的场面，先是一愣："都这时候了，处座还有此雅兴？"

"丹阶兄肩负全线作战联络任务，军务繁忙，尚不惧鞍马劳顿，亲往前沿察询。"瞧见孙广庭满面积尘，枪套、军帽、袖口皆裹掺黄沙，臧式毅忙起身劝道，"快坐下休息休息吧，喝杯热茶。"

"战端初起，胜负难明，洞悉敌情尤为重要。"孙广庭站在门口正色道，"遥观敌方阵地似有异样，今宵极可能有一场鏖战。"

臧式毅暗想，倘无十足把握，我是绝不会轻易冒险来到前方司令部这是非之地，故而淡淡一笑道："不必过分紧张。"

孙广庭当然不会像康南海那般赞誉吴佩孚什么"牧野鹰扬百岁功名才半世，洛阳虎踞八方云雨会中州"，但依然认为吴是一员足智多谋的儒将，绝非等闲之辈。于是，他走至房间中央，直言不讳地朗声道："吴佩孚能征惯战，久经沙场，何况背后还有洋人撑腰。美国公使休士面劝张总司令，应根据华盛顿限制军备会议精神，大举裁减军队。英国公使艾斯顿发出警告，不得在京奉路运兵。天津领事团声明，按《辛丑条约》规定，不许在天津驻兵，并抗议我军占领塘沽车站。再说直军也是酝酿已久，有备而来，万万不可轻敌呀！"

"孙参谋何必长他人志气。吉林第二混成旅旅长兼延吉镇守使张九卿昨日面见总司令，毛遂自荐，慷慨请命于津浦线指挥军队督战。直军投入兵力才十万，其中尚有三成用于巩固后方，没法调至前线；我军入关十二万，几乎超其一倍。况且就武器装备而论，我方拥有大炮一百五十门、机关枪二百挺，而敌军仅各及百，无须堂堂七尺须眉，问及小儿也优劣立判。战斗一旦打响，我军凭借人多势众，定可投鞭断长江之流，走马观洛阳之花。"臧式毅信心百倍，仍觉意犹未尽，又点指棋盘，"颇似这个残局，红方兵多将广，自然势如破竹，胜券在握。"

"我已黔驴技穷，回天乏术。"姚副官自视败局已定，原本是敷衍场面，闻听臧式毅如是说,便顺水推舟,打起退堂鼓来。

孙广庭见姚副官欲偃旗息鼓,辞盘告输,便走上前去,仔细参详一番,方轻轻移动一下黑马,缓缓说道:"兵不在多,而在于善用。昔时赤壁之役,骄兵败北的道理,奉久兄不会不知道吧?"

臧式毅低头一看,局势陡然大变,要想再取胜真要费一番周折,不禁倒吸一口凉气,暗暗称奇,诚乃绝妙好棋!没承想这个孙广庭还是棋坛高手,居然深藏不露。

三　临危受命

天津镇威军前方司令部内,孙广庭守在电话机旁。臧式毅走进来问道:"四月二十八日午后,直奉两军先头部队于大昌庄首次交锋。当天夜里,西路长辛店燃起战火。不知近况怎样?"

孙广庭回答:"紧接着东路马厂、中路固安也一起发生激战,大战迅速蔓延,全面展开。我最担心的是西路。"

臧式毅道:"西路军总司令张叙五是雨帅谱弟,估计他能守得住。"

孙广庭反驳道:"可张叙五又系吴佩孚盟兄,战前代表雨帅常住北京南苑奉军司令部。他留恋燕都的花天酒地,纸醉金迷,一向充当和事佬,反对用兵,大战爆发翌日才怏怏离开京城,至长辛店扼守……"

长辛店。张景惠下令:"我军速于高地列架野炮、山炮,与直军展开炮战,尽快摧毁敌人前沿阵地!"

直军总指挥吴佩孚本是前清秀才,文韬武略,非同一般。开战之始,乃将战事重心置于奉军西路,并亲赴长辛店督战,命令:"下大力气猛攻张景惠!"

枪炮齐鸣,火光映天。战斗刚刚打响,奉军旅长梁朝栋中弹落马,奉军第二梯队司令兼第十六师师长邹芬亦被炮弹炸伤。直军乘势冲锋,奉军纷纷溃散。

张景惠仓促之中止遏不住,掉转马头落荒而逃,直至卢沟桥方稳住阵脚。查点部属,得知死伤甚多,不禁勃然大怒,发誓报仇雪耻,站桥头大喊大叫:"老子要报仇雪耻,反攻长辛店!"遂调集援军,亲统卫队六十人督战,大有"一人拼命,万夫莫当"之势,经过一场恶战,果然击退吴佩孚,夺回长辛店。

夜深更阑,孙广庭军务繁忙,一连数日难眠,困意不时袭来。"嘟……嘟……"电话铃声断续响起,又催其精神振作。各地战报皆言初战告捷:"东路军张学良一鼓作气,连克胜芳、大城、青县,直逼霸县。李景林亦旗开得胜,在子

274

牙河畔姚马渡重创敌二十六军。西路更是战功赫赫,所向披靡。"孙广庭据实上报军粮城临时总司令部。张作霖闻听顿时喜形于色,连声叫好。

前方司令部参谋处军用地图前,孙广庭秉灯而立,若有所思。远处大炮轰鸣,不绝于耳。侧厅,臧式毅卧居榻上,鼾声如雷。孙广庭关心战事,实在无法入睡,又按老习惯,打开猪皮书箱,选出近代权威军事理论家克劳塞维茨《战争论》中文译本《大战学理》,坐在电话机旁靠背椅上翻阅。

自从弃文学武以来,孙广庭对兵书兴趣日甚。《孙子兵法》《兵镜或问》简直已烂熟于胸,近来又对日、俄及欧美诸国军事典籍爱不释手,达到如醉如痴的境界。读到会心之处,孙广庭突然合上书,研墨提笔,略加思忖,便挥挥洒洒写下一幅自勉联:"纸上谈兵非我属,胸中韬略拈手来。"意在吸取历史教训,立志不学血染长平的悲剧主角赵括。写完最后一个字时,东方已开始放亮,一束光线从厚重的窗帘缝隙中透射进来。

拂晓,狂飙骤止,四周万籁俱寂,静得出奇,让人怵然生畏。孙广庭推开房门,立于庭前阶石之上,深吸一口新鲜空气,觉得略含硝烟异味。隐约听到婴儿啼哭之声,眼前仿佛又出现沿途难民委顿、扶老携幼、竞相逃避战火的景象。他局促难安,心中暗想:"确实'百战百胜非善之善者也'。兵凶战危,生灵涂炭,国本飘摇,民生凋敝……"不由得脱口叹道:"若能不战而屈人之兵,那该多好!"

"是啊,不战而使敌人屈服,才算是高明中最高明的,可是世上去哪里找这等好事?尤其是仗都打起来啦,还侈谈不战屈敌,简直就是痴……"刚刚起来的臧式毅惺忪着双眼,本想说"痴人呓语",因担心犯孙广庭"痴侠"名号的忌讳,话到嘴边,硬是把后三个字咽了回去。

孙广庭正欲抨击"一将功成万骨枯"的成名观,忽然电话铃声作响,尖锐刺耳,长鸣不止,再次打破黎明恬静。他忙三步并作两步,奔回房间接起电话。

臧式毅紧随其后跨进门槛,闻听是西路军方面的军情报告,便迫不及待伸手抢过话筒,里面传来:"自长辛店战发,直军频频反扑,均未得逞。我军步步紧逼,屡挫劲敌。战况激烈,战果累累。敌已弃甲曳兵,遁往涿州,不敢再犯。我军已占领良乡,得机关枪四架,正拟乘胜直捣曹锟老巢——直隶省会保定……"

"长辛店一战事关全局,曹吴大势已去,我军必胜无疑。"臧式毅顿时喜形于色,高兴得手舞足蹈,见孙广庭眼睛熬得通红,顺便劝道,"丹阶兄,今晚可早些入梦,静候来日再奏凯歌。"

"报喜不报忧,古今皆然。况且战争风云变幻无常,岂可高枕无忧?"孙广庭显得有些不近人情。

臧式毅有些恼怒,又不便发火,赌气扭过头去,无意之中发现那打开的书箱,于是凑到跟前细看。嗬,小小书箱竟装有不少经天纬地的奇文!不仅有《三略》《六韬》《投笔肤谈》《兵经百篇》《百战奇略》《武经总要》《孙子兵法》《吴子兵法》《兵法史略学》《兵镜吴子十三篇》等中国古典兵书,还有《战法学》《战略学》《陆战新法》《日本陆军大学战术讲义》《德国军政要义》等世界军事名著,甚至还有一部《论语》、几函《东周列国志》及《三国演义》……

臧式毅漫不经心地翻阅这些书品参差不齐,但摆放整齐的中外名著,用教训的口吻道:"打仗一靠人员装备,二靠随机应变,三靠实践经验,绝不是靠这些一成不变的规律。"顺势又手指《三国演义》借题发挥道,"诸葛武侯的空城妙计誉满古今,试问普天下何人敢效法再用?"

"世间万物无不周而复始,螺旋上升,仅循环周期迟早有别罢了,缘何臆断'空城计'不可重施?"孙广庭有些不服,出言顶撞,"倘若果真到了'山重水复'的地步,我优先考虑的将是重借'空城计',寻觅'柳暗花明'!"

天津前线阵地,开花弹呼呼作响,震耳欲聋。泥土四溅,散落孙广庭满身。孙广庭从容地掸掉浮尘,依旧偎靠在战壕边,举起望远镜。视野所见,双方阵式绞扭,混战一团,处于胶着对峙状态。大炮的轰隆声、来复枪及机关枪的射击声几无片刻停止。军士应声倒地,前仆后继,伤亡委积,凡欧西剧战之惨相无不毕呈。

卫兵于锐劝道:"孙参谋,这里太危险!"

广庭却道:"战争酷似对弈,瞬息万变,需全神贯注。否则一着不慎,满盘皆输。"他目不转睛,直视前方,足足将近半个时辰,方见战场上已现戏剧性微妙变化。"弟兄们,冲啊!"广庭拔出手枪,向前一挥,大声喊道,率先飞身跃出战壕。

奉军险些支持不住,幸好广庭率领后续部队及时赶来相助。步兵呐喊着冲锋陷阵,炮队随同向敌群射击,攻势凌厉,打得直军抱头鼠窜,四散而逃。

"耳听是虚,眼见为实。"回到奉军前方司令部,孙广庭笑着对臧式毅道,"经过适才一仗,我觉得臧处长的'速胜论'似乎也不无道理。"

臧式毅道:"丹阶兄一向主张'不可以小胜而自骄',今天怎么也飘飘然了?"

孙广庭道:"臧处长,我请求处分。"

"丹阶兄可是明知故犯。"臧式毅问,"谁让你参加战斗的?"

"当时情况万分危急,乃是不得已而为之。"

臧式毅笑道:"好了好了,咱俩是东京振武学校老同学,都具备留日士官生资格,却非名门大户出身,祖上皆不通文墨,独父亲读过私塾且未曾为官。家境相似,经历相仿,彼此要相互关照,尤其陷危之时,更应患难与共,生死相依。"

"奉久兄,这你尽管放心,在生死关头,我绝不会丢下朋友!"

吴佩孚败走涿州,仍惊魂未定,满脸沮丧地对左右道:"良乡前方司令部失守,军心动荡,我担心苦撑下去凶多吉少,想下令暂避锋芒。"

参谋们垂头丧气,无言以对。

张锡元、李鸣钟两旅风尘仆仆星夜驰援救驾,适逢其时来到阵前。吴佩孚方恢复镇静,决计孤注一掷,立令张旅正面发动强攻,李部绕道戒台寺、大灰厂包抄,猛袭奉军侧翼。

凝神闭息,侧耳倾听,枪声稀稀拉拉,渐远渐弱,张景惠不由得哈哈大笑,断定吴佩孚没有招架之力,趾高气扬地把马鞭向前一指,喝令道:"快快全线出击,给我拿下涿州!"

话音刚落,枪声四起,子弹呼啸,杀声惊天动地。突遭夹袭,张景惠疑陷埋伏,忙率十六师夺路而逃,撤回北京西苑、南苑。

五月四日,张作霖率参谋于国翰一行,乘专车抵达落垡督战,见败兵如潮,始知张景惠弃长辛店于不顾,临阵脱逃,退出战斗。他气得怒发冲冠,拍案大叫:"叙五误我,叙五误我!"乃不听劝阻,亲自驱车前往长辛店迎战,企图扭转颓局。行至廊坊,见前面铁路已被破坏,方长叹一声,宣令退守天津与塘沽之间的军粮城。

长辛店得而复失几经易手。直军五月四日早晨七时夺取古镇长辛店,士气大振,越战越勇,锐不可当。西路奉军反胜为败,丧失斗志,张景惠部属纷纷倒戈,其嫡系十六师全军覆没,枪械尽失,造成镇威军全面失利之势。

此时距开战之时,尚不足一个星期。

作为镇威军前方司令部的一等参谋,孙广庭朝思暮想的就是尽职尽责,不辱使命。他多次出入前线阵地,在炮火中观察敌情,绘制图表,为总司令部提供尽可能详尽的情报,一心一意盼望己方尽快取得全面胜利。但他万万没有想到距这次前线侦测仅一夕之隔,奉军竟然会全军败退,而且败退得如此之快!

得到直军大获全胜和天津朝不保夕的消息,主持前方司令部工作的臧式毅满面肃容地将孙广庭叫到身边:"丹阶兄,因有军机要事,我得立刻到军粮城报到,前方司令部各项事宜就由老兄全权负责。前方紧急,形势严峻。张九卿既乏战术之能,又无战略之谋,及遇强敌遂退却,致东路亦败,自身被俘。而今直军猛攻卢沟桥,丰台我军腹背受敌。吾兄万勿掉以轻心,危难之际,可相机行事。”

好个臧式毅,明明是要临阵脱逃,却装出一副正人君子的样子,大模大样,正正经经,滴水不漏。从这里不难看出他心机暗藏。六年之后,张作霖被炸身亡,时任奉军中将参谋长的臧式毅更是一展身手,秘不发丧,居然不露蛛丝马迹,轻而易举骗过日本奉天总领事,足见其瞒天过海,计高一筹。可是此刻孙广庭却将他的把戏一眼看穿。

臧式毅平时少言寡语,遇事则能言善辩,最近常以“老同学”“老相知”“老同僚”这“三老”之谊与孙广庭套热乎。孙广庭为人憨厚,对这些冠冕堂皇的贴心话语信而不疑,虽与臧式毅性格大相径庭,但也坦诚相待。这次生死关头才认清臧式毅的庐山真面貌,始知他往日所言多是虚情假意,逢场作戏,便冷冷回答道:“既是军中要事,想必刻不容缓。承蒙处座厚爱,临危授命,广庭愿意李代桃僵,坚守至胜利为止。”

臧式毅前脚刚走,前方司令部所在的天津即乱成一团。兵败如山倒,从前线退下来的士兵在大街小巷横冲直撞,就像毫无章法的洪水四处泛滥。伤兵的哀叫声、野蛮的吵骂声、零乱的枪炮声和不时燃起的火光掺杂在一起,将京都门户津沽搅得天昏地暗。

暗淡的烛光里,静静的电话机旁,端坐着被委以“全权负责、相机行事”大权的一等参谋孙广庭。窗外的杂乱,反倒使他心中升腾起了庄重的使命感,然而直军兵临城下的无情现实却置他于进退两难的地步。

四　败将晋升

“速去速归,小心行事,不得有误!”孙广庭叮嘱再三。

“是!”他的贴身侍卫于锐朗声应诺,行礼后转身匆匆离去。

望着于锐一闪即逝的背影,孙广庭意识到周围的人都已派上用场,现在只有静候回音,因势利导,才能再做定夺。

咯吱一声,房门打开,惊慌失措、惴惴不安的棋迷姚副官俱失往日稳健,竟然忘记敲门。

“与各部队商谈共同守城之事结果如何?”孙广庭无暇责怪,径直追问。

“实不相瞒,天津几乎就是一座空城。闻听直军悍将张锡元引兵来攻,我军各路军官争先恐后望风而逃。士兵群龙无首,怨声载道,骂不绝口,恐要酿成巨变!”

姚副官见空荡的房间里只有孙广庭一人,忙凑前俯身耳语道:"大厦将倾,独木难撑。前有车后有辙,不如效法臧处长暂去五十里外的军粮城,否则只有束手就擒,坐而待毙……"

"为将者,临危受命,百计谋胜,胜固可喜,败则宁可玉碎,决不瓦全!"孙广庭火冒三丈,一跃而起,斩钉截铁道,"置袍泽于虎口而不顾,独自苟且偷生,这遭世人唾骂、遗臭千古之事断不可为!"

姚副官满脸通红,口中辩白道:"胜败乃兵家常事,何必争一日之短长。既然无法守住天津,明哲保身,以利再战,总比当殉葬品强。"

统领败兵委实不易,与指挥胜军相比有天壤之别,简直是如临深渊,如履薄冰,若想脱离险境,保存有生力量,东山再起,那更是难上加难。不亲临其境,实不知其险恶。孙广庭想起自己风华正茂之际,不识深浅,曾经大言不惭地讥讽曾国藩点睛佳句"臣屡败屡战",只不过是"无能的托词,竟借文字游戏,将常败将军粉饰为不屈不挠、百折不回的斗士",顿觉汗颜。

"宁可血染疆场,也不做怯阵的懦夫!"孙广庭横下一条心,继续有条不紊地工作,接转电话,传送情报,反而感到有些轻松。直到姜登选将军代表总司令传达最后一道命令:"我军败绩,尔等所部各自为计,赶快撤退。"孙广庭方开始焚烧机密文件,准备撤离。

哐啷一声,房门突被撞开,门口站着气喘吁吁的司机。"孙参谋,我这么摁喇叭,你怎么听不见?快点儿走吧,敌军已经过了南仓,离这儿只有二里地,你快上车吧!再不走就来不及啦!"

孙广庭用木棍拨拉地上纸灰,连头也没抬:"你先走你的,我得和卫队的弟兄们一起走。"

"都这个时候了,孙参谋,咱们顾不了别人啦!"

"胡说!"孙广庭站起身来,大声喝道,"他们怎么会是'别人'?哪个不是咱们的兄弟?扔下他们不管,还有人味儿吗?"说到这里,猛然想到派出去侦探敌情的于锐还没有归队,不由得暗自着急。

孙广庭从容地扎紧武装带,系好将校服前的七颗铜扣,拉合马裤膝盖以下部位的拉锁,挎上象征权威的指挥刀,又从马厩里牵出那匹佩戴特制褡裢的枣红色战马,耳朵却一直努力在嘈杂的噪声里寻找那熟悉的声音。

嘚嘚嘚……急促的马蹄声渐渐清晰可辨。至此,孙广庭心中一块悬石才总算落地。于锐甩镫离鞍,肩头挂着彩,踉踉跄跄地闯进来,一头栽倒在院当中,跌得满脸是血,又立刻爬起来,断断续续地说:"敌人就……就要到了!快,快……"

孙广庭从内衣上扯下一大块布,替于锐包扎起来,瞧见他适才骑的那匹马体力不支,口吐白沫,便当机立断,将于锐扶上自己这匹驮着猪皮书箱的枣红马。

门外的枪声越来越响,越来越近。孙广庭立将两个卫队连集合在一起,简单说了几句:"诸位袍泽,至此危急关头,要有福同享,有难同当,生是一个战斗的整体,死是一队悲壮的雄师!"随即带领弟兄们急速奔向天津火车站。

流弹不时从身边掠过,街上几乎不见人影,远远地却能听到直军士兵的喊杀声。为壮行色,孙广庭带头唱起军营中流行的《励志歌》:"男儿立志铁石固,事业足千古。今古中外诸贤豪,谁非吾侪伍……"

士兵个个精神抖擞,跟着引吭高唱:"……彼丈夫,我丈夫,快将后尘步……"歌声盖过远处传来的敌军枪炮声和呐喊声,悄然驱散退却中的恐惧感,明显加快了行进的速度。

孙广庭手持短枪,跑在队伍最后,一会儿搀这个一把,一会儿扶那个一下,将两连官兵全部带进火车站站台。

偌大的天津火车站,只有一列火车孤零零地静卧在轨道上,置身于喧嚣尘世之外,默默地面对眼前这惨不忍睹的景象。女丝袜、水壶、高跟鞋、军刺、三炮台香烟、枪套、双妹香水、弹药囊、香荷包……各色杂物,乱七八糟,扔得遍地都是。月台上,衣冠不整的人们惊恐万状,四处乱窜,甚是凄凉。

"这个没心肝该天杀的,丧良心的,遭刀剐的……"一个浓妆艳抹、描眉打鬓的少妇,头梳元宝卷儿,斜插两支玉簪,耳戴倒挂柳叶坠子,葱心绿软缎旗袍下摆露出水粉裹裤、雪白大腿,坐在冰冷的地上,捶胸仰面,号啕不止。旁边站着个短发女学生,留齐眉刘海儿,面色苍白,目光呆滞,欲哭无泪,像一尊泥塑雕像,一动不动。

不知是哪位官宦的宝眷,还是哪个富家的闺秀,居然被遗弃在这逃生的途中。看到她们绝望的神情,孙广庭心生怜悯,正欲上前劝慰,抬头一看,不好!此时此刻,天津城里已是火光冲天,枪声大作。孙广庭立刻转过身来,吩咐士兵们在站台上列队等候,挥手叫上两个连长,在车站里左寻右绕,迅速找到值班站长。

"请你下个令,让站台上的那列火车送我们走。"

"这……这得有总司令部的公文。"站长先瞅瞅孙广庭大沿军帽上宽宽的金线帽箍,又瞧瞧他肩章上的两条金道,方踌躇不安地搪塞道。

"我是前方司令部的孙参谋,奉命带领这两个连的弟兄易地换防,因军情紧急,来不及办理公文,回头我再给你补上。"孙广庭拿出前方司令部官防,请对方验看。

"我……我……不敢……"站长拿着印鉴反复审看，就是不下令发车。

孙广庭急中生智，朝身后两个连长略使眼色，哗啦一下，黑洞洞的枪口顶住站长的前胸。

最后还是枪杆子解决问题，不出五分钟工夫，冒着黑烟的火车头吭哧吭哧地冲出天津火车站。车厢里坐着眉开眼笑的一等参谋孙广庭，还有奉军前方司令部的两连卫兵。

几乎就在同时，直将张锡元骑着高头大马，闪电般冲进车站，但终究迟了一步，只好举枪朝将离站台的火车狂射出一排排子弹，以泄怨愤。

月色朦胧，东方吐白，滦河两岸灯火通明。镇威军总参谋长杨宇霆依然在指指点点，督促工兵争分夺秒，抢架浮桥。

三座浮桥连夜搭起，杨宇霆如释重负。久悬之心刚欲放下，忽听汽笛长鸣，见一列弹痕累累、遍体鳞伤的火车如同蹒跚的醉汉晃晃荡荡地驶来，顿时又惊慌起来。

孙广庭从火车上跨下，踏上浮桥，正号令卫队快速散步过桥，猛见一人屹立桥头，横张双臂，身呈"大"字，高声阻拦道："且慢！"

孙广庭拔出手枪，抬头定睛一看，原来是杨宇霆，忙问："总参谋长，难道总司令亦迁至滦州城？"

寒暄过后，杨宇霆叹道："沿途险恶，能镇定率领两连卫兵安全退至滦州，令人钦佩。千军易得，一将难求，丹阶兄来得正好，总司令部急需用人，速随我去见雨帅。"

滦州临时总司令部里，张作霖圆睁狐眼，强打精神，指桑骂槐道："都怪我有眼无珠，净用些酒囊饭袋，这才造成小阴沟里翻大船，居然栽在无名鼠辈手里。"

"我军虽一时受挫，幸元气并无大伤，应集结精兵，拒敌于长城之南，免其长驱而入。余者容日后从长计议。"杨宇霆进帐说道。

"妈拉个巴子，都说'败军之将不可以言勇，惊弦之鸟不可以应弓'，还有哪个可为我分忧解危，转败为胜？"张作霖扯着嗓门大声询问。

"远在天边，近在咫尺，门外即有一位能够力挽狂澜的人等待差遣。"

"谁？"

"孙广庭率领手下全体官兵，携带全副军械，从前方全身而归。"

此言一出，立刻在奉军总司令部里引起轰动。愁眉紧锁的张作霖登时笑逐颜开，仿佛从全军溃败中看到重整旗鼓的希望，连声赞扬："怎么，竟有这等事？

前方司令部非但没覆没,还不损一兵一卒,孙参谋智勇实可嘉!"

杨宇霆猛然想起评功摆好不合时宜,遂提醒道:"总司令,眼下当务之急是稳住阵脚……"

张作霖急忙下令:"晋升孙广庭为后方司令部参谋长,辅佐丁超司令驻节锦州,扼守要隘,收容由热河败退之残军,阻止直军乘胜追击。"

丁超君子坦荡荡,与阳奉阴违的臧式毅截然不同。他不仅是奉军中响当当的骁将,而且也是自己过从甚密的朋友,孙广庭相信和丁超在一起,定能配合默契,干出一番轰轰烈烈的事业。当时他却没有丝毫察觉,前面将会有更大的风险,但也孕育着更大的辉煌!

五 祸起萧墙

五月十一日,山海关上空雨云密布。兵败滦州的张作霖意沮心丧,藏匿于天泰客栈,屏退一切来客,急召张作相一人密商后策:"辅忱,大总统令下,军心浮动。曹、吴乘胜追击,传闻奉大已有应者乘机蠢动,我欲暂时下野,以避其锋,卧薪尝胆,伺机东山再起。"

张作相忙劝阻道:"大哥,树倒猢狲散,再起谈何容易。现在你仍大权在手,我军并无大损失,仍具有战斗力。若令各路撤回军队齐集榆关,稍加整顿补充,凭险固守,事尚可为,不必听从中央乱命。至于有图谋不轨者,可电令岷源就地擒获枪决,以遏乱萌。"

"借用文化人一句话,听君一席肺腑语,令我茅塞顿开心敞亮。有你辅忱老弟辅佐,我老张定要重整旗鼓,与曹三、吴小二再决雌雄。"

"大哥,不必过分忧虑,大可放宽心,眼下虽不敢说高枕无忧,但起码无后顾之忧。"

"辅忱,实不相瞒,我最怕后院起火,安能无忧?"

"我军后方司令部在丁超司令、孙广庭参谋长指挥下,已布防于锦州各个军事要地,正严阵以待,准备迎击来犯敌军,平息内外动乱。军威犹在,足可震慑一方,谅心存异志之徒不敢轻易惹是生非。"

送走张作相后,张作霖独自躺在烟榻上抽大烟。弥漫的烟云遮住他那半闭的狐眼,心中暗骂道:"妈拉个巴子,都是吴佩孚不义,从中作梗,迫使大总统徐世昌免我东三省巡阅使与蒙疆经略使的职务,任命吴俊升为奉天督军,袁金铠为奉天省长,冯德麟为黑龙江督军,史纪常为黑龙江省省长。袁瞎子手下无兵,冯德麟已是光杆司令,皆不足为虑,可两个山东汉子吴俊升、吴佩孚一旦联手,我岂不腹背受敌?"思及于此,张作霖摔掉烟枪,一骨碌爬起来,用锐利的目光在粉壁上逡巡,寻觅应对举措。

吴俊升高升佳讯传至,奉天小河沿吴公馆顿时车水马龙,人声鼎沸。吴督幕僚几乎弹冠相庆。唯有吴俊升粗中有细,知道进退行止,立口授一封通电,文曰:"徐大总统钧鉴:俊升材具粗劣,一向追随雨帅,黑疆之寄,已感逾越是惧,况其他乎?"言明拒绝之意。

参谋长应善一审时度势,认定吴俊升登上奉天督军宝座,水涨船高,自己也将成为东三省头面人物,甚感文电意犹未尽,似乎文气不足,擅自于末尾加上"唯政府之命是从"。

通电全文于《盛京时报》上公开刊登。张作霖盛怒,查明系应善一希图攫取高位,暗与直系通款,从中作祟,决定杀鸡儆猴,惩一戒百。

冯德麟老奸巨猾,心知肚明,此乃直系离间计,因闲居广宁,又吃过张作霖大亏,不想再招惹是非,遂于十五日发出通电,表明心迹:

> 北庭乱命,免去张巡阅使本兼各职,并调任德麟等署理督军等语……德麟等对此乱命,拒不承认,合电奉闻。

袁金铠失宠后,曾一度去齐齐哈尔,因黑省士绅把持地方,不若在奉天遂心,前年孙烈臣调任吉林督军,他留在哈尔滨代理东省铁路公司理事长。去岁春,其夫人苏利贞于道外剧院观戏,因出言不逊,傲气十足,与狐假虎威的东省特区警察处长王理堂马弁发生冲突。双方破口对骂,互不相让,闹得满城风雨。虽经东省铁路护路军丁超少将调解,终因颜面攸关,袁金铠愤而弃职,隐居赋闲。这日,袁金铠正在闭目养神,忽有于冲汉登门贺喜。

"时运不济,屡遭贬遣,如今闲鹤家中,何喜之有?"袁金铠大疑。

"总统明令,查办雨帅,奉天省长宝座正虚席以待洁珊兄。雨帅表示,希袁六爷及早赴任,办理交接。"于冲汉似笑非笑。

袁金铠岂是等闲之辈,早听出弦外之音,只吓得张口结舌,半晌方语:"请代禀雨帅,金铠不才,尚能洞察此举乃曹、吴所施雕虫小技,图谋在奉系内部制造分裂,以便浑水摸鱼。金铠无意中计入瓮。"

袁金铠拒任省长,夫人苏利贞不悦,待于冲汉走后,立刻破口大骂:"白捡个省长你也不敢要,孬种,缩头乌龟!"

袁金铠充耳不闻,急令家人收拾细软,准备出逃。苏利贞盛怒,刚欲撒泼动武,砰砰砰,市井传来三声枪响。

"吴督军参谋长应善一,怂恿吴迅速赴任,从吴公馆南面右侧甘露门出来,被张大帅手下团长高金山当面击毙,横尸街头。"派去探听消息的总管慌慌张张来报。

应善一乃辽阳小祁家附近高落子人,曾任直系总统冯国璋侍卫,与袁金铠友善,常来府上清谈。袁金铠闻讯色变,缓缓道:"雨帅乃亡命之徒,嗜血无忌,喜怒无常,而今四面楚歌,手握重兵,难免狗急跳墙,还是敬而远之为好。"

苏利贞早已魂不守舍,三魄出窍,体若筛糠,变得异常温顺,连声道:"一切悉听夫君主张。"

袁金铠为避猜疑,举家夜奔大连,终日与友人饮酒赋诗,撰写《连湾杂著》,伪装韬晦。

奉天省长王永江唯恐事态闹大,明知故问:"吴督军,应参谋长是何人所害?《盛京时报》所刊电报是怎么回事? 我得缉拿凶手。"

"电文尾句乃应善一私自所添,几陷我于不义,其死有余辜。"吴俊升欲息事宁人,轻描淡写道,"唔! 善一是个窑皮,或为逛窑子结怨,被地痞流氓暗杀。岷源兄,你个大省长,千万莫管此等鸡毛蒜皮闲事。"

应善一不善而终,奉天谣言蜂起。吴俊升左思右想,决意亲谒张作霖,以释嫌猜,为示坦然,摒去卫队,只带一名副官处长陈振之及两个卫士,挂专车一辆,匆匆南下滦州。

张作霖于天泰客栈门前散步,见吴俊升到来,即转身回室。

"大帅,唔,他吴佩孚让我到奉天,那不中。唔,外国交涉,各省代表,文的武的,那些烦心事,我可应付不了,唔,我一天也干不了。"吴俊升尾随而入道。

"大哥,这是政府命令,"张作霖神色庄重,"我看恭敬不如从命。"

"什么政府命令? 唔,纯粹是乱扯羊皮。"吴俊升百般不允,"唔,大帅,北京对付广东,还不是这一套? 今天撤你,明日换他,唔,结果大家谁也干不成,却都成了冤家。"

张作霖想不到吴俊升甚是明智,不惜长途跋涉,当面表明态度,一把抓住他的手,说:"大哥,别说了,患难见真情,够义气!"

"唔,大帅,咱们没必要和他们斗气。他徐老五坐他北京的故宫,你张大帅坐咱奉天的故宫,唔,井水不犯河水,还不成?"

"近闻北满风云不靖,赤俄与日军竟于中东路五站大打出手。"

"局部冲突,现已平息,大可不必多虑。"

"奉天省城警备部队竟有武装叛逃者……"

“大浪淘沙,少个把虾米怕啥?”

“大哥言之有理,谅几个跳蚤也掀不起被窝。徐世昌让我放弃东三省、热河、察哈尔、内蒙和外蒙。他不仁我不义,从今而后,这些地区将被视为非中华民国辖区。”

张作霖一场虚惊,环顾东北,无人敢兴风作浪,争锋抗衡,遂采纳杨宇霆建议,拥兵自重。五月二十六日,借“东三省议会”名义,宣布东三省联省自治,脱离北京政府,合并东三省巡阅使、奉天督军两署,成立东北保安司令部,自任总司令。孙烈臣、吴俊升为副司令。

丁超与孙广庭率部迅赴锦州,设立奉军后方司令部,抢占有利地形,加固防御工事,蓄足粮草军械,紧急布置各项防守举措。部署甫定,两人立至前沿阵地视察。

“参谋长,锦州地处辽宁西南,北依松岭山脉,南临渤海辽东湾,扼‘辽西走廊’东端,是沟通关内和关外的交通咽喉。”丁超手指为设障筑垒而挥汗如雨的工兵,“守住此关,意义非凡,我等万不可掉以轻心。”

“司令所言极是,关东战略要地之最,非锦州莫属。此地名曰后方,实为系关我军生死安危之前大门。只要拒敌于城门之外,则既可保住雨帅江山无恙,又能为东三省黎民免除战乱之苦。”孙广庭应声道,“直军携余勇来攻,必有一场恶斗。我军以逸待劳,尚不足畏。然堡垒最易从内部攻破,唯恐有叛逆反戈,遭前后夹击。”

“丹阶兄切勿多虑。”丁超微微一笑,“观关东七十八万余平方公里之上,尚无有堪与雨帅争雄者。”

“张总司令秘派苏鲁别动队司令张宗昌扰乱敌后,欲使吴佩孚首尾不能兼顾,几乎大功告成。”广庭又道。

“张宗昌南下之际,日籍顾问町野武马先由关东起程,与青岛日军司令官交涉成功。别动队于苏鲁边境大兴镇首战告胜,却获悉镇威军败北,立刻人心涣散,纷纷弃械星散,可惜功亏一篑。”丁超附和。

“奉省为奉系故土,根深蒂固,或可高枕无忧。龙江雨帅掌控已近五载,况吴督军亦公开表态,当无大碍。独吉林归奉军管辖仅二年余,一有风吹草动,极易发生变故。”孙广庭直言,“吴佩孚非等闲之辈,亦当思施‘黑虎掏心’伎俩,以巧取胜,于此关东腹地唆使心怀异志者,兴风作浪。”

丁超语塞,未置可否,心中略有疑惑,犹冀参谋长所论乃是多虑。

285

中东路上,风云突变,硝烟再起。五月二十七日《申报》载:

自直奉战事发生,东省军队抽调几空,不复顾及地方治安,致俄党与胡匪蠢动之说一日数传,人心惶惶不能安枕……日前消息传来,中东路沿线极为吃紧。驻绥芬河站之山林游击队忽于昨日公然背叛,并传队长卢永贵已受直军之任命为东路司令,拟即勾结各队及山里匪徒,沿线西上直抄奉军后路,刻已开至穆棱站。该游击队置有装甲车数辆,声势颇为浩大。哈埠护路司令部得此警报当即召集会议,金谓沿线及哈埠驻兵本属无多,何从调遣?乃于无可奈何之中抽调独立团长于琛澄部下三百余名东下防堵,一面以万万急电奉垣派兵驰援,此数日内未能平定当可想见……

高士傧近在五站召集旧部……自称奉吉黑讨逆军总司令。东省各国领事均接有高氏通牒,内容略谓:"张作霖业奉明令免职,犹复拥兵抗命,盘踞关内外地方,罪大恶极,天人共愤。本总司令奉吴佩孚巡阅使之命举兵讨逆,务必肃清张作霖在东三省之势力,所有外人生命及财产照约一体保护。"

丁超观报,叹道:"事态发展不幸竟被丹阶兄言中,果然祸起吉林。前吉林督军公署参谋长、延珲镇守使、暂编第一师师长高士傧由关外乘船抵达海参崴。闻雨帅实施关东政务自立,乃潜至绥芬河,扬言欲为吉林老督军孟恩远雪恨,竖起讨伐大旗。吴佩孚亦来电支持,并委高为'讨逆军总司令'。高士傧益发胆壮,公然以奉、吉、黑三省讨逆军总司令高士傧,副总司令卢永贵、高峻峰,参谋长王恂齐,外交处长陈庆麟署名,堂而皇之发布声讨雨帅檄文。"

"高士傧北洋陆军速成学堂与陆军预备大学毕业,乃孙中山兴中会会员,民国七年七月一日,曾于哈尔滨率部解除俄军武装,夺回中东铁路守备权,在东三省颇有威望。而且吉林陆军团长多系高氏旧部,连珲春杨振铎团长亦系其一手提拔。此番高士傧以拥护中央为名,打着讨逆军总司令旗号,四处活动,气焰嚣张。"孙广庭亦是忧心忡忡,"倘若护路军司令张绍棠未能及时熄灭中东路上战火,不止我军有后顾之忧,而且易于引起列强干预,酿成巨祸。"

丁超大惊失色:"祸起萧墙,这可如何是好?"

"司令可建议绍棠趁其立足未稳,主动出击,迎头堵截,大造声势,恩威并举,分化瓦解之。"孙广庭献策,"同时谏请雨帅火速重兵驰援,方可防止事态扩大。"

战争伊始,讨逆军兵分两路,南下围攻东宁县城;西沿中东路推进,旦暮之间占据绥芬河、小绥芬、细鳞河、太平岭、马桥河、穆棱、台马沟、磨刀石、乜河、牡丹江、海林诸站。沿途奉军护路队望风迎降,纷纷易帜,余者退至石河子,毁桥凭险固守。

高士傧踌躇满志,亲至绥芬河车站演说,台前听者甚众,极表欢迎,可谓一呼百应。中东路山林游击队司令卢永贵亦热情接待绥芬河调查员,于绥芬河、东宁诸地张贴布告,大肆宣扬讨逆之正义与正统性。

中东路海林站位于高达千余米之帐房山山腰,地属张广才岭群山余脉,山山交错,岭岭重叠,丘陵比肩起伏,斗银河湍急下泻,枪炮一响,群山呼应,回音巨大。火车自腰岭、老爷岭之间穿过,越是向边境靠近,地势越加凶险。

高士傧内战外行,不善用兵,行军五百余里,逢站必遣人驻守,麾下一万五千余众,至海伦环顾左右已不足万,探知奉军一团驻防宁古塔,距此仅六十余里,深恐其拦腰截断归路,竟裹足不前。

参谋长王恂齐进言:"兵贵神速,我军之长乃为奇兵突袭,攻其不备,倘若一鼓作气攻克哈埠,定会四方响应,锁定大局。"

部将黑龙王忙帮衬道:"不入虎穴,焉得虎子。不进不退,瞻顾迟疑,或要失去战机,后悔将迟。"

外交处长陈庆麟亦道:"此次攻战,非同往昔,实别动队性质,宜长驱直入,无须步步为营,稳扎稳打。海林为通吉要道,若不果断一战,只怕夜长梦多,招致列强干预。"

高士傧固持己见:"张逆败北,元气大伤,众叛亲离,一蹶不振。我军以逸待劳,坐观其变,倘能不战屈敌,岂不美哉?"

五月三十日,两军战斗呈拉锯态势,造成中东路东部线交通中断,秩序混乱。

六月一日晨,卢永贵惊闻列国欲要干涉,直接通电哈尔滨护路军总司令张焕相:"阁下如反对吾等革命,甚愿相见于战场,战争地点除附近路线外,请阁下任意选择。如阁下与吾人同意,即请将枪械子弹缴来。但无论如何,阁下不得纵令军队有无意识之举动,如拆毁铁路焚烧桥梁,以妨碍运输业,即希阁下迅速解决此项问题。"

苏鲁别动队司令张宗昌只身辗转逃归关外,几成孤家寡人,正愁无所事事,偶得高氏檄文,只见上面写道:"士傧等远应西南诸军,根据约法,集合三省义士,讨伐张匪,成败存亡,非所计也!"方知高士傧、卢永贵乘奉军无暇东顾之机,占据绥芬河、海林、东宁、绥阳一带，声势十分浩大，在绥宁封官委吏，割地称王，并且派人潜入珲春策反，气焰嚣张。张总司令视之为心腹之患，指令黑龙江督军吴俊升进剿，却未得手。本拟兴师问罪，又苦于无兵。又探得高卢叛军以绥芬河为基地，向海林、穆棱发展，迅速占据横道河子、一面坡，高士傧得意忘形，扬言"要在一个月内攻取哈尔滨"，张宗昌不禁大喜，认定火候已到，遂往见张作霖，自告奋勇，请缨征讨，率部下三百杂牌军前去解燃眉之急，显然也是杯水车薪，无济于事。张作霖为缓解压力，仍立封张宗昌为"绥宁剿匪司令"，发给步枪二百支，让其率部征讨。

张宗昌浪迹军政舞台许久，独特打法，与众不同，擅长虚张声势，招摇撞骗。出征之日，即于指挥车高悬一面丈二见方大旗，上书"讨逆军总司令部"，后面几列兵车依次悬挂"讨逆军第一师""讨逆军第二师"等旗帜。每节车厢虽仅一个班，却令全部簇拥于门口，像似人满为患。兵车成列向北开去，军旗迎风招展，分外醒目。奉天报纸还发表专题新闻"讨逆军总司令张宗昌率万余大军挥师北进，兵强马壮，士气高昂，高、卢二逆就擒在即"。

张宗昌率领三百讨逆军，从奉天老站出发，沿中东路，经四平、长春，一路招兵买马，到达哈尔滨时，队伍竟扩充至千人。他又赴齐齐哈尔拜访黑龙江督军吴俊升，卑躬求援："千里迢迢，专程为督军看家护院！"

吴俊升慰劳有加，赠其步枪三百支，重机枪三挺，借山炮一门。张宗昌明知拉大旗充虎皮，又是长途行军，只能速战速决，才有望取胜，但面对强敌，颇感势孤力单，底气不足，忙四处搬兵。先祈请护路军司令张焕相命所部于琛澄驻哈独立团协同作战；又以高士傧主张排日为由，诱惑关东军出兵助阵；再暗派程国瑞诸人化装至敌方卧底，伺机釜底抽薪，策反山东老乡。

"同室操戈，双方剑拔弩张，云集中东路，一场决斗在即，胜负难以逆料。"丁超关注战局，显得心神不定。

"兄弟阋墙，生灵涂炭，真让人痛心疾首。"孙广庭仰面长叹。

"但愿战事早日终止，千万莫要殃及于此。"

"司令，锦州倘若失守，关东恐无宁日。"孙广庭语气坚定，"当务之急是稳定军心，鼓舞斗志。无论如何，我等要以不变应万变，巩固后方，保境安民，捍卫住东三省大门。"

六　风云满眼起边烽

六月二日上午十一时，北洋政府国务总理周自齐率领全体阁员，鱼贯而入中南海四照堂。透过国务院四照堂玻璃远眺，天际似乎阴晴不定，近观中南海柳枝迎风摇曳，大有"山雨欲来风满楼"之势。

"此次华盛顿会议我国能以弱胜强，收回若干国家主权，解决久悬的山东问题，实为一次成功之举。顾公使劳苦功高，力任其艰。可以说，没有顾公使之努力，就无华盛顿会议之成功……"大总统徐世昌西装革履，热情洋溢，高声宣布，"于总统府居仁堂设宴，为顾公使接风。"

宴会气氛轻松融洽。席间，驻英大使顾维钧博士起身致谢："华盛顿会议之成功，是总统、总理、各位同人及全国上下团结一致、共同争取的结果。维钧只是微尽薄力，实不敢承总统如此褒扬。"

此时，总统府秘书长吴笈孙匆匆进前，递上一份电报，徐世昌接过稍加浏览，便面色一变。"鄙人与诸君有此次宴会，甚为欣幸。一则为顾公使洗尘，二则……"徐世昌喉中似被哽住，半晌方道，"向诸君辞行。"

全体阁员及座上显贵闻之哗然，可一时彼此又相顾无言，独交通总长高凌霨眼含热泪慨叹："徐大总统主政数载，力倡和平，注重民主，国民有口皆碑，如欲辞行，则民国何以为存？"

"吴佩孚自洛阳来电，称第一届国会欲拥戴黎黄陂复职。鄙人正可借机养息，以终天年。"徐世昌恢复镇静，神态安详，平和自然地道，"今日一别公府，鄙人即与国事直接脱离关系，唯望诸位同人克尽厥职，为国竭力。"

接风宴骤变送别酒，满座为之凄然。

昏暗中，夜色从窗外飞逝而过，列车有节奏地震动，在离京赴津的倥偬之间，满怀愁绪的徐世昌昏昏欲睡，依稀觉得又身穿钦差大臣紫色朝服，回到塞外的白山黑水之间，坐镇在东三省总督衙门内，辖军治民，扶危安疆。闻报"日军出兵占据延吉，俄将霍尔瓦特于哈尔滨建立国中之国，为所欲为"，他勃然大怒，正欲采取果断措施，忽见袁项城向他走来，执手道："今日是君辞位之日，明朝为我去职之时，不在其位，何必再劳神谋政？"徐世昌悚然惊醒，方知是做梦，蓦地记起袁世凯忌日将至，"莫非项城在冥冥中暗示我吗"……

定神凝思，徐世昌百感交集，挺身徐立道："拿笔墨来！"随即赋诗两首，以抒壮志未酬之憾：

> 风云满眼起边烽，慷慨当年忆旧从。
>
> 洼水产驹名铁獭，凌河揽辔出庐龙。
>
> 包茅万里输榛栗，列矗双山纪杏松。

莫谓黑河屯戍苦,肯消冰雪事春农。

阴符读罢任纵横,争地争城汉两京。
从古谎言非善导,于今歃血有寒盟。
烟江花月多游侣,关塞风沙见戎兵。
回首敦盘成往事,医巫祠外断鸣声。

　　诚如诗中所云,自从十五年前,日本驻朝鲜统监府"御用挂"陆军中佐斋滕季治郎,与边务帮办大臣吴禄贞于延吉谈判"间岛问题",结果惨败,恼羞成怒道"敬请转告东三省总督徐世昌大人,'间岛'争端远没有结束,仅刚刚开始,谈判桌上失去的,可用其他方式得到补偿"之后,对于边关延吉防务与安宁,徐世昌一直撄扰于心。果不其然,延吉冲突迭起,麻烦连绵。

　　先是宣统元年七月二十一日,日本政府以海陆军为后盾,胁迫中国政府于北京签订《间岛协约》。不仅使虚拟杜撰出来的地名"间岛"堂而皇之地出现在中日往来的国书中,尚据协约规定,于龙井设立"间岛日本总领事馆",其管辖范围为延吉、和龙、珲春、汪清及当时属于奉天省的安图诸县。名义上撤销了"国中之国"——统监府间岛派出所,实则改头换面,又将其扩充为"间岛日本总领事馆"所属警察部,使之贻害更大。

　　徐世昌久已洞悉日人阴谋,曾于宣统三年版《东三省政略》中,剖析日本制造弥天大谎,挑起"间岛"争端缘由。等到徐世昌当上大总统后,延吉更是火光四起,枪声不断,愈演愈烈,几乎成为火药桶。

　　民国八年五月三日,间岛日本总领事馆无端起火。次日清晨,突现大批日警,荷枪实弹,布岗于领事馆及日商各重要机关,明目张胆侵犯中国主权。与此同时,日本公使小幡恶人先告状,照会北京政府:"垦民暴动,驻龙井日本领事馆板房二十余间全部焚毁,无一幸免。"

　　徐世昌急电询问详情。十二日,延吉道尹张世诠复电:"日本领事馆火由内起,纯非外人所施。近来地方安静,并无垦民暴动情事,有目共见。日使所称情节,实属虚诬。"并请求"达部力辩,饬速撤岗,以维主权"。

　　次日,吉林省督军署报告调查详情结果,指明:"日人对于满蒙似有特别计划,而以设警为其先着。"

　　二十八日,东三省巡阅使张作霖给吉林省公署发密咨,表示:"某国暗增警兵,擅自捕人,均属侵我主权,既经发现此种事实,自应切实应付,力图挽回。"

　　此次中日交涉长达半年,双方谈判数十次,刚趋风平浪静,珲春日本领事馆上空又火光冲天。

纵火烧总领事馆因系自导自演,漏洞百出,未奏奇效。日本驻朝鲜总督、海军大将斋藤实与驻朝司令、陆军大将大庭次郎皆不甘心,密谋再举方案。

"欲长治久安,需寻合适借口,渡江荡尽韩党,又可顺手牵羊,一箭双雕,占居间岛。"斋藤直言不讳。

"不妨采纳间岛总领事馆主张,效仿日俄之战时,收买马匪为帝国火中取栗。"大庭企图退居幕后,继续纵火。

两人灵犀相通,会意一笑。

民国九年十月二日,匪首"长江好"张魁武为虎作伥,甘当日人走卒,率众攻入珲春县城,匆匆焚毁日本领事馆后离去。日本立刻闻风而动,大造舆论:"据查,此系不逞鲜人同中国马贼及过激派俄人所为。"建议延吉当局"合剿肇事者"。

因有甲午前车之鉴,张作霖惧其假途灭虢乃拒。

七日,日本外务省发表"出兵珲春声明书"。十五日,日军以保侨为名,调集驻朝鲜第十九师团三十七、三十八两旅团,驻西伯利亚第十四、十三、十一师团,驻关东州及满铁沿线之关东军及宪兵分遣队,共两万余精兵,开始由会宁、南阳、训戒、稳城、庆原及东宁、海林、宁安诸地进犯延吉,制造震惊于世之"珲春事件"。日军所到之处,无恶不作,仅于延吉、和龙、汪清、珲春四县即制造一百三十次惨案,共杀戮反日军民三千余人,焚毁民宅两千余栋、学校五十九所、教堂十九所,驱藏伏延吉之朝鲜北路督军遁至西伯利亚。

民国十年一月六日,小幡再施拖延计,照会外交部谓:"延珲日军将陆续撤退。要求中国对日侨实施保护全责,驱尽韩党。"

盖因日军继续作恶,徐大总统接待上书告状者持续不断。一月十五日,珲春、延吉、东宁、宁安、和龙五县代表抵京,痛陈日军暴行:"人民伤亡近万人,财产损失两千万元,日军奸淫烧杀等兽行惨不忍睹。"三月四日,延吉、珲春民众代表赴京请愿,要求日本侵略军撤军。可是,日军依旧赖在延吉、珲春等地,不加理睬,搞得东北王张作霖焦头烂额,大总统徐世昌脸面无光。

直至四月十五日,张作霖起程与曹锟面商要政,充当京津国务会议主角之际,日本为支持东北王张作霖问鼎中原,挤垮英美在华势力,方忍痛割爱,从延吉撤军。

直奉大战初起,斋藤尚对人数占优势的镇威军寄予厚望,未曾想这些体格魁梧的彪形大汉经看不经打,遂与大庭次郎相商:"张作霖三十万大军这般不中用,不出一周就一败涂地。"

"连间岛镇守使张九卿也被吴佩孚俘虏,成为阶下囚。"大庭次郎应声道。

"现在的上策是,趁其群龙无首之际,我们取而代之。几代人梦寐以求的渴望可能很快由你我实现。"斋藤似胸有成竹。

"只要瞅准机会,给间岛领事馆再放上一把火,即可挥师西进,一举成名!"大庭次郎喜不能抑,朗声而笑。

六月三日,张作霖闻报:"滨江镇守使张焕相、宪兵营营长张宗昌通力合作,在日本关东军协助下,于中东路东线海林站一举击败高士傧逆军。"他立刻对沈阳领事团宣布:"以后满蒙交涉,由奉天主持。"

四日夜,奉、日军夺回穆棱,乘胜追击。讨逆军节节败退,至五站方稳住阵脚,凭借工事牢固与之对垒相持。五日晚,联军发动进攻,张宗昌亲率部队冲锋,一举突破敌方阵地。讨逆军顷刻溃散。高、卢弹压不住,拍马而遁,逃之夭夭。奉军迅速占领绥芬河全境,收编叛军千余人。七日,中东路交通恢复。

讨逆军奔赴西南老黑山避风休整,然因军警尾追不舍,大部窜入苏俄境内,余者逃往珲春。高士傧、卢永贵、高峻峰、王恂齐、陈庆麟、黑龙王诸位首领携嫡系亲兵,穿过长岭子山口,到达摩阔崴,方面现常容,于树林空地之处商榷出路。

"司令,东躲西藏,提心吊胆,非长久之计。既置身俄境,不如暂去季捷里赫斯帐下效力,亦好背靠大树,遮阴纳凉。"王恂齐提议。

"成者王侯败者贼,事已至此,只好寄人篱下,暂且栖身,借季氏之力,争回吉林地盘。"高士傧表示赞同,"倘若有失,即可绕道朝鲜,回天津投奔吴佩孚大帅。"

高峻峰提出异议:"尽管昔日司令与白俄临时大总统季捷里赫斯过从甚密,与海参崴总督斯塔克将军交情不薄,但唯恐俄人惧招致张逆衔恨,或难容我。"

"季捷里赫斯仰仗日本远东军鼎力相助,称霸远东,雄心勃勃。为讨伐赤党,正在大肆招兵买马,扩充势力。"陈庆麟从旁插话,"我军来投,不只可与之并肩战斗,攻城略地,尚能为彼拓广退路,建立迂回基地,大开方便之门。季氏乃聪明绝顶之士,定会厚待我们。"

卢永贵询问:"司令,欲令季捷里赫斯器重,我们以何为见面之礼?"

"韩信将兵,多多益善。季捷里赫斯自然亦看重兵力。"高士傧指点珲春山方向,"珲春边关战略重镇,若占为我有,便可游刃有余,大展宏图。王参谋长、陈处长与黑龙王执我书信,带领众弟兄先往海参崴,拜谒季捷里赫斯。卢、高两位副司令及崔北方、马祥、宋玉林三人即刻随我抄近道越长岭,返回珲春,召集旧部,策反驻军。"

"司令,张逆正在四处张榜,悬赏三十万元通缉捉拿我等,万万不可自投罗网。"众人齐声劝阻。

"此行或有风险,但有望反败为胜,值得一搏!"高士傧语气坚定。

清风萧瑟,细雨霏霏。保安总司令张作霖脸庞消瘦,目光焦灼,大步迈进议事厅,匆匆横扫一眼,见诸将聚齐,便高声宣布:"本次紧急会议主要是研究东北三省防务,保土守境,以固国本民生。"

"近有密报,延吉局面阽危。日、俄皆欲趁我兵败榆关之机,蠢蠢欲动,卷土重来……"杨宇霆起立发言。

"哎呀,形势如此严峻,倘有闪失,浩劫立至,后患无穷啊!"

"应速派智勇双全、能征惯战之虎将前往镇守,或许可保藩篱无损,百姓安宁。"

一时人声鼎沸,议论纷纷。

张作霖环视左右,高声询问:"小日本借口'间岛'领土归属未定,屡屡进兵侵扰,这可是个是非之地!哪个敢临危负重,为我分忧解难,镇守延吉?"

帐下诸将本不愿与洋人打交道,何况又是盗匪横行、强邻虎视、危机四伏、经久不宁的险境,更令他们望而却步,故而面面相觑,默不作声。大厅里一片寂静。

"听说直奉两军准备交换将级俘虏,吴佩孚扬言要用前延吉镇守使张九卿换高士傧。"张学良委婉建议。

"那恐怕交换不成。"杨宇霆叹道。

张学良忙问:"出了什么意外?"

"为防万一,载送高、卢的囚车未进珲春,直奔内地而去,行至距延吉城十里之北山清茶馆,奉张总司令手谕,已将二人就地枪决。"杨宇霆解释道。

"延吉镇守使署送去两口棺材,已将其遗骸收殓安葬。"张作相补充道。

窗外秋雨淅沥,张作霖烦躁难安,怒火中烧,猛然将帽子扔掷桌上,两手叉腰,大发雷霆,张嘴骂娘:"妈拉个巴子……"

孙烈臣笑道:"总司令可曾记得有位猛将,令俄匪闻风丧胆,叫蒙王俯首称臣?"

"常言说'外举不避仇,内举不避亲',孙统监不必兜圈子,尽管明言。"张作霖脸色转和,急忙催问。

当时,整编奉军最高机构——东北陆军整理处刚刚在奉天省城成立,孙烈臣兼任统监,原广东护法军政府少将参赞军务姜登选、北京政府陆军次长韩麟春任副统监。

"这员猛将前年春驰赴呼伦贝尔,阻止蒙古独立……"孙烈臣故意含而不露,继续说道。

"是年秋,尚于满洲里边境解除白俄谢苗诺夫一部官兵军械,武力押解其出境,大振国威。"韩麟春也从旁帮衬。

"此番吴小二侥幸获胜,千钧一发之际,乃孤军奇出锦州,独当榆关之冲,扼守九门,临阵督战,凡数十昼夜,人不解甲,马不离鞍,败中取胜,扭转战局,为稳定东三省局势,促成秦皇岛港喀尔号英舰上和谈达成协议,立下赫赫战功……"姜登选也滔滔不绝赞道。

"这本是秃子头上的虱子明摆着的……"见张作霖半天没反应过来,杨宇霆也想提个醒。

"嗬、嗬……"张作霖拍着脑袋瓜子说,"啊,想起来啦,不就是我刚派孙广庭给他当参谋长的那个丁……"

众将未容张作霖说完,都异口同声:"丁超司令堪称东北名将,又有孙大爷相佐,如虎添翼,当此重任足矣!"

张作霖心中豁然开朗,好钢当用于刀刃,根据停战和约,十九日直军开始撤退,意味战争终结。而今内争平息,外患欲起,锦州已非决定奉军存亡之所,延吉方是关系关东省安危之地。他略加权衡,立令副官起草手谕:"委任丁超为延吉镇守使兼吉林第二混成旅旅长,孙广庭为延吉镇守使署参谋长兼吉林第二混成旅旅部参谋长,即刻上任。"

六月二十六日,锦州奉军后方司令部,丁司令、孙参谋长操练军队方归,正在品茗闲聊,议论国事。

"自古皆云'一朝天子一朝臣',而今却是'一代诸侯一代君'。民国已五易总统,竟无任满法定五年之期者。"孙广庭愤愤不平道,"就连雄才大度、刚毅有为、倡导文治天下的徐世昌,也让武人逐出中南海。"

"四年前,徐大总统匠心独运,效仿英美诸国,首次在怀仁堂举行新旧总统交接典礼,他身穿一身灰色西装,雪白衬衣系白色领结,温文尔雅之中不失威严。冯华甫则着灰色军服,佩元勋绶带,一派大将风度。"丁超显出心驰神往的神情,回味道,"雍容有序,何其荣耀,令国人耳目一新。"

"徐大总统以文人风范与军人装束的冯大总统进行交接,其用意何在?"孙广庭脱口而出,插话发问。

"似乎是暗寓实施文治天下,结束军人专制。"丁超不愧称"超",一点即通,

"此意于就职宣言中亦言明'以救国救民为前提,以毅力达和平之主旨'。"

"徐大总统素抱华夏一统思想,尝畅论汉、唐、明、清统一寰宇为盛世,东周列国、五胡十六国、五代十国分裂割据为乱世。中国如为四分五裂之局面,则迟早被东西列强所蚕食鲸吞殆尽。今所以犹然不被瓜分者,正赖于统一国家耳。"孙广庭颇为动容,"可惜这位时彦被迫远离政治舞台,息影林泉。"

丁超早知孙广庭是一位崇尚文治、义重如山的儒将,军中盛传他与徐世昌有少许瓜葛。这次直奉之战前夕,徐世昌尚在百忙之中为之亲题褒扬匾额,而今民国失去一位文治总统,孙广庭岂能不为之动情?思及于此,故意将话锋轻轻一转:"天津租界内,黎宋卿正在享清福,忽然吉星高照,吴佩孚亲至府上恭请出山。"丁超重又拾起京师民国总统再次更换的话题,"冷落五年之久的黎公馆顿时车水马龙,高官云集。"

"黎黄陂满心欢喜,却仍存余悸,"孙广庭直言评析,"唯恐再充傀儡,便假意谦推,暗提条款:'现今国家症结在于各省督军拥兵自重,如能废督裁军,吾当不计个人得失,以从诸公之后。'"

丁超一针见血:"黎元洪与袁世凯相比,堪称小巫见大巫,力单势薄,腰杆不硬,名曰总统,实为曹、吴股掌上玩偶。大总统这块金字招牌迟早会被真神取代。何况雨帅宣告东北联省自治,天下三分,已成鼎足之势。"

"吾闻广东政府杀机四起,内讧正凶。曹、吴独控北京,暗与粤军总司令陈炯明通款,许诺两广巡阅使之职。倘若广东与北京沆瀣一气,则东三省岌岌可危。"孙广庭略有不安。

"孙中山身为非常大总统,兵权却尽赐陈炯明。陈炯明利欲熏心,恩将仇报,炮击总统府,孙中山亡命'永丰号'。蒋介石闻讯离溪口辗转赴粤,欲涉险登舰护卫。常言'烈火炼真金,患难识知己'……"丁超刚欲借题发挥,劝孙广庭效仿,却被孙广庭打断,不觉一愣。

"周公恐惧流言日,王莽谦恭未篡时。向使当初身便死,一生真伪复谁知?"提及"患难"一词,孙广庭深有感触,怅然道,"世态炎凉,知己难觅。相对咫尺尚难明其心,锦州与广州似天涯之遥,犹如雾里观花,又何以能辨其真形实影?"

丁超察言观色,知广庭忆起被臧式毅弃置于天津城内之事,便试探道:"倘若当时持耐心、走稳步、打硬仗,与直军实施拉锯战,我军未必败北。可惜总司令仓促决策,电令全线退却,才失去扭转战局之良机。"

"坚守天津以东,稳住士气,再寻找战机,另出奇兵,尚有胜利可能。"孙广庭似有把握地说,"只缘总司令不够重视学堂出身的士官生,否则吴佩孚怎敢如此趾高气扬,蛮横无理;徐大总统何至于负国民喁喁之望,退居天津;我军更不会蒙辱含羞,败走关东!"

"轻言缺乏重视恐怕过于偏激……"丁超微微晃动几下头部,露出不赞成的神情。

"'军校士官生虽有能力,但只可用做参谋、教官,若为统兵主将,恐因思想复杂,不易驾驭,难以听命于我……'"孙广庭反驳道,"这不都是总司令常言之语?"

"老皇历何必再翻?经过此次战争,总司令躬身自省,有所察觉,始悟'绿林出身兄弟,好比周勃、樊哙,不能与韩信相提并论,若非邻葛随机应变,抢架浮桥,则滦河将是奉军的乌江',深感'乌合不教之兵,实不堪作战,而无学识之将校,尤不宜任指挥'。"

平心而论,杨宇霆、姜登选、韩麟春……位居要职的同学委实不少,孙广庭无言以对,脱口而出:"今日五更时分,我居然从梦中惊醒,梦境怪异,记忆犹新。"

"昼有所思,夜有所梦。怕不是拈花惹草,金屋藏娇,被嫂夫人撞见?"丁超笑道,"都说临天明之梦灵验,不妨细说。"

"像似在奉天褒扬典礼上,我正深情地望着洁白墙壁上悬挂的大总统徐世昌恩赐的淡彩墨菊,司令与惠生将军各执一幅装帧考究的亲笔挽联走至眼前示与我看,惠生兄那幅上书:'教子投笔从戎一万里瀛海归来试看雄略冠时屡建奇勋榆塞上,治家遗规足式数十年劬劳倍至正是春晖满眼忽沉宝婺曙光中。'"

丁超抢先嚷道:"我那幅写着'与哲嗣同瀛海游万里风浪七载星霜每思训子德音刻苦坚贞犹在耳,痛慈母赴瑶池去获书倦勤兰陔弃养最怅遥天想望悲凉感喟益怆怀',这明明是真事,发生尚不足两月,缘何忽而变成为梦?"

"顷刻之间,两位仁兄一反常态,各奋力拽起我之胳膊,硬逼评出挽联之高下。正为难之际,绍棠兄气喘如牛,飘然而至,厉声高喝:'直奉战争又起,休得在此胡缠!'"孙广庭不动声色,继续叙述,"我推开房门一看,并无半个直军,漫山遍野尽是挥动战刀的哥萨克骑兵和手持来复枪的日本关东军,不由得唬出一身冷汗……"

丁超亦觉蹊跷,但为宽慰孙广庭,故意充作行家里手,一板一眼地圆起梦来:"这个梦寓反意,逢凶化吉……"

恰在这时,张作霖手谕突至,丁超料定有紧急军情,忙取过展开细看,却是两张催促即刻赴任的委任状,顿感茫然,不知是福是祸。

孙广庭指指桌案一封敞口私函,苦笑道:"因直奉战争结束,我已接受银冈书院曾述堂山长之邀,回乡襄助善举。而今却只能因公废'私',自食己言。"

"敢问参谋长欲玉成何事?"丁超半真半假笑问。

"铁岭县知事廖篯如与日本驻铁岭领事岩村成允倡议,改修慈清寺寺门为醉翁楼,以固俱乐部之基础。友人彭敬亭、赵炳如、王显亭建议将魁星楼移至龙首山之巅,以防其因城墙坍塌而成为颓垣断壁。"

"铁岭俱乐部设于慈清寺,民国元年秋始建。入口铁门上书'俱乐公园'四字,两旁楹联'登其山巅眼界大开岂仅城郭环观山川大览,入此胜境胸襟顿豁不觉精神活泼文气轩昂',颇有气势,乃铁岭县知事黄世芳撰并书。但不知俱乐部宗旨为何?"

"铁岭教育所所长陈德懿之《铁岭俱乐部记》碑文云:'凡农工商学军警及自治员绅、公署官吏咸莅焉。每当春秋佳月,则先期预约,置高会,无分宾主,尽日欢娱,洵盛事也。'"

"那俱乐部缘何与日本领事有瓜葛?"丁超刨根问底,"公园铁门上尚悬挂中日两国国旗。"

"宣统元年县令徐麟瑞所撰《铁岭县志》云:'龙首山,在城东二里,为治城东面之屏藩。山中之峰旧有慈清寺一座,登高一眺万鳞,故游人时时往来不绝焉。近亦为日人所占据。'日人凭武力染指辽北已久,凡事皆欲插足,发现漠视其存在者,定从中作祟,甚至下辣手摧残。"

"如此说来,建醉翁楼须与日人商榷,事出有因,情有可原。"丁超眨眨眼睛,"总司令这道谕令,恐怕让丹阶兄不止失允诺曾山长之信,并且爽与嫂夫人重度温柔春梦之约。"

孙广庭整理行装,准备出发,不小心从记事簿中掉出一物,飘落地下。拾起一看,却是夫人月华的小照,不由得想起四年前,那次急于写信建议张焕相解散霍尔瓦特护国军,而令夫人楚楚心酸的美景良宵。

七　勇立军令状

一列火车迎着呼啸着的疾风,穿过层层雨幕,飞驰东奔。包厢里,走马上任的延吉镇守使丁超坐在车窗前,谈起于满洲里逐谢苗诺夫出国门的往事,尚为孙广庭不听劝阻执意南下而惋惜,顺便又询问起测量改革之成果。

"昙花一现,恍如一梦,黑水白山空自驰骋。"坐在丁超对面的孙广庭似乎另有所思,勉强敷衍一句,随即苦笑叹道,"洁忱兄,自黑龙江一别,至锦州聚首,时间跨度并非久远,然而这场战争似乎却使我看到白云苍狗,世态炎凉……"

"戎马生涯,就是这般漂泊不定。清谈之间,我们已至从未来过的延吉。"

"延吉边陲要塞,西有长白山脉突兀秀拔;北有长白东干,山脉蜿蜒绵亘三千里,为北界之屏障;南有长白东麓巨川图们江,划吉林、韩国天然之国界,东流一千六百余里而入海;东有老黑山支脉耸立珲春东部,与俄罗斯接壤……"孙广庭侃侃而谈,兴致颇浓。

"丹阶兄如数家珍,仿佛亲临其境,历历在目,莫非昔日勘察吉奉省界,竟绕道往赴珲春?"丁超知道孙大爷每逢遇到关切话题都会精神倍增,语言如同打开闸门之洪水,一倾而泻,故意笑颜相戏。

孙广庭正色道:"吾有义兄岳君逢咸,二十年前曾任珲春行营书记官。光绪二十六年七月,帝俄入侵中国,占领珲春。"

"这事好像听你说过,当时珲春守军一万,兵马五营,尚有德国要塞重炮八门,可谓有所防备,然而却未加抵抗。"丁超收敛笑容。

"是啊,可恨清军副都统英联昏庸无能,沉湎酒色,致使军纪松弛,吸毒成风。俄兵趁夜色未阑,偷越长岭,英联闻风大惧,弃城而逃。"

"养兵千日,用兵一时,临阵脱逃者理应按律究办,以儆效尤。"丁超信口插话。

"俄军四处抢劫,杀人如麻……"

丁超洗耳恭听,若有所思,神色凝重,一言不发。

一道闪电突然划破长空,巨大的雷鸣似乎要炸开青天,震得玻璃窗颤抖着发出嘶嘶的声响。丁超不由自主地抬头向外仰望,身体朝身倾斜,略显惊恐。

孙广庭愤情难持,并未察觉,仍在继续说道:"广庭毅然投笔从戎,考取留洋武备,始与司令相识。"

"振武学校毕业之初,丹阶兄本与杨邻葛同报炮兵科,后来为何突然改变主意,选择地形科?此事一直令诸多同窗不解。"丁超忽然发问。

孙广庭正欲回答,火车哐当一下,猛地一震,戛然而止,车厢里立刻传出一片骚动之声。

"怎么,火车为何停在这荒山野岭之中?"丁超急忙又问。

孙广庭也甚为惊诧,以为碰上山匪拦截,提枪出外观看,却是山洪将路基冲塌。

躺在卧铺上,裹着军用毛毯,孙广庭心中有数,今宵只有在这不动的火车上度过漫漫的雨夜。品味丁超适才的问话,想到丁超写的那句"……同瀛海游,万里风浪,七载星霜……"不由得回忆起自己弃文从武的艰难历程。

"司令,无中生有的'间岛'就是我报考地形科的诱因。"毫无睡意的孙广庭蓦然坐起,朝丁超大声喊道,像发誓般充满感情色彩,"今天,来到延吉,居然经历暴雨的洗礼。我看,咱们得先学学大禹,治治龙王!"

声音那般洪亮,盖过远处的雷声,不但丁司令,满车厢的人都听得真真切切。

"二十四日,蔡运升下达吉长道训令,命各县知事遵照办理,内援引辅帅自锦州蒉电云'前方于十八日停战,双方撤退。我军退驻前所一带,稍候结局大定,吉军即可回防。高、卢等元凶格毙,大快人心。所有东宁、密山等各处余孽,应责成各军、警乘此宵心胆寒之际,努力痛剿,一鼓削平',与人斗乍见平息,与天斗复有开始。"丁超轻声微叹。

"高士傧诸人结局,据日本媒体报道,最终被驱逐出国境,遣送至海参崴,并非如报上所载于边境处决。"孙广庭手执二十二日《盛京时报》,故弄玄虚道,"内有两则消息,一为揭秘司令行踪,一为声称高氏复生。"

"洗耳恭听,愿闻详情。"丁超亦诙谐道。

"《丁超赴延吉就任》云:'延吉镇守使张九卿被直军掳去,镇守一席,虚悬已久。当道特委前军械厂长丁洁忱前往代理,丁氏奉命曾赴吉林,谒见吉代督,接洽一切。前日回奉,谒见张氏,旋即起程,前往延吉就任云。'"

"此非新闻也。"丁超笑道。

"缘何为旧闻?"孙广庭追问。

"二十一日《盛京时报》载文《延吉镇守使有人》即言明:'孙督以吉林延边国防重要,镇守使一席未便久悬,商准张巡阅使,改派前吉林军署参谋长丁超氏充任。'不知何故,是报仅后延一日,竟将吾职前提六年,称前军械厂长,如再续刊登,恐将冠名曰日振武学堂学员。"丁超风趣言道,"丁某向来关心他人胜于自己,况且高氏生死似与延吉安危有关,故亟欲探明真相。"

"《高士傧伏法异闻》署名'莲',文章直述:'高士傧等被获伏法一节,已载各报。昨有自哈尔滨回奉之某军官云,据确息高士傧日前实已潜逃于海参崴,转行南下。部所获枪毙者,为高氏之兄。所闻如是,故特记之。'"孙广庭叙罢议论,"此则信息,判其真伪为时尚早,却有可信之处。"

"二十三日《盛京时报》登有《高、卢落网之情形》:'前吉林第一师师长高上傧,前吉林第四混成旅旅长高峻峰,勾结东路山林游击队队长卢永贵叛变,扰中东路,经长绥司令张绍棠及东路剿匪总司令张宗昌进剿击退后,即窜赴东宁,入三岔口一带,旋赴延珲一带运动军队,意图再起。高氏等先到珲春,见吉林第二混成旅步二团鄂营长处,拟行运动叛变。当经鄂营长一并拿下,电知杨团长。由杨团长电告军署。吉代督即电奉天行辕,请示办法。当经复电,就地正法。高、卢等遂于十六日在东边枪毙矣。'"丁超亦加评析,"一家报纸报道,相邻两日竟大相径庭,岂非咄咄怪事?"

"《申报》尚载:'本月十八日,高士侯兄弟及卢永贵并差官二人,均由驻珲第三营颜营长押送来珲,并未入城,由城外送至延吉,随送兵丁六十余。闻奉天有密电致杨团长,令其尾追随地枪决。大约高士侯自城外过时,杨团长即电秉奉天,及至奉天令其枪决时则高氏被押已走两日。闻此次高党被捕情形,是在蒙古街饭馆内。有日本宪兵认识卢永贵,问之,即将其同座之人拘住,报告龙山司令部,司令通知珲春引渡,由颜营长押送。闻颜营长已升记名团长,杨团长亦遇缺即升,并赏在事兵丁大洋十万,但今日尚未得枪毙高之详细信息。'"孙广庭伸展双臂,长声吁叹道,"生死众说纷纭,莫衷一是:捕获情节迥异,各执一说,可谓扑朔迷离,难明真相,或为久悬疑案,待机而释。"

披星戴月,一路风尘,凌晨刚至延吉镇守使署任所,喘息未定,闻报延吉道署报警:"图们江与珲春河汇合处水漫土坝,请求出兵救援,防祸未然。"

丁超厉声宣令:"全力以赴,防洪抢险!"

孙广庭出言制止:"且慢。"

"水火无情,刻不容缓!速调动军队,协助道署、县署抗洪抢险,赈济灾民。"丁超大为诧异,"此乃仁兄高论,缘何出尔反尔?"

"司令,日本驻朝鲜总督、海军大将斋藤实与驻朝司令、陆军大将大庭次郎见我军新败,兵源枯竭,财力匮乏,军械短差,皆欲趁火打劫,重犯延吉。现为非常时期,尚需巩固边境与各日领事馆附近防务,铲除日人染指诱因。"

"老兄,切勿畏敌如虎,草木皆兵。"丁超笑道,"日酋又非诸葛亮,会神机妙算,焉能在这节骨眼上兴风作浪?"

"小心无大错,大意失荆州。"孙广庭坚持己见,"不可顾此失彼。"

"也罢,通知各地驻军常备勿懈,组队巡逻,以防万一。"

"好,遵照司令指示,两项任务并重,同时下达。"

丁超静观孙参谋长将一切布置妥当,方从容系紧武装带,拾起马鞭,昂首欲行,竟为电话铃声所阻。

"报告,我部突遭袭击,且发现日本领事分馆方面,黑烟蒙蒙,疑似胡匪纵火,请求支援。"头道沟防军排长语溢焦灼。

"日军每次入侵延吉,总以领事馆蒙难、保护侨民为由。日本领事头道沟分馆被焚,莫非是故伎重演?"丁超陡然失色。

"'间岛'事端又起,恐再酿成巨祸,不能掉以轻心!"孙广庭建议,"我携两连卫队速往戡乱,令王德林营长率一连卫队迅赴龙井村以严警戒。"

"参谋长亲往,定会马到成功,尚祈查明事件原委,以应中外责询。"

出乎丁超意料,此次动乱实非日人暗中操纵,乃吉林巨匪"大龙"王福棠与其压寨夫人张素贞蓄谋而为。王福棠统领亦正亦邪之"仁义军",麾下十八位朝鲜族干将,内有六人被捕,遂与妻相商:"弟兄遇难,不能袖手旁观,当及早劫狱解救。"

张素贞报号"驼龙",惯使双枪,骁勇善战,胆略过人,非但未加制止,反而笑道:"我已事先探明头道沟警备能力:华军一百名,华警四十四名,及日领事馆警察田中警部以下二十三名。"并附耳授计,如此这般,可稳操胜券。

"大龙"与夫人亲率"仁义军"一百七十余人,由长白山摩天岭出发,取道密林地带,昼伏夜行,其所经过镇邑,均被严重封闭,以致外间未曾探悉消息。及二十七日夜进抵头道沟西方六里之地,旋而急行前进,竟于二十八日凌晨二时占据北方高地。乃将全团分为三队,第一队由邑南,第二队由邑北,第三队由邑西,一齐开始猛烈攻击,急袭华军营房、税捐局、日领事分馆、侨民住宅及中国富家。

晨间四时,头道沟日本领事分馆外突起枪声,副领事诹访光琼从梦中惊醒,见无数之枪弹飞来,旋有胡匪数名侵入,而电线又被切断,忙迁大正天皇嘉仁"圣影"于安全地带,督励全体馆员极力防御,派员急赴龙井请求应援。

龙井日本间岛总领事馆,距头道沟东百二华里,晨五时四十分,堺与三吉总领事方接到警报,得知实有胡匪一团围袭且焚烧头道沟日本领事分馆,副领事诹访光琼与冈岛警部生死不明,当即报告外务省,并向中国延吉当局提出严重警告,尚通过奉天赤冢正助总领事向滞奉中之吉林督军孙烈臣提出抗议,要求适当之处置,同时召集所属警官,于六时先派斥候、马警三名,旋于六时四十分由末松警视率领警队四十名,急赴救援。朝鲜总监经营之间岛慈惠医院亦派遣救护班五名,携带卫生材料急行往救。

"仁义军"马队疯狂掠夺武器、款项,极其凶狠。就中袭击日领事分馆,直前突进,破坏牢房,开放全体凶人,纵火火迹,暴乱狼藉。午前九时,孙广庭率骑兵从天而降,向"仁义军"发起猛烈进攻。王福棠与张素贞压不住阵脚,弃尸体三十二具及军枪十支,张皇向北退却。孙广庭一马当先,带队追击不舍。及至十一时半,末松警视率领主力警队进抵头道沟,而"仁义军"早已踪影皆无。

冈岛警部报告:"华军虽形狼狈,然亦防截甚力。按匪团所遗尸体,似系被华人击毙。"

十二时半,救护班开到,始收容尸体,治疗受伤者。午后一时二十分,龙井村居留民会所组织之五人救护队押运粮食行抵达。

头道沟事件突发,丁超一直心神不宁,未敢离镇署寸步,闻报广庭凯旋,乃

301

亲自出迎："幸亏我军有所提防,平乱及时,否则定给日人入侵口实,引发战乱。"

孙广庭却道："延吉大雨成灾,山洪暴发,河川泛滥,塌房漂木。我军应全力防洪抢险,尽量减少损失。"

两人并辔齐驱,越岭翻山,指挥十三旅士兵,冒雨顶风,驰奔两江口。泥浆飞溅,溅得孙参谋长满脸满身斑斑点点。

"丹阶兄宛如戏中三花脸,若充票友下海,完全不需上妆。"见水势渐被遏制,丁超诙谐笑道。

"彼此彼此,司令不必吊嗓,即可登台亮相,定能赢得满堂彩。"孙广庭反唇相讥,并不相让。

"都怨丹阶兄,于东京弃舍诸学,专攻测量,此方可派上用场,不但要量地,还要测水。"

"以司令之理,恐怕应将'人丁兴旺'改成'龙丁兴旺'。"

"这是何意?"丁超有些不解。

"司令狗年当上延吉镇守使,却偏要与龙王攀为一家。赴任途中大水冲塌路基,下车伊始正赶上'水漫金山寺',岂非龙丁兴旺?"

与参谋长口舌之争,始终未能占据上风,丁超只好自我解嘲:"若非水浊浑黄,后顾有忧,真想待此劫过后,赴江中畅游一番。"

风停雨霁,空碧初显。沉厚乌云渐次退逝,直至无影无踪。阳光灿烂,普照大地,两匹枣红大马傍图们江滚滚南流水一路疾驰。八只雄健马蹄踏起含浆堤土,如同天女散花一般,甩舞半空又洒落地面。两匹骏马各不相让,忽前忽后,分不出个上下高低,而马背上两位骑士却被飞溅泥水抹得面目全非。

"丹……丹阶兄,颠簸过甚,不如勒……马稍歇,打道回府。"丁超汗沁鬓额,气喘吁吁嚷道。

"洁忱兄,难得天光如此明媚,何不乘兴前行,竟要半途而止?"孙广庭高扬马鞭,张目远眺,朗声叹道。

自从辞别锦州后方司令部,镇守边关延吉以来,可谓寝食难安。大雨滂沱,灾情接踵,难民哭号,哀鸿遍野。山贼林匪四处杀人放火,奸淫劫掠,各色凶案层出不穷。近在咫尺之远东地区,白俄海参崴政府军同苏联红军鏖战正酣,战火随时可能燃至图们江对面,日人于朝鲜境内集结重兵,居心叵测,虎视眈眈,形势相当险峻。

"延吉偏于一隅,鲜汉杂居,交通不畅。仅凭一旅兵力,遇有不测风云,何以为拒?"镇守使兼十三旅旅长丁超私下一再向参谋长大发牢骚,"天灾人祸,内忧外患,危机四伏,实乃九死一生之地,无怪诸将推诿,无人愿来,唯恐一世英名毁于旦夕。"

而今天晴日丽,洪水消退,加之匪团遁匿,狼烟灭迹,丁超和孙广庭身心舒畅,倍感轻松。信马江畔,吸口清鲜空气,眺望斑斓山景,诚如置身于桃源仙境。两位同窗契友将万殊苦恼皆抛至脑后,天南地北,开怀畅聊。

"洁忱兄,看那儿……"孙广庭抬起手臂,指向前方形态怪异之垂柳欲言而止,却见柳荫侧山间小径上忽现两个身影。追逐者似老妇人,踉踉跄跄,跌跌撞撞,擎举两手,张口呼喊不止;在前奔跑者是位少女,短袄长裙,披头散发,掩面狂奔,直扑江边。

"不好,那少女要投江!"

孙广庭未加思索,双腿一夹马身,如箭离弦而去。与此同时,那少女已纵身投入江中,水花高溅。广庭心急如焚,未等马蹄落稳便飞身跃下马背,甩掉长靴,直奔波浪中挣扎之少女。江面看似平静,水流却甚是湍急,片刻工夫,孙广庭与少女皆被江涛吞没,冲向下游,忽起忽落,渐出视野。

此皆于瞬间发生,迅若电光石火。待丁镇守使如梦初醒,携后续卫队沿江疾驰,于二百米之外追到参谋长时,孙广庭迎风而立,戎装湿透,紧裹身躯。足下近处,落水姑娘闭目躺于沙滩上,面色苍白。

"荒唐! 荒唐!"丁超气得胡须上翘,手指惶恐万状的老妇人,厉声喝道,"没有家教,简直没有家教! 有何难言之隐,非要投河?"

"蝼蚁尚且贪生,此女何故这般厌世,拿生命当儿戏,连累老人家跟着担惊受怕?"孙广庭轻声询问,同时脱下上衣,拧出之水流淌满地。

"大人,不是的呀,不是的呀!"老妇人无暇多语,径直扑向姑娘,嘴唇哆嗦,手脚忙乱,用力搓胸揉背。

姑娘神志不清,许久方哇的一声吐出黄水,有气无力地喊道:"阿妈妮……"两人抱头痛哭,哭声撕心裂肺,悲凉凄惨,令闻者动容,岸边杨柳仿佛亦为之垂首叹息。

半晌过后,老妇人止住悲声,道明原委。丁镇守使顿时火气全消,同孙参谋长一样,立现面红耳赤、目瞪口呆之态。

投江少女乃是老妇人亲生女儿,名唤阿兰。阿兰正值二八芳龄,三日后就要出嫁,做人家新娘。居然天外飞来横祸,竟被一伙报号"长江好"的山匪掳去。阿兰容貌娟秀,而性情刚烈,匪徒们围观调戏,甚至欲行非礼。阿兰拼命反抗,奋力自卫,惹得匪首大掌柜"长江好"、二当家"穿山虎"大怒,喝令喽啰当众将阿兰衣裳扒光,用"捆龙""码上"。

阿兰被赤身裸体捆绑于桌案之上,仰面朝天,丝毫动弹不得。"长江好"与

"穿山虎"分坐于两把交椅上,以阿兰为彩头,在阿兰的肚皮上打起纸牌。惨遭轮奸的阿兰被弃置草垛旁,下腹剧痛难忍,挣扎着咬开腕上捆绳,趁山贼们又去打家劫舍,偷出衣服逃离魔窟。姑娘受此摧残,痛不欲生,才跑到珲春河边自我了断。

青天白日之下出此等匪案,身为地方最高军政长官,其所蒙受的奇耻大辱绝对不亚于投河自尽的孤弱女子。

回到镇守使署,孙广庭依然面孔红涨,气愤难平:"洁忱兄,今日江边一幕,实让人不忍目睹……"

"是啊,作为地方父母官,在女孩子面前,真是无地自容!"丁超仰靠在太师椅上,颔首以示深有同感。

"所以,快刀斩乱麻。"孙广庭踱至丁超身边,猛然停住脚步,"洁忱,盗匪横行,趁火打劫,蹂躏乡里,荼毒人民,你我坐镇一方,不能大张挞伐,却任匪徒糟蹋妇女,饱掠无忌,倍觉怀惭,卧榻难安。山匪必须清剿,治安务须维持,否则,你我何颜再见延吉桑梓父老?"

"丹阶,那就有劳尊驾,马上起草个文告,命令各部严加戒备,力促百姓坚壁清野,断贼生路,万勿懈怠;警告山匪,不准胡作非为,否则,勿谓本镇守使言之不预,必将严惩不贷!"

广庭欲听下文,见丁超双唇紧闭,不禁有些急躁:"怎么,就这么几句而已?"

"余者皆仰仗你参谋长添枝加叶,笔下生花。以往之文告,哪份不是如此运作而成?"

"莫要虚张声势,放任自流。"孙广庭又气又恼,伸手点指丁超,"司令这般做,等于无所作为,简直是画饼充饥,自欺欺人!"

"丹阶,何故出言不逊? 不知尊意为何?"丁超睁圆双眼,大为惊异。

"山匪靠劫掠为生,给其下文告有何用? 贼等能不能看尚且两说,即便过目,亦犹如对牛弹琴般无济于事!"

"我不是着重强调一条,要全体官兵严加防范吗?"

"延吉地区方圆数万里,区区一旅兵力,根本无法防范周详。"

"丹阶兄,依你高见,到底应该如何?"

"欲求长治久安,办法仅有一个,"广庭用力挥动一下手臂,"当机立断,派兵进山清剿,主动出击。"

"丹阶兄万不可意气用事!"丁超斩钉截铁地道,"今日所见,刺痛如利刃剜心,但不能因此而忘记雨帅重托。目前国际风云变幻莫测,域外列强诚为心腹巨患,相形之下,境内蟊贼乃癣疥轻疴,不值得大动干戈。激一时之义愤,贸然

304

兴师动众,进山剿匪,易顾此而失彼,倘若因小而失大,局面岂不难以收拾?"

"洁忱兄,记得恩师次帅吗?"

"光绪三十一年初冬,次帅于奉天都督府主持出洋武备复试,你我兄弟脱颖而出,顺利过关,这岂能忘怀!"丁超见广庭将话题拉远,以为轻而易举将其说服,一时高兴,忙顺势议论道,"次帅翰林出身,晚清边陲重臣,既敢于抵抗沙俄的横暴,又不甘居日本的下风,可谓铁骨铮铮,顶天立地之伟才……"

"当时尚发生件不同寻常之事,引起考生广泛关注,却令次帅陷于难堪,不知洁忱兄是否也记忆犹新?"广庭拦住丁超的夸夸其谈。

丁超沉思片刻方道:"是年日俄于昌图举行停战会议,福岛安正校长时任日本满洲军总司令部高参,奉命与白俄将军奥罗夫斯基会晤,并代表签字。传闻福岛动身前,特意携两个头扎黑色发带、一身土匪打扮之神秘人物专程拜会过次帅,结果不欢而散。此事不知是真是假,详情更是无法确知。"

"洁忱兄所言完全属实,并无半句虚假,且与我所指之事颇有瓜葛,堪称因果。正是由于八月十七日福岛拜会次帅,方导致十一月三日那出令次帅尴尬的'真假赵将军'闹剧发生……"

"哪儿出来个李鬼,居然敢冒充次帅,真是胆大妄为之至!此事似乎闻所未闻。"丁超勃发浓厚兴趣。

"十一月三日,奉天日军各部队举行盛大阅兵式,次帅以贵宾身份应邀莅临,留洋武备考生三五成群,前往观光。只见日本士兵将身材瘦小的次帅冷落一旁,却冲着化名'江仑波'的日军谍报人员道见勇彦呼喊'满洲王赵将军',洁忱兄可知是何缘故?"

"这……"丁超不明内中缘由,又不解广庭是何用意,顿时语塞。

"洁忱兄适才提及两位神秘匪首,乃南满匪团'东亚义勇军'马队统领冯麟阁与该部监道见勇彦。而福岛亲往总督府之真正目的就是举荐此二人。"

闻听与大名鼎鼎的冯德麟亦有牵连,丁超愈感茫然,微微张口而未语。

"'两位义士诚为难得人才,抗击暴俄,屡建奇功。如蒙将军不咎既往,委以重任,相信作为维护满蒙治安的正规警备队将领,无疑会完成其神圣使命,亦必将竭尽忠诚报答将军栽培之恩德……'尽管福岛巧舌如簧,而次帅终不为所动,且当面质问冯麟阁:'为何长期以来与官军作对?现在以何名义仍保有武装?如今于辽西一带征收地税由何人准许?'"

"三问皆颇为尖锐,恐怕冯麟阁一时难以作答。"丁超忍不住插话道。

"冯麟阁并不回答,昂首注视次帅,匪性大发,反唇相讥:'满蒙当局武备松弛,任凭沙俄强取豪夺。而今县乡村屯治安紊乱,匪徒横行,弱肉强食。在下不得已乃组成自卫民兵,自给自立。愚见谨希总督阁下于责问不肖是非之前,首先反省统辖东三省之责任得失如何。今幸有日军铲除暴俄而光复大清发祥之圣地,我冯某马队之所以崛起参加东亚义勇军,亦出于为日本壮举所感召。加之军费、粮秣、武器弹药均由日方补给,政府无一文一物资助,敢向天地神明盟誓,我等绝非自私自利行为,不知为何反被诬陷为马匪、蟊贼?'"

"如此信口雌黄,无法无天,岂不让次帅颜面无光,难以下台?"

"福岛目光授意适可而止。道见勇彦心领神会,冲冯麟阁耳语:'对扇子!'福岛忙打圆场道:'冯统领心直口快,赵将军雅量豁然,莫与他一般见识。'赵次帅挥手拂袖:'令此两人退下!'福岛颔首应允,又因百般诱劝未果,乃板面以断绝日中交涉要挟。次帅遂以若不服管束,当就地免职为前提,委任冯麟阁为都司职衔四品统领,江仑波为奉天将军顾问、三品总监督。道见勇彦这厮蒙骗世人,蓄发留辫,冒充华裔,匪号'江大辫子',此番由日籍土匪变成清廷将军,得以身穿镶嵌五条金线之新式中国军服,跨上棕色骏马,手握绢带缰绳,出现在阅兵场,才引起日本士兵误会,演出那幕鱼目混珠、以假乱真的荒唐戏。"

"两害相权取其轻,次帅之举也属于无奈。"丁超嗟叹道,"然而,丹阶兄又何以知道得这般详尽?"

"此系福岛安正亲口所述,恐怕不会过于离谱。"

"日俄战争时期,双方皆将马匪视为掌握治安权之地方自治组织加以争夺,为其侵略中国充当马前卒。福岛安正为麾下干将出面谋个美差极有可能。"

"吉林有个报号'天鬼'的日籍匪首,出生于新潟津川町的'中国通'薄益三,民国元年于延吉拉起绺子'天鬼'队,全由日本退役军人、浪人组成。"

"关东日籍土匪,乔装成中国人,啸聚徒众,干扰中国政局,残害民众,已是屡见不鲜。除'江大辫子''天鬼'外,还有'铁甲'等。近闻日本流传一首《马贼之歌》,官岛郁芳作词,仅从其首尾,即可见日人贪婪野心。"丁超为显示见多识广,乃复述云:

> 我要前去你也去,狭小日本无生计。
> 隔海彼岸是中国,四亿民众期待我。
> …………
> 长白山上晨风吹,挥剑仰望雁南归。
> 北满原野望无际,茅舍渺茫不欲回。
> 故乡别离十余载,屹立满洲大马贼。
> 出没高原密林间,叱咤风云兵五千。

306

今日吉林城郊外，马蹄声声儿徘徊。

明日急袭奉天府，长发迎风驰骋出。

闪光雷电草上飞，五万猎物又归谁。

飞奔疆场舞刀枪，壮龙洒血黑龙江。

情空高悬银白月，戈壁沙漠枕过夜。

"薄天鬼四年前于公主岭所撰《举事筌蹄》中强调:'满洲之马贼由来已久，凡忽视马贼者无权议论满洲，此乃初通满洲情况者所一致肯定之事。'洁忱兄视马贼为轻疴小恙之说，广庭实不敢恭维。马贼，远虑易充列强利用之鹰犬，近忧为扰民作乱之根源。若姑息养奸，不早行诛剿，待他日炽热愈烈，便难以制服。你我食民脂民膏，目睹黎民百姓身陷水火，岂可袖手旁观，徒发悲叹而已?"

"丹阶，此言差矣!"丁超恍然大悟，广庭是仿"邹忌讽齐王纳谏"之术，婉转规劝，乃面现不悦神色，"实行坚壁清野，软硬兼施，逼贼就范，此乃上策。兵书云:'百战百胜非善之善者也，不战而屈人之兵乃善之善者也。'吾兄博览群书，胸怀韬略，岂能有所不知?"

明知丁超固执己见，广庭依然不管不顾:"延吉山深林密，幅员广阔，对山匪围而不打，无异于守株待兔，隐患难以根除。况且我不讨贼，贼必伐我。匪首久山、仁山、大成、全雕、长江悍然围攻宁安县勃兴镇炮手团，俘虏马德胜排长及炮手四十五人。太平沟著名惯匪靠山公然给各韩华住户送名片，以焚毁房屋、枪毙人民挟吓，勒捐洋五千元，限令八月十六日前措齐，送于沙河掌刘炮手家，并以武力强房警察署分局巡长张沛霖，可谓嚣张至极。近闻延吉道尹陶斌所言，匪首'长江好'张魁武乃珲春事件罪魁，十八个月前，受日本领事唆使放火焚日本使馆，为日军大举入侵制造借口。此股山匪四百七十余人，原依托朝鲜炮台山为据点，在蒙江、青江园一带活动，近窜至延吉，杀人越货，手段残忍，曾三次绑票六十四人，竟一日刺死五十三人。真是罪大恶极，怙恶不悛，不杀实难平民愤!"

"根除匪患谈何容易!贼寇踪迹不定，此击彼窜，大队人马进山，不便周旋，小部队出击，易遭暗算，万不可打无把握之仗。况且传言'长江好'匪帮从日本总领事馆所属警察部获快枪千支、火炮两门，实力不容轻估。急求成，贸然前往，倘若一时疏忽，损兵折将，如何向上峰交代?"

"不入虎穴，焉得虎子!广庭不才，愿带一哨人马进山剿匪，倘有闪失，甘受军法处置。"

"丹阶兄，军中无戏言哪!"

"司令，广庭请缨出战，自知责任重大，为使司令放心，广庭愿书军令状，以为依据。"

孙广庭一改"洁忱"而为"司令"，且郑重其事，当场写下军令状，丁超骤感事情严重。他知道广庭一言九鼎，驷马难追。可真要依其行事，万一出个闪失，那麻烦岂不大了。丁超左思右想，不知如何是好，索性坐于太师椅上，凝神仰望窗外满天星斗，呆默无语。

孙参谋长提高嗓门，手拍胸膛，面红耳赤，毫不逊让地争辩道："司令，只有速战速决，立绝匪患，方能安定民心。孙某宁愿血染疆场，肝脑涂地，也要执戈前驱，荡尽草寇，为地方除害！"

丁司令沉吟良久，方迟迟疑疑地接过军令状，再三叮嘱道："丹阶兄，务必全身而退，确保万无一失。"

两人争执刚罢，忽闻窗外枪声大作，火光映空。丁超面色苍白，略现惊诧："莫非驻朝日军侦知我倾力抗洪，乃越境来袭？"

八　老黑山剿匪

"头道沟事件业已平息，日人未必敢轻举妄动。估计是'仁义军'欲乘机报复，来自投罗网。"广庭微微一笑，"我军正可出其不意，请君入瓮。"

"报告，日本局子街领事分馆遇袭，请求支援！"副官长张继宗破门而入，神情慌张。

"命令卫队营迎头痛击，迅速荡尽两处狂匪！"丁超恢复常态，语气坚定。

"马贼有备而来，攻势凌厉。为减少伤亡，防其逃遁，可借夜色分兵合围之，使其疑陷入四面埋伏，我军当可轻松取胜。"

匪团负隅顽抗，广庭预言未果。一场鏖战直杀得天昏地暗，险境迭生，几经波折，至东方泛白，方见分晓。

"土匪心狠手辣，枪法奇准，骁勇若是。"丁超目视群匪溃散背影，慨然叹道，"一旦羽翼丰满，后患无穷。丹阶兄主动出击之举可谓善行。"

孙广庭却道："真是一波未平，一波又起。马匪连续肇事，引起日本外务省、陆军省及内阁关注，倘不采取果断措施，抚剿并重，任其胡作非为，将会招惹外鬼再度入侵延吉。"

旭日东升，霞光耀目，万里无云。孙广庭与丁超于镇守使署议事，秘书官孙蔼卿小心翼翼奉上几张报纸。民国十一年七月二日《盛京时报》发表《间岛事件之日议论卅日发东京专电》与《中日双方筹防龙井卅日发东京专电》。前文云：

珲春事件甫经解决，竟尔发生头道沟惨剧，此讯传至东京，一般官民均甚吃惊，就中政友、宪政两会当局当即会见外务当局，有所质问。各报评论大致均云，直奉战事尚未解决，竟又发生此项问题，吾徒对华深示同情。唯中国前亦曾声明保护侨民，曾几何时复起似此惨剧。中国政府责任所在，究竟不可以旁贷。就中《时事新报》曰："此项问题倘或益行横狭，日本或将不得已而出以自卫的行动，亦未可知。则中国政府亟宜妥为处置，以善其后，而重邦交。"《东京日日新闻》则曰："日政府应向中国政府问其责任，并将官民损失提出相当要求。"《中外商报》则曰："中国如不能维持该地方治安，日本应要求中国谅解，在满洲地方实行适当准备小战云云。"

后文云：

　　据京城电云，朝鲜军司令部基于驻间岛堺县领事请求，现令会宁第七十五联队第十一大队准备出动珲春与龙井村。
　　又于陆军省接电云，驻头道沟领事分馆前当被袭时，其所监禁强盗杀人犯四名均经释放，内有马贼头目一名。查匪团袭击之目的，系为夺回该头目……

丁超阅过叹道："日人明曰与我双方筹防龙井，实则暗藏杀机。"
孙广庭宽慰道："幸好我军行动迅速，方避免事态扩展。"
七月五日《盛京时报》刊登《局子街之匪氛又炽三日发东京专电》内载：

　　据陆军省接电云，二日黹夜，又有匪团一百余名袭击局子街驻局领事分馆，正在防战之际。又电外务省经驻局领事分馆报告略云："局邑西方三里之延吉附近，于二日午后十一时半，发现匪团似拟袭击局子街。此间，现与中国官宪协商警戒办法。"又据《东京朝日新闻》接电云："局子街于三日午前三时，被贼匪三百名袭击，侨民避难，官员防战，光景极行混乱。该分馆所存圣影是否安全，无由探悉，唯当局尚未接到此项公电耳。"

七月五日与七月六日《盛京时报》之《公表间岛马贼事件三日发东京专电》《公表间岛马贼事件四日发东京专电》内云：

七月三日外务省公表六月二十八日间岛头道沟马贼事件……此次事变其重要损害如下：日人毙命者二名（内有巡查一名），重伤者三名（内有鲜人一名）；领事分馆附属建筑物（含有邮局巡查官舍、武器仓库），侨民家屋三户，鲜人家居三户，均归乌有。中国侧损害即毙者商埠局长以下三名，重伤者数名；税捐局、电话局、营房与其他十五户一并烧失。现经驻间岛总领事电请当局即派警队救援。中国侧亦增派防军，以固警备。唯间岛、珲春一带，匪事益形猖獗，到处皆有。警报前有珲春被袭，惨剧未经数年，又遭似此暴乱，所以此间居民均颇恐慌，大有风声鹤唳之势。华氏避难者，络绎不绝，日侨迭开大会，颇述华警之不足信赖，呈请当局急派援军，庶几保护生命财产云云。

六日同版毗邻两篇四日发东京专电文章《日政府对间岛办法》及《不出兵于间岛理由》分云：

首相官邸于本日开定例阁议，加藤首相及其他阁员均行出席，就中内田外相报告间岛事件，当经审议善后策及其他要案。又电本日阁议决定间岛问题略云：日政府究竟信赖中国当局之警备，决不轻易出兵。唯该地方形势颇堪忧虑，所以暂派朝鲜警官，以严警戒而资保护侨民。至朝鲜警备则另讲办法，俾防意外。

间岛匪情益加凶暴，侨民团体以及该地领事分馆，均经请本国政府派兵救援。唯外务省不以出兵为然，略云：设令每次贼匪袭击必派军队，则一经该军撤防，地方必即再形不稳状态……当局已向中国当局开始交涉，问其责任，促其警戒，正在进行之际。如非中国出于无责任之态度，日政府到底尊重保全领土原则者也。唯此番事件，固属中国政府责任，则中国倘或长此不能扫荡匪氛，以致日侨颇于危殆，日政府当取坚决手段，然而是时尚无出兵之必要云云。

丁镇守使捧读罢，淡淡一笑道："诚如丹阶兄所言，日本领事馆真是神通广大，须臾即将事件内幕探悉清楚，几与仁兄所陈调查详情无异。日人声称不出兵于间岛，却派朝鲜警官越境以严警戒，可谓口是心非。"

孙广庭道："日本加藤友三郎首相于今年二月六日以华盛顿会议首席代表身份，亲笔与美、英、法、意、中、比、荷、葡诸战胜国代表共同签订《九国关于中国事件适用各原则及政策之条约》，规定'尊重中国之主权与独立及领土与行政之完整’。承诺在先，投鼠忌器，故图以保侨为名，卸‘九国公约’束缚，方如是粉饰，以浊视听。”

七月七日《盛京时报》载《间岛事件之日议论五日发东京专电》：

> 间岛频传警报，而日政府到底信赖中国警备，决定不派遣军队，已详昨电。唯其机宜对策迫不容缓，本日《读卖新闻》论评略云：日本国民所以不堪忧虑者，不独侨民运命濒于危殆，实为中国暴露无力维持治安，以致列国对华感情或将恶化。则此次间岛事件，视其处置不独中日关系，或将转起对外一般的重要问题，亦未可知。设令间岛形势已呈外间所传之险恶状态，中日两国万勿长此敷衍，就中国侧应即急派援军云云。

丁超指点《间岛事件之日议论》道：“日人盛气凌人，隐以出兵挟胁。其前邻文《内阁现状及其将来五日发北京专电》之开篇‘颜揆发表东日通电声明，内阁暂且维持现状’，意为诠释‘中国暴露无力维持治安’一语，似旨在向我炫示武力。”

孙广庭则道：“《尼哥莱在哈之活动五日发哈尔滨专电》乃殿两文后者，内云：‘据步间左党新闻消息云：崴埠政府首相米尔克鲁夫氏之弟尼哥莱·米尔克鲁夫氏自崴埠勃发政变后，潜入此间，暗中活动，颇有所计划，俟罗捷伊基大佐由奉天抵哈后，即行一同回崴。’言明间岛事件之险恶状态，不独系关中日，而易变为国际重要问题，因此安内荡寇诚当务之急。”

一连几天，不见动静，丁超大惑，以为广庭亦畏敌如虎，便私下询问：“丹阶兄夸下海口，又迟迟不发兵征讨，却是何故？”

广庭心平气和答道：“已遣精明干练人员化装进山，秘密侦察。”

“两次突发‘间岛事件’总算基本平息，可以庆幸。然头道沟、局子街两战匪团，却如日报所称‘不能扫荡匪氛’，马贼虽未全身而退，亦大部逃脱。”丁超又试探道，“参谋长此番进山围剿，恐怕亦难一举而歼灭‘长江好’。”

“征战之结局诚不可预料，然‘仁义军’是主动袭击日本间岛领事馆，事先早留有退路，见行动不利，即及时逃遁。而进剿‘长江好’是我军主动出击，直捣其老巢，尚有望根除其匪患。”

“我军连胜‘仁义军’，‘长江好’已是惊弓之鸟，一有风吹草动，只怕也会逃之夭夭。”

“所以此次剿匪务必严格保密，且须探明敌情，方能有的放矢，将其一网打尽。"

"知己知彼,方能百战不殆。丹阶兄果然是行家里手,老谋深算!"

言语之间,侦探归报:"山匪'长江好'盘踞北山顶,居高临下,易守难攻,且戒备森严,布有明岗暗哨……"

当晚,孙广庭率卫队营披星戴月,悄然出发,夜行昼伏,不动声色地经石岘、新兴、大兴沟、鸡冠,至张家店。休整半日后,孙广庭一马当先,带队夜闯老黑山,从罗子沟之牛圈沟出发,过老母猪河屯,沿崎岖山路急行五十余华里,越七十二顶子,于黎明前抵达黑瞎子沟山坳,逼近黑黝黝的北山顶。

孙广庭凝神屏息,立于草莽之间,强忍蚊叮虫咬,昂首眺望良久,确认守敌无备,方压低声音下令道:"快速猛进,奇袭强攻,直捣'长江好'老巢!"

"谁!福、福……"忽听丛林中传来几声呼声,却不见人影。

疾行于先的孙广庭明白,这"福"是山匪暗号隐语,但不知用何黑话对答,略有犹豫,即闻嗖嗖声响从头上越过,随之爆豆般的枪声划破笼罩山巅的云霭。

酣战有时,直杀得地暗天昏,依旧胜败难分。山匪居高临下,疯狂阻击,倚赖日军装备精良,凶焰甚是嚣张。卫队营迎弹雨仰攻,举步维艰。孙广庭身先士卒,沿蜿蜒曲折山径攀登而上,利用地形地物,巧避枪弹,勇猛杀敌,沉着指挥,频频发起进攻。

"参谋长,山势险要陡峭,匪徒负隅顽抗,双方相持不下,互有伤亡。只恐天色大亮,我军不易藏身,将处于劣势,不如暂且收兵,伺机再战。"紧随其后的卫队营营长王德林见久攻不下,出面劝谏。

"半途而返,岂不前功尽弃?断不可为!"抬头盯视上面两挺歪把子机枪正喷吐火舌,横扫狂射,孙广庭明知王德林所言俱实,仍斥责道,"狭路相逢勇者胜,只有破釜沉舟,一鼓作气,方能无敌。"

行进过于迟缓,广庭急中生智,采用"敲山震虎"之计,吩咐部队大声呐喊,正面佯攻,自率一连突击队暗度陈仓,绕行迂回敌人侧翼,先射杀机枪手,然后集中火力,如尖刀一般猛力撕裂其防线一隅,强行登上北山顶南坡。

仰仗"一人守隘,万夫莫开"之天险,山匪有恃无惧,现在这一优势突然丧失,立现乌合之众的原形,争先恐后落荒而逃。广庭率队涉险入深,勇追穷寇,越过一道山冈,有块奇形怪状的山石迎风而立,遮住视线。顷刻之间,山匪踪迹皆无。这时旭日恰巧从浮云里浅露,阳光斜照山顶巨石,附近杂草上山石狭长阴影内似有晃动人形。

"不好,小心!"广庭话音未落,山石背后闪出一人,朝他举枪便射,幸亏广庭有所提防,眼疾手快,抢先扣动枪机。山匪应声而倒,当场毙命。广庭近前细看,此人尖嘴猴腮,胡须稀疏,额上有黑色胎记,胸前挂"达摩多罗"小铜佛。经俘虏证实,这人乃是山匪二当家"穿山虎"。

"长官,压着腕!闭着火!"一股已陷入背靠悬崖峭壁绝境的山匪,用竹竿挑件白褂,高举双手,垂头丧气从山顶徐徐而下。

只见为首者与众不同,头戴顶巴拿马礼帽,身着对襟黑缎夹袄,一排十三太保扣子,系一条蓝布腰带,外披一件大氅,套着虎皮坎肩,并将大氅一角撩起,掖于腰带上,下穿紧腿马裤,打扎绑腿,内藏"脚刺子",足蹬上等牛皮靴。这种装束多系匪伙中重要人物。

广庭仔细观察,发现其酱紫色脸上暗透杀机,黄楂连鬓的络腮胡须微微颤抖,贼溜溜的鼠眼四下乱转,高擎的右手上尚倒握一把快枪。

"此人表情异样,严防诈降!"广庭悄悄提醒王德林,随即大声吼喝,"快快放下武器!"

"我'长江好'今日认栽了,任凭长官发落。"匪首张魁武说罢一扬手,把枪扔出十余步远,落于两门无人守护的钢炮间。卫队营战士弯腰去拾,张魁武猛然从后脖颈抽出两支匣子,拉开左右开弓架势。

"砰、砰……"一阵枪声过后,张魁武胸前散布流淌黑血的弹孔,脑浆四溢,两手尚紧握匣子枪,横尸荒野山坡。

原来,千钧一发之际,孙广庭、王德林四枪齐发,打得张魁武上身后倾,脚下腾空,两梭子弹斜射云天。匪徒们群龙无首,多数举手请降,余者皆作鸟兽散。卫队营首战告捷,官兵士气大振,日行百里连续作战,仍斗志昂扬。经长途跋涉,南征北伐,先后剿灭悍匪数股。匪首"小傻子"闻风丧胆,忙携其大绺子逃进深山,藏匿踪影。

"丹阶兄勋鉴:经兄辗转纵横,大局已定,延吉全境日渐平静。署内军政事务冗杂,弟独木难支,祈盼驰归,诚弟之所望也……"获悉剿匪全胜喜讯,丁超连发三封急件,敦促广庭尽快返署,主持军政事务。但广庭以"将在外,君命有所不受"为由,拒不从命,明确表示:"尚不欲见好鸣金。"

王德林问:"参谋长,属下百思未解,为何抗命不遵?"

"小傻子神出鬼没,若不乘势剿灭,恐其死灰复燃。"

连长孔宪荣道:"小傻子本姓宫,名长海,字仙洲,祖籍山东,民国初年至盘石、蒙江一带谋生,弱冠当兵,因不甘长官打骂,乃携带军械出逃,拉帮结伙,啸聚山林,不久拥众数百。"

连长吴义成插话:"宫傻子深得为匪之道,挥金如土,杀人如麻,手段残忍,敢作敢当,于吉林境内牌子颇亮,堪称绿林一霸。"

连长姚振山续道:"而今其部闻风声而遁,伏隐密林,待官兵一退,即会卷土重来,依旧为非作歹,让整个延吉难得安宁。"

"故而小傻子不除,岂能轻易打道回府? 军中无戏言,况且我已立下军令状,一言既出,驷马难追,宁可马革裹尸,亦要肃清匪患!"

"弟兄们十天如一日,冒枪林弹雨讨伐山匪,可谓生死与共。今闻此肺腑之言,更是热血沸腾。参谋长敬请大放宽心,摆平小傻子之事,德林可以包揽于身。"

"如何包揽? 怎么摆平?"

"我独自找小傻子,劝他归降。"

"这岂能行? 我不同意!"广庭斩钉截铁,断然拒之。

"为何不成?"王德林追询。

"三年前,鲍贵卿于吉林督军任上曾招抚过宫长海,委以卫队团营长之职,又密令蒙江县当局伺机将所部缴械遣散。小傻子颇有心计,识破玄机,又揭竿重抄旧业。'一朝被蛇咬,十年怕井绳',恐怕他轻易难以理会'招安'二字……"

"参谋长,既然难以,就有可能,不妨容我一试。"

"小傻子久有恶名,今处杯弓蛇影之境,极易大开杀戒。性命攸关,岂能当儿戏?"

"参谋长爱兵如子,一身浩然正气,德林深为感动,方毛遂自荐。据德林所察,宫傻子虽落草为寇,但天良并未泯灭,尚有归顺可能。"

"惠民兄,那宫傻子在省内土匪中可是位响当当的人物,虽报号'傻子',却精细过人,有勇有谋,非等闲之辈,要招安理应由我亲往,不能让你冒此风险……"

"参谋长,我心中有数,不会有多大的风险。"

"孤身涉险,安保无恙?"广庭长叹一声。

"德林闯荡江湖已非一日,大风大浪也曾见过。宫傻子也不是三头六臂,难道怕他不成? 参谋长莫要长他人志气,灭自家威风,德林前去一定会不辱使命!"王德林似被激怒,面颊涨红,脖颈变粗,高声争辩不休。

广庭仍然连连摇头,毫无应允之意。

王德林沉思片刻,咬咬牙关,把心一横,猛然道:"参谋长,实不相瞒,我所以有几分把握,盖因德林原先也是江湖中人,还是个头面人物。"

"你?"孙广庭大为惊奇,睁圆双目。

314

"参谋长请放宽心,我早已改邪归正,并非卧底山匪。可昔日德林于绿林中虽不敢说远近皆知,也是小有名气。江湖上讲究一个'义'字,算起来,我应该是小傻子前辈,又是赤手空拳前去好言规劝,谅他不敢对我动粗。倘若能经我这老江湖现身说法,劝得小傻子归顺,也省去真枪真刀的恶杀。"

似天方夜谭一般,突然间峰回路转,柳暗花明,如同乌云缝隙裂现一片晴空,迅猛变幻得令人难以置信。孙广庭斟酌片刻,方慢慢伸出右臂,蓦然向下一劈。王德林行过军礼,转身离去。

孙广庭喊道:"惠民,且慢!"进前叮咛道,"此行宜胆大心细,见机行事,倘若小傻子执迷不悟,务须巧妙周旋,全身而退。"又附耳授计,"千万不可鲁莽,切记……"

王德林穿山越岭,费尽心思,七月十一日方寻到小傻子藏身之处——老黑山王八脖子。草地上脚印杂乱,深浅不一。王德林投石问路,面对密林深处高声大喊:"达摩老祖威武!"回音洪亮,震撼山谷。

宫长海逃至王八脖子,惊魂未定,忽闻有人私闯禁地,呼啸山门,不禁勃然大怒:"何处狂徒,这般胆大妄为,无法无天,快快带他进来!"

王德林刚跨过山寨门槛,忽然迎面射出一黑枪,砰的一声,将头上四喜帽击落在地。王德林觉得背后脊骨发凉,暗暗紧握拳头,掌心冒出一把冷汗,面上却愣是没有变色,眉头一动没动,眼睛一眨不眨。

山匪见状,"呀"的一声,张口结舌,暗暗赞道:"来者不善,果真是条硬汉。"

王德林一进屋门,双手抱拳举过左肩,向后一伸,先施个"左撇拐子礼"道:"把兄弟,辛苦!"

山匪齐声应道:"彼此一样!"

王德林又道:"西北悬天一块云,云里莲花盆,老母上边坐,不知哪位是君,哪位是臣?"并伸直左手中指、无名指和小指,指指自身,表示自己是来商议重要事情的代表。

山匪炮头站起身道:"太阳出来红似火,前打后别就是我。把兄弟拐。"

王德林坐下后又问:"在海栽花一条根,不知局主是何人?"

宫长海笑里藏刀,暗露杀机,应声而起,目光炯炯逼视王德林,同时伸直右手的中、小指,掌心向着自身,以示大掌柜的身份,朗声喝问道:"把兄弟追踪至此,有何贵干?不妨直说!"

王德林故意扯得离题千里,缓缓言道:"兄弟也是山东人,年轻时逢鲁南遭灾,被迫闯关东谋生,至密山烧窑、伐木,后应募为东清铁路筑路工。庚子年跑毛子,兄弟愤于沙俄暴虐,率领工友投入抗俄斗争,受到清政府通缉,盛怒之下树起'排俄救国,被逼为寇'的义旗,开始绿林生涯……"

宫长海眼球一转,猛然发问:"前辈莫非是多次率'绺子'出入东清铁路沿线和中俄边境一带,绑洋票、劫列车、攻七站、袭九站,专门与俄人官商作对,从不骚扰百姓,得到吉东八县民众好评的义盗王林?"

王德林环视屋内气氛转暖,敌意锐减,方按照广庭交代趁热打铁,道明来意:"游侠非终身之事,梁山岂久居之区? 五年前,督军孟恩远对兄弟抗俄义举倍加赞赏,称为'功惠于国,德泽在民',故在王林中间加一'德'字,又赐以'惠民'为字,从此兄弟更名王德林。实不相瞒,此番前来是奉孙参谋长之命,劝诸君弃暗投明,以便光宗耀祖,出人头地。"

"官场险恶,伴君犹如伴虎,何似我等闯荡江湖,四海为家,无拘无束,快活逍遥。"宫长海诡诈一笑,连连摆手。

"孙参谋长一言九鼎,可保诸位衣食不愁,安然无恙。关东大员出身莽泽之中者不乏其人。局主何必要东奔西跑,南游北窜,一条道上跑到黑? 况且'混钱'的买卖也委实不易,连名扬关东、显赫一时的大绺子'长江好'不也……"

"'长江好'张魁武与日人勾结,认贼作父,咎由自取,死有余辜,岂能与我小傻子相提并论!"

"识时务者为俊杰……"

"无意金盆洗手,请勿多费唇舌。"宫长海徐徐言道,随即走出房门,翻身跃踞马上,高声传令,"毁寨离营,即刻开拔!"

"机不可失,敬望三思!"

"劳驾惠民前辈转告孙参谋长,不劳孙参谋长大驾亲征,小傻子要远走高飞,井水再也犯不着河水。"宫长海拱手辞行,指天明誓,"感谢孙参谋长厚爱,宫某从此退出延吉地面,绝对不再与孙参谋长作对。大丈夫一诺千金,决不失言。"说罢飞马而走。

王德林只好转身回营复命,才翻越一道山冈,二百余名宫部马贼尾随而至,将他团团围住。猝不及防,王德林正感无计可施,却见众人纷纷下马,弃械拱手。王德林莫名其妙,面现疑云。为首头目见状,连忙朗声请求:"我等听从孙参谋长规劝,决计改邪归正,私自偷离大队,自愿前来投诚,拜托惠民前辈引见,多加关照。"

闻听小傻子远遁他方,孙参谋长骑上高头大马宣布:"出老黑山,越老爷岭,顺珲春河南下,绕春化、五道沟、哈达门至边陲重镇珲春过夜,翌日返回镇署。"又面告归顺者,以慰其心,"已向丁司令建议,由诸位组建吉林陆军第二骑兵游击队。"

316

沿途百姓箪食壶浆,夹道欢迎剿匪英雄凯旋,鼓乐喧天。卫队营官兵满面春风,神采飞扬。珲春河畔,阿兰母女也夹在人群之中挥臂欢呼。孙参谋长拱手作答,尚因未能彻底摆平小傻子而心存一丝内疚。

九 "三个着着"进行

"间岛事件"烽烟再起,举国震惊,民国内阁两度令张作霖晋京,敦促查办延吉匪劫日侨事。

七月十四日,张作霖特电告吉督孙烈臣来奉,详诘肇事情形,随即召集孙烈臣、白永贞、佟兆元、于冲汉、杨宇霆、谈铁隍、乔汉章、韩麟春、王连坡、陈兴亚诸大员,共同商讨日侨被害之善后处理及今后东三省保护侨民之各办法,借以和平解决。

二十二日,日本奉天总领事会又向张作霖施压,提出抗议,借以表示争端尚未平息。

民国十一年七月二十三日《盛京时报》之《间岛事件近讯》报道:

> 间岛头道沟事件,日本侧早已分向中央、地方提出抗议,只以东省现象特殊,迄未解决。昨闻日本奉天总领事会,向张司令抗议,催促解决。张氏以个人关于此事,虽接到报告,尚未得详细,碍难交涉,当令延吉道尹陶彬速查具复,依凭核办云。

张作霖曾闻日本大肆叫嚣"旅大是正门,延吉是后门,满洲问题关键是间岛",公开表示已命延吉道尹陶彬速查具复,依凭核办,暗中又急令延吉镇守使丁超固守要冲,以防不测。

八月四日,丁超获悉日本公使小幡酉吉照会中国外交部,声明延吉边境日警缓撤,乃召集部属商讨对策。

副官长张继宗故弄玄虚,强调形势之险:"震惊朝野之两次'间岛事件',幸亏孙参谋长及时赶赴救援,方遏制烈焰未成燎原之势,但余波未泯,遇有风吹草动,定将死灰复燃。近日远东激党不时骚扰边境,又添新乱,无异为火上浇油。"

少校参谋赵有盘心领神会,画龙点睛道:"我部不止兵力不足,而且军械奇缺,徒有壮志雄心,安能奈何强敌?"

"军械待奉天兵工厂制造,远水难解近渴。幸崴埠存有大量军火,张总司令正在设法购求。"秘书官孙蔼卿似怀希冀。

"传闻海参崴此项军火大部由美国运来,乃协约国委托日军托管之物。盖因民国八年五月五日,英、美、法、日、意、荷、比等十国协定,禁止对中国输入军火。今年三月四日,美国总统哈定尚宣布,武器军火输往中国为非法。日本政府亦公开郑重承诺:'严遵不以军械供给中国之约。'延吉虽为近水楼台,恐难得月。"赵有盘略泼冷水。

张继宗叹道:"为今之计,别无良方,固本守元,勿追穷山草寇,坐观其变,恳请上峰增援为佳。"

丁超尴尬一笑道:"孙参谋长凯旋,行至珲春,又见首善等六乡田禾虫成灾,乃携官兵协助灭杀,估计不日即可回镇。"

岂料节外生枝,二十四日凌晨,匪首姜奎五率匪队四百余众攻陷敦化县城,焚毁商铺百余户,且殃及民房。孙广庭接到电告,立即挥师西进,过延吉而不入,长途跋涉,直奔敦化平乱。姜奎五闻风丧胆,引党羽疾遁长白山。孙参谋长目睹疮痍遍地,大为震怒,率卫队营翻山越岭,穷追不舍。

从长白山回延吉的途中,王德林问道:"参谋长,听说九月四日日本代表松平太郎、苏俄代表越飞及远东共和国外长杨松将于长春集会,不知道商讨什么玩意,竟又将中国排斥在外。我国外交部正告三国代表,日俄长春会议不得涉及中国领土主权与利益,并要求苏俄退出外蒙为开议之前提。"

"民国九年五月,原敬内阁借口'庙街事件'发生,守护尼古拉耶夫斯克的日军及其侨民七百余人,被当地游击队杀害,遂以惩罚为名,派儿岛惣次郎中将为萨哈林派遣军司令,占领北库页岛至今。"孙广庭答道,"'己所不欲,勿施于人',苏俄欲通过这次谈判收回库页岛,可却霸占我国西北大片疆土不还,真是岂有此理!"

"还有传闻说崴埠军械处分与日人欲建满蒙远东独立大缓冲国阴谋交织,引发轩然大波。"

"日人势力扩张至南满与远东后,野心膨胀,欲仿照并吞朝鲜之故技,先支持满洲、内蒙、远东建独立国,再三位归一,美名'大缓冲国',最后兼并之。而实施该计划之关键在先夺取延吉。攘外必先安内,故扫荡境内匪患刻不容缓!"

"顾日本陆军方面,前拥霍尔瓦特氏、谢苗诺夫氏,于沿海省立缓冲国,皆不善而终。小鬼子今日居然要草蛇吞象,建立'大缓冲国',简直是痴心妄想!"

"日军装备先进,而我军武器匮乏,此其狂妄嚣张之由。"孙广庭低声与王德林私语道,"为取长补短,缩小差距,张总司令已派张宗昌与町野武马大佐赴海参崴,与季捷里赫斯政府商购日人所管之大批军械,不知结果如何?"

九月二十五日,长春日俄会议破裂,日本拒绝退出库页岛及海滨省驻军。

丁超面对瞬息万变的局势,迫切企盼增强军备,以应突发事件,故对崴埠军械去向颇为关注。

九月二十六日《东京国民新闻》云:

> 现闻日本陆军方面对于设立大缓冲国之计划,乃着着进行。张作霖特派张宗昌与町野大佐赴崴,与季捷里赫斯会见。现两派之间已成立如下之协定:齐托利克斯方面供给军械子弹与张作霖。其交换条件,张作霖方面须供给食料与齐托利克斯军。

十月三日《民国日报》之《海参崴军械处分内幕日人拟在崴设立缓冲国》云:

> 有日本军阀拟在崴埠设立一缓冲国计划之传闻:欲令海参崴帝政派之季捷里赫斯与张作霖提携,使满蒙独立,一面又使海参崴独立,令此两者联络,组成一缓冲国。与将军械交与季捷里赫斯军及张作霖,使其压迫赤塔。

十月九日《民国日报》载文《日内阁对军械案意见分歧外务省拟彻底根究山梨陆相欲敷衍了结》,内云:

> 据东京四日电云:该案及援助张作霖问题,三日夜间,加藤首相、内田外相、山梨陆相三人曾会议讨论。山梨谓:军械一事是季捷里赫斯将军与张作霖间之行为,纵令日本军事顾问本庄少将、町野大佐曾与闻其事,且与日本派遣军之一部有关系之证据,但亦唯有作为非参谋本部所与闻,仅属派遣军方面之事件而解决之。结果首相与外相均决定,其责任不及于陆军本省及参谋本部,仅作为立花司令官对部下监督之察,将其责任者之町野大佐召还之。

丁超知道这立花小一郎可非同小可,乃是充当侵华急先锋,关东军首任司令官,大缓冲国阴谋与海参崴军火案,皆有其黑手幕后操纵。军火案一波三折,扑朔迷离,导致日俄长春会议秘密争吵,中国北京政府公开抗议,几成辽东国际要案,进而撼动日本内阁。风声如此之大,尽管有雨帅顾问本庄繁少将与町野武马大佐暗中介入,仍不知海参崴军械究竟会落入何方。

北京政府惧日人将大量武器越中俄边境运入关东,足助长中国之内乱,故向小幡公使提出抗议。小幡狡辩:"日本官宪已向张作霖给予武器之说,与崴埠武器之遗失为别一问题。中国侧究竟有何依据而为是说耶?"

十月十九日《民国日报》刊登《日内阁因军械案动摇首相与外陆两相将辞职》。

"大河无水,支流必干。"丁超闭门观报数日,由期盼转为惶恐,"既然张总司令都无法弄到海参崴军械,延吉欲分一杯羹,岂非异想天开!"

东京内阁尚未更迭,日本所谓对延吉之警备权,竟将由外务省移交朝鲜总督府。民国十一年十月二十五日《民国日报》刊登《日本侵占间岛着着进行欲以朝鲜总督管辖间岛外务省总督府大起争斗》。据《大阪朝日新闻》刊载《关于间岛警备问题及日本各要人之意见》云,移交理由有三:朝鲜对岸间岛之警备现为外务省管辖,然该地是朝鲜延长,应归总督府管辖;若归总督府,则万事皆可平时准备,一朝有事,能出一切手段。间岛有优势之马贼,以警察对之,到底不行。朝鲜驻屯军当局谓以能应急为眼目,其言曰:"满洲一带(不仅为间岛,满洲全部皆在内)之警备,应付诸总督府。"

丁超骤觉危险悄然逼近,密令驻汪清陆军团长王召南来见。

十月二十六日,王召南奉命至延吉,寓于天一芳后院,相知闻讯纷纷前往拜晤。

王召南坦言:"因有紧急公务,须立即与丁镇守使商榷,暂无暇叙旧。"

夕阳西下,晚霞映天。"司令,属下奉命派斥候深入俄境刺探,多已回归。"王召南于丁公馆密室禀告,"伯力距卡司特立三十里地停泊海参崴政府武装战舰一艘。海口停泊美国巡洋舰两艘、日本巡洋舰一艘。汉卡湖白、社两党已起战事,白党占领要塞颇多,社党备有炮队暨战炮。沿东海滨省,白党莫尔恰诺夫将军亲自训练之第二团护国军全驻于司威亚各诺车站。倘社党战胜,则白党必断归路,继向翰卡胡界内尚可退守。"

"苏俄极力对抗海参崴白卫军,却投鼠忌器。为避免与日本直接发生冲突,乃成立远东共和国,民国九年十月移都赤塔。民国十年六月二十七日,瓦西里·康斯坦丁诺维奇·布柳赫尔将军继艾胡之后,担任第二任人民革命军总司令,兼任远东共和国陆军部长,尚设立东外贝加尔军区和阿穆尔沿岸军区。"

"布柳赫尔将军号称'远东军魂'。"王召南插话道,"他曾率步兵第三十五师战胜装备坦克、装甲车的机械化白军,击溃温琴,攻克斯帕斯克,全歼米尔克洛夫兄弟'白色游击军'。"

"远东共和国实为缓冲国,名义是资产阶级民主独立国家,实则内遵苏俄政策,外循列宁路线,成立两年又半,迄未能统一东俄全境。"丁超缓缓言道,"十月十二日《盛京时报》报道:'十月十日,革命军占领普鲁贺里村。料日内即可距海参崴二百英里之双城子。'俄赤、白两军于远东最后一场恶斗将至,深恐战祸波及延吉,日人借机入寇,破坏东省安宁。"

"司令高见,形势果然急转直下,崴埠与外界电信联系确已中断。十九日赤军前锋抵距崴埠北三十六俄里之吴哥利那亚站。"王召南于丁公馆密室禀告,"海参崴政府大总统季捷里赫斯正整顿兵马,拟出城决战。日本政府唯因尼古来斯克方面赤白两军战事,乃决定更变撤兵方针,改逐次撤退为集团撤退。"

"变化如此之快!"丁超紧锁双眉,"但不知崴埠军械谁在掌控?"

"崴埠市议会于十七日晚开紧急会议,宣布不负守管军械及保护领署责,且通告东京外交团与日本军司令官:关于日军扣留武器之引渡,与因此所引起之一切危险,当由崴埠领事团负责。至崴埠一百七十栋仓库中保养之军械,立花司令官拟于今日拂晓实行抛弃,唯望白党能全部给予接受。"

"日、英、美三国领事迭次向赤军总司令官吴波利齐交涉崴埠治安事宜,海参崴华商会仍因红军屡次征收双城子华商财产,乃致电我国政府,请派军舰保护华侨。内阁十九日晨决议,命海军总长派军舰两艘前往。"丁超语气低沉,"此次海参崴之乱变,事关中、俄、日三国,十分重要。国务院迭令东省各长官于中东路一带严密防范,固守国门。"

"恕属下直言,盖因我民国无威,实则有边难防。拒敌于国门之外,谈何容易? 去岁数千白俄残军窜扰阿山,忠武将军周务学无力守土,怀满腔孤愤,拔枪自戕,却于事无补,仍致外蒙沦丧。延吉与阿山皆三国汇处,而今局势堪称极其相似,尚祈司令权衡利弊,避凶趋吉,以免人地两失,千古蒙羞。"

"身陷维谷,进退皆难。当初倘有一线生机,周道尹岂会独选下策,以身殉国?"丁超面现积怨,喃喃自语。

"日本陆军正于高丽南岸釜山筑造要塞,专为占领中国之用,以取食粮军备;其海军以联络千岛及小笠原岛之直线为第一战线。陆军之后备军巡洋战机保持日本与大陆间之联络,以便占领中国之陆军,不致失其后援。"王召南小心翼翼禀告。

"如此军事机密,老弟何以探知?"

"该计划曾为《读卖新闻》揭载,当即被日本政府禁止发行。伦敦《泰晤士报》与中国外交杂志皆已转登。日本政府虽极力掩饰,以求欺瞒世人,然其陆军省仍极力进行,数日前即派该省筑域支部长工兵少校门田宥赴釜山,其他各员久已先往。"

丁超仰面长叹："延吉内有水灾、虫害、匪患三害施虐,外有日朝、帝俄、苏俄、赤塔诸军环立,内忧外患,危机四伏。真是天亡我也!"

日高三竿,色耀赤黄,镇守使署里喜气洋洋,人人眉欢眼笑,竞相攀谈剿匪大捷,却独不见丁镇守使踪迹。丁镇守使独卧厢房榻上,辗转反侧,挖空心思不得良策,眼望房梁,长吁短叹,满面愁容。

值星官通报:"孙参谋长驾到!"丁镇守使不禁灵机一动,计上心头,一跃而起,连声高呼:"快请! 快请!"

孙广庭进得门来,即道:"我在归途中得知日本正在加速撤退西伯利亚驻兵,第八师团继第九师团之后也已离开崴埠回国。然十月九日《民国日报》尚云:'昨经《大陆报》北京电讯,又有法人拟出兵崴埠之说,果然东俄前途又有变化,何国际间之多事乃而耶!'"

他目睹丁超神情恍惚,屋内凌乱,遍地烟蒂,料有非常事件发生,又赶紧探询:"怎么,司令贵体欠安?"

丁超整整衣冠,振作精神,遮掩道:"偶感头痛,无关紧要。"

榻边展放许多报纸,十月十九日《盛京时报》居上,孙广庭取而观之,一则新闻映入眼帘:"总司令近接满洲里华商总会来电报告,俄国新旧各党调兵甚夥,十一、十二等日在本埠激战甚烈。中外商家均行歇业……"

孙广庭顿有所悟,指着黑体大字标题"俄党激战满洲里",追问道:"料想司令病或皆出于此?"

丁超尴尬一笑。

"再者当为'三个着着'进行。"

"何为'三个着着'进行?"丁超明知故问。

"九月二十五日《民国日报》载文《日本对华军备着着进行》,'决定新国防方针,釜山间建筑要塞'。二十六日《东京国民新闻》披露:日本陆军方面对于设立大缓冲国之计划,乃着着进行。十月二十五日《民国日报》载文《日本侵占间岛着着进行》。相隔仅一月,即由'日本对华军备着着进行''设立大缓冲国着着进行'发展至'日本侵占间岛着着进行',国人闻之大骇,司令焉能不晓?"

"还有其他病因否?"丁超知日本以延吉为侵华跳板已为其既定国策,故以问避答。

"十月二十六日《盛京时报》文《饬收买俄党炮枪》云:'近来北满一带多审来失败之俄旧党,并携带枪炮子弹,张总司令曾饬黑河、滨江、宁绥各镇守使收买俄党枪炮,并酌予价格,俾作用资,遣其回籍云。'"孙广庭分析道,"张总司令有无购买日俄武器姑且不论,仅从饬令收买俄党炮枪一斑,可窥我军备匮乏之全貌。而崴埠军械多为白俄海参崴帝国政府临时大总统季捷里赫斯所得,此将对延吉安危影响巨大。"

丁超点头默认:"知我者,丹阶兄也,诚如所见。"欲言又止,改口说道,"老黑山剿匪旗开得胜,长白山伐贼凯旋而归,我将择日召开祝捷会,论功行赏,以壮士气。"

"出征将士骁勇可嘉,功绩尽记录于册,请司令过目定夺。"孙广庭见丁超说话吞吞吐吐,语无伦次,知其藏有心事,羞于开口,便不再深究,知趣告辞。

远征荡寇归来,孙广庭不只将毛遂自荐之军令状换成金光闪闪之褒扬令,并且一夜之间荣登镇守使、旅长宝座——虽为代摄,但是大权在握。然而此刻,他却是满面惆怅,一腔辛酸,不见半点喜色。

曾经朝夕相处的老同学居然变得如此陌生。回味丁超道别时的神色,悲凄而愧疚,惊慌且羞涩,目光游移,不敢昂首直视……在最关键也是最危险的时刻,正牌旅长兼镇守使临阵脱逃,将诸多后患留给所谓的合法继承者。去岁于天津前线,臧式毅在炮火硝烟中突然遁走,广庭临危受命。而今,炮火并未燃起,硝烟尚未升空,但他和丁超都心知肚明,目前事态之凶险更胜昔日,因为危机之源主要来自国外。

孙广庭自至延吉日起,即对邻国进行研究,并郑重告诫丁超:"无有远虑,必有近忧。季捷里赫斯是较之日本驻朝鲜总督、海军大将斋藤实与驻朝司令、陆军大将大庭次郎更为危险的对手。"

丁超面掠惊惧,却淡淡一笑:"季捷里赫斯乃捷克后裔,戍守高加索地区俄罗斯帝国陆军上将之子,曾于俄日世界大战和俄国内战中屡建功勋,荣获俄罗斯圣弗拉基米尔、圣安娜勋章双剑与法国最高荣誉骑士团勋章,并有幸成为皇太子阿列克谢·尼古拉耶维奇·罗曼诺夫的教父。不过现在帝俄大厦将倾,崴埠四面楚歌,已是虎落平阳,今非昔比矣。"

孙广庭却是直言不讳:"其危险亦恰在于此。"

两人不言而喻,都在闭息凝神,密切关注北疆风云变幻。

俄国国土上,各方势力鏖战正酣,而今日本从西伯利亚撤军,白俄海参崴政府独木难支,即刻陷于风雨飘摇之中。苏联红军和远东共和国军趁机占领尼哥斯克,直捣奴士特利纳。白俄临时大总统季捷里赫斯破釜沉舟,孤注一掷,命令总督斯塔克上将、阿尔得密夫藏相留守崴埠,亲率两万余拱卫京师之精锐部队,开赴乌苏里江与中东铁路衔接处,拟于中苏边境与苏联红军拼死相搏,妄图扭转战局。

民国十一年十月二十七日,丁超获此情报,乃约孙广庭相商:"这是险中取胜之高招,季捷里赫斯不愧为高而察克亲密副手,真乃老奸巨猾。背靠中东铁路区域作战,进可解海参崴之危,退可避红军进击之险。"

"季捷里赫斯堪称身经百战,智勇双全。然凭区区一隅之地,终难与举国之师抗衡,其一旦战败,可能谋窜延吉,以图再起。"孙广庭忧心忡忡,"《盛京时报》近期报道,赤军司令官吴哥利那亚兵抵距崴埠北三十六俄里之吴哥利那亚站,崴埠几乎无政府矣!"

"民国七年四月五日,日本即以保护侨民为名出兵占领海参崴。故海参崴政府之设立,背后实为日本撑腰,而其多年以来援助俄国旧党之方针,以着着归于失败,或因大势所趋,近乃一变而不取援助之态度。"

孙广庭突然问道:"日军对于海参崴之炮台营垒,皆不待海参崴政府同意便削平之,甚至不惜招惹海参崴政府将失败原因归罪于日方背信弃义,且致各国对日本此举提出严重抗议,究竟为何?"

丁超沉思良久方道:"此计甚刁,乃一箭双雕。让季捷里赫斯丢失海参崴,逼白军败退我国境内,争抢地盘,以求生存,日人再乘乱赤膊上阵,劫夺满蒙。而海参崴政府倒后,俄国旧党势力在其领土内者可谓完全终结。赤俄政府无后顾之忧,势必对华外交益发强硬,此又可导致中俄矛盾加深,不易和解,正利于日军对东北宰割。"

"而今形势危如累卵,关东首当其冲,战火一旦于延吉大地燃起,日军定越图们江以保护日韩侨民为名入侵关东。诚如是,则延吉危矣,东北危矣,中华危矣!"孙广庭亦焦急万分。

"我于北京步军统领衙门总参议任上,曾闻徐大总统督东三省时于上奏光绪皇帝密折中云:'延吉为三国势力角逐之地,为东亚安危之所系,安延吉即所谓安东亚也。'果真延吉失控,北满沦如高丽、蒙疆之乱,则不止中国,东亚也无安宁之日。倘若如此,我与丹阶兄俱成千古罪人矣!"

"俄兵将至,空谈无益。应对面前局势别无良策,当务之急是火速请张大帅派兵增援,在延吉全境加强戒备。"

英雄所见略同,两人配合默契,广庭当即执笔疾书紧急公文,一气呵成。

丁超临窗而立,遥望天际:"季捷里赫斯三年前曾任西伯利亚陆军司令、最高统帅部总参谋长和军事部长,组建'圣十字和新月会义勇兵团'。"

"盖因鄂木斯克防卫与高尔察克上将产生战略分歧,季捷里赫斯乃力辞总司令之职。民国九年十一月,谢苗诺夫白俄政权倒台,日本乃寄希望于季捷里赫斯。民国十年,白俄头面人物、高尔察克旧部、前俄国驻日本大使等云集哈尔滨开会,密谋成立'阿穆尔河沿岸地区临时政府',首府设在海参崴。"

"此番在日本远东军支持下,由所谓'世界教会'推举季捷里赫斯为'世界军队'反对赤俄'圣战'之总裁与总指挥。今年七月,俄远东国民代表大会于泽姆斯基大教堂举行,宣布全俄权力属于罗曼诺夫皇室,季捷里赫斯当选为白俄海参崴政府临时大总统。季氏当众亲自颁发第一号令,将武装力量更名为国家军队,宣布'为君主复辟对苏联宣战',并迅速出兵攻占哈巴罗夫斯克,建立起阿穆尔河到太平洋沿岸之白俄政权。此公可谓能屈能伸,野心勃勃。"

"季捷里赫斯虽系名将高尔察克亲密助手,却与高尔察克不同。高为俄罗斯世界大战英雄,天才学者,通晓四种外语,包括中文。而季捷里赫斯乃出色将才,城府颇深,民国八年十二月栖居哈尔滨,隐忍至今年复出,为稳定军心,明守尼科利斯克与乌苏里斯克,暗攻哈巴罗夫斯克红军,居然初战告捷,声威大震。可是未几,气焰嚣张之日军独挡苏俄红军进攻,英国、美国对其觊觎西伯利亚领土日益担忧,以及国内经济与人力难以支撑,决定全部撤出俄罗斯远东,形势直转急下……"

"哦,哈尔滨……乃福地也。"丁超似略一沉吟,顿有所悟。

十月三十日,孙广庭和丁超不约而同各执一报至延吉镇守使署,而报上分别有篇文章,四周用墨笔勾画突出。两人坐定,交换看罢,相视无语,面现苦笑,遂将两张并列平置于桌案比较。

民国十一年十月二十九日《盛京时报》载文《赤军领袖陆续入崴二十七发东京专电》云:

> 据崴埠二十七日来电云,赤塔军总司令吴波利齐氏已于本日正午入崴,即在车站前举行阅兵式。行政部主脑之革命委员会会长斯利罗恩氏预定于今明日入崴。

民国十一年十月二十九日《民国日报》之《东俄赤军总司令入崴埠》云:

> 东方社二十七日东京电:二十七日海参崴电,今日正午,赤塔军总司令伍波立盍乞氏入崴埠,在车站前阅兵,行政部首领、革命委员长史林基氏亦将于今明日中来崴。

两张报纸报社相隔甚远,而报道新闻内容除文题及人物译名外,几乎毫无差别。

"夕阳无限好,只是近黄昏。"广庭脱口吟出。

"以古喻今,想必有感而发,此句寓含何义?"

"远东共和国攻占俄罗斯远东最大城市海参崴,辉煌至极,但同时已完成苏俄政府所赋予的历史使命,其寿终正寝为时不远,指日可待。"

"黑云压城城欲摧,现在是火烧燃眉,已至我等'报君黄金台上意,提携玉龙为君死'之危急关头,老兄尚有闲心替古人担忧。"丁超心事重重,"再说,只要季捷里赫斯尚在,远东共和国绝不会退出军事与政治舞台。"

正说着,延吉镇守使署接到张作霖回函,内以颇有特色笔体写道:……为避免国际争端,无论俄国白党、红党越境,必勒令缴械,不得有误。

"如此答复,真让人啼笑皆非。勒令缴械,谈何容易?"丁超紧锁愁眉,沮丧至极,"去岁,白俄阿年阔夫匪帮七百余人于新疆古城暴动,竟然惊动中国朝野上下,搅得新疆全境天翻地覆,鸡犬不宁。昔日白军哥萨克首领谢苗诺夫仅带属下一哨人马闯进外蒙,便横冲直撞,如入无人之地。哲布尊丹巴活佛、巴特玛多尔济亲王捉襟见肘,难以招架,吓得惊恐失色,魂不附体,急忙宣布取消独立,归顺中央,借以乞求北京政府派兵相救。幸亏徐树铮及时挥师驰援,方将谢苗诺夫逐出国门。谢氏复窜回满洲里,持械割据,继续为非作歹,后来还是丹阶兄巧用假药行医,费尽周折,才将这尚且不足三千的残匪制服。而今,两万多能征惯战、号称白俄近卫军的亡命之徒就要如潮水般涌入,即便是三头六臂之人,恐怕也不敢夸下海口,要这些亡命之徒俯首帖耳,束手就擒。张大帅作如是说,何异于令人登天揽月,入海擒龙。"

孙广庭忍无可忍,竟当丁超之面,将张作霖手谕摔于公案上,愤然道:"光绪年间俄人即于此地探勘金苗,开办金矿,对延吉地形地貌了如指掌。季捷里赫斯久经沙场,老谋深算,数次来华,对关东尤为熟悉,日俄战争期间,亲临奉天、辽阳与日军鏖战。又曾任外阿穆尔军区司令,可谓'中国通'。雨帅不肯派兵接济,何异于驱令我们赤手空拳与季捷里赫斯争雄?你我本事纵有天大,亦无法扭转颓局。未卜即知,难逃灭顶之劫!"

"如今形势严峻,以区区一旅之兵,守护八县八万四千余方里国土、四千六百余里国界,真是捉襟见肘,难似登天。军情瞬息万变,刻不容缓,我欲即日告假,前去面见雨帅,争取一条活路,晓之以利害,恳请火速增兵,以免贻误战机。再者,我家里尚有些私事需要料理,延吉一切巨细皆有劳丹阶兄……"

孙广庭一愣,暗想:环境果然险恶。大难临头,连一向以勇猛著称的洁忱老弟也口是心非,欲效仿臧式毅在天津的故技,溜之乎也。他忙断然拒绝道:"大敌当前,主帅远游,军心浮动,实为不妥……"正在这时,忽闻门外有异样响声,忙起身查看。

操场练兵杀声震天,深宅内丁司令、孙参谋长密谈已久。镇守使署卫队营长王德林手捧茶杯,踱至宅内,探头朝里望望,刚欲迈步,中校军法官金名世忙劝阻道:"奉命一概挡驾,任何人不得惊扰,亦不可在此逗留。"

王德林不服:"研究祝捷庆功,何必这般神秘?"

金名世似被激怒,失口说道:"休要自作聪明,胡乱猜疑。听说白俄临时大总统季捷里赫斯阴谋攻打延吉。"

王德林在东北大局里当土匪时,曾与俄军打过交道,因轻敌险些丧命。此时忽闻此言,惊得手一抖,茶杯跌落在地摔得粉碎,茶水溅满阶石。

丁超察觉有异样响声,出门厉声喝问:"什么动静?"

金名世面如土色,启唇未答。王德林灵机一动,抢先道:"好大的喊杀声!"

丁超呵斥道:"体壮如牛,胆小似鼠,不过是操练演习,何至于风声鹤唳,草木皆兵,如此惊慌失措!"

孙广庭立于丁超之后,微微摇头,缓缓言道:"敢于独闯虎穴的猛士,刀光剑影,枪林弹雨尚且不怕,又何惧校场吼声! 荒唐!"

王德林脸色骤然变红,心怦怦直跳,眼睛不敢前视,垂手低头,无言以对。

重新回到屋内,孙广庭又道:"前年满洲里驱逐谢苗诺夫残部,丁司令置生死于度外,统兵亲征,何其……"

丁超久已深思熟虑,无意步阿山道尹周务学后尘,决定选择三十六计之上策,一走了之,故惧广庭又委婉游说,于是眉头微皱,急忙亮出底牌:"业已呈报雨帅,获得恩准,任命丹阶兄代摄延吉镇守使兼十三旅旅长,坐镇边关。危难之时,尚祈勿辞。弟急欲晋见雨帅,做最后之努力,恳请调兵戍边,以壮声威。吾辈刎颈之交,趁俄军未至,弟速去速归,生死关头,定与丹阶兄休戚与共,同赴国难。"

孙广庭心中有数,日本"三个着着"进行,丁超已觉泰山压顶,重负难承,再添一个白俄大总统携逾万兵马来攻,彻底将这员猛将斗志摧毁。他举目观窗外云海,悲声道:"月显盈缺凭天定,人有聚散靠机缘。暴雨将降,欲行宜早。"

丁超拱手告辞,扬长而去,貌似名正言顺,洒脱果断,机敏圆滑,轻易化险为夷,但却于人生历史上留下永恒缺憾。

孙广庭独对孤灯,坐立不安,有苦难吐,百感交集,哀叹回天乏术,但却于生命旅途中焕发出耀眼辉煌。

机遇难求,一闪即逝。人们尽管生活道路各有不同,但都会遇到多寡不等之机遇。把握住者,或许会峰回路转,柳暗花明,别有洞天,绽放绮丽的生命之光;擦肩而过者,失之于毫厘,谬之以千里,可能步入歧途,将被沉重十字架压得终生难以抬头。真正做出明智抉择之人实属凤毛麟角。所谓人生莫测,即是此理。

第六章　智降白俄"大总统"

一　可怖的对手

庆功会即将开席,镇守使署里人声鼎沸,传出阵阵欢声笑语。

时间已到,主持人丁超司令却尚未露面。参谋长孙广庭拉开房门,独自一人阔步而入,神色凝重,表情严肃,毫不谦让地端坐于主席台正中位置。

"莫非参谋长要主持给自己庆功?这是哪出滑稽戏?"

微妙的变化突如其来,令人顿生困惑。会场立刻变得格外寂静。

"奉张总司令手谕,本参谋长暂摄延吉镇守使兼十三旅旅长,现在宣布,庆功会正式开始。"

"究竟发生何事?丁司令连庆功酒都来不及喝,就不辞而别,匆匆离去?"金名世茫然不解。

延吉道尹陶彬专程赶来道贺,观此现象,尤感奇怪,低头略加思索,即与邻座孟富德团长窃窃耳语。

"天塌下来,自有高个儿擎着,何必杞人忧天,多管闲事?"孟团长高举酒盅,惨然苦笑,"请,今朝有酒今朝醉,干杯!"

推杯换盏,猜拳行令之声越来越大,空气中酒香浓郁,扑面浴身,人们脑海里的疑团被渐渐冲淡,最后飘得无影无踪。

祝捷会刚过,孙广庭马上召集下属,布置应急措施。命令所辖驻军取消度假,加固工事,做好战斗准备;各路哨卡加强巡逻,严密监视边境动态,发现异常,迅速上报;派出侦探人员深入各敏感区域搜集情报;编制作战防御计划,赶写公文呈报保安总司令张作霖。

与此同时,孙代镇守使又到街面走动,与各界知名人士聚谈,故意满面春风,显得轻松自如,借以稳定民心和社会大局。

搏击尚未开始,神经与肌肉却似条件反射一般,迅疾应变。孙广庭紧张忙碌,夜以继日,尚坚守寝前躬身自省旧习。而思索最多者,依然是眼前的内忧外患。

伴随局势逐步升温,广庭知对手愈深。经过广泛搜寻资料,听取知情者介绍,利用午夜清寂之际反复研讨,他对季捷里赫斯其人兴趣大增,甚至产生一丝好感和尊重。

这位海参崴政府临时大总统,昔日深受尼古拉沙皇宠爱的帝国重臣,确实是位不同凡响的人物。二十一年前任外阿穆尔军区暨边防独立军团司令,未及一年竟扩军五倍,手下将士达四万余众,是东三省马步巡捕总数之三倍,由俄罗斯帝国驻华军区最高统帅成为左右满洲政局之东北三省太上皇。

"外阿穆尔军区暨边防独立军团护路军遍布中东铁路沿线,与旅顺口、外贝加尔及海参崴诸俄国远东部队,对东三省形成'据心腹而制其手足'之态势,为其侵华大开方便之门。"

孙广庭四十有七,早已是不惑之年,分析当时情形,仍不寒而栗,倒吸一口凉气。"庚子年,俄国派遣军与护路军里应外合,一举占领东三省,可谓俄国企图长期武装占领和吞并东北全境之尝试。"

日俄战后,外阿穆尔军区不断强化,武力发展至巅峰,沙皇俄国又得陇望蜀,将黑手伸向内蒙地区,制造呼伦贝尔"独立",支持乌泰叛乱。正待赤膊上阵,肢解鲸吞中国千里北疆沃土,却因欧战突发,导致祸起萧墙,才功亏一篑,使关东大地侥幸脱此浩劫。

民国三年,季捷里赫斯调任西南前线总司令部上校参谋,民国五年参与制订"布鲁西洛夫突破"进攻计划,此战役俄军歼敌一百五十余万,挺进三百里,全线突破德奥军防线,彻底扭转东欧战局。季氏亲率第二特别步兵旅于马其顿登陆,由是一举成名。

民国六年,俄国爆发十月革命,沙皇王朝被苏维埃政权推翻。季捷里赫斯如丧考妣,面向彼得堡方向,号啕大哭,三日未眠。季氏痛恨苏维埃政权,决计与之刀枪相见,周旋到底。时有六万余捷克斯洛伐克俘虏与降兵主动归顺俄国,被编为捷克兵团,季捷里赫斯奉命统领塞萨洛尼基前线作战部队,继以中将衔任捷克兵团司令官。

苏俄政府单独与德奥媾和,退出世界大战,经布拉格大学教授马塞列克出面,征得列宁同意,捷克兵团拟从苏联北部阿尔汉格尔斯港经挪威海开赴西欧,参加对德作战,以争取捷克斯洛伐克独立。因船只困难,改由西伯利亚铁路运输至海参崴,绕道经太平洋、美洲大陆、大西洋去欧洲,

捷克兵团在向海参崴开拔途中,突遭红军伏击。闻报苏联秉承德国旨意,

欲根据《布雷斯特和约》强行解除捷克兵团武装,季捷里赫斯峻拒交出武器,率领全军从红军伏击圈结合处杀出重围,并抓住战机迅速挺进海参崴,占领北库页岛,且于民国七年六月夺得西伯利亚铁路控制权,从而站稳脚跟。

尽管屡受挫折,季捷里赫斯并不气馁,死心塌地为罗曼诺夫王朝复辟尽心尽力,乃以攻为守,频频出击,连下伊尔库茨克、上乌丁斯克、赤塔三城,使得西伯利亚苏维埃中央执委会无处藏身,外贝加尔地区各级苏维埃政权被迫相继解散。

当季氏探知沙皇尼古拉二世、皇后亚历山德拉及其全家被囚禁于叶卡捷琳堡的一所住宅时,竟然不顾一切地率领捷克军团贸然起兵救驾。叶卡捷琳堡乃1723年彼得大帝下令所建。为纪念彼得大帝妻子叶卡捷琳娜一世女皇,德·盖宁建议以叶卡捷琳娜名字命名该市。

叶卡捷琳堡地处乌拉尔山脉东麓、伊赛特河畔,沿乌拉尔山脉东侧一字排开,历来都是俄罗斯的重要交通枢纽、工业基地和科教中心,是大乌拉尔地区军事、政治、经济、文化中心,亦为俄罗斯中央军区司令部所在地。

叶卡捷琳堡在俄罗斯首都莫斯科以东三千三百三十四里,而距海参崴一万五千二百七十里。季捷里赫斯救驾心切,不听部属劝阻,一意孤行,统兵进行一万五千余里长征,深入伏尔加地区作战,忽南忽北,声东击西,在红军防区的缝隙中死命挣扎。

或许真个是"置之死地而后生",捷克军团似有天助,竟然经过几场小胜,闯出一条生路,顺势疯狂地扑至叶卡捷琳堡,形成杀气腾腾之包围圈。

获悉乌拉尔州主席戈洛谢金奉莫斯科中央执委会指令"七月末于叶卡捷琳堡审判沙皇",季捷里赫斯立刻发动凌厉攻势,迅速缩小包围圈,大有锐不可当之势。

为防万一,州苏维埃执委会临时决议,不经宣判,秘密处决尼古拉二世。七月十六日深夜至翌日凌晨,州司法委员尤罗夫斯基及助手尼库林率领武装工人闯进囚禁沙皇的伊帕季耶夫地下室,将末代沙皇全家七口连同四名心腹一并枪决。尸体用卡车拉到附近森林,弃于加宁娜废矿坑内焚烧。

八天后,当季捷里赫斯满怀喜悦,高唱帝俄国歌"上帝保佑沙皇,威名远扬",一马当先,率众冲进叶卡捷琳堡时,除却破壁残垣和即将散尽的硝烟之外,他只寻觅到据说是沙皇全家的几具难以辨认的尸骨。

经过这次沉重打击,季捷里赫斯改变甚多,整日沉默寡言,心事重重。一双深深凹陷的蓝色眼珠闪动着令人恐怖的幽光。从此,他行事愈加稳重、诡秘而凶狠,不留下一丝马脚、半点纰漏。而且不失时机,突然打出"民主、自由"的旗号，最大限度地将反对苏维埃的“斗士”集于麾下。

为给沙皇尼古拉复仇，季捷里赫斯突出奇兵，连续攻占切利亚宾斯克、鄂木斯克、诺沃尼古拉耶夫斯克、克拉斯诺亚尔斯克、雅库茨克诸城，并于贝加尔湖东岸击溃一支红军精锐部队，声威大振。尼古拉二世的那些不可一世的名将——高尔察克、谢苗诺夫、邓尼金、霍尔瓦特……在红军的打击下纷纷落马，季捷里赫斯却是一花独秀，长期盘踞海参崴地区，称王称霸，野心勃勃地高举复辟罗曼诺夫王朝大旗，几乎惊动整个世界。诚然有日本增兵远东对抗苏俄所起之作用，但季捷里赫斯其人的胆量和能力绝对不容小觑。无论如何，季氏称得上是一方之人杰、当世之枭雄。

二十年风风雨雨，孙广庭成熟甚多，已不再是昔日因一时之义愤便拍案而起的热血青年。在暴风雨将至之时，他凝神闭息，摒弃浮躁，绞尽脑汁，苦苦探寻，企图侥幸辟出蹊径，闯过“山重水复”，直达“柳暗花明”。

夜静更深，独立窗前，广庭蓦然觉得，这般思索无济于事。帝俄靠侵略掠夺起家，纵横欧亚三百余载，白俄军队可谓久经沙场，能征惯战，嗜血成性。和如此强大对手对阵，不可与钻山洞撵土匪同日而语。实力悬殊，欲借斗智斗勇取胜，何异于天方夜谭？倘若孤立无援，仅凭造化，占据上风是一厢情愿的幻想。

广庭放眼朝北方眺望，唯有寒秋萧瑟，一团漆黑。阴风呼号的夜幕里似乎显现出狂妄自大的季捷里赫斯那狰狞的面容，生平无所畏惧的孙大爷也禁不住身上阵阵发寒。

二　山雨欲来风满楼

延吉镇守使署里，孙广庭剑眉紧锁，心事重重，室外的瓢泼大雨冲刷不掉胸内的烦闷，反而骤添满腹愁绪。左右副官、参谋们失去往日高谈阔论的兴致，个个感到蹊跷。安顿下饥寒交迫的灾民，剿灭了作恶多端的马匪，又晋升为握有实权的代理镇守使兼旅长，可谓三喜临门，理应庆幸才是，为何这般沉闷不乐？

宽敞的房间静悄悄，除去秋雨无情地拍打玻璃窗外，听不到别的动静。有人默默地望着窗外雨幕，有人漫不经心地浏览手中公函，有人用疑惑的目光盯视着办公桌上的条幅和一封开启的信，皆在揣摩参谋长思索什么。内中不乏真知灼见者早已洞察端倪，但因关系上司丁超的颜面，故而缄口不语。

沉默使人感到压抑，但谁也不愿意打断参谋长的冥思苦想。孙参谋长以其远见卓识和雷厉风行的作风赢得属下信赖。尤其是抗洪赈灾以来，诸多棘手难题皆迎刃而解，足令人从内心里折服。

此刻,广庭凝神注视悬挂于墙壁之上的《延吉边务专图》。这幅五十万分之一的军用地图乃是十五年前"留日士官三杰"之一的吴禄贞将军历尽千辛万苦,精心绘制的。那弯弯曲曲、又细又长之边境线,令平日笑口常开的参谋长双唇紧闭,忧心如焚。刚阅过丁超从奉天派人送至的密信,内中透露:

> 张总司令似有难言之隐,直奉大战新败,兵源枯竭,财力匮乏,内忧外患,四面楚歌。总司令自顾尚且不暇,让其增兵延吉恐怕爱莫能助。然事在人为,天无绝人之路,我兄可因势利导,另觅良策……

恳请张总司令发兵驰援已成泡影,面对《延吉边务专图》,孙广庭默默无语,屈指细数:现今赤塔共和军有一万余,红军在伊曼和皮根各有一千余,哈巴罗夫斯克有六百哥萨克骑兵,散布西伯利亚各地有数千地方部队,毕竟兵力有限,仅凭旺盛士气,欲荡尽装备精良、训练有素之白军,恐难如愿,最好之结局是逼其溃逃。而白军败北,定越境退守中东路区,于我关东建立基地,继续与红军对抗。延吉地处边陲,多崇山峻岭和森林,便于军队休整、回旋。自日本派遣军司令官大谷喜久藏大将宣布从海参崴撤军之日起,季捷里赫斯即密谋与吉林马匪勾结,企图借助珲春地利东山再起。而我兵力微薄,守卫漫长之国境线,难免捉襟见肘。倘若无力阻止俄军借地作战,不仅匪患会死灰复燃,虎踞图们江南岸的日军亦必借保侨为名大举入侵。

孙广庭迈着沉重的脚步,踱回大办公桌前。桌上放着一张狂草疾书的条幅"知己知彼,百战不殆",旁边堆满各地搜集的情报。

窥视孙广庭脸色多云转晴,屋里又有好事者窃窃私语。

"自日本从海参崴撤军加速,参谋长突然对西伯利亚产生浓厚兴趣,对有关白军、红军、赤塔军之话题津津乐道,对有关海参崴政府首脑季捷里赫斯等人的情报百看不厌,不可思议。"

声音微若日本淑女,略胜蚊蚋,唯恐被其心目中"眼观六路、耳听八方"的上峰察觉。其实这种顾虑纯属多余,因为此刻孙参谋长正集中精力分析梳理得到的情报,插上翅膀的思维一跃飞至万里之遥的异国他乡。

苦思冥想良久,孙广庭诗兴大发,挥毫写下一首题为《豫让桥》的七绝:

> 后世夸称豫让桥,当年度量赵襄高。
> 漆身吞炭怜忠义,慨许仇人斩己袍。

众人引颈围观,不解何意,孙广庭说古论今,侃侃而谈,镇守使署内顿时热闹起来。

"豫让乃晋国权贵智伯家臣。战国初期,赵、魏、韩三家合谋灭掉智伯,豫让遁逃山中,仰面长啸:'嗟呼,士为知己者死!'改名换姓,自称'刑人',潜入赵襄子宫中行刺被捕获,后又用漆身为癞、吞炭致哑的方法改变容貌声音,挟匕首伏桥下再次行刺,又没成功。遭到赵襄子当面奚落:'你的旧主人范氏、中行氏皆为智伯灭,你不思报仇,反而去侍奉智伯。今智伯已死,为何报仇之心又如此之切?'豫让昂首对答:'范氏、中行氏以常人待我,故以常人回报;智伯以国士待我,故以国士回报。今日之事罪固当诛,但请君脱下衣服,让我击之,虽死无恨。'赵襄子怜其忠义,令随从持衣,豫让拔剑三跃,呼天击之,道:'可以报智伯知遇之恩矣!'遂伏剑而死。"

见众人侧耳倾听,兴致颇浓,孙广庭啜口龙井茶,将话锋一转,切入正题:"海参崴政府最高执政官季捷里赫斯对沙皇感恩涕零,誓死效忠,恰是个'士为知己者死'的亡命之徒,曾甘冒遭受灭顶之灾的风险,往返三万余里,远征号称固若金汤的古城去救沙皇……"

副官长张继宗道:"这真是一次极其危险的举动。孤军深入,以寡敌众,实为兵法之大忌。"

少校参谋赵有盘性急好奇,借往杯中续添茶水之机凑前询问:"城池固若金汤,安能攻克?看来救出沙皇实属无望。否则早就沸沸扬扬,广播宇内。所谓强弩之末不能穿鲁缟,季捷里赫斯长途涉险堪为失策。"

"亦不尽然,季氏不同寻常之处也皆在于此,凭其诡计多端,骁勇善战,居然出人意料地攻下古城……"广庭手执茶杯,徐徐说道。

目瞩众人半信半疑,广庭乃出示一部《谋杀皇室及乌拉尔罗曼诺夫王朝成员》,道:"民国八年,季氏耗六个月时间,亲自监督弑君案调查,然后于哈尔滨撰成此书,详述事件原委。"

"参谋长所言大都是季氏过五关斩六将的光彩事,难道就没有'兵败麦城'之时吗?"中校军法官金名世突然发问。

"季氏走麦城为时不远。实不相瞒,我所关注者恰在于此。"孙广庭闻听,忙放下举至唇际之茶杯,"两年前,美、英诸国干涉军相继撤离海参崴,捷克兵团亦赴欧洲,唯独日本借口保护侨民,防止苏俄'过激派'向满洲、朝鲜扩张,增兵北库页岛。而今,日本亦急流勇退,宣告撤兵。有种种迹象表明,季氏一旦战败,可能谋窜延吉以图再起。知己更应知彼,擒贼宜先擒王,对季捷里赫斯其人,诸位有何见解,请广发议论。"

"季捷里赫斯欲继麦罗库夫兄弟之后,抗拒赤塔大军,征服西伯利亚,长驱乌拉尔,统一俄罗斯,消灭布尔什维克,恢复罗曼诺夫王朝,真是野心勃勃。其敢于反抗大势之胆量,实在令人吃惊。此种亡命之徒何事不可为? 我们宜早些准备,多加提防才是。"上尉参谋杨耀钧面现焦虑。

"显赫一时的白俄将军相继被逐出历史舞台,唯有季捷里赫斯却能执政于沿海州,牢牢守住罗曼诺夫皇朝最后一丝沃土,足见季氏绝非等闲之辈。白俄军队乃虎狼之师,一旦入境,后果不堪设想,务必严加防范,拒之于国门之外!"金名世状若宣判。

一时人声鼎沸,议论纷纷。不仅参谋、副官畅所欲言,连军法官、军需官、军医官、军械官、书记官、秘书亦皆敞开心扉,直抒己见。

听罢众人高谈阔论,愈加证实自己并非杞人忧天。沙俄侵略军昔日在关东大地上所犯下之罪恶又一幕幕在广庭面前浮现。

庚子年间,侵华护路军军官伦森于《俄中战争》一书中,曾描绘其扭曲的心灵与当时之惨状:"人尸马骸遍地狼藉。军刀刺刀寒光闪闪。你拥我挤,胡乱碰撞。大家心情激动,像是酗酒发狂。咒骂声、血腥味、汗水和火药臭气冲天。惊骇的儿童、鸡鸭、牛马四处乱跑。我们的二十毫米口径的步枪不时清脆发响。士兵们如狂如醉,残酷无情。有人纵火焚烧房屋,黑烟滚滚,直上云霄。一轮红日泰然高照,对人间的死亡和毁灭无动于衷。"据《呼兰府志》记载,元聚烧锅大院有中国官兵三百,前无援兵,后无退路,在浓烟烈火中,同俄军拼杀近两个时辰,最后全部战死,无一降者。

俄军入侵关东,公开抢劫、奸淫、烧杀。护路军猖獗尤甚,占据海城后,"大杀十日,近城二十里俱遭惨戮",连老弱妇孺亦未幸免。

追忆起俄军种种令人发指的罪行,孙广庭使劲攥紧拳头,砰的一声砸向书案,斩钉截铁地道:"兵来将挡,水来土掩,宁愿玉碎,决不瓦全。岂能让侵华历史悲剧在这里重演!"

目睹参谋长凝神肃穆,桌面上砚台为之一动,茶杯蹦起甚高,墨汁与茶水皆溅洒出来,众人再次热烈议论起来。

"俄之赤白两党对峙许久,互相征伐,各有胜负。最近赤军得胜,而白军不支。所有海参崴、双城子、葛瓦斯各处屡经战争,已志报端。"

"《盛京时报》二十八日东京专电云:'斯塔克总督已率西伯利舰队抵达清津。'"

"十月三十一日《盛京时报》之《白军在波掠夺》云,据罗南二十八日电,'溃走之白军在波谢多擅行掠夺,且肆行放火,颇为危险'。"

"败走麦城之白军无法无天,气焰十分嚣张,居然于珲春张鼓峰北波谢多草原肆虐无忌。日韩居民怨声载道,惶恐万状。"

"城门失火,难免殃及池鱼,令人陡生兔死狐悲之慨。"

"不识庐山真面目,只缘身在此山中。端坐于火山口上尚且不晓,一旦火山爆发,玉石俱焚矣!"

"洞察庐山真面貌者岂止一人?丁超司令明哲保身,为躲避锋锐,退避三舍,悄然离去,丢下'士为知己者死'的参谋长,势孤力单,支撑残局,奈何?"

大家议论过后,仿佛置身于变幻莫测的空灵旷野,面对即将袭至的强劲寒流,感到危险正在迅速逼近,镇守使署内顿时一片寂静。

孙广庭执掌大印,举足轻重,尽管焦灼至极,却显得沉稳从容。他长于统观全局,早已料定,白俄为公开的最可怖的对手,而日本则是隐蔽的最凶险的仇敌。每当延吉境内略有风吹草动,驻朝日军都明里幸灾乐祸,暗中兴风作浪,浑水摸鱼。此次当然也不例外。

经过深思熟虑,仍旧未觅得制服强敌的仙丹妙药。虽然已广派斥候刺探军情,以便争取主动,随机应变,但战争一旦打响,必将腹背受敌,犹如一未及总角的少年郎与两虎背熊腰的壮汉搏斗,任凭智商再高,也无法避免败北厄运。此番发动众将献计献策,企图从中获得启迪,寻到更佳方略,也未能如愿。

作为独挑大梁的主师,面对这般残酷现实,孙广庭感到苦不堪言,暗暗抱怨远在奉天的丁超,无论有何种巧妙的借口,此时此刻走出延吉,就推卸不掉临阵脱逃之实。而由此引发军心浮动的恶果,给边关防务所造成的危害简直难以估量。

"报告!"孙广庭正欲启齿鼓舞士气,值星官杨振恒惊慌失色,破门而入,"参谋长,十万火急……"丢魂失魄般颤抖的声音,似无形的魔掌揪住人们的心肺,恐怖的气息弥漫满屋。

"三……三合方面传来准……准确情报,日军于图们江对岸陈兵数……数万,在寒冷的秋水上抢架浮……浮桥。明目张胆炫耀武力,进攻意图颇为露……露骨。"

听罢杨振恒失态的禀陈,孙广庭未动声色。根据连日来的情报,日本早就蠢蠢欲动,修建要塞,举行演习,其目的都在于对华发动侵略战争。广庭久已心存戒备,有所安排。他认为日军此举是蓄谋已久,无须大惊小怪,然而心中仍有股莫可名状之惆怅与幽愤悄然袭至。

十五年前,日本驻朝鲜"统监府"所辖间岛派出所竟然毫无道理地设置在中

335

国延吉境内龙井村,其首任所长就是大名鼎鼎的日本高级间谍斋藤季治郎。之后间岛派出所急剧膨胀,扩充为"间岛日本总领事馆"所属"警察部",现今已广设分署,触角伸及边塞要隘,形成庞大的间谍网络。目前,外国于东北领事馆共有五十三处,而日本独占二十一处,其中总领事馆仅哈尔滨、吉林、间岛与奉天四处。广庭判断,坐落在龙井村的间岛总领事馆曾由日本外务大臣亲自管辖,显然是延吉地区日本间谍中枢,自然也是观察日本侵略动向的窗口,遂暗中派得力谍报人员严密监视。

"报告,日本间岛领事馆新增五百名训练有素的警察,其中三百名由朝鲜调进,余者来自日本本土,均随身携带精良的枪械。"

"报告,龙井警察署长陪同日本总领事铃木要太郎,打着社会调查的旗号,率领众多随员,在边关频频活动。"

"报告,日本海参崴派遣军情报参谋松井石根乔装打扮,穿长袍,戴礼帽,乘舢板夜渡图们江……"

"报告,朝鲜宪兵队司令前田少将至延吉、龙井实地考察。"

"报告,前田于朝鲜会宁与日本驻军第十九师团司令鹰岛举行会谈,日军步兵第三十八旅团军事顾问町野中佐参加密谋,会后日军骤然猛增,军事调动频繁,大量兵力秘密布防于茂山、钟城、南阳、庆源一带沿江要地。"

……

日人觊觎东北这块宝地已久,亡我之心始终不死。斋藤季治郎当年与靳云鹏于北京秘密签订《中日陆军共同防敌军事协定》之后,升任第十一师团长。去年,斋藤季治郎中将率此善通寺甲种师团出兵西伯利亚,病逝浦源荒原。但他精心建立的间谍体系依然存在,并发挥着重要作用。日本首相迭经换代,由伊藤博文、原敬、内田康哉到现任首相加藤友三郎,对华态度及政策可谓一脉相承。

孙广庭分析,尽管加藤友三郎颇具资产阶级政治头脑,推行对外侵略政策与日本军部唯武力是赖的传统做法有所不同,更重视政治手段,但他继承伊藤博文的衣钵,为实现密友原敬遗志,向整个"满蒙"全面扩张的强烈欲望有过之而无不及,一旦遇有天赐良机,即会全力以赴,孤注一掷。此番又想趁火打劫,而且来势凶猛,可谓明证。

接到斥候们报告,广庭眉头紧锁,连日不展。驻朝日军和季捷里赫斯同时兴风作浪,边境日益紧张,险象迭生,骤然延吉镇守使署压力剧增,重负难撑。整个形势发展,乃是险恶背后为递加之险恶。珲春十万火急报告接踵而至,如利刃悬顶,令险恶倍扩。

"……数万军械齐全的白俄官兵不听劝阻，欲持械过境，双方僵持不下，局势危急，一触即发，祈请派兵驰援，否则……"杨振铎团长一纸报告展于镇守使署公案之上，屋内静寂得可闻心跳声。

金名世与围在广庭身旁的五六位参谋皆闭唇凝神，目不转睛地盯视他们的代理镇守使。两处军情同样十万火急，究竟如何方可顾此而不失彼？

广庭非常明白，只有尽快扑灭珲春边境的熊熊野火，保持住整个延吉地区的稳定，才能使日军失去形成燎原烈焰所必需的东风。然而，携一旅被丁超遗弃的装备落后的残兵败将，去征服桀骜放恣、诡计多端的季捷里赫斯所统率的拥有野战炮、机关枪的数万名嗜血成性的哥萨克骑兵，还要提防日军在背后的偷袭，这可让号称"智多星"的孙广庭颇为犯难。前进一步，有可能丧身于白俄的刀剑之下；后退半步，又会被远在奉天的张大帅绳之以法。真是进亦不是，退亦不是。

可广庭考虑的不止这些，还有更深层次的内容。其实进或者退在他看来仅是个人的名节不同，前者能流芳百世，后者要遗臭万年，而造成的恶果则一般无二，都是国土横遭肢解，百姓惨遭蹂躏。所以，此刻困扰广庭的并非进与退，而是胜与败。其实，他已下定决心全力一搏，只是胜利不是凭一厢情愿便可取得，故而他的确有些彷徨、不安与焦虑。

尽管心头翻滚着汹涌的波浪，脸上却依然平静如水，不见一丝慌乱。广庭轻掸手中报告，淡然道："是福不是祸，是祸躲不过。速给杨团长回电，令其加强警戒，固守待命。我即刻携援军驰往。"

"莫非参谋长要亲自赶赴珲春？"军法官金名世大惑不解。

"守土卫民乃军人天职。通知卫队营，准备出发。"

"参谋长切勿意气行事，贸然前往。以卫队营区区数百羸惫边兵迎击数万白俄政府军，无异于以卵击石。"副官长张继宗当即反对。

孙广庭举目望天，又俯首慨叹："我何尝不知是如此结局，可不这般做，又有何应敌之策？倘若诸位有何高见，不妨尽述，孙某定会言听计从！"

目前延吉镇守使署再无一兵一卒可派，亦无外援依靠。巧妇难为无米之炊，良将亦难打无兵之仗。张继宗、金名世和参谋们面面相觑，缄默不语。

"既然别无良谋，不妨破釜沉舟，以攻为守，此虽为一着险棋，但却有一线取胜的机会，值得一试。"

孙广庭说得甚是肯定，而参谋们包括镇守使署及十三旅旅部在场军官皆百思不解，机会究竟藏于何处？

三 一身系安危

天公也不作美,本是晴空万里,突然间乌云密布,大雨如注,倾泻在车顶与发动机罩子上,水沫飞溅,闪闪发光。沿途溪谷错综,山路崎岖,每逢转弯,司机都双手紧握方向盘,异常紧张,唯恐坠落山崖之下。

尽管道上险象环生,令人触目惊心,可是坐在车中的孙广庭对此丝毫没有觉察,只顾全神贯注地暗自思量。回想临行前与珲春所通电话,耳畔又响起杨振铎团长急促颤抖的声音:"白俄大军云集边境一线,倚仗人多势众,武器精良,公然鸣枪恫吓,大言不惭,反客为主地喝令'华军快快闪开,休要螳臂当车',扬言'如果不识趣,敬酒不吃吃罚酒,休怪枪子儿不长眼睛'……"

此仗非打不行,与其坐以待毙,不若拼死一搏。趁其未明我军虚实之机,倾全军出动,先发制人,两面夹袭,或许能侥幸打他个措手不及。可是俄人敢于光天化日之下鸣枪示威,必早有准备。若轻举妄动又不能速战速决,日军就会趁机大举入侵,后果则更加不堪设想。如此只有以静制动,以不变应万变,扼守阵地,拒敌于国门之外。然而季氏统帅万余亡命之徒,孤注一掷,敌众我寡,恐怕难以与之抗衡,况且……

孙广庭权衡利弊,搜索枯肠,尚无万全良策,默默自叹:"倘有御敌妙计,儒将本斋公自会悟得,无须杀身成仁矣!"

蓦然车身猛一震动,广庭腾空而起,离开座席,又重重跌落至原位,臀部突遭剧烈撞击,隐隐作痛。骤雨已止,天色明亮,孙广庭启窗回首观望,却是一块拳头大小之鹅卵石,竟将飞驰车轮阻挡,霎时三清观云游道长的叮嘱掠过脑际。武术家惯用的"四两拨千斤"的绝招给予他新的启示:三国纷争,智取为高。

红花尚需绿叶扶,寻觅到应对强敌路数的孙广庭情不自禁转头看向坐在身旁的卫队营营长王德林那张古铜色的四方大脸,觉得有这员勇猛善战的虎将助己一臂之力,更加底气十足,神清色定。

他并不知晓王德林此刻十分惊恐,忐忑不安,心跳剧烈,气喘异常。王德林目睹驿道两侧山坡林岗,触景生情,陡然想起二十八位弟兄血肉模糊、肢体残缺的尸首,心中大骇,且惧且恨,如烟往事又浮现面前。

乙未初春,东北大地惨遭甲午战火洗劫,依旧满目凄凉。王德林年近弱冠,面带稚气,身背筒状行李,行进在关外官道上,途中环顾远近山水,面现惊诧。

"大叔,"王德林怯色询问山东老乡,"这里刚打过仗?"

"听说东洋人相中关东这片沃土,翻脸与朝廷动武,一顿大炮让皇上服了

338

软,割让台湾,赔偿巨款。"

"东洋人是外夷,凭什么相中大清国龙兴宝地?"

"哟,爷们儿,大叔可没钻进东洋人的肚里,谁知道他们打的什么鬼主意哟。"

"八成,"一位乡亲戏道,"他们家里遭天灾,也和咱们一样要闯关东吧。"

"哈哈哈……"

尽管狼烟肆虐,大地毁颜,春天依然如期降临。向阳坡残雪渐渐消融,弹坑四周绽开五颜六色达子香,山径两旁钻出嫩绿小草。王德林逃难至吉林东部张广才岭,这里林深壑险,古木参天,重峦叠嶂,峰岭连绵。盖因清廷财政见绌,刚刚取消垦殖、伐猎禁令,俄商、日贾、权贵、士绅蜂拥而至,买通官府,购下土地,雇佣难民进山砍伐,编排流送到市场出售,时有一日千金之说。

莽莽林海,与世隔绝。王德林住地窨子,柴秆当床,茅草为褥,透风露雨,困苦不堪。然而凭借聪慧练达,他不仅掌握了山区伐木全套技艺,而且成为摘挂能手。摘挂如同鬼门关要把式,稍有不慎,便会命丧黄泉。大树伐倒瞬间,由于林木茂密,常架挂于其他树上,称为"搭挂"。这就需要伐倒邻近之树去砸,有时砸挂之树亦上挂,摘挂时一个不留神就会在群树坠倒时被砸死。

光绪二十三年八月二十八日,中东铁路在小绥芬河右岸三岔口破土施工。王德林离开吉林,至双城子一家俄人工厂做工,工钱不及白俄工人一半,还要挨打受气。他痛恨俄国老板刁狠歹毒,于是重返祖国,于中东路东线台马沟当上日薪十戈比的筑路工。

庚子年七月,沙皇俄国借口保护侨民,悍然大举入侵。黑龙江尸骨壅塞,弃置两岸;长白山赤血横溢,千里烽烟……

"耀臣,要想撵走毛子兵,就得像摘'牤牛挂',胆大心细,生死不惧。"一间低矮的小工棚里,王德林和好友孔宪荣在如豆的油灯旁低声商谈。

"大哥,我听你的。"孔宪荣直视王德林,痛快回答。

王德林抿抿宽厚的嘴唇:"现在关里关外义和团闹得正红火,咱俩分头联络可靠的弟兄,拉起旗号去打毛子兵怎么样?"

"中!"

小油灯扑地跳动一下,渐渐熄灭。窗外,繁星满空,月光如水。

台马沟位于磨刀石与下城子车站之间,为老爷岭余脉,中东路依山势而过,两侧峰连岭接,隘路险要,易守难攻。王德林将队伍安扎在密林深处,派人侦察敌情,探知:"穆棱车站毛子兵有百十号人,一色马队,正沿中东路西进开赴哈尔滨。"

清晨,距台马沟站十华里山坡上,王德林伏于卧牛石后,手握一支"铁公鸡",盯视东侧铁路。一尊土炮位于卧牛石顶,炮口对着山脚下两条银灰色钢轨。红日当空,俄军指挥官文宁格中校留两撇上翘小胡子,趾高气扬,率队疾奔,望见前方两峰夹一谷地势,蓦然勒缰而停,若有所思,派遣二十名哥萨克骑兵先行探路。哥萨克骑兵身披斗篷,斜背来复枪,旁若无人地策马前进,马蹄声音和淫荡笑语由远而近,蓝眼睛、高鼻子和弯曲鬈发清晰可见。

"打!"王德林举起"铁公鸡",大吼一声。

两侧山坡突发声浪,土炮"咕咚咕咚"喷射团团火光,土枪突突发出奇特闷响,硝烟浓烈,笼罩路堑。七八名俄国兵摔倒于马下,余者拨马狂遁。人们争先恐后收捡武器,呈现出无限喜悦。

突然,东方飞来一阵猛烈弹雨,大队哥萨克马队手扬战刀蜂拥扑来。当场有三名弟兄倒在血泊之中。王德林拾取来复枪还击,未能压住阵脚,只好忍痛下令撤退。

细雨如网,罩住小青松林。王德林站在三座新茔前,满面泪痕发誓:"血债要用血偿还。"

七月下旬,王德林趁俄军进攻牡丹江畔宁古塔城,减弱对中东路东线防护之机,频频出其不意,偷袭孤立哨卡。俄国护路军屡遭打击,亟思报复,重金收买眼线,探得王德林密营。一队哥萨克骑兵携火炮洋枪,发动疯狂进攻。王德林麾下二十八名留守战士临危不惧,扼守山路隘口,浴血苦战。

傍晚,面对这样一幅悲壮的情景——马架子变成废墟,殷红血迹洒满坡上岗上,二十八名烈士遗体惨不忍睹……王德林怒火中烧。

"准是毛子兵干的!"山东阳谷人吴义成唰地抽出斜插背后的大刀,瓮声瓮气地嚷道,"大哥,打吧,弟兄的血不能白流呀!"

王德林拔出怀内左轮手枪,高高举起,砰、砰、砰,一道耀目的火光迅速消逝于长空,尖厉的枪声却仍在山谷中回荡。"血海深仇必报!"王德林手指苍天,信誓旦旦,"可是硬拼反中其奸计,对付他们还得暗中下手……"

从此,他尽量避免与俄军正面交锋,把寻战机袭车站,瞅冷子砸哨所,消灭俄军有生力量,奉为收拾强敌的法宝,而且常常十拿九稳,马到功成。

思绪不知不觉回归现实,汽车正在向俄军云集地边境急驰。王德林预感他最忌讳也是最惧怕的兵来将挡的阵地战极有可能在这里发生。以己之短当彼之长,凶多吉少,难逃浩劫。王德林瞻前顾后,更觉惴惴不安。

"参谋长,久闻海参崴白俄军队凶狠勇猛,很有实力,仰仗日本与捷克兵团供给的先进武器,不仅纵横西伯利亚,而且远征过俄罗斯东部的彼尔姆和乌法,南征北战,立下赫赫战功。其头目季捷里赫斯将军更是诡计多端,阴险毒辣,不易对付。"王德林看一眼神态自若的主帅孙广庭,终于按捺不住,满脸焦虑地说,"而我东北边境屡遭列强蹂躏,余悸尚存,兵无斗志,军心浮动,这仗可实在是不好打呀!"

"莫长他人志气,灭自家威风。诚然形势不容乐观,但古往今来,出奇制胜、以弱克强者也不乏其例。"孙广庭淡淡一笑,"敌强我弱,当然不宜鲁莽硬拼,可先礼后兵,与俄方据理力争,劝其放下武器,缴械入境。"

"倘若俄人动粗撒野,不听规劝,那将如何是好?"王德林仍显出谈虎色变的神情。

"俄人动武,我军佯做抵抗,只许败,不许胜,违令者斩!"

"这又为何?"王德林大惑不解。

"珲春卡伦路上,爬山绕崖之处,驿道险仄,岭多林密,"孙广庭手指车窗外面,"集珲春驻军全团火力及卫队营精锐,事先隐蔽埋伏妥当,再兼以满山遍野的民团、乡勇、百姓为援,引诱俄军深入至此,虽不敢说能一举围歼,但也可挫其锐气。然后,再派人说服俄人残军,必能如愿。"

王德林闻听,眉开眼笑,连连点头称赞:"软硬兼施,好计,好计!"

边防驿道在光绪年间开辟,沿其长途跋涉,一路山岭重重,峰高林密,颠颠簸簸。赶至珲春城下,广庭已是肢体酸软,疲惫不堪,却无片刻喘息之机。

下车伊始,珲春驻军团长杨振铎和县知事王焕彤率军政要员蜂拥围上,倾诉惊弓之苦:"昨夜季捷里赫斯军队由摩阔崴而入,越长岭子疾进,悍然马踏我长城、春景、炮台诸村,锐不可当。现已兵临珲春河畔,凶焰十分嚣张!"

目前局势比途中想象严峻很多。孙广庭越城而过,亲往前线视察。沿途所见之人似乎皆预感大难将至而呈惶惶不安之状。枪声掠过珲春河面,断断续续传来,虽阵势不大,但穿透力极强,震得人耳膜嗡嗡作响。

"对岸骑高头大马、前呼后拥、沿河堤往返者可是季捷里赫斯?"孙广庭有意调解气氛,放慢语速,一字一顿地问道。

"据珲春识之者云,李氏一向张扬若是,即便把他剥皮再烧成灰亦不会认错。"王焕彤瘦小单薄,眼闪惊恐目光,战战兢兢应答。

"杨团长,依你之见,"广庭转身面对杨振铎,若无其事地问道,"我军如强力抵抗白俄犯境,可拒敌多久?"

"参谋长,战端一开,变化无常,实难预料……"杨振铎不知顶头上司是何用意,垂首搪塞。

"杨团长,已到如此紧要关头,你还敢支支吾吾,虚与委蛇?"

见孙广庭板起面孔,杨振铎浑身一抖,忙道出实情:"报告参谋长,如果和敌军硬性对抗,我军……我军最多能坚持……半个时辰。"

尽管自己早已做出相同判断,但由当地驻军团长道明,孙广庭依然觉得腑内仿佛被人捅上一刀。珲春守军名义上号称一团,但除去各级军官所吃空额,实际上只有千八百人。直奉大战奉军新败,元气大伤,军械不足,装备落后,兵员亏缺,最高决策层根本无力顾及边境守军的实力补充。类似珲春这种有边无防的境况,在整个中俄边境比比皆是。军事争斗,讲究的是实力,毫不夸张地说,以这种实力去和白俄对峙,不啻飞蛾扑火,其结局只能是自取灭亡。

孙广庭暗想,《论语》所说的"知其不可而为之",恐怕就是如此。但他却不能将此情绪坦示于众。目前珲春已是危如累卵,无法再承受任何风吹草动,倘若他这位最高地方军政长官亦面现怯色,那整个珲春将不攻自乱,难逃大劫。现在他身系珲春安危,需要他表现出镇定、勇敢、智慧和力量,需要他硬挺挺地支撑住珲春的大局。

四　活用"空城计"

"兵者,诡道也。故能而示之不能,用而示之不用,近而示之远,远而示之近。"孙广庭眺望天空变幻莫测的浮云,默念《孙子兵法》,心中在运筹应敌良策。尽管熟读众多兵书,一时竟无法从中觅得退敌妙计,他于是集中精力追思中外军事史上可有身涉险境、绝处逢生战例,以求借鉴。孙广庭目光一亮,回忆起少年时于熊官人屯与同学一同观看的那出酬神京剧——《空城计》。

当年诸葛亮困于空城,却临危不乱,手摇羽扇,坐在城头抚琴远眺。凭沉稳轻松的神态与语调,令司马懿数万精兵强将溃不成军,不战而逃,为其运筹帷幄、决胜千里的谋略史书写下神秘而光辉的一页。勇将张飞于当阳桥头喝退数十万曹兵,乃是仰仗其冲天豪气与奋不顾身的精神,而诸葛亮则长于韬略,凭借神机妙算、出其不意,变劣势为优势,此可谓中国文化传统之精华所在。广庭平时最热衷研读《易经》,同时最敬佩诸葛亮其人,他惊奇地发现,诸葛孔明所尊奉的恰恰是易理的精髓。为此,广庭对京剧《空城计》情有独钟,百看不厌,并不断地对照《易经》和《三国演义》反复思索,从中汲取丰富营养。

但他万万没有想到,多少年过后,他竟然会和诸葛亮一样,遇到独守空城之尴尬局面。可是,正像卧龙沟与卧龙岗有高低之分,他怎么敢和大名鼎鼎的诸葛武侯相比呢?人家诸葛亮有经天纬地之才,文韬武略,深不可测;他只不过是一介书生,更多的是纸上谈兵的经历。诸葛亮身边虽无强兵所用,远处却有勇将可调;而他只有一个残缺不全的团,连不解近渴的"远水"都没有。诸葛亮只需将司马懿蒙蔽一时,暂时吓退即完事大吉;而自己却要将季捷里赫斯彻底降伏,方可保地方太平……假如依势而思,必定畏缩颓唐,自愧形秽,然孙广庭毕竟是孙广庭,喜欢天马行空,特立独行,有异于常人之感悟。

数月前,自己不是才于天津前方司令部内,当臧式毅之面信誓旦旦表示,倘若有朝一日果真至山重水复地步,一定会优先考虑借助"空城计"摆脱困境吗?空城计高妙之处何在?乃为阴阳相易,示强掩弱,以虚饰实也。广庭恍然大悟,茅塞顿开,急令杨振铎团长于珲春城外山岭密林之中散开兵勇,公开亮出旗号,遥相呼应,大造"八公山上,草木皆兵"的声势。同时组织起民团乡勇在村口路边结队游动,利用正规军番号频繁联络,迷惑敌人耳目。

诸葛亮命老弱军士在城边洒水扫街,孙广庭邀集珲春工商学政头面人物,要求公务私交照常进行,严惩破坏安定祥和秩序者。诸葛亮抚琴笑谈,轻松自如,孙广庭也强作笑颜,迎来送往,同各界名流频频接触,风度翩翩,笑语连连。广庭极力仿效诸葛孔明,虽未达惟妙惟肖,亦是有声有色,烘托出一定氛围。遗憾的是,他那位气势汹汹的对手——季捷里赫斯将军,并未像当年司马懿那样率兵败逃,而是做出另外的选择。

紧张忙碌终日,昼夜平安度过,凌晨时分,孙广庭尚在梦中,房门骤响,如擂鼓而鸣。广庭急忙披衣下床,问道:"何人如此慌慌张张?"

"我……是我,杨振铎……杨振铎!"

广庭将杨团长迎进房门,命人燃亮灯烛,方见其满脸惊恐。"杨团长,发生什么严重事件?"

"参谋长,大事不好!"杨振铎气喘如牛,"白俄万余大军已公然非法入境,强行占领卡伦!"

广庭心里登时一颤,面露难色。

"卡伦"又称"喀伦""卡路""喀龙",乃突厥古词,在满语里仍沿用原意,系指哨所。黑龙江、乌苏里江本是中国内河,沙俄强迫清政府签订《瑷珲条约》和《中俄北京条约》后,两江才变成中俄两国界河。为防范沙俄继续蚕食鲸吞,清政府在东三省、蒙古、新疆等边防要隘,建立百余处卡伦,设官兵守望,巡逻戍边,兼代行地区行政、邮政、税收、垦荒诸职能。卡伦之间联系频繁,形成茫茫数千里"卡伦路",彼此遥相呼应,对巩固北部边疆防卫发挥了不可替代的重要作用。

但卡伦分布极不平均,黑龙江、乌苏里江一带,卡伦密集,而延吉境内则寥若晨星。其中以图们江左侧、珲春河右岸之珲春卡伦最为著名,地理位置至关重要,实为咽喉要隘。珲春卡伦失守必牵动全局,防线中断,后患无穷,不堪设想。

广庭用力闭目静思,一再告诫自己务必镇定,慎之又慎。他缓缓回身,徐徐坐于案前,平和地问道:"杨团长少安毋躁,敌军位居何处?"

杨振铎略微平静了一些,声音依旧急促:"敌我两军现对峙在卡伦门外二道河。我已命令守军不惜一切代价阻挡白俄,但恐难如愿。适才俄人派来使者呈交一份哀的美敦书,限令我们在二十四小时内派全权代表去卡伦会谈,否则大军继续前进,所产生的一切后果全由我方承担。"

孙广庭眉头微微一皱,旋即舒展开来,朗声说道:"事到临头需放胆,俄军继续前进,我军正好将计就计,佯败诱敌。记住,兵法云'始如处子,敌人开户;动如脱兔,敌不及拒'。速按既定方略行事!"

"参谋长,俄军占据卡伦,我军天险尽失,珲春守军及镇署卫队惧敌深入,未战先退,一哄而散,逃亡过半,目下只剩三百余血性男儿愿赴国难。这……这……"杨团长站立不动,面现凄凉之色,半晌方补充道,"不过,为首逃兵已被擒获,等候参谋长发落。"

"千军易得,一将难求,如果有位视死如归的孤胆英雄敢于像王惠民独闯虎穴,逼退江洋大盗小傻子那般,前往卡伦镇住飞扬跋扈的季捷里赫斯,或许能逃脱此劫。"孙广庭喃喃自语。

经历老黑山出生入死,孙广庭对王德林的信任程度大为增加,但真正视其为可倚重的一员爱将,却是从倾听他的颇具传奇色彩的绿林生涯开始。

那日,头顶满天繁星,静静围坐于篝火旁,孙广庭不时朝王八脖子方向眺望,期盼劝说宫长海金盆洗手的王德林招安成功,顺利归来。漫漫长夜,寂寥难耐,他无意间询问起王德林营长的过去。孔宪荣连长打开话匣子,滔滔不绝,绘声绘色地讲述起那段令人敬仰的响马生涯。

"参谋长,谁承想我等抗击俄军入侵,却遭官府通缉。朝廷出动巡捕队、地方团练,勾结沙俄骑兵会剿。光绪二十九年四月,王营长效仿梁山好汉,于小绥芬河畔竖起一面'排俄救国,被逼为寇'的大旗,自任大当家的,指定我做副手二当家,吴义成连长为指挥冲锋打仗的'炮头',姚振山连长是出谋划策支着的'闲员'。全绺子上百号人,武器是一色自来火,可谓兵强马壮。王营长将队伍拉到中苏边境的密林山寨,一抹嘴巴,两手攥拳,开口订下三条规矩。"

"俗话说盗亦有道,有规矩办事方有准星。但不知立的什么章程?"孙广庭将几根干树枝扔至篝火之上,似漫不经心地问道。

"'绿林道,绿林道,打响窑,绑肉票',但咱们与当年的窦尔敦打家劫舍不同,更不是瓦岗寨三十六友义会十八路反王,而靠打'毛子兵'起家。所以千条万条,'专找大鼻子算账,不准祸害中国人'是第一条。"

"'大鼻子'可不仅指在中华大地烧杀奸掠的'毛子兵',似乎包括助纣为虐的俄国狗监工、狼船主之流,"孙广庭扬起手掌,猛地击向自己的面颊,啪的一声,拍扁了个正在吮血的蚊子,"兴许还有什么欺压中国人的洋老板、阔太太……"

"大当家的,不,"孔连长略一斟酌,还是选择称呼官衔,"王营长果有此意,而且补充道,抓来洋票,只要肯出钱出枪,就高抬贵手,不乱杀生。但对那些欺压中国百姓的杂种可绝不容情。再者,替天行道,扶弱锄强,也是必须遵守的律条。"

当时,王营长吩咐字匠归拢记下,再三强调"谁要是犯了这些章程,别怨大哥包公斩包勉,不讲情面",然后昂头叉腰道:"弟兄们,'毛子兵'能在中国耀武扬威,咱们何不杀将过去,让毛子窝炸炸营!"

次日清晨,一支六十余人的马队离开山寨,沿绥芬河谷直奔东南而去。马蹄趟起一阵阵尘烟,犹如一条条滚滚长龙。王营长骑一匹栗色长鬃马,扬鞭催骑跑在最前面,接近国境线时,才放慢速度,拉队上山,顺着条人迹罕至的小路绕过俄军哨所,悄悄接近双城子外围。双城子俄名叫乌苏里斯克,这片被俄国强盗霸占的国土,除重要城镇外,还是人烟稀少,冷落荒凉。他们一路无阻,抵达城郊树林。

王营长派两名"瞭水"进城侦察,目标是自己做过工的那家铁工厂老板。旭日东升,王营长见一黄发蓝眼少年由左右随从相拥跨进教堂,忙抽出六轮子跟踪而入。一位大胡子神父颤颤巍巍地拦住去路,不停地用手在胸前画着十字。

王营长一把揪住其衣领,用俄语问道:"铁工厂老板的儿子躲在哪儿?"

老板少爷惊闻此言,登时吓得面如土色,慌忙钻入椅子底下。闲员姚振山上前一步,扯住洋少爷大腿,高声喊道:"大当家的,找到了!"

王营长从内衣兜里掏出一张叶子,上书"如若赎票,限期十大持现大洋五千块、子弹五千发,到寒葱沟口交货赎票,逾期或耍花招定然撕票不误",往神父怀里一塞,然后把六轮子一挥:"弟兄们,抱财神,走人啦!"

沙俄老板听说爱子被绑,气得歇斯底里大蹦大跳,跑到双城子军政首脑处请示办法。沙俄当局深知这些"马胡子"骁勇善战,出没无常,久已扬长而去,也实在无能为力。沙俄老板终因救子心切,忍痛备好现洋和子弹,差令干员偕通事远涉寒葱沟口易人。

“既然求财如此顺利,缘何又弃舍这桩义盗买卖,接受政府招安?”孙广庭想掌握实情,故意插话发问。

“皆因王营长名气渐大,引来外鬼。从某种意义上讲,这外鬼正是我们弃暗投明的牵线人。”言罢,孔连长闭上嘴巴,眼睛凝视红彤彤篝火上端随风飘逝的青烟,似在回味那段令其命运大为改观的流逝时光,半晌冒出一句,“人算不抵天算,事情还真有些蹊跷。”随即,方慢慢道明原委:

六年前的九月,一天,王营长正在穆棱石头河子山寨召集七梁八柱议事,忽然巡哨来报:“大当家的,山下有人探山,让弟兄们给线来了。”

“哦,有这等事? 是冷子还是风头?”

“小弟不知。”

待那不速之客眼蒙黑布,被推推搡搡押上大厅,王营长从交椅上站起,劈头盖脸喝道:“小子你是烧香的,还是拜庙的?”

探山之人没有言声,只是来回拨弄脑袋。

王营长吩咐道:“下挡眼。”

去掉蒙布,这才看清,此人穿一件青缎子长衫,外罩丝棉坎肩,瓜子脸,小鼻子,细皮嫩肉,颇像位坐堂先生。

王营长诧异地追问:“你不懂得山寨规矩,究竟来做什么?”

陌生人望望大厅两侧横眉竖眼、手持鬼头刀的彪形大汉,脸上并没有一丝惊慌,只是淡淡一笑,用略带朝鲜味的汉话开腔道:“不敢动问,您就是大当家的王林?”

“哦,你不是中国人,是高丽人?”王营长不禁一愣。

来人又是一笑,脱口说出一句日本话,然后从怀里掏出一张名片,恭恭敬敬两手递上。

王营长迟疑地接过名片,扫了一眼,见上面写道:

大日本皇军陆军大佐
藤田一郎

“藤田大佐先生,俺王林一不巴结官府,二不结交洋人,不知大佐到此有何贵干?”王营长捋捋唇边八字胡,单刀直入问道。

“大当家的,我大日本皇军向来以中日亲善为宗旨,尤喜欢结识中国豪杰。大当家的在吉东八县声闻遐迩,敝人冒昧闯来宝寨,是想交个朋友。”

“哈哈哈——”王营长笑罢,大嘴一撇,“藤田先生怕是找错了门。俺王林是占山为王的关东响马,压根就没想过攀东洋人高枝。"

"大当家的闯荡江湖十余年,专门对付俄国人,截火车、扒铁路、拔哨所、绑俄票,为驱逐白种人在东亚的统治立下汗马功劳,居然被中国政府污蔑为'马胡子',实在让人难以接受。"

"贵军主动找上门来交朋友,莫非是图俺敢和俄国人打对头?"

"大当家的果然精明,所言确系半个理由。"藤田嘿嘿一阵奸笑,没有正面回答,而是反问一句,"似大当家这般有作为的英雄,在贵国政府眼里并无一席合法地位,不知大当家的对此有何感想?"

这句话可谓击中要害,从抗俄起家到沦为响马,想的就是生存及为中国人出气,至于将来会有什么结果,王营长还未曾有过更深层次的思考,顿时语塞,觉察出来者着实不善。

"干俺们这种把脑袋别在裤腰的买卖,风里来,雨里去,马上过日子,枪声里寻开心,今朝有酒今朝醉,大碗吃肉,大秤分金。哪天掉了脚,或者枪子不长眼,便一睡而去,二十年后照样是条好汉。至于绺子前途只能随遇而安,听天由命。"王营长咧嘴苦笑,脸上略现一丝惆怅。

"王大当家的真是爽快!"藤田伸出大拇指,"如今贵国政府软弱腐败,国已不国,而满蒙地区疆域辽阔,物产丰富,民风强悍。大当家登高一呼,不难聚起数万人马,首先驱逐俄人势力,然后自立江山,满蒙王的宝座舍你其谁? 如果大当家有志于此,大日本皇军将给予你武器、弹药和物资的援助,可不要坐失良机哟!"

王营长佯作兴致勃发地问道:"贵军真够意思,可花这么大血本到底图个啥呢?"

"大当家的,将俄国人驱出北满,满洲将是黄种人的满洲,从此以后日中提携,共建乐土,我们是各有所得,何乐而不为?"

王营长把脸一沉,指着藤田鼻端骂道:"好小子,转来转去,你想拿老子当枪使,把大鼻子挤出去,你们来占窝!"

吴义成一个箭步蹿上去,把大刀架在藤田脖子上:"洋人都没好下水,今天就让你变成刀下鬼!"

藤田苦苦哀求道:"大当家的手下留情,饶命,饶命啊!"

王营长轻轻挥手:"小子,往后要是打东北的鬼主意,让俺知道,就把你的狗头生拧下来! 弟兄们,把他轰下山去!"

吴连长见杀不成藤田,气得飞脚狠端其臀,竟将一物震落于地。

孙广庭用树枝拨旺篝火,插话道:"八成这外鬼藤田一郎充当牵线角色的奥秘皆在此落物上。"

"诚如参谋长所料。"孔连长面带佩服的神情,点头称是,接着继续叙述,揭开谜底。

那是份东北边防密件,上面详细记载东北各地驻军、武器配备、主官姓名以及防御工事、弹药仓库、军事公路等重要军事情报。

王营长道:"此事非同小可,日本人要是打进来,遭罪的可是咱关东父老乡亲。得派人去知照一下吉林府!"

吉林督军孟恩远阅过密件,急令延吉道尹张莲轩全权调查处理日本人盗窃边防机密事件,并派副官孟福德亲赴宁安东京城,恭迎王营长去省府叙谈。经过孟督军开导劝慰,王德林等方于民国六年十一月间接受收编,以绺子原班底组建吉林军第一旅第三营,后划归现今第十三旅六十三团三营,王营长一直任营长。

熊熊篝火旁,孔宪荣这席话,令孙广庭感触颇深,事隔数月,仍丝毫没有忘怀。此番危难当头,情不自禁想到这心目中最可信赖之人,便当着杨振铎团长之面脱口而出,对王德林褒扬倍至。

"即便本是同林鸟,大难来时各自飞。"杨团长有些忌妒,顿生酸涩,遂不冷不热不阴不阳地说道,"参谋长,人心叵测,此一时彼一时啊!"

正说着,两人被五花大绑,推进房门。孙广庭抬头一看,那个主谋紫微微的脸膛上毫无惧色,不禁惊喊一声:"呀!怎么会是你?"心中不由得暗暗着急,连王德林这般硬汉,关键时刻也要分道扬镳,离我而去,我孙广庭岂不是真成了孤家寡人?难道老天爷非逼我这蹩脚演员演一出实实在在的空城计不成?

"休要狐假虎威!"卫队营营长王德林居然冲着杨团长瞪起眼睛,"早就告诉你了,俺是主动找参谋长说几句掏心窝子的话的,不想你小子邀功心切,不讲情面,竟给俺这般礼遇!"

"不得胡搅蛮缠,强词夺理!"孙广庭指着王德林的面门,厉声喝道,"我先问问你,俄军入侵,那么多人都逃离兵营,究竟是不是你从中煽动的?"

"可以说是,也可以说不是。"王德林故意停顿片刻,才解释道,"明摆着,敌人大军压境是这事发生的主因,至于我……现在身子骨太紧,好像不大舒服。"

"松松捆绳。"孙广庭抬起右手,伸出一个指头挥动两下,又吩咐卫兵搬过去一把椅子。

"蝼蚁尚且贪生,何况是人?士兵们也有七情六欲,哪个愿在这里等死?我也确实说过'要真以为能正面挡住俄军进攻,那简直是异想天开'之类的大实话,无意之中起到推波助澜的作用……"

"参谋长,既然承认逃兵由他唆使,真相已经大白,似乎没有必要再听他狡辩。"杨振铎从旁插话。

"这话可有点过于恭维,恐怕我王德林还没有这么大能耐!再说士兵们可不是叛逃,更不是投敌,只不过是暂进山林,以求明哲保身。就拿我王德林来说,要真想远走高飞,重操旧业,岂能让你捉到半根汗毛!"说到这里,王德林挺胸而立,将头转到一边,两眼直视杨振铎,又用力翘翘下巴。

"国难当头,临阵脱逃,国法不容,其罪当诛!"孙广庭怒目圆睁,面色铁青。

"要说有罪,王子犯法与庶民同罪。丁司令也是怯阵远遁,至今未归,与我仅有五十步及百步之分,为何不将他也绳之以法,处以极刑?"王德林见死到临头,又仰面朝天大笑,"哈哈哈……自古官官相护,参谋长亦专拣俺软瓜来捏,都怨我有眼无珠,自投罗网……"

孙广庭想起王德林三番五次建议"避敌锋锐,隐退山林,抓住时机,剪灭俄军有生力量,可扭转我军被动局面",觉得亦有几分道理,半晌沉思不语。

王德林见状,以为有一线生机,连忙规劝道:"参谋长,俄人势盛,兵力数十倍于我。正面抗战,无疑飞蛾扑火,何苦守着空城,做无谓牺牲?不若率领大家进山,巧与俄军周旋。"

"贪生怕死,苟且偷安,只图自家逍遥,置数十万黎民百姓于水火而不顾,可恶可恨!"杨振铎火上浇油,冷冷地道。

"德林二十年前打七站、拔九站、袭十站,一度攻克苇河,占领亚布力,出没于乌苏里江流域,在中东铁路沿线和中俄边境一带,骚扰抗击俄军达十余载。我深知逞匹夫之勇,与俄军打阵地战实属下策,损兵折将,难逃败数。"王德林固执己见。

"住口!一派胡言,竟敢动摇军心!"孙广庭愤极,怒喝道,"将这两人关起来,容日后处置发落。"

"参谋长从未与俄人交过手,所以不识其厉害!千万莫学赵括纸上谈兵,草率决战,误国误民!"王德林不服,仍在挣扎狂吼,"我王德林只是怕轻敌冒进,弄得全军覆灭,连给死难弟兄复仇的机会都没有,那可就得不偿失,悔之晚矣……"

孙广庭不加理睬,转身对杨团长道:"大浪淘沙,剩下这三百将士皆忠勇之士,可布防边塞要隘,封锁卡伦路。珲春几成一座空城,务必严防泄密。国人南遁者尚可放生,北窜者断然阻截。倘若季捷里赫斯一旦探明实情,恐怕我们竭尽全力亦无回天之术……"

说话间,孙广庭身边幕僚和属下们闻听俄军占领珲春卡伦,并下达哀的美

敦书,亦纷纷赶来,围着代镇守使七言八语,议论纷纷:

"白俄居心叵测,派出全权代表,无异于自入虎口,万万不可行此下策!"

"季捷里赫斯对我们先礼后兵,我们也应该讲讲策略。"

"如果是这样,派个代表也未尝不可,否则俄人会认为我们心虚胆怯,软弱可欺……"

"派代表? 说得容易,哪里有现成的代表可派?"

"我看派全权代表的事还是缓议为好。"杨振铎口气坚决,"俄人嘴里说是谈判,实际上在设鸿门宴,意在探我虚实,扣我人质。我们万万不可中其圈套。依在下之见还是不去为好。"

众人各说各的理,争得面红耳赤。孙广庭默默地坐在床边,始终不作一声,直到大家争论渐止,方缓缓昂首道:"情况已然如此,再说也是无益。全权代表由我来担任,请杨团长备车,送我赴卡伦。"

"这可不成!"众人异口同声劝止。

孙广庭扬起手臂道:"现在的情势实在既危急又微妙,季捷里赫斯尚不识我方底细,所以仅占领卡伦而不敢轻举妄动,但这种局势不会太久。如若探明珲春几为空城,白俄数万大军定然挥师南下。而且,季氏部将斯塔克与格列博夫正率沙俄海军与远东哥萨克军团官兵及士官武备学校学员八千,分乘三十余艘军用舰艇安全撤离海参崴。一旦季捷里赫斯兵燹延吉,掠地得逞,其部将必接踵而至,则关东大地将无宁日矣! 我决计赴卡伦谈判,设法稳住季捷里赫斯,或可绝处逢生。机不可失,时不再来,诸位莫要阻拦。"

广庭的话说得相当动情,又特别在理,杨团长以下,包括县知事王焕彤和幕僚们再无话可说,相继站起,默默地退至门边,准备为孙代镇守使送行。

大家心照不宣,知道孙参谋长决意破釜沉舟,与季捷里赫斯斗智斗勇,只不过将决战的方式由静候敌军来犯,抚琴相迎,变成主动出击,单刀赴会;将争锋的地点由己方控制的空城改作敌人占据的要塞。尽管人们觉得希望简直如水中捞月般渺茫,但个个都期盼能够扭转乾坤、转危为安。

五　笑赴鸿门宴

孙广庭执意前行,昂然阔步,尚未及门口,便在众目睽睽下中道而止,退回原处,摇通延吉道署的电话,高声催促道:"陶道尹,请派经验丰富之俄文翻译官火速来珲春,陪我去卡伦谈判,军情紧迫,不可迟误!"

"一定遵命照办。丹阶兄,有位五旬开外的长者从远道而来,非要去珲春探视你。"陶彬道尹似忽然想起,又补充一句,"日本局子街分馆主任兼副领事川南省一最近秘密离开延吉城,去向不明,恐又要以保侨为名暗中兴风作浪。"

放下话筒,孙广庭自忖,季捷里赫斯虽令人恐惧,不易对付,但与日本军国主义相比,还是小巫见大巫。真正的危险还是在于东方岛国。去年,日本得力鹰犬谢苗诺夫兵败赤塔,日本反以防止谢氏入侵之名,在满洲里车站左右三十华里内,增设炮兵三百六十名,安设山炮三十六尊、大炮四门。不仅顺势占领满洲里,还从后贝加尔干涉军中调来士兵两千八百四十五名、军官一百二十八名,划归日本关东总督统辖,屯扎于哈尔滨及中东路南线长春、横道河子、一面坡诸战略要地,企图作永驻之计,足见"保侨"这个招牌对其是多么重要。孙广庭向东京——那个他生活七年之久的地方眺望良久,断定无论加藤友三郎与内田康哉如何明争暗斗,但就以保侨为名出兵侵华这一点很可能会达成共识。所以,此番与季捷里赫斯较量要一鼓作气将其制服。倘若动起干戈,日军必趁机而入,跨江偷袭,大举进犯。

有这些顾忌,广庭觉得卡伦之行非同小可,险中有险,难上加难,露出丝毫破绽,便会满盘皆输,弄得山河破碎,后患无穷。

中俄军队在珲春境内对峙,确实如孙广庭所推测,引起统治朝鲜的日本政要的关注。由此产生的各种假想与推断,风言风语传至加藤友三郎的耳际。这位身兼海军大臣的铁腕人物察觉自己倡导的稳健对华外交受到前所未有的抨击。面对冷嘲热讽,他惨然苦笑,暗暗庆幸恰巧手中刚握有一张王牌,足以应付意外的挑战,决定立即召开"五相联席"会议,研究对策。

加藤友三郎虽出生于僻远的广岛县,却曾是对俄作战联合舰队参谋长,同德国远东部队较量的第一舰队司令官,连任大隈、寺内、原敬、高桥等五届内阁的海军相,堪称举足轻重。他历经砥砺,见多识广,故而处事圆滑,善于看风使舵。今年六月十二日,加藤登台组阁,审时度势,认为在满洲的特权不可放弃,但前首相伊藤博文和外相小村寿太郎皆公开言明,日本资本及战略物资尚需依赖美、英、法诸国,外交政策应慎重。何况目前确无实力与美英抗衡,只有退而求其次,刹住明目张胆向大陆扩张的战车,变换手法,披着友善外衣,打着经济合作幌子,取得异曲同工之效,方不失为上策。这煞费苦心的高招是针对日本陷入尴尬孤立的境地而出,如今居然变成非难者进攻的口实。主持内阁会议的加藤首相心中很不服气,却未挑明,为暗中提醒与会者注意这个客观现实,他开门见山,先从裁军切入:

"诸位,根据'华盛顿会议'军备限制约定,我国海军已废弃主力舰十四艘,停止建造新主力舰五艘,裁员七千五百名将士和一万四千名兵工厂工人,对因

351

停止订货而受到损失的十三家公司补偿两千二百万日元……"

"首相,陆军削减五万六千名官兵及一万三千匹军马,缩短服役期限四十天。"陆军大臣山梨半造大将,现年五十八岁,曾任日本驻奥地利、德国武官,参谋本部总务长,教育总监本部长,参加过甲午及日俄战争,欧战时为侵占中国青岛日军参谋长。而今虽然头上有些谢顶,腹部开始发福,显得更加矮胖,但精明干练不减当年。他抬眼瞅瞅年长自己三岁的加藤友三郎,便将话锋一转:"然而裁军不能忘记备战。只要我大和民族七千万同胞,奉献于天皇至尊之下,同心同德,定能无往而不胜。因此,我建议将裁军节省下的经费用于建立强大的空军,提高部队机械化程度,增办军事院校,培养卓越人才,为确保大日本帝国成为永久的东洋盟主奠定坚实基础。"

加藤友三郎思忖,借裁军契机增加实力,养精蓄锐,以备急需,正与现行的明退暗进方略相辅相成,相得益彰,心中已自欢喜,表面仍不露声色,询问左右皆无异议,才含笑表示赞许,顺势亮出手中那张王牌:"明治四十二年九月四日,伊藤博文前辈坐镇汉城,运筹帷幄,促成我驻华公使伊集院彦吉与大清国外务部尚书会办大臣梁敦彦于北京签订《间岛协约》,争得吉会铁路修筑权。可惜,伊藤总督五十一天后即为国捐躯,这筑路权历经十三载仍为一纸空文,并未落实。七年前,我国泰兴会社呈准吉林当局及中国农商部,获得采掘天宝山银矿、烟筒山铜矿的特权。为运输方便,决定建筑天图铁路,遭中国交通部拒绝。后来变换方略,联络和龙、延吉诸地多名富绅,认购若干虚股,以中日合办名义诱迫北京政府立案,不幸因内幕曝光而功亏一篑。如今我驻奉天总领事赤冢正助利用满洲自治,绕过北京政府,经谈判交涉,征得东三省保安总司令张作霖的批准,同意以路矿抵押,偿还宿债,于十月十二日正式签订天图铁路合同,近期即要破土动工。此举不仅可告慰伊藤先生在天之灵,而且足以证实我们对华政策的正确与英明!"

"我国商人与吉林地方合办之天图铁路,自天宝山直达图们江岸,名曰'轻便铁路',但易作宽轨,成为吉会铁路干线之一,对实现分段修筑吉会铁路计划十分有利。"阁员中最年轻的从鹿儿岛走出来的大藏大臣市来乙彦,毕业于东京帝国大学法科政治系,曾任琉球那霸税务局局长、大藏主计局长诸职,从价值角度进行分析,夸夸其谈道,"吉会铁路由中国吉林经敦化、延吉抵我会宁,与罗津港相接,横穿满鲜;南满铁路及安奉铁路,经我新义州、汉城至釜山,纵贯满鲜。庞大铁路网四通八达、纵横交错,将满鲜连为一体,给帝国带来的经济与军事方面的利益皆难以估量。"

"诚如前届陆相田中义一将军于《滞满所感》一书所云:'中国东北土地肥

沃,把贫困的日本变为富裕的日本,唯一的方法是将中国变成我国的势力范围,利用中国资源,首先把东北作为日本人安居乐业之地。'"加藤友三郎神采飞扬地补充道,"满鲜铁路平时是为营利,战时是唯一战略路线。要以满鲜铁路作动脉,各机关相互配合,日益增进发展大陆事业,为将满蒙变为世界上最昌盛之殖民地而斗争。"

"加藤首相一向主张对华政策的目标依然是继续扩大我国在'满蒙'的权益,推行以经济进攻为主,武力威慑为辅的方针。"外务大臣内田康哉伯爵板起傲慢的冷峻面孔,朝年长自己四岁而爵位却逊一等的加藤友三郎,尚用代理首相时的坚定语气道,"但应切记,不敢动用军队,不仅对我们巩固和发展在南满的势力不利,而且也难以大力向北满推进与扩张,无异于自缚手脚,因噎废食。只有善于捕捉机遇,采取主动,果断出击,才能积极雄飞。"

加藤老成持重,立刻品出内田的用意,忙采用迂回之术,转移视线,以求自圆其说:"今年乃多事之秋,国内相继成立'日本农民组合''劳动组合总联合会''共产党''学生联合会',不仅公然争取普选权利,尚有不法之徒将矛头指向天皇陛下,可谓动荡不宁。因此当前首要问题是繁荣与稳定,不给心怀叵测的赤化分子以可乘之机。"

"不给敌人机会,正是要将机会留给自己。我刚接到外务省特使密报,珲春佐藤今朝藏主任书记生已探到准确消息,'海参崴政府总统季捷里赫斯将军公开宣扬,不惜一战也要持械经珲春北进,于长白山余脉区域建立反苏基地,并拟向中国间岛当局下达措辞强硬的哀的美敦书'。据我对季氏的了解,其人言行必果,无论延吉执政官采取何种举措,结局终将一样,豆满江北岸出现混乱失控状况在所难免。不言而喻,这可是师出有名、马到成功的天赐良机!"

"机不可失,内阁应尽快决断!"山梨半造不知是对内田康哉的慷慨陈词心领神会,还是对加藤友三郎一再引用前任陆相田中义一的话不满,迫不及待地朗声附和,公开与内田站在一起。

加藤希望内务大臣水野炼太郎以维护治安为由支持自己,便将目光停留在这个秋田县人的脸上。然而,水野半晌没有出声,首相官邸会议厅呈现暂时的宁静。

五十五岁的水野大臣大寿将至,心情却一直不好。他坐在那里默默无语地深思熟虑,没有急于表态,脸上依稀流露出淡淡的忧悒。加藤对水野这种表情颇为熟悉,从而更加坚信期待不会落空。

加藤最初发现水野那怪异的眼神,还是四年前的秋天。那时米价扶摇直上,民众叫苦不迭。各报都以"越中女房一揆"为题,报道富山县下新川郡鱼津町渔家女自发掀起抢米风潮,且迅速演变为全国各地七十余万人参加的"米骚动"。水野炼太郎内相使出浑身解数,未能力挽狂澜,只好用这哀怨的目光眼睁睁看着寺内内阁总辞职,"平民宰相"原敬上台。

然而通货膨胀,物价飞扬,股价大跌,百业萧条,至今仍未有根本改观,所以那淡淡的忧伤依旧常伴随水野出现。

几日前,水野炼太郎带着那特有的神情,专程来首相官邸,与加藤友三郎私下探讨增加帝国收入、摆脱财政窘境的办法。

两人达成共识:"经济是根,根深自然叶茂;生产是源,源远才能流长。"这恰是加藤认为水野是自己忠实追随者的缘由。

水野的确感觉加藤首相的主张与自己正在实施的"推广产业报国运动"不谋而合,可是仔细想想,又认为内田外相的高见更具诱惑力,权衡再三,才慢条斯理地道:"当初日俄之战虽为险胜,却奠定我国声威。而今出兵保侨,冠冕堂皇,天经地义,美英无从指手画脚,说三道四,《九国公约》也难限制。此举风险绝少,又有利于增进民众团结,缓和国内紧张局势,未必不是好事。"

"好事?"加藤沉吟须臾,很快调整心态,顺水推舟地嘱咐,"既然如此,立即命令朝鲜总督斋藤实大将、驻朝司令官大庭次郎大将、龙井总领事铃木要太郎做好战前准备。一旦中俄火并,我军立刻全线出动,里应外合,占领延吉全境。否则千万不能轻举妄动,授人话柄。"

"首相可大放宽心。矢在弦上,不得不发,何况季捷里赫斯已无有回旋余地,只能放手一搏。"内田康哉会心笑笑,认定加藤友三郎最后的叮咛纯属画蛇添足,多此一举。

十一月一日,游云浮躁地向东移动,搅得西斜的红日时隐时现,天幕变得忽明忽暗。龙井日本间岛总领事馆内,众多首要人物神秘兮兮,挤于一处密室,显得人满为患。

铃木要太郎总领事居中而立,神气活现,眉飞色舞,鹦鹉学舌地传达内田外相指示,不时还运用动作加以渲染。铃木要太郎手下四大金刚——局子街领事分馆主任川南省一、珲春领事分馆主任书记生兼副领事佐藤今朝藏、头道沟领事分馆主任书记生兼副领事诹访光琼、百草沟领事分馆主任书记生兼外务通译生吉井秀男,以及延吉十八个日本警察署署长,皆环绕其侧,正襟危坐,洗耳恭听。

"诸位皆知,我陆海军每年大演习,都是演练参谋部之最新作战计划。今年作战方针,四月一日宫中元帅会议业已决定,即日本与美国或英美两国开战时,以陆军占领中国各地。现提前透露少许军事机密:四日之后,我陆军第五师团即以日本四岛为中国,实现敌前登陆演习。驻朝鲜第十九师团现已陈兵豆满江南岸,并正在抢架军用浮桥。此番大庭次郎司令又雪中送炭,馈赠许多枪支、子弹和军服,希望诸位尽快分发给辖区内我国商人与侨民,以供应急之需。"铃木要太郎挺起胸膛,挥手一指,眼现贪婪目光,"现在万事俱备,只欠东风,但得珲春城头枪声乍起,我们便可大显身手,为帝国建功立业!"

川南省一、吉井秀男、诹访光琼七嘴八舌,竞相发表肆无忌惮的战争叫嚣。

铃木要太郎兴奋异常,甚至有失外交官沉稳风度,摇头晃脑,装腔作势,极力为部下鼓劲打气:"只要诸位齐心协力,不容置疑,一夜之间,我军即可占据延吉,使豆满江成为日本永久内河。"

警察署长们更是摩拳擦掌,张牙舞爪,急于宣泄淫威,屋里不时传出阵阵放浪的狂呼乱叫。一群自我陶醉之徒,仿佛觉得脚下这片沃土已如同朝鲜那般正式并入日本版图,他们如愿以偿,变成间岛的真正主宰。

孙广庭手执《民国日报》,仰面浩叹:"莫非苍天亦不助我,缘何于季捷里林斯劫夺珲春卡伦,我丧失地利之日,自宣'实力不敷',竟示弱于强敌!"

延吉道署俄文翻译官徐子静匆匆应召而来,广庭立刻卜令动身。正在这时,杨振铎团长惊慌失措,飞步向前,附在耳畔悄声嘀咕几句,孙广庭顿时面现愠色:"什么? 王德林畏罪潜逃,追捕未获,下落不明?"

孙广庭刚要发作,值星官鄢营长进前通报:"龙井日本总领事铃木要太郎和珲春领事分馆领事佐藤今朝藏求见。"

杨团长连忙挺直腰板,退居一旁。

铃木要太郎和佐藤今朝藏似当年斋藤季治郎那般趾高气扬进入会客厅,见孙广庭轻松洒脱、面色平和地从椅子上站起来相迎,先自一愣。

"尊敬的孙参谋长,本总领事专程拜访,是奉命转达日本政府的非正式意见……"铃木要太郎单刀直入,道明来意。

"代镇守使阁下,鉴于目前延吉地区日趋动荡,如若贵国不能驾驭全局,"佐藤今朝藏言词刻薄,阴阳怪气,"大日本皇军正整装以待,随时准备承担保护日韩侨民之职责。"

广庭应对这种场面可谓驾轻就熟,翻译官话音刚落,即坦然答道:"延吉边务纯属中国内政,不需日本政府代劳费神。"言及于此,又眨眨眼睛,狡黠一笑——最近几天来,他还是头一回露出笑容,"本代理镇守使皆因总领事大驾亲临,贵我两国乃一衣带水之友邦,方斗胆透露一点军事机密:延吉平安无事,固若金汤。二位尽可大放宽心。"

珲春中国守军不足卡伦俄军四十分之一,竟敢自诩固若金汤,岂非天方夜谭? 铃木要太郎与佐藤今朝藏满腹狐疑,但见广庭举杯送客,神态自若,话语坚决。来的路上亦未发现丝毫弃城溃逃之迹象,反而对其手下最新情报的准确性产生怀疑,只好悻悻离去。

临走,铃木要太郎还硬撑着扔下一句:"纸终归难以包住火,很快就可见到分晓。任凭齐天大圣孙悟空有七十二变,一个筋斗能翻十万八千里之遥,恐怕还是跳不出如来佛的手心。"

三言两语,一个软钉子,把两位不可一世的东洋人顶出大门之外,孙广庭方气愤地道:"无耻强盗,乘人之危! 可见洋鬼子亡我之心不死,皆盯着延吉这块肥肉,垂涎三尺,伺机蚕食鲸吞。广庭走后,诸位要密切地注视日俄两军动态,注意与友军保持联系,千万小心谨慎,严防敌人偷袭。"

广庭交待罢公务,立即起身携翻译官徐子静出行,恰逢传令兵风尘仆仆而至,迎面递上张作霖总司令的手谕。这是一张密令:"查东宁叛匪高士傧、卢永贵余党王恂齐、陈庆麟、黑龙王漏网在逃,现复窜匿延吉滋事,悬赏十万通缉捉拿。"

适才两个日本人登门挑衅,孙广庭根本没动声色,但张总司令的一纸手谕却陷这位延吉代理镇守使于惊慌失措之境。高士傧及其参谋长王恂齐、外交处长陈庆麟、吉林巨匪黑龙王皆与白俄军政各界联系密切。倘若这三位昔日吉林地头蛇投到季捷里赫斯麾下,充当白俄耳目,整个延吉将无机密可言,局势必将按季氏意志发展,而他和翻译官徐子静难再生还。

广庭越想越惧,不由得暗暗叹道:"大丈夫何惧成仁,但忧不成功耳!"

局势瞬息万变,情况万分危急。孙广庭略加迟疑,将张作霖手谕揉成纸团,塞进衣袋。同时,令他昨夜愁肠百结之家书仿佛又在面前晃过,一闪而逝。

生离死别,世间悲剧,骨肉亲情最难弃舍。广庭鼻端发酸,心如刀割,忙紧闭双唇,睁大眼睛,昂首向天际望去。冥冥中似乎隐约传出深沉而熟悉的声音:"儿呀,大将难免阵前亡,当初为父反对你弃文习武,投笔从戎,正是怕有今日。国难当头,你执意独闯虎穴,只恐飞蛾赴火,壮志难酬。然以身许国之举,为父无法拦阻,仅祝佑吾儿逃脱此劫,否则,孙氏家门大厦将倾,莫有翘楚者顶梁为继……"

如梦境般的幻觉给广庭以清醒的启示。倘若此行果真回归自然,诀别人生,遗下妻室儿女失去依靠,哭天喊地,不应不灵,家境定会一落千丈。无论如何,哪怕只言片语,也应对家人有所交代。但究竟又能对身后之事做何安排呢?

振庭已过不惑之年,却不立事,虽与自己一奶同胞,但禀性大相径庭。抽烟酗酒,打牌押宝,无所不好。最近刚因玩忽职守,丢掉齐昂铁路公司稽查及江省国防筹备处差事。虽被迫回到铁岭乡下,却依旧吃喝玩乐,不是胡作非为,就是张口要钱。前日又以断炊为由,来函催促应急之资。这个游手好闲、声名狼藉的弟弟根本指望不上。

广庭无暇细想,忙伏案展纸,奋笔疾书:

启昆吾儿:

　　父为国尽忠,以身殉职,死得其所。愿儿勿忘国仇,振兴家声。

　　　　　　　　　　　　父绝笔　民国十一年十一月二日

待墨迹稍干,广庭将信函封好,故作轻松地交代秘书官孙蔼卿:"三日后,我若不归,请将此信寄到我家中。"说罢,孙广庭拱手当胸,风趣笑道,"诸位,我和徐子静去赴鸿门宴,待凯旋之时,再告知诸位宴会酒肴之味道。"

"丹、丹阶!"正在这时,一位老者气喘吁吁、满面风尘、踉踉跄跄地撞进,一把拽住广庭之手喊道,"总、总、总算赶到啦!"

"泽山兄,放着荣城太平日子不过,闯到这兵荒马乱是非之地做什么?难道忘记当年虎口余生之不易?"广庭见是义兄岳逢咸,便迭声埋怨道。

"愚兄至此,仅为向你进一句肺腑忠言,与俄人谈判无异于与虎谋皮,千万别去闯什么鸿门宴!"

"二十一年前,珲春惨遭俄人血洗,那满目疮痍、血雨腥风之凄惨景象,想必泽山兄尚记忆犹新。为避免悲剧重演,纵然赴汤蹈火,我也义无反顾!"

"当初八国联军入侵北京,总兵力不足两万,可是拱卫京师的清军十万精兵却未能阻挡得住。而今你孤身涉险,欲靠三寸不烂之舌,游说万余俄军缴械就范,那简直是白日做梦,痴心妄想!"话疾气短,岳逢咸干咳两声,捋捋胡须,又慢慢续道,"'空城计'家喻户晓,但也未必确有其事,千万莫信以为真,生硬模仿,以为只靠捭阖纵横,运用心理战术,便能折冲樽俎,扭转乾坤。丹阶贤弟,眼下最好之抉择乃是退避三舍,效法天津前线之举,率领全军迅速脱离险境,静待外援云集,再与俄军一决雌雄!"

"兄长美意,广庭铭记在心。但赴卡伦与俄军谈判,事不宜迟,免得夜长梦多,节外生枝。弟尚有一事相求,祈我兄速往铁岭家中,倘有广庭无法料理之事,只好拜托兄长代劳。"

357

"历次与俄人口舌之争,实多虚与委蛇,仅拖延时间,寻找转机耳。派员交涉足可,何必主帅亲自出马?"岳逢咸鼻翼抽动,眼角溢出泪花,他心如明镜"无法料理"暗寓何事。

"久怀学武圣关云长之志,这精忠报国之良机岂能轻易错过?"广庭想调节周围悲凉气氛,故意笑笑,"倘有闪失,姑且算作在劫难逃;一旦成功,则可保关东人民免遭战乱之苦,岂不善哉?"

岳逢咸饱学擅辩,却丝毫未能打动广庭,不免有些沮丧,自度再说亦于事无补,只好缄口不语,若有所失呆立。

孙广庭却压抑不住内心勃发之激动,高声道:"俄人反复无常,倘有轻举妄动,诸位千万以国家为重,民众为重,切不可考虑孙某个人安危,感情用事,贻误战机。务必扼守山川隘口,迎头痛击,寸土不让。愿诸位牢记国耻家恨,军民同仇敌忾,以拳拳报国之心奋勇杀敌,树千秋伟业,立华夏神功!"

言罢,广庭独将杨振铎团长唤至跟前,密授以事先备好之锦囊妙计,随即昂首挺胸,大步流星径直朝门外走去,颇有"风萧萧兮易水寒,壮士一去兮不复还"之气概,感动得肃立两旁之军政要员无不热泪盈眶。

"参谋长,去不得呀!"发动机刚欲起动,便有人冲过人群,扑跪到车前,泪流满面,大声疾呼,"虎口拔牙,无异于自投罗网,望参谋长三思,何必白白搭上性命!"

孙广庭举目细看,却是王德林,不由得一愣,觉得事出蹊跷,便喝问道:"尔胆大包天,目无国法,去而复返,意在何为?"

王德林起身答道:"我夺马落荒逃至兰家塘子,遇见王恂齐、陈庆麟、黑龙王持枪去国境分水岭,似欲转道为季捷里赫斯递送情报。我感激参谋长不斩之恩,不忍坐视,奈何赤手空拳无法擒获,只好以戴罪之躯归来报信,祈望立功补过。"

众人闻听惧惊,同声劝谏:

"王、陈二人久居吉林军界要职,黑龙王更是江湖一霸,倘其与季氏合流,俄人便会悉知我军内幕,空城之计可谓休矣,参谋长去又何益?"

"孙参谋长,明知是火坑,可不能再往里跳啊!"

"丹阶,既然成功无望,何必白去送死!"

孙广庭平举双手向下压压,示意安静,然后高声号令二营鄢营长:"率五连十名骑兵,由王德林带路,速去捉拿王、陈、黑三逆。不惜一切代价,也要将其缉捕归案!"

他不听规劝,决心破釜沉舟,执意去闯鸿门宴。目送孙参谋长和徐子静乘车奔向卡伦,大家心照不宣,都站在瑟瑟秋风中,久久不忍离去,皆以为成功的希望微乎其微,十分渺茫。

于疾驰颠簸之汽车中,徐子静忐忑不安地道:"参谋长,季捷里赫斯可是谈判高手。"

孙广庭问:"何以见得?"

徐子静回答:"清光绪年间,他玩弄权术,利用谈判专长偷梁换柱,将所辖中东铁路及南满支线铁路区域变为独立王国。"

孙广庭刨根问底:"如何偷梁换柱?"

徐子静详细解释:"季捷里赫斯发觉《东省铁路公司章程》竟将专用名词'铁路地段'与概念含糊之'租借期限'生硬衔接,变作具有歧义解释之用语,遂见缝插针,公开宣称:'铁路用地'与租借地并无差异,理应等量齐观。并断章取义,借口《东省铁路公司合同》第六款'凡该公司之地段,一概不纳地税,由该公司一手经理',其法文本为'该公司对其土地有绝对而且独占的权利',不仅非法驻军铁路沿线,窃取中国护路权,尚仰仗武力相继劫夺铁路区域警务、司法、民政、市政、税务、地亩诸项中国政府应行之主权。继而得寸进尺,通过不断'展地',无限扩大占有量,使以哈尔滨市为中心之东、西、南铁路沿线形成一条特殊地带——'中东铁路界内'。路界之内,中国政令不得实行。"

孙广庭道:"这老家伙确实诡计多端,颇有心术!"

徐子静继续道:"中国官员和军警进入路区,反而需知会俄官,所带枪械予以收缴。路区实际变为俄国殖民地。"

孙广庭气愤地道:"真乃荒唐至极!其颠倒之历史,今日必须重新归位!"

徐子静道:"我心乱如麻,总觉没底。"

孙广庭笑道:"莫慌,其实季捷里赫斯应惧我三分。"

"此话当真?那是为何?"

"季氏是谈判高手,可高手怕生手。我对季氏虽未了如指掌,也是颇有研究,但季氏对我孙广庭几乎一无所知。"

徐子静面含忧惧:"皆谓两国交兵不斩来使,可俄国人不讲信义,常因一语不和,猝下毒手!"

孙广庭语气平和:"兵不厌诈,其未探明我虚实,不会过分造次。"

徐子静道:"参谋长,我右眼频跳,莫非预示此行凶多吉少?"

"可我却是左眼在跳。"

"那是在跳福。"

"我正在城楼观山景,耳听得城外乱纷纷,旌旗招展空翻影,却原来是司马发来的兵……"孙广庭有板有眼,唱起《空城计》,"你连得三城多侥幸,贪而无厌又取我的西城……"

"哪一个胆敢把西城进,定斩人头不容情……"徐子静亦随哼两句,突然道,"当年诸葛亮失掉街亭之后,情急所迫,万般无奈,方设下空城计,仅望蒙混一时,暂时唬退曹兵。而今俄人强占卡伦,参谋长却要沿用空城计降伏俄军,永除祸根。剧中诸葛亮也只是自守家门,可参谋长却要孤身涉险,凭借三寸之舌入虎穴擒数以万计雄兵,这恐怕前无古人,难于登天。"

卡伦已近在咫尺,举目可见。孙广庭端坐车上,没有回答,却心知肚明,此行凶多吉少,九死一生。

六 虎口拔牙

珲春乃金代完颜部肇基王业之地,负山抱海,冈峦起伏,为长白北出之尾脉,周、秦归肃慎,汉、晋属北沃沮,自古即为边陲要塞。据《明史》记载,原称"浑蠢",源于女真语,即"边陬""近边"之意。明代于此地设置珲春卫,始有今名。

珲春二道河蜿蜒九曲,酷似游龙,汩汩河水由东至西湍流而下,流至长岭东侧形成一潭,名曰月牙潭,然后缓缓西行。珲春卡伦位于城东南二十里,位居二道河畔,扼长岭要冲,距边界口岸八里,乃珲春通往俄罗斯海参崴之通道。

民国十一年十一月一日,海参崴帝国政府临时大总统季捷里赫斯仰仗兵多将广,军火武器占绝对优势,悍然武装劫夺珲春卡伦。季捷里赫斯给中国最后通牒,时间限定为二十四小时。

短短一昼一夜,令孙广庭和其部下坐卧不宁,心神恍惚,亦让季捷里赫斯及其僚属如坐针毡,片刻难安。卡伦俄军临时司令部内,季捷里赫斯面壁而思:大军败退,人心不定。背后强兵紧逼,无路可退,简直濒临绝境。只有一线生机,即是进入中国境内暂避锋芒,养精蓄锐,再决雌雄。但中国的那片土地,如同她古老灿烂的文化一样,时常闪射出神秘莫测的光彩,令人难以捉摸,轻易不敢动作。

二道河对岸中国驻军究竟多少?驻扎何地?是否对俄国大军构成致命威胁?珲春能否像阿山那般一触即溃?延吉军政长官会否效法周务学道尹保全名节,知难而退?俄军能否平安持械抵达中东铁路路区?统领数万官兵在俄罗斯大地上征东击西,苦斗至今,季捷里赫斯绝非等闲之辈,素以机敏果断、用兵如神著称。而今苦思冥想,用尽心机,连施武力攻克要塞,明下最后通牒,暗遣间谍刺探,却收效甚微,依旧独自彷徨。

"彼得少校所谓亲眼目睹,珲春城门大开,祥和气氛如昔,城外群山疑兵遍布,行动诡异,难辨多寡,或为华人故弄玄虚所放烟幕弹,意在迷惑于我。若要知彼短长,尚需仰仗王恂齐、陈庆麟、黑龙王直接搜集情报核实,可三人久去未归,究为何故?"饱受迷雾困扰,季捷里赫斯满腹狐疑,顾虑重重。最后通牒旨在投石问路,试探东北当局态度,摸清延吉守军底细,至于有多大威慑力量,尚且未知。故而当部下群情激愤,气势汹汹逼宫,祈请立即与中国动武时,季氏始终泰然处之,不动声色。

"大总统,我军几乎没有遇到抵抗,即轻而易举夺下卡伦要隘,可见中国方面防务空虚,应该乘胜追击,扩大战果,一鼓作气,直捣延边腹地。"

"大总统,华人龟缩不前,既没胆量与我军交锋,又惧怕会谈,显然是心虚力乏,黔驴技穷。我军若马上发兵,定能珲春河饮马,延吉城称王,摆脱目前窘境。"

"大总统,不能再犹豫,箭已上弦,不容不发啊!"

以莫尔恰诺夫将军、博罗金将军为首的几位高级指挥官相约至卡伦俄军临时司令部,公开当面向季捷里赫斯请战。

"各位,任何挫折与失败,我们都再也无法承受,现在尤其要冷静行事,不可大意。"季捷里赫斯坐在一把旧椅子上,面对众目睽睽,慢条斯理道。

莫尔恰诺夫小心翼翼地问:"大总统还记得当年我军在向海参崴挺进途中,突遭红军伏击吗?"

季捷里赫斯兴奋地回答:"当然记得,苏联秉承德国旨意,欲根据《布雷斯特和约》强行解除我军军械,我当即表示宁可战死也不交出武器。"

博罗金恭维道:"大总统临危不惧,指挥若定,率领我们勇猛冲锋,一鼓作气杀出重围,并迅速挺进海参崴,占领北库页岛,夺得西伯利亚铁路控制权,从此我军声威大震,屡克强敌。这也正应验中国一句军事名言,'狭路相逢勇者胜'。"

"倘若中国人不敢前来会谈,足可证实其力乏胆怯,不堪一击。"季捷里赫斯向前倾伸项颈,全神贯注地注视铺展于桌面的《延吉边务专图》,口中缓缓言道,"俄罗斯勇士们,届时你们可大展威力。但时辰未到,不准轻举妄动,擅自行动者,一律军法从事!"

"是!"指挥官们齐声应诺,纷纷施礼告退,返回分管防地。

季捷里赫斯颇有权威,一言既出,军营内喧嚣骤止,顿时鸦雀无声。白俄官兵及家属各自安守营房,惶惑地静候充满希望的时刻降临。

关东孟冬,寒风凛冽,雪花飘落。缺乏御寒衣物,再在冷风中苦挨,白俄官兵备受煎熬。季捷里赫斯仰靠在行军床上,有节奏地轻晃双腿,故作悠闲,其实内心焦灼难耐,外表却不敢显露半分。他知道,目前他就是军心,就是军魂,他这里方寸一乱,手下万余将士将如山倒水泻,残局无法收拾。

季捷里赫斯思绪万千,突然想起三百零九年前,哈伊尔·费奥多罗维奇·罗曼诺夫年方十六,且名不见经传,却得以登基大宝,成为俄罗斯帝国开国之君者,并非依靠文治武功,而是仰仗莫斯科泽姆斯基大教堂缙绅大会选举玉成,不由得慨叹道:"痛苦各不相同,幸福彼此相似。本大总统也是由海参崴泽姆斯基大教堂缙绅大会选举出的,两者何其相似。躲过眼前劫难,或当柳暗花明,时来运转,可重整旗鼓,承扬罗曼诺夫王朝辉煌,再展宏图,开创长治久安大业。"

季捷里赫斯无心闭目养神,频频看腕上手表。直到季捷里赫斯哈欠连天,已至疲惫极限,东方终于现出黎明的曙光。诚乃吉祥之兆!季捷里赫斯霍然精神抖擞,一跃而起。二十四小时最后期限将至,而中国一方毫无动静,可见其势单力薄、心虚胆丧,深入挺进满洲腹地行动当无阻碍,东山再起,指日可待!

季捷里赫斯颇为兴奋,用力挥振双臂,喝令值班参谋迅速召集各路将领前来议事。他正部署行军计划安排,传令兵气喘吁吁,匆匆闯进门来道:"华军全权代表、延吉镇守使孙广庭将军抵达营前!"

"孙将军带来多少人马?"季捷里赫斯忙问。

"只有一位翻译官。"

季捷里赫斯颇感惊诧,与莫尔恰诺夫将军窃窃私语一番,方大声喝道:"孙广庭将军单刀赴会,来者不善。全体集合,携带全副武装,到营门前迎接中国全权代表!"

近万名官兵荷枪实弹,列成整齐方阵,重炮、机关枪、三千余战马一字排开,分居两旁。虽是败军之旅,却狂傲未消,威风凛凛,杀气腾腾。俄军将领倾巢出动,如临大敌,虎视眈眈环立军营门前。季捷里赫斯上将虽近天命之年,但胸挺腰直,神情凛然,眉宇英气外露,两只碧眼深陷,阴冷逼人。

"色厉而内荏,虚张声势而已。"孙广庭冷面一瞥,低声私谓徐子静。

"欢迎,欢迎,孙将军屈尊枉驾,光临敝军驻地,未能远迎,敬望海涵!"季捷里赫斯貌似亲昵,抢先伸出右手,实则暗寓嘲弄,妄图凭借武力占据卡伦、限令谈判之先机,以胜利者姿态自居,显示居高临下之地位,故意语调颇为骄矜。

翻译官话音刚落,孙广庭即品出弦外之音,尽管心中暗骂:"好小子,卡伦本系我中华民国要隘,尔等入寇之徒居然视为合法驻地,真是不知天下还有羞耻二字!"却是面色平和,淡笑右手迎握:"总统阁下大名鼎鼎,久有耳闻,今日相见,真乃幸会。然阁下风尘仆仆,千里奔波而至,孙某未能尽地主之谊,却劳总统阁下夹道欢迎,颇为汗颜。"

回敬得体,针锋相对,以其人之道还治其人之身,也是话里有话,语带双关,其潜台词恰好击中对手要害:"你小子是战败逃亡而来的,无理占领人家的国土,还想胡搅蛮缠,给主人来个下马威,真是卑鄙无耻!"

季捷里赫斯与孙广庭初次交锋,于情、理、势上全败居下风,顿时黯然神伤,但仍从容不迫,迈着标准的军人步伐,陪伴孙广庭,并肩向俄军临时司令部走去。

于白俄"御林军"仪仗队枪林中行进,孙广庭昂首挺胸,神态自若,显得比季捷里赫斯更为信心百倍。翻译官徐子静紧紧尾随其后,不时东瞧西瞅,张皇四顾,像陪伴荆轲刺杀秦王的秦舞阳初进秦宫一般,畏畏缩缩,吓得不轻。

十一月二日十时二十分,延吉镇守使署兼延吉道署全权代表孙广庭与白俄临时大总统季捷里赫斯开始正式会谈。

季捷里赫斯开门见山,直抒胸臆,企图先声夺人:"俄中同盟,山水相连,亲如兄弟。一八九六年,两国政府即签订《御敌互相援助条约》,承诺'战时互相援助,并互相接济军火、粮食。如有紧要之事,中国所有口岸均准俄国兵轮驶入,中国地方官应尽力供给所需'。"

"《御敌互相援助条约》先决条件是共同应对来犯之敌,并非干涉彼此内政。贵国内战,我国无承担接济军火、粮食与开放口岸之义务。"孙广庭淡淡一笑,从容反驳,"正如亲兄弟内争,同室操戈,近邻宜善言劝和,而不是馈赠刀斧,火上浇油。此国与家同理也。"

"孙将军定当知晓,战争有正义与非正义之分。故而一九一七年七月,为助我国平定乱党造反,贵国仗义加盟协约国,慨然出兵助战,足见患难真情。再者,我国几方在贵国土地上的征战已有多次。去岁十二月八日,希什金上校尚率部从隆恰科沃村进入贵国;今年一月初,我军骑兵七百余人还从贵国出发,越过边境,成功袭击纳杰日金斯卡娅赤军之后,又返回贵国境内。所以,本总统所提要求并非苛刻,此次前来,只求暂借贵方宝地做短期休整,绝不久留。望将军网开一面,我方必有厚馈。何况贵我双方一向和睦,最近又均遭新败,大伤元气,岂可因此区区小事再伤和气,弄得兵戎相见,两败俱伤?不知将军阁下以为如何?"

季氏这一番话,软中含硬,颇有章法,而孙广庭之应答也是周详得体,柔中寓刚:"总统阁下所言极是,为免生灵涂炭,人民困苦,当然应以和为贵。阁下数万将士颠沛流离,身陷水火,于情于理,均应容许阁下率兵入境。可是,入境必须要讲究条件。依照国际公法和奉天张总司令军令,贵军入我国境,均需解除军械,否则……"

"孙将军所言差矣！上溯俄日满洲之战以及德日青岛之争,贵国皆采取中立立场,作局外之观,未见有解除军械之说。"季捷里赫斯端起茶杯,阴险一笑,"况且军人视武器为自己的第二生命,岂可轻易交给他人？"

孙广庭执杯笑道:"想必贵人多忘事,这入境要交出武器之规矩可是阁下二十一年前于哈尔滨市亲自定下的。当初,中国官员和军警进入由俄国边防独立军团所控制之中东铁路区域,虽系中国领土,还须知会俄官,并且所带枪械全部予以收缴。要求别人遵守者,自己须首先做到,阁下不会对此持有异议吧？何况军人手中之武器是为杀伤敌人所用,大总统阁下既然视我方为友邦,就不应携带枪械闯入国门。扪心自问,岂有手持兵器至邻居家里做客的？对主人未免太不恭敬。窃以为阁下知书达礼,断不会如此行事,而成为天下人之笑柄。"

"孙将军,"季捷里赫斯弃杯于案,虎目圆睁,满面通红,"我军持械乃是防身之用,绝非用来对付贵国军民。孙将军若不相信,我可以留下一家老小作为人质,入境如有持械逞强之举,孙将军即可将我全家人问斩！"

孙广庭收敛微笑:"阁下此言差矣。我中华民族乃礼仪之邦,对人对己皆讲究'礼',非礼勿视,非礼勿听,非礼勿动。远亲不如近邻,总统先生乃友邻贵客,焉能将阁下宝眷作为人质？"

见谈判对手不紧不慢,不卑不亢,但字字皆讲在理上,季捷里赫斯气得额上青筋直蹦,情急之下,强词夺理道:"孙将军所言自有道理,只恐贵我两国文化习俗相差甚大,我麾下官兵未必理解。此等职业军人,经历欧战与内战,从东普鲁士至帕米尔高原及远东地区,一直与敌军生死搏斗,与枪炮战马形影不离,如果强迫其放下手中武器,可能发生非常事件。我国乱党即靠犯上作乱起家,士兵一旦铤而走险哗变,恐怕你我皆难以控制住局势。"

"阁下如此所云,孙某可否理解为恫吓？"孙广庭不动声色询问。

季捷里赫斯狡黠微笑,口吐狂言:"朋友以坦诚为先,但我想提醒孙将军注意,俄罗斯士兵的战斗力在世界上很有些声誉,请将军千万不要忘记这一点。"

房间里空气骤然升温,坐在季氏左侧的莫尔恰诺夫将军率先敞开衣领,故意用手指于案面上敲响进军曲鼓点。声音虽不很高,却极其清晰地响遍屋内每一个角落。那急促的节奏伴其粗重的喘气声,强烈地刺激着人们的神经。

孙广庭端起茶杯,吹开水面漂浮的茶叶,细品一口,然后轻稳放下,似是不经意伸出右手食指和中指,暗用内力,嗒嗒嗒嗒连击桌面几下。其声深沉浑厚,含鸣金之音,恰好落在进军曲节奏中间,遏止张扬的进攻气势。莫尔恰诺夫一曲未尽而止,整个房间立刻寂静异常。

"季捷里赫斯总统阁下，"广庭顶悬端坐，郑重称呼对方，"俄罗斯将士的威名，在下早已如雷贯耳。但贵军乃是长途跋涉而来，军容不整，疲惫不堪，士气低落，亦全是事实。孙某直言相告，我军以逸待劳，后援无穷，又占据天时、地利、人和之惠，而这些无不是兵家取胜之道。阁下固执己见，一意孤行，绝非明智之举。为阁下和阁下部众着想，恳请总统先生三思而后行。"

"孙广庭镇守使阁下，珲春位处中、朝、俄三国交界，群峦拱卫，濒临江海，即所谓'九河下梢'之地。"季捷里赫斯阴沉暗笑，故弄玄虚道，"其图们江入海口，自古以来乃贵国直接进入日本海之唯一通道，也是贵国从水路到俄罗斯、朝鲜东海岸、日本西海岸乃至北美、北欧最近点，确有得天独厚之利。"

"珲春一度为我国中原地区与日本、俄罗斯诸东北亚国家友好交流的桥梁，素有'海上丝绸之路'美誉。"孙广庭不明季捷里赫斯为何所云离题千里，仍随声附和道，"古往今来，长岭子要道口始终是贵我两国通道。我国赶海渔工、商贸车驮，皆穿过长岭子山口，到达贵国摩阔崴，分赴沿海州诸地，或乘船直达上海、日本，每日熙熙攘攘，川流不息。"

"俄罗斯帝国海军舰队久负盛名，此刻正在这'丝绸之路'上游弋。帝国装甲兵团战功赫赫，'雏鹰'号装甲列车无坚不摧、所向披靡，也正奉命沿中东铁路转移，南下关东。"季捷里赫斯傲睨自若，盛气凌人，"倘若狼烟再起，我军绝非孤立无援，而是海路协同挺进……"

"胜败乃兵家之常事，战争向无定数，焉能有百战不殆，所向披靡者？夜郎自大，骄兵一败涂地，却是不乏其例，比比皆是。"孙广庭针锋相对，毫不示弱，"智者尝云：玩火易自焚，衅勿我开。似瞎子摸象，井蛙观天，以一叶障目，不见泰山，舍本而求末者，往往自食恶果……"

谈判已然进入白热化境地，双方剑拔弩张，怒目相对，言语尖刻，互不相让。

徐子静乃老资格翻译官，与俄交涉已达百次，对沙俄官吏的狂妄凶残、反复无常、蛮不讲理十分了解；而对中国官员软弱怯懦、卑躬屈膝、明哲保身更是见怪不怪。但面对眼前这场唇枪舌剑，他觉得心惊肉颤，魂不守舍，实在难以适应。

平心而论，孙代镇守使态度过于强硬，未免有些迂腐。《三国演义》诸葛亮舌战群儒的场面令人仰慕，历史上亦不乏诸如淝水之战、官渡之战、赤壁之战等以少胜多的范例，但那都属于内战。而每逢异族入侵，常奉美女玉帛乞和，从两次鸦片战争、甲午中日海战，至八国联军进北京，无不如此。孙参谋长独出心裁，力挫俄人，抢占上风，于情理上说确实值得敬佩，但单从谈判这门学问上看，却不宜这般锋芒外露，逼人太甚。须知操之过急，往往物极必反，一旦步入绝境,座上客就会变作阶下囚,连生还机会亦丧失殆尽!徐子静思及于此,唬得脊骨发凉,发丝竖立。

孙广庭察言观色,见季捷里赫斯满脸煞白,牙关紧咬,莫尔恰诺夫将军面色绛紫,怒目圆睁,博罗金将军与其余白俄军官亦皆鼓腮斜睨,充满敌意,自忖倘若再行僵持,谈判就可能破裂,乃果断昂然而立,心平气和坦言:"尊敬的季捷里赫斯阁下,我们能共居一室,各抒己见,表明皆期盼和平解决争端。为不悖这美好愿望,避免纠缠枝节,影响大局,请允许我诚恳建议:休会二十四分钟,分别冷静客观思考,究竟孰凶孰吉,何去何从。"

季捷里赫斯默默颔首,表示赞同。盖因会议没能按其设计轨迹前进,与预期目标背道而驰,他深感恼火,觉得有必要和麾下将军们协商对策,改变战术借以扭转颓势,但对别人牵着鼻子走的倡议仍怀不满,故而双唇紧闭,一声未语。

"顺便坦白地告诉诸位,孙某来时已对部属有所交代,授权他们,"孙广庭伸手从内衣口兜里摸出一块怀表,打开盖细看一眼,又道,"三小时十九分四十八秒后,即可自由采取行动。因此尚祈会期不宜拖延过长,以免使我珲春驻军产生误会而采取偏激举措。并且我已派人与红军、赤塔军取得联系,此次谈判一旦失败,贵军即处于三方合力夹击之下。"

"螳螂捕蝉,黄雀在后。"季捷里赫斯霍然站立,反唇相讥,"孙将军请回首而顾,图们江畔静候鹬蚌相持的渔翁何止数万。我想孙将军也不会弃同存异,因小失大,任凭贵国关东大地狼烟四起,列国群雄争杀逐鹿。"

孙广庭道:"大总统多虑过甚,今非昔比,受《九国公约》束缚,日军不敢再胡作非为。"

季捷里赫斯道:"战火一起,出兵保侨可是不受《九国公约》限制的。"

孙广庭一语双关道:"我军早已严阵以待,不怕任何人'胡作非为'!"

一辆列车冲开漫天雾霾,驶进奉天火车站。梅尔库罗夫头戴顶黑礼帽,身着挺括的灰色西服套装、黑呢绒面料水獭领大衣,脚穿黑牛皮鞋,笔直地站在月台上。他见一位戴茶色毡帽,穿灰色法兰绒西服、棉华达呢开合两用领军服式大衣的俄国绅士从车上走下,忙近前拦住道:"先生,我是海参崴政府总长梅尔库罗夫,请问,这车中有无政府官员?"

那位俄人摇摇头。

梅尔库罗夫又朝一位戴黑天鹅绒两角帽、穿黑呢绒女式大衣的白俄贵妇轻鞠一躬:"夫人,您听到过有关季捷里赫斯大总统的消息吗?"

白俄贵妇回礼道:"总长先生,我没听到过。不过,有不可靠的消息说他的部下已占领中国边城珲春,正在向南方深入。"

梅尔库罗夫笑道:"夫人,我相信这个消息一定是千真万确的!"

西伯利舰队三十艘战舰在广阔的海面上破浪前行。俄罗斯帝国三色国旗高悬其上,迎风招展。斯塔克总督,这位日俄之战守卫旅顺军港的俄罗斯太平洋分舰队中将司令,正站在旗舰"贝加尔号"甲板上,手持望远镜,眺观朝鲜元山港,突然朗声大笑道:"上帝保佑,我们已经全身而退,平安驶向永兴湾。"

战舰舰长阿纳托利凭栏向西方眺望,自言自语道:"季捷里赫斯大总统亦应脱离险境,此刻已从陆路进入延吉,但不知能否进展顺利,真正'永兴'?"

炮艇艇长马特维语气坚定:"博罗金将军第一团、莫尔恰诺夫将军第三团皆是我军精锐,在大俄罗斯外阿穆尔军区控制下的满洲,定会畅通无阻,所向无敌!"

阿尔得密夫藏相略含微笑:"诸位,今天晴空万里,阳光普照,可是吉祥喜兆。大难无损,定有后福。"

斯塔克总督高声鼓噪:"但得大总统季捷里赫斯将军挺进中东路区的捷报,我帝国海军即可按既定计划,与陆军弟兄于北满胜利会师!"

"乌拉!"九千余海参崴政府海军官兵,西伯利亚和哈巴罗夫斯克两所士官武备学校士官生及白党信徒狂张双臂,哗然欢呼。

隔江观火的斋藤实大将在汉城朝鲜总督府内,对驻朝日军司令官大庭次郎大将道:"加藤首相非常关注间岛局势,几乎天天来电询问。"

"我刚接到驻会宁第十九师团步兵三十八旅团军事顾问町野中佐密报:白俄季捷里赫斯将军率残兵万余,占据珲春卡伦,欲继续持械前进。珲春城内华军不足三百,难以与之匹敌。"大庭次郎道,"延吉代理镇守使孙广庭无计可施,只身前去卡伦谈判。"

斋藤实微微笑道:"孙广庭书生气太足,只会纸上谈兵,白在东京留学七年。他此行恐怕是凶多吉少,有去无回。"

大庭次郎道:"主帅被囚,延吉定将大乱。而图们江对岸中国边务更是形同虚设,不堪一击。我已令十九师团聚结朝鲜北部豆满江畔,平壤第六飞行队及京畿龙山第二师团紧急待命。"

"这么说是'万事俱备,只欠东风'啦!"斋藤实挺身站起。

"我想谈判的时间不会很长,两日内'东风'必至。"大庭次郎成竹在胸。

斋藤实大喜:"好,今天是十一月二日,那我就向加藤首相报告,六日前占领龙井,拿下延吉!"

珲春卡伦俄军临时司令部休息室,徐子静四顾无人,低声问道:"孙参谋长,我们尚未与红军、赤塔军接触,亦未达成任何协议,形势对我们颇为不利。"

广庭轻声回答:"这就叫'兵不厌诈'。"

"骆驼再瘦比马大,西伯利舰队战舰火力不弱,'雏鹰'号装甲列车威力无比,我军确实难与之匹敌。"

"远水难解近渴,不足为虑。"

徐子静又吞吞吐吐地问:"孙参谋长,你那……以静制动的招法能力挽狂澜吗?"

广庭胸有成竹地道:"当然,十分钟后即见分晓。"

孙广庭欲擒故纵、以退为进的策略,果然产生奇效,不仅会议按时复会,而且气氛明显缓和。季捷里赫斯改变战术,采取以柔克刚的招数,满脸虔诚地道:"孙将军,对阁下的顽强精神,本人深表敬意,亦完全理解。因为将军毕竟要为上司负责,而上司给予将军的权限颇为有限。所以,设身处地为孙将军着想,我军决定做出最大让步,只保留防身所用轻便武器,而将全部重型武器交付贵国保存。我们如此而为,已尽最大努力,希望孙将军能够以诚相待,勿再固执己见。如果贵国无视我方所提基本条件,欺人太甚,则由此产生的一切后果只能由贵国承担。"

交出所有重型武器,等于向中国人低下高傲的头,简直如同于虎口上捋下虎须,徐子静简直喜出望外,这般巨大的成功堪称其谈判生涯中绝无仅有。他深晓俄人凶狠无比,常因一语不和妄杀来使,生怕达不成协议,导致前功尽弃,丧命辱国,所以故意将季氏最后威胁性的语言翻译得委婉含蓄,平和中听。

无论翻译官用怎样优美的语句,孙广庭依然是坚如磐石,绝不做半步退让:"总统阁下,我已声明至再,贵军生命财产安全,我们可以负责,而携带武器入境牵涉到国家主权,绝对不能谈判。总统阁下倘若执迷不悟,肆意行事,那我们只能兵戎相见。"

徐子静闻听此言,顿时惊得目瞪口呆,舌根僵硬。他左看孙广庭,再右顾季捷里赫斯,吞吞吐吐,一时竟语不成句。

广庭见状,登时勃然大怒,厉声道:"如实给我翻译,不许遗漏一个字! 郑重相告俄方,倘若肆意行事,只能兵戎相见!"

白俄将领群情激愤,纷纷起座离席,指手画脚,嗷嗷狂叫。徐子静两腿筛糠,径直盯视孙广庭,满脸期盼神情,似乎在乞求见好就收,千万不要撕破脸。

孙广庭焉能不知"世间风云多变幻,成败就在一瞬间"之理,然而,阿年阔夫就是因为获准携带部分武器入境,方敢在古城造反,搅得华夏神州难安;巴奇赤亦是仰仗私藏军火,才能携械围攻阿山,逼迫周将军自刎。惨痛教训历历在目,他决计舍得一身剐,坚持到底,遂凛然而立,朗声拱手道:"巴奇赤原本是总统先生帐下一员虎将,前年携众万余退至塔城,明享我官府放粮赈济,暗命部属埋藏武器,后受塔城领事德布罗哲夫与日本间谍牧野三岛煽动,多次谋乱,掠地虐民,去岁经我新疆省军联合苏俄围剿,巴奇赤全军覆灭。而今巴奇赤独自四处藏匿,落个惶惶不可终日之下场。阿年阔夫少校兵败缴械而入新疆,本居博乐安身立命,竟悍然奇台暴动,而今被囚迪化,生死未卜。亚历山大·冯·温琴·施特恩贝格将军曾自比成吉思汗,携械扰我蒙域,猖獗一时,凶焰何等嚣张!而今已被枪决,抛尸荒野,竟死无葬身之地。前车之鉴若是,当由诸位自由选择。孙某就此告辞。"

季捷里赫斯脸色骤变,扬手啪的一声将茶杯掷于地上,摔得粉碎,嘿嘿冷笑道:"将军阁下,刚者易折,凡事应通盘考虑,不可意气为之,得通融处且通融。将军断然拒绝我方最低要求,实则是未给自己留有回旋余地,也就休怪我们无情!"

"总统阁下,毋庸讳言,贵方最低要求实乃动乱祸根所在。故而欲持械过境除非日由西出,珲春河水倒流,否则断难应允。请阁下别再痴心妄想!"孙广庭纹丝未动,斩钉截铁地回答。

季捷里赫斯恼羞成怒,面现狰狞,霍地拔出腰间短剑,挥剑砍掉几案一角,气急败坏地吼道:"你死到临头,尚敢嘴硬!"

季捷里赫斯爱将莫尔恰诺夫更是火冒三丈,拔出黑色八连发的勃朗宁式手枪,枪口对准广庭眉心,状似凶神恶煞,疯狂直扑过去。

"不可无礼!"季捷里赫斯毕竟还有些大将风度,上前一把拉住莫尔恰诺夫手臂,但为时已晚。

"叭!叭!"两声枪响颇为清脆。观者耳鼓震动,闻声色变。子弹从孙广庭耳畔飞过,将其身后墙壁穿出两个弹洞。孙广庭面对生死关头,泰然处之,身体纹丝不动,睁圆双眼,目不转睛,两道寒光逼视莫尔恰诺夫。莫尔恰诺夫松开紧扣扳机的食指,慢慢放下平举的胳膊,将对着广庭面门的枪口转向地板,神色惶恐地倒退三步。

就在此时,枪声四起,远近皆鸣,忽而密如爆豆,忽而疏如响板。枪响过后,季捷里赫斯神态大变,立即将孙广庭扶到正座,不仅答应中国方面全部条件——交出所有轻重武器,愿于延吉驻军监督下入境,并且将沙皇亲赐的短剑和指挥刀拱手相赠。

如此戏剧性的变化来得过于迅疾，令孙广庭深感蹊跷，有些莫名其妙。

七　柳暗花明

枪响之际，翻译官徐子静以为是莫尔恰诺夫恼羞成怒，意欲行凶，吓得面如死灰，在椅子上瘫软如泥，再不敢言语一声。莫尔恰诺夫尽管气势汹汹，然无季氏首肯，根本不敢大开杀戒。闻枪声大作，季捷里赫斯和莫尔恰诺夫亦是魂飞胆丧。

白俄将领皆清清楚楚听到，那突如其来的枪声先由近在咫尺的卡伦门外传来，旋即长岭子天文台、潘家沟、石头河子方向群起响应，此起彼伏，连绵不断。

目睹孙广庭举止自若，季捷里赫斯认定中国方面早有充分准备，所以延吉主帅才胸有成竹，独自前来，借谈判施缓兵之计，稳住局势，却暗中勾结红军、赤塔军形成四面合围，妄图瓮中捉鳖。

然而，历史有时会戏弄智者。全体与会谈判精英，包括中国全权代表孙广庭在内，都没能对枪响做出准确的判断。

原来孙广庭出发谈判之前，从奉天发来一件急电，要求缉拿叛军首领王恂齐、陈庆麟、黑龙王。广庭对此忧心忡忡，深知三人一旦潜入珲春，探明我军实情，报之季捷里赫斯知晓，延吉将成为万劫不复之地，所以严令二营鄢营长和王德林率领一班精干人马，全力追捕。鄢营长和王德林一行十二人飞马追至分水岭，四处张望，不见王恂齐、陈庆麟、黑龙王踪影。

鄢营长道："这荒郊野外，到处都能躲藏，又无人可问，我们何处追寻？不如暂且回返。"

王德林大失所望，正要拨转马头，忽然发现山谷有个樵夫，忙催马迎上前去，探询道："老兄，可曾看见三位骑马者从此经过？"

樵夫扬手一指："大约半个时辰前，确有三人衣冠不整，手执枪支，偷越国境，进入俄国。"

鄢营长勒马犹豫，踟蹰不前。王德林不假思索闯入俄境，回首大喊道："孙参谋长命令，不惜一切代价，也要将王、陈、黑捉住。千钧一发，不容彷徨。三人一旦与季捷里赫斯会合，延边百万民众必将血流成河！"

"也罢，一不做二不休！"鄢营长略加思忖，也跟着拍马越过边境线。十名骑兵紧随其后，一路追至摩阔崴附近。

此时,王恂齐、陈庆麟、黑龙王旧地重游,以为逃出虎口,正坐于硕大青石板上小憩。

"王参谋长,孙广庭这家伙可是坑人不浅,居然设卡阻挠华人北行,害得我们绕道至此,总算幸运脱险。"黑龙王率先言道。

"大难不死,必有后福。我们探明奉军乃是虚张声势,毫无与俄军抗衡的实力,可是立下头等大功,以后季捷里赫斯大总统定会对我们刮目相看。"陈庆麟面现得意之色。

黑龙王又问:"王参谋长,见到季捷里赫斯大总统后,下一步如何行动?"

王恂齐回答:"《孙子·九地》云'兵之情主速',应建议季捷里赫斯大总统攻其无备,由我等向导,带领俄军抄近道越过长岭,兵不血刃,拿下珲春空城,再一鼓作气,夺回吉黑两省。"

三人聚精会神研讨如何重振雄威,为高、卢复仇,如意算盘尚未打好,十二位追兵从天而降,四面包抄过来,喝令三人缴械投降。王、陈、黑困兽犹斗,匆忙应战,但毕竟势力不敌,只好上马朝珲春卡伦方向夺路而逃,狂奔中尚频频回头,挥手举枪还击。

孙广庭涉险,前往二道河卡伦谈判。杨振铎团长依其谕示,率珲春守军经古城屯、支边村,潜于潘家沟、石头河子东沟、长岭子天文台三地,秘向俄营靠拢。

锦囊妙计乃是:"二十四小时内,以三声枪响为令,我军四面发起佯攻,实施武力威慑;二十四小时过后,意味谈判破裂,则我军须靠月夜掩护,频频进行闪电袭击,缠叮不放,拖住俄军,使其有后顾之忧,不敢轻举妄动。待彼粮草耗尽,人心涣散,而我援军云集之时,再行软硬兼施,逼其俯首称臣,可不战而胜。"

王德林、鄢营长一行追至二道河畔。王恂齐、陈庆麟、黑龙王为呼唤卡伦内俄军援救,三枪齐发还击。杨振铎所辖三地伏兵闻三声枪响,不敢违抗军令,同时呐喊冲锋。一时枪声大作,加之山谷回音,令俄军如惊弓之鸟,不寒而栗。

广庭重新端坐于谈判桌前,闻听枪声迭起,认为是季捷里赫斯耍弄的恫吓手段,盛怒之下,暗中运气于指掌间,嘣的一声,拍案而起,击案山响,案板震裂,压过户外枪声。随即大声高吼:"呸!如此雕虫小技,安能登大雅之堂?实言相告,孙某此次前来,早已将生死置之度外。我唯一放心不下者,乃是不忍目睹万余俄罗斯生灵顷刻间化作他乡荒山野鬼而已!"

季捷里赫斯本已杯弓蛇影,闻听广庭这一番话,更是胆战心惊,连忙呵斥虚张声势的莫尔恰诺夫:"放肆!这里不是鸿门宴,何需你'项庄舞剑'?"

卡伦外枪声依旧,时缓时急,仿佛越来越近。

孙广庭神情镇定地道："季捷里赫斯阁下，形势紧迫，瞬息万变，当断不断，必有后患！阁下若仍心存幻想，坚持持械过境，孙某无意浪费光阴，就此告辞！"

寥寥数语，却使季捷里赫斯魂飞魄散。他心知肚明，此刻珲春卡伦陷入三军重围，已是四面楚歌，唯一一线生机不可轻易放弃，乃将孙广庭扶至上座，摘下鞘身与柄顶皆镶嵌名贵宝石的短剑和指挥刀，惨然道："孙将军，既然阁下盛情千里，为化干戈为玉帛而来，我也愿答应阁下所提全部条件，成全将军美意。短剑和指挥刀乃是权力象征，为沙皇尼古拉二世所亲赐，二十余载一直与我形影不离，朝夕相伴。而今，舍弃军队指挥权，短剑与指挥刀已无用武之地，敬请将军留作纪念……"

其实，辉煌的历史常由偶然事件编织而成。也许这就是人们常说的"天意"。胜利突然来临，徐子静惊魂未定，难以置信，待季捷里赫斯话语过半，方思翻译。孙广庭从对方双手擎奉的动作中，已看懂其真实意图，未等徐子静译毕，乃起身郑重地接过短剑与指挥刀。

室外的枪声骤然停止，俄军临时司令部变得异常宁静。季捷里赫斯问道："孙将军，既然咱们双方再无争议，我想请教一个问题。"

"什么问题？请讲。"

季捷里赫斯四顾环指："那枪声究竟何人所为？是事先埋伏好的贵国军队，见孙将军迟迟不归，向我军营发动进攻前示警；还是红军、赤塔军依据约定，试探发出协同作战的暗号？"

孙广庭一愣，然后淡淡一笑道："这是军事秘密，无可奉告。不过，我可确保大总统阁下及全体部众人身安全和财产无损。"

山风阵阵袭来，沙土扑面，朔气逼人。孙广庭立于卡伦哨所前高岗上，鸟瞰收缴军械现场，全神贯注，甚至竟对那浓浓的寒意亦丝毫无有感受。季捷里赫斯鼻端冻得通红，脸颊埋夹于大衣竖领里。历经一场惊心动魄的论战，他像一只斗败的公鸡，疲惫沮丧，无精打采，在距广庭丈许的地方，迈着沉重的脚步蹀来蹀去，至两棵大松树中间方停下，回首一瞥，恰与莫尔恰诺夫将军四目相对。莫尔恰诺夫眼神忧悒，故意攥紧空拳。季捷里赫斯伸出两手拽住衣领，缩颈掩饰尴尬。

孙广庭心如明镜，此刻季捷里赫斯将军麾下一万五千余官兵及军官家属情绪颇为动荡，稍有疏忽，一个火星儿就能引起难以控制的熊熊烈焰。他派兵四周严密监视，寸步不离此地，时而命令部属将收缴军械分类登记，时而吩咐白俄交出武器后列队等候，指挥得井然有序。尽管眼前诸事已忙得不可开交，他却间或延颈向远处眺望。

崎岖的卡伦路上扬起飞尘，一支罕见而又奇特的浩浩荡荡的队伍进入视野。

"瞧！"广庭伸臂指点，请季捷里赫斯过来观看，"运输大军如期来到！"

铃铛叮当声、车轮嘎吱声、马蹄嗒嗒声、老板吆喝声，交织一处，于空旷山谷中回荡。声音引起白俄官兵稍许骚动。莫尔恰诺夫尤为激动，比比画画，大声演讲，似乎在宣泄什么。

"不准喧哗！"孙广庭通过徐子静宣布，"必须遵守中国方面有关规定，方可保证安全准时到达……"

一声令下，二道河畔立刻噪音骤止。莫尔恰诺夫亦收敛狂态，默不出声。

一万五千余白俄士兵搭乘五百余辆马车，由中国士兵护送，分批赴珲春城内昌明书院等处用餐。目送最后一辆马车背影在卡伦路上渐渐消失，孙广庭方摘下军帽，拭去额头汗珠，轻轻呼出一口长气。夜幕尚未降临，喧嚣一时的珲春卡伦又恢复往日的沉寂，再也见不到一个持枪白俄的踪影。

"这次外交纠纷相当棘手，如此迅速圆满解决，出乎意料。如今大功告成，久悬之心始可放下。"徐子静颇为兴奋。

"真空城计主旨为守，假空城计意在围歼，初战获胜，而隐患未除，岂能高枕无忧！"孙广庭表情严肃。

徐子静困惑地问："莫非孙参谋长恐再生变？"

孙广庭戴好军帽，缓缓地道："白俄衣食不足，我要赶回珲春城，会同工商筹款备粮，暂行供给，妥为安抚，以防节外生枝。"

杨振恒走到跟前行军礼道："报告，经过清点造册，准确核实，共缴获军械野战炮十二门、机关枪五十余挺、长短枪五千余支、炸弹一万余枚、子弹四十余万粒……"

"什么？"广庭感到震惊，自言自语地叹道，"这次直奉战中侥幸获胜的直军，也不过只有一百门大炮、一百挺机关枪，由此观之，这些武器可委实不少啊！"

徐子静沾沾自喜道："如此之多，真是战果辉煌啊！"

后来这些白俄军械在保卫延吉及二次直奉大战中，发挥出举世瞩目的威力。当时，面对枪支弹药堆积如山，孙广庭却是双眉微锁："哎呀，不好！"随即将杨振恒呼至身旁，附耳叮嘱道，"急速……"

四日黎明，珲春副都统老宅正屋，孙广庭独立窗前，目睹旭日跃出地平线，忽闻有节奏的敲门声。

"进来！"孙广庭朗声道。

秘书官孙蔼卿行军礼："报告孙参谋长，鄂、王两位营长率五连士兵越境缉捕王恂齐、陈庆麟、黑龙王,绕经摩阔崴,复归二道河……"

孙广庭恍然大悟:"是不是发生过激烈枪战?"

孙蔼卿惊问:"参谋长怎么知道的?"

"我亲耳听到枪声。战斗结果怎样?"

"三逆企图冒险穿越我军伏击线,进入卡伦,与季捷里赫斯会合,结果一毙两伤,可惜……"孙蔼卿叹道。

孙广庭忙问:"出了什么意外?"

"伤者皆遁入深山老林,失去踪迹。我军追击许久,无获而返。"

"成功阻止传递情报,令季捷里赫斯始终蒙于鼓中,已是圆满完成任务,应予嘉奖。"孙广庭命令,"以我的名义给在哈尔滨的丁超司令发出告捷电,'俄军尽悉收降,恭候回镇整顿'。"

"是!"孙蔼卿转身离去,刚至门口又匆匆回来。

孙广庭略感奇怪:"蔼卿,你还有什么事?"

孙蔼卿从衣兜内拿出一封信:"孙参谋长,因三日期限未到,您的那封家书没有寄出,现在完璧奉还。"

十一月四日正午,根据参谋本部之最新作战计划,日本竟公然实战演习占领中国海岸。日本第五师团之各部队在广岛南面的宇品港乘船,开始假定日本之四岛为中国,名为赤军,日军番号蓝军,以行攻击之演习。日本陆海军积极备战,年年皆有大演习,今冬演练陆军在中国各海岸战前登陆,参谋本部选择宇品港拉开序幕,意在重温胜利,鼓舞士气,炫耀武力,向中国施压。

中午时分,珲春副都统老宅正屋,书案上放置一张《盛京时报》,上有两则消息由红笔圈勒。

(京城三日专电)知多利克斯(季捷里赫斯)将军现已亡命于
珲春。

(东京一日专电)避难于珲春地方之俄国人濒于饥饿,现有或者发
生事变之忧虑。

孙广庭神态自若,面对书案,端坐而思,自言自语道:"诸葛孔明七擒孟获,方使孟获折服。"

黄昏,珲春城内昌明书院内,莫尔恰诺夫怒气冲冲,咬牙切齿地道:"大总

374

统,我们叫那个孙广庭当猴耍啦!"

季捷里赫斯一脸苦相:"战场斗智,如商场交易,原则上买卖自由,但眼拙者总要吃亏。"

"无所事事,受制于人,真是度日如年!"博罗金垂首叹道。

"身在屋檐下,不得不低头。现在我们赤手空拳,只能学中国古代一位君王,卧薪尝胆,等待时机。"季捷里赫斯仰面望天,目光呆滞。

莫尔恰诺夫压低声音:"等待时机,那是守株待兔,时机要靠积极寻找。现已探明孙广庭将我军枪支弹药刚运进城,暂存于珲春副都统衙门老宅。"

季捷里赫斯告诫道:"孙广庭虽比我年轻,但城府很深,他一定会置重兵看守,千万不要意图滋事。"

莫尔恰诺夫微微一笑道:"我早摸清中国驻军底细,他们人数不多,守军仅三百兵卒,珲春几近一座空城。"

季捷里赫斯闻听,不禁追悔莫及地道:"唉……"

夜黑风高,在莫尔恰诺夫将军的鼓噪下,千余白俄激烈分子把大院围得水泄不通,二十多人扛抱一根粗大的杨树干,用力向院门撞去。哐当!大门轻而易举被撞开。"哎哟!"撞门者无一例外,一齐扑倒在青石板上。

莫尔恰诺夫见门外白俄官兵都站于原地,神色惶恐,不知如何是好,忙大声道:"你孙广庭又想学诸葛亮玩空城计,可惜我莫尔恰诺夫不是司马懿。弟兄们,别再被假象蒙骗,凭咱人多势众,不用怕他,冲进去!"

莫尔恰诺夫带头冲到深宅后庭,发现轻重武器堆放整齐,满院皆是,几无空地。他执起一支步枪,高擎过顶,哈哈大笑道:"上帝保佑我们,我们自由啦!"

"乌拉!"白俄官兵蜂拥而上,哄抢军械。

所有房间和庭院电灯突然一起点亮,将后院照得如同白昼。正房中门大开,孙广庭在杨振恒与徐子静的陪同下缓步而出,站于阶石之上,不慌不忙地朗声道:"我在这里已恭候多时。佛家谓'放下屠刀,立地成佛',同样,诸位只有放下手中武器,才能恢复自由!"

莫尔恰诺夫举枪朝天,气势汹汹地怒吼道:"孙将军,莫要装神弄鬼吓唬人,我们取回原本属于自己的东西,何罪之有? 看哪个敢阻拦!"

"当然是我!"孙广庭抬起胳膊,用力向前挥动一下手臂。他的身后及两侧厢房立刻拥出三百余名持枪的中国官兵。

莫尔恰诺夫面对黑洞洞的枪口,嘿嘿冷笑。他麾下官兵亦纷纷将枪口对准孙广庭。

"哎呀,怎么没有枪栓?"博罗金凄声惊叫,弃枪于地。

杨振恒大声道:"莫尔恰诺夫将军、博罗金将军,孙镇守使早就料到你们定会密谋抢劫枪支,武装叛乱,已提前急令我先将枪栓全部卸下。"说着伸出食指向上指指,"快将军械放回原处,反抗毫无意义!"

莫尔恰诺夫抬头看看,房顶四角各架着三挺机关枪。他乖乖把枪一扔,沮丧地道:"孙广庭将军,我风风雨雨这么多年,读过不少兵书名著,也立下赫赫战功,所以一直不甘心成为你手下败将。《三国演义》有一句话说得好,'既生瑜,何生亮',今天我服气啦!"

白俄激烈分子纷纷效法莫尔恰诺夫,把抢到的军械扔回原地,异口同声道:"我们愿遵守中国约束,久住延吉。绝不再无理取闹,惹是生非。"

拂晓,副都统衙门老宅肃静漆黑,只有后院正房窗帘缝隙露出微弱灯光。

广庭在灯下伏案挥毫,草拟公文:

奉天张总司令、孙副总司令钧鉴:

　　白俄海参崴政府最高执政官季捷里赫斯上将,率部众一万五千余,于十一月一日持械强行越境,武力占领珲春卡伦,并送来哀的美敦书,限我二十四小时内派全权代表去卡伦会谈。二日广庭携延吉道署俄文翻译官徐子静前往卡伦交涉,令其交出所有轻重武器,谈判成功。现俄人已在我军监督下进入珲春。善后办法,殊关重要,究应如何对待,请速令知,以凭运行!

　　　　　　　　　　　　　　　孙广庭叩六日寅时

梅尔库罗夫总长蛰居奉天大和旅馆多日,每有车到奉天,必亲往站台观察,打听避难俄人中有无政府官员,风雨不误。七日,梅尔库罗夫从车站归来,呆坐于大和旅馆,唉声叹气,正愁无有音信,忽然收到延吉方面发来之电报,不禁大喜,忙打开细看,读罢拍案顿足,立现含恨无已之慨。

隔壁住户与旅馆侍者闻声大奇,皆来探问。梅尔库罗夫哭诉:"海参崴政府唯一柱石,大总统季捷里赫斯将军所率俄罗斯精锐部队,向珲春方向亡命,企图再举,不料于珲春卡伦为华军解除武装。"说罢又叹道,"最后的希望全部寄托在季捷里赫斯总统身上。而今到此种地步,真是无可奈何。"

有好事者询问:"海参崴政府不复存在,总长先生今后将做何打算?"

梅尔库罗夫说:"国事若此,个人小事固不成问题,可惜我党主义非不稳健,立志非不坚决,竟惨遭此劫,恐再难有出头之日。"

这位好事者道:"梅尔库罗夫总长,我是《盛京时报》的记者,想把这让世人震惊的秘闻原原本本刊登于报纸上,您不会反对吧?"

梅尔库罗夫声明:"但您明天不能发表!"

记者追问:"那是为什么?"

梅尔库罗夫回答:"因为后天我才离开这个令人伤心的城市!"

天气突变,阴云密布,北风猎猎,小雨淋漓至日暮。顺利平息白军暴动,珲春副都统衙门老宅恢复平静。孙广庭却神情凝重,捧读十一月八日《民国日报》,脸上似挂一层秋霜。

> 海参崴陷落后,东北边防最难解决问题莫过于处置白党败军与难民,如果稍有疏忽,不止将使赤党得抗议的借口,甚至具有再酿成第二恰克图之危险。

寥寥几句,孙广庭注目盯视,陷入深思。

"恰克图是清代中俄边境重镇。汉名买卖城,南通库伦,北达上乌丁斯克。"徐子静劫后余生,颇为兴奋,滔滔不绝道,"民国四年六月七日,大总统特派全权专使都统毕桂芳与俄驻蒙古总领事亚历山大·密勒尔及外蒙代表希尔宁达木定,经过四十八次正式会议和四十次私下会晤,于此地签署《中俄蒙协约》。"

"沙俄就是凭这个不平等条约将外蒙从中国怀抱中夺走,纳入其自己势力范围。"孙广庭愤恨不已。

"中国外交部于本月六日照会苏俄驻华全权代表越飞:'盼速开中俄会议,商讨外蒙撤兵办法。'"徐子静面现惆怅,"越飞之代表伊凤阁于七日北京庆祝十月革命宴会席上宣读演词竟谓:'为中俄利益,俄军不能自库伦撤退,俄国在中东铁路利益须予保障。'"

"白俄反复无常,已有领教。而今苏俄也出尔反尔,言而无信!"孙广庭直言不讳,"可恨我无意之间居然为我国收回外蒙与中东路帮了倒忙。"

"此话从何说起?"徐子静大为惊诧。

"国家之间关系与人与人交往一样,多以己利为先,你这位外交官应对此感触最深。"孙广庭解释道,"收缴海参崴政府最精锐部队的全部军械,即意味解除苏俄国内最后强敌的武装。苏俄摆脱困境,腰杆变硬,才不顾天下耻笑,自毁承诺。"

"捍卫国家主权与尊严,避免事态扩大,成功制止日、俄糜烂关东,功不可没!"徐子静缓缓言道,"虽然延吉仍具有酿成第二恰克图之危险,但此次于中俄交涉史上所创造之奇迹前所未有,值得引以为荣。"

"局势如此阽危,洁忱居然还徘徊在外。"孙广庭抱怨一声,惊闻狂风肆虐之声颇巨,又见窗外雪花飞降,漫天飞舞,急忙出去为俄人张罗御寒衣物。

哈尔滨丁公馆内,丁超闻听近日日本假定四岛为中国,演习占领中国海岸,不禁神情惶恐,面现骇容道:"幸亏我有先见之明,及时脱离险境,否则死无葬身之地。"

他坐立不安,索性脱却长袍,披穿睡衣,躺在床上抽起大烟,还不时长吁短叹。

丁司令夫人打扮得花枝招展,手执一封电报,兴冲冲进来道:"孙大爷把白俄的军械缴了,等着你回去呢!"

"真的?"丁超殊感意外。

"那还能有假?"丁夫人递过去电报。

丁超把烟枪一扔,又悔又羞地道:"可我怎好觍颜现在回去?"

"不马上回去,张总司令肯定会任命孙大爷为镇守使,那你还能回得去吗?"

"这可如何是好?"丁超满面愁容。

"不会想法找个借口?"丁夫人出主意道。

须臾之后,丁超又像吸足大烟泡般神气十足,一跃而起:"前几天,苏联驻哈代表沃萨尔宁与我相商在延吉合作事宜,遭我断然拒绝,现可主动向他建议,于俄境源春河设收容所,所有解械俄党均送至该处,由中国方面供给给养,妥为监视。如此尚能避免这些白党日后为我添乱。"

孙广庭坐等二日,未见丁超归镇,盖因棘手大事迭起,不免忧心忡忡。万余远东难民入境,流离失所,情殊可悯,而且安置白俄军民,事关国际问题,孙广庭丝毫不敢大意,特组织安置俄民事务所,每日发给难民每人米一斤、菜半斤,每十人发盐六两、油八两。并约见季捷里赫斯告之:"一俟上峰命令到时,再议改善办法。"

这位天生具有仁人本性的儒将善待放下武器的俄国官兵,也是出于边陲安宁的需要,旨在提防日本好战分子心怀不轨,见缝插针,从中制造混乱,引发国际纠纷。

季捷里赫斯至珲春副都统衙门老宅,故意探问:"孙将军可知我国作乱赤军对贵国宽厚仁慈大有责言?"

孙广庭未加隐讳,明言相告:"苏联代表已多次与我交涉,抗议延吉当局收容贵党,苏俄驻华全权代表越飞为配合施压,竟于六日向中国外交部申明:'加拉罕两次宣言并非放弃苏俄在华之合法及利益,该宣言亦非永久有效,除非中国不再漠视俄国利益,俄国或将不得不考虑其所给予之许诺。'"

季捷里赫斯面现惊慌之色:"赤党素以冷酷无情著称,其要求将我万余军民全部行遣押交与该党,实作一网打尽之计,何残酷乃尔也!"

"季捷里赫斯将军可大放宽心,我国外交部已照会越飞,声明对赤白两党向无偏袒。我既以延吉道镇两署名义,准许收留贵党,定将本人道与恤邻主义,妥善加以保护诸位人身安全,避免任何不公正伤害。"

"孙将军一身正气,言行必果,此举可谓仁至义尽矣,令我帝国侨居臣民不胜感激。"季捷里赫斯施礼告辞。

成千上万被缴械的俄军及其家属嗷嗷待哺,坐吃山空。长此以往,不仅珲春无法承受,延吉亦难堪重负。孙广庭呕心沥血,夜以继日操劳,力争扬长避短,稳妥安置,使俄人能自食其力,安居乐业,以求万无一失。城头黑云散尽,又现朗朗乾坤,他设身处地为老同学考虑,以为延吉镇守使远离延吉,终非长久之计,故意将张作霖已过时的命令"从速绥靖匪患",转寄给滞留哈尔滨的丁超。

季捷里赫斯在昌明书院回廊内,倒背双手,信步闲庭,回思近日发生诸事。

一位五官端正的俄罗斯姑娘,执十一月九日《盛京时报》迅步而入庭院,近前道问:"伯父,您找我有什么事?"

季捷里赫斯道:"卡尼娜,给梅尔库罗夫总长发的电报,你发出没有?"

"刚进珲春城不久,就已发出。"

"怎么至今没见回音?"

"他看到电报痛哭一场。"

季捷里赫斯颇为惊异:"千里之外发生的事,你如何知道?"

卡尼娜将《盛京时报》递上:"伯父,左上方显赫位置时事专栏,以'日暮途穷之白军'为题,文中云,'梅尔库罗夫忧虑之态,远非笔墨所能形容'。"

手捧报纸,阅至"则该政府之唯一柱石……向珲春方向亡命,企图再举,不料至彼已为华军解除武装是也。梅氏语人曰:'予之最后所待者唯将军,今已矣,将奈何!'言间无限热泪,夺眶而出",季捷里赫斯已是老泪纵横,洒满前襟,失态大叫:"不,海参崴政府不会消失,一定还有出头之日!"

卡尼娜将伯父扶搀进屋,劝慰道:"其文尾评曰:'徒以不合潮流,一旦受敌,旋即溃败。不知我国无主义、无志趣、拂逆众情、据地自肥之诸大军阀,有鉴于此而亦知所觉悟否！'其一言明，我方失利，乃受时代逆流影响；其二暗寓此地军阀不得民心，正可为伯父重振雄威，大展宏图，创造时机。"

季捷里赫斯坐于床边，低头沉思片刻，仰面细看一眼卡尼娜，突然拍下大腿笑道："哈哈，卡尼娜，我已想出一计，有十拿九稳的把握！"

"什么绝妙计策？"

"我先问你，孙广庭将军尚在珲春城吗？"

卡尼娜道："不，他刚刚离开。"

季捷里赫斯起身追问："可知去往何地？"

"听说回延吉镇守使署了。"

"卡尼娜，即刻随我去延吉。"季捷里赫斯以不容置疑的口气高声催促。

龙井间岛日本总领事馆内，总领事铃木要太郎精神抖擞，大言不惭地宣称："根据绝对可靠情报，季捷里赫斯将于今明两日内发动新的攻势，中俄火并迫在眉睫。届时我们要积极配合大日本皇军，一举夺取延吉，进而并吞满洲，实现天皇陛下夙愿。"

"人算不如天算，白俄已经投降。"佐藤今朝藏哭丧着长脸，破门而入，气急败坏地道，"延吉镇守使署参谋长、留日士官生孙广庭只身前往珲春卡伦，以迅雷不及掩耳之势，凭摇唇鼓舌之功，一枪未发，竟震慑住骁勇善战的季捷里赫斯，收降其麾下一万五千余众，并收缴全部军械。"

铃木要太郎闻听，顿如五雷灌顶，万箭穿心，颓然坐于椅子上，怏怏叹道："华军无伤，反而实力剧增，真是'福兮祸所伏，祸兮福所倚'。"

"孙广庭可是极其危险的人物，足智多谋，胆大心细，连他顶头上司丁超司令也惧其三分。"间岛副总领事诹访光琼因头道沟事件颇有感触，脱口而出。

"八格牙鲁！"铃木要太郎怒火中烧，破口大骂。

正在这时，忽闻电话铃声刺耳，响个不停。铃木要太郎拿起话筒，里面传出询问声："我是斋藤实，你们的情报是怎么搞的？ 十九师团在如此恶劣天气，于豆满江畔苦苦等待三天，为什么还没动静？"

铃木要太郎吓得面如白纸，半晌没有出声。

"纸里包不住火！"朝鲜总督斋藤实大将厉声怒吼，"你快说究竟是何原因！"

众人闻听，个个呆若木鸡。

雄心勃勃的斋藤实大将，在汉城朝鲜总督府，当着驻朝日军司令官大庭次

380

郎大将的面发起牢骚:"龙井总领事馆这帮酒囊饭袋,真是成事不足,败事有余!净送些假情报蒙蔽你我。"

"这也怪咱俩求功心切,当众夸下海口,保证三日之内拿下延吉。谁知风云突变,形势逆转,'保侨'口实丧失。现在骑虎难下,你看如何是好?"大庭次郎神色黯然。

"无论如何,也不能因此善罢甘休。倘若自食其言,你我岂不威信扫地?"

"依总督的高见,到底该怎么办?"

"一不做二不休,来个先斩后奏。"斋藤实极力怂恿道。

"莫非斋藤总督欲令十九师团强行渡江,挑起事端,造成既定事实?"

"对,事到临头须放胆,但应有合适理由。"

大庭道:"不妨故技重演,再给龙井总领事馆放把火。"

斋藤实摇摇头:"谁放? 自己人放,又会弄巧成拙;让马匪代劳,马匪未被孙广庭剿灭者,多已逃之夭夭,何处寻觅?"

"没有借口也罢,华军若像往次那般不加抵抗,望风而逃,亦能一举成功。"

"孙广庭与季捷里赫斯斗智斗勇,游刃有余,看架势不像是省油灯。"

"防彼自不量力,螳臂当车,最好速战速决,攻其不备。"大庭提议。

"倘若出师不利,未能一鼓作气,出现僵持局面,上头怪罪下来,可要麻烦缠身。"斋藤实表示赞同。

大庭决断:"十一月十四日偷渡豆满江,夜袭三合。"

斋藤实叮嘱:"为安全起见,应先令铃木要太郎探明孙广庭最新动态及其军事部署。"

十三日黄昏,延吉镇守使署传出欢声笑语。

"参谋长豪气贯长虹,肝胆照丹青,创造出军事史上又一以少胜多、以弱制强之典范战例。"团长孟富德颇为兴奋,敬佩之情溢于言表。

"俗话道'一将功成万骨枯',而参谋长的成功却是凭借活用真假空城计,智降白俄季捷里赫斯总统,制服莫尔恰诺夫中将。"金名世情不自禁,起身而立,面泛激动红光,"公于谈笑之间,巧使东北未似蒙古陷肢裂之乱而脱离中国,未若朝鲜蒙亡国之耻而沦为殖民地,诚可谓不只安延吉、安关东,而是安中华、安东亚之壮举也! 叹功勋卓著,却鲜为人知,何故?"

杨耀钧应声而道:"窃以为,大凡救溺水者,救亡者比救生者获报酬高,而舍己救人者,未归者比生还者获褒奖重。实救国者亦然,防患于未然者,远不如殉国者英名显赫。殊不知最难得的是施救者不舍己,却于危难中保国泰民安也。

孙子亦云:'百战百胜,非善之善者也;不战而屈人之兵,善之善者也。故上兵伐谋。'足见古今同理。"

"参谋长此举不仅粉碎沙俄残余势力妄图东山再起的美梦,使吉黑两省人民免受战乱之苦,而且亦震惊陈兵朝鲜、觊觎我国东北之日军……"副官长张继宗随声附和,赞不绝口。

"诸位,雅静!"秘书官孙蔼卿手捧一摞报纸和电报而入,高声道,"孙参谋长独闯卡伦鸿门宴,降伏白俄大总统季捷里赫斯的消息不胫而走,很快传遍大江南北,成为公开的秘密。"

赵有盘道:"难道果真传播如此神速?"

"诸位请看,十一月十一日,《滨江时报》各省新闻栏目,以'延吉·俄旧党到珲情形'为题,报道孙参谋长前往珲春卡伦交涉,解除俄军武装经过。十二日,《民国日报》以'俄旧党窜扰吉边情形'为题,介绍这一事件发生的原委及结局。"

"还有延吉各界民众获悉孙参谋长孤身深入虎穴,智斗群凶,为当地免除一场浩劫,莫不欢欣鼓舞,奔走相庆。"孟富德补充道,"真是人无头不走,鸟无头不飞。听说滞留绥芬河等边境要地之白军本欲持械闯关,闻军魂大总统季捷里赫斯屈服,皆无斗志,亦纷纷效仿,同意交出武器,和平入境。可谓树倒猢狲散,我国北疆已转危为安。"

张继宗接过《滨江时报》,兴致勃勃读道:"崴部本次发生变动,旧党溃败,逃入我边境。本报兹据珲春消息,前日有俄党六千余人,军械完全退珲境。当由我国军队令其解除武装方准入境。唯闻俄人竟顽抗不欲解除。珲春县知事已电陈道、镇两署,请示办法。当经镇署派孙参谋长,道署派外交科俄文翻译官徐子静,前往交涉,令彼解除武装,方允入境……"

孙蔼卿按捺不住,插话道:"真是耳听有虚,眼见为实。我军三日于珲春收容白俄一万五千余众,九日六千余白党又由何而来?"

"此中玄妙,老弟有所不知。据《滨江时报》披露,俄赤党已暗派多人秘往延吉诸地,调查白俄至中国者之人数若干、财产若干,预作将来劳工政府与中国交涉之资料。报界或听命于当局,为干扰其暗查,故意而为。"孟富德从旁解释道。

金名世展开民国十一年十一月十二日《民国日报》,见《俄旧党窜扰吉边情形》内云:

奉函云,自崴埠政局发生变化后,俄旧党纷纷溃窜我国延珲等处。
奉当局昨已接珲春杨团长急电,略谓珲境来俄党亦经解除武装。到境后,其激烈分子意图滋扰,奈防范周密,未得随其所愿。又同日,又接延吉县地方官通电,俄白旧党到境两千余名,向我国要求,如允收容,即行交出武装,现正与之严行交涉,后情容俟续报……

阅至"后情容俟续报"一语,不由自主出声道:"还需要什么容俟续报? 上行下效,俄白旧党皆同意缴械,按我方规定而行,再无节外生枝、兴风作浪者。延边已无动乱,又呈太平景象。"

"目睹世间百态,还应难得糊涂。"杨耀钧叹道,"洪水决堤,会涌出无数抢险救人的英雄,可歌可泣。而固坝平涛,治河无患者,即便功高于天,亦常默默无闻。周务学将军以身殉国,英名永垂青史,却无力回天,而百姓饱尝蹂躏,国土依旧沦陷。孙参谋长虽毫发无损,却扬国威于边关,拯黎民于水火,确保国土无伤,泽被后世,然却不仅青史无载,而且未获政府褒扬。"

"谁说未获褒扬? 奉天张总司令、吉林孙副总司令皆已发来贺电。"孙蔼卿打开电报,"只是贺电与报上诸多褒扬之词,参谋长尚未见到。"

金名世询问:"参谋长早已离开珲春,现在究竟滞留何处?"

"赴延吉途中,有位朝鲜族少妇将孙参谋长汽车拦住。"孙蔼卿回答,"那美貌少妇与参谋长似曾相识。两人于车内密谈片刻,参谋长突然改变初衷,命令军队开赴三合,且执意单独驱车送少妇一程……"

王德林突然闯进屋内,高声问道:"孙参谋长怎么还未回镇守使署? 大门外有位俄罗斯姑娘报名卡尼娜,久候不走,非要见他不可,说有要事相告……"

张继宗笑道:"自古美女爱英雄,莫非孙参谋长要走桃花运?"

"图们江对岸日军增兵甚夥,数以万计,已具采取大规模行动之先兆。我守军频频告急,请求驰援。适才又获最新消息,江洋大盗'小傻子'及其党羽见我军忙于收容、安抚俄军,无暇东顾,又死灰复燃,窜回老黑山,施虐于边民。"王德林正色道,"真是一波未平一波又起。孙参谋长不在,简直像似缺少主心骨,形势如此紧张,瞬息万变,张副官长居然还有闲心开玩笑。"

八　威镇边关

十一月十三日上午,凉水与图们之间尘烟漫道上,一支长长的队伍正在行进。队伍前锋是辆汽车,速度不甚快,孙广庭和孙蔼卿端坐其内。马拉十二门野战炮,大车运载五十余挺机关枪、五千余支各色长短枪及数以万计的炸弹、子弹等军械,由两营全副武装骑兵护送,依次相随。

孙广庭叮嘱:"蔼卿,要提高警惕,时刻注意有无异常情况。"

"参谋长,快看!"孙蔼卿抬起手,向右前方一指,"路旁那棵山楂树下站了个人,好像是女的。"

孙广庭道:"对,看穿戴,是位朝鲜人。"

汽车沿崎岖山路行至山楂树附近,朝鲜女人突然高高扬起手,挥动红头巾,从丘冈上奔下,挡住汽车去路。

"阿兰,竟然是你?"孙广庭推开车门,惊异地问,"怎么独自一人来此荒凉之地?"

"孙参谋长,我来这儿……就是为了等你!"

"阿兰,你到底有什么事?为何独自在这等我?再遇到土匪怎么办?"孙广庭严肃地问。

"因为此地是从珲春到延吉必经之路,我有重要秘密情报要单独告诉你,怕被熟人看见。"阿兰同样严肃地回答。

"我军务紧急,不容耽搁,你上车和我说吧。"

阿兰没有推辞,随孙广庭进入汽车。孙蔼卿和杨振恒营长骑着两匹高头大马紧跟在汽车后面。浩浩荡荡的队伍继续前进,马蹄踏起如长龙状的尘烟。

阿兰坐在孙蔼卿原来的位置,开门见山地道:"孙参谋长,现在我已搬到龙井,和丈夫崔允基住在东山英租界。允基于加拿大宣教师斯科特与布特创办的恩真中学读书。"

孙广庭略有警惕地问:"前年十月,日本为镇压朝鲜侨民排日独立运动,悍然于龙井进行'庚申大讨伐'。恩真中学不是因此而被迫停办了吗?"

阿兰回答:"确实是这样。不过英国牧师裴礼士已于去岁三月接管恩真中学。允基今年毕业后,至间岛日本总领事馆任翻译生。平常他烟酒不沾,可前天他回来很晚,满口酒气,道出许多令人心惊胆战、毛骨悚然的话语……"

弯月与寒星高悬于夜幕,冷峭的朔气笼罩龙井东山。

"阿兰,大后天将打大仗啦!又要人头落地,血流成河!"崔允基满脸通红,半睁醉眼,摇摇晃晃走进家门,大声嚷道。

"允基君,你今天酒又喝多了,早些休息,别再胡言乱语。"阿兰忙上前搀扶。

"你……你才喝高了呢!"崔允基把手一摆道,"我亲眼所见,岂能有假?"

阿兰插话道:"事情还没发生,你怎么能见到?"

崔允基手拍胸脯道:"今天,铃木要太郎总领事命令我发枪……"

"给谁发枪?"

"发给日本人居留民会、东洋拓殖株式会社、朝鲜人民会、朝鲜银行龙井村支店、龙井金融部……总之都是总领事馆下属机构之人。我还听到铃木要太郎总领事叮嘱佐藤今朝藏、诹访光琼两位副总领事……"

阿兰催促道："嘱咐些什么？"

"十一月十四日夜里，十九师团强行渡江，偷袭三合，成功后立即长驱直入，占领龙井、延吉、图们、珲春……"

阿兰推推崔允基："你清醒清醒！我想去珲春把阿妈妮接来。这里是英租界，比较安全。"

崔允基睁大眼睛，直视阿兰道："我很清醒，根本没有喝醉！你明晨早走，一定要在后天太阳落山前回来！我刚才所言都是军事机密，千万别告诉任何人，说出去是要掉脑袋的！"

山路变得平坦许多，汽车仍按原速行驶。

"孙参谋长，你是我的救命恩人，我冒全家被日本警察杀头的危险，将所知一切都告诉于你。"阿兰提高声音道，"你可要替我保密啊！"

"阿兰，你不仅是我的恩人，而且是延吉汉、满、朝，乃至东三省各族民众的功臣！我代表他们谢谢你！"

"孙参谋长，你这么说我可受之有愧。"阿兰羞红脸道，"阿妈妮尚在图们街里等候，我得即刻前去，否则天黑前赶不回龙井。"

"阿兰，日暮将至，路途遥远，即便现在出发，亦难如期抵达。不如我送你至图们，为安全起见，在城外下车。"

"不，不用。"

"停车！"孙广庭命令司机。

孙蔼卿和杨振恒不知何故，忙下马观看。

孙广庭推开车门，探出上身道："暂且不回延吉，携带全部军械，日夜兼程赴赴三合、开山屯一带，沿图们江布防。我驱车先行一步，于图们城门前相聚。振恒，你暂代时我指挥。蔼卿，你赴镇守使署报个平安，同时传达我的命令，大大加强沿江重镇凉水、图们、开山屯、三合、白金、南坪、芦果等战略要地的防务。"言罢，随手关上车门。

汽车急驶而去，很快消失在漫道尘烟里。

杨宇霆疾步跨入奉天东北保安总司令部，进门即道："总司令，延吉镇守使署来电，报告说惯匪小傻子又回到延吉，复炽为患甚烈。斩草不除根，必留后患,亟宜严剿之。"

"小股马贼打打闹闹,似乎在所难免,但千万不可让其成为气候。"张作霖从出身草莽的东北王角度审视,也颇具同感,"邻葛,事不宜迟,应郑重饬令孙广庭'从速绥靖匪患'。"

小镇三合,与朝鲜会宁隔江相望。孙广庭驱车于十四日正午抵达,立刻率领杨振恒营长,沿图们江畔寻觅隐蔽之处,指挥士兵们将野战炮、机关枪架好,对准日军所架十二座跨江浮桥。

一队日军朝鲜罗南联队全副武装士兵,为首一人高举太阳旗,余者皆身扛带刺刀步枪,趾高气扬地于桥上往返巡逻。

"小日本子也忒猖狂!"杨振恒气愤道,"他们非但不听中国方面拆除浮桥的劝阻,反而至桥上示威游弋,设岗哨于两端桥头,接二连三蓄意寻衅。"

"我们皆要精神抖擞、信心百倍,在军威和气势上压倒他们。"孙广庭举起望远镜,看见对岸一队队日军从四面八方源源不断地向江边拥来。

砰、砰、砰,一个日军少佐站在浮桥桥头,像似发现什么情况,突然连射三枪。

子弹从孙广庭身旁树梢穿过,打在山坡岩石上。少佐见半晌没有动静,仰面发出一串狂笑。孙广庭用望远镜对准他,清楚地看见那张狞笑的脸。

"孙参谋长,我们还击吧?"杨振恒请求,"先打掉那小子军帽,镇唬镇唬他。"

"不行! 时机尚未成熟,谁笑到最后,方笑得最好,先回指挥所布置防务。"

"对岸强敌如此嚣张,日本总领事馆也必定蠢蠢欲动。"孙广庭于三合战地临时指挥所,盯视桌上军用电话,自言自语地道,"天色渐暗,暮霭弥漫,不知王德林他们到达龙井没有?"

恰在这时,电话铃声响起。孙广庭忙拿起话筒问:"是惠民吗?"

话筒里传出声音:"孙参谋长,是我。我们已至您指定地点,控制住龙井周围所有交通要道。"

"小傻子最近动态怎样? 发现其行踪与否?"

"尚未发现。这小子也太不仗义,指天发誓保证井水不犯河水,居然偏挑这个节骨眼来捣乱!"王德林愤愤地道,"张总司令饬令'从速绥靖匪患',我们可否分兵追剿?"

"不用! 还是丁司令说得对,域外列强诚为心腹巨患,相形之下,境内蟊贼乃癣疥轻疴,不能激一时之义愤,贸然兴师动众,大动干戈。先让小傻子之流蹒趑几天,待秋后再收拾他们。"

"在龙井附近官道上,有朝鲜母女二人主动告诉我们,她俩于珍珠营遇到一股马匪,但没有遭到抢劫。马匪只是询问间岛日本总领事馆近况,估计小傻子可能也要来龙井凑热闹。"

"惠民,你不惜一切代价,也要制止小傻子接近日本总领事馆,"孙广庭当机立断,"他要一乱来,焚烧领事馆,那可要误我大事!"

"孙参谋长,你放心,小傻子不会来撞我的枪口。"

"不能大意!"

王德林回答:"是!"

孙广庭命令:"一切按原计划执行!"

夕阳西垂,天色渐黑。龙井间岛日本总领事馆庭院内集聚甚多日本人与朝鲜人,有警察,还有职员及平民,皆全副武装,显得人满为患。

正房里,总领事铃木要太郎坐在办公桌前,守候电话,桌案上也放着一支枪。

副总领事佐藤今朝藏站在窗前,仰望天空道:"时间将到,我们的人基本上已各就各位。"

崔允基慌慌张张地进来道:"铃木总领事,我从东山至此途中看见许多中国士兵!"

"有多少人?"铃木要太郎忙问。

"老鼻子啦!"崔允基回答,"一时数不清,大约六七百吧。"

"孙广庭似乎对我们的行动了如指掌。"诹访光琼惴惴不安。

"绝不可能!"

铃木话音刚落,电话铃声即打破屋内短暂的沉寂,他立刻拾起话筒。话筒里传出舒缓有力的声音:"尊敬的铃木要太郎总领事,我是代理延吉镇守使孙广庭,非常遗憾地通知您,刚获得重要情报,巨匪小傻子欲攻打总领事馆,所以我已命令部下控制住通向龙井诸交通要道,完全能够保证诸位安全。今夜,您可以高枕无忧,但千万别忘记告诉您的下属,天黑后莫要离开居所外出,以免引起不必要的误会。"

铃木要太郎脸色变得十分难看,一声未吭。

孙广庭继续道:"尚有一事,请转告您的上峰,我延吉镇守使署正式向贵国驻朝鲜会宁部队发出最后通牒,限其于明天上午十时以前,拆除所有非法架设在图们江上的浮桥。否则,届时我们会将浮桥全部炸毁。另外,请顺便通知他们,今夜十时整,我军进行炸桥演习,为防止意外伤亡,浮桥上所有人必须提前离开!"

铃木要太郎执话筒之手不停地颤抖,突然声嘶力竭地吼道:"不,我们决不会从桥上撤下来!"

十四日二十一时五十五分,三合镇图们江浮桥上日军官兵林立,荷枪实弹,如临大敌。

"孙参谋长,日军有增无减,看样子要和咱们动真格的啦,炸桥演习还进行吗?"杨振恒问。

孙广庭手持望远镜,密切注视前方,一字一句地道:"如期举行,但炮弹一定要准确打在两座浮桥中间的江面上。"

十二门大炮一齐轰鸣,炮火映红夜空。江面立刻掀起十二个巨大水柱。浮桥上所有日军官兵闻声皆趴下,将身体紧紧贴住桥踏板,一动不动。那位开枪示威的日军少佐更是面无血色,窥视一眼对岸,旋即双手紧护住其头。浮桥后面的江畔上,日军十九师团长高岛中将隐藏在夜色里,等待信号弹,却见部下万余官兵发出骚动声响,纷纷倒退。

汉城朝鲜总督府内,大庭次郎面带怵惕神情,对斋藤实道:"孙广庭选择我们发动进攻时进行炸桥演习,恐怕不是巧合。"

"最令人可恼的是,他全然不顾我军仍在浮桥上执行军务,竟敢下令开炮!"斋藤实也是一脸沮丧。

"孙广庭不怕威胁,很可能要和咱们硬拼到底。"

"他仗着缴获季捷里赫斯的军械,实力大增,有恃无恐。一经交火,肯定会将浮桥统统炸光,我军很难实现预定计划。"

"那可怎么办?"

斋藤实道:"先忍忍吧,暂时撤销进攻命令。"

大庭次郎道:"观目前情景,先斩后奏,一鸣惊人,已是没戏。至于今后如何行动,得向东京方面请示后再定夺。"

东京日本首相官邸,陆军大臣山梨半造忐忑不安地道:"加藤首相,我已将间岛紧张局势全盘如实汇报,不知首相有何高见?"

"山梨陆相,你有何想法?"加藤首相反问。

"左右为难,举棋不定。"山梨回答挺干脆。

"我也有同感。"加藤略有犹豫。

"我刚接到铃木要太郎总领事的报告,得知延吉代理镇守使孙广庭已采取严密防范措施,下令调集十三旅全部兵力,扬言不惜一切代价,血战到底,也要捍卫国家主权。强攻肯定会给我军造成重大损失。"内田外长抢先表态,骄横之气荡然无存。

"没有'保侨'借口,会引起美英干涉,加剧国内动荡。"内务大臣水野炼太郎眉头微皱,目光呆滞,充满忧悒。

"若无十拿九稳把握,不能轻举妄动,千万别干偷鸡不成蚀把米的买卖!"大藏大臣市来乙彦沉思片刻,迟疑地警告。

加藤首相环视一周,斩钉截铁地道:"严格按内阁决议行事,不可变更分毫。既然孙广庭和平降伏季捷里赫斯,间岛上空枪声未响,则我军就没有过江的理由。"

孙广庭连续采取果断行动,摆出全面抵抗,不惜一战架势,逼迫日军知难而退,草草收兵。此举恰似华盛顿会议,虽成功扼制住日本借第一次世界大战之机向亚洲扩张的势头,却无法根除日本侵略野心,仅是推迟日本侵华历史进程而已。

十五日上午十时,孙广庭骑一匹枣红色高头大马,状若长坂桥上张翼德,满身戎装,威风凛凛,立于图们江畔。

杨振恒骑匹白色战马,沿江堤飞奔而来,勒住缰绳停下,大声道:"孙参谋长,都说宁给好汉牵马坠镫,不给赖汉当祖宗,这话不假,跟随你南征北战,煞是痛快!"

"吃苦不少,遭罪甚多,何言痛快?"

"孙参谋长足智多谋,不畏强敌,严阵以待三昼夜,终于打破两军隔江对峙僵局。日军已奉命从沿江全部撤离,分别回归原驻守地。我军未经交火,即屈敌而胜,岂不痛快?"

孙广庭目睹日军匆忙拆除浮桥,慢慢向后退移,渐渐地于地平面上消失,图们江畔又恢复平静,他才叹道:"拖延至今,方能腾出手,二度讨伐小傻子。"

杨振恒笑道:"孙参谋长,再行发兵追剿似无必要。"

"莫非此狡诈歹徒见势不妙,又虚晃一枪,逃之夭夭?"

"孙参谋长,我们错怪宫长海了。刚才王德林营长来电话称,宫长海给他留信一封,径直离去。"

孙广庭问:"信上说些什么?"

"孙参谋长台鉴:闻听倭寇犯境,井水来助河水;如今河水获胜,井水重返故里。宫长海拜上。"

"宫长海尚称得上是条绿林好汉,还真讲究江湖义气。"

"他能分出里外,知'国家有难,匹夫有责'之理,确实难能可贵!"

"既然宫长海返回老营,我们亦打道回府。"孙广庭满怀喜悦,兴奋异常,"你速通知各部,午膳后离开三合镇,赶赴延吉城。"

杨振恒道:"是!"拍马离去。

信马江畔,眼望明净清澈的一泓江水,指点秋色斑斓、瑞雪增辉之雄伟山峰,呼吸江面上飘来的清新空气,孙广庭轻轻吟起明王之浩的诗句:"对岸鸟鸣分异域,隔江人语戴同天。"他徐徐从怀中取出那封尚未邮寄的绝命书,慢慢撕成碎片。纸片随风翩翩飞舞,飘落于滔滔流水之中。

自诩为"不见子"的孙广庭,后于所撰《年谱》第十八页中叹道:

> 民国十一年壬戌四十七岁,五月直奉战起……六月调丁公为延吉镇守使兼十三旅旅长,调充镇守使署参谋长兼十三旅参谋长,八月丁公请假回奉,派余代理镇守使兼旅长事宜。九月白俄败退,欲带械进境。杨团长来电告急,余亲往珲春,在卡伦与临时总统季捷里赫斯会谈,据理力争,示以坚决不准带械入境,否则不辞兵戎相见。俄人屈服,遂在国境解除其军械,野战炮十二门、机关枪五十余挺、马步枪五千余支、子弹四十万粒,收容其男女一万五千余口。日人派军在朝鲜国境豆满江觇舰,欲借保侨为名,乘机入境。设当时措置稍一不当,祸即立至。事后思之,不胜危惧,而当时已置生死于度外,倘若为国捐躯,吾之幸矣!

然而广庭当时未曾想到,时隔九年,祸又至焉。日本狂热的军国主义分子仍旧打着"保侨"这块招牌,悍然于民国二十年九月十八日发动攫取东三省的侵华战争,却未公开发表向中国宣战书。为隐蔽事实,称之"满洲事变"。日本之险恶用心在于既避免与全体中国人民为敌,又可取得局部地区军事行动成果,尚有利于逃脱欧美各国对其违反《九国公约》及《非战公约》的谴责。

这场旷日持久、给中日两国人民带来深重灾难的侵略战争,其导火线最初燃点,正是孙广庭当年镇守的那片土地——延吉。

民国十九年,在日本总领事馆所在地龙井,曾发生一次日本警察同中国军队直接冲突的"间岛事件",亦即"龙井村事件",人称这就是"九一八"事变的前奏曲。当时偌大的中国,上自国民政府主席兼海陆空军总司令蒋中正,下至各地军阀,敢于直面日本军警挑衅且将其击毙者,可谓举世难寻。然而,龙井村事件这些胆大包天的勇士并非名见经传的显赫人物,皆是亲历过孙广庭抗击日、俄入侵壮举的十三旅普通老兵。

时逢金秋，是日乌云蔽月，龙井日本警察署两名巡察巡夜至新安街拐角处，适遇十三旅七团一营三连巡逻小组，双方仅隔四十米。

"口令?"中国巡逻小组高声发问。

龙井日警傲然不答，置若罔闻，继续前进，离十三旅士兵越来越近。

"站住！站住！立即站住！"中方班长喝止再三。

叭！叭叭叭！日警竟举枪连发数弹。中国士兵闻声迅速卧倒，子弹全打在其身后土墙上。日警以为镇住对方，肆无忌惮阔步前行，似欲从中国官兵身上踏过。中国士兵忍无可忍，奋起反击，两名日警应声倒地，当场一命归阴。

事件发生之后，日本政府向中国提出强烈抗议，措辞严厉。吉林省政府开会商讨对策。据《民声报》透露，会议彻宵达旦，未得结果。日方急于兴师问罪，不待中国地方当局答复，悍然派遣朝鲜罗南一个联队进驻龙井，蓄意扩大事态，捣毁学校，闯入公共卫生机关，殴打公务人员，侮辱新闻记者，扰得鸡犬不宁。

延吉军民群情激奋，纷纷慨叹："若得孙参谋长尚在，倭寇岂能如此猖狂！"

延吉镇守使兼十三旅旅长吉兴畏敌如虎，一再告诫部属："隐忍持重，静待上级解决。"

驻朝鲜军司令官林铣十郎中将继续调兵遣将，准备扩大战果，占据延吉全境。

在此剑拔弩张、一触即发的情势下，却因双十节意外上演的一出喜剧，迫使其有所收敛，"九一八"前奏曲遂戛然而止。

十月十日八时八分，十三旅七团一营一连全体官兵全副武装，列队赴庆祝国庆大会会场，途经龙井日本总领事馆。门前四个站岗日兵明目张胆挑衅，居然举枪以对。

一连值星官怒不可遏，忆起孙广庭当年教诲"倘若强敌来犯，忍让没有出路，抗争方能生存"，乃将指挥刀一挥，高喊："向右拟射！"

百余枪口如林所指，四位日军哨兵大骇，内中两人惧怕步巡察日警后尘，命丧黄泉，悄然龟缩门内。余者相互对视一下，皆乖乖将枪放下，改作立正姿势，目送中国军队渐渐远去。从那以后，龙井日军领略到孙广庭旧部十三旅不可轻侮，气焰大消，白天不再过分为非作歹，夜晚不敢出来巡查惹事。

这件小事看似微不足道，却令林铣十郎坐卧不安，心神难定，被迫一改初衷。

原来，田中内阁因皇姑屯炸死张作霖事件倒台，此时若大举进犯延吉，一旦中国驻军顽强抵抗，未能速战速决，轻则会受币原喜重郎外相抨击，重则将被滨口雄幸首相摘掉乌纱。为此，林铣进退两难，颇为尴尬。

十月中旬,吉林省政府拨款两万日元,抚恤龙井死亡日警。

十月二十七日,在伦敦举行海军军备条约交换批准书仪式。美国总统胡佛、英国首相麦克唐纳、日本首相滨口同时发表广播讲话,庆祝裁军条约正式缔结。

林铣十郎听到滨口首相美好祝福:"海军条约的签订,开辟了人类文明的新纪元,历史的发展已经结束了列强对立的'冒险时代',进入国际协调与国际和平的'稳定时代'……"立即做出最后抉择。当天下午,日军朝鲜罗南联队悄然离开龙井,撤退回国。

或许正是由于延吉大地上,广庭先生"奋起抗争"的余威犹在,延吉才又一次转危为安。

万宝山位于吉林省长春县内,本不属于"满铁"附属地,亦非《中日图们江界约》所定特区,完全为中国政府所辖之地。民国二十年五月,关东韩国侨农李升熏非法私租万宝山荒地五百坰,召集一百八十余名"间岛"朝鲜侨民,在中国农民熟田里挖壕建坝,凿渠引水,造成伊通河下流几万亩良田水淹隐患。

由于当地农民申诉,长春县政府派公安局长鲁绮率员往马家哨口施工现场劝阻。日本驻长春领事田代重德派警官中川义治率大批日本警察携带机枪,武装保卫开渠。七月一日,中国农户四百余人前去填渠,日本警察悍然开枪三十八响,打伤中国农夫一人,捕去十人,致使间岛朝鲜侨民将坝修成通水。

在这场冲突中,中国农民受伤、被捕,日本警察和朝鲜侨民无一伤亡,但日方却进行欺骗宣传,致使朝鲜境内发生大规模排华复仇暴行。仅一周内,竟有无辜华侨一百零九人被杀,一百六十余人受伤。日本政府还趁机扩大事态,将"间岛事件""万宝山事件"当作日本侵占东北的借口。

面对日本不断挑衅,中国当局一味退让,而未像孙广庭那般据理力争、针锋相对,终于导致"九一八"爆发。

事变翌日,驻朝鲜军司令官林铣十郎中将尚未接到日本最高统帅裕仁天皇出兵敕令,即迫不及待命令平壤第六飞行队及京畿龙山第二师团越过边境,驰援关东军。林铣十郎仰仗此次擅自决断,赢得充斥战争狂热的军界尊敬,于一九三七年被推举为日本首相兼外相。可在"九一八"事变当时,他还是发出一声长长的叹息,暗自怨恨关东军夺走其企盼已久之头功。

国难当头之际,延吉镇守使兼十三旅旅长吉兴,与孙广庭勇冠三军、舍命抵抗强敌的大将风度迥异,竟厚颜无耻道:"抗日可不是儿戏,是要家破人亡的。我于日本学过军事,又会一口日本话,投靠日本,与其合作,才是条好的出路。"

广庭先生旧部十三旅官兵多对吉兴卖国投敌行径嗤之以鼻。十月初,保卫团撤离龙井村,与其分道扬镳,打出抗日旗帜。十一月,第八团第三营营长王德林携全营官兵于小城子宣布脱离熙洽与吉兴逆军,反正抗日。与此同时,炮兵连也宣布抗日,往东部山地移动。

吉兴深恐后院起火,与顾问值野合谋,急忙派兵拦截,枪杀为首义士,遣散全连。

民国二十一年二月八日,王德林成立"中国国民救国军",宣誓就任总司令,首战攻克敦化县城,乘胜连下额穆、蛟河、宁安、东京诸城,并展开"镜泊湖连环战",前后击毙日军三百余。四月,救国军在东宁设立总司令部,拥兵万余,相继攻克延吉、珲春、和龙、敦化、额穆、舒兰、安图、东京城等十余城。

时值李顿国联调查团至东北,王德林救国军赫赫战果,给日伪统治造成沉重打击,在国际上产生深远影响。

翌年,王德林率卫队撤入苏联境界,余部由代总司令吴义成与原十三旅连长、救国军总部上校参谋长李延禄率领于国内坚持战斗。李延禄将军后任东北抗日同盟军第四军军长、合江省政府副主席、松江省政府副主席、黑龙江省副省长及中共"七大"代表、全国人大常委诸职。

救国军总参议兼前方总指挥部参谋长周保中亦于安图组织救国军,在辽吉边区留守处组建绥宁反日同盟军,后任东北抗日联军第五军军长、东北抗日联军第二路军总指挥,率部转战松花江南北,给日伪军以沉重打击。

民国三十四年,周保中率领抗联教导旅,配合苏军参加解放东北战役,后任辽吉军区、吉林军区司令员,东北民主联军东北军区副司令员,吉林省主席及中共八大候补委员,全国政协常委诸职。

当然,孙广庭并未领导"中国国民救国军"抗战,中国国民救国军诸将领所建树之辉煌业绩与他没有直接关系。但孙广庭收降白俄大总统与对抗日军挑衅之无畏精神,给予老部下王德林、李延禄、周保中及救国军将士之巨大影响不应低估。

民国二十三年十月一日,伪满洲国秉承日本太上皇分而治之旨意,将东北重新划分为十四个省份,于延吉成立"间岛省",将日人作为侵略借口而无中生有的"间岛"变作指鹿为马的现实。

其时,尽管已离开延吉十一年,告别戎马生涯十年,广庭仍为无缘重披战袍,浴血奋战,御敌于国门之外而自责,并为学友蒋介石畏敌如虎颇感气愤,故有"倘若为国捐躯,吾之幸矣"之叹,不过,此皆是后话,而当初孙广庭因对抗日军大获全胜,正精神抖擞,从江畔小镇三合,奔往延吉城。

回到延吉住宅门前,已是明月高悬,却忽从阴影处闪出两个人影。

广庭大声喝问:"哪位? 深更半夜,来此何干?"

其中一位不速之客答道:"孙将军,季捷里赫斯专程来访,在此恭候已多时。"

"不知阁下深夜光临寒舍,有何赐教?"

"自然有重要事情相商。"

广庭忙礼让入室,亲手为来宾煮沸一壶咖啡,给自己沏上一杯龙井。

"孙将军宅心仁厚,令我这落魄之人饱享余泽。今闻十五日《滨江时报》载文报道:'俄难民之到延埠者,乃出水火而登衽席,去虎狼而投慈母,其境可悯,其慰可知矣。'颇有同感。"分宾主坐定,季捷里赫斯寒暄道,"我受万余蒙难同胞重托,特来登门致谢,"

"广庭仅是恪尽职守而已,何谢之有?"

"作为一名戎马半生的军人,我十分钦佩将军的胆略和才干。"季捷里赫斯满脸虔诚。

"阁下言重,广庭一介书生,所依赖者仅有国民与正义,否则定将寸步难行,一事无成。"

"这位是我侄女卡尼娜,久仰将军大名,今日执意亲来拜会。"季捷里赫斯手指身旁携皮箱的青年道。

一个英俊的后生摘掉帽子,露出满头金色秀发,化作一位亭亭玉立的少女。面对这突如其来的变化,广庭微微张嘴,略现惊异。

"将军,卡尼娜漂亮吗?"季捷里赫斯单刀直入。

"当然。"广庭举目端详,脱口赞道,"何止是漂亮,简直是光彩照人!"

卡尼娜闻听夸奖,莞尔一笑,露出一排雪白整齐的牙齿,现出两个深深的酒窝。

"自古美人爱英雄,卡尼娜对将军倾慕已久,发誓以身相许,尚祈将军不要辜负小姐一片痴情和这美景良宵。"

"感谢卡尼娜小姐错爱,广庭已有家室,不敢造次。"

"将军独居边关,日理万机,确实需一位红颜知己朝夕相伴。"季捷里赫斯喋喋不休地规劝,"何况将军已有鸟居幸子夫人,再娶一位外国夫人亦不为过,难道俄罗斯女人真的不如日本女人美貌贤惠吗?"

"婚姻乃终身大事,理应两相情愿,请阁下勿要相逼!"见到卡尼娜仪态庄

394

重,含情脉脉,笑盈盈地迎上前来,慌得广庭连连摆手,语无伦次。

卡尼娜落落大方,款步至广庭眼前,将箱子放置案儿之上,缓缓打开,里面珍珠玛瑙、玉器翡翠、金银宝物在灯光照射下,立刻放出瑰丽的异彩奇光。

季捷里赫斯从中拿出一幅俄人油画,递与广庭观赏:"久闻孙将军学识渊博,对古董玉器颇有研究,这些皆是卡尼娜陪嫁,此中不乏俄皇冬宫珍品,不成敬意,尚祈笑纳。"

"我已明确表态,为何尚如此纠缠?"广庭弃俄十八世纪名画于案面,满脸涨红,拂袖而起,"诚然,广庭酷爱古玩,但仅对中国的感兴趣,对外国之物从不稀罕。请速速收起,否则我可要下逐客令,宣布你们为不受欢迎之人!"

季捷里赫斯见广庭似受羞辱,脸色骤变,示意卡尼娜顺从广庭意愿,拎起皮箱,退居一侧。"军界上流传一句话,'不想当将军的士兵绝不是好士兵',不知将军是否听说过?"季捷里赫斯随机应变,改换话题。

"这个自然听说过。"广庭面色转和,重新坐在椅子上。

"孙将军,一个小小宪兵营营长,叫张什么来的,数月前,手下仅有三百名士兵,一夜之间居然亦当上镇守使。"

"此人名张宗昌,因讨伐高士傧有功,为张总司令去掉心腹之患,方被破格任命为绥宁镇守使。"

"孙将军堪称威镇边关的儒将,足智多谋,名扬中外,威望和能力皆远在张宗昌之上,可现在仍任代理镇守使。足见将军上司真是有眼无珠,赏罚不明,我为此深感不平。"

孙广庭淡淡一笑道:"我向来对功名利禄看得不是很重……"

季捷里赫斯插话道:"'不是很重'并非无动于衷。孙将军可知张宗昌升官的秘诀吗?"

"什么秘诀?"

"他深知'有枪便是草头王'的道理,四处招兵买马,千方百计扩充实力。"

"许多人都这么干,这没什么稀奇。"

"但是,他和别人,不,起码与孙将军有所不同。"

"有什么不同?"

"孙将军近水楼台,却不知先得月,尚拒之于千里之外。"

"阁下这话是何意思?"

"在贵国的所有镇守使中,孙将军现在手中枪与炮的数量最多,而且是遥遥领先。倘若孙将军将延吉万余骁勇善战的俄军将士收入帐下,自然能官运亨通,青云直上。"

"镇守使私纳外籍官兵,恐怕尚无先例。"

"张宗昌正在绥芬河大张旗鼓收容我海参崴政府流亡满洲的散兵游勇,已组成以涅洽耶夫铁甲车队,估计不出两年时光,即能成为雄居一方的诸侯。"

"利用白俄将士参加军阀混战,在中华大地上横冲直撞,为争夺家天下屠杀骨肉同胞,此举伤天害理,实不足取!"

"孙将军,您是军人,应该知道战争总是要死人的,人们最关心的仅仅是结局,成者王侯败者寇……"

"阁下是否还想说'一将功成万骨枯'? 但我更喜欢像你我这样,仗没打起来,反而由对手变为知己。"

"那么,在下有一句肺腑之语,不知当讲不当讲?"

"既然朋友私下交谈,但讲无妨。"

"中国人有句古话,将相本无种,男儿当自强。大丈夫生在世上就应该做出一番惊天动地的伟业。难道将军你就不想当上东北王吗?"

广庭警觉地问道:"这是何意? 不妨明言。"

"据我所知,东北执政者不乏草莽之士,"季捷里赫斯四下瞅瞅,压低声音道,"其才智和计谋与将军相比诚有天壤之别。倘若将军不甘久居人下,我愿率旧部执戈前驱,冲锋陷阵,为将军攻城略地,争夺天下。倘有闪失,我独担罪名,以报答将军知遇之恩。一旦成功,将军便可南面称王……"

"阁下处处为广庭设想,可谓天衣无缝。难道阁下这般劳神,就没有一点私心吗?"广庭不动声色地询问。

"人不为己,天诛地灭。实不相瞒,我西伯利亚舰队保存完好,毫发未损。尚有麦克罗夫将军三千余部众,已执轻重军械平安退入蒙古。我之所以选择投奔将军帐下效力,其一是不愿去源春河收容所,任人宰割。其二当然是奢望将军执掌关东牛耳之际能助我一臂之力,重返海参崴,与赤党再决雌雄! 俄罗斯天空虽然暂时乌云笼罩,但大地一定会重见光明。巴黎'俄国军人联合会'总部首脑亚历山大·帕夫洛维奇·库捷波夫将军曾断言:'据统计有两百万白卫军官兵侨居国外,仅法国即云集三十万,其中百分之九十为坚定爱国志士。'季某深信,只要我海陆军高举反赤大旗,杀回远东,定会四方响应,列国喝彩,则摧毁暴政,复辟沙皇帝国指日可待。其三嘛……"季捷里赫斯沉吟片刻,方道,"将军大智大勇,乃成大器之材,只要有雄心壮志,不愁功成名就……"

"我对同室操戈、手足相残之举久已厌烦,断不能从命。"广庭一派浩然正气,铿锵之语落地有音,"恕我直言,内战胜之不武,败则尤耻。况且贵国大局已定,企图扭转乾坤,恐怕是枉费心机。识时务者为俊杰,奉劝阁下,迷途知返,远离血雨腥风,奔赴内地上海颐养天年,不知尊意如何?"

季捷里赫斯张口结舌,木然不知所措。

卡尼娜上前扶起季捷里赫斯,颇有风度地施礼道:"谢谢将军的教诲,天色太晚,我们就此告辞。"

几乎就在孙广庭将白俄中将季捷里赫斯拒之千里之外的同时,张宗昌收容流窜东北的白俄官兵已近千人,果真不到两年,便一跃而成为名副其实的"山东王"。

民国十三年,直奉大战又起,张宗昌仰仗白俄铁甲车队开路,率先冲入关内,抢先收编直系残部四旅。段祺瑞执政府任他为苏、皖、鲁三省剿匪总司令,旋任山东军务督办、直鲁联军总司令。

而当时孙广庭因收降白俄海参崴政府临时大总统季捷里赫斯将军,逼退志在夺取"间岛"的驻朝日军,一夜之间名扬中外,但却旗帜鲜明,反对网罗和驱使凶悍俄人充当杀戮同胞的帮凶,毅然决然选择与张宗昌截然相反的道路。

两年之后,广庭先生应邀赴北京怀仁堂,出席精英荟萃、群贤毕至的"善后会议",在军界声名大振,却突然急流勇退,告别军旅生涯。之后应吉林省财政厅长荣厚邀请,协助整理税务,历任长春、吉林、滨江税捐局长等职,虽掌财政,但为官清廉,被百姓誉为"铁面公",并获赠"公正廉明"匾额。

"九一八"后,东北沦陷,孙广庭辞去公职,隐居家中,闭门谢客,专心治学。日人多次登门,威逼利诱其出山做官,皆遭其严词拒绝。戎马半生,一朝归隐,虽粗茶淡饭,未改其武人风骨,耕读传家,更显其儒将情怀,是所谓"唯大英雄能本色,是真名士自风流"也。直至1945年抗战胜利后,他方再度出山,谱写人生新的辉煌。

后　记

丁丑年清明作自序,书名《关东痴侠传奇》。时有诤友直言:"勿以记一人之传为度,应撰大世面。"思此正与祖父"写芸芸众生"主张合,遂决计扩展为大纪实、大写真、大传记。又历经八度谷雨,笔耕不辍,书成。

盖因祖父奋斗的缘故,我家方跻于书香门第。母亲初来,尚有人尊称她为"四少奶奶";待我出生,虽依旧三世济济同堂,却生活拮据,已再无佣保喊"小少爷"。两年后,祖父将因是堂一楼珍藏无偿捐献给国家,家中四壁空空,但在那深宅大院里,仍能感受到浓郁的文化气息。父亲书生气十足,在我的印象中,除书卷外,他再无挚友。母亲是我的启蒙老师,大约从我五岁时起,几乎每晚她都手执古版石刻青柯亭本《聊斋志异》,用爱憎分明的语调,为我和姐姐们讲述那些光怪陆离的故事。母亲酷爱学习,三十八岁尚入柳树校文化业余中学读书,并命我伴她旁听。所以,我从小就对文学产生兴趣。

父亲1949年以前即得到学士学位,时称高级知识分子,但一生命运偃塞,屡遭意外打击。我读书期间,家境奇窘,为重振家声,尚算勤勉,历次考试都名列前茅。1966年即将高考之际,突然宣布取消,足足推迟了十一载。1977年我已过而立之年,才有幸再进考场。

1968年,我去黑河兵团一师,两年后家变返城。1978年,父亲抱愤投松花江后八日,其冤案终于平反昭雪,压在他身上长达二十余载的诬陷之词终于被彻底推翻。父亲曾于一硬皮黑笔记本上,用毛笔楷书翔实地记录下祖父1922年参加直奉大战,降伏白俄大总统季捷里赫斯,逼退陈重兵于图们江畔拟大举入侵之驻朝日军经过。我整理父亲遗物时发现,这段宝贵的史料已荡然无存。我理解父亲自毁他引以为骄傲的家庭荣誉时的痛苦。写这部书的动因甚多,子承父业,当为其一。

1985年夏,哈尔滨市政协李兴昌处长来家中征集文史资料,我取出祖父遗物、遗墨及名人所赠墨宝请其观看。李处长直言不讳地道:"遍访我市历史名人后裔,数你家具有史料价值的实物最全。余者多为家人口述,其中包括于东北久享盛誉的马道台。辛丑年,俄军入侵关东,无人敢与之谈判,马道台挺身而出,并因此当上道台。马道台与俄人谈判,是向俄人投降;可你祖父与俄人谈判,是要俄人投降,所以老人家的业绩更应载入史册。"并建议我先将能搜集到的所有关于祖父史料按编年顺序整理成册,为出专辑做必要准备。

或因良好家教的熏陶,我一向恪守校规,绝不缺课,只是十四岁那年有一次例外:为出席祖父追悼会,父亲为我写了请假条。

会上,从省领导长长的悼词中,我听到祖父的许多感人事迹,以前闻所未闻,大为震撼。这种震撼力经久不衰,以至于二十四年后,我义无反顾地操笔,追忆祖父往事,以为撰写祖父传记做前期工作。

祖父赐名学孟,是希望我奉亚圣为楷模,钻研文史哲,继承祖国古文化。而我受时风"学好数理化,走遍天下都不怕"的影响,苦读十年大学,皆为理工。因不熟悉写作之道,我只好发挥专长,千方百计寻找原始素材,颇为系统地恭录厚厚的三大本。

1987年秋,我借值班之便,在哈尔滨轻工学院里校对这三本资料。学生李永宁(现四川《德阳日报》高级记者)来请教高等数学问题,阅过部分手稿,大叫珍贵,动员我摘选少许,汇成一篇文章,送交学院附近的《黑龙江图书馆》编辑部。我本以为无望采用,哪知一投即中,竟在该刊第六期发表。1988年,拙作《爱国藏书家孙广庭》与《藏书家孙广庭》相继刊登于国内外有影响的双月刊《人物》和光明日报社主办的《博览群书》杂志。从此,我写作热情高涨,在市级以上报刊发表各色习作百余篇后,终于鼓起勇气,开始撰写长篇纪实《关东痴侠传奇》。

1993年春,我持《关东痴侠传奇》前半部初稿,至《退休生活》杂志编辑部。崔岚副总编对尘封的奇闻与古雅的文笔皆十分欣赏,极力鼓励我尽快完成。待我携全稿再往,不料崔总编已溘然仙逝。但是十余万字的《关东痴侠传奇》最终还是在全国优秀老年期刊《退休生活》上刊出了,从当年9月一直连载至1995年5月。

1996年冬,《黑龙江日报》年近花甲的副刊部主任郑重地道:"孙教授,你祖父的传记情节跌宕、感人至深、风骨秀爽、独具特色,我们准备采用。但希你再下一番功夫,写得更加精彩紧凑些。"我字斟句酌,反复推敲。1997年4月,我将多次增删的约三万字开篇送到报社,资深的老主任已经离休,接待我的是一张年轻的陌生面孔。人贵有自知之明,我本以为拙作只能得到长者垂青,故而略感沮丧,不料新派诗人张曙光主任更为爽快,他仔细阅过后,立即表态:"现在正需要弘扬主旋律的作品,何况又是讲述地方人士的,我们一定争取让《爱国儒将孙广庭》早日见报。"24 日《黑龙江日报》副刊登出《爱国儒将孙广庭》。责任编辑刘玉洁催稿时问我："孙老师，全国在省一级大报上，边写边载的作家共有几人?"我老实回答："不大清楚。"她很认真地道："张恨水、金庸、刘半农，你是第四人。"闻听此言，我顿觉重负难担，益发勤勉。幸有忘年交东北文坛早期名家王显祖先生，祖父门生、《哈尔滨师专学报》主编孙九权先生于文章结构、文字润色方面加以指点，方确保这二十万字长篇无虎头蛇尾之憾。

8 月 26 日，连载告结，这部书的创作开始。母亲是我的人生导师，也是此书第一个读者，但又是最坚决的反对者。人生几何，儿子廿载夜对孤灯，苦身焦思，母亲焉能不为之心痛? 遂屡次劝阻道："别人写他家的事，你未必爱读;同样，你写你爷爷，人家也不一定喜欢看。还是见好就收，适可而止吧。"但我每有疑难讨教，母亲总又详为解答。母亲很较真儿，见稿中有不合意处，必敦令改正。母子俩常争得面红耳赤，自然多半是我甘拜下风。其实，我的执着并不逊于母亲。为搜集资料，曾遍访亲朋，其中包括八十九岁的二伯父。不仅函询、电询，而且长途跋涉，亲赴北京、沈阳、铁岭、延吉、珲春诸地拜谒专家学者。甚至为弄准祖父所拎书箱式样，竟三顾原"伪满"少将外交官王替夫先生下榻处。

2004 年初，书稿清样出来后，母亲态度大变，老人家不顾八十四岁高龄，精读两遍，时而开怀畅笑，时而热泪沾襟，并情不自禁赞道："此书如《三国演义》，可百看不厌。"

此书问世，除因祖父为后人留下丰富多彩、可歌可泣的传奇人生外，尚仰仗各界同人鼎力相助。中国社会科学院世界史所教授、博士生导师，中国日本史学会会长，中国中日关系史学会副会长汤重南，中国社会科学院近代史研究所中外关系研究室主任、中国中俄关系史研究会副会长薛衔天，黑龙江省社会科学院研究员王希亮，吉林省社会科学院研究员张辅麟，中日关系史专家赵连泰，抗日名将张瑞麟诸先生亲赠大作。尤其是中国著名作家梁晓声先生在百忙中审阅百万字书稿并作序;黑龙江省名师富金壁教授从头至尾斧正两遍，为之投入精力最多。

金壁教授乃训诂学者，语文修养极深，治学严谨。他曾发表为王力大师玉中挑瑕的专著，拙作之疵谬自然难逃其法眼。有此良师益友近在咫尺，我不免经常登门叨扰。天长日久，太夫人见儿子给讨教者排忧，总中断自己的事情，私下抱怨："此何人，半夜不归，这般不识深浅?"富教授为我辩解："孙老师做的是泽被后世之大事业，我应帮他。"太夫人病重，金壁教授在电话里仍让我去其家，只是他在审稿过程中尚须处理老母呕吐、便溺、注射诸事，我目睹亲历，心里忐忑不安。一次，我俩正在看稿，太夫人不愿打扰，自己如厕小解，因衰弱而倒地，富教授奔扶不及。老母虽未致伤，但他心中隐痛久久难平，听到母亲于内室呻吟，便忍不住发感慨道："老孙，我这一辈子，对别人也可能有对不住的地方，但是对得住你了。"尽管我自尊心极强，却只能颔首而无语。

为了使这部书不愧对广大读者，我又不惮于四处求人。北方文艺出版社原社长兼总编王智忠先生三十年前曾跟我学过武术，今日我又请他校阅全稿；我昆仑派女弟子刘颖霞，年届不惑，喜好文学，亦奉命逐一句读校正，剔误颇多。

面对厚厚的书稿，回忆其漫漫形成路，真令人百感交集！吾友显祖先生已归道山，没能见到该书全貌；金壁教授却因细读过度，视力减弱。值此书即将面世之际，再次衷心地向赐惠于我的诸君致谢。然因人数甚多，难免挂一漏万，尚祈见谅。

呜呼，凡事应尽人力而听天命。我聊以自慰者，乃是已竭尽全力。但愿此书能如金壁先生预言，可传世而不朽；至于其成败得失，当由后人评说。

图书在版编目（CIP）数据

儒将风流 / 孙学孟著. — 北京：中国文史出版社，
2020. 2

ISBN 978 - 7 - 5205 - 1463 - 7

Ⅰ. ①儒… Ⅱ. ①孙… Ⅲ. ①传记文学 - 中国 - 当代
Ⅳ. ①I25

中国版本图书馆 CIP 数据核字（2019）第 248260 号

责任编辑：牟国煜

出版发行：**中国文史出版社**

社　　　址：北京市海淀区西八里庄 69 号院　　邮编：100142
电　　　话：010 - 81136606　81136602　81136603（发行部）
传　　　真：010 - 81136655
印　　　装：廊坊市海涛印刷有限公司
经　　　销：全国新华书店
开　　　本：720 × 1020　1/16
印　　　张：26.25　　字数：487 千字
版　　　次：2020 年 2 月第 1 版
印　　　次：2020 年 2 月第 1 次印刷
定　　　价：79.80 元